GEMMA BURGESS

Der letzte Single fängt den Mann

Buch

Nachdem sie sich von ihrem langjährigen Freund getrennt hat, muss die 27-jährige Abigail Wood von der Pike auf das Singleleben lernen. Kein einfaches Unterfangen! Denn Abigails Datingfähigkeiten erweisen sich als katastrophal, und so stürzt sie von einem Desaster ins nächste. Bis Robert, Londons berühmt-berüchtigtster Junggeselle und ihr neuer Mitbewohner, es nicht mehr länger mit ansehen kann und sie unter seine Fittiche nimmt. Zwei seiner wichtigsten Regeln, um im Datingdschungel zu überleben: cool sein und Distanz wahren.

Mit Roberts Hilfe lernt Abigail, sich in den gefährlichen Wassern der Londoner Barszene zu orientieren. Die neue Abigail ist eingebildet, gelassen und ausgeglichen. Und vor allem: Sie hat jede Menge Spaß. Bis sie eines Tages dem gut aussehenden Dave begegnet. Kann Abigail die Ratschläge von Robert auch im Angesicht der Leidenschaft noch beherzigen – oder wird ihre Coolness wie ein Eis in der Sonne zerfließen?

»Gemma Burgess ist die Chicklit-Autorin für das denkende Publikum.«
NorthWest Magazine

Autorin

Gemma Burgess zog mit 22 Jahren nach London. Sie arbeitete in einer Werbeagentur und suchte das Glück. Acht Jahre später entschloss sie sich, die wichtigsten Erkenntnisse dieser schönen und turbulenten Zeit schriftlich zu verarbeiten. Ihre Romane *Männerfrei* und *Der letzte Single fängt den Mann* hat die Autorin für selbstbewusste, kluge und witzige Frauen mit Stil geschrieben – sie zu lesen ist wie eine lange Unterhaltung und ein Glas Wein mit der besten Freundin.

Von Gemma Burgess ist bereits erschienen:
Männerfrei (37561)

Gemma Burgess

Der letzte Single fängt den Mann

Roman

Aus dem Englischen
von Claudia Geng

blanvalet

Die englische Originalausgabe erschien 2011 unter dem Titel
»A Girl Like You«
bei Avon, a division of HarperCollins*Publishers*, London.

FSC
www.fsc.org
MIX
Papier aus verantwortungsvollen Quellen
FSC® C014496

Verlagsgruppe Random House FSC-DEU-0100
Das FSC®-zertifizierte Papier *Holmen Book Cream*
für dieses Buch liefert Holmen Paper, Hallstavik, Schweden.

1. Auflage
Deutsche Erstveröffentlichung Juni 2012 bei Blanvalet, einem
Unternehmen der Verlagsgruppe Random House GmbH, München.

Published by Arrangement with Fox Burgess Ltd.
Dieses Werk wurde vermittelt durch die Literarische Agentur Thomas
Schlück GmbH, 30827 Garbsen

Umschlaggestaltung: © bürosüd°, München,
unter Verwendung von Motiven von
Getty Images/Photographer's Choice/Colin Anderson
Redaktion: Margit von Cossart
DF · Herstellung: sam
Satz: Buch-Werkstatt GmbH, Bad Aibling
Druck und Bindung: GGP Media GmbH, Pößneck
Printed in Germany
ISBN: 978-3-442-37777-0

www.blanvalet.de

PROLOG

Ich hätte nie gedacht, dass ich einmal stundenlang heulend in der Duschwanne eines Hotelzimmers sitzen würde.

Das Seltsame ist – in der ganzen Hysterie ist mir durchaus bewusst, dass diese Dramatik auch eine komische Seite hat. Ich weine herzzerreißend in meinem entsetzlichen Kummer, meine Kontaktlinsen schwimmen geradezu in der Tränenflut, und ich habe nicht die Kraft aufzustehen, das Wasser zuzudrehen und nach einem Handtuch zu greifen … trotzdem erkenne ich die Komik der Situation.

Ist es normal, dass man sich derart von der Realität losgelöst fühlt, wenn man Liebeskummer hat? Ist das überhaupt Liebeskummer? Gott, ich habe keine Ahnung.

Meine Gedanken wandern umher. Unweigerlich nehme ich wahr, wie gut das Duschgel riecht, und wünsche mir für zu Hause auch so einen breiten Tellerduschkopf, denn ein Weinkrampf unter dem armseligen Tröpfeln in einer kleinen weißen Badewanne ist so deprimierend.

Zu Hause, o Gott, zu Hause.

Die Realität holt mich ein, und ich fange wieder an zu schluchzen. Ich frage mich, was mein blaues Auge macht, aber ich traue mich nicht, in den Spiegel zu schauen. Ich schwöre, meine Mundwinkel hängen herunter, wenn ich so erschöpft bin. Neben all dem anderen, was das Leben mir aufbürdet (die Unfähigkeit, rechts von links zu unterscheiden, die Unfähigkeit, Lust von Liebe zu unterscheiden, die Unfähigkeit, Whisky zu trinken, ohne davon richtig betrunken zu werden), ist das einfach nicht fair.

Dieses ungute Gefühl, das ich seit Tagen habe, will nicht verschwinden. Ich frage mich, ob es jemals weggeht.

Ich drehe das heiße Wasser ein wenig mehr auf und rolle mich in der Duschwanne zusammen. Das ist sogar fast bequem. Die Dusche nimmt ungefähr die Hälfte des Bads ein, das, wie das Hotelzimmer selbst, schummrig und sexy in dezentem China-Stil eingerichtet ist – die vorteilhafte Beleuchtung flüstert mit einem vornehmen Akzent: »Fünf Sterne«.

Hey, wenn man schon einen Nervenzusammenbruch hat, dann kann man ihn auch im Mandarin Oriental in Hongkong haben.

Vielleicht sollte ich meine Schwester anrufen. Sophie. Sie war schon immer gut im Trösten. Das ist das Beste an kleinen Schwestern: Sie verbringen so viel Zeit damit, sich zu wünschen, die ältere Schwester zu sein (wenn sie darauf warten, auf die große Schule zu kommen, ohne Stützräder Rad zu fahren oder ihre Ohrläppchen durchstechen zu lassen – obwohl in unserem Fall die schlaue Sophie ihre Ohrlöcher am selben Tag bekam wie ich, ungeachtet der Tatsache, dass ich JAHRELANG darum betteln musste und ich dreizehn war und sie erst elf), dass sie am Ende viel klüger sind, als die ältere Schwester jemals sein wird. Sophie ist gerade in Chicago, dann ist es dort …

Oh, ich kann mir nie die Zeitunterschiede merken.

Ich weiß nicht einmal, wie spät es hier ist. Nachmittag?

Es hat den Anschein, als wäre die Sonne heute nicht richtig aufgegangen in Hongkong. Draußen ist es grau und feucht, und ein Gewitter liegt in der Luft. Ich liebe es, wenn das Wetter zu meiner Stimmung passt.

Ich glaube, ich bin es allmählich leid, in der Dusche zu sitzen. Vielleicht sollte ich mich wieder auf den Boden legen. Vorhin habe ich Stunden im Zimmer neben meinem geöffneten Koffer geheult. Ich schätze … Augenblick. War das meine Tür?

Ich starre ins Leere und lausche angestrengt.

Wieder klopft es, sehr laut und ungeduldig. Das ist nicht das höfliche Klopfen des Hotelpersonals.

Vielleicht ist er es! Wer sollte es sonst sein? Ja! Das muss er sein!

Ich rapple mich auf und stelle das Wasser ab, rufe laut »Ich komme!«, schlüpfe in den Bademantel und eile an die Tür, während mir das Wasser aus den Haaren ins Gesicht tropft. Ich wusste, er würde herausfinden, dass ich hier bin, ich wusste, es war ein Fehler, ich wusste …

Ich bin verblüfft. Das ist nicht der Mann, den ich erwartet habe.

»Was machst du denn hier?«, bringe ich heraus.

»Und was machst *du* hier?«, erwidert er verärgert. »Scheiße, was ist mit deinem Gesicht passiert?«

»Ich bin in eine Prügelei geraten«, antworte ich ironisch, während er sich hereindrängelt und die Tür hinter sich zuknallt.

»Wir müssen Sophie und deine Eltern anrufen, sofort«, sagt er.

Ich seufze. »Warum?«

»Weil du seit zwei Tagen verschwunden bist? Weil du um die halbe Welt fliegst, ohne jemandem zu sagen, wo du bist oder was du machst? Weil dein verdammtes Handy ständig aus ist?«

»Der Akku ist leer«, sage ich auf eine sehr spöttische Art, die ihn ärgert, wie ich weiß.

Ich sehe ein wütendes Funkeln in seinen Augen und spüre Genugtuung, weil es mir gelungen ist, dass ein anderer sich genauso mies fühlt wie ich. Ist das böse?

»Hast du auch nur die leiseste Ahnung, was du uns angetan hast?«, schreit er.

»Wen meinst du mit ›uns‹?«, erwidere ich. Ich bin so erschöpft, dass es mich nicht kümmert, dass ich wie ein arrogantes Gör klinge. »Das ist meine Familie, das sind meine Freunde! Was fällt dir ein, mir hinterherzuspionieren?«

Er starrt mich einen Moment lang an, dann sagt er in ausdruckslosem Ton: »Du blöde Kuh.«

»Sei still!«, brülle ich. »Sei verdammt noch mal still!«

Ich weiß, ich bin hysterisch, aber ich bin so müde, und mir ist schlecht, und ich kann nicht aufhören zu weinen. Ich will nicht mehr hier sein, nichts ist, wie es sein sollte, und mein Leben wird nie funktionieren, weil ich nicht weiß, was ich will beziehungsweise wie ich es kriegen kann, wenn ich es wüsste, und während mir das alles durch den Kopf schießt, schreie ich so laut, dass winzige Blitze vor meinen Augen explodieren.

Zu meiner großen Bestürzung verpasst er mir eine Ohrfeige. Nur eine leichte, aber ich bin so verdattert, dass ich sofort verstumme, mitten in meinem Heulkrampf. Er *schlägt* mich?

Ich setze mich auf das Bett. Wow, wie dramatisch. Ich war noch nie eine Drama-Queen. Eher eine Dramazofe.

Er setzt sich neben mich und versucht, seine Atmung zu beruhigen, während ich ihn mit vor Erstaunen offenem Mund anstarre. Er sieht müde aus, fällt mir auf. Inzwischen muss Freitag sein, oder doch noch nicht? An welchem Tag bin ich von London abgeflogen? Ich weiß es nicht mehr.

Mein Hals schmerzt. Ich kann plötzlich nicht mehr. Ich ertrage das nicht. Ich ertrage nichts von alldem. Also lasse ich mich nach hinten aufs Bett fallen, rolle mich zu einer kleinen Kugel zusammen und beginne zu weinen.

Wieder.

Es ist erbärmlich, ich weiß, aber ich kann nichts dagegen tun. Wie kann ich überhaupt noch Tränen übrig haben? O Gott. Ich will zu meiner Mum.

Der falsche Mann streckt seine große Hand aus und beginnt, meinen Kopf zu streicheln, die nassen Haarsträhnen aus meinem Gesicht zu streifen und tröstend »Schschsch« zu machen.

»Tut mir leid«, schluchze ich. »Danke, dass du mich gefunden hast. Du hattest recht. Ich habe sie gesehen … und mein Gesicht, mein Gesicht …«

»Er ist es nicht wert. Es tut mir leid, dass ich dich geschlagen habe, tut mir wirklich sehr leid …«

Er redet weiter, aber ich kann ihn nicht verstehen, weil jetzt endgültig alle Dämme brechen. Ich wünschte, ich wäre nie hergekommen. Was zum Teufel habe ich mir dabei gedacht? Ich weine und weine, bis ich mich verausgabt habe.

Bevor ich einschlafe, ist mein letzter Gedanke: Gott sei Dank, dass er mich gefunden hat.

Wie alles begann …

Kapitel 1

Das ist es. Mein allererstes Date.

Es gibt nicht viele Menschen, die mit siebenundzwanzig ihr erstes Date haben, und ich will nicht behaupten, dass ich stolz darauf bin, aber es ist eine Tatsache, und es ist eines der Dinge, die Sie über mich wissen sollten. Ebenso, dass ich gerade nervös bin. Vor lauter Nervosität habe ich richtig Magenschmerzen. Vielleicht habe ich mir auch etwas eingefangen. Gott, dann können wir nicht knutschen. Werden wir herumknutschen? Keine Ahnung. Wie knutscht man überhaupt beim ersten Mal? Sagt man mit siebenundzwanzig überhaupt noch »knutschen«?

Mein letzter erster Kuss ist sieben Jahre her, verdammte Hacke. Ich habe wahrscheinlich vergessen, wie das geht.

Wir haben uns verabredet für zwanzig Uhr im Bam-Bou, und ich sitze in der U-Bahn. Ich bin vierzig Minuten zu früh. Typisch.

Dabei ist es nicht so, als würde ich ihn besonders toll finden beziehungsweise als könnte ich … äh … mich richtig an ihn erinnern. Vielleicht hat meine Schwester recht. Für das erste Date hätte ich einen Mann wählen sollen, der mir unsympathisch ist.

»Schleif dein Werkzeug zuerst an einem stumpfen Objekt«, waren ihre genauen Worte.

Ich frage mich, ob ich überhaupt Werkzeug habe zum Schleifen.

Ich bin übrigens keine ehemalige Nonne. Vielmehr habe ich schon ewig eine Beziehung. Ich meine, ich hatte eine Beziehung. Ich muss mich noch daran gewöhnen, die Vergangenheitsform zu benutzen. Ich habe mir vor kurzem erst abgewöhnt, »wir« zu sagen, wenn ich von mir spreche. »Wir lieben diesen Film« oder »Wir waren dort mal abends essen« sagt man nämlich, wenn man von zwanzig bis siebenundzwanzigeinhalb einen festen Freund hat. Ich habe im Juli Schluss gemacht, und hier bin ich nun, gut zwei Monate später. Offiziell Single. Und offiziell auf Partnersuche.

Paulie – mein Date – ist der Erste, der mit mir ausgehen wollte. Aber nicht der Erste, der nach meiner Nummer gefragt hat. Eines der Dinge, die ich in den letzten zwei Monaten meines Singledaseins gelernt habe, ist, dass manche Männer nach deiner Nummer fragen und sich dann trotzdem nicht melden, während man vergeblich wartet und sich jeden Abend in eine nervöse Hysterie hineinsteigert.

Ich mache einen kurzen Abstecher ins Roxy, um Zeit totzuschlagen und mein Make-up zu überprüfen. Ein doppelter Gin Tonic wird meine Nerven ein wenig beruhigen. Vielleicht sogar mehr als nur ein wenig.

Ich habe Paulie letzte Woche kennengelernt – Plum und ich standen draußen vor einer Kneipe auf eine Zigarettenpause und versuchten nebenbei zu flirten –, und obwohl er seine Sonnenbrille kein einziges Mal abnahm (na ja, der September ist in diesem Jahr ungewöhnlich sonnig), hatte ich deutlich den Eindruck, dass er mich sympathisch fand.

Am Ende des Abends gab er mir seine Visitenkarte und bat mich, ihm eine E-Mail zu schreiben. Was ich tat. Und nun bin ich hier. Kurz davor, meine Jungfräulichkeit im Daten zu verlieren.

Es war überraschend einfach, zu einem Date eingeladen zu werden nach den ausgiebigen, ich meine, flüchtigen Gesprächen, die ich mit Sophie, Plum und Henry in den letzten zwei Monaten führte. Jeder von ihnen riet mir etwas anderes, natürlich.

»Du musst einfach nur viel lachen«, sagte meine Schwester Sophie (die Einzige von uns, die eine feste Beziehung hat). »Das hat bei mir immer funktioniert.«

»Wenn ein Mann sich mit dir unterhält, berühre flüchtig seinen Arm und wirf deine Haare zurück«, meinte Plum (letzte Beziehung: hängt davon ab, wie man »Beziehung« definiert). »Das ist subtile Körpersprache. Damit signalisierst du Interesse.«

»Warum fragst du mich immer so einen Scheiß? Trink dir ordentlich einen an und fall über ihn her. Das würde mir schon reichen«, sagte Henry (letzte Beziehung: nicht existent).

»Ich dachte, du hättest ein gesundes Selbstvertrauen«, sagte meine Mutter bestürzt (die mit meinem Vater schon ewig verheiratet ist und sehr verschwommene Vorstellungen von modernen Dates aufgrund ihrer Sucht nach historischen Liebesdramen hat).

Sie waren also keine große Hilfe.

Egal, jedenfalls dachte ich auch immer, ein gesundes Selbstvertrauen zu besitzen. Einigermaßen gesund.

Aber als Single selbstsicher zu sein ist etwas ganz anderes, als in einer festen Beziehung selbstsicher zu sein. In einer Beziehung ist es einfacher. Peter, mein Exfreund, ist die Bestätigung. Ich brauchte keine neuen Freundschaften zu schließen, ich hatte ja eine Handvoll alte und seine. Wenn auf einer Party niemand mit mir redete, unterhielt ich mich mit Peter. Wenn mich eine Gruppe einschüchterte, sprach er für mich. Und so weiter.

Als ich das erste Mal in einer Bar von einem einigermaßen attraktiven Mann angesprochen wurde, war ich sehr nervös und gehemmt und hatte den Drang wegzulaufen. Scheinbar ging es ihm genauso nach etwa fünfundvierzig Sekunden.

Selbstwertgefühl ist ein doofes Wort. Es ist nicht so, als

hielte ich mich für wertlos oder so. Manchmal fällt mir nur nichts ein, was ich sagen könnte. Und wenn ich dann etwas sage, frage ich mich hinterher, ob das dumm klang. Ich rede viel mit mir selbst, im Geiste. Aber das tut jeder, oder nicht?

Vielleicht hat es gar nichts mit Selbstvertrauen zu tun. Vielleicht habe ich einfach nur ein Problem damit, dass ich angebaggert werde. Allerdings glaube ich, dass ich mich allmählich bessere. Möglicherweise. Ich mag schließlich Kneipen und Alkohol und so, und das tun Männer auch.

Darum bin ich hier. Für ein Date. Gratulation an mich selbst.

Ich frage mich, wie es Peter geht. Er ist nach unserer Trennung zu seinem Bruder Joe gezogen und macht gerade ein Sabbatjahr, um mit dem Rucksack um die Welt zu reisen. Er meinte, das sei eines der Dinge, die er in der Beziehung mit mir vermisst habe – das Reisen.

Ich frage mich, was ich vermisst habe.

Ich schätze, ich werde es bald herausfinden.

Mich von Peter zu trennen war das Härteste, was ich jemals tun musste. Man findet nicht viel in Büchern oder Musik oder Filmen, das einem hilft, einen Mann zu verlassen, der sehr, sehr nett ist, aber einfach nicht der Richtige. Er ist nicht gemein, du bist nicht unglücklich, keiner betrügt den anderen. Es ist einfach nur ein trauriger, langsamer Prozess, einen Schlussstrich zu ziehen.

Peter ist so vernünftig, dass er nicht einmal widersprach, als ich sagte: »Ich glaube nicht, dass wir wirklich zusammenpassen. Ich denke, tief im Innern weißt du das auch. Darum finde ich, wir sollten uns trennen.« Er nickte bloß. Er hätte mit mir noch jahrelang so weitergelebt, ohne zu hinterfragen, ob wir eine gute Beziehung haben oder nur eine funktionierende. Peter wollte im Prinzip nur ein einfaches Leben. Und – Augenblick, warum denke ich eigentlich ständig über meinen verdammten Exfreund nach? Ich habe gleich ein *Date.* Hör auf, Abigail.

Verdammt, meine Hände sind feucht. Vielleicht sollte ich mir Botox spritzen lassen. Das hilft wirklich, wussten Sie das schon? Ich frage mich, ob ich auch unter den Armen schwitze. Mist. Ich kann es nicht sicher sagen. Ich werde eben den ganzen Abend die Arme eng am Körper halten müssen.

Oh, mein Glas ist leer. Dann kann ich mir auch noch ein zweites bestellen.

Ein Glück, dass ich endlich ein Date habe. In den sechs Monaten vor der Trennung war die Kehrseite des Gedankens »Ich bin nicht glücklich, ich möchte mich von Peter trennen« die Überlegung »Aber dann bin ich Single und muss neue Männer kennenlernen und Dates ausmachen, und ich weiß gar nicht mehr, wie das geht«.

Eine Weile lang genügte diese Überlegung – besser gesagt, diese Angst –, um mich davon abzuhalten, Peter zu verlassen. Die Angst, dass mich nie wieder ein Mann begehrte, die Angst, dass mich nie wieder ein Mann ausführte, die Angst, dass ich mich nie wieder verliebte, kurz: die Angst, nie den richtigen Mann kennenzulernen, als ewiger Single zu enden und einsam zu sterben. Wozu das Risiko eingehen?

Trotzdem hatte ich in den letzten zwei Monaten als Single unglaublich viel mehr Spaß als im letzten Jahr (beziehungsweise in den letzten drei Jahren) meiner Beziehung. Nachdem ich das unvermeidliche emotionale Tief überwunden hatte und die Schuldgefühle, weil ich einen Schlussstrich unter mein altes Leben zog (meine Empfehlung: Ziehen Sie so schnell wie möglich aus, und suchen Sie sich eine neue Umgebung, die zu Ihrer neuen seelischen Verfassung passt, und ändern Sie Ihre Frisur aus demselben Grund), machte ich mich sofort daran, ein neues zu strukturieren. Beruflich hat sich natürlich nichts geändert, also liegt der Fokus auf meinem bisher vernachlässigten Gesellschaftsleben. Dinner, Drinks, Lunches, Partys: Ich lasse nichts aus. Manche Abende genieße ich allein zu Hause, indem ich es mir mit einem Liebesroman in der Badewanne gemütlich mache oder um acht Uhr von Kopf bis Fuß mit Selbstbräuner eingeschmiert und mit einer Haarkur auf dem Kopf ins Bett gehe.

So etwas liebe ich.

Ich liebe auch meine neue Wohnung. Sie liegt an Londons schönstem Hügel mit der treffenden Bezeichnung Primrose Hill. Ich wohne zur Untermiete bei Robert, einem Freund des Verlobten meiner Schwester. Ich habe in den vier Wochen, seit ich bei ihm wohne, nicht viel von ihm gesehen. Wenn wir uns in der Küche oder in der Diele begegnen, kommen wir über höflichen Smalltalk nicht hinaus. Was mir ganz recht ist.

Mein Zimmer liegt im Dachgeschoss. Es ist klein und ruhig, und das Beste ist, es ist mein Reich, ganz allein meins. Es ist natürlich nicht perfekt – das angrenzende Badezimmer ist winzig, genau wie der Kleiderschrank, aber meine Garderobe hat sich rasch an die veränderten Gegebenheiten angepasst. Sie ist hart im Nehmen.

Ich blicke auf meine schwarzen Peeptoes. Ja, ihr, denke ich. Ihr seid tatsächlich hart im Nehmen.

Was? Man kann mich nicht ernst nehmen? Als würden Sie nie mit Ihren Klamotten reden!

Okay, es ist jetzt zehn vor acht, ich kann mich auf den Weg ins Bam-Bou machen. Ich bin mir sicher, Paulie wird vor mir da sein. Männer kommen immer zu früh zu einem Date, oder nicht? Keine Ahnung! Gott. Wie konnte ich bloß als die einzige Siebenundzwanzigjährige, die noch nie in ihrem Leben ein Date hatte, enden?

Jetzt bin ich wieder nervös.

Könnte ich mit einem Mann zusammen sein, der Paulie heißt? Das klingt nach einem Wellensittich. Gut. Da sind wir. Das Bam-Bou. Er schlug als Treffpunkt die Bar im Obergeschoss vor.

»Hi!«, sage ich und grinse nervös, als ich schließlich die dunkle kleine Bar betrete.

Paulie sitzt auf einem Barhocker und trägt einen sehr hübschen dunkelgrauen Anzug. Ein heißer Typ, obwohl ich diese leichten Hängebacken gar nicht mehr in Erinnerung hatte.

»Ali«, sagt er, legt sein BlackBerry zur Seite und beugt sich vor, um mir links und rechts ein Küsschen auf die Wangen zu geben.

Kühle Wangen. Aftershave mit Sandelholz.

»Abi…gail«, verbessere ich. »Abigail Wood.«

Für mich gibt es keinen Hocker. Egal. Dann lehne ich mich eben an die Theke. O Gott, mir ist richtig schlecht.

»Gut«, sagt er und wendet sich wieder seinem BlackBerry zu. »Such dir ein Getränk aus, ich muss noch kurz was Geschäftliches erledigen …«

Ich nicke und schaue mich um, dann schnappe ich mir die Getränkekarte und studiere sie. Was soll ich nehmen? Ich bin vielleicht außer Atem! Wie peinlich, so zu keuchen. Warum baut man in der vierten Etage eines Gebäudes, in dem es keinen Aufzug gibt, eine Bar?

Ich entscheide mich für einen Martini, und während Paulie für mich bestellen geht, versuche ich, einen gefassten Eindruck zu machen, als hätte ich ständig Dates. Wer, ich? Ich habe ein Date. Wer, er? Er ist mein Date.

»Und? Wie war dein Tag?«, frage ich, als Paulie zurückkommt.

Ist das eine gute Frage? Keine Ahnung. Meine Mutter würde so etwas fragen.

»Super«, antwortet er knapp und beugt sich näher zu mir herüber.

Menschenskind, er ist wirklich ein heißer Typ. Sehr schnittige Augenbrauen.

»Was machst du beruflich?«

Ich versuche zu lächeln und einen interessierten und netten und hübschen Eindruck zu machen, alles gleichzeitig.

»Ich arbeite für eine Unternehmensberatung«, antwortet er. »Ich leite die Buchführung.«

»Oh, wie interessant!«, sage ich. Wow. Ich klinge tatsächlich wie meine Mutter. »Und *wo* arbeitest du?«

»In Farringdon.«

»Wie lange arbeitest du da schon?«

Ich kann mich scheinbar nicht bremsen.

»Ungefähr seit sieben Jahren. Ich habe nach dem Studium zuerst ein eigenes Unternehmen gegründet. Ich habe Hauspersonal vermittelt. Das hat mir damals großen Spaß gemacht.« Er unterbricht sich und grinst kurz in sich hinein. »Du weißt ja. Aber nach ein paar Jahren wurde es langweilig, und jetzt bin ich hier.«

»Menschenskind«, sage ich fröhlich. »Das klingt in der Tat spannend.«

Warum komme ich mir wie in einem Bewerbungsgespräch vor?

»Das war es auch«, bekräftigt er nickend, während sein Lächeln etwas verblasst.

»Und wo hatte deine Firma ihren Sitz?«

Ist das normal?

»In Verbier.«

»Sprichst du französisch?«

Hör auf, lauter Fragen zu stellen.

»Ich kann mich einigermaßen verständigen.«

»Kommst du ursprünglich aus London?«

Aber was, wenn eine peinliche Gesprächspause entsteht?

»Ja«, antwortet er. »Aber wir sind weggezogen, als meine Eltern sich getrennt haben. Ich bin mit meiner Mutter nach Devon gegangen. Meinen Vater habe ich seit zwanzig Jahren nicht mehr gesehen.«

»Oh, das … tut mir leid …«

Mist.

Paulie schenkt mir ein Lächeln, etwas weniger enthusiastisch als vorher. Vielleicht macht es ihn traurig, über seine Eltern zu reden. Ich werde das Thema wechseln. Ist es hier drinnen heiß? Mein Gesicht fühlt sich so heiß an.

»Und, warst du hier schon mal essen?«, frage ich ihn.

Und ich frage mich, ob er merkt, dass ich schwitze.

»Ja, tolle Küche«, sagt er. »Die ist vor allem für ihren Schweinebauch berühmt. Allerdings habe ich den Tisch erst für neun reserviert. Aber ich denke, wir können schon früher runtergehen. Sollen wir?«

»Ja!«, sage ich, während er aufsteht, und folge ihm zur Treppe. »Ich habe einen Bärenhunger! Ich hatte heute Mittag nur ein Sandwich von Pret. Ich schwöre, die bestehen praktisch nur aus Kohlehydraten und Luft. Darum kriege ich am späten Nachmittag immer Hunger, also musste ich mir einen Schokoriegel reinziehen, was natürlich …«

O mein Gott, ich plappere absoluten Unsinn, und er hört nicht einmal zu. Halt die Klappe. Halt die Klappe. Halt die Klappe, Abigail.

»Oooh! Was sollen wir bestellen?«, frage ich, als wir an unserem Tisch Platz nehmen.

Paulie sagt keinen Ton. Shit, wir können hier nicht stumm herumsitzen. Ohne zu überlegen, beginne ich, die Speisekarte laut vorzulesen. Das habe ich noch nie zuvor getan, aber angespannte Nerven können eine Frau schon ein wenig hibbelig machen, wissen Sie.

»Gedünstete Edamame! Ich liebe Sojabohnen!. Crêpes à la Saigon … hm … bin mir nicht ganz sicher … Har gau, Krabbenklößchen – eins meiner Lieblingsgerichte. Soft Shell Crab! Köstlich! Meine Schwester hasst Krabben. Sie hatte einmal eine Lebensmittelvergiftung in Singapur. Ich bin nicht …«

»Verzeihung, ich würde gerne den Wein bestellen«, unterbricht Paulie und gibt der Kellnerin an der Tür ein Zeichen.

»Wein! Super!«, sage ich und hole tief Luft. Du bist eine Idiotin, Abigail, schelte ich mich stumm. Bring das in Ordnung. Aber ich kann nicht. Ich bin eine rollende Lawine aus Nerven und Dummheit. »Anscheinend bin ich resistent gegen Alkohol, seit ich meinen … äh … verlassen habe vor ein paar Wochen. Ich meine, weißt du, ich trinke Alkohol, in letzter Zeit nicht wenig, aber ich habe nie einen Kater. Ich bin wahrscheinlich die Göttin des Alkohols!«

Hast du das eben wirklich gesagt, Abigail? O MEIN GOTT.

»Darauf stoßen wir an«, sagt Paulie und leert sein halbes Glas in einem Zug.

Ich hole tief Luft und lächle, bevor ich mit meinem Martini dasselbe mache. Bitte, lieber Gott, lass das bald vorüber sein.

Kapitel 2

Zwei Stunden später poltere ich leicht schwankend ins Haus, wo ich meine hohen Schuhe abstreife. Mein Mitbewohner Robert hat es sich auf der Couch bequem gemacht, die Beine auf dem Wohnzimmertisch, und schaut fern.

»Schatz, bin wieder da!«, sage ich.

»Hey«, antwortet er und dreht kurz den Kopf zu mir, bevor er wieder in die Glotze starrt.

Ich schlurfe ins Wohnzimmer, die Schuhe in der Hand, und lasse mich auf die andere Couch fallen.

»Ich hatte gerade mein allererstes Date in meinem ganzen Leben«, sage ich gesprächig.

Ich schließe ein Auge, um mich auf das Fernsehbild zu konzentrieren. Es läuft gerade eine alte *Simpsons*-Folge, die mit der Einschienenbahn. »Homer benutzt gleich das M als Anker für den Riesendonut, und dann führt eine Rolltreppe ins Nichts«, bemerke ich hilfreich.

»Danke für die Info.« Robert fährt sich geistesabwesend mit der Hand durch die Haare. Sie sind mittellang und dunkel und trotzen der Schwerkraft auf eine Art, die ich noch nie gesehen habe. Ich frage mich, ob er einen Festiger benutzt, und wenn ja, welchen. »Bier?«

Ich sehe nach unten und entdecke einen kleinen Eimer neben der Couch, der mit Eiswürfeln und Bier gefüllt ist. Der Kühlschrank ist keine drei Meter entfernt.

»Das nenne ich stinkfaul.«

Robert wirft mir wieder einen Blick zu und grinst. »Na, bist du heute Abend zum Plaudern aufgelegt?«

»Ich bin ein bisschen betrunken«, gestehe ich, während ich von der Couch gleite und mit den Zehen nach einer Bierflasche angle.

Die letzten beiden Martinis waren echt lecker. Nachdem die Weinflasche leer war, stieg Paulie auf Bier um, und ich dachte mir, scheiße, warum nicht noch einen Martini?

»Gutes Date?«, fragt er, ohne die Augen von der Mattscheibe abzuwenden.

»Ja«, sage ich und bewege meinen Fuß in Richtung Hand. Gute Augen-Fuß-Koordination. »Er scheint ganz nett zu sein. Ein bisschen zurückhaltend. Er hat morgen früh eine wichtige Besprechung, darum haben wir den Abend nach dem Essen beendet.«

»Oh, dann war es also kein gutes Date«, sagt Robert in entschiedenem Ton und wirft mir den Flaschenöffner zu.

Ich fange ihn mit geübter Hand auf und lächle in mich hinein. Ich bin nicht sportlich, überhaupt nicht. Mannschaftssportarten verursachen bei mir sogar Panik – was, wenn ich mein Team enttäusche? Dieser ständige Druck! Trotzdem fange ich alles auf, was mir zugeworfen wird. Könnte ich dieses Talent doch nur irgendwie vermarkten, dann müsste ich nie wieder Bilanzen analysieren, denke ich. Ich könnte in einer Bar arbeiten wie Tom Cruise in *Cocktail* und mit den Flaschen jonglieren und … Augenblick. Ich konzentriere mich darauf, was Robert gerade gesagt hat.

»Kein gutes? Doch!«, widerspreche ich. »Es war okay. Ich war ein wenig … äh … nervös, aber das Gespräch war locker. Ich habe viel über ihn erfahren. Er scheint sehr nett zu sein.«

»Hast du ihm viele Fragen gestellt?«

»Ja.«

»Hat er dir Fragen gestellt?«

Pause.
»Nein …«
»Habt ihr viel gelacht?«
Noch längere Pause.
»Wir hatten ein paar … lustige Momente.«
»Kein gutes Date«, bekräftigt er. »Kein Kuss, richtig?«
Ich muss zugeben, dieser Part hat mich verwirrt. Wann zum Teufel soll man sich küssen? Woher weiß man, ob der andere das will? Ich habe versucht, Paulie bedeutungsvolle Blicke zuzuwerfen, aber er bemerkte es nicht, und dann öffnete er die Tür des Taxis und stellte sich dahinter, also stieg ich einfach ein und winkte zum Abschied.
Gott. Das war eine Katastrophe, wenn ich genauer darüber nachdachte.
»Woher weißt du das?«, frage ich.
»Dein Lipgloss«, antwortet er.
»Oh, du bist ein zweiter Sherlock Holmes, stimmt's?«, sage ich. Meine Stimmung ist leicht getrübt. »Ich glaube trotzdem, dass er sich bei mir melden wird.«
»Okay«, sagt Robert ausdruckslos.
»Er könnte mein Seelenverwandter sein«, sage ich leichthin.
»Ist er nicht«, entgegnet er. »Versprochen.«
»Du bist doof«, sage ich und nehme einen Schluck von meinem Bier.
»Schön, dass du wieder da bist«, sagt er.
Luke, der Verlobte meiner Schwester, hat einmal erwähnt, dass Robert sehr launisch sein kann. Er muss es wissen: Robert ist einer seiner besten Freunde. Robert und ich haben uns noch nicht oft unterhalten. Wahrscheinlich bin ich aus der Übung im Freundschaftenschließen, und manchmal glaube ich, ich würde Smalltalk nicht einmal erkennen, wenn er mir ins Gesicht schlägt. Aber heute Abend hilft mir der Alkohol.

Ich schließe ein Auge und sehe zu Robert. Seine Beine sind so lang, dass sie mühelos bis zum Couchtisch reichen. Ich versuche, mit den Zehen die Tischkante zu erreichen, scheitere jedoch. Robert bemerkt es und beugt sich vor, um den Tisch näher an meine hoffnungsvollen Zehen heranzuziehen.

»Danke.« Vielleicht, denke ich, spreche ich einfach aus, was mir durch den Kopf geht. »Es ist nicht meine Schuld, dass ich mich mit Dates nicht auskenne, weißt du. Ich habe null Erfahrung. Ich hatte noch nie ein richtiges Date vor heute Abend.«

»Mmm«, sagt Robert, was ich als Aufforderung verstehe, fortzufahren.

»Ich meine, natürlich sind Peter und ich am Anfang ins Kino gegangen und so. Aber wir waren vorher schon so lange befreundet, dass es sich wie von selbst ergeben hat … und deshalb hatten wir nicht einmal ein offizielles erstes Date. Ich glaube, es war an der Uni. Wir waren auf einer Party und betrunken und haben plötzlich rumgeknutscht, und voilà waren wir ein Paar. Und nun sind sieben Jahre vergangen, und ich habe vergessen, wie es ist, ein Single zu sein. Was kann ich tun?«

Robert gibt keine Antwort.

»Ich wollte nur höflich sein, als ich Paulie all diese Fragen gestellt habe. Worüber hätte ich sonst reden sollen? Schließlich ist er ein Fremder! Immer noch besser als peinliche Gesprächspausen.« Ich unterbreche mich, um mir weitere Gründe zu überlegen. »Und ich wollte nett sein und … Interesse zeigen an seinem Leben. Das nennt man gute Manieren.«

»Ich bin mir sicher, er weiß deine guten Manieren zu schätzen«, sagt Robert.

Das ist nicht die Art von gemütlichem WG-Plausch, wie ich ihn mit Plum und Henry in Studentenzeiten hatte, muss ich sagen. Vielleicht hat Robert noch nie mit einer Frau zusammengewohnt. Früher teilte er sich mit Luke eine Wohnung, bevor dieser Sophie kennenlernte und Robert hinauswarf, der sich daraufhin dieses Haus kaufte. Es ist ein lustiges kleines Haus mit drei Etagen, nackten Holzdielen und einer sehr maskulinen Einrichtung wie Ledersofas und niedrigen Holztischen. Ich habe sie Plum beschrieben als »Junggesellenchic«.

Robert legt offensichtlich keinen Wert darauf, dass wir beste Freunde werden, denke ich. Wahrscheinlich braucht er nur einen Mitbewohner, damit er die Hypothek nicht allein schultern muss. Er muss schon älter sein. Luke ist dreißig, aber Robert sieht älter aus. Er scheint ständig eine Rasur nötig zu haben.

»Wie alt bist du eigentlich?«, frage ich.

»Alt genug, um zu wissen, dass man niemals dazwischenquatscht, wenn die *Simpsons* laufen«, antwortet er.

Wir schauen gemeinsam die Folge bis zum Schluss, dann beginnt Robert, durch die Programme zu zappen. Irgendwo läuft gerade eine Folge von *Family Guy*, aber er ist schon weiter.

»Ooh! *Family Guy*. O ja, bitte«, sage ich.

Robert schaltet zurück.

Allmählich werde ich wieder nüchtern.

»Ich schwöre, auf Martini kommt Bier wie trockenes Brot«, bemerke ich während der Werbung. »Es saugt den Alkohol auf.«

Robert gibt keine Antwort.

Ich starre geistesabwesend auf den Fernseher und überlege fieberhaft. War das ein schlechtes Date? Was für eine Mühe und Aufregung und Outfit-Planung und Auftakelei und Erwartungsfreude … alles nur für knapp zwei Stunden beschissene Unterhaltung und ein gutes Essen. Vielleicht habe ich ja gar nicht so viel verpasst. Vielleicht ist dieses ganze Getue um Dates und das Singledasein nur viel Wind um nichts.

Aber das kann nicht stimmen. Plum gefällt es, Single zu sein und sich mit Männern zu treffen, sich aufzubrezeln für Dates und all das, wissen Sie. Ihr Leben dreht sich im Prinzip um nichts anderes. Und meiner Schwester Sophie gefiel es, als Junggesellin die Stadt unsicher zu machen (wie mein Vater es ausdrückte), so hat sie auch Luke kennengelernt, und nun werden sie bald heiraten.

Und das ist der Sinn des Ganzen, nicht? Jemanden zu finden, den man liebt und mit dem man lachen kann. Ein (Achtung, nicht so laut!) Seelenverwandter. Und nicht, mit jemandem zusammen zu sein, den man liebt wie einen Bruder und mit dem man nur selten lacht. So wie mit Peter. Ich habe ihn verlassen, weil ich wusste, dass etwas nicht stimmte, dass etwas fehlte. Aber heute Abend fehlte auch etwas. Ich … oh, ich muss dringend pinkeln.

»Ich gehe nur kurz auf das stille Örtchen«, sage ich.

»Gut zu wissen«, sagt Robert.

Vielleicht irrt er sich, denke ich, als ich wenige Minuten später wieder auf der Couch Platz nehme. Paulie wird sich bestimmt melden, und wir werden ein zweites Mal ausgehen, und es wird besser laufen. Vielleicht wird es ein Date, über das wir für den Rest unseres Lebens (»Ich war so schrecklich nervös!«, »Und ich erst!«) lachen werden. Ich meine, ich war ihm immerhin sympathisch genug, dass er mich zum Essen einlud. Bin ich ihm dann nicht sympathisch genug für ein zweites Mal? Ich habe nicht …

»Denk nicht mehr darüber nach«, sagt Robert zum Fernseher.

Augenblick, redet er mit mir?

»Was?«

»Du bist sehr leicht zu durchschauen«, sagt er, ohne mich anzusehen. »Das war ein Abend. Zieh deine Lehren daraus, und mach weiter. Das Singleleben ist brutal. Du musst auch brutal sein.«

»Welche Lehren? Ich habe keine Ahnung, was ich falsch gemacht habe, sage ich und füge rasch hinzu: »Falls ich überhaupt etwas falsch gemacht habe. Vielleicht hast du ja recht, und es war kein gutes Date, vielleicht aber auch nicht. Ich mag ihn ...« Dann schränke ich ein: »Ich könnte ihn mögen.«. Mag ich Paulie? Gott, keine Ahnung. Ich war zu beschäftigt damit, das Gespräch in Gang zu halten, um mir darüber Gedanken zu machen. »Zum Schluss habe ich ihn gefragt, ob er sich meldet, und er meinte: Ja.«

»Frag nie einen Mann, ob er dich anruft«, sagt Robert und öffnet die nächste Flasche Bier.

»Dann rufe ich ihn eben an«, sage ich trotzig.

»Das würde ich dir nicht empfehlen.«

»Ich bin für Gleichberechtigung.« Ich bin jetzt in der Defensive. »Ich rufe ihn an, oder ich schicke ihm eine SMS.« Robert schüttelt langsam den Kopf. Menschenskind, vielleicht sollte ich besser nur mit Frauen zusammenwohnen. Ich sehe gerne etwas mehr Mitgefühl und Motivation bei meinen Zuhörern, vielen Dank auch. »Oder ich maile ihm. Ich habe seine E-Mail-Adresse. Oder ich mache es ganz beiläufig über Facebook.«

»Ich bin auch für Gleichberechtigung«, erwidert er und rollt mit den Augen. »Trotzdem, nein. Nicht nach dem ersten Date. Sei unerreichbar. Und Facebook ist alles andere als beiläufig.«

»Ich verstehe einfach nicht, warum du denkst, dass es so schlecht gelaufen ist«, sage ich wieder.

»Wegen der ganzen Fragerei«, antwortet er, sanfter. »Zu viele persönliche Fragen, und es wird ein Vorstellungsgespräch daraus.«

»Genau so kam es mir vor!« Vielleicht weiß Robert ja

doch, wovon er redet. »Das ist gut. Erzähl mir mehr. Ich fange ganz von vorne an, mit winzigen Babyschritten.«

Er grinst mich an. »Lass es cool angehen. Du musst die Sache aus einer gewissen Distanz heraus betrachten. Das ist der einzige Weg.«

»Augenblick!« Ich hole mein Notizbuch hervor. Ich habe es immer bei mir: Es ist das Sammelbecken für meine To-Do-Listen und die einzige Methode zu verhindern, dass ich ständig was vergesse. »Gib mir eine Sekunde.«

Ich blinzle, schließe ein Auge, nehme meinen Stift und beginne zu schreiben. Was hat er noch gleich gesagt? Ach ja. Cool sein und Distanz wahren.

Das scheint einfach.

»Das heißt nicht, dass du gar nichts mehr sagen sollst. Entscheidend ist, dass du ihn zum Lachen bringst.«

»Ich muss auch noch witzig sein?«, sage ich bestürzt. Robert scheint das zu amüsieren. »Was macht dich eigentlich zum Experten? Hast du eine Freundin?«

»Nicht wirklich. Aber ich bin einfach sehr gut darin, Single zu sein.«

Ah, ein Schauspieler. Wie aufs Stichwort summt sein Handy, und an der desinteressierten Art, mit der er die SMS liest, und an seinen leicht hochgezogenen Augenbrauen, während er eine Antwort tippt, ist mir sofort klar, dass es sich um eine Frau handelt.

»Cool, distanziert …«, überlege ich laut, während ich ihn beobachte. »Muss ich das für immer sein? Eines Tages werde ich mich wieder verlieben, hoffe ich jedenfalls, und dann werde ich über so was nicht mehr nachdenken müssen … richtig? Beispiel: Muss ich an meiner Hochzeit daran denken, cool zu sein und distanziert?«

Sein Handy summt wieder. Die nächste SMS. Er liest sie und zieht eine Augenbraue hoch, bevor er den Kopf wieder zu mir dreht und meine Frage verarbeitet.

»Denk nicht daran, dich zu verlieben. Du darfst nicht einmal dieses Wort benutzen. Liebe und Dates sind zwei verschiedene Paar Schuhe. Und denk nicht an Hochzeit. Nie«, entgegnet er und schnappt sich vom Couchtisch seine Brieftasche und seinen Schlüsselbund. Er wirft mir die Fernbedienung zu, und ich fange sie sicher auf. Ja! Zwei gehalten von zwei. »Ich muss weg. Hab eine Verabredung.«

»Habe ich mir gedacht«, sage ich. »Heißt das, meine Lehrstunde in *Wie verhalte ich mich bei einem Date?* ist beendet?«

»Ein Date ist nach ein paar Stunden vorbei.« Robert nimmt seine Jacke aus dem Dielenschrank. »Das ist keine große Sache, also mach nicht mehr draus, als es ist.«

»Aber was, wenn ich nicht distanziert sein kann? Beziehungsweise nicht cool bin?«

Robert bleibt kurz in der Tür stehen, dreht sich zu mir um und grinst.

»Dann tu so, als ob.«

Kapitel 3

Als ich am nächsten Morgen das Büro betrete, wird mir klar, dass Robert wirklich recht hatte. Ich bin mir sicher, Sie sind bereits zu demselben Schluss gekommen: Es war kein gutes Date. Ich werde versuchen, es als Erfahrung abzuhaken, statt darin meine »Dann-werde-ich-wohl-einsam-und-verlassen-enden«-Theorie bestätigt zu sehen, weil das in den Wahnsinn führen kann.

Mein Büro liegt sehr zentral, an der Grenze zu dem Stadtteil Blackfriars. Ich arbeite als Finanzberaterin in einer Investmentbank. Als solche muss ich alles über den Börsenmarkt wissen, um unseren Wertpapierhändlern und Kunden zu helfen, Geld zu verdienen.

Anfangs liebte ich meinen Job. Ich liebte es, an Informationen zu kommen, die niemand besaß. Ich kam mir vor wie ein kleines Trüffelschwein, das nach Prachtexemplaren stöberte. Dann kam die Wirtschaftskrise, und es gab keine Trüffel mehr, was es mir schwer machte, meinen Enthusiasmus beziehungsweise meine Motivation aufrechtzuerhalten. Und dann wurde mir klar – erst ziemlich spät, was mir recht oft passiert –, dass mein Job nichts mit Recherche zu tun hat, sondern nur damit, reiche Leute noch reicher zu machen. Was mich nicht wirklich kickt. Aber wer weiß, vielleicht soll Arbeit gar keinen Spaß machen?

Großes Geständnis: Ich habe damals nur in der Bank angefangen, weil sie auf der Jobmesse an der Uni einen Stand direkt neben der Bar hatte.

Das ist kein Scherz. Ich habe ein schwieriges und im

Grunde unnützes Diplom in Altfranzösisch. Die Jobmesse war stressig und irgendwie demütigend. Plum und ich setzten uns an die Bar in der Happy Hour, die beiden Investmentbanker am Stand daneben wurden auf uns aufmerksam, und nach unserer zweiten Flasche Wein zum halben Preis kamen sie zu uns herüber und sprachen uns an.

Ich wusste damals nicht, was ich sonst hätte anfangen sollen mit meinem Leben, und die Verdienstmöglichkeiten klangen ziemlich gut, also bewarb ich mich für das Trainee-Programm, wurde zugelassen, erwarb ein paar Qualifikationen, und nun bin ich Finanzberaterin. Ich stecke mitten auf der Karriereleiter, von deren Existenz ich nichts ahnte, bis ich sie erklommen hatte, fest.

Mein Arbeitsplatz ist in einer ruhigen Ecke eines sehr großen, sehr grauen Großraumbüros in der sechsten Etage. Meine Chefin, Suzanne, ist Geschäftsführerin und hat ihr eigenes Büro (mit Glasfront, damit sie uns im Auge behalten kann). Ich arbeite in einem kleinen Team, das auf Luxusanleihen spezialisiert ist, mit zwei weiteren Beratern, Alistair und Charlotte. Um uns herum sitzen die anderen Teams: Pharma, Autoindustrie, Banken, Bau, blablabla.

Heute Morgen, es ist noch nicht mal sieben, bin ich die Erste unseres Teams im Büro. Der Arbeitstag beginnt für Finanzberater sehr früh. Das ist nur eines der Dinge, die ich an meinem Job nicht mag.

Ich setze mich an meinen Schreibtisch, schalte den Laptop ein und seufze. Oh, Neonlicht, wie ich dich hasse. Ich schwöre, die Leuchte über mir flimmert und brummt anormal laut. Wenigstens braucht unser Team nicht an dem Sales Meeting um 7:15 Uhr teilzunehmen. Stattdessen muss ich nur die Finanznachrichtenagenturen checken und schauen, was sich an den Börsen tut. Bis jetzt noch nichts. Hurra. Andernfalls bräuchte ich eine Meinung. Und es ist schwer, sich eine Meinung zu bilden, wenn es einen nicht wirklich interessiert.

Dabei könnte ich so einfach meine Lebensqualität verbessern: Lasst mich morgens um neun anfangen und anziehen, was ich will. Heute trage ich meine Uniform: cremefarbenes Oberteil, graue Hose, Pumps. Das Oberteil schimmert seidig, und die Hose hat einen hohen Bund. Das ist die angesagte Mode in meinem Büro, was selbst für das Londoner Bankenviertel ausgesprochen konservativ ist. Die meisten Kolleginnen tragen stinklangweilige Kostüme, schlecht kombinierte Blusen und vernünftige, geschlossene Schuhe mit flachen Absätzen. Eine zu schicke Aufmachung zieht die Aufmerksamkeit auf sich. Ich glaube, mein Job ist schuld daran, dass ich nicht so stilsicher bin wie Plum. Man muss nämlich immer wieder neue Stile ausprobieren, bis man einen Instinkt dafür entwickelt, was einem steht.

Ich hole mein Notizbuch heraus und gehe die Liste von gestern durch (ich bin ganz groß im Listenschreiben, wie Sie wahrscheinlich bemerkt haben). Ich streiche Erledigtes durch und übertrage unerledigte Aufgaben in eine neue Liste, als mein Handy klingelt.

»Plummy Plum«, sage ich leise. »Ich bin …«

»Ich weiß, du bist bereits auf der Arbeit«, sagt sie. Plum arbeitet in der PR-Branche und muss erst um neun anfangen. Ich weiß, dass sie noch im Bett liegt. »Nur zehn Sekunden. Wie ist es gelaufen?«

Ich seufze. »Ziemlich mies. Dafür brauche ich länger als zehn Sekunden.«

»Und ich dachte, du verliebst dich und kommst endlich unter die verdammte Haube«, sagt sie gähnend.

Ihre Stimme klingt morgens belegt. Sie raucht zu viel. Und sie flucht zu viel.

»Träum weiter«, antworte ich und lege schnell auf, als Alistair kommt.

Vielleicht hat Robert auch damit recht: Liebe und Dates sind zwei verschiedene Paar Schuhe.

»Jeder hat einen Traum!« Alistair hat morgens die beste Laune. »Wovon träumt ihr? Wovon träumt ihr? Willkommen in Hollywood.«

»Nur echte Männer sind fähig, aus *Pretty Woman* zu zitieren«, erwidere ich, während er sich setzt.

»Ach ja?«

Alistair machte in seinem Bewerbungsgespräch einen schüchternen und fleißigen Eindruck, aber er entpuppte sich bald als das genaue Gegenteil. Wir sind inzwischen fast so etwas wie Freunde geworden – man bedenke, dass ich normalerweise keine Freundschaften mit Kollegen schließe.

Charlotte dagegen, die, wie ich sehe, gerade durch den Flur huscht, ist … na ja … langweilig. Ja, es ist fies von mir, so über eine Arbeitskollegin zu reden, die mir nie etwas getan hat, aber ganz ehrlich, Charlotte ruft nicht gerade Sympathien hervor. Kann sein, dass ich manchmal sehr still bin, aber Charlotte ist praktisch stumm. Ihre Haare, ihre Haut und ihre Kleidung sind eine Mischung aus verschiedenen Graubrauntönen, und im Winter trägt sie Ponchos (Ponchos!) über ihrem Kostüm, wodurch sie unweigerlich an einen Pilz erinnert, da sie keine Elle-Macpherson-Figur hat. Ich bin sicher keine Modeexpertin, aber ich erkenne ein »So nicht!«, wenn ich es sehe.

»Guten Morgen, Charlotte«, sage ich fröhlich, als sie an ihrem Tisch Platz nimmt.

»Morgen«, erwidert sie ausdruckslos.

Sehen Sie? Sie gibt sich kein bisschen Mühe.

Ich bekomme eine SMS von meiner Schwester Sophie. *Date. Details, bitte. Ich will alles wissen.*

Ich seufze wieder. Ich wünschte, ich hätte nicht allen von meinem ersten Date erzählt. Nun muss ich allen erzählen, wie schrecklich es war. Obwohl ein schlimmes Date nicht zwingend bedeutet, dass ich für immer Single bleiben werde, oder? Beziehungsweise einsam ende, verbittert und … verzweifelt … (Allmählich hasse ich dieses Wort, das letzte, meine ich.)

Ich öffne eine neue E-Mail an Plum, Henry und Sophie:

Ich werde mich nur einmal dazu äußern, also lest diese Mail aufmerksam. Das Date war eine Katastrophe. Ich hatte verbalen Durchfall. Habe die ganze Speisekarte laut vorgelesen. Habe ihn mit Fragen gelöchert über jeden, den er kennt. Habe ihm die ganze Geschichte mit der Trennung von Peter erzählt. Habe ständig dumme Kommentare von mir gegeben. Er hat, sobald er konnte, die Flucht ergriffen. Ohne Gutenachtkuss. Und ich war ziemlich betrunken.

Gegen elf Uhr kommen die Antworten. Meine Schwester Sophie ist die Erste:

O Abigail. Vielleicht solltest du ihn anrufen und dich entschuldigen.

Hat die sie noch alle? Ich werde den Teufel tun und ihn anrufen, niemals. Wozu soll ich mir eine Abfuhr holen? Es ist viel besser, wenn er sich einfach nicht meldet. Sophie ist manchmal zu sensibel.

Ich antworte:

Ich bin vielleicht eine blutige Anfängerin im Daten, aber kein Idiot.

Plum schreibt:

Klingt, als solltest du die Sache unter »beschissene Erfahrungen« verbuchen, Zuckermaus. LG

Ah, danke, Plum.

Henry schreibt:

Ich kann nicht glauben, dass du nicht über ihn hergefallen bist.

Wieder ein nützlicher Kommentar.

Ich beantworte den ganzen Vormittag E-Mails, während ich mit Tradern telefoniere und meine Empfehlungen zum aktuellen Geschehen an der Börse (nach wie vor sehr überschaubar) ausspreche. Schließlich flattert noch eine E-Mail von meiner scharfsinnigen Schwester Sophie in diesen ganzen Mist hinein.

Abigail – willst du ihn überhaupt wiedersehen? Falls nicht, hör auf, dich zu quälen.

Ich denke ein paar Minuten lang nach. Ich will ihn nicht wiedersehen. Ich hatte nicht wirklich Spaß. Ich habe nur das Gefühl, nachdem er mich ausgeführt hat, sollte ich mein Bestes geben. Mich bemühen, damit es funktioniert. Paulie ist sicher ein netter Mensch, und ich bin auch ein netter Mensch, also gibt es keinen Grund, warum wir nicht weitermachen sollten, oder?

Mir wird bewusst: Das ist genau die Denkweise, die mich sieben Jahre lang in der Beziehung mit Peter aushalten ließ.

O Mann, das ist brutal.

Augenblick. Das hat Robert auch im Zusammenhang mit Dates gesagt. Ich sollte es aufschreiben. Ich hole mein Notizbuch hervor und füge »Brutal sein« auf der Liste hinzu. Gut. Ich werde mich also nicht um ein zweites Treffen mit Paulie bemühen. Er ist ab sofort aus meinem Gedächtnis gestrichen. Ist das brutal genug?

»Hast du Lust auf ein Lunch nachher?«, fragt Alistair, der auf seinem Stuhl wie ein geölter Blitz von seinem Schreibtisch zu mir herüberrollt.

Ich blicke ihn stirnrunzelnd an. Das ist das dritte Mal in den vergangenen zwei Wochen, dass er mich fragt. Normalerweise habe ich keine Zeit für eine Mittagspause, aber heute ist es ziemlich ruhig.

»Klar«, sage ich. »Charlotte?«

Keine Ahnung, warum ich sie überhaupt frage. Charlotte verlässt nie das Büro in der Mittagspause. Wie erwartet, schüttelt sie den Kopf.

»Also, warum wolltest du unbedingt mit mir essen gehen?«, frage ich Alistair in der Sushi-Bar um die Ecke, als wir zu essen beginnen.

»Darf ein Mann nicht das Brot brechen – sorry, rohen Fisch – mit seiner Teamleiterin, ohne gleich Verdacht zu erregen?«, sagt Alistair und rührt Wasabi in unsere Sojasoße. Ich sehe ihn an und ziehe eine Braue hoch. »Ich möchte nicht mehr als Finanzberater arbeiten«, lautet seine Reaktion.

Ich habe mir gerade ein großes Stück Fisch in den Mund geschoben und beginne, langsam zu kauen, während ich nicke und den Blickkontakt aufrechterhalte und mir überlege, was ich darauf erwidern soll. Beim Kauen stößt meine Zunge an ein Klümpchen Wasabi, das sich nicht richtig in der Sojasoße aufgelöst hat, und sofort schießen mir Tränen in die Augen.

»Du musst nicht gleich deswegen weinen«, sagt Alistair.

»Wasser«, flüstere ich, schnappe mir die glänzende, nicht saugfähige Serviette und drücke sie an meine Wangen. Verdammt, jetzt habe ich bestimmt Streifen im Make-up. »Das ist eine schwerwiegende Entscheidung, die du da getroffen hast. Und was willst du stattdessen machen?«, sage ich schließlich.

Ich klinge wie meine Mutter. Schon wieder.

»Ich möchte an einem Handelstisch sitzen«, antwortet er entschlossen.

»Scheibenkleister! Warum das denn?«, rufe ich.

Die Handelsabteilung ist der Wilde Westen der Bank. Sie ist fast ausschließlich mit Männern besetzt und versprüht den scharfen Geruch von Testosteron und Konkurrenzkampf. Alistair ist viel zu albern und witzig für einen Trader. Und ihm fehlt der Killerinstinkt.

»Hast du es manchmal nicht auch satt, die fette Beute aufzuspüren, ohne am Blutvergießen beteiligt zu sein?«, erwidert er.

Vielleicht hat er ja doch einen Killerinstinkt.

»Wenn du es so ausdrückst … nein«, antworte ich.

»Du liebst die Recherche, was?«, sagt er und rollt mit den Augen. »Tja, ich will mehr … mehr Action. Und mehr Geld.«

»Du kannst nicht einfach beschließen, Trader zu werden, weißt du. Du bist erst ein Jahr raus aus der Uni.«

»Manche schaffen den Sprung trotzdem«, sagt er beharrlich.

»Ich könnte ein bisschen für dich recherchieren, damit du ganz sicher weißt, dass es das ist, was du willst.«

»Mir wäre jede Unterstützung von dir recht, schöne Abigail. Der Job ödet mich an.«

Wir widmen uns wieder dem Dippen und Mischen und Kauen. Ich bin leicht rot geworden, weil ich mich freue, dass er mich »schöne Abigail« genannt hat. Es ist zwar nur ein harmloser Flirtspruch, aber mit mir hat seit Jahren keiner mehr geflirtet, ob harmlos oder nicht.

»Weißt du, mich ödet er manchmal auch an«, gebe ich zu. »Außerdem frage ich mich, ob ich die Richtige für so einen Job bin. Aber ich denke, das geht jedem so. Ich meine, Arbeit ist Arbeit.«

Alistair runzelt die Stirn. »Arbeit ist Leben … Möchtest du dein Leben nicht lieber mit etwas verbringen, das dir Spaß macht? Was würdest du machen, wenn du die freie Wahl hättest?«

Ich starre ihn an, sprachlos.

»Ich meine, was wünschst du dir?«, fügt er hinzu. »Was für ein Leben wünschst du dir?«

Ich öffne den Mund, um zu reden, aber es kommt nichts heraus. Mein Kopf ist leer. Was ich mir wünsche? Was für eine Frage ist das denn?

»Ich … ich weiß nicht … ich …« Scheinbar fallen mir keine Wörter mehr ein.

»Dann brauchst du dir vorerst keine Gedanken darüber zu machen«, sagt Alistair und grinst mich an.

Genau meine Meinung.

Nachdem wir aus der Mittagspause zurückgekehrt sind, setze ich mich wieder an meinen Schreibtisch und starre einen Moment auf meinen Monitor, während ich versuche, alle beunruhigenden Gedanken aus meinem Kopf zu verbannen. Aber es geht nicht. Alistair ist dreiundzwanzig und weiß genau, wer er ist und was er will. Ich bin siebenundzwanzigdreiviertel und habe keinen blassen Schimmer.

Kapitel 4

Wissen Sie, was das Ätzende am Singledasein ist?

Nein, nicht dass man niemanden für Sex hat und zum Schmusen. Obwohl mir ein bisschen Sex im Moment nicht schaden könnte. Tatsächlich war einen Monat nach der Trennung Sex praktisch das Einzige, woran ich denken konnte. Ist das nicht seltsam? Wo war ich? Ach ja, das Singledasein.

Ich vermisse es, keinen zum Quatschen zu haben. Keinen, der nickt, wenn ich einen Kommentar über irgendeine hirnverbrannte Fernsehsendung mache, oder mit dem man sich einen neuen Song anhören kann oder für den man Porridge an einem kalten Morgen macht. Ich bin so daran gewöhnt, jemanden um mich zu haben, dass ich manchmal aus der Dusche komme und sage: »Kannst du mich daran erinnern, dass ich Rasierklingen kaufe?«, bevor mir einfällt, dass da gar keiner mehr ist. Mit anderen Worten: Mir fehlt Gesellschaft.

Ich finde, eine aktive Freizeitgestaltung ist die beste Möglichkeit, um den Mangel an Gesellschaft zu beheben, also versuche ich, so zu planen, dass ich so gut wie nie allein bin. So treffe ich mich mindestens einmal am Wochenende mit den Mädels zum Shoppen, eine Umschreibung für Mode, Kaffee, Klatsch, Besorgungen, Leute beobachten und zusammen Cupcakes naschen oder andere leckere Kuchen, da geteilte Kalorien natürlich nicht zählen (genauso wenig wie Kalorien, die man im Stehen zu sich nimmt, betrunken oder im Flugzeug).

Heute ist ein wichtiger Tag: Meine beste Freundin Plum

und meine Schwester Sophie helfen mir, meine Single-garderobe aufzumotzen und mir etwas Stil beizubringen.

Ich probiere gerade einen Trenchcoat bei Whistles an, während Plum uns eine Geschichte von ihrer Kollegin erzählt.

»Und da dieser kleine Flachwichser sich nicht meldet, beschließt Georgina spontan, eine Party zu organisieren und ihn einzuladen. Ich muss sagen – Hut ab.«

»Ja«, sage ich und wechsle einen kurzen Blick mit Sophie.

Plums Gespräche, wenn sie sich nicht um Mode drehen, kreisen in letzter Zeit immer um Männer. Um Männer, die sie kennt, Männer, die ihr sympathisch sind, Männer, die andere Frauen kennen und sympathisch finden.

Plum kommt zu mir.

»Schieb die Ärmel ein Stück hoch«, sagt sie bestimmt, öffnet die Gürtelschnalle und bindet sie stattdessen zu einem Knoten. »Klapp den Kragen hoch. Einen Trench darf man nie auf die altmodische Art tragen. Wir sind hier nicht in einem beschissenen Schwarz-Weiß-Film.«

Ich nicke gehorsam und tausche ein Grinsen mit Sophie aus. Plum hat eine herrisch-charmante Art, die man auf ihre Herkunft aus Yorkshire zurückführen könnte, auf ihre fünf Jahre in der vornehmen PR, wo sie ausschließlich mit Frauen zusammenarbeitete, oder darauf, dass sie mit vier jüngeren Brüdern aufgewachsen ist. Wir haben uns an der Uni kennengelernt, wo sie sich ständig meine Französischnotizen borgte, und wir wurden Freundinnen, als sie mit einem Freund von Peter zusammen war. Die Beziehung hat nicht gehalten, aber unsere Freundschaft schon. Plum hatte einen viel größeren Freundeskreis als ich, während ich in der Beziehung mit Peter nicht viele neue Leute kennenlernte … Ich frage mich, ob das der Grund ist, warum ich manchmal unsicher in Gesellschaft bin.

Hm.

Plum hatte schon immer ein sonnigeres und unbekümmerteres Gemüt als ich, obwohl die Männergeschichten sie in den letzten Monaten – oder waren es Jahre? – heruntergezogen haben. Plum ist sehr hübsch und hat ein perfektes Lächeln, fast amerikanisch. Ich musste jahrelang eine Spange tragen, und meine Zähne sehen trotzdem noch ein wenig schief aus.

»Jedenfalls«, fährt Plum fort in lässigem Ton, während sie ihre hellbraunen Haare mit den Fingern nach hinten kämmt und einen Schmollmund im Spiegel zieht, »habe ich ihr gesagt, dass das dumm war. Ich meine, vielleicht hat er sein Handy verloren. Oder er hat ihre Nummer nicht richtig eingegeben. Es könnte hundert Gründe geben, warum er sie nicht anrufen konnte. Das sage ich mir jedenfalls immer in so einer Situation.«

Ich nicke, unsicher, was ich erwidern soll. Als ich noch kein Single war, habe ich diese Seite von ihr nie bemerkt – die Männerbesessenheit.

»Vielleicht sollte ich einfach nach Yorkshire zurückgehen«, murmelt sie traurig. »In London gehen mir allmählich die Männer aus. Meine Mutter wäre sicher begeistert.«

»Sei kein Idiot«, sagt Sophie sanft. Sie ist der einzige Mensch, den ich kenne, der zu anderen »Idiot« sagen kann, ohne unfreundlich zu klingen.

Sophie ist, wie ich schon sagte, zwei Jahre jünger als ich. Als Kinder waren wir beide sehr schüchtern und verbrachten viel Zeit mit Lesen und Zeichnen in intensivem, kreativem Schweigen. Aber mit zwölf entwickelte Sophie diese ruhige Zuversicht, während ich leise blieb und anfällig für innere Panik. Ein paar Jahre lang war ich neidisch auf sie – sie wurde viel öfter zu Partys eingeladen, und egal, was sie tat, sie war nicht fähig, platonische

Freundschaften mit Männern zu pflegen, während ich deprimierend gut darin war –, aber das legte sich bald. Und inzwischen liebe ich sie über alles. (Ein Glück, sonst hätte es problematisch werden können, dass ihre Verlobung mit meiner Trennung zusammenfiel.) Wir sehen uns sehr ähnlich: glatte dunkelbraune Haare, schlank, aber total unsportlich, blaue Augen. Sophie hat wie Plum schönere Zähne als ich.

»Scheiße, du hast leicht reden, schließlich bist du diejenige, die mit fünfundzwanzig heiratet«, sagt Plum.

Sophie erwidert nichts darauf. Sie hat mir einmal erzählt, dass es ihr peinlich ist, dass sie vor uns beiden heiratet. Das ist typisch Sophie. Sie ist der liebste Mensch, den ich kenne.

Plum probiert nun selbst den Trench an und betrachtet ihr Spiegelbild mit diesem objektiv-kritischen Blick, den Frauen beim Einkaufen haben, zum Beispiel wenn sie das Obst im Supermarkt mustern. »Scheiße, ich sehe aus wie Inspektor Clouseau«, sagt sie. (Plum muss in ihrem Job voll da sein, was wohl einer der Gründe ist, warum sie flucht wie ein Matrose mit Tourette-Syndrom, wenn sie mit uns zusammen ist; ein anderer Grund ist, dass sie einfach gut im Fluchen ist.)

Ich nehme ein dunkelblaues Minikleid in die Hand. »Das hier vielleicht? Mit einem Gürtel?«

»Ich habe meine Gürtelphase hinter mir«, sagt Plum. »Und auch meine Kleiderphase. Die sind so unflexibel. Heute kombiniert man Einzelteile. Aber das Kleid ist okay, in Kombination mit Tropfenohrringen und schicken Ballerinas.«

»Ich besitze weder Tropfenohrringe noch schicke Ballerinas«, sage ich traurig. »Wie kann ich mein ganzes verdammtes Leben lang shoppen gehen und trotzdem nichts zum Anziehen haben?«

Ich hole mein Notizbuch hervor und schreibe »Ballerinas, Ohrringe« auf eine Seite, die speziell für Modetipps reserviert ist.

»Wie findet ihr das?«, fragt Sophie, die aus der Umkleidekabine kommt. »Das ist nicht offenherzig, sondern informativ.« Ihr Kleid ist ausgeschnitten bis unter die Brust.

»Wann zum Teufel gehen wir eigentlich mal los und suchen für dich ein Brautkleid?«, fragt Plum, plötzlich munter geworden.

»Wir?«, entgegnet Sophie zweifelnd.

»Du brauchst mich. Ich bin deine andere große Schwester«, erklärt Plum entschlossen, legt den Arm um Sophie und führt sie zurück in die Umkleidekabine. »Ich lasse die Wood-Schwestern nicht allein bei dieser Entscheidung.«

»Okay. Nächste Woche, abends nach der Arbeit«, ruft Sophie hinter dem Vorhang. »Ich kenne ein Brautmodengeschäft mit Kleidern im Vintage-Stil. Wir hatten dort mal ein Shooting.«

Sophie ist Agentin für Fotografen, die noch nicht richtig bekannt sind, aber kurz davor stehen. Sie entdeckte ihre Liebe zur Fotografie, als sie in einer Galerie in San Francisco arbeitete. Zurück in London rief sie jede Woche zwanzig Agenturen an, bis eine sie einstellte, damit sie Ruhe gab. Noch ein Mensch, der weiß, was er will, und es in die Tat umsetzt. Mist, verdammt. Habe ich den »Mal-dir-dein-Leben-aus«-Tag in der Schule verpasst?

»Okay, mir reicht's«, sagt Sophie und gibt der Verkäuferin das Kleid mit einem entschuldigenden Lächeln zurück. »Es ist sehr hübsch. Ich komme wahrscheinlich ein anderes Mal wieder. Vielen Dank für Ihre Hilfe.«

Sie hat mir einmal erzählt, dass sie ein schlechtes Gewissen hat, wenn sie nichts kauft. Aus diesem Grund besitzt sie acht identische schwarze Pullover mit V-Ausschnitt.

»Lasst uns zu Zara gehen. Dort finden wir ausgefallene Basics«, sagt Plum entschlossen. »Das ist nämlich genau das, was Abigail fehlt.«

»Warum bist du so gut in so was?«, frage ich, als wir nach draußen gehen.

Plum zuckt mit den Achseln. »Mein Gehirn sucht ständig nach passenden Kombinationen. Wie dieser magische Outfit-Generator in *Clueless*. Das klappt sogar mit Klamotten, die ich noch gar nicht gekauft habe.«

Mit Plums Hilfe wird Zara ein Erfolg. Ich entdecke ein verführerisches hautfarbenes Pencil Dress, einen schwarzen Rock, der etwas länger ist als meine anderen schwarzen Röcke und insofern ganz anders, und schrille grüne Pumps, die ich unbedingt haben muss. Plum erklärt mir, womit ich die Sachen kombinieren soll, und ich zücke mein Notizbuch und schreibe eifrig mit, bis sie anfängt, mich auszulachen.

»Wie klappt es eigentlich mit dir und Robert?«, fragt Sophie.

»Gut«, antworte ich. »Er ist nur selten da. Neulich abends hat er mir ein paar gute Überlebenstipps für Singles gegeben.«

»Damit dürfte er sich auskennen«, sagt Sophie. »Robert ist der absolute Ladykiller. Einer der größten Playboys Londons.«

»Beschreibung, bitte«, sagt Plum.

»Dunkelhaarig, dunkelgrüne Augen, hohe Wangenknochen, kantiges Kinn, immer einen leicht arroganten Zug um den Mund«, sagt Sophie, als würde sie den Klappentext eines Schmökers lesen. »Attraktiv, grüblerisch und männlich.«

»Launisch«, füge ich hinzu. »Mürrisch. Unrasiert. Ungekämmt. Aber das Haus hält er picobello sauber. Gott sei Dank.«

»Gut gebaut?«, fragt Plum.

»Ja«, antwortet Sophie. »Findest du ihn nicht auch scharf, Abigail?«

»Ich habe ihn noch nie nackt gesehen. Es ist nicht so, als würden wir uns im Bad begegnen, da jeder sein eigenes hat.«

»Schade«, sagt Plum wehmütig.

»Jedenfalls, als wir uns kennenlernten, war ich noch in der Phase, in der ich meine Trennung verarbeiten musste«, sage ich. »Für mich war Robert immer nur ein Mitbewohner.«

»Häuslichkeit erzeugt Verachtung«, sagt Plum. »Klingt wie der perfekte Bettgespiele für mich. Wälzt ihn in Honig und bringt ihn zu mir.«

»Robert ist nicht der Typ, der eine Beziehung eingeht«, sage ich kopfschüttelnd.

»Das stimmt«, bekräftigt Sophie. »Er ist irgendwie unerreichbar. Ein toller Mann, aber …«

»Großartig, noch so ein Flachwichser, genau das, was ich brauche. Hey, habt ihr schon gehört, was Henry heute Morgen passiert ist?«, fragt Plum. »Als er aufgewacht ist, hatte er noch einen Bissen Kebab im Mund.«

Henry ist mein bester Kumpel. Er ist ein richtiger Junge: unkompliziert, sehr gutmütig und ständig hungrig. Henry, Plum und ich wohnten zusammen während unseres Studiums. Es gab eine Phase, in der wir ihn »Miranda« nannten, aber er meinte, wenn schon, dann wäre er lieber Charlotte, also hörten wir damit auf. Er ist übrigens nicht schwul, und er hat viele männliche Freunde (die Plum bereits seit langer Zeit durchhat). Wir kennen Henry schon eine Ewigkeit. Er ist einer von uns.

Wir gehen in Richtung Marylebone und setzen uns in dem ersten Café, an dem wir vorbeikommen, draußen an einen Tisch. Plums Handy klingelt.

Sie klemmt ihr Headset hinters Ohr (sie ist fest davon überzeugt, dass sie von ihrem Handy Mitesser bekommt), und flötet: »Henrietta! Nein, die BabyCare Show ist dieses Jahr erst am fünfundzwanzigsten, Darling! Mmm. Klaro. Ciao!« Sie legt auf und verdreht die Augen. »Man könnte meinen, wir würden die Welt retten, dabei geht es nur um die Markteinführung von einer beschissenen neuen Windelsorte.«

Sophie runzelt die Stirn. »Plummy. Ausdrucksweise.«

»Immer muss die Panik schieben am Wochenende. Dann ruft sie mich aus dem verdammten Range Rover an, während sie mit ihrem Freund Sebastian unterwegs ist, um Jachten zu fotografieren oder was auch immer«, schimpft Plum. »Ich habe die Schnauze voll von diesen blöden Schnepfen, wirklich wahr.«

Sophie und ich wechseln einen Blick und kichern. Ich frage mich, ob Leute, mit denen ich zusammenarbeite, auch solche Dinge tun. Dann muss ich wieder an die Arbeit denken und seufze laut.

»Was hast du, Schneckchen?«, fragt Plum.

»Liebst du deine Arbeit?«

»Ich mag meine Kolleginnen, sogar die Schnepfen«, antwortet Plum. »Aber die Bezahlung ist scheiße. Ich bin ständig pleite, und da bei uns nur Weiber arbeiten, hat immer irgendjemand seine Tage. Ein verfluchter Albtraum.«

»Ich liebe meine Arbeit«, sagt Sophie. Plum wirft ein Stück Würfelzucker nach ihr. »Sorry, aber es ist so! Mein Job ist anstrengend, trotzdem freue ich mich stets auf den Montag.«

»Fuck«, sagt Plum fassungslos. »Du *freust* dich auf den Montag? Ganz ehrlich …« Sie dreht sich zu mir. »Warum fragst du überhaupt, Süße?«

Ich seufze wieder laut. »Meine Arbeit ist im Prinzip nicht mehr als ein Ort, an dem ich freien Internetzugang habe. Sie macht mir nicht richtig Spaß, und es gibt selten was zu lachen … Aber ich weiß nicht, was ich sonst machen soll.«

O Gott, ich werde emotional. Tränen, haltet euch zurück.

»Vergiss nicht, dass du sehr gut verdienst«, sagt Sophie.

Ich nicke. Ich verdiene mehr als Plum und Sophie zusammen, was mir ein schlechtes Gewissen macht, also versuche ich heimlich, bei jeder Gelegenheit die Rechnung zu übernehmen. Zur Information: Ich bin nicht der smarte Bankertyp mit dickem Portemonnaie. Die Vorstellung, mehrere tausend Pfund für eine Handtasche auszugeben, finde ich obszön (das ist praktisch und lästig zugleich, aber hey, so bin ich nun einmal). Ich habe einiges gespart im Laufe der Jahre, ohne mich dafür einzuschränken. (Ich weiß, auch das ist praktisch und lästig zugleich.)

»Ich glaube nicht … Ich glaube nicht, dass mir das Geld so wichtig ist«, sage ich.

»Dann hast du den falschen Job«, erwidert Sophie ruhig. »Das ist nicht das Ende der Welt. Du kannst daran was ändern.«

»Wie zum Teufel kann man sechs Jahre den falschen Job haben?«, sage ich laut. »Allerdings habe ich auch die letzten sieben Jahre mit dem falschen Mann verbracht. Scheinbar habe ich ein Talent dafür, wesentliche Dinge zu ignorieren.«

»Wäre es nicht langsam mal Zeit, dass du dir ein Haus kaufst?«, fragt Plum. »Bei deinem Gehalt ist die Finanzierung kein Problem. Dann kannst du immer noch deinen Job an den Nagel hängen und tun, worauf du Bock hast.«

Ich zucke zusammen. Das Thema »Hauskauf« kommt jedes Jahr zur Sprache bei meinen Eltern. Ich weiche dann immer aus. Die Vorstellung, mir eine so große Verpflichtung ans Bein zu binden, verursacht mir Übelkeit. Ich kann es mir nicht vorstellen, und ich will es mir nicht vorstellen. Also ignoriere ich es.

»Vielleicht solltest du dir vorerst keine Gedanken darüber machen«, sagt Sophie rasch. Sie ist gut darin, in meinem Gesicht zu lesen.

»Und du darfst nicht vergessen, dass du dich immer noch von der Trennung von einem Mann, mit dem du ein Viertel deines Lebens verbracht hast, erholst«, sagt Plum, die sofort auf den Unterstützende-Freundin-Modus umschaltet. »Ich meine, scheiße, ich habe immer Monate gebraucht, um über Beziehungen hinwegzukommen, die nicht länger dauerten als ein Börsenquartal.«

»Aber … ich bin über Peter hinweg«, sage ich unsicher. Ich bin wirklich über ihn hinweg. Vielleicht mache ich mir etwas vor. »Was soll's. Jetzt ist es zu spät, um eine andere Karriere einzuschlagen.«

»Es ist nie zu spät. Was würdest du denn gerne machen, wenn du es dir aussuchen könntest?«, fragt Sophie.

Pause.

Ich starre sie an, unfähig zu einer Antwort. Sie starrt zurück, zehn, zwanzig, dreißig Sekunden … Ich bin sprachlos, während mein Mund auf- und zuklappt wie bei einem Goldfisch. Meine Unfähigkeit, diese einfache Frage zu beantworten, verursacht mir sogar noch mehr Übelkeit. Was stimmt nicht mit mir?

Plum und Sophie wechseln einen Blick.

»Keine Ahnung«, sage ich schließlich. »Ich will nicht mehr darüber reden. Ich muss jetzt nach Hause und mich schick machen. Heute teste ich wieder meine Fähigkeiten als Single.«

Das Beste an einem abwechslungsreichen gesellschaftlichen Leben? Es hilft einem, die Realität zu verdrängen.

Kapitel 5

Bei einer Trennung trennt man sich nicht nur von einer Person. Man trennt sich auch von ihrer Familie, ihren Freunden und ihrem Hund. Es ist traurig, aber unvermeidlich. Aber es ist nun einmal so. Was der Grund ist, warum dieses Wochenende ein wenig … schrecklich war.

Als Erstes rief gestern Morgen Peters Mutter an und erzählte mir, wie sehr sie mich vermisse und dass die Liebe etwas sei, an dem man arbeiten müsse. Ein verdammter Albtraum. Abends dann gingen Plum, Henry und ich auf eine Party, die sich als ein Minenfeld entpuppte, auf dem es von Peters Freunden, die mich entweder nach Peter fragten, mich ignorierten oder mir tödliche Blicke zuwarfen, nur so wimmelte. Um zehn, als mir mein Gesicht vom falschen Lächeln wehtat, suchte ich Plums Blick und fuhr mit dem Daumen über meinen Hals, um ihr zu signalisieren, dass ich nichts dagegen hätte, abzuhauen. Wir schnappten uns Henry, der sich von den anwesenden Frauen ohnehin nur eine Abfuhr nach der anderen holte, und fuhren mit dem Taxi in einen Nachtclub. Auf der Fahrt hatten wir eine längere Unterhaltung über das Singledasein.

»Ich muss öfter mit Männern ausgehen«, sagte Henry. »Ich glaube, ihr Hühner seid schuld, dass ich nie zum Zug komme.«

»Und du denkst nicht, das hat vielmehr damit zu tun, dass du morgens mit einem ungekauten Bissen Kebab im Mund aufwachst?«, erwiderte ich.

»Das war ein einziges Mal!«, rief Henry. Er machte eine

Pause. »Im Moment würde ich für einen Kebab einen Mord begehen.«

»Diese Idioten können mir echt gestohlen bleiben«, sagte ich und frischte kurz mein Lipgloss auf. »Die halten mich für ein fieses Biest, weil ich Peter sitzen gelassen habe.«

»Mir können die auch alle gestohlen bleiben«, sagte Plum und nahm mir das Lipgloss ab. »Die anständigen Typen habe ich eh schon alle durch.«

»Mich hast du vergessen!«, rief Henry und schubste Plum von sich weg, als sie versuchte, Lipgloss bei ihm aufzutragen.

»Herzchen, ich habe mit dir an meinem einundzwanzigsten Geburtstag rumgeknutscht«, erwiderte sie, »aber die Küsse waren scheiße. Also habe ich mir die Mühe gespart, dich zu schänden.«

»Vielleicht lag das an dir«, konterte er. »Ich bin nämlich ein Kussgott.«

Es entstand eine Pause, in der ich mich fragte, ob wir wohl alle schlechte Küsser waren.

»Ich glaube allmählich, ich bin eine Niete im Bett, weil ich ständig abserviert werde, nachdem ich mit den Typen gepennt habe«, sagte Plum düster.

»Ja, ich hab gehört, dass du es im Bett nicht bringst«, sagte Henry.

Plum boxte ihn ziemlich hart in die Schulter.

»Aua.«

»Ich habe seit der Pubertät nur einen Mann geküsst beziehungsweise nur mit einem Mann geschlafen«, sagte ich. »Könntet ihr also bitte damit aufhören?«

Der arme Henry, denke ich. Meine Mutter wäre überglücklich, wenn ich mich in ihn verlieben und/oder ihn heiraten würde. Mit Plums Mutter verhält es sich genauso. Aber wir kennen Henry schon zu lange. Ich kann mir nicht einmal vorstellen, dass er einen Penis hat. Vielmehr stelle ich mir vor, dass er dort unten eine glatte Wölbung hat, so wie Barbies Ken.

Heute schleife ich Plum in den Cow Pub in Notting Hill, wo wir uns mit meiner Schwester und ihrem Verlobten treffen.

»Ich hasse diese verdammten Sonntage«, sagt Plum und zündet sich eine Zigarette an, während wir uns dem Pub nähern. Sie hat keine gute Laune. »Jeden Sonntagabend gehe ich allein ins Bett, und am Montagmorgen wache ich allein auf und denke, oh, wieder liegt eine Woche vor dir, eine ganze Woche bis zum Wochenende, wenn sich vielleicht, eventuell, die Möglichkeit ergibt, einen Mann kennenzulernen, der kein Flachwichser ist …«

»Plum«, sage ich. »Übertreib nicht so.«

Ihr verkaterter Pessimismus macht mir Angst. Ist dieser Zustand unausweichlich? Werde ich auch so enden? Unter uns gesagt, ich hatte gestern Abend ein Date, aber ich möchte jetzt nicht davon anfangen, damit Plum sich nicht noch schlechter fühlt.

»Churchill litt an Depressionen. Ich leide am Singledasein«, sagt sie und bläst theatralisch den Rauch aus. »Ich werde einsam und allein sterben.«

»Plummy …«

»Das bringt mich zur totalen Verzweiflung!«

»Nicht! Nicht dieses Wort!«, rufe ich. Ich will mich nicht anstecken an ihrem Sonntagsblues. »Ich kann dieses Wort nicht leiden.«

Plum sieht mich eigenartig an. »Na schön. Mensch. Oh, da sind sie. Sie haben draußen einen Platz ergattert. Hurra.«

Luke ist halb Holländer. Von seiner holländischen Mutter hat er die hellblonden Haare geerbt, und es ist leicht, ihn in einer Menge ausfindig zu machen, da sein Kopf immer wie ein leuchtender Blitz heraussticht. Luke und Sophie haben sich vor einem Jahr kennengelernt und vor zwei Monaten verlobt. Kurz vor meiner Trennung von Peter. Ich könnte jetzt behaupten, dass die glückliche Traumbeziehung der beiden keine Auswirkungen auf meine Entscheidung, Peter zu verlassen, hatte, aber das wäre gelogen. Vielmehr war sie sogar die wichtigste Antriebsfeder. Sophie wollte Luke heiraten, ich wollte Peter nicht heiraten. Der Kontrast war zu groß, um ihn zu ignorieren.

»Endlich!«, sagt Sophie und steht auf, um uns zur Begrüßung zu umarmen.

Wie immer fällt mir auf, dass sie strahlt vor Glück, wenn Luke in ihrer Nähe ist. So sollte die Liebe sein. Vielleicht bin ich einfach nicht dazu fähig. Uhhh … *Liebe.*

Höchste Zeit für einen Drink.

»Und, wie war es gestern Abend?«, frage ich ein paar Minuten später, eine Flasche Corona in der Hand.

»Ach, wieder so eine bescheuerte Dreißiger-Party«, sagt Sophie. Lukes und ihr gesellschaftliches Leben am Wochenende scheint nur aus »bescheuerten Dreißiger-Partys« zu bestehen. »Sie fing an mit Wein und Knabberzeug und endete mit einer Tanzchoreografie von Heteromännern zu der Musik der Backstreet Boys.«

»Ich war AJ McLean«, fügt Luke hinzu. Sein Handy summt. »Das ist die Hotline … ah. Dave hat abgesagt. Anscheinend kommt er nicht aus dem Bett.«

»Gab es bei dir gestern Abend irgendwas Aufregendes?«, fragt Sophie. »Ich meine männertechnisch. Du weißt schon.«

Ich grinse und zucke lässig mit den Achseln. Ich will vom Thema »Männer« ablenken, damit Plum nicht noch deprimierter wird. Außerdem übe ich mich darin, nicht über meine Dates nachzudenken beziehungsweise zu reden, wie Robert mir nach dem Flop mit Paulie empfohlen hat.

»Bonjour, tigre«, sagt Plum leise.

Ich hebe den Kopf. Robert ist im Anmarsch auf der Westbourne Park Road, das Handy am Ohr.

»Das ist mein Mitbewohner«, sage ich. »Robert.«

»Scheiße«, murmelt sie und wirft rasch einen Blick zu Sophie und Luke, um zu sehen, ob sie zuhören, aber die beiden Turteltäubchen sind mit Schmusen beschäftigt. »Der ist ja wirklich rattenscharf.«

Robert versucht offenbar, das Gespräch zu beenden. Er trägt ein lässiges, ungebügeltes Khakihemd. In Kombination mit seiner Denkerstirn und dem Dreitagebart sieht er ziemlich gut aus, wie ich zugeben muss. Allerdings wird er bald Botox brauchen, wenn er nicht aufhört, ständig die Stirn zu runzeln.

»Gut … Ist das alles? … Okay, danke für den Anruf … Ich weiß noch nicht. Sind ja noch sechs Tage … Mach ich. Ja.«

Er legt schließlich auf, schüttelt den Kopf, fährt sich mit der Hand durch die Haare und dreht sich zu uns.

»Luke, du siehst spitze aus. Hallo, Sophie, Abigail«, sagt er zur Begrüßung und beugt sich vor, um mich auf die Wange zu küssen.

Seine Bartstoppeln sind länger als sonst, und er riecht leicht nach Whisky.

»Lange Nacht, was, Matrose?«, sage ich und rümpfe die Nase.

»Du hast ja keine Vorstellung«, entgegnet er. Seine Stimme klingt heiser. »O Mann, sogar meine Augenbrauen tun weh.«

»Du schlimmer Junge, warum hast du dieselben Klamotten an wie gestern Abend?«, fragt Sophie.

Robert zwinkert ihr zu. Plum sabbert förmlich.

»Robert, das ist Plum. Plum, das ist Robert«, sage ich.

»Hallo, Plum«, sagt Robert und setzt sich neben mich an den Tisch. »Hübscher Name. Pflaumen gehören zu meinem Lieblingsobst.«

Der verkaterte Robert ist unendlich entspannter als der Robert nach der Arbeit, wie ich feststelle. Ich frage mich, ob er einen stressigen Job hat.

»Dann warst du gestern Abend feiern? Hast du getanzt? Bist du heute mit einem Brummschädel aufgewacht? Ich hasse den Kater am nächsten Morgen, du nicht auch? Ich hatte heute Morgen auch einen leichten, aber jetzt ist er weg!«, plappert Plum los, während sie hektisch ihre Haare zurückwirft.

Ich sehe sie erschrocken an. Ist das ihre Vorstellung von subtiler Körpersprache? Und ist Robert wirklich so rattenscharf?

»Bitte keine Fragen. Ich brauche zuerst einen Drink«, sagt er. Luke gibt ihm das Bier, das bereits auf ihn wartet. »Danke. Mann, ist das hell hier draußen. Ich gebe dir tausend Pfund für deine Sonnenbrille, Abigail.«

Seine Augen sind dunkelgrün, fällt mir auf, mit unverschämt dichten Wimpern. Warum haben Männer immer so tolle Wimpern? Soll das ein Scherz der genetischen Veranlagung sein?

Ich gebe ihm meine Fünfziger-Jahre-Sonnenbrille mit den Katzenaugen, und zu meiner Überraschung setzt er sie überglücklich auf und strahlt uns alle an.

»Sehe ich aus wie Audrey?«

»Audrey ist langweilig«, sage ich. »Katherine Hepburn war viel cooler.«

Robert schnappt nach Luft in gespieltem Entsetzen.

»Wie kannst du so etwas sagen? Ich vergöttere Audrey!«

»Wie kommt es, dass wir uns noch nie begegnet sind?«, fragt Plum.

Sie ist wieder cool. Wenigstens nach außen hin.

»Ich hatte eine Freundin in Italien«, antwortet er und dreht sich zu ihr mit einem Grinsen. Die Katzenaugenbrille verleiht jedem Gesicht tolle Wangenknochen. Auch Roberts Gesicht. »Ich war am Wochenende meistens nicht da.«

»Und noch eine Freundin in Edinburgh«, fügt Luke hinzu. »Und eine in Bethnal Green, eine in Highgate …«

Robert wirft ihm einen warnenden Blick zu, worauf Luke mit einem breiten – wenn auch leicht verwässerten – Grinsen antwortet.

»Na ja, jetzt bin ich wieder frei. Ende gut, alles gut«, sagt Robert.

Seltsam, dass Männer es frei nennen und Frauen einsam, nicht?

Es dauert nicht lange, und Plum fängt wieder davon an, dass es in London kaum gute Männer gibt. Entweder sie ist bereits betrunken, oder sie möchte, dass Robert weiß, dass sie wirklich und wahrhaftig Single ist.

»Ich gehe viermal abends in der Woche aus. Ich gehe in Kneipen und auf Partys, und ich bin weder fett noch abstoßend hässlich. Und trotzdem lerne ich keinen anständigen Mann kennen. Nur lauter Flachwichser …«

»Ernsthaft, kannst du bitte mal eine Minute lang aufhören zu fluchen?«, sagt Sophie.

»Nein, kann ich nicht! Es gibt eben nur beschissene Typen in London.«

»Das ist nicht wahr«, widerspricht Robert.

»Willst du damit sagen, dass ich die guten Männer nicht erkenne?«

Plum stupst Robert in den Arm.

»Nein«, antwortet Robert sachlich. »Ich will damit sagen, dass du deine Chancen nicht nutzt. Wie zum Beispiel jetzt: Du sitzt mit dem Rücken zu den Leuten. Du kannst nur uns sehen. Ich dagegen kann jede Frau beobachten, die hineingeht oder herauskommt … und wieder hineingeht. Entschuldigt mich kurz«, fügt er hinzu und steht auf.

Wir sehen ihm alle wortlos hinterher, als er die Eingangsstufen hochgeht in den Pub, wo eine hübsche Blondine an der Theke steht, die ein Model sein könnte und die eine schwarze Melone trägt und die so tut, als würde sie Robert nicht sehen.

»So gut sieht er gar nicht aus«, sagt Plum. Offenbar hat sie beschlossen, sich ihm nicht länger an den Hals zu werfen, nachdem er auf ihre Flirtversuche nicht eingestiegen ist. »Und er ist ein Klugscheißer.«

»Das muss der Grund sein, warum du ihn die ganze Zeit angestarrt hast, seit er bei uns sitzt«, sagt Sophie.

Plum schnippt einen Eiswürfel nach ihr.

Von meinem Platz aus kann ich Robert gut beobachten. Er steht an der Theke und hat immer noch meine Sonnenbrille auf. Er grinst die Blondine mit der Melone an. Dann nimmt er die Brille ab und beugt sich zu ihr vor, als hätte er sie nicht richtig verstanden.

Robert hat nicht dieses schleimige Haifischlächeln wie andere Casanovas. Er wirkt einfach nur ruhig und selbstsicher in … na ja … in allem. Und das kommt offenbar an bei den Frauen. Ich bin allerdings immun dagegen.

Ich richte meine Aufmerksamkeit wieder auf die Unterhaltung am Tisch.

»Italien, denke ich, und anschließend fahren wir in die Provence …«, sagt Sophie gerade.

Luke schaut sie verliebt an, während sie redet, echt süß. Die beiden haben sich kennengelernt, als Luke an einer Kneipe in Soho vorbeiging und Sophie durch das Schaufenster erspähte. Er ging hinein und setzte sich allein an die Theke, bis er den Mut gesammelt hatte, sie anzusprechen. Und das war's dann.

Ich hoffe, es ist immer so einfach, vor allem für mich.

Robert kehrt zurück an den Tisch und steckt sein Handy in die Tasche. Bestimmt hat er ihre Nummer bekommen, denke ich. Geschickt.

»Und, Abigail, hast du dich erholt von deinem katastrophalen Date?«, fragt er.

Er hält sehr lange den Blickkontakt aufrecht, ist mir aufgefallen. Ich wette, das ist Teil seiner lässigen Ausstrahlung.

»Ja, danke. Und du, lädst du Blondie mit Hut zum Essen ein?«

»Wen? Die? Nein. Die eignet sich nicht zum Essengehen.«

»Wofür eignet sie sich dann? Sag jetzt nicht für Gelegenheitssex. Das ist so was von out.«

»So einer bin ich nicht«, entgegnet er und nimmt nachdenklich einen Schluck. »Und wenn hier einer Gelegenheitssex will, dann die Frauen … Nein, sie eignet sich für eine ›Lust-auf-ein-paar-Drinks?‹-SMS abends um zehn.«

»Eine kurzfristige Investition also«, sage ich. »Du bist ein kleiner Scheißkerl, stimmt's? Ich nehme an, deine Tipps für Singles machen mich allmählich auch zu einem Bastard.«

»Das sind reine Überlebenskünste, Abigail«, sagt er leichthin. »Zerbrich dir nicht den Kopf darüber. Also, wie lief es gestern Abend? Hast du fleißig deine Handynummer verteilt?«

»Ja, ich habe sie sogar extra auf Aufkleber drucken lassen«, entgegne ich. Seine spöttische Art ist manchmal nervig. »Bist du es nicht leid, über mein Liebesleben zu reden?«

»Ich finde das spannend«, sagt er. »Eine Art Paralleluniversum aus naivem Optimismus.«

Ich funkle ihn einen Moment lang wütend an, dann breche ich in Lachen aus.

»Also schön. Sein Name ist Josh«, flüstere ich, damit Plum nichts mitbekommt. »Er arbeitet in einer Personalabteilung. Wir sind an der Theke ins Gespräch gekommen, und dann haben wir auf der Tanzfläche herumgeknutscht. Mein erster Kuss seit meiner Trennung von Peter!« Ich mache eine Pause. »Ich wünschte nur, ich könnte mich richtig daran erinnern.«

»Wow«, sagt Robert. »Ich habe schon seit Jahren nicht mehr auf der Tanzfläche herumgeknutscht. Hat er dich spüren lassen, wie aufgeregt er war?«

»Iihhh«, sage ich. »Also echt!«

Robert lacht. Er hat ein Lachen, bei dem alle unweigerlich das Gefühl haben, etwas Lustiges zu verpassen.

»Que?«, sagt Sophie.

»Ich … äh … habe gestern Abend jemanden kennengelernt. Aber Robert reduziert alles sofort auf Sex«, sage ich verdrossen. »Abartig.«

»Wer ist der Mann?«, fragt Sophie begeistert.

»Niemand, niemand. Ich habe noch nichts von ihm gehört. Wahrscheinlich wird er sich nie wieder melden«, sage ich mit Blick auf Plum, die sich vorsichtig eine Zigarette anzündet.

Sie ist früh gegangen, als wir gestern Abend im Club waren. Keiner hat sie angesprochen, also sah sie keinen Sinn darin, länger zu bleiben.

»Ist es nicht eine Schande, den ganzen Abend nur mit einer Person zu verbringen?«, sagt Robert.

»Nein«, erwidere ich.

Obwohl, bei genauerer Überlegung, da war ein großer Mann an der Theke, der immer zu mir herüberschaute. Ich wünschte, ich hätte mich auch mit ihm unterhalten.

»Ich wusste es«, bemerkt Robert selbstgefällig.

Es ist irgendwie nervig, dass er meine Gedanken lesen kann. »Du willst, dass ich …«, ich unterbreche mich und suche nach dem richtigen Ausdruck, »… Multitasking beim Flirten betreibe?«

Robert nickt. »Wie bei einem Meet and Greet. Außer du legst es an auf, du weißt schon, einen One-Night-Stand.«

»Männer denken da anders«, sagt Plum, die ein wenig aufgebracht wirkt.

Ich weiß, sie denkt an einen Mann, den sie vor ein paar Monaten kennenlernte. Sie unterhielt sich mit ihm den ganzen Abend und dachte, es hätte richtig gefunkt. Sie nahm ihn mit nach Hause und trieb es mit ihm bis spät am nächsten Nachmittag. Seitdem hat sie nichts mehr von ihm gehört.

»Genug von diesem Thema«, beeile ich mich zu sagen.

»Aber ich dachte, du wärst der große Aufreißer!«, platzt sie heraus, an Robert gewandt.

Er schüttelt den Kopf. »Ich pflege lockere Beziehungen. Das ist etwas ganz anderes.«

»Aus deinem Mund klingt das so vornehm«, sage ich.

Robert ignoriert mich. »Ich wette, würdet ihr zwei genau meine Anweisungen befolgen, würdet ihr innerhalb von einer Stunde einen Mann kennenlernen.«

»Und wie soll das gehen?«, fragt Plum. »Soll ich meine Handynummer an die Tür vom Herrenklo kritzeln?«

»Geh rüber ins Westbourne. Das ist ein Pub, keine zehn Meter von hier entfernt. An solchen Tagen wie heute trifft man dort immer ein fröhliches Völkchen vor der Tür. Nimm den Seiteneingang und bestell an der Theke zwei Bier und einen Wodka Tonic. Dann gehst du damit hinaus durch den Haupteingang …«

»Aber wie soll ich drei Gläser auf einmal tragen?«, fragt Plum. »Da lasse ich bestimmt eins fallen.«

»Richtig. Sobald du draußen bist, bleibst du stehen und tust so, als würdest du nach deinen Freunden Ausschau halten. Vor dem Pub ist es immer rappelvoll, also ist das nicht weiter ungewöhnlich. Tu so, als hättest du Schwierigkeiten, die Gläser zu halten. Irgendeiner wird dir seine Hilfe anbieten. Rede, lache, flirte – und die Sache ist geritzt.«

»Und das funktioniert wirklich?«, frage ich, während Plum sich sofort aufmacht.

»Sicher, warum auch nicht? Der erste Schritt, um angesprochen zu werden, ist, sichtbar zu sein«, entgegnet Robert. »Sie ist ein hübsches Mädchen, und sie kann außergewöhnlich gut fluchen … Natürlich sieht man ihr an, dass sie anspruchsvoll ist, und das ist ihre Achillesferse.«

»Und ich? Ich meine, was ist meine Achillesferse?«

»Mangelndes Selbstvertrauen«, antwortet er prompt.

Autsch.

»Ich habe genug Selbstvertrauen«, protestiere ich schwach. (Was natürlich nicht die richtige Reaktion ist, wenn einem vorgeworfen wird, mangelndes Selbstvertrauen zu haben. Die richtige Antwort wäre ein höhnisches »Was du nicht sagst!« gewesen.) »Ich habe eben kaum Erfahrungen mit Dates.«

»Außerdem machst du immer den Eindruck, als wärst du mit den Gedanken woanders, als würdest du mit dir selbst diskutieren. Das verleiht dir eine Verpiss-dich-Aura.«

»Verpiss dich«, sage ich beleidigt. Robert grinst dreckig. »Das ist nicht meine Schuld«, füge ich nach einer Pause hinzu. »Man braucht Erfahrung, um Selbstvertrauen zu sammeln. Beim Autofahren. Beim Schminken. Beim Pfannkuchenwenden. Ich habe keine Erfahrung als Single. Wie soll ich da Selbstvertrauen haben?«

»Daran werden wir arbeiten«, entgegnet er. »Du bist die Nächste.«

Ich seufze. Ich möchte mich nicht wieder verstellen müssen wie bei dem schlimmen Date mit Paulie.

»Entspann dich«, sagt er. »Du kannst das. So was wie mit Paulie wird sich nicht wiederholen. Aus Erfahrung lernen, schon vergessen?«

Sein Trick, meine Gedanken zu lesen, geht mir langsam wirklich auf die Nerven.

»Da ist sie!«, ruft Sophie.

Ich drehe den Kopf. Plum schlendert mit heldenhaftem Grinsen im Gesicht über die Straße auf uns zu. Sie hebt die Faust und spreizt den Zeigefinger und den kleinen Finger ab, das Teufelszeichen im Heavy Metal.

»Leute, der Sieg ist mein. Zuerst hat mir ein Kerl an der Theke seine Visitenkarte gegeben«, sagt sie, während sie Platz nimmt. »Und draußen haben mich gleich zwei Männer angequatscht. Der eine musste dann telefonieren, und der andere hat mich nach meiner Nummer gefragt. Er hat mich für Mittwochabend zu einem Drink eingeladen!«

Sophie und ich beugen uns vor, um Plum unauffällig abzuklatschen.

»Die Karte kannst du wegwerfen«, sagt Robert. »Der Typ ist bequem. Wäre er wirklich an dir interessiert, hätte er nach deiner Nummer gefragt.«

Plum reißt die Karte gehorsam in zwei Teile und wirft sie in den Aschenbecher. Paulie hat mir auch seine Karte gegeben. Kein Wunder, dass das Date ein Reinfall war.

Plum lehnt sich mit einem selbstzufriedenen Lächeln zurück. Schon seltsam, wie sehr das Glück an das Gefühl, begehrenswert zu sein, gekoppelt ist, nicht? Beziehungsweise an das Gefühl, nicht unbegehrt zu sein.

»Du bist dran, Abigail«, sagt Plum und grinst mich an.

O Gott, nein. Ich könnte es nicht ertragen, vor aller Augen zu versagen.

»Sinnlos«, sage ich rasch. »Die Typen im Westbourne kennen jetzt den Drei-Gläser-Trick von Plum. Wenn ich das nachmache, wird das schräg aussehen.«

»Vergiss das Westbourne. Versuch es direkt hier. Geh rein und bestell fünf Drinks an der Bar«, sagt Robert. »Stell dich neben einen Kerl, der einen anständigen Eindruck macht. Wenn deine Bestellung kommt, mach ein ratloses Gesicht. Er wird dir seine Hilfe anbieten.«

»Ich will nicht«, sage ich in genervtem Ton, der hoffentlich verbirgt, wie nervös mich diese Vorstellung macht.

»Mach schon, Süße«, sagt Sophie. »Ich brauche sowieso Nachschub.«

»Es gibt keinen Grund, nervös zu sein, Abigail«, sagt Robert.

Seufzend mache ich mich auf den Weg in den Pub und stolpere dabei über zwei Hunde, die sich breitgemacht haben, und über die langen Beine eines Models.

Ich lasse meinen Blick über die Theke schweifen. Ich sehe drei Männer in knielangen Khakibermudas, die mich alle an Peter erinnern, weshalb ich sie sofort abhake. Daneben steht eine Frau mit Locken, die mit dem Barkeeper plaudert. Ich beschließe, mich an das andere Ende der Theke neben die beiden Männer, die die Weinkarte studieren, zu stellen. Gott, ich habe Muffensausen.

»Montepulciano«, liest der eine laut vor. Er ist süß in seinen Röhrenjeans und dem engen T-Shirt, das leicht spannt. »Oder Valpolicella.«

»Du kannst einen Wein nicht aussuchen, nur weil der Name gut klingt«, sagt der andere, der nur mit einer Weste und Shorts bekleidet ist.

»Ich denke, ich werde mein erstes Kind Montepulciano nennen«, entgegnet Röhrenjeans nachdenklich. »Spitzname Monty, natürlich.«

Ich grinse in mich hinein und senke den Kopf, um zu verbergen, dass ich heimlich mithöre.

»Siehst du? Die Lady in Red hält das auch für eine gute Idee«, sagt Röhrenjeans.

Ich schaue an mir herunter. Ich trage ein weites rotes Minikleid und Chucks. Der meint mich! Ich weiß nicht, was ich sagen soll, und damit ich nicht zu stammeln beginne, hebe ich den Kopf und lächle ihn stumm an. Röhrenjeans ist süß, ein schlaksiger, kameratauglicher Typ.

»Sie hält dich für betrunken«, sagt die Weste.

Oh, nun sollte ich etwas sagen.

»Eigentlich wollte ich mein erstes Kind Mascarpone nennen, aber vielleicht überlege ich mir das jetzt noch einmal«, bringe ich heraus.

»Dann wähl du einen aus«, sagt Röhrenjeans.

Er gibt mir die Weinkarte, und ich gehe sie langsam durch, während ich darüber nachdenke, was ich als Nächstes sagen soll.

»Scheinbar eine Weinkennerin«, bemerkt die Weste.

Ich sehe ihn an und ziehe eine Augenbraue hoch. Ihm zu widersprechen, würde nach falscher Bescheidenheit aussehen, ihm recht zu geben, wäre idiotisch.

»Ich kann den Brunello empfehlen, wenn es ein italienischer Wein sein soll«, sage ich ruhig. »Ich persönlich trinke gerne Malbec.«

Tatsächlich ist das der einzige Wein, den ich in letzter Zeit getrunken habe, wenn mich meine Erinnerung nicht trügt.

»Dann also Malbec«, sagt Röhrenjeans. »Lust, uns auf ein Glas Gesellschaft zu leisten?«

»Ich kann leider nicht«, sage ich rasch. »Ich muss die nächste Runde besorgen …«

Ich drehe mich zur Bar. Der Kellner sieht mich schon erwartungsvoll an, rasch gebe ich die Bestellung auf. Während ich warte, ignoriere ich die beiden. Die Nerven, mein Untergang, spielen verrückt, und ich weiß nicht, was ich sagen soll. Ich bezahle, nehme das Wechselgeld und komme mir dabei total beobachtet vor …

»Brauchst du Hilfe beim Tragen?«, fragt Röhrenjeans.

»Äh … ja, bitte. Danke«, sage ich.

»Alfie, bestell schon mal den Malbec«, sagt Röhrenjeans über seine Schulter hinweg, während er mir zunickt, damit ich vorangehe.

»Danke …«, sage ich wieder, und er folgt mir nach draußen.

Wir erreichen unseren Tisch. Sophie und Plum strahlen Röhrenjeans an. Können sie es nicht noch offensichtlicher machen?

»Wenn du die nächste Runde holst, solltest du mich zuerst suchen«, sagt Röhrenjeans zu mir, nachdem er die Gläser abgestellt hat. »Das wäre sinnvoll. Von der logistischen Seite her.«

»Yes, Sir«, erwidere ich.

Er geht wieder hinein, während ich mich lässig setze. Alle am Tisch machen laut »Ohooo!«.

»Seid still«, sage ich.

Ich kann nicht anders als zu lächeln. Selbstvertrauen, übernehmen Sie! Erfahrung, ein Punkt mehr!

»Hat er nach deiner Nummer gefragt?«, will Plum wissen.

»Nein«, sage ich. Alle bis auf Robert murmeln ein enttäuschtes »Oh«. Selbstvertrauen, werfen Sie sich gegen den nächsten Felsen! Erfahrung, minus zwei. Sehen Sie? Ich bin nicht gut als Single! »Das ist schräg, Leute. Hört sofort damit auf.«

»Dann gehst du es eben langfristig an«, sagt Robert. »Er wird sicher an dir dranbleiben, wenn du das nächste Mal hineingehst.«

»Okay«, sage ich bedrückt.

»Seit wann bist du eigentlich so verdammt hilfsbereit, Rob?«, fragt Luke plötzlich. »Das sieht dir gar nicht ähnlich.«

Alle Augen richten sich auf Robert. Er starrt einen Moment ins Leere und runzelt dann die Stirn.

»Du hast recht. Ich habe keine Ahnung. Bin gleich wieder da.«

Er stolziert davon, quer über die Straße in Richtung Westbourne Pub.

»Hast du am Wochenende mit unseren Leuten telefoniert, Abs?«, fragt Sophie.

Unsere Eltern verbringen ihren Ruhestand in einem kleinen Dorf in Südfrankreich, was genauso idyllisch ist, wie es klingt, und doppelt so langweilig. Als sie auswanderten, rief meine Mutter uns beide mindestens einmal täglich an, manchmal sogar zweimal. Dann, zum Glück, verlobte sich Sophie, und Mum stürzte sich mit Inbrunst auf ihre Aufgaben als Mutter der Braut. Sie hat zu dem Thema einen Blog eingerichtet und twittert sogar darüber, sehr zu Sophies Entsetzen.

»Ja. Mum organisiert ein Treffen von ausgewanderten Twittern«, sage ich.

»Ein was?«, fragen Luke und Plum gleichzeitig.

»Ein Treffen von Twittern. Twitterern. Was auch immer«, sage ich.

»Das ist ihre neue Berufung. Sie wartet sehnsüchtig darauf, dass du als Nächste heiratest«, sagt Sophie.

»Da wird sie sich noch eine Weile gedulden müssen, bei meiner Erfolgsquote … O mein Gott, ich bin die unverheiratete ältere Schwester«, wird mir bewusst. »Wie deprimierend.«

»Du kannst nichts dafür, dass Sophie eine Kinderbraut ist«, sagt Plum.

»Und ich kann nichts dafür, dass Luke in einem Alter ist, in dem er sich fest binden möchte«, erwidert Sophie.

»So alt bin ich gar nicht«, protestiert Luke halbherzig. »Trotzdem, für mich ist schon längst Schlafenszeit.

Können wir nach Hause gehen? Ich muss meinen Rausch ausschlafen.«

Plum und ich beschließen, uns ebenfalls auf den Heimweg zu machen. Es ist inzwischen fast dunkel, und es stellt sich dieses leichte Frösteln ein, wie es an einem Sonntagabend im September in London ganz normal ist.

»Soll ich auf Robert warten?«, frage ich mich laut.

Wir schauen alle auf die andere Straßenseite. Er gießt gerade zwei obercoolen Frauen in Overalls, die über eine seiner Bemerkungen lachen, Wein ein. Menschenskind, wie macht der das?

»Da kannst du lange warten«, sagt Luke.

Bevor wir aufbrechen, gehe ich nochmals kurz in den Pub, um die Toilette im Untergeschoss aufzusuchen. Auf dem Weg zurück nach oben kommt mir Röhrenjeans auf der Treppe entgegen. Wir führen ein kleines Ausweichtänzchen auf, dann grinse ich und gehe an ihm vorbei, ohne etwas zu sagen.

»Was …? Keine Unterhaltung? Nach allem, was wir zusammen durchgemacht haben?«, sagt er, und wir bleiben auf derselben Stufe stehen.

»Oh, habe ich deine Gefühle verletzt? Das tut mir leid«, erwidere ich. »Worüber möchtest du dich denn gerne unterhalten?«

Er lacht leise und sieht mir direkt in die Augen. »Über deine Handynummer.«

Glückwunsch! Robert ist wirklich gut. Sieht so aus, als würde jemand doch nicht als Single versagen. (Dieser Jemand bin ich. Für den Fall, dass Sie sich fragen.)

»Ich bin übrigens Mark«, stellt er sich vor.

»Abigail«, sage ich und nicke.

Du siehst nicht aus wie ein Mark, geht mir durch den Kopf. Ich werde dich weiter »Röhrenjeans« nennen.

Zu Hause hantiere ich eine Weile in der Küche herum,

weil mir eingefallen ist, dass es hilft, Wasser zu trinken und Kekse zu essen, um den Alkohol zu neutralisieren. Später im Bett versuche ich zu lesen, nicke aber sofort mit Jilly Coopers *Polo* auf meiner Brust ein. Als ich aufwache, ist es Mitternacht, und ich kann unten Stimmen hören. Ich bin lange genug wach, um mich darauf zu konzentrieren. Es sind Robert und eine Frau. Schön für ihn, denke ich, dann knipse ich das Licht aus und schlafe wieder ein.

Kapitel 6

Endlich habe ich mein zweites Date in meinem Leben. JA! Ich weiß. Ich freue mich auch für mich. Und ich bin nicht mehr ganz so nervös wie letzte Woche. Sie merken, dass meine Nervosität nicht so schlimm ist heute Abend, stimmt's? Vorhin hatte ich kurz eine kleine Nervenkrise, aber ich schloss einfach die Augen und atmete tief durch, bis es vorbei war. Ich muss eben so tun als ob, wie Robert gesagt hat.

Heute ist es Josh aus der Personalabteilung, den ich letzten Samstagabend kennenlernte, als ich mit Henry und Plum aus war. Wir treffen uns in der Albannach Bar, direkt am Trafalgar Square, auf ein paar Drinks. Robert empfahl mir ein lockeres Treffen, statt gleich essen zu gehen, weil man dann Zeit spart, wenn man sich nicht sympathisch findet. Findet man sich sympathisch, kann man immer noch beim nächsten Date essen gehen.

Ich erzählte Plum von dieser genialen Idee.

»Aber das verkürzt das Date. So hat der Mann viel weniger Zeit, dich kennenzulernen und herauszufinden, ob er dich mag!«, rief sie bestürzt.

Ich überlegte kurz und antwortete: »Solltest nicht *du* herausfinden, ob du ihn magst, statt umgekehrt?«

Schweigen.

Vielleicht täusche ich mich. Wie bereits erwähnt, habe ich nicht viel Erfahrung mit Dates beziehungsweise das nötige Selbstvertrauen dafür. Plum trifft sich übrigens mit ihrem Helfer aus dem Westbourne morgen Abend. Und nein, ich habe noch nichts gehört von Röhrenjeans.

Ich bin früh dran, also suche ich mir einen Platz auf dem Trafalgar Square und schreibe ein paar SMS.

An Sophie: *Ja, Samstag shoppen ist gebongt. Wie war es im Wedding Place?*

An Henry: *Vergiss nicht zu kauen.*

An Plum: *Gibt es was Neues von deinem Helfer aus dem Westbourne? Danke für die Modeberatung.*

Plum hat mir mithilfe einer ganzen Serie sehr ausführlicher E-Mails geholfen, ein Outfit für heute Abend zusammenzustellen. Das Resultat – ein hübsches Minikleid in Blassrosa und braune Plateauschuhe – ist nicht nur bequem, sondern stärkt auch mein Selbstvertrauen.

»Hübsch, mit einem schrägen Touch«, meinte Plum mit Blick auf die extrem klobigen Sandalen.

Ich glaube, das könnte meine bevorzugte Richtung werden. Hübsch mit einem schrägen Touch. Teufel, ja, ich rede schon richtig stylish – wie Plum.

Ich warte ein paar Minuten, aber keiner antwortet direkt auf meine SMS. Ich hole meine Puderdose heraus und überprüfe mein Make-up. Ja, sieht gut aus: Smokey Eyes, farbloses Lipgloss, Zähnecheck, ja, gut, alles prima. Okay. Zeit zu gehen …

Bumm! Im Bruchteil einer Sekunde verwandelt sich mein leichtes Ziehen im Magen in hyperaktive Schmetterlinge – nein, das ist ein viel zu hübscher Vergleich für dieses Gefühl. Ich habe Motten im Bauch. Flatternde Motten mit hauchdünnen Flügeln. Tief einatmen, Abigail. Du schaffst das. Es ist bloß ein Date. Du wirst es dieses Mal nicht vermasseln.

O Gott, ich glaube, ich schwitze schon wieder.

Eine SMS! Von … oh … Robert.

Von Robert: *Du hast deinen Schlüssel vergessen.*

Ich sehe in meiner Tasche nach, um mich zu vergewissern. Ja. Kein Schlüssel. Mist.

An Robert: *Ups. Bist du den ganzen Abend zu Hause?*

Von Robert: *Ich gehe nachher ins Engineer auf ein paar Drinks. Komm vorbei, wenn du auf dem Heimweg bist.*

Woher weiß er, dass dieses Date nicht länger dauern wird als höchstens ein paar Stunden?, denke ich. Josh aus der Personalabteilung könnte mein Seelenverwandter sein, nach allem, was Robert weiß.

Oh, die nächste SMS.

Von Robert: *Außer natürlich, Josh von der Personalabteilung ist dein Seelenverwandter.*

Bastard.

An Robert: *O.k. Danke. Ich melde mich später ... PS Irgendwelche Tipps für mich vor dem Date, o Weiser?*

Von Robert: *Tu so, als wäre es dir schnuppe.*

Seine Tipps lassen allmählich nach. Ist das nicht dasselbe wie »wahre Distanz«? Ich sehe auf meine Uhr. Es ist acht! Ich komme zu spät. Das ist mal ganz was Neues. Höchste Zeit zu gehen.

Das Albannach ist eine dunkle, maskuline Bar mit Hirschgeweihen an den Wänden, was etwas unheimlich wirkt, und es wimmelt von Anzugträgern, die sich nach der Arbeit einen Drink gönnen. Ich hoffe, Josh sieht mich, bevor ich ihn sehe. Ich war leicht betrunken, als wir uns letztes Wochenende kennenlernten, und natürlich weiß ich noch, wie er aussieht, aber ich möchte nicht jedem Mann hier zwischen fünfundzwanzig und vierzig ins Gesicht starren, um sicherzugehen ...

»Abigail«, sagt eine Stimme hinter mir, und ich drehe mich lächelnd um.

Es ist Josh. Schmal gebaut, in einem etwas zu großen rosaroten Hemd, mit einer hässlichen graubraunen Krawatte und einer kleinen Brille mit Drahtgestell.

»Josh!«, sage ich, und wir begrüßen uns mit Küsschen auf die Wange.

Kein Aftershave. Sehr warme Wangen.

»Ich habe uns da drüben zwei Plätze reserviert«, sagt er. Während ich ihm folge, sehe ich nach unten und bemerke, dass seine Hose ein paar Zentimeter zu kurz ist. »Möchtest du einen Blick in die Getränkekarte werfen?«, fragt er und gibt sie mir.

Er hat sich bereits ein Bier bestellt.

»Sicher«, antworte ich lässig.

Meine Nerven haben sich in dem Moment beruhigt, als ich ihn sah. Ich kann nicht glauben, dass ich mit ihm herumgeknutscht habe … ich hatte ihn doch etwas anders in Erinnerung … äh …. Ich bin nicht sicher, ob er überhaupt älter ist als fünfundzwanzig. Er sieht sogar noch um einiges jünger aus. Ich überfliege kurz die Cocktailkarte und beginne wie im Bam-Bou, die Namen laut vorzulesen.

»Pea…«

Ich unterbreche mich.

»Ich denke, ich nehme einen Pear Sour«, sage ich dann.

Er erwidert mein Lächeln, und mir wird bewusst, dass er nicht die Absicht hat, für mich an die Bar zu gehen. Natürlich nicht! Er arbeitet in der Personalabteilung. Chancengleichheit. »Bin gleich wieder da«, sage ich und gehe zur Theke.

Was für ein verkorkster Anfang.

Als ich zurückkomme, reibt er geistesabwesend seinen Nacken.

»Bin wieder da«, sage ich, etwas sinnlos.

»Hattest du eigentlich Probleme herzufinden?«, fragt er rasch, nimmt einen großen Schluck von seinem Bier und kleckert ein bisschen davon auf seine Krawatte.

»Äh … nein«, sage ich. »Du?«

»Ja«, antwortet er ernst. »Ich dachte, der Trafalgar Square wäre in der Nähe vom Leicester Square, und, na ja, den Rest kannst du dir ja vorstellen.«

Der Trafalgar Square ist in der Nähe des Leicester Square, denke ich, halte aber den Mund. Es ist nicht nett, jemandem das Gefühl zu geben, er sei dumm. Selbst wenn der Betroffene dumm ist. (Ist Josh dumm?) Ich schenke ihm ein Lächeln.

»In Central London kann man sich leicht verlaufen. Vielleicht solltest du beim nächsten Mal einen Kompass einstecken und ein paar Sandwiches, für den Fall, dass du dich wieder verirrst.«

Josh aus der Personalabteilung redet weiter, ohne auf meine Bemerkung mit dem Kompass/Proviant einzugehen. »Allerdings! Ich hasse die Innenstadt! Ich komme nur hierher, wenn es nicht anders geht. Nach Möglichkeit halte ich mich in Wandsworth auf, außer ich muss zur Arbeit.«

»Wandsworth ist hübsch«, sage ich, weil mir nichts Besseres einfällt, obwohl ich nie dort gewesen bin.

Und wozu in London leben, wenn man die Stadt hasst? Dann zieh halt woanders hin. Das senkt die Mieten für uns andere. O Mann, ich habe die Befürchtung, Josh ist ein Langweiler. Ich hätte nicht gedacht, dass ich am Samstag derart betrunken war. Vielleicht sollte ich keine Dates nach mehr als drei Gläsern ausmachen.

»Nicht?«, ruft er und lächelt, wobei er einen Essensrest zwischen seinen Zähnen offenbart.

O Gott, er ist tatsächlich eine Niete.

Während der nächsten zehn Minuten läuft die Unterhaltung so weiter. Frage, Antwort, Kommentar. Mir wird bewusst, dass ich mich verhalte, wie Robert mir empfohlen hat – ich bin cool, distanziert, gebe hin und wieder lustig-ironische Sprüche von mir (auf die er nie eingeht) und verhalte mich allgemein freundlich. Es ist leicht, so zu tun, als wäre Josh mir schnuppe, denn – jawohl – er ist mir schnuppe. Total.

Obwohl er mir schnuppe ist, erfahre ich, dass er in Croydon bei Nestlé arbeitet, Geografie studiert hat, im Osten Englands aufgewachsen ist, den Sonntagsbraten seiner Mutter mehr liebt als jede Restaurantküche und alle Folgen von *Little Britain* auswendig kennt. Er erfährt im Gegenzug, dass ich Spanisch und Französisch studiert habe, in einer Bank arbeite, was mich aber langweilt, gerne lese, in Primrose Hill wohne und keine einzige Folge von *Little Britain* kenne.

Ich leere recht zügig mein Glas, und obwohl er auch ausgetrunken hat, bietet er sich nicht an, Nachschub zu holen. Also gehe ich stattdessen.

Während ich an der Theke warte, trifft es mich plötzlich wie ein Schlag: Ich will nicht hier sein. Das klingt einleuchtend, aber verstößt das nicht gegen mein inneres Prinzip – durchhalten, abwarten und sich die Sache gründlich überlegen? Das ist eine verdammte Offenbarung.

Ich bestelle die Getränke und hole mein Handy hervor, um Robert zu simsen. Er ist der einzige Mensch, der mir heute Abend helfen kann.

An Robert: *Bitte hilf mir. Ich brauche eine Ausrede, um mich zu verziehen.*

Robert antwortet: *Er könnte dein Seelenverwandter sein.*

Ich starre mit schmalen Augen auf mein Handy. Netter Spruch, Besserwisser. Ich antworte: *Im Ernst. Soll ich einen Blinddarmdurchbruch vortäuschen?*

Von Robert: *Ich rufe dich in zehn Minuten an. Geh ran.*

Gleich darauf kehre ich mit den Getränken zurück und setze mich mit einem breiten Grinsen.

»Samstagabend war ziemlich lustig, nicht?«

»Allerdings! Wir sind zuerst mit dem Nahverkehrszug bis zur Victoria Station gefahren und dann umgestiegen, aber versehentlich in South Kensington ausgestiegen statt in High Street Kensington, und dann …«

Beeil dich, Robert, denke ich. Bitte, beeil dich. Ich versuche, Josh in ein Gespräch über das großartige Wandsworth zu verwickeln (»Damals, als das Einkaufszentrum eröffnet wurde, war es das größte in Europa! Natürlich, das war schon 1971 … Aber ich finde dort alles, was ich brauche: Burtons, JD Sports, Primark …« »Oh, ich stehe auf Primark!«, sage ich, dankbar, dass ich endlich etwas zum Thema »Wandsworth« beitragen kann), als mein Handy klingelt.

»Das ist mein Mitbewohner. Tut mir leid, ich muss mal kurz rangehen«, sage ich schnell. »Hallo?«

»Abigail, ich habe mich ausgesperrt«, sagt Robert.

»Du hast dich aus dem Haus ausgesperrt?«, wiederhole ich sehr laut und deutlich.

»Ja. Du musst kommen und mir aufschließen.«

»Ich muss kommen und dir aufschließen?«

»Ja. Beeil dich. Ich warte im Pub.«

»Ich komme, so schnell ich kann!«, sage ich und wende mich bedauernd an Josh. »Tut mir leid, ich muss gehen …«

»Ich fand den Abend sehr schön«, sagt Josh. »Ich würde dich gerne wiedersehen.«

Er steht umständlich auf und bewegt sich auf mich zu. Mensch, er wird doch nicht etwa versuchen, mich um zwanzig nach acht in einer Bar in der Londoner Innenstadt zu küssen, oder doch? Ich fahre schön die Ellenbogen aus, als ich meine Jacke anziehe, und drehe mich weg, um meine Handtasche aufzuheben.

»Das wäre toll«, schwindle ich und lächle ihn an. »Du brauchst mich nicht zur U-Bahn zu begleiten. Ich komme klar. Nein, echt nicht nötig. Tschüss!«

Hau schnell ab, und schau nicht zurück.

Wozu ein Date ausmachen, wenn es so langweilig ist? War ich auch so langweilig bei dem Date mit Paulie? Nein, lösche diesen Gedanken.

Trotzdem, ernsthaft: Sind Dates immer so schwierig und/oder langweilig? Warum schwärmen immer alle von Dates, wenn es sich um eine derart zähe Angelegenheit handelt? Verglichen damit war das Leben mit Peter ein Dauerrave.

Finden Sie, ich bin gemein? Sehen Sie, ich kann es nicht ändern. Josh ist ein Langweiler. Er war weder witzig noch interessant. Ich stehe halt nicht auf ihn. Dafür stand ich auf Paulie, ein bisschen wenigstens. Allerdings konnte Paulie sich meinen Namen nicht merken und gab sich insgesamt nicht viel Mühe vor meinem Nervenzusammenbruch. Hm.

Würden Sie an meiner Stelle in die U-Bahn steigen und nach Hause fahren? Ich auch nicht.

Ich steige stattdessen in ein Taxi und kichere auf dem Rücksitz leise in mich hinein. Nicht nur eines, gleich zwei schlechte Dates! Wenigstens war das hier nicht anstrengend. Wie albern, dieses ganze Tamtam um Dates! Ich meine, wirklich. Na ja, Erfahrung gleich Selbstvertrauen, richtig? Ich bin nur – oh, noch mehr SMS.

Von Henry: *Wärst du eine richtige Freundin, würdest du ab sofort immer mein Essen pürieren.*

Von Sophie: *Es war die Brautmodenhölle heute. Ich werde in Jeans heiraten. Wie läuft das Date?*

Von Plum: *Ich treffe mich morgen mit meinem Helfer aus dem Westbourne!! ARGH!*

Als ich das Engineer erreiche, habe ich richtig gute Laune. Ich betrete das Lokal und entdecke Robert in einer Ecke, wo er sich mit einer sehr hübschen Dunkelhaarigen unterhält. Interessante Körpersprache: Sie beugt sich auf ihrem Stuhl vor, während er gleichzeitig zurückweicht. Das sieht nicht nach Spaß aus.

»Hi!«, sage ich fröhlich, als ich seinen Tisch erreiche.

Die Dunkelhaarige – der gebräunte, glamouröse Typ, der einem im Urlaub begegnet, der Typ ohne ein einziges Gramm Fett am Körper und mit unglaublich vollen Lippen – dreht sich zu mir, und ich sehe, dass sie geweint hat. Ihre langen Finger umklammern zerknüllte Papiertaschentücher. Sie scheint nicht fähig zu sein zu sprechen.

»Das ist Antonia«, sagt Robert knapp.

Ich sehe ihn an und dann wieder zu ihr. Seine Miene ist verschlossen und gibt nichts preis.

»Ich bin Abigail, Roberts Mitbewohnerin«, stelle ich mich vor. Die Dunkelhaarige zwinkert kurz und wendet dann den Blick ab. »Ich geh mal … eine neue Flasche holen«, sage ich und steuere die Theke an.

Ach du Schande. Das kann peinlich werden. Das fünfte Rad am Wagen. Soll ich einfach gehen? Ich tue so, als würde ich mich im Lokal umschauen und sehe, dass Antonia hinausstürmt. Problem gelöst.

Als ich mit dem Wein zurückkehre, hat Robert sich auf beiden Stühlen ausgebreitet. Er hat die Angewohnheit, sich an Tischen oder auf Sofas oder wo auch immer breitzumachen, wie mir aufgefallen ist. Wenn man sich im selben Raum aufhält wie er, hat man immer das Gefühl, man dringe in sein Territorium ein. Ich schubse mit den Knien seine Füße von dem Stuhl, setze mich mit dramatischem Schwung und gieße uns beiden Rotwein ein. Ich spüre leichte Euphorie, weil es so einfach war, Josh aus der Personalabteilung zu entkommen.

»Du brauchst dringend eine Rasur«, sage ich.

»Und, hast du ihm das Herz gebrochen?«, erwidert Robert, während er über meinen Kommentar hinweggeht.

Wieder fällt mir auf, wie grün und fokussiert seine Augen sind. Er hat es wirklich drauf mit diesem selbstsicheren, festen Blick.

»Das bezweifle ich. Wir hatten uns nichts zu sagen.« Ich

seufze. »Das zweite Date in meinem Leben war ein Langweiler. Und das erste war ein Flachwichser.«

»Du hältst Bam-Bou-Paulie inzwischen für einen Flachwichser?«, sagt Robert erstaunt, während seine Augen belustigt aufleuchten.

»Im Nachhinein bin ich immer kritischer.«

»Sind wir das nicht alle, Abigail, mein Schatz?«

»Ich bin nicht dein Schatz. Du hast deinem Schatz gerade das Herz gebrochen.«

»Oh, bitte keine Vorwürfe … Sie ist extra aus Mailand hergeflogen. Ich habe sie nicht darum gebeten. Ein verfluchter Albtraum.«

»Ich nehme an, du hast sie verarscht«, sage ich.

»Das habe ich nicht«, verteidigt er sich und fährt sich mit den Händen durch die Haare. »Das tue ich nie. Ich sage immer ›Lass es uns locker angehen‹, und bevor man sich versieht, heißt es, wo führt das hin, was bin ich und wofür hältst du mich …«

»Muss wirklich schrecklich sein, wenn die lockere Beziehung plötzlich anfängt, unangenehme Fragen zu stellen.«

»In der Tat. Ich gebe zu, ich habe ein bisschen übertrieben mit Antonia … Ich meine, das geht jetzt schon Monate. Meine Schuld.«

Ich schnaube verächtlich.

»Aber sonst mache ich absolut keinen Hehl daraus, dass ich nicht scharf auf … äh … irgendwas Festes bin, und beende die Sache spätestens nach einem Monat. Ich meine, das macht mich doch nicht unweigerlich zu einem miesen Kerl, oder?«

»Du bist ein wandelndes Klischee.«

»Wie amüsant, du nämlich überhaupt nicht. Frisch gebackener Single, Ende zwanzig, auf der Suche nach einem neuen Freund …«

»Halt die Klappe. Und ich bin nicht auf der Suche nach einem neuen Freund. Ich versuche nur, als Single zu überleben und die verlorene Zeit wiedergutzumachen.«

»Ich habe dir ein paar Tipps gegeben. Du kommst schon klar.«

»Heute Abend war es ein Kinderspiel«, gebe ich zu. »Ich hatte kein Problem damit zu gehen. Ich hatte mich völlig unter Kontrolle.«

»Natürlich, Himmel, du solltest dich immer unter Kontrolle haben«, sagt Robert verwundert.

Ich hole mein Notizbuch heraus und schreibe »Kontrolle behalten« auf meine Liste. Robert beobachtet mich belustigt. Unsere Blicke kreuzen sich, und ich ziehe eine Augenbraue hoch.

»Übrigens, hübsches Kleid. Steht dir.«

»Aber was, wenn ich mich mit einem verabrede, der mir sympathisch ist?«

Ich will nicht über mein Kleid reden, ich will über meine Dates reden.

»Dann verabrede dich, sooft du willst. Wie du Bock hast. Du bestimmst, was läuft.«

Ich höre mein Handy in der Handtasche piepen. »Ooh! Eine SMS«, sage ich aufgeregt und greife nach meiner Tasche. »Von dem Typ, der mich am Sonntag im Cow angesprochen hat! Der mit den Röhrenjeans!«

»Was schreibt er?«, fragt Robert und versucht, auf meinem winzigen Display mitzulesen. »Dieses Modell von Nokia habe ich zum letzten Mal gesehen, als Britney noch Jungfrau war.«

»Ich mag dieses Handy. Warum sollte ich mir ein neues zulegen?«, entgegne ich und räuspere mich. »Warte! Er schreibt … *Prinzessin Malbec of the Cow. Ich brauche eine Empfehlung für eine gute Weinbar. Du scheinst ja gerne zu picheln und kennst dich bestimmt aus. Vorschläge?*« Ich sehe Robert mit begeistertem Grinsen an. »Was soll ich antworten?«

»Was möchtest du ihm denn mitteilen?«

»Am besten, ich frage ihn, wo er wohnt und in welchem Stadtteil er ausgehen möchte. Das hilft mir, die Auswahl einzuschränken, nicht? Und ich werde ihm schreiben, dass ich sicher keine bin, die gerne pichelt, herzlichen Dank auch …«

»Nein, nein, nein. Keine voreiligen Schlüsse. Sei nicht ernst. Antworte nicht auf jeden Satz, das wirkt zu ängstlich. Und stell nicht zu viele Fragen. Du hast dich unter Kontrolle, schon vergessen?«

»Okay«, sage ich und nehme einen großen Schluck Wein. Es gefällt mir, dass Robert mir nicht das Gefühl gibt, dämlich zu sein, nur weil ich mich mit solchen Dingen nicht auskenne. »Also gut … äh … Ich könnte schreiben: Ist das eine Einladung? Bevor ich eine Empfehlung ausspreche, möchte ich wissen, wo und wann …«

»Nein, nein, das ist immer noch voreilig.«

Ich vergrabe das Gesicht in den Händen und stoße einen Schrei aus. »Das ist mir zu schwierig! Ich kann das nicht …«

»Das sagst du ständig, aber du scheinst recht schnell zu lernen«, erwidert Robert trocken.

Ich sehe ihn durch meine gespreizten Finger an.

»Was würdest du denn schreiben?«

»Ich würde ein wenig warten und dann etwas antworten wie: Ich fühle mich geschmeichelt, dass ich die Trinkerin deiner Wahl bin. Geh ins Negozio Classico auf der Portobello Road und erwähne meinen Namen, dann wird man sich um dich kümmern.«

»Das klingt so arrogant! Außerdem kenne ich den Laden nicht einmal. Und sollte ich nicht fragen, wann er dort aufschlägt?«

»Arrogant ist gut. Das hält ihn bei der Stange. Er soll

sich um die Details kümmern. Sei nicht zu plump. Das wirkt aufdringlich.«

»Aber …«

»Mach schon.«

Gehorsam tippe ich den Text und lese dabei laut mit. Bevor ich es mir anders überlegen kann, drücke ich auf Senden. Tschüss, SMS. Gott sei mit dir.

»Erzähl mir von Antonia.«

Robert seufzt und reibt sich die Augen. »Ich habe sie letzten Sommer in Kroatien kennengelernt. Sie ist eine sehr schöne Frau. Und total verrückt … Wir haben eine hedonistische Woche auf dem Boot ihres Vaters verbracht, wo wir den ganzen Tag nichts anderes gemacht haben, als zu trinken, zu schlafen und im Meer zu baden …«

»Im Ernst. Was ist passiert?«

»Genau das ist passiert«, sagt er verwundert.

Wow. So einen Urlaub hatte ich noch nie. Peter und ich machten einmal eine Bootstour an der Küste von Mallorca, aber Peter wurde seekrank, und ich hatte Migräne, und wir waren ohnehin nur sechs Stunden draußen. Hinterher legte Peter sich ins Bett, und ich legte mich an den Hotelpool und beobachtete die anderen Gäste, die ihren Urlaub genossen. Gott!

Genug von Peter.

Ich sage nichts, als eine Dunkelhaarige in einem superknappen schwarzen Kleid und schweren schwarzen Stiefeln an uns vorbei zur Bar geht. Sie versucht, Roberts Blicke auf sich zu ziehen, aber – ausnahmsweise – bekommt er es nicht mit.

»Präsentieren sich dir die Frauen immer auf einem Silbertablett?«

»Wie bitte?«

»Nichts. Du hattest also eine heiße Woche mit Antonia. Und dann?«

Er zuckt mit den Achseln. »Wir haben danach hin und wieder ein Wochenende zusammen verbracht. Aber das wäre auf Dauer niemals gut gegangen, oder? Sie lebt in Mailand, Teufel noch mal …« Er schüttelt den Kopf. »Mich wundert, dass sie sich wundert, wenn du verstehst, was ich meine.«

»Ich glaube nicht, dass Frauen so denken.«

»Na ja, Männer schon.«

»Willst du wissen, was ich denke?«

»Nicht, wenn es etwas anderes aussagt, als dass ich es beenden soll.«

»Du brauchst dich nicht wie ein Mistkerl aufzuführen. Ich denke, du solltest dich vielmehr bemühen, dass es ihr besser geht. Hast du ihr gesagt, dass es dir leidtut?«

»Niemals entschuldigen, niemals erklären.«

Ich will gerade antworten, als mein Handy wieder piept.

»Ooh!« Ich lese die Nachricht laut vor. *»Zu meiner eigenen Sicherheit solltest du mich besser begleiten. Morgen Abend um acht im Negozio Classico?* Was soll ich antworten?«

Robert liest die SMS. »Der hat es aber eilig. Möchtest du ihn sehen?«

»Ja …«, sage ich, und denke an die blauen Augen von Röhrenjeans und an seine charmant-draufgängerische Art. »Ich glaube schon. Ja.«

»Lass dir zwanzig Minuten Zeit. Dann schreibst du ihm zurück: Klingt gut, bis dann.«

»Sollte das nicht ein wenig lustiger klingen?«

»So machst du ihn neugierig. Und benutz keine Ausrufezeichen oder Smileys.«

»Als ob!«, sage ich. Wir sitzen ein paar Sekunden lang schweigend da. Kann sein, dass ich ein Ausrufezeichen verwendet hätte. »Ich frage mich, ob ich jemals ein Date haben werde, das ich sympathisch finde«, sage ich, »anstatt einfach nur Ja zu irgendeinem x-Beliebigen zu sagen, der mir zufällig über den Weg läuft.«

»Sicher wirst du das. Aber du musst viele Frösche küssen, bis du den Prinzen findest, sagt meine Mutter immer.«

»Eine kluge Frau.«

»Das ist sie«, stimmt er mir zu.

»Ich muss mal auf das stille Örtchen.«

»Weißt du, Klo ist kein schmutziges Wort. Du kannst auch Klosett sagen oder Toilette.«

Nachdem die Flasche Wein leer ist, habe ich bereits eine zweite genehmigte SMS an Röhrenjeans geschickt. Die Antwort kommt, als wir gerade überlegen, ob wir eine zweite Flasche bestellen sollen.

»Ooh! Die nächste Nachricht!«, sage ich aufgeregt. Robert grinst. »Er schreibt: *Bis morgen, du Glückliche.* Was soll ich antworten? Dass er der Glückliche ist?«

»Nein«, sagt Robert. »Du antwortest gar nicht. Vergiss nicht, du musst ihn neugierig machen.«

»Ja, Dad. Hast du sonst noch einen Rat?«

»Er soll sich ruhig ein bisschen anstrengen. Der ist nämlich aalglatt.«

»Was, wenn ich Hilfe brauche? Zum Beispiel mitten im Date?«

»Schick mir eine SMS«, sagt er und grinst.

Anscheinend findet er meine Panik vor Dates höchst amüsant.

»Danke.« Ich erwidere sein Grinsen. Vielleicht ist es gar nicht verkehrt, einen männlichen Mitbewohner zu haben. Roberts Handy piept. »Okay, tut mir leid, ich muss los. Lady Caroline ruft. Hier ist der Haustürschlüssel. Ich komme morgen früh um halb sieben. Bist du da?«

»Ja. Ich mache uns Frühstück«, sage ich.

Hurra! Ich hasse es, allein zu frühstücken. Ich stehe auf und schlüpfe in meine Jacke.

»Widersprechen deine ganzen Tipps eigentlich nicht dem Sinn und Zweck von Dates?«, frage ich mich laut, als wir zum Ausgang gehen. »Du weißt schon, um sich näher kennenzulernen und zu sehen, ob man sich sympathisch findet?«

»Sei nicht albern«, entgegnet er. »Der Sinn von Dates besteht darin, Spaß zu haben.«

Während des ganzen Nachhausewegs kreist mir dieser Satz ständig durch den Kopf.

Dates sollen *Spaß* machen?

Kapitel 7

»Der Appetit auf westliche Marken ist unvermindert hoch, und im Gegensatz zu den Prognosen zu Beginn der Krise blieben die chinesischen Millionäre weitestgehend verschont von der globalen Rezession. Der Gesamtmarkt und das große Kapital werden weiter wachsen …«

Ich räuspere mich. Ich hasse Präsentationen. Immer wenn ich vor all diesen Männern stehe (auch heute sind wieder nur Männer anwesend, abgesehen von mir), denke ich zwangsläufig an ein Erschießungskommando.

Dabei finde ich das Thema – Luxusgüter in China – hoch spannend. Durch dieses und ähnliche Projekte habe ich viel gelernt über die politische und wirtschaftliche Geschichte Chinas, vor allem über die kulturellen Veränderungen in den letzten zwanzig Jahren und darüber, welche Unternehmen Erfolg haben (beziehungsweise Misserfolg) und warum. Aber für die Zuhörer ist es nur eine weitere Präsentation. Basierend darauf werden sie anschließend Aktien kaufen und verkaufen, Empfehlungen aussprechen und Geld gewinnen oder verlieren. Und in ein paar Wochen komme ich wieder und referiere über ein anderes Thema. Ein endloser Kreislauf.

Ich berichte über die neue Generation von chinesischen Millionären, die Klientel, auf die die Luxusmarken zielen müssen. Aus dem Augenwinkel sehe ich einen der Trader, einen jungen Amerikaner, sportlicher Typ, eine SMS schreiben. Ein anderer in der Runde holt sein Handy heraus, liest, wirft einen kurzen Blick auf mich und grinst. Ich gerate ins Stocken. Es dauert ein paar Sekunden, bis ich die Stelle in meinem Manuskript gefunden habe. Kontrolle behalten, Abigail. Kontrolle. Behalten.

Zum Schluss können Fragen gestellt werden. Einer der älteren Trader stellt eine Frage zu LVMH, und ich doziere ein paar Minuten.

»Louis Vuitton, Hersteller luxuriöser Lederwaren« (aus dem Augenwinkel sehe ich, dass der Amerikaner so tut, als würde er mit einer Peitsche knallen, worauf er und sein Kumpel in sich hineingrinsen) »führt den Aufschwung an. Allein in diesem Jahr eröffnen neue Geschäfte in Peking, Shanghai, Guangdong, Chengdu, Wenzhou und Beihai. Also dort, wo Chinas Millionäre sitzen.«

Mit einem Anflug von Erleichterung, dass ich es hinter mir habe, sehe ich zu dem Kerl mit der Luftpeitsche. Ich kenne sein Gesicht. Er fängt meinen Blick auf und grinst. Ich ignoriere ihn.

Als wir den Raum verlassen, spüre ich, dass mir jemand an den Haaren zupft, und ich drehe mich um. Es ist der Peitschenknaller.

»Ich hätte da noch eine Frage zu der Leder- und Sattelsparte von Louis Vuitton«, sagt er grinsend. »Die Nachfrage nach Zaumzeug und Peitschen ist also unvermindert hoch?«

Ich höre, dass seine Kollegen hinter ihm platzen vor unterdrücktem Lachen.

Plötzlich bin ich nicht mehr verunsichert. Nur verärgert.

»Ja«, sage ich. »Aber wenn Sie etwas Ausgefallenes suchen, investieren Sie in Beate-Uhse-Aktien. Das ist wohl eher Ihre Liga.«

Was für ein Flachwichser. Wenigstens habe ich meine Präsentation mit nur einem Fehler hinbekommen, denke ich, als ich den Aufzug betrete. Heute kam es mir einfacher vor als sonst … ein Nebeneffekt der »Tu-so-alsob«-Strategie in Sachen Selbstbewusstsein, nehme ich an. Danke, Robert.

Als ich an meinen Schreibtisch zurückkehre, ist Alistair damit beschäftigt, Charlotte zu trösten. Sie – was? – weint.

»Alles okay?«, frage ich überflüssigerweise.

Charlotte hebt den Kopf, und ihr Gesicht ist rot und geschwollen, während sie schluckaufartig schluchzt. Himmel. Charlotte hat noch nie irgendwelche Gefühle gezeigt in der Zeit, die ich sie kenne.

»Abigail, Gott sei Dank, du bist wieder da«, sagt Alistair erleichtert.

»Gehen wir einen Kaffee trinken«, schlage ich vor.

Es gibt nichts Schlimmeres, als in unserem Büro die Nerven zu verlieren. Die Leute wittern den Skandal und gehen extra langsam vorbei, um einen guten Blick zu erhaschen.

Charlotte nickt und steht auf, um ihren Poncho überzustreifen.

»Ich muss später noch mit dir reden«, sagt Alistair, als wir uns in Bewegung setzen.

»Klar, kein Problem«, entgegne ich. »Ist alles in Ordnung?«

»Yes, Mylady«, antwortet er grinsend und wirbelt auf seinem Drehstuhl herum. »In allerbester Ordnung.«

Wir gehen in ein kleines italienisches Café, das es bestimmt schon seit den Fünfzigerjahren gibt. Ein Mann steht an der Kaffeemaschine, ein anderer belegt die Brötchen, und vor dem Fenster steht eine Theke, an der man sitzen und die Leute draußen beobachten kann. Irgendwie bin ich viel lieber hier, wo seit sechzig Jahren Kaffee ausgeschenkt wird, statt in einer der großen und teuren Café-Ketten. Und der Kaffee schmeckt hier unglaublich gut.

Ich bestelle für uns und nehme Platz. Charlotte hat noch keinen Ton gesagt. Sie hat so sehr geweint, ganz still, dass sie nun Mühe hat zu atmen.

»Möchtest du mir erzählen, was passiert ist?«, frage ich.

Charlotte beginnt schluchzend: »Gestern Abend …«

»Tief durchatmen«, sage ich. »Entspann dich. Alles wird gut.«

Wow, ein abgedroschener Spruch nach dem anderen.

»Phil, mein Freund, hat gestern Abend mit mir Schluss gemacht«, bringt sie schließlich heraus.

»Scheiße«, sage ich, und, ohne zu überlegen, beuge ich mich vor, um sie kurz zu drücken.

Ich glaube nicht, dass ich jemals jemanden spontan umarmt habe, abgesehen von meiner Familie oder sehr engen Freunden. Es ist nett.

Charlotte beginnt wieder zu weinen. Ein langer Spuckefaden tropft aus ihrem Mund und landet auf meiner Hose. Iihhh.

Während der nächsten halben Stunde, zwischen halb hysterischen Heulattacken von ihr und sanften Fragen von mir, gespickt mit der Mahnung, das Atmen nicht zu vergessen, stellt sich heraus, dass sie neun Jahre – von siebzehn bis sechsundzwanzig – mit ein und demselben Mann zusammen war. Und er machte einfach Schluss mit den Worten »Ich liebe dich, aber nicht mehr genug«.

»Ich weiß nicht, was … ich machen soll. Ich weiß nicht, was ich machen soll«, sagt sie nun, nachdem sie sich ausgeweint und beruhigt hat. »Wir waren seit der Schule ein Paar. Wir haben zusammen studiert und angefangen zu arbeiten. Unsere Eltern spielen zusammen Bridge. Wir haben gespart für ein Haus, wir teilen uns einen Wagen, wir hatten einen Zehn-Jahres-Plan, der nächstes Jahr enden sollte – mit unserer Ver… Ver… Ver…«

»Verlobung?«, helfe ich.

»Wir haben einen Wellensittich«, sagt sie und weint noch heftiger. »Meine Mutter ist völlig aufgebracht. Ich habe sie gestern Abend angerufen, und sie hat einfach aufgelegt. Sie hat sich bereits ein Kleid für die Hochzeit gekauft …«

»Schsch«, sage ich und streichle ihre Schulter auf eine, wie ich hoffe, tröstende Art. Das ist etwas ganz anderes als meine Trennung. Ich habe zwar auch geweint, aber ich wusste, ich habe das Richtige getan. Ich denke, Peter wusste das auch. Tatsächlich war der Einzige, der ausflippte, sein Bruder Joe. Er kam vorbei, als ich gerade auszog, und nannte mich eine »dumme Schlampe«. Gott, das war ein schrecklicher Tag, mir wird heute noch übel, wenn ich daran denke. Meine Güte, ich muss mich auf Charlotte konzentrieren.

»Eine Trennung ist was Furchtbares«, bemerke ich.

Das war nicht besonders originell.

»Für mich ist es das erste Mal! Ich war ja immer nur mit Phil zusammen«, erwidert Charlotte.

»Hast du eine Freundin, bei der du unterkommen kannst? Oder Geschwister? Deine Eltern?«

Ich weiß nichts über sie, wird mir bewusst. Ich habe einfach nie gefragt.

»Meine Eltern – nein, das geht gar nicht. Aber ich habe einen Bruder in Stoke Newington«, sagt sie. »Postbezirk N16«, fügt sie erklärend hinzu.

Nachdem sie ihren Bruder angerufen, noch mehr Tränen vergossen, mit ihm abgesprochen, dass sie vorübergehend sein Gästezimmer haben kann und einen weiteren Kaffee getrunken hat, ist es nach neun Uhr.

»Ich fühle mich jetzt viel besser«, sagt sie. »Vielen Dank, Abigail.«

»Weißt du, ich habe mich im Juli von meinem Freund getrennt«, sage ich. »Wir waren sieben Jahre zusammen.

Eine Trennung ist schlimm, wirklich furchtbar. Aber du wirst es überstehen. Ganz sicher.«

»Wirklich?«, entgegnet Charlotte und richtet ihre geröteten Augen auf mich.

»Ja«, sage ich und überlege, ob jetzt der richtige Zeitpunkt ist, ihr vorzuschlagen, ihre Wimpern zu färben. Wahrscheinlich nicht. »Ehrlich, Charlotte, von nun an wirst du dich Tag für Tag ein wenig besser fühlen und leichter … Du musst einfach gut auf dich achten und die nächsten paar Wochen überstehen.«

»Aber ich war noch nie Single!«, ruft sie mit Tränen in den Augen. »Ich habe keine Ahnung, wie man sich bei einem Date verhält! Nicht die geringste! Ich werde als eine dieser Frauen, die alleine in Bars herumhängen, enden! Verzweifelt!«

»Nein, das wirst du nicht«, widerspreche ich und ignoriere den Umstand, dass sie dasselbe denkt, was ich jahrelang dachte, und dass Plum und ich nun zu besagten Frauen gehören, die allein in Bars herumhängen. Aber wir sind nicht verzweifelt, denke ich entschieden. Nein. Nicht an das V-Wort denken. »Single sein macht Spaß«, sage ich. »Du kannst tun und lassen, was du willst und wann immer du willst. Du kannst früh ins Bett gehen oder die ganze Nacht aufbleiben …«

Charlotte sieht nicht beeindruckt aus.

»Du kannst ausgehen und flirten«, sage ich so enthusiastisch wie möglich. »Du kannst dich mit Männern verabreden. Ich zum Beispiel habe heute Abend ein Date.« Mit einem Mann namens Röhrenjeans. Ich meine, Mark. »Du kannst andere Männer küssen und so weiter, du weißt schon«, fahre ich fort. Das alles beeindruckt sie nicht sonderlich. Schätze, ich fange besser gar nicht erst von Sex an. »Es macht wirklich Spaß, Charlotte. Ehrlich. In ein paar Wochen wirst du dich selbst nicht wiedererkennen.«

Sie sieht mich ausdruckslos an und wischt sich eine letzte einsame Träne von der Wange.

»Denk an all die Sachen, die dich an ihm genervt haben«, sage ich und schlage eine neue Taktik ein. »Ist er vielleicht schlampig? Oder hat er einen schlechten Modegeschmack?« Mir wird bewusst, dass Charlotte einen schlechten Modegeschmack nicht einmal dann erkennen würde, wenn er ihr im Vorübereilen mit seinen Crocs auf den Fuß treten würde. »Säuft er? Ist er launisch? Ein miserabler Koch?«

»Oh, Phil stellt sich nicht an den Herd«, sagt sie. »Ich habe immer gekocht. Jeden Abend. Es gab meistens Hähnchen mit Pommes frites, weil er nichts anderes wollte. Ich habe einmal einen Sushi-Kurs gemacht, aber ich durfte nichts davon zu Hause auf den Tisch bringen. Phil hasst Fisch. Genau wie Seetang. Und Reis.«

Wow, denke ich insgeheim, was für ein Blödmann.

»Na bitte«, sage ich. »In Zukunft kannst du so oft Sushi machen und essen, wie du willst.«

Charlotte starrt ins Leere und lächelt. »Außerdem lässt er alles herumliegen. Er erwartet immer, dass ich hinter ihm herräume. Und er hat in letzter Zeit ganz schön zugenommen.« Charlotte ist jetzt in Fahrt. »Außerdem ist er der Meinung, seine Mutter sei die Größte. Und ich sollte immer an seinem Zeigefinger ziehen, wenn er furzen musste.«

Wie zum Teufel hast du das neun Jahre lang ausgehalten?, denke ich. Aber ich verkneife mir die Frage. Gerade ich sollte nicht über bequeme Gewohnheiten schimpfen.

»Nun, damit hast du in Zukunft nichts mehr zu tun«, sage ich fröhlich. »Okay, Charlotte, wenn du willst, kannst du dir gerne heute und morgen freinehmen.« Ich habe nicht die Berechtigung, ihr Urlaub zu geben. Was soll's. »Und immer wenn du seinen Namen erwähnst, tu so, als würdest du über deine Schulter spucken. Das hat einen sehr kathartischen Effekt.«

»Danke«, sagt sie aufrichtig, auch wenn sie etwas verblüfft wirkt über meinen letzten Vorschlag.

Als wir das Café verlassen und Charlotte sich in Richtung U-Bahn wendet, halte ich sie auf und nehme sie richtig in den Arm.

»Du kommst schon klar«, sage ich. »Du kannst mich jederzeit anrufen, wenn du Hilfe brauchst.«

»Danke, Abigail«, erwidert sie. »Ich hätte nie gedacht, dass ich mich so gut fühlen könnte, nachdem ich verlassen wurde!«

Ich gehe zurück ins Büro, während ich meinen Sicherheitsausweis an seinem Clip kreisen lasse und in mich hineinlächle. Wie bin ich zur Motivationstrainerin für Singlefrauen geworden? Es ist wirklich schön, jemanden trösten zu können und das Gefühl zu haben, ein bisschen geholfen zu haben, was für mich ziemlich neu ist. Wissen Sie, ich glaube, ich habe Charlotte die ganze Zeit falsch eingeschätzt. Sie ist überhaupt nicht langweilig.

Als ich an meinen Schreibtisch zurückkehre, wartet Alistair auf mich.

»Ich muss mit dir reden«, zischt er mir zu. »Können wir zusammen einen Kaffee trinken gehen?«

Gott, ich hatte bereits vier Tassen, und es ist erst halb zehn.

»Sicher«, sage ich schweren Herzens bei dem Gedanken an noch mehr Koffein. »Gib mir zehn Minuten. Ich muss kurz meine E-Mails checken.«

In meinem Postfach sind über fünfzig neue Nachrichten, und auf dem Anrufbeantworter sind auch welche. Ach, was soll's. Alistair möchte mit mir reden. Das ist bestimmt wichtiger.

»Ich habe ein Job-Angebot«, eröffnet mir Alistair, kaum dass wir Platz genommen haben. »Von UBS. Am Handelstisch. Als Tischassistent.«

»Dann bist du nur ein besseres Kaffeemädchen«, sage ich bestürzt. Dann reiße ich mich schnell zusammen. »Ich meine, bist du sicher? Das ist ein Einsteigerjob.«

»Es ist das, was ich will!«, sagt er. »Hör zu, ich bin ein ungeduldiger Mensch. Was ich will, will ich sofort. Ich kann nicht noch mehr Zeit hier verschwenden.«

»Weißt du, du bist erst dreiundzwanzig. Es besteht kein Grund zur Eile!«

»Doch. Tut mir leid, Abigail. Ich weiß, du hast für mich recherchiert, aber ich wollte den Job.«

»Wir haben uns doch erst vor zwei Wochen oder so unterhalten …«

Er zuckt mit den Achseln. »Da war alles schon mündlich geregelt. Ich habe deine Hilfe nur nicht abgelehnt, weil ich höflich sein wollte, wirklich. Und weil ich mit dir essen gehen wollte.«

»Oh, danke«, sage ich ironisch, bis mir bewusst wird, dass er mich gespannt ansieht und auf meine Zustimmung wartet. »Natürlich, das verstehe ich total. Herzlichen Glückwunsch«, füge ich hinzu. »Tolle Sache. Ich freue mich wirklich sehr für dich.«

»Schade, dass ich dein Team verlasse. Du weißt, ich habe sehr gerne mit dir zusammengearbeitet. Aber es kommt mir vor, als … als würde ich hier versauern.«

Ich nicke und denke: Ich versaure hier auch.

»Ich bin nicht mit derselben Begeisterung dabei wie du«, sagt er dann schnell entschuldigend.

»Ich würde nicht gerade sagen, dass ich mit Begeisterung dabei bin«, erwidere ich, während ich meine Serviette in kleine Fetzen reiße. »Aber ich … ich kenne das Geschäft nun mal in- und auswendig.«

»Darum bist du ja die Beste.«

Wir nehmen beide einen vorsichtigen Schluck aus unseren Tassen, und ich versuche den Gedanken zu ignorieren, dass ich in einem ungeliebten Job versaure.

Nun werde ich es Suzanne, meiner Chefin, beibringen müssen. Heilige Scheiße.

Ich fürchte mich vor Gesprächen mit Suzanne. Sie ist sehr klein, sehr blond und sehr furchteinflößend. Sie ist vor sechs Monaten von einer anderen Bank zu uns gewechselt und hat meinen sehr pflegeleichten Exchef ersetzt. (Der entweder gegangen wurde oder hingeschmissen hat, je nachdem, wem man Glauben schenkt.)

Suzanne arbeitet mindestens vierzehn Stunden am Tag und blafft ständig in ein Headset, das immer hinter ihrem Ohr klemmt, während sie gleichzeitig Berichte liest, Zahlen prüft, den Umsatz antreibt und bissig-knappe E-Mails verschickt. Ihre Freizeit verbringt sie damit, Einkaufsarkaden wie Bluewater und Westfield zu begutachten und Tagesreisen nach Edinburgh oder Paris zu machen, wo sie die Geschäfte und die Kunden und die Kaufatmosphäre unter die Lupe nimmt. Daraus entsteht ein detailliertes Bild über den Einzelhandel in ihrem Kopf. Suzanne ist eine Art Supercomputer für Börsenanalysen.

»Und warum will er aufhören?«, blafft sie mich an.

»Er langweilt sich.«

Ups. Das rutschte heraus, ohne dass ich darüber nachgedacht habe. Eine Pause entsteht, und Suzanne starrt mich an.

»Er *langweilt* sich?«

»Er findet Recherche einfach nicht … spannend genug«, sage ich hilflos. »Er möchte direkt an die Börse und selbst handeln.«

Sie starrt mich weiter an. Sie hat es voll drauf mit dem

Blickkontakt. Sie würde mich inspirieren, wenn sie nicht so verdammt furchteinflößend aussähe. Sie trägt ihren Eyeliner viel zu dick auf.

»Ich sehe bei Ihnen nicht genügend Antrieb, Abigail«, sagt sie schließlich. »Sie haben zwar das Fachwissen und die Erfahrung, aber Sie sind nicht mit Begeisterung dabei. Ihre Berichte sind tadellos, trotzdem sind Sie zu passiv, und Sie bringen nie mehr als nötig, Sie … liefern nur ab.«

Ich nicke und versuche, so gefasst wie möglich zu wirken. Warum stehe ich jetzt plötzlich in der Kritik?

»Ich beobachte Sie schon, seit ich hier angefangen habe. Sie machen nie mehr als zwei bis drei Anrufe am Tag. Ich erwarte von Ihnen fünfzehn. Sie sind viel zu unbeteiligt. Ich erwarte von Ihnen, dass Sie sich mit Luxusaktien bestens auskennen, dass Sie sie essen, atmen und sogar darin schlafen, verdammt.«

Ich nicke. Ich weiß gar nicht, wie ich auf eine solche Ansprache reagieren soll. Machen die anderen das tatsächlich? Macht Charlotte das? Mir ist das nie aufgefallen, andererseits war ich ein wenig abgelenkt in den letzten sechs Monaten.

Suzanne seufzt. »Ich habe den ganzen Morgen versucht, Sie zu erreichen. Wo waren Sie?«

»Äh … Charlotte ging es nicht gut …«

»Sie sind hier nicht angestellt, um sich um Charlotte zu kümmern. Sie sind angestellt, um herauszufinden, womit sich Geld verdienen lässt.«

Ich beiße auf meine Unterlippe. Sie hat recht.

»Ich brauche Leute, die das Volumen steigern und den Markt anschieben, und nicht jemanden, der sich nur zurücklehnt und liest. Sie sind zu passiv, um es noch einmal zu sagen.« Ich zucke zusammen. Sie ist noch nicht fertig. »Ich erwarte mehr von Ihnen. Geben. Sie. Gas.«

Ich nicke so heftig, dass mein Nacken zu schmerzen beginnt. Vor allem die Bemerkung »Sie sind zu passiv« hat mich getroffen.

Ich räuspere mich. »Ja, danke, ich weiß, ich weiß.«

Suzannes Augen werden schmal. »Es liegt nur an Ihnen. Die Frage, die Sie sich stellen müssen, lautet: *Was will ich?*«

Ich höre auf zu nicken und starre Suzanne für einen Moment an. Schon wieder diese verdammte Frage. Suzanne erwidert meinen Blick mit hochgezogenen, zu schmal gezupften Augenbrauen.

»Was wollen Sie, Abigail?«

Ich öffne den Mund, um zu sprechen, und schließe ihn wieder. Ich habe keine Antwort darauf. Was stimmt nicht mit mir? Eine Sekunde lang kämpfe ich gegen das Bedürfnis loszuheulen. Was zum Teufel will ich?

»Das ist alles«, entlässt sie mich.

Ich gehe hinaus und schüttle kurz den Kopf, um wieder klar zu denken. Was für ein Tag. Und dabei ist noch nicht einmal Mittag.

Das Letzte, wonach mir im Moment der Sinn steht, ist mein Date mit diesem Röhrenjeanstypen. Aber ich will verdammt sein, wenn ich nicht jede Chance nutze, um die Erfahrung zu sammeln, die ich brauche. Wir treffen uns um acht. Ich glaube, ich sollte mir vorher zu Hause ein paar hinter die Binde kippen, um in Stimmung zu kommen.

Kapitel 8

Freitagmorgen, acht Uhr.

Mein klingelndes Handy weckt mich, was ein Glück ist, denn ich bin a) verpflichtet, jeden Morgen um sieben zur Arbeit zu erscheinen, b) nicht in meinem Bett, c) nackt.

Ich liege ganz außen in einem Doppelbett, das mit seltsamer hellblauer Bettwäsche bezogen ist, und als ich den Kopf drehe, um herauszufinden, wie zum Henker ich hergekommen bin, entdecke ich einen nackten Mann neben mir, der schläft. Es ist der Typ mit den Röhrenjeans.

Vor lauter Schreck stockt mir der Atem, und ich falle aus dem Bett. Ich krieche panisch durch das Schlafzimmer auf der Suche nach meinem Handy. Mein Herz hämmert wie wild, mein Kopf pocht im selben Rhythmus, o Gott, o Gott – ah, es ist in meiner Handtasche. Unter meinem BH.

Ich schaue auf das Display. Es ist Plum.

»Fuck!«, flüstere ich zur Begrüßung.

»Und, wie war's?«, fragt sie aufgeregt.

»Falscher Zeitpunkt«, murmele ich, während ich hektisch auf allen vieren über den Boden krieche, um meine restlichen Sachen aufzusammeln.

Mein Slip! Im Bücherregal. Hübsch.

»Sag nicht, du bist bei ihm?«

Plum beginnt hysterisch zu lachen.

»Ich weiß nichts, ich kann mich an nichts erinnern«, murmele ich.

»Was zum Geier ist passiert?«

Ich ziehe meine Jeans aus ihrem Versteck unter dem Bett hervor und erzähle in hastigem Flüsterton.

»Wir haben uns in einer Bar getroffen, und dann habe ich Robert angerufen und um Rat gefragt, und er hat mir vorgeschlagen, einen Hochprozentigen für mein Selbstvertrauen zu kippen, was ich auch getan habe, aber ich glaube, ich hatte ein paar Gläser zu viel …«

Ich winde mich auf dem Boden, um in meine Jeans zu schlüpfen, ohne aufzustehen, und lege dabei kurz das Handy weg, bevor ich es rasch wieder ans Ohr nehme.

»So, so. Magst du ihn?«, fragt Plum im Plauderton.

»Nein, ja, weiß nicht, ich muss hier weg, ich muss mich heute krankmelden …«

Ich beschließe, auf den BH zu verzichten, und stopfe ihn in meine Handtasche. Mein Oberteil liegt seltsamerweise ordentlich zusammengefaltet auf dem Boden. Warum?, frage ich mich. Andererseits, es ist eins meiner neuesten Lieblingstücke. Ich habe es erst letztes Wochenende gekauft, als ich mit Plum unterwegs war. Sie schlug mir vor, es zu meinem Date anzuziehen. Es ist das perfekte Top, taubengrau, asymmetrisch und von Cos, und ich kann Ihnen gar nicht sagen, wie sehr ich mir wünsche, ich hätte es auch in Schwarz gekauft, vielleicht gehe ich … o shit. Zurück in den Albtraum.

»Okay. Sorry. Geh nach Hause und ruf mich an. Ich werde dich in der Bank krankmelden«, sagt sie.

»Gott, ich liebe dich«, flüstere ich.

Wir beenden das Gespräch, und ich öffne leise die Schlafzimmertür. Ich krieche auf allen vieren hinaus, den Riemen meiner Handtasche fest zwischen den Zähnen. Röhrenjeans hat sich nicht einmal gerührt. Ich frage mich, warum er nicht zur Arbeit muss. Was macht er noch gleich? Ich versuche, mich zu erinnern. Ach ja, er arbeitet für eine Filmproduktionsfirma. Sein Arbeitstag beginnt nicht vor zehn Uhr.

Ich finde mich in einem Wohnzimmer wieder und entdecke die Überreste vom Abend zuvor: ein überquellender Aschenbecher, leere Weinflaschen und – o Gott, bitte nicht – eine Flasche Whisky. Meine Jacke liegt über der Couch, dort finde ich auch meine YSL-bei-Zara-Designerschuhe. Ich ziehe sie an, und beim Schließen der lächerlich schmalen Riemchen breche ich mir fast die Finger. Dann richte mich zum ersten Mal an diesem Tag auf. Ich werde fast ohnmächtig von dem plötzlichen Blut-/Sauerstoff-/Alkoholsturz in meinem Kopf. Mir ist heiß und kalt, übel und schwummerig, und ich versuche nicht über die Tatsache nachzudenken, dass ich wahrscheinlich, ja, vielleicht, ja, womöglich, so gut wie sicher Sex mit Röhrenjeans letzte Nacht hatte.

Das gebrauchte Kondom neben dem Bett hat es mir verraten. Ein dreifaches Hoch auf Safer Sex.

Ich ziehe die Wohnungstür so leise wie möglich hinter mir zu, und während ich hilflos in das graue Tageslicht blinzle, das in meinen Augen brennt, halte ich nach einem Anhaltspunkt Ausschau, um herauszufinden, wo ich bin. Denk nach, Abigail, denk nach …

Ich eile ans Ende der Straße, um das Straßenschild zu lesen. Dort steht »W10«. Wo ist das? North Kensington? Ladbroke Grove? Ich habe keinen blassen Schimmer! Es ist so verdammt ruhig hier. Kein Verkehrslärm, nichts … Ich gehe so schnell wie möglich weiter bis zur nächsten Querstraße und schaue nach rechts und links. In welche Richtung soll ich gehen? Links scheint mehr los zu sein, also setze ich mich rasch wieder in Bewegung und schwöre mir im Stillen, nie wieder ohne Sonnenbrille und Paracetamol aus dem Haus zu gehen. Und nicht ohne eigenen Wagen mit Chauffeur.

Ich erreiche das Ende der Querstraße, wo ich mich immer wieder auf einem Bein wie eine unter Alkoholeinfluss stehende Korbballspielerin um die eigene Achse drehe, während ich verzweifelt Ausschau nach einem Straßenschild halte. Chamberlayne Road, das klingt vertraut, oder? Kensal Rise? Irgendwie schon mal gehört.

Wo zum Teufel finde ich hier ein Taxi? Bitte, lieber Gott, bitte, schick mir ein Taxi. Endlich taucht eins auf, und ich rufe erleichtert »Primrose Hill«, während ich einsteige. Dann sacke ich auf dem Rücksitz zusammen und stoße ein tiefes, zitterndes Seufzen aus.

Was zum Henker ist letzte Nacht passiert?

Die erste Stunde oder so war gut. Wir trafen uns im Negozio Classico, lieferten uns einen unterhaltsamen, spritzigen, geistreichen Schlagabtausch, der einerseits Spaß machte, andererseits anstrengend war und außerdem extrem nervenaufreibend, und teilten uns zwei Flaschen Wein. Ich hatte etwas schlechte Laune wegen meines miesen Arbeitstags, weshalb ich schneller trank als sonst. (Zu passiv, dass ich nicht lache, fuhr mir durch den Kopf, als ich flirtend eine zweite Flasche Wein bei dem Kellner bestellte – das weiß ich noch.)

Dann zogen wir weiter in ein Restaurant namens Taqueria, wo ich überglücklich feststellte, dass es dort Margaritas gab und andere überzeugende Vertreter der Tex-Mex-Fraktion. Robert hat recht, dachte ich glücklich, während der Kellner mir meine zerpflückten Tacos wegnahm und den vierten Cocktail auf Tequila-Basis servierte, Dates machen Spaß.

Röhrenjeans war schlagfertig, zum Flirten aufgelegt und sehr selbstsicher. Ich lachte über seine ganzen Sprüche und lachte sogar noch lauter über meine eigenen Sprüche, und nach ein paar Gläsern fiel es mir leicht, die coole Distanzierte zu mimen. Bis zu dem Zeitpunkt nach dem Abendessen, als er anfing, mit meinen Händen zu spielen. Er zirkelte seine Finger um meine Finger, fuhr mit dem Daumen meine Handlinien entlang, lächelte mich an, sah mir tief in die Augen … Es war total irritierend. Ich flüchtete voller Panik auf die Toilette und rief Robert an.

»Was soll ich machen, was soll ich machen?«, stammelte ich.

»Was ist los?«, fragte Robert.

»Er sieht mir sehr oft in die Augen, und er spielt an meinen Händen herum. Es ist so eine Art, keine Ahnung, Verführungsspielchen. Es fällt mir sehr schwer, cool und distanziert zu bleiben, wenn ich am liebsten weglaufen würde …«

»Du kannst jederzeit weglaufen.«

»Nein, ich bleibe«, sagte ich tapfer. »Ich werde ein richtiges Date haben, und wenn es mich umbringt.«

»Wenn dir das Verführungsspielchen nicht gefällt, zieh einfach deine Hände weg. Du hast die absolute Kontrolle.« Ich stoße ein spöttisches Schnauben aus. »Vielleicht solltest du dir einen Hochprozentigen gönnen. Flüssiges Selbstvertrauen.«

Superscheißidee, Robert, denke ich nun. Das Taxi ist fast da, und wir fahren an vertrauten Geschäften vorbei. Brauche ich etwas? Denn ich werde hundert pro das Haus nicht mehr verlassen, wenn ich einmal drin bin. Vielleicht verlasse ich es sogar nie wieder. Im Kühlschrank sind mehrere Flaschen Wasser (gegen meine akute Dehydrierung), und außerdem habe ich einen großen Vorrat an Vitaminbrausetabletten, und bitte, lieber Gott, lass die Schmerztabletten nicht alle sein. Die Schokokekse sind aus, aber scheiß drauf, ich kann darauf verzichten.

Alles, was ich tun muss, ist, den restlichen Tag zu überstehen, eine Minute nach der anderen.

Ich lande schließlich in meinem winzigen Badezimmer, halbtot vor Erschöpfung nach der anstrengenden Treppe, und zum zweiten Mal an diesem Tag verschlägt es mir vor Schreck den Atem: Das sorgfältige Make-up vom Vortag erinnert nun an Courtney Love auf Sauftour, und mein ehemals glatter Pony ist ein Rattennest à la Amy Whinehouse. So könnte ich mich für diese Anti-Komasaufen-Anzeige bewerben. Gott! Das sieht mir überhaupt nicht ähnlich. Ich trinke in Gesellschaft, ich trinke gerne, ich bin dann ausgelassen, das ja – aber ich bin keine Komasäuferin … Ich habe keine Lust, mich jetzt um meine Haare zu kümmern. Ich wasche einfach den Rest von mir und mache mir später Gedanken darüber.

Unter der Dusche muss ich plötzlich würgen, und ich stürze zur Toilettenschüssel, wobei ich alles nass mache, um den halb verdauten restlichen Alkohol auszukotzen.

Hallo, Tiefpunkt. So was, dich hier zu sehen!

Irgendwann liege ich endlich bei zugezogenen Vorhängen im Bett, und das Zimmer ist angenehm kühl und dunkel. Mein Herz rast immer noch, und ich keuche leise und atme sehr flach.

Ich hasse Alkohol.

Was ist sonst noch passiert gestern Abend? Wir gingen in einen Pub um die Ecke, an den ich mich nicht mehr richtig erinnern kann, und wir tranken Tequila an der Bar, bevor wir nach unten an eine andere Theke gingen, wo ein DJ auflegte, und ich glaube, dort gab es weitere Tequilas. Ich weiß noch, dass ich den Bauch eines Dicken gerieben habe, damit es mir Glück bringt. Und auf der Toilette habe ich eine Frau geschminkt und ihr demonstriert, wie wichtig Abdeckcreme ist. Ich glaube, ich habe später zu Marvin Gaye getanzt, ja, das habe ich, und, o Gott, ich glaube, ich habe einen Spagat auf der Tanzfläche gemacht.

Warum nur, o Herr, warum?

Wir haben definitiv herumgeknutscht in der letzten Bar, und dann haben wir im Taxi weitergeknutscht, und ich glaube, ich saß auf seinem Schoß, aber ich kann mich nicht richtig erinnern, und, o Gott, ich bin eine Schlampe, und dann waren wir bei ihm und tranken Alkohol (noch mehr?!), und das war's dann. Blackout noch vor dem nicht jugendfreien Teil.

Ich versuche, die erste Flasche Wasser zu trinken.

Scheiße, das ist anstrengend.

Ich sehne mich danach, dass jemand mich in den Arm nimmt. Ich stoße ein leises Wimmern aus, dann bin ich wieder still. Selbst das Wimmern ist anstrengend.

Mein Handy klingelt. Es ist wieder Plum. Ich brauche ziemlich lange, um es in die Hand zu nehmen, auf die richtige Taste zu drücken und es an mein Ohr zu halten.

»Fuck«, sage ich wieder.

»Alles okay? Bist du zu Hause?«

»Ja«, sage ich. »Hast du in der Bank angerufen?«

»Du hast eine Mandelentzündung und musst die nächsten Tage das Bett hüten«, teilt sie mir mit.

»Oh, das ist schön«, flüstere ich. »O Gott, Plum, ich sterbe, scheiße, ich sterbe …«

Plum lacht jetzt offen. Warum ist jemand, der schlimm verkatert ist und es bitter bereut, immer so amüsant?

»Ich habe mich übergeben«, flüstere ich.

»Wenn ich da wäre, würde ich deine Haare zurückhalten«, sagt sie. »Ich würde dir sogar einen Zopf flechten.«

Ich stöhne leise. »Daran ist bloß der verdammte Robert schuld. Ich hasse ihn. Er hat mir empfohlen, Hochprozentigen für mein Selbstvertrauen zu tanken.«

»Und wie viele solltest du trinken?«

Ich zögere. »Einen.«

»Und wie viele hast du getrunken?«

Ungefähr sechzehn.

»Sei still, Plum«, sage ich barsch. »Ich lege jetzt auf.«

Ich beschließe, so ruhig wie möglich zu liegen, um das Pochpochpoch aus meinem Kopf zu bekommen. Ich schwitze und zittere leicht. Meine Kopfhaut tut weh. Ich versuche, die Wellen der Reue zu ignorieren, die über mich hinwegspülen, genau wie die flackernden Bilder vom Vorabend, die in einem albtraumhaften Kaleidoskop in meinem Kopf kreisen … Denk jetzt nicht darüber nach, Abigail, denk einfach nicht daran.

Irgendwie, als mein Kopf im richtigen Winkel liegt, schlafe ich ein, die Wasserflasche auf meiner Brust umklammernd.

Kapitel 9

Ich wache kurz nach fünf am Nachmittag auf und sehe, dass Robert in der Tür steht.

»Was zum Teufel ist denn mit dir passiert?«

Ich fühle mich, als wäre mir ein Eimer Sand ins Gesicht geschüttet worden. Ich richte mich wackelig auf, versuche vergeblich, ein Hallo zu krächzen, führe nach mehreren Anläufen eine Wasserflasche an meine Lippen und trinke gierig, bis ich entkräftet in das Kissen zurückplumpse. Gott, Wasser schmeckt so gut. Köstlich.

»Tolle Frisur«, sagt Robert. »Sehr sexy.«

»Robert«, bringe ich schließlich heraus, während ich über seinen Kommentar hinweggehe. »Irgendein Idiot hat mir gesagt, Schnaps würde mich lockerer machen.«

»Ich sagte ein Schnäpschen, nicht eine ganze Flasche«, erwidert Robert. Er lehnt sich gegen den Türrahmen und verschränkt die Arme, während er versucht, ein Grinsen zu unterdrücken. Und kläglich versagt. »Wie war dein Spießrutenlauf?«

»Das war kein Spießrutenlauf«, stöhne ich. »Das war die totale Demütigung. Ich bereue es zutiefst. Ich habe einem fremden Mann meine Mumu gezeigt. Und ich kann mich nicht einmal mehr daran erinnern.«

»Deiner Mumu ist das wurscht. Geh unter die Dusche und zieh dir was an, Abby. Wir gehen aus.«

Mir fällt auf, dass er mich seit geraumer Zeit »Abby« nennt, was keiner mehr getan hat, seit ich klein war.

»Ich kann unmöglich unter Leute gehen. Ich bin eine Hure und eine Säuferin. Man sollte mich brandmarken.«

»Das können wir später nachholen. Zuerst gehen wir aus«, sagt Robert in entschiedenem Ton.

»Ich kann unmöglich das Haus verlassen nach dem, was in den letzten vierundzwanzig Stunden passiert ist. Ich verordne mir selbst Hausarrest.«

»Zieh dich an«, wiederholt er und geht wieder nach unten.

Meine Flucht aus der Wohnung von Röhrenjeans heute Morgen ist nur noch eine verschwommene Erinnerung. Wie ein Großteil des Abends davor. Ich frage mich, wann wir ins Bett sind, ich meine, wann wir geschlafen haben.

Erinnerungsblitz: Ich liege auf einem Kissen, küsse Röhrenjeans und sehe auf seinen Wecker neben dem Bett, gerade als dieser auf 5:03 Uhr umspringt.

»Fuuuuuuuuuuck!«, brülle ich.

»Steh endlich auf!«, brüllt Robert die Treppe hoch.

Ich greife in meine Schublade neben dem Bett und nehme meine Vitamin-C-Brausetabletten und Alka Seltzer heraus, werfe jeweils eine davon in mein restliches Wasser und schwenke die Flasche, bis sie sich aufgelöst haben. Dann trinke ich in kleinen Schlucken und beuge mich vor, um meinen iPod anzuschalten. Zufällig läuft *Get over it* von OK Go. Wie passend.

Ah, die Wohltat einer heißen Dusche. Ich schäume mich gründlich von Kopf bis Fuß ein, schrubbe meinen Kopf mit meinem teuersten Shampoo und kümmere mich anschließend sorgfältige zehn Minuten lang um meine Bettfrisur mit einem breitzinkigen Kamm und einer halben Flasche Conditioner.

»Wohin gehen wir?«, brülle ich nach unten. »Was soll ich anziehen?«

»Was Scharfes«, lautet die Antwort.

Was Scharfes?

Ich öffne meinen Kleiderschrank. Komm schon, Abigail.

Es ist Zeit, in die modische Offensive zu gehen. Entscheide dich nicht für das, was Plum dir vorschlägt, nicht für das, was Peter früher gerne an dir gesehen hat … sondern zieh an, was du anziehen möchtest.

Ich habe Lust, heute Abend unbesiegbar und ungezwungen auszusehen, also genau das Gegenteil von meiner inneren Verfassung. Ich nehme meine neue Jeans von Topshop aus dem Schrank, in der ich sehr groß und dünn aussehe, und kombiniere sie mit einem superleichten weißen Hemd, dazu ein Blazer, ein langer, roter Schal und Stiefel, die mich gut zehn Zentimeter größer machen.

Unbesiegbar. Aber ungezwungen. Ja.

Während ich meine Haare föhne, klopft Robert an die Tür.

»Zimmerservice.« Er kommt herein mit einer Bloody Mary und zwei Erdnussbuttertoasts. »Ich dachte, du brauchst vielleicht eine Grundlage.«

»Woher weißt du, dass ich Erdnussbuttertoast liebe?«, sage ich erfreut.

»Du futterst am Wochenende ständig so was. Man muss also kein Genie zu sein, um darauf zu kommen …«, antwortet er. »Danke … Aber ich denke nicht, dass ich schon wieder Alkohol vertrage. Geschweige denn jemals wieder.«

»Aber eine Bloody Mary ist wie natürliches Alka Seltzer.«

Ich sehe Robert ausdruckslos an und nippe an dem Glas.

»Ach du lieber Gadget, das ist lecker … Du hast dich ja rasiert«, bemerke ich.

»Wie du mir befohlen hast«, erwidert er. »Hast du gerade Inspector Gadget zitiert?«

Die nächste halbe Stunde ist eine Mischung aus Kauen, Schlürfen, Schminken und Lächeln. Ich fühle mich fast besser. Die Bloody Mary ist verdammt scharf. Die

Erdnussbutter ist weich und nur leicht salzig. Und mein Make-up – Gott segne es – bewirkt wahre Wunder. Ich brauche heute zwar ein bisschen mehr Concealer als sonst, aber abgesehen davon sehe ich erstaunlich gut aus. Ich hatte auch ungefähr zehn Stunden Schlaf, schätze ich.

Plötzlich habe ich aus unerklärlichen Gründen gute Laune. Ich frage mich, was Robert für uns heute Abend geplant hat. Ich hoffe, es wird lustig.

Ich checke mein Handy zum ersten Mal seit heute Morgen. Sieben verpasste Anrufe und vier SMS. Ich liebe es, das Gefühl zu haben, beliebt zu sein. Die SMS sind von Sophie, Josh aus der Personalabteilung und o-fuck-gleich-zwei von Röhrenjeans. Ich höre eine Nachricht ab von meiner Mutter, die wissen möchte, wie ich mir mein Brautjungfernkleid vorstelle. Sonst hat keiner eine Nachricht hinterlassen. Jeder, den ich kenne, ist zu ungeduldig, um sich die Mühe zu machen, eine Nachricht auf Band zu sprechen.

Sophie: *Ich habe gehört, du warst ein sehr unartiges Mädchen. Details.*

Josh aus der Personalabteilung: *Hi!!! Hast du am Wochenende schon was vor? Lust auf ein Treffen? Vielleicht Abendessen im Postbezirk SW17?* LG

Röhrenjeans: *Untröstlich. Ich bin untröstlich, dass du einfach so gegangen bist.* LG

Röhrenjeans: *Okay, ignorier mich ruhig. Ich hatte jedenfalls einen tollen Abend. Gib Bescheid, wenn du mal wieder Bock auf so was hast.*

»Scheiiiiiiße«, sage ich zu mir selbst und lasse mich mit dem Gesicht voran stöhnend ins Bett plumpsen. Mir ist wieder schlecht.

Wenn ich schon den ersten One-Night-Stand in meinem Leben hatte, wäre es dann nicht gut, wenn ich mich wenigstens daran erinnern könnte?

Und übrigens, das war definitiv eine einmalige Sache. Ich schäme mich nämlich zu Tode, dass ich mir dermaßen die Kante gegeben habe, und ich will ihn ohnehin nicht wiedersehen. Er ist ganz süß, aber seine Anekdoten handeln hauptsächlich von Drogenexzessen. Ich dachte die ganze Zeit, halt durch, Abigail, du musst Erfahrungen sammeln, du musst Erfahrungen sammeln …

Ich werde brutal sein, wie Robert mir empfohlen hat. Josh aus der Personalabteilung ist einfach brr, und Röhrenjeans … ich kann das nicht. Also lasse ich es lieber. Aus irgendeinem Grund gibt mir die Entscheidung, die beiden zu ignorieren, Kraft – und das Gefühl, alles unter Kontrolle zu haben.

Ich blättere durch die SMS von gestern Abend. Sie sind alle von Robert, offenbar lauter Antworten auf meine Fragen. In chronologischer Reihenfolge, rückwärts:

1:32 Uhr *Ich gehe jetzt ins Bett, Abigail.*

0:37 Uhr *Mach dir keine Gedanken deswegen. Es passiert ständig, dass Pärchen beim Fummeln in einer öffentlichen Toilette erwischt werden.*

0:20 Uhr *Trink ein Glas Wasser. Ich spreche kein Betrunken.*

23:57 *Uhr Vielleicht weiß er nicht, was komatös bedeutet.*

23:41 Uhr *Jeder kennt Pretty in Pink. Er lügt. PS Ich kann nicht glauben, dass du dich für Steff entschieden hast.*

23:37 Uhr *Dann versuch's mal damit: Duckie oder Blane – für wen hätte Andie sich entscheiden sollen?*

23:16 Uhr *Wie wäre es damit: Du siehst aus wie jemand, der in einem Chor singt. Habe ich recht?*

22:24 Uhr *Dater-Blockade, was? Sehr lustig. Versuch, ihm auf eine leicht ironische Art ein Kompliment über seine Klamotten zu machen.*

21:43 Uhr *Entspann dich. Amüsierst du dich überhaupt?*

Hast du einen Schnaps getrunken? Vergiss nicht, du kannst jederzeit gehen.

Wir sind aus einer Kneipe geflogen, weil wir auf der Toilette herumgefummelt haben?

Ich möchte Röhrenjeans niemals wieder begegnen. Das wird leicht sein, denn ich werde nie wieder mein Zimmer verlassen. Ich werde hier sterben. Vor Scham.

Ich wimmere kläglich für ein paar Sekunden an die Decke.

Oh, eine neue Nachricht.

Von Henry.

Abigay. Was hast du heute Abend vor, und kann ich mitkommen?

Ich lade ihn ein, sich uns anzuschließen, und nehme meine alte Position wieder ein.

Genau in diesem Moment fällt mir ein, dass die letzte Wachsbehandlung meiner Bikinizone schon eine ganze Weile zurückliegt, noch vor der Trennung von Peter. Mein Wimmern verwandelt sich in einen lauten, qualvollen Schrei.

»Was ist denn jetzt schon wieder?« Robert steht erneut in der Tür.

»Nichts«, antworte ich beleidigt. »Übrigens, mein Freund Henry kommt heute Abend mit.«

»Komm schon, erzähl Onkel Robbie, was dich quält«, sagt er, während er das Zimmer betritt und sich neben mich kauert.

Ich seufze und fange seinen amüsierten Blick auf.

»Mir ist gerade eingefallen, dass ich seit einer Ewigkeit meine Bikinizone nicht mehr getrimmt habe. Das ist ziemlich schlimm. Ich hätte auf meinen Slip ein Schild kleben sollen mit der Aufschrift: Die ihr hier eintretet – lasst alle Hoffnung fahren.«

»Nur der bußfertige Mann wird bestehen, was?« Robert

beginnt zu lachen. »Hey, ich habe gehört, der volle Busch kommt gerade wieder in Mode.«

»Der volle Busch? Behauptet wer? Die Experten für Schamhaarfrisuren?« Ich mache eine Pause. »Tut mir leid, dass ich dich gestern belästigt habe. Mit den SMS, meine ich.«

»In der Glotze lief sowieso nur Schrott. Das war eine nette Ablenkung.«

»Du warst zu Hause?«

Robert ist nie zu Hause donnerstagabends.

»Natürlich nicht. Ich war bei der Blonden mit der Melone. Sie hat einen Fernseher in ihrem Schlafzimmer.«

»Das ist schön.« Ich sehe ihn durch meine gespreizten Finger an. »Ich bin ein leichtes Mädchen«, füge ich traurig hinzu.

»Ach, komm schon. Was haben wir, 1955? Niemand verurteilt dich, außer dir selbst.«

»Mit einem praktisch Wildfremden ins Bett zu steigen und so betrunken zu sein, dass man einen kompletten Filmriss hat, ist ein verdammt schlimmer Fehler, Robert. Normalerweise verhalte ich mich nicht so. Nie …«

»Vergiss es einfach. Reue ist eine sinnlose Emotion. Sei kugelsicher. Das ist der Schlüssel, um als Single zu überleben … Was hat er denn heute Morgen gesagt?«

»Nichts«, antworte ich, hole mein Notizbuch hervor und füge »kugelsicher« auf der Liste hinzu. Das ist ein guter Rat. »Ich habe mich davongeschlichen, bevor er wach wurde und sich aufführen konnte wie im Film, verlegen und desinteressiert … Wie in *Harry und Sally,* weißt du? Bevor er behaupten konnte, er muss dringend weg, um sein Kaminbesteck zu reinigen.«

»Was ist ein Kaminbesteck?«

»Keine Ahnung.« Ich stoße ein tiefes Seufzen aus und schaue an die Decke. »Jedenfalls will ich heute Abend nicht allein mit meinem schlechten Gewissen hier sitzen, so viel ist sicher. Okay, lass uns los.«

»Na ja, zumindest hast du Regel Nr. 1 beachtet, Prinzessin«, sagt Robert, als wir ein paar Minuten später aufbrechen.

Ich traue mich fast nicht zu fragen.

»Und die lautet?«

Er hält mir die Haustür auf. »Verlass den anderen, bevor du verlassen wirst.«

Seltsamerweise gibt mir das ein besseres Gefühl. Ich bleibe kurz stehen, um es in mein Notizbuch einzutragen.

Verlass den anderen, bevor du verlassen wirst.

Kapitel 10

Es regnet. Es ist kein richtiger, starker Regen, sondern ein herbsttypisches Dauernieseln, das Frisur und Make-up ruiniert. Robert und ich stehen unter einem Regenschirm an der Ecke unserer Straße und warten auf ein Taxi, das uns zu einem Pub in Belgravia bringen soll, der sich The Pantechnicon Rooms nennt.

»Übrigens, du siehst ganz passabel aus, in Anbetracht der Umstände.«

»Wow, danke«, entgegne ich leicht ironisch, um die Tatsache zu verbergen, dass ich erröte.

Die Komplimente sind dünn gesät, seit ich mich von Peter getrennt habe.

»Sorry, Abby. Du siehst umwerfend aus. Absolut umwerfend. Gut, als Nächstes besorgen wir dir einen Drink.«

»Ich glaube nicht, dass ich noch mehr Alkohol herunterbringe.«

Ich versuche, meine Worte seitlich auszusprechen, für den Fall, dass trotz Zähneputzen und Zungenreinigung mein Atem immer noch nach Alkohol und/oder Erbrochenem riecht. Dieser Regenschirm kommt mir anormal klein vor.

»Okay, okay. Du bestimmst, einverstanden?«

Mir tut alles weh. Ich glaube, das liegt an den Gewissensbissen und nicht am Kater. Können Sie glauben, dass ich aus einer Bar geworfen wurde, weil ich auf der Toilette herumgeknutscht habe? Außerdem habe ich einen Spagat auf der Tanzfläche gemacht. Oh, der Selbstekel …

Nachdem wir in das Taxi gestiegen sind, schaue ich aus

dem Fenster auf das verregnete graue London und seufze laut.

»Soll ich dir eine Geschichte erzählen, damit du dich besser fühlst?«, fragt Robert.

Er hat wieder meine Gedanken gelesen.

»Ja, bitte«, sage ich leise.

»Als ich zweiundzwanzig war, hatte ich heimlich was mit der älteren Schwester von meinem Kumpel. Sie war siebenundzwanzig und hat sich tatsächlich mit mir abgegeben … Egal, jedenfalls war ich damals noch Postgraduierter in Cambridge, was übrigens eine völlige Zeitverschwendung war, solltest du jemals mit dem Gedanken spielen.«

»Tu ich nicht. Aber danke.«

»Also bin ich an einem Wochenende zu ihr nach London, und sie hat mich zu einer Party mitgenommen«, fährt er fort, wobei er »Party« mit der ganzen Begeisterung ausspricht, die er damals wohl empfunden hat.

»Wie aufregend.«

»Ich war extrem nervös und habe eine halbe Flasche Jägermeister geleert, mich nackt ausgezogen, auf ihre Mitbewohnerin gekotzt, wurde dann ohnmächtig am Esszimmertisch mit nichts am Leib außer einem Paar Gummihandschuhe, kam drei Stunden später wieder zu mir, stellte fest, dass die Party immer noch im Gang war, und fragte sie, ob sie mich heiraten will.«

»Wie hat sie reagiert?«, japse ich vor Lachen.

»Sie hat Nein gesagt«, antwortet er und blickt kurz aus dem Fenster, bevor er sich wieder zu mir dreht. »Was keine Überraschung war. Also, breit wie ein Eimer, habe ich mich dann angezogen und bin davongestürmt zum nächsten Bahnhof, wo ich auf dem Bahnsteig übernachtet habe, bei Tagesanbruch in den ersten Zug gestiegen bin, wieder bewusstlos wurde und schließlich in Schottland aufwachte.«

»Ach du lieber Gadget«, sage ich und versuche, nicht zu lachen.

»Wenn du einen Spießrutenlauf für schlimm hältst, dann probier doch mal eine sechsstündige Zugfahrt nach Cambridge aus, nur bekleidet mit einem Polosweatshirt, Boxershorts und Gummihandschuhen.«

Er unterbricht sich und muss selbst lachen.

Unser Taxi hält vor dem Pantechnicon.

»Sich mindestens einmal völlig lächerlich zu machen gehört zu den Schritten ins Erwachsenenleben«, sagt er, als wir den Pub betreten und sofort von der heiter-fröhlichen Geräuschkulisse dort begrüßt werden. »Das Leben geht weiter.«

»Das Leben geht weiter«, stimme ich zu und sehe mich um.

Robert hatte recht damit, mich aus dem Haus zu scheuchen. Die totale Demütigung heute Morgen in Kensal Rise scheint plötzlich eine Ewigkeit her zu sein.

Ich setze mich und blicke mich fröhlich um. In diesem Pub hat man zwangsläufig das Gefühl, dass einem nichts Schlimmes passieren kann. Es ist sauber und warm und urgemütlich. Am liebsten würde ich hier einziehen und unter der Treppe wohnen wie Harry Potter.

»Und, ist die Blondine mit der Melone im Moment deine Hauptfreundin?«, frage ich und drehe mich zu Robert, nachdem er sein Pint bekommen hat und ich meine leckere harmlose Limonade.

»Interessantes Wort. Nein, sie verreist nächste Woche.«

»Du klingst am Boden zerstört. Magst du eigentlich Frauen, Robert?«

»Ich liebe sie sogar!«, ruft er und macht ein gekränktes Gesicht. »Komm mir jetzt nicht mit diesem ›Du-bist-sicher-so-ein-Frauenfeind‹-Scheiß. Ich liebe es, mit Frauen zu reden, ich liebe ihre Gesellschaft. Es ist nur so, dass ich es vorziehe, diese Gesellschaft auf einer sehr lockeren Basis zu genießen.«

»Die Glücklichen. Warum lädst du Melone nicht ein, uns Gesellschaft zu leisten?«

»Später vielleicht. Was ist mit dir? Willst du Röhrenjeans wiedersehen?«

»O Scheiße, nein. Bloß nicht.« Ich seufze. »Ich schätze, ich musste es einfach hinter mich bringen. Das war der erste Mann seit … du weißt schon … seit Peter.«

Ich mache eine Pause und tue so, als würde ich über die Schulter spucken.

»So ist es recht.«

Ich starre einen Moment stirnrunzelnd ins Leere. Peter. Paulie. Josh aus der Personalabteilung. Röhrenjeans. Gott. Was für ein Chaos ich als Single anrichte. Robert sieht mich an und grinst.

»Können wir über ein anderes Thema reden statt über mein Liebesleben?«, frage ich.

»Erzähl mir von deinem Job. Du sprichst nie darüber …«

»Du auch nicht!«, rufe ich.

Er lächelt, erwidert aber nichts.

»Mein Arbeitsleben ist, um falsch aus *The Breakfast Club* zu zitieren, sehr unbefriedigend. Es macht mir keinen Spaß, und ich bin auch nicht besonders gut darin«, füge ich hinzu und denke dabei an mein Gespräch mit Suzanne gestern. Scheiße, und ich war heute nicht arbeiten. Das wird ihr bestimmt nicht gefallen haben. »Ich weiß, dass ich etwas ändern muss«, sage ich. »Ich weiß nur nicht, wo ich anfangen soll.«

»Was stört dich an deinem Job?«

»Es ist einfach so … Er gefällt mir nicht mehr«, antworte ich. »Ich finde ihn nicht spannend genug. Früher habe ich mit Begeisterung die Welt im Weitwinkel betrachtet und die Details herangezoomt, wenn das Sinn ergibt.« Robert nickt. »Aber alles andere, das Telefonieren, der Handel … Dafür habe ich einfach nichts übrig. Von meiner Chefin durfte ich mir gestern anhören, ich wäre zu passiv und soll endlich anfangen zu liefern.« Ich seufze. »Was zum Geier das auch immer heißen mag. Aber ich kann nicht. Ich bin nicht besonders gut darin, Entscheidungen zu treffen.«

»Das stimmt nicht … Du hast dich entschieden, Peter zu verlassen.«

»Ja, ungefähr fünf Jahre zu spät«, entgegne ich kopfschüttelnd. Gott, Robert bringt mich wirklich zum Reden. Ich kann mich nicht erinnern, wann ich das letzte Mal so geredet habe, nicht einmal mit den Mädels. »Na ja, wenigstens verdiene ich gut. Wozu also ein Risiko eingehen?« Ich seufze zum wiederholten Mal an diesem Tag und versuche, optimistisch zu klingen. »Und man sollte ohne Not nichts ändern, stimmt's?«

»Ist das nicht die Denkweise, mit der du es so lange ausgehalten hast mit Peter?«

»Autsch«, sage ich und zucke zusammen.

»Sorry. Ich habe vorhin mit meiner großen Schwester in Dublin telefoniert. Sie stellt immer sehr treffende Fragen dieser Art. Das ist ansteckend.«

»Ich wusste gar nicht, dass du eine große Schwester hast.«

Die Vorstellung, dass Robert der kleine Bruder ist, finde ich irgendwie reizend.

»Sogar zwei. Zwei ältere Schwestern, die mich ständig herumkommandieren. Alice ist verheiratet und Mutter und lebt in Dublin. Ich sehe sie nur alle paar Monate. Rosie lebt in London, aber auf der südlichen Flussseite. Wir sehen uns sogar noch seltener. Ist Sophie deine einzige Schwester?«

»Das will ich wohl meinen!«

Sophie, Luke und Henry kommen. Ich bin beinahe

überrascht, sie zu sehen. Ich habe die Unterhaltung mit Robert so sehr genossen, dass ich vergessen habe, warum wir hier sind.

Wir stehen zum unvermeidlichen Hallo-Küsschen-rechts-und-links-Tanz auf. Robert und Henry kennen sich noch nicht, und ich sehe, dass sie sich gegenseitig mustern, wie das zwischen Männern üblich ist. Henry wirkt nicht älter als Anfang zwanzig: Sein rugby-gestählter Körper sieht noch irgendwie jugendlich aus. Verglichen damit könnte Robert sein Vater sein.

Ich fasse kurz die Höhepunkte vom vorherigen Abend zusammen. Daraufhin gibt jeder eine Geschichte von einem Morgen danach zum Besten, um mich aufzuheitern.

»Mein schlimmster Spießrutenlauf war von der Battersea Bridge nach Clapham North«, beginnt Luke. »Ich war frisch nach London gezogen, wusste aber, dass Battersea an Clapham grenzt. Also dachte ich, zu Fuß kann es nicht länger dauern als zehn Minuten ... Leider bin ich am Bahnhof Clapham Junction versehentlich falsch abgebogen. Ich habe anderthalb Stunden gebraucht, bis ich zu Hause war.«

»Ich hatte einen Spießrutensprung durch das Fenster, weil die Perle nicht wollte, dass ihre Mitbewohner mitbekamen, dass sie mit mir in der Kiste war«, sagt Henry.

»Ich hatte noch nie so ein Erlebnis«, sagt Sophie. »Ich war nämlich immer ein Engel.« Ich sehe sie an und ziehe zweifelnd eine Augenbraue hoch. Das ist einfach nicht wahr. »Bis auf das eine Mal damals an der Uni, als ich auf diesem Abschlussball war und am nächsten Tag in dem Smokinghemd und den Boxershorts von meinem damaligen Freund in der Aula auftauchte, immer noch betrunken, eine Zigarre im Mund, und meinen Eltern über den Weg lief. Ich hatte ganz vergessen, dass sie zu Besuch waren«, sagt sie nachdenklich. »Aber ich glaube, das war das einzige Mal.«

»Und dabei wirkt ihr beide so süß und unschuldig«, bemerkt Robert.

»Wir sind süß und unschuldig!«, rufen Sophie und ich gleichzeitig, mit derselben Betonung.

Das tun wir manchmal. Ich glaube, das ist so ein Ding zwischen Schwestern.

»Ganz im Gegenteil«, widerspricht Henry. »Vor allem Sophie nicht.«

Sophie verpasst ihm einen leichten Schlag, und er grinst sie an. Ich glaube, Henry war vor ein paar Jahren verliebt in Sophie, ohne jemals aktiv zu werden.

»Was möchtet ihr essen, Kinder?«, fragt Luke.

»Steak mit Pommes frites«, antwortet Henry. »Mit extra viel Pommes frites.«

»Abigail möchte leichte Kost«, sage ich und überfliege die Speisekarte. »Oohhh! Risotto.«

»Sprichst du öfter von dir in der dritten Person?«, fragt Robert.

»Abigail gefällt das.« Ich nicke. »Sie findet das komisch.«

Luke muss lachen und verschluckt sich beinahe an seinem Drink.

»Ich hätte nie gedacht, dass eine Frau wie du solche Dinge sagt …«

»Was für Dinge?«, frage ich und sehe ihn stirnrunzelnd an.

»Nur … deine kleinen Kommentare. Früher warst du … äh … zurückhaltender«, stottert er und wechselt rasch einen Blick mit Sophie. »Auf eine angenehme Art. Richtig süß, weißt du?«

»Warum wechselt ihr ständig Blicke?«

»Ich versuche ihm zu sagen, dass er endlich die Klappe halten soll«, antwortet Sophie ruhig. »Er meint, dass du früher ein bisschen ruhiger warst.«

»Findest du auch, dass ich früher ruhiger war?«, frage ich Henry.

Er zuckt mit den Achseln. Ein toller Beobachter.

Ich starre einen Moment lang ins Leere und versuche mich zu erinnern. Ist Ihnen schon aufgefallen, dass es unmöglich ist, zurückzuschauen und noch zu wissen, wie man früher war? Man erinnert sich nur noch daran, wie man sich gefühlt hat, mehr nicht. Ich weiß, dass ich Peter meistens das Reden überlassen habe, weil es mein Leben einfacher machte. Und ich weiß noch, dass ich mir manchmal ein wenig fehl am Platz vorkam. Dieses Gefühl habe ich nun nicht mehr. Ich bin zwar schlimm verkatert und voller Gewissensbisse, aber ich fühle mich trotzdem wie ich selbst.

Der Kellner kommt, um unsere Bestellung aufzunehmen. Sophie stimmt wie immer allem zu, was er empfiehlt, sodass wir schließlich keine Beilage auf der Speisekarte auslassen.

»Warum hast du Honigkarotten bestellt?«, fragt Luke.

»Ich kann eben nicht Nein sagen!«, erwidert sie. »Er hat sich so viel Mühe gegeben, uns die Extras zu erklären …«

»Ich esse die Karotten«, sagt Henry.

»Ich auch, natürlich«, sagt Luke rasch.

Nichts Besseres als ein Konkurrent, um einen Mann lieben zu lassen.

Robert wechselt das Thema.

»Abigail hat mir erzählt, du spielst für Richmond, Henry?«

Henry beginnt, eine flammende Rede über die Stärken und Schwächen seines Teams zu halten. Ich kenne sie bereits und lasse den Blick durch den Raum wandern. Ein paar After-Work-Trinker, ein verliebtes Paar, noch ein verliebtes Paar, drei Männer an der Theke … und einer von ihnen sieht mich direkt an.

Zip. (Das ist die Schallplatte in meinem Kopf.)

Mann. An der Theke. Sieht *mich* an. Und er ist attraktiv. Kurze dunkle Haare, Dreitagebart, breites Lächeln, das sich nun zu einem leicht frechen Grinsen verzieht … Was zum Teufel? Männer starren mich sonst nie so an. Bestimmt habe ich etwas im Gesicht.

Ich drehe mich wieder zum Tisch und überprüfe schnell und beiläufig mein Make-up und meine Frisur. Scheint alles in Ordnung zu sein … Ich schaue wieder zu dem Typen. Er unterhält sich gerade mit seinen Begleitern, aber im nächsten Moment kreuzen sich unsere Blicke wieder.

»An der Bar ist ein Typ, der mich ständig anstarrt«, raune ich Robert über den Tisch hinweg zu. »Was soll ich tun?«

»Dich in Gelassenheit üben«, antwortet er prompt. »Wir werden einen Schlachtplan ausarbeiten.«

»Mich in Gelassenheit üben?«, wiederhole ich. »Große Worte! Ich denke, man merkt sofort, wer von uns beiden in Cambridge studiert hat …«

Robert grinst dreckig. Ich lehne mich zurück und tue so lässig wie möglich, indem ich demonstrativ gähne und mich strecke. Ich mache das nur, um Robert zum Lachen zu bringen, und es funktioniert.

»Wir überlegen, ob wir im November übers Wochenende nach Frankreich fahren«, sagt Sophie und unterbricht uns. »Mum und Dad sind an diesem Wochenende zu Besuch bei Tantchen Peg und Tantchen Pat.«

»Super Idee, macht das«, sage ich nickend.

Ich war noch nicht oft in dem Haus in Frankreich. Peter und ich sind nie übers Wochenende weggefahren. Vor ungefähr sechs Monaten habe ich aufgehört, einen gemeinsamen Urlaub mit ihm zu planen. Das ist übrigens ein Zeichen. Man weiß, dass man jemanden verlassen wird, wenn man keine Lust mehr auf einen gemeinsamen Urlaub hat.

»Eigentlich haben wir uns überlegt, ein Kennenlernwochenende für unsere Hochzeitsgäste zu veranstalten«, sagt Luke. »Genauer gesagt, für die Brautjungfern und Trauzeugen.« Er wirft einen Blick auf Henry. »Äh …«

»Schon gut«, sagt Henry. »Ich habe sowieso immer Rugby-Spiele am Wochenende.«

Er bestreicht sein drittes Brötchen mit Butter und streut Salz darauf. Ich nehme ihm das Salz weg.

»Robert«, fährt Luke fort. »Ich wollte dich fragen, ob du mein Trauzeuge sein möchtest.«

Robert hebt erschrocken den Kopf. »Kumpel! Es wäre mir eine Ehre!«

Die beiden stehen auf und klopfen sich gegenseitig auf die Schulter, während Sophie sie strahlend beobachtet und ich – ich gebe es zu – die Gelegenheit nutze und verstohlen einen Blick zur Theke werfe. Der Kerl an der Bar lächelt mich jetzt offen an. Ich erwidere sein Lächeln. Mensch, ich bin tatsächlich viel selbstbewusster als früher. Das mit dem Erfahrungen sammeln funktioniert.

»Ich dachte, du würdest Dave fragen!«, sagt Robert und setzt sich wieder. Er strahlt. »Ich habe ehrlich gesagt gehofft, Trauzeuge sein zu dürfen, obwohl ich immer so cool getan habe … Das ist fantastisch, Lukey!«

»Lukey?«, sagen Sophie und ich unisono.

»Dave ist mein Trauzeuge, genau wie JimmyJames«, erwidert Luke. »Aber du bist derjenige, der mit mir all die beschissenen Zeiten durchgestanden hast … Und außerdem kennst du Sophie besser.«

»Ich habe für dich gestimmt!«, sagt Sophie fröhlich.

In diesem Moment kommt unser Essen. Robert, Henry und Luke hauen glücklich rein – Steak, medium, mit Pommes frites als Beilage. Männer sind so durchschaubar.

Robert lächelt in die Ferne und seufzt glücklich.

»Ich bin der Trauzeuge des Bräutigams! Sagt den Brautjungfern, sie sollen sich in Acht nehmen.«

»Oh, das werden wir«, entgegne ich.

Sophies Brautjungfern sind, abgesehen von mir, Sophies beste Freundin Victoria aus Edinburgh, die von allen nur Vix genannt wird, und Lukes jüngere Schwester Bella, die ich noch nicht kennengelernt habe, da sie in Bath lebt und irgendwie bei jedem Familientreffen seit der Verlobung gefehlt hat. Sophie hat mir erzählt, dass sie Bella »ein bisschen schwierig« findet. Das ist Sophies Umschreibung für »ein giftiges und hinterhältiges Miststück«.

»Bitte, Robert, verschone unsere weiblichen Hochzeitsgäste«, sagt Sophie. »Ernsthaft. Sonst verprügle ich dich ganz in Weiß.«

»Vielleicht mache *ich* mich ja an eure weiblichen Hochzeitsgäste ran«, ruft Henry hoffnungsvoll dazwischen.

Sophie tätschelt gnädig seinen Arm. »Bestimmt.«

»Ich verspreche, ich werde mich benehmen«, sagt Robert. »Außerdem kenne ich Bella schon seit unserer Kindheit. Das wäre geschmacklos.« Plötzlich wird sein Gesicht ernst. »Scheiße. Muss ich als Trauzeuge eine Rede halten?«

Luke und Sophie lächeln ihn an.

»Heißt das Ja? Das ist ein Ja, nicht? … O Gott.« Robert schiebt seinen Stuhl vom Tisch zurück und tut so, als würde er hyperventilieren. Jedenfalls glaube ich, dass er nur so tut. Er steckt den Kopf zwischen die Knie, und Luke klopft ihm tröstend auf den Rücken. »Ich soll eine Rede halten … in der Öffentlichkeit … über die Liebe. Meine zwei größten Ängste. Eine doppelte Bewährungsprobe. Und das im Smoking.«

»Du hast ungefähr sechs Monate Zeit, dich vorzubereiten«, sagt Sophie hoffnungsvoll.

»Ich glaube, ich muss mich übergeben«, stöhnt Robert. Ich habe noch nie erlebt, dass er seine Coolness verliert. Beziehungsweise sich so albern aufführt. Was auch immer davon zutrifft. Ich unterdrücke ein Lachen. »Klappe, Abigail«, sagt er zwischen seinen Knien. »Du hilfst mir, diese Rede zu schreiben als Gegenleistung für meine Dating-Tipps.«

»Hab ich ein Glück«, sage ich.

Ich sehe wieder verstohlen zu dem Kerl an der Bar, der ein »Was-ist-los?«-Gesicht mit Blick auf unseren Tisch macht. Wir geben bestimmt ein komisches Bild ab: vier Leute, die ruhig weiteressen, während der fünfte eine Panikattacke hat. Ich antworte achselzuckend mit einem »Was-weiß-ich?«-Gesicht und drehe mich wieder zu den anderen. Cool und distanziert! Und ich trinke Limonade. Ich brauche keinen Alkohol, um selbstsicher zu sein. O nein.

In diesem Moment kommt die Kellnerin an unseren Tisch und stellt ein Glas Champagner vor mich.

»Von dem Herrn an der Theke«, sagt sie.

Ist das ein abgekartetes Spiel? Ich mustere misstrauisch die anderen, aber die haben sich alle umgedreht und starren zur Bar, wo mein Bewunderer in ein Gespräch mit seinem Nebenmann vertieft ist.

»Eine Botschaft!«, rufe ich.

Es handelt sich um einen kleinen, gefalteten Zettel. Ich nehme ihn von dem Glas und falte ihn auseinander. Darauf stehen drei Fragen, und daneben sind Kästchen gemalt für Ja und für Nein.

Frage 1: Bist du Single?

Frage 2: Darf ich dir einen Drink spendieren?

Frage 3: Mein Name ist Adam. (Mist. Das ist keine Frage.)

Ich kichere in mich hinein. Witzig und spritzig! Ich sehe die anderen an.

»Hat jemand einen Kuli?«

»Bitte nicht der alte »Findest-du-mich-sympathisch«-

Zetteltrick. O Gott! Den habe ich jahrelang benutzt«, stöhnt Robert.

»Was für eine Überraschung«, sage ich.

»Funktioniert er denn?«, fragt Henry.

»Ganz schön mutig«, bemerkt Luke. »Baggert dich an, ohne ein Wort mit dir persönlich zu wechseln.«

»Wir flirten schon den ganzen Abend mit Blicken«, sage ich frech.

»Möchtest du ihn denn kennenlernen?«, fragt Sophie.

Ich nicke so schüchtern, wie das für eine Frau, die am Morgen in einem fremden Bett wach wurde, möglich ist. (Sehen Sie mich nicht so an! Das ist alles so neu und spaßig. Stellen Sie sich vor, Sie gehen mit Ihren Freunden essen, und am Ende des Abends lernen Sie vielleicht einen Mann kennen! Einen, der Ihr Seelenverwandter sein könnte! Ein Hoch auf das Singledasein! Das ist wirklich das Beste auf der Welt, ernsthaft.) (Bitte verzeihen Sie mir übrigens meinen Kommentar mit dem Seelenverwandten. Ich weiß, ich soll mir keine Hoffnungen machen. Aber in einer winzigen Ecke meines Gehirns glimmt ein Funken.) Also kreuze ich zweimal Ja an und schreibe »Abigail« unter die letzte Frage. Ich füge hinzu: »Danke für den Champagner.«

»Schreib: Wir treffen uns in zehn Minuten im Motcombs«, schlägt Robert vor. »Das ist nur ein paar Häuser weiter.«

»Ich dachte, ich soll ihm die Entscheidung überlassen«, wende ich ein.

»Nein, in diesem Fall kannst du den Stier ruhig bei den Hörnern packen.«

»Okay«, sage ich.

Ich warte, bis die Kellnerin wiederkommt, dann gebe ich ihr den Zettel zurück.

Ich atme tief durch. Henry ist noch mit Essen beschäftigt, Sophie und Luke turteln zärtlich miteinander herum, was sie gerne tun, wenn sie sich unbeobachtet wähnen, und Robert schreibt eine SMS mit einem schiefen Lächeln im Gesicht. Er sieht mich kurz an und drückt dann auf »Senden«.

»Bist du okay? Das ist gut. Das ist jetzt genau das, was du brauchst, um über die letzte Nacht hinwegzukommen. Du weißt, du kannst mich jederzeit ansimsen, wenn es Probleme gibt«, sagt er.

»Yes, Sir.« Ich nicke, nehme vorsichtig einen Schluck von meinem Champagner und versuche, nicht zur Theke zu schauen. Ich drehe den Kopf in die andere Richtung und sehe, dass Luke und Sophie uns anstarren. »Was ist?«, frage ich.

»Was läuft hier eigentlich?«, fragt Luke langsam, während sein Blick von Robert zu mir wandert. »Ich dachte, Robert gibt dir Tipps. Und nicht, dass er dich virtuell durch Dates lotst.«

»Das tut er auch nicht!«, widerspreche ich, während Robert zu selben Zeit »Das tue ich auch nicht!« ruft.

»Robert ist eher so eine Art … Singlecoach«, sage ich. »Er bringt mir bei, so zu sein wie er.«

»Verstehe«, sagt Sophie und blickt misstrauisch von mir zu Robert. Dann grinst sie. »Wisst ihr, ich habe Dates nie gemocht. Das ist so … keine Ahnung, irgendwie künstlich oder so. Anstrengend.«

»Bloß weil du nicht meine Unterstützung hattest«, sagt Robert.

»Ein Glück«, bemerkt Luke.

»Kannst du auch männliche Singles coachen?«, fragt Henry verlegen. Er stößt ein Räuspern aus. »Ich bin ziemlich scheiße in so was.«

»Nein, bist du nicht«, widersprechen Sophie und ich loyal im Chor.

»Ich habe dieses Buch gelesen über die Kunst, ein Aufreißer zu sein«, erzählt Henry schüchtern. »Es geht darum, das Spiel zu spielen. Du kennst das Buch bestimmt«, sagt er zu Robert. »Darin sind jede Menge Strategien beschrieben …«

»Was denn zum Beispiel?«, fragen Sophie und ich wieder gleichzeitig.

Ich bin schockiert: Ich hatte keine Ahnung, dass Henry das Gefühl hat, so dringend auf Hilfe angewiesen zu sein.

»Zum Beispiel, dass man durch seine Kleidung auffallen soll. Das nennt man die Pfauenstrategie. Wie mein roter Gürtel, seht ihr? Oh, und dann gibt es noch die sogenannte Minusstrategie. Man sagt zu der Frau so etwas wie ›Du hast schöne Haare, aber du solltest sie öfter hochstecken.‹ Das ist ein negatives Kompliment. Das verwirrt die Frauen und weckt in ihnen den Wunsch, dir zu gefallen.«

»Das ist lächerlich«, sage ich, während Luke gleichzeitig bemerkt: »Jetzt kapiere ich …«

Henry seufzt. »Leider hat es bei mir noch nicht funktioniert.«

»Das verwirrt die Frauen?«, wiederholt Sophie. »Wie, als wären wir Vieh, das gehütet werden muss?«

»Nein, als wären wir Hühner, um die man nur einen Kreis auf den Boden malen muss«, sage ich.

Ich versuche, nicht zu dem Kerl mit den Antwortkästchen zu schauen, um zu sehen, ob er meine Antwort liest. Henry ignoriert uns und sieht Robert an, auf Bestätigung hoffend.

»Ich wette, du hast auch eine Strategie, richtig, Rob?«

»Äh … nein. Ich bin mir sicher, das ist ein tolles Buch, aber die Antwort ist Nein«, sagt Robert.

»Wie stellst du es dann an?« Henry lässt nicht locker. »Was ist dein Geheimnis?«

»Es gibt kein Geheimnis. Ich stelle einfach Fragen und

höre mir die Antworten an«, sagt Robert. »Konversation ist im Prinzip das Einzige, was dazu nötig ist.«

»Tja, genau das kann ich nicht«, sagt Henry. »Ich komme nicht weiter als bis zu dem Stadium, in dem man nach der Nummer fragt. Ich warte lieber, dass die Frau den ersten Schritt macht.«

»Na dann, viel Glück«, bemerke ich trocken. Ich kann mir nicht vorstellen, jemals den ersten Schritt zu machen.

»Such einfach ihren Blickkontakt, und wenn du sie so weit hast, gehst du zu ihr hin und sprichst sie an«, sagt Robert. »Wenn sie deinen Blick erwidert, ist sie interessiert.«

»Willst du damit sagen, die Frau muss signalisieren, dass sie zum Flirten bereit ist, und der Mann muss sich einfach nur bereithalten?«, frage ich und versuche, das mit meinem Wissen über Roberts Überlebenstechniken für Singles in Einklang zu bringen. »Ist das nicht ein bisschen primitiv?«

»Ja, sicher.« Robert grinst mich an und schüttelt den Kopf. »Du sollst nicht immer alles analysieren.« Er dreht sich zu Henry. »Du packst das schon. Probier es aus, wenn du das nächste Mal ausgehst.«

»Ich bin nicht die Sorte Mann«, sagt Henry.

Ich frage mich, ob die meisten Männer so denken wie Henry. Ich kann es mir nicht vorstellen.

»Wir gehen nachher noch in eine Bar«, sagt Robert tröstend.

»Dann kannst du mir ja helfen!«, sagt Henry begeistert.

»Okay. Ich muss mal einen Boxenstopp für mein Makeup einlegen«, sage ich und stehe auf, während ich immer noch vermeide, zur Theke zu schauen. »Sophie?«

»Roger.«

Sie nickt, und wir gehen zusammen nach oben zu den Toiletten. Während wir Seite an Seite vor dem Spiegel stehen und uns still nachschminken, dreht Sophie sich zu mir.

»Hör zu, ich muss dich einfach fragen. Stehst du auf Robert?«

»Nein!«, sage ich überrascht. »Ganz und gar nicht!«

»Wirklich nicht?«, fragt Sophie.

»Er ist nicht mein Typ. Viel zu … groß. Außerdem ist er ein Macho. Hast du vorhin nicht gehört, was er Henry geraten hat? Robert taugt nur als platonischer Freund.«

»Aber ihr beide versteht euch so gut …«, wendet Sophie ein.

»Nein«, widerspreche ich bestimmt. »Robert steht nicht auf mich und ich nicht auf ihn. Wir sind bloß Freunde.«

»Robert hat keine weiblichen Freunde«, entgegnet sie. »Das weiß ich von Luke. Außerdem stehen alle Frauen auf Robert. Sogar ich. Ein bisschen jedenfalls.«

»Nun, ich nicht«, sage ich, ziehe den Reißverschluss an meinem Schminktäschchen zu und werfe einen letzten Blick in den Spiegel.

Ich beende die Unterhaltung, indem ich mich zur Tür wende. Komm schon, Adam mit den Antwortkästchen. Schauen wir mal, was du drauf hast.

Kapitel 11

»Keine Milch, keine Eier, kein Speck, nichts«, sagt Robert, der sich in den Kühlschrank beugt. »Scheiß drauf. Gehen wir frühstücken.«

Es ist Samstagmorgen, eine Woche nach dem Abend im Pantechnicon, und ich bin zurückgekehrt nach einer Nacht bei Adam mit den Antwortkästchen. Robert ist zurückgekehrt nach einer Nacht mit … ich weiß es nicht. (Ich habe mir abgewöhnt, ihn nach Namen zu fragen.) Meine Haut ist leicht gerötet von Adams Bartstoppeln, ich bin ein wenig müde, aber, nachdem ich geduscht und mich umgezogen habe, recht zufrieden mit mir selbst.

»Sieh mal an, du hüpfst ja praktisch durch das Haus«, bemerkt Robert grinsend.

»Vielen Dank für deine Ratschläge«, sage ich fröhlich. »Ich glaube, darum ist es mit Adam ganz anders gelaufen. Ich war cool. Distanziert. Witzig. Habe die Dates immer als Erste beendet. Und er mag mich und ich ihn! Es hat wirklich geklappt!«

»Gut«, sagt Robert. »Lass uns frühstücken.«

Wir machen uns auf den Weg ins Engineer und genießen ein leckeres, fast schweigsames Frühstück (pochierte Eier für Robert, Pfannkuchen mit Speck und Ahornsirup für mich), während wir die Zeitung lesen, die irgendjemand zurückgelassen hat. Keiner von uns ist zum Plaudern aufgelegt, was mir recht ist. Ich bin gerade lieber allein mit meinen Gedanken. Die hauptsächlich um Adam mit den Antwortkästchen kreisen.

Wie erwähnt, Adam ist toll. Und smart und authentisch

und witzig. Er arbeitet in der IT-Branche. In seiner Freizeit klettert er in den Bergen. In seinem Schlafzimmer hängt ein Kinoplakat von *Das fünfte Element*. Er wohnt mit seinem Bruder in einer Wohnung in Ealing zusammen. Ich kann Ihnen sagen, das war heute Morgen vielleicht ein Akt, von Ealing nach Hause zu kommen. Und er mag mich. Mich!

Ich habe mich dreimal seit unserer ersten Begegnung im Pantechnicon letzten Freitagabend mit ihm getroffen. Dreimal! In einer Woche! Und heute Morgen hatte ich sogar ein so gutes Gefühl, dass ich ihn zu der Abschiedsparty von Henrys Bruder heute Abend eingeladen habe. Adam hat bereits etwas anderes vor, aber er will mich vorher kurz sehen. Ist das nicht nett?

»Ich habe Lust, shoppen zu gehen«, sage ich abwesend. Die Pfannkuchen habe ich komplett verputzt bis auf die letzten, in Sirup schwimmenden Krümel. »Aber die Mädels sind alle beschäftigt. Ich kann nicht allein shoppen gehen, so verkatert wie ich bin. Ich fühle mich einfach ein bisschen … weiß auch nicht.«

Roberts belustigter Blick kreuzt meinen, und er tut so, als würde er etwas in der Luft wittern.

»Rieche ich da vielleicht … Apathie?«

»Genau!«, rufe ich und tue so, als würde ich an meinen Handgelenken schnuppern. »Das riecht wie englische Züge von innen.«

»Ich begleite dich beim Shoppen«, sagt er.

»Ach, du lieber Gadget, das klingt wie ein verbales Beruhigungsmittel«, sage ich. »Ernsthaft. Das ist der beste Anmachspruch, den ich je gehört habe.«

»Also gut, du Komikerin, lass uns los«, sagt er und steht auf.

Wir machen uns auf zur Westbourne Grove und bummeln an den Schaufenstern entlang. Wir halten uns sehr lange bei Reiss auf – scheinbar Roberts Lieblingsboutique –, und danach gönnen wir uns absolut köstliche Cupcakes. Danach schlendern wir zum Portobello-Markt. Es ist Oktober, also außerhalb der touristischen Hochsaison, und wir müssen uns nicht einen Weg durch Menschenmassen bahnen.

»Ich kann aufrichtig behaupten, dass ich einmal sterben werde ohne jemals Cowboystiefel a) zu kaufen oder b) zu tragen«, sage ich nachdenklich, als wir an einem Schuhgeschäft vorbeikommen.

»O Mann, wie interessant. Red weiter«, sagt Robert.

Wenig später überrede ich ihn, ein gebrauchtes Tweedjackett mit Ellenbogen-Patches zu kaufen.

»Ich sehe aus wie ein Idiot«, murmelt er leise, während er das Jackett anprobiert und sich in dem gesprungenen Spiegel am Stand betrachtet.

»Das steht dir super«, widerspreche ich energisch mit dem ganzen Selbstvertrauen von jemandem, der seinen modischen Instinkt ungefähr acht Tage zuvor entdeckt hat. »Erste Sahne. Kauf es.«

Anschließend schlendern wir zurück auf der Portobello Road in Richtung Notting Hill Gate. Robert beantwortet nebenher SMS, wie üblich. Ich hatte nur eine Nachricht von Plum: *Große Entscheidungsfrage: Kleid oder enge Jeans?* Ich antwortete: *Kleid. Was sonst?* Ich habe wirklich Stil! Selbst Plum vertraut mir in Modefragen.

Ich lächle in mich hinein. Ich musste gerade an Adam denken. Als wir das erste Mal bei einem Drink zusammensaßen, beugte er sich vor und sagte: »Das ist normalerweise nicht meine Art … Aber ich hatte einfach das Bedürfnis, mit dir zu reden. Ich konnte ja schlecht an euren Tisch gehen oder dir einfach meine Nummer geben. Das hätte schräg ausgesehen.«

»Ja, allerdings«, stimmte ich ihm zu. »Dein Zettel mit

den Antwortkästchen war dagegen völlig normal. Ein alter Trick.«

Sehen Sie, wie cool ich war? Und ich mag ihn. Habe ich das schon erwähnt?

Das Beste an Adam mit den Antwortkästchen ist, dass er mich von der Arbeit ablenkt. Diese Woche war ziemlich ätzend: Ich habe fleißig Präsenz gezeigt (das ist Teil der Arbeitskultur in unserem Büro – beispielsweise wenn der Chef anwesend ist, sitzt man an seinem Schreibtisch, bearbeitet E-Mails und demonstriert seinen Arbeitseifer. Natürlich ist das Quatsch, da die halbe Abteilung um halb sieben abends ins Fitnessstudio abhaut und nicht vor acht zurückkommt, um ein paar E-Mails zu schreiben, im Büro zu essen und ein Taxi nach Hause zu nehmen, auf Kosten der Firma, aber was soll's). Ich habe die drei nächsten Präsentationen erstellt (Luxusalkoholika! Luxusfahrzeuge! Die Folgen bei Verkauf von Luxusanleihen!) und war im Großen und Ganzen eine fleißige kleine Angestellte. Ich bemühe mich wirklich.

Charlotte und ich gehen fast täglich zusammen einen Kaffee trinken. Charlotte ist hinter ihrer schüchternen Fassade sehr witzig. Am Wochenende ist sie aus der gemeinsamen Wohnung mit Phil ausgezogen und bei ihrem Bruder eingezogen, was ihr unglaublich gute Laune zu machen scheint. Gestern meinte sie, immer wenn sie traurig sei, würde sie einfach an all die Dinge denken, die sie an Phil nicht leiden kann, und dann ist sie sich wieder sicher, dass die Trennung das Beste war, was ihr passieren konnte. Ist das nicht unglaublich?

Trotzdem habe ich mich jeden Tag in dieser Woche auf den Feierabend gefreut. Ich ignoriere die Tatsache, dass das die falsche Einstellung in meinem Job ist, besonders weil es sich um eine sehr ernste Aufgabe handelt, der ich mehr Aufmerksamkeit widmen sollte. Ich schätze, wäre ich ehrgeizig, würde ich das tun. Aber – und das ist neu, schließlich arbeite ich täglich zwölf Stunden seit meinem ersten Tag – ich glaube allmählich, ich habe keinen Ehrgeiz … jedenfalls bezogen auf das, was sich mir hier bietet. Was vermutlich bedeutet, dass ich immer eine kleine Angestellte bleiben werde.

Eine schreckliche Vorstellung.

»Lenk mich ab«, sage ich zu Robert. »Ich muss an die Arbeit denken.«

»Am Wochenende?«, erwidert er mit gespieltem Entsetzen.

»Hast du nichts Lustiges zu erzählen?«, frage ich.

»Leider nicht«, antwortet er. »Die Blondine mit der Melone ist verreist. Lady Caroline verlangt nur nach mir, wenn sie sich langweilt. Miss Felicity hat eine Beziehung und ruft nur hin und wieder an. Nicht wirklich lustig.«

»Eher bizarr als lustig«, stimme ich ihm zu. »Lass uns über deine Hochzeitsrede für Luke und Sophie sprechen. Irgendwelche Ideen? Vorschläge? Themen?«

»Nein«, sagt Robert und verzieht angestrengt das Gesicht. »Wenn ich dran denke, könnte ich mich in der Fötusposition zusammenrollen und vor mich hin wimmern.«

Gegen fünfzehn Uhr machen wir uns auf den Nachhauseweg, weil Robert sich der wichtigen Aufgabe widmen muss, in der Sonne auf dem Balkon zu sitzen und Zeitung zu lesen. Das ist eins seiner Rituale. Er hasst die Vorstellung, etwas Wichtiges zu verpassen, also kauft er jede Zeitung und liest sie von Anfang bis Ende. Eine Art Nachrichtenexzess. Ich setze mich neben ihn, überfliege den Wirtschaftsteil und starre ins Leere, während ich meinen Tagträumen nachhänge.

»Ganz schön viel Papier«, bemerke ich mit Blick auf den Boden. Wir ertrinken praktisch in Zeitungen. »Wenigstens sammelst du das Altpapier.«

»Mmm«, sagt Robert und blättert fachmännisch um.

Ich finde es unheimlich umständlich, großformatige Zeitungen umzublättern, geht mir durch den Kopf. Manchmal genügt das, um mich davon abzuhalten, einen Beitrag zu lesen, der mich interessieren könnte.

Wissen Sie, mein Vollrausch bei dem Date mit Röhrenjeans letzte Woche ist mir immer noch peinlich. Ich habe die Sache geistig unter den Teppich gekehrt – ja, an dieselbe Stelle, wo bereits meine Arbeit liegt und bis vor ein paar Monaten Peter.

Ist es gemein von mir, nicht auf die SMS von Josh aus der Personalabteilung zu antworten? Zum Teufel, mag ja sein. Vielleicht fand er mich so sympathisch wie ich Adam mit den Antwortkästchen. Vielleicht hofft jeder Single in London auf eine SMS, und wir stehen alle in einer Warteschlange. Ich frage mich, wer ganz vorne ist?

Roberts Handy piept. Er öffnet die Nachricht, liest den Text, stößt leise ein spöttisches Schnauben aus und legt das Handy ohne zu antworten zurück auf den Tisch.

Das beantwortet dann wohl meine Frage.

Ich lehne mich zurück und mustere Robert nachdenklich. Seine hundertdreiundneunzig Zentimeter nehmen viel Raum auf dem Balkon ein. Wie üblich hat er die Stirn in Falten gezogen, was ihm ein ernstes Aussehen verleiht und was ich eigentlich für Schielen halte. Wahrscheinlich braucht er eine Brille. Adam mit den Antwortkästchen trägt bei der Arbeit eine Brille, und er sieht süß aus damit, und …

»Hör auf«, sagt Robert hinter dem Sportteil. »Lies etwas, oder trink deinen Kaffee oder irgendwas. Aber starr mich nicht die ganze Zeit an und denk nicht an Adam mit den Antwortkästchen.«

»Aber er ist so süß. Er geht jeden Tag ins Studio, habe ich dir das schon erzählt?«

»Hast du. Ich wette, er trainiert vor dem Spiegel.«

Meine Augen werden schmal. »Treibst du eigentlich Sport? Dein Körper wird nicht immer so fit aussehen, wenn du nichts machst.«

»Und du?«

»Ich beginne demnächst mit Crocket.«

Robert lacht, wie ich erwartet habe, und klappt die Zeitung herunter, um mich anzugrinsen. »Du siehst gar nicht aus wie der typische Crocketspieler, Abby, mein Schatz.«

»Ich glaube, ich brauche einen kleinen Schönheitsschlaf vor der Party«, sage ich.

»Ich auch«, erwidert Robert und lockert seinen Nacken. Aber ich habe keine Lust aufzustehen. Ich glaube, ich bleibe einfach sitzen und träume noch ein bisschen von Adam mit den Antwortkästchen.

»Was soll ich heute Abend anziehen?«, frage ich Robert.

»Wirst du mich das jetzt jeden Abend fragen?«, erwidert er. »Das fragst du in letzter Zeit ziemlich oft.«

»Das war rhetorisch gemeint«, sage ich. »Ich stelle mir die Frage laut, um mich zu zwingen, darüber nachzudenken. Ich gehe zu der Abschiedsparty von Henrys Bruder. Davor treffe ich mich mit Adam, also möchte ich sexy aussehen, und groß und …«

»Was ist aus der netten, schüchternen Abby geworden, die ich vor ein paar Monaten kennengelernt habe?«, murmelt er zu sich selbst. »Die war klasse, weil sie praktisch stumm war. Diese Abby dagegen kann nicht die Klappe halten.«

Ich zeige ihm den Mittelfinger, während ich den Balkon verlasse.

»Das ist sehr kindisch von dir, Abby«, ruft er mir hinterher. »Ich erwarte mehr von dir.«

Ich bin nicht wirklich auf seine modische Beratung angewiesen. Neuerdings habe ich nämlich selbst ein Händchen dafür. Ich werde mein hautfarbenes Pencil Dress anziehen und meine grasgrünen hohen Hacken, und die Haare werde ich an der Seite scheiteln und zu einem lockeren Knoten hochstecken … Hübsch mit einem schrägen Touch, würde Plum sagen.

Ich lege mich eine Weile ins Bett und versuche zu dösen, aber meine Gedanken wandern immer wieder zu Adam mit den Antwortkästchen. Ich denke, ich nehme ihn als Begleiter zu Sophies Hochzeit nächstes Jahr mit! Finden Sie, es ist zu früh, ihn einzuladen? Ich frage mich, was er an Silvester vorhat. Mein Geburtstag ist am ersten Januar. Vielleicht könnten wir zusammen feiern …

Ich dusche ausgiebig und freue mich über ein überraschend erfolgreiches Glattföhn-Ergebnis. Danach ziehe ich mich an. Ein Hauch natürliches Make-up, braun schattierte Augen, et voilà! Fertig.

Ich stöckele aus meinem Zimmer, schnappe mir auf dem Weg meinen weißen, weiten Mantel und trample die Treppe herunter (in High Heels muss man trampeln oder große Schritte machen, jedenfalls bis zum zweiten Glas, erst dann kann man dahinstolzieren). Ich begegne Robert, der gerade mit nassen Haaren aus seinem Zimmer kommt und sich ein T-Shirt überstreift, in der Diele. Bei meinem Anblick stößt er einen leisen Pfiff aus.

»Sexy Outfit.«

»Sexuelle Belästigung in der häuslichen Umgebung«, entgegne ich schnippisch.

»Sorry. Du siehst scheiße aus. Geh und amüsier dich.«

»Das habe ich vor«, erwidere ich grinsend.

Adam mit den Antwortkästchen, ich komme.

Kapitel 12

Acht Uhr Samstagabend. U-Bahn-Station South Kensington. Und mein Abend hat nicht gut begonnen.

»Abigail!«, ruft Plum. »Endlich!«

»Scheißkerl!«, zische ich wütend »Adam, der Scheißkerl mit den Antwortkästchen, hat mir eben den Laufpass gegeben!« Ich schnappe mir ihren Arm. »Lass uns ein Stück gehen. Ich brauche eine Zigarette.«

»Nein!«, keucht Plum erschrocken.

»Doch. Ich brauche jetzt dringend eine Kippe.«

»Du rauchst doch gar nicht! Ich meine – er hat dir den Laufpass gegeben?«

»Heute Abend schon.« Plum gibt mir ihre brennende Zigarette, und ich ziehe unbeholfen daran. »Ich war mit ihm im Grand Union in Camden auf einen Drink verabredet, weißt du? Weil ich heute Abend zu der Party gehe und er was anderes vorhat. Aber er ist nicht aufgetaucht. Also habe ich ihn angerufen, aber er ging nicht ran. Dann habe ich ihm eine SMS geschickt, und er hat geantwortet: Ich bin wieder mit meiner Ex zusammen. Sorry.«

»Oh, wie mies«, sagt Plum mitfühlend. »Ich kann so etwas nicht ausstehen. Was für ein Flachwichser.«

»Passiert das öfter? Ich kann es nicht fassen. Ich verstehe nicht, was ich falsch gemacht habe«, sage ich und blase schnell den Rauch aus. Warum ist Plum nicht schockierter? Ich habe das Gefühl, als würde ich gleich einen Wutanfall bekommen. Cool bleiben, Abigail … ach, scheiß drauf, ich kann nicht. »Das ist nicht fair! Ich war noch nie so verwirrt und hilflos als Single!«

»Was meinst du, wie du dich erst fühlst, wenn dir das achtzehn Mal nacheinander passiert ist«, sagt Plum. »Der Kerl aus dem Westbourne ...«, sie unterbricht sich kurz und spuckt über ihre Schulter, »... hat sich auch nicht mehr gemeldet. Ich habe ihm eine SMS geschickt, aber keine Antwort erhalten.«

»O Gott, das tut mir leid«, sage ich.

Arme Plum. Ich wünschte, ich könnte all ihre schlechten Erfahrungen löschen, damit sie wieder bei null anfangen kann. Wie würde ich mich fühlen, wenn ich einen Mann kennenlernte, der mir sympathisch ist, und es dann unerklärlicherweise schiefläuft, wieder und wieder, über Jahre hinweg? Ich kann es mir nicht vorstellen.

Plum zuckt mit den Achseln und setzt ihr bestes »Ich-bin-super-gelaunt«-Lächeln auf.

»Mach dir meinetwegen keine Sorgen. Hier. Wodka.«

Plum hat immer eine kleine Wasserflasche mit Wodka dabei, wenn sie ausgeht. Das ist eine notwendige Maßnahme, erklärte sie mir einmal, gegen die Preise in den Londoner Kneipen. Ich nehme einen Schluck und muss husten, während ich mein Handy hervorhole, um nachzusehen, ob Adam sich noch einmal gemeldet hat (hat er nicht). Und das Einzige, was mich davon abhält, in Tränen auszubrechen, ist meine Entschlossenheit, nicht zu den Frauen zu gehören, die an einem Samstagabend versetzt werden und sich deswegen die Augen ausheulen.

Stattdessen werde ich meinem Frust Luft machen.

»Ich kapiere das nicht«, lamentiere ich und paffe hektisch an meiner Zigarette. »Ich kapiere das einfach nicht. Wer tut so was? Wer läuft jemandem hinterher und gibt sich die größte Mühe, um dann plötzlich einen Rückzieher zu machen?«

Plum und ich sehen uns an. »Robert«, sagen wir gleichzeitig.

»Ich rufe ihn an«, sage ich. »Er weiß, was zu tun ist.«

»Wie kann ich dir behilflich sein?«, sagt er zur Begrüßung.

»Adam, der Scheißkerl mit den Antwortkästchen …«, ich unterbreche mich kurz und spucke symbolisch über die Schulter, während Plum mir einen aufmunternden Blick zuwirft, »… hat mich einfach abserviert, und du sollst mir erklären, warum.«

»Wirklich?« Robert lacht.

»Du nimmst mich nicht ernst. Adam. Der Scheißkerl. Mit den Antwortkästchen. Hat mich. Sitzen lassen.« Ich ziehe wieder dramatisch an meiner Zigarette. »Ich kapier das nicht. Und ich dachte, es liefe so gut …«

»Abby, ihr wart nicht richtig zusammen. Du kennst ihn erst seit einer Woche«, sagt Robert unverblümt.

»Na ja, es hat sich aber so angefühlt, als wären wir zusammen.« Ich zögere. »Also schön, dann eben nicht sitzen lassen, sondern abserviert. Ist das besser?«

»Ich dachte, du wolltest cool und distanziert sein.«

»Ich war auch cool und distanziert«, erwidere ich. »Meistens jedenfalls.« Obwohl ich die letzten beiden Treffen vorgeschlagen habe, wenn ich genauer darüber nachdenke. Und es war auch mein Vorschlag, gestern bei ihm zu übernachten. Und ich habe seit Dienstag immer zuerst gesimst, jeden Tag. Scheiße, das ist weder cool noch distanziert. »Ach, scheiß drauf.«

Plum gibt mir wieder die Wodkaflasche, und ich nehme einen weiteren Schluck.

Robert grinst, das weiß ich.

»Na schön. Mach dir keine Gedanken seinetwegen. Er ist eindeutig dumm, blind und wahrscheinlich schwul. Hak ihn einfach ab. Du musst vor allem tough sein, um als Single zu überleben, Abby. Du kannst bei der Jagd nicht gewinnen, wenn du beim ersten Schuss in Ohnmacht fällst.«

»Tough«, wiederhole ich zögernd. »Ich bin tough. Ich bin ein Schwein, genau wie du.«

»Was auch immer … Und du löschst sofort seine Nummer.«

»Ernsthaft? Aber was, wenn ich …«

»Abby, mein Schatz, es ist zu deinem eigenen Besten. Lösch seine Nummer«, wiederholt Robert.

Dass Robert mich »mein Schatz« nennt, weckt in mir noch stärker das Bedürfnis loszuheulen. Keine Ahnung, warum.

»Tut mir leid, dass ich dich bei deinem Date gestört habe«, sage ich mit erstickter Stimme.

»Ich habe kein Date«, entgegnet er. »Ich bin mit Luke und deiner Schwester aus. Wir sind schon wieder auf so eine blöde Dreißiger-Party eingeladen. Bist du sicher, dass du klarkommst?«

»Ja«, sage ich und schniefe leise, während wir weitergehen. Plum sieht mich mitfühlend an und drückt meinen Arm. »Plum ist bei mir. Ich bin okay.«

»Gut«, sagt er. Ich kann hören, dass er lächelt. »Vergiss nicht, das sind alles wichtige Erfahrungen.«

»Erfahrungen«, wiederhole ich stolz. »Erfahrung gleich Selbstvertrauen. Tough sein.«

»Genau. Du hast die Kontrolle. Du bist tough. Du bist kugelsicher. Und jetzt geh zum Angriff über. Gib alles auf der Party.«

Ich lege auf, lösche die Nummer von Adam, dem Scheißkerl mit den Antwortkästchen, straffe mich und sehe Plum in die Augen.

»Los, wir gehen zum Angriff über!«

»Was soll das heißen?«, fragt Plum leise.

»Das heißt: Her mit dem nächsten Mann! Wir sind kugelsicher! Sag es.«

»Angriff! Wir sind kugelsicher«, knurrt sie. »Scheiße, ja.«

Wir stoßen die Fäuste gegeneinander auf eine halb und daher nicht wirklich ironische Art, ich trete meine Zigarette aus, und wir gehen weiter in Richtung Hollywood Arms, wo die Party stattfindet.

Ich stelle mir vor, wie ich mit jedem Schritt die Zurückweisung abschüttle und stärker werde. Alles ist perfekt. Ich werde nicht verbittert enden oder unglücklich oder wütend oder verzweifelt. Ich werde auf der Party alles geben, ich werde als Single alles geben. Erfahrung. Selbstvertrauen. Kugelsicher. Ja.

»Abigay!«, ruft Henry vom anderen Ende des Raums, als wir das Hollywood Arms betreten, ein schicker Pub mit einem extra Raum oben für private Feiern. »Pfläumchen! Endlich!«

»Ich wünschte, er würde mich nicht Abigay nennen. Das ist total daneben«, sage ich leise zu Plum.

»Du beschwerst dich über Abigay, wenn er mich Pfläumchen nennt?«

»Dein richtiger Name ist Prunella«, erinnere ich sie.

»Halt die Klappe, Abigay«, kontert sie mit einem strahlenden Lächeln.

»Meine Mädchen!«, ruft Henry und nimmt uns schwankend in den Arm. Er hat einen sitzen, wie immer an Spieltagen. »Mädels! Seid ihr bereit für einen großen Abend?«, grölt er. »Mein Tag war recht angenehm: Am Morgen habe ich eine Wohnung besichtigt, und am Nachmittag haben sie mir beim Rugby die Scheiße aus dem Leib geprügelt. Darum werde ich es heute Abend krachen lassen.«

Er macht eine Handbewegung, als würde er »es krachen lassen«, woraufhin ein paar männliche Umstehende ihn nachahmen.

Die Party ist in vollem Gang. Ich erkenne vage ein paar von Henrys Teamkameraden wieder. Ich wünschte, ich hätte mich in der Vergangenheit öfter unter die Leute gemischt. Ich frage mich, ob jeder in einer Beziehung gesellschaftsfaul wird oder ob das nur auf mich zutrifft.

Komm schon, sozialer Schmetterling, entfalte deine Flügel!

»Wie war die Wohnungsbesichtigung? Wo war das?«, fragt Plum.

»Für'n Arsch. In Chiswick«, antwortet er.

»Nein!«, sage ich entsetzt. »Ernsthaft. Tu das nicht. Wir würden dich niemals wiedersehen. Hammersmith ist der Hadrianswall von Westlondon.«

»Hübsch gesagt«, bemerkt Gaz, einer von Henrys noch betrunkeneren Rugby-Freunden.

Henry bestellt eine neue Runde. Gaz war einmal auf einer Weihnachtsfeier, die Peter und ich in unserem zweiten Jahr in London veranstalteten. Um zehn Uhr abends hat er in unsere Küche gekotzt. Ich schließe kurz die Augen als Antwort.

»Ich habe mit mindestens drei Typen in diesem Raum rumgeknutscht und mit zwei anderen geschlafen«, murmelt Plum leise. »Was soll's. Man lernt nie aus.«

Henry gibt uns unsere Gläser.

»Was trinkst du da?«, fragt Gaz.

Er überschreitet deutlich den höflichen Mindestabstand.

»Äh ... Wodka Cranberry«, antworte ich.

»Cranberry«, sagt er und nickt. »Das ist gut für deine Vagina.«

Plum verschluckt sich an ihrem Drink, unfähig, ihr Lachen zurückzuhalten. Ich werfe Gaz einen »Bitte-verpissdich«-Blick zu. Ich habe alles unter Kontrolle. Noch ein Glas, und ich verwandle mich in einen Schmetterling.

»Ich treffe mich nachher mit einer Freundin«, sagt Gaz weiter, während er leicht schwankt. »Die ist richtig fit.

Und sie ist scharf. Wenn Frauen dreißig werden, wollen sie nur noch eins.«

Plums Lächeln gefriert, und ich sehe Gaz mit schmalen Augen an. Noch so ein Scheißkerl.

»Ach ja?«

»Ehe. Kinder. Der gute alte Ring am Finger … Sie wünschen sich nichts sehnlicher.«

Gaz bleibt von einem Tritt in seine Eier verschont, weil in diesem Moment Henrys Bruder Rich zu uns stößt.

»Du kommst zu spät zu deiner eigenen Party!«, ruft Henry und klemmt sich Plum wie einen Teddybären unter den Arm. Sie schubst ihn mit gespielter Verärgerung weg und versucht, ihre Frisur zu richten.

»Pünktlichkeit ist eine überschätzte Tugend«, entgegnet Rich und nimmt von einem der Spieler ein Bier entgegen. Rich sieht Henry ähnlich, er hat nur nicht dieses Welpenhafte. Eher das eines ausgewachsenen Hundes. Und ziemlich attraktiv ist er, wie ich immer fand. »Guten Abend, Plum, Abigail. Ihr seht bezaubernd aus, wie immer.«

»Wir dachten, wir geben uns Mühe«, sage ich. »Schließlich ziehst du bald ins finsterste China.«

»Hongkong ist nicht gerade das finsterste China«, erwidert er. »Aber ich weiß die Mühe zu schätzen. Und, wie ist das Singleleben so?«

Ich überlege kurz. »Voller Überraschungen.«

Rich grinst. »Ich warte seit Jahren darauf, dass du wieder auf dem Markt bist. Ich fand, Peter war nie deine Liga. Was für ein Jammer, dass ich ausgerechnet jetzt wegziehe.«

»Tragisch, ja.«

Zur Hölle, ich bin heute Abend eine kleine Flirtmaschine. Das kurze Telefonat mit Robert war mein Lebensretter. Kugelsicher. Ich bin kugelsicher.

Richs Aufmerksamkeit wird von einem Exkollegen beanspruchte, der versucht, ihm einen sehr unwillkommenen Jägermeister aufzuschwatzen. Ich sehe mich um und entdecke Plum an der Theke, wo sie von dem Barkeeper ignoriert wird. Sie wirkt plötzlich ein wenig verloren, und, um ehrlich zu sein, alles andere als kugelsicher.

Ich gehe zu ihr hinüber. »Alles okay?«

Sie zuckt mit den Achseln. »Ich habe gerade eine aufmunternde SMS von Thomasina bekommen. Sie hat geschrieben: Wenn es nicht gepasst hat, war er nicht der Passende.« Sie seufzt, und ihre »Ich-habe-gute-Laune«-Maske fällt wieder. »Was für ein Bullshit, nicht? Ich habe meine Kolleginnen ja gern, aber ernsthaft, ich bin froh, dass ich dich habe. Besonders jetzt …«

»Jetzt, wo ich Single bin und dasselbe durchmache?«, entgegne ich lachend.

»Jetzt, wo wir im selben Boot sitzen. Meine Mutter hat es inzwischen sogar aufgegeben, mich zu bitten, wieder nach Hause zu kommen, damit sie mir in Yorkshire einen netten Mann suchen kann. Sie glaubt, du hast einen guten Einfluss auf mich … Ich fühle mich jetzt nämlich nicht mehr so einsam wie früher.«

Ich bin geschockt. Ich hatte keine Ahnung, dass Plum sich jemals einsam gefühlt hat.

»Ich denke, wir sollten uns mit mehr Männern verabreden, nicht immer nur mit einem«, sage ich leichtfertig. »Um das Risiko zu streuen und die guten Männer mit den schlechten zu mischen. Wie eine Investmentbank.«

»Ist das nicht die Denkweise, die die weltweite Finanzkrise ausgelöst hat?«, entgegnet Plum.

Ich zucke mit den Achseln.

»Du weißt ja, hire and fire …« Ich unterbreche mich und sehe sie an. »Das ist genau das, was wir tun sollten!«

»Verwandelst du dich jetzt in einen beziehungsfeindlichen Bastard?«

»Das scheint mir die bessere Alternative zu sein.«

»Okay, Mädels«, sagt Henry. »Ich werde mich jetzt ein paar Hühnern vorstellen.«

»Nenn uns nicht Hühner«, sagen Plum und ich gleichzeitig.

»Also gut, Ladys«, verbessert er sich.

Ein paar Stunden später amüsiere ich mich prächtig. Abschiedspartys sind riskant: Die Mischung aus Schulfreunden, Arbeitskollegen und Exkommilitonen kann entweder zu schlimmer Grüppchenbildung führen oder zu einer kostenlosen sozialen Orgie, bei der jeder mit jedem ins Gespräch kommt. Letzteres gilt für diese Party.

Henry steht da mit einer jungen Frau, die er mit meiner und Plums Hilfe kennenlernte. Plum steht auf der anderen Seite des Raums und unterhält sich mit ein paar Männern, die ich nicht kenne. Und ich plaudere mit Rich. Er spricht über den idealen Zeitpunkt, um Gruppen-E-Mails zu verschicken. Seine Einladung zu der Abschiedsparty – letzten Donnerstagnachmittag – war scheinbar sorgfältig gewählt.

»Freitag ist der beste Tag zum Chatten«, sagt er und nickt. »Ich bin freitags am witzigsten. Mittwochs muss man mir schon was verdammt Gutes schicken, um eine Antwort zu erhalten. Und montags und dienstags möchte ich von niemandem etwas hören, außer ich habe am Wochenende irgendwo die Zeche geprellt oder den Laden verwüstet.«

»Vielleicht solltest du diese Regeln aufschreiben und sie an all deine Freunde schicken«, schlage ich vor.

»Ich weiß.« Er seufzt. »Aber dann habe ich meinen Ruf endgültig weg, weißt du … penetrant … herrisch …« Er macht Anführungszeichen in der Luft.

»Egoistisch, ruppig, anspruchsvoll«, fahre ich vorschnell fort und sehe mit gespielter Überraschung in sein übertrieben gekränktes Gesicht. »Zu weit? Bin ich zu weit gegangen?«

»Scheiße, Abigail, warum bist du solo, jetzt, wo ich abhaue?«, sagt Rich, lehnt sich zurück und sieht mich an.

»Du wirst darüber hinwegkommen«, erwidere ich schnippisch.

Bonjour Selbstvertrauen. Hire *et* fire.

»Schlechtes Timing. Ganz miserabel.«

»Übrigens«, sage ich. »Mit wem unterhält sich Plum gerade?«

Der Flirt macht mir Spaß, aber Plums Geständnis, sich manchmal einsam zu fühlen, hat meinen Beschützerinstinkt geweckt.

»Mit Dan und Pete. Kollegen von mir.«

Ich schaue hinüber und sehe, dass Plum lacht und den Kopf schüttelt, während einer der beiden gerade etwas sagt. Sie sieht aus wie ihr glückliches, hübsches Ich. Glückwunsch, Plum, denke ich. Kugelsicher.

Eine Sekunde später erscheinen meine Schwester Sophie und Luke auf der Party, gefolgt von Robert. Sophie und Luke machen besorgte Gesichter, während Robert einen leichten Silberblick hat und mehr stolpert als geht.

Sophie schaut suchend durch den Raum, und unsere Blicke treffen sich. Irgendetwas stimmt nicht. Wollten die heute Abend nicht zu irgendeiner Dreißiger-Fete?

»Du entschuldigst mich kurz, Rich?«, sage ich und eile zu meiner Schwester.

Bevor ich zum Stehen komme, werde ich beinahe umgeworfen, weil Robert mich fest an sich drückt.

»Abbbyyy«, säuselt er in mein Ohr, beugt sich zurück und strahlt mich an.

Ich sehe, dass er voll ist wie ein Eimer. Er schielt richtig. Ich sehe besorgt zu Sophie und Luke.

»Was zum Teufel …?«

»Er meinte, er müsse dir dringend erklären, wie man kugelsicher ist«, antwortet Luke seufzend. »Wir waren im Anglesea Arms, also dachten wir, ein kleiner Spaziergang ernüchtert ihn vielleicht.«

»Der Abend war grauenhaft«, fügt Sophie leise hinzu. »Ich erzähle dir später alles.«

Ich drehe mich zu Robert. Er starrt ins Leere.

»Alles okay mit dir?«

Er konzentriert sich auf mich.

»O Abby … Du musst wissen … Ich bin ein Haufen Scheiße. Du solltest nicht auf mich hören. Ich weiß nichts.«

Er kann kaum sprechen, nur lallen.

»Möchtest du ein Glas Wasser?«

»Ich möchte einen Wein!«, ruft er begeistert. Die Umstehenden beginnen, zu uns herüberzuschauen. Es ist erst halb elf. »Was glotzt du so, Brillenschlange?« Robert zeigt auf einen Mann mit einer Brille. »Siehst du auch alles doppelt? Ha!«

Er dreht sich wieder zu uns und hebt die Hand, um abzuklatschen.

»Halt die Klappe!«, fauche ich ihn mit zusammengebissenen Zähnen an. Ich drehe mich wieder zu Sophie und Luke. »Bringen wir ihn nach unten.«

»Ich gebe Rich Bescheid«, sagt Sophie und nickt. »Wir können nicht einfach auf seiner Feier aufkreuzen mit einem nur Blödsinn lallenden Besoffenen, den er nicht kennt und der nicht einmal Hi sagt.«

»Du bist high«, sagt Robert und fängt hilflos an zu kichern.

»Okay«, sage ich. »Ich bringe ihn raus.«

Ich wende mich an Robert. »Robert. Robert!« Er dreht sich zu mir und schließt ein Auge, um mich zu fokussieren. Das offene Auge ist blutunterlaufen. »Lass uns nach unten gehen.«

»Abby-gail«, singt er und folgt mir gehorsam zur Tür hinaus. Ich drehe mich um und sehe, dass Plum zu uns herüberstarrt. Sie unterhält sich gerade mit einem großen Mann, der von ihr völlig hingerissen zu sein scheint. Ich hebe fragend den Daumen, und sie nickt.

»Ich bin nich ssso betrunken, wie ich tue«, flüstert Robert extrem laut, während er in den Pub taumelt.

»Wirklich«, sage ich und lasse den Blick durch den Raum schweifen.

Nachdem ich einen freien Tisch entdeckt habe, nehme ich Robert ins Schlepptau, verfrachte ihn auf einen Stuhl und besorge ein Glas Wasser für ihn und Wein für mich. Als ich zurückkomme, ist er auf seinem Stuhl zusammengesackt und blinzelt benommen.

»Was ist passiert, Robert?«, frage ich.

»Du sagst nie Rob zu mir«, entgegnet er und unternimmt einen kühnen Versuch, sich aufzurichten. »Ssso wie die anderen. Warum nich?«

»Du bist für mich kein Rob«, sage ich. »Für mich bist du Robert.«

»Das bin ich, ich bin Robert.« Er seufzt. »War wieder auf so einer beschissenen Dreißiger-Party. Von Dave. Dem verdammten Trauzeugen.«

»Lukes Freund Dave, ja«, sage ich nickend.

Ich bin ihm noch nicht begegnet.

»Und Daves Schwester ist die … die, von der ich dir erzählt habe.«

»Wen meinst du?«, frage ich verwirrt.

Robert spricht nie im Detail mit mir über seine Freundinnen.

»Die eine. Die eine von der Party. Die Zugfahrt ohne Schuhe.«

»Daves Schwester ist diejenige, der du einen Heiratsantrag gemacht hast?«, frage ich.

»Ja. Seine Schwester. Dummer Robert.«

»Ist etwas vorgefallen?«

Seufzend legt er den Kopf schief und sieht mich an.

»Du bisso hübsch.«

»Robert!«, fahre ich ihn an. Ich bin jetzt neugierig. »Erzähl mir, was passiert ist.«

»Sie war da. Louisa.«

Er spricht den Namen langsam und rollend aus. Louuuuuiiiiisaaaaa.

»O Mist«, sage ich. »Aber sicher ...«

»Sicher ist das schon viele Jahre her. Sicher bist du darüber hinweg, Robert. Ich bin halt nicht perfekt. Ha!«

Robert lacht und schlägt sich auf das Knie.

»Wie sieht es aus?«, fragt eine Stimme, und ich hebe den Kopf.

Es ist Luke. Ich stehe auf und frage ihn leise, was mit Louisa war.

»Er hat dir von ihr erzählt?«, erwidert Luke überrascht. »Gott, sie ist ein elendes Miststück. Wir haben sie gesehen. Sie war mit ihrem Mann auf der Party. Alle haben sich sehr zivil verhalten, aber dann begann Robert, zwei Stunden lang Whisky in sich hineinzuschütten.«

»Eine ganz schlechte Idee.«

Ich schaudere bei der Vorstellung.

Luke nickt. »Genau wie Louisa.«

»Er hat mir erzählt, dass er ihr mal einen Heiratsantrag gemacht hat«, sage ich so leise wie möglich, damit Robert mich nicht hören kann.

»Einen?«, entgegnet Luke mit ironischem Lächeln.

»Hat er ihr etwa öfter einen gemacht?«

Luke nickt.

»Worüber tuschelt ihr?«, fragt Robert, der sich von seinem Stuhl hochgestemmt hat und nun schwankend sein Kinn von hinten auf meine Schulter legt.

»Über Whisky«, antworte ich. »Du bist sturzbetrunken.«

»Bin ich nicht«, widerspricht er entrüstet und stößt auf. »Ups. Scheißwein.«

Mein Blick fällt auf den Tisch, und ich sehe, dass er meinen Weißwein ausgetrunken hat.

»Netter Zug, du Held. Das war mein Glas. Das Wasser ist für dich.«

Robert seufzt, hickst laut und macht ein zerknirschtes Gesicht.

»Tschuldigung …«

Luke und ich wechseln einen Blick, als Sophie dazukommt.

»Wie sieht es aus?«

»Katastrophal«, sage ich.

»Sophiiiie!«, ruft Robert beglückt.

Er drängelt sich an Luke und mir vorbei, um Sophie zu umarmen, verliert jedoch sein Gleichgewicht und reißt sie zu Boden, wobei er außerdem einen Tisch und einen Stuhl umwirft. Er macht einen Höllenkrach. Sofort verstummen alle im Pub und sehen herüber.

»Autsch«, sagt Sophie.

Sie läuft knallrot an, steht auf und versucht, einen extrem nüchternen und missbilligenden Eindruck zu machen, damit jeder weiß, dass nicht sie der betrunkene Idiot ist.

Robert liegt benommen am Boden, mit leicht verwirrtem Gesicht. Er ist eindeutig der betrunkene Idiot.

»Wir müssen ihn hier rausschaffen«, sage ich zu Luke und Sophie und schaue zu den Kellnern an der Bar, die sich gerade beratschlagen. »Sonst werfen die uns raus.«

»Einverstanden«, sagt Luke und beugt sich hinunter, um Robert hochzuhelfen.

Zu dritt schleppen wir ihn aus dem Lokal hinaus in die kühle Nachtluft. Gott, ist der schwer. Ich zünde mir sofort eine Zigarette an nach dem Stress.

»O ja! Robert will rauchen«, sagt Robert und schüttelt uns ab, während er versucht, allein zu gehen.

»Nein«, sage ich. Gott, Betrunkene rauben einem den letzten Nerv. »Wir bringen dich jetzt nach Hause und stecken dich ins Bett.«

»Sauerei!«, schimpft Robert und fällt prompt wieder hin.

Als wir endlich einen Taxifahrer gefunden haben, der bereit ist, uns mitzunehmen, ist es nach elf. Unterwegs schicke ich Plum eine SMS und informiere sie, dass ich wegen eines Notfalls dringend wegmusste. Wir tragen einen fast schlafenden Robert in sein Bett (»Legt ihn auf die Seite!«, sage ich. »Dann kann er nicht an seinem Erbrochenen ersticken.« »Er ist nicht Jim Morrison«, erwidert Sophie. »Ich dachte, das war der Leadsänger von AC/DC«, sage ich. »Nein, das war Jimi Hendrix, aber ist das jetzt wichtig?«, sagt Luke), und anschließend setzen wir uns ins Wohnzimmer.

»Was für ein Schlamassel«, bemerke ich, während ich eine Flasche Wein aufmache und drei Gläser heraushole.

Plum hat noch nicht geantwortet, aber ich denke, ich sollte zurück auf die Party.

»Du hättest ihn mal auf der Feier erleben sollen«, sagt Luke. »Armer Teufel. Sie hat ihn fertiggemacht.«

»Ich kann mir das nicht vorstellen«, sagen Sophie und ich unisono.

»Erzähl doch mal die ganze Geschichte«, fordere ich Luke auf.

»Ach, weißt du, Robert wird sie dir irgendwann bestimmt selbst erzählen«, erwidert Luke unsicher.

»Gott! Ich hasse es, dass du nie tratschst«, stöhnt Sophie verzweifelt.

»Sorry, Süße«, sagt Luke und grinst sie an. Sie lächelt hoffnungsvoll bettelnd zurück, bis er nachgibt. »Die Kurzversion lautet: Rob, Dave und ich sind Freunde seit der Schule. Unsere Väter haben zusammen studiert. Wir fuhren alle zusammen in den Urlaub nach Frankreich und haben abends immer zusammen gegrillt und so Sachen. Rob hatte schon immer eine Schwäche für Louisa, Daves große Schwester … Könnt ihr mir folgen?«

Sophie und ich nicken.

»Schließlich wurden sie ein Paar, als wir zweiundzwanzig waren. Robert war es ziemlich ernst, er hat ihr sturzbesoffen einen Heiratsantrag gemacht. Am nächsten Wochenende hielt er in aller Form um ihre Hand an. Mit Ring und allem Drum und Dran. Sie hat Nein gesagt und die Beziehung beendet.« Sophie und ich keuchen erschrocken auf. »Dann hat er seine Abschlussprüfung versaut. Statt weiterzustudieren, hat er sich in der City einen Job gesucht – ich denke, damit er in ihrer Nähe sein konnte … Und dann fing sie an, ihn hinzuhalten. Jahrelang hat sie bei ihm Trost gesucht nach ihren gescheiterten Beziehungen. Robert ging dann irgendwann nach Boston, um wieder zu studieren und von ihr loszukommen. Trotzdem ist er immer sofort nach London geflogen, wenn sie ihn gebraucht hat.«

»Miststück«, zischen Sophie und ich gleichzeitig.

»Ich weiß«, sagt Luke. Wie die meisten Männer ist Luke sehr gut darin zu tratschen, auch wenn er immer so tut, als würde er es verabscheuen. »Als er sechsundzwanzig war, kamen sie wieder richtig zusammen, und nach sechs Monaten hat er erneut um ihre Hand angehalten.«

»Nein!«, entfährt es Sophie und mir wieder gleichzeitig.

»Doch. Und sie hat wieder abgelehnt. Außerdem stellte sich heraus, dass sie ihn die ganze Zeit betrogen hat. Mit dem Kerl, mit dem sie jetzt verheiratet ist. Das war kein Unfall. Rob war das Schlachtopfer.«

»Nein!«, rufen wir entsetzt.

»Der arme Kerl …«, sagt Sophie mitleidig. »Kein Wunder, dass er allergisch auf Beziehungen ist.«

»Ach du lieber Gadget«, sage ich. »Das ist ja schrecklich.«

»O Gott, Mitleid ist das Letzte, was Rob will«, stöhnt Luke. »Ich hätte meinen Mund halten sollen. Rob geht mit solchen Sachen nicht hausieren.«

»Ich werde kein Wort verraten«, sage ich.

»Ich auch nicht«, sagt Sophie. »Ehrenwort.«

Sie legt mit großem Ernst ihre Hand aufs Herz und macht dann eine Geste, als würde sie den Reißverschluss an ihrem Mund zuziehen und den Schlüssel wegwerfen.

Mein Handy piept. Es ist eine Nachricht von Plum.

Wo steckst du??? Wir ziehen weiter ins Chloe … Ich brauche dich! Komm gefälligst sofort her!

»Soll ich mir die Mühe machen und die ganze Strecke nach South Ken zurückfahren?«, frage ich.

»Sicher nicht«, sagt Sophie.

Eine zweite Nachricht. Von Henry.

Abigay. Bitte, komm zurück. Ich brauche dich, damit ich auch kugelsicher sein kann.

Die zwei haben sich verbündet. Ich seufze und sehe Sophie und Luke an.

»Meine Fans brauchen mich. Ich muss mich noch mal ins Getümmel wagen. Es sind ja nur zwanzig Minuten bis dorthin. Kommt ihr mit?«

»Ich rufe ein Taxi«, sagt Luke. »Wir fahren nach Hause und lassen dich unterwegs raus.«

Kapitel 13

Als ich im Chloe eintreffe, eine Kellerbar mit Club in South Kensington, ist es fast Mitternacht. Sophie und Luke lassen mich an der Ecke aussteigen, und ich versuche, meine Befangenheit abzulegen, während ich mich der Schlange von ungefähr dreißig Leuten nähere.

»Äh …«, sage ich, um die Aufmerksamkeit der Listen-Bitch auf mich zu lenken. (Ich bin nicht unhöflich. So werden die wirklich genannt.) Sie blinzelt mich unter ihren dick getuschten Wimpern an. Sie ist blond, älter, als sie sein möchte, und sieht mich herausfordernd an.

»Ich stehe auf der Liste«, sage ich zögernd. »Abigail? Wood? Meine Freunde sind schon drinnen.«

»Du stehst nicht drauf. Stell dich hinten an.«

Sie dreht sich abrupt weg von mir.

Ich überlege, ob ich sie anflehen soll oder bestechen, und frage mich gerade, wie, als ich jemanden rufen höre.

»Imma! Sie gehört zu mir!«

Ich schaue suchend umher, um zu sehen, woher die Stimme kommt, kann aber niemanden entdecken. Die Listen-Bitch zeigt mit ausdrucksloser Miene auf die Treppe, die hinab in den Innenhof führt.

Während ich die Stufen hinuntergehe, versuche ich meine Nervosität zu ignorieren, weil ich a) einen Club besuche, den ich noch nicht kenne, b) überhaupt in einen Club gehe, was Peter und ich nie getan haben, und c) die Schlange draußen umgehen konnte.

Ein paar unerschrockene Raucher stehen unten im Innenhof und trotzen dem Regen.

»Ich hoffe, ich bekomme wenigstens ein Danke«, sagt dieselbe Stimme, die gerade dafür gesorgt hat, dass ich direkt hineinkam, und ich sehe in die Augen eines recht attraktiven blonden Kerls, der eine Zigarette raucht.

»Danke«, sage ich. »Das warst du?«

»In der Tat«, sagt er und nickt. Er redet wie Roger Moore, vornehm und erfahren. »Zigarette?« Warum nicht. »Imma ist nicht die Freundlichste, aber das ist ihr Job.«

»Ich wette, privat ist sie ein richtiges Sensibelchen«, entgegne ich und versuche, cool an meiner Zigarette zu ziehen und das Schwindelgefühl in meinem Kopf zu ignorieren.

»Oh, das ist sie«, antwortet er. »Sie pflegt ihre kranke Großmutter. Sie adoptiert herrenlose Katzen. Et cetera.«

»Ich sollte mir ihre Nummer besorgen. Wir könnten uns zusammentun.«

Er grinst. »Ich bin übrigens Toby.«

»Abigail.«

Wir lächeln uns an. Ich genieße das Gespräch, irgendwie bin ich viel weniger nervös als sonst. Ich brauche nur den Augenkontakt zu halten und keinen Unsinn zu plappern.

Der Regen wird stärker, und Toby zieht einen Schirm aus seinem Blazer.

»Du warst bei den Pfadfindern, stimmt's?«, sage ich und ziehe eine Augenbraue hoch.

»Ehrlich gesagt wollte ich gerne mitmachen, aber die haben mich nicht gelassen. Schweine«, sagt er traurig. Ich kann nicht anders, als zu grinsen. (Verdammt, Flirten ist heute Abend sehr einfach!) »Nun, Miss Abigail, was führt Sie hierher?«

»Meine Freunde sind da drinnen«, antworte ich. »Wir waren vorher auf einer Party, aber dann musste ich mich um jemanden kümmern, der unerwartet betrunken war. Ich meine, krank.«

Toby grinst. »Ich hasse es, wenn meine Freunde sich betrinken. Lasst sie auf der Straße ihren Rausch ausschlafen, sage ich immer. Das wird ihnen eine Lehre sein.«

Ich nicke. Ich weiß nicht, was ich noch sagen soll, darum denke ich, ich werde die Unterhaltung beenden. Wie ist das für distanziert?

»Gut, ich gehe besser mal rein und suche die anderen«, sage ich und drücke meine Zigarette aus. »Vielen Dank für deine Hilfe vorhin. Und für die Zigarette.«

»War mir ein Vergnügen«, erwidert er.

Ich entferne mich, ohne mich umzudrehen. Ich bin kugelsicher. Zur Hölle, ja.

Als ich den Raum betrete, dauert es nicht lange, bis ich die anderen entdecke.

»Abigay!«

Ah. Henry und Plum stehen in der Nähe der Theke inmitten einer Gruppe von Leuten, die ich vorhin im Hollywood Arms gesehen habe.

»Was zum Teufel war denn los?«, fragt Plum. »Wir dachten schon, du wärst entführt worden.«

»Sorry«, sage ich bedauernd. »Wir mussten Robert nach Hause bringen.«

»Hast du mit deinem Mitbewohner herumgesext?«, fragt Henry laut.

»Nein«, sage ich. »Und ›sexen‹ ist kein Verb, Henry.«

»Ich dachte immer, Verben wären Tunwörter«, erwidert er. »Und herumsexen tut man doch.«

Er dreht sich zur Seite und klatscht einen seiner Rugby-Kumpels ab.

»Und, habe ich was verpasst?«, frage ich Plum und verdrehe die Augen.

Gegen Mitternacht wird aus dem kindlichen Henry immer ein kindischer Henry. Ich sehe zur Theke, wo ich Richs Blick auffange. Ich nicke ihm zu. Rich sieht aus, als erwarte er von mir, dass ich herüberkomme und Hallo sage, aber im Moment fühle ich mich hier recht wohl. Wenn er mit mir reden möchte, wird er schon kommen, denke ich plötzlich. Dann wird meine Aufmerksamkeit von Plum beansprucht, die mir von Dan, dem süßen Typen, mit dem sie vorhin auf der Party geplaudert hat, erzählt.

»Er ist aus Yorkshire! Kannst du das glauben? Und er hat nach meiner Nummer gefragt, also habe ich sie ihm gegeben«, endet Plum stolz, bevor sie eine kurze Pause macht. »Nicht einfach so.«

»Gut für dich«, sage ich. »Kugelsicher.«

»Ich weiß!«, sagt Plum. »Wir haben aber seit über einer Stunde nicht mehr miteinander gesprochen. Vielleicht sollte ich ihn suchen gehen, damit wir noch ein bisschen weiterplaudern können«, fügt sie besorgt hinzu. »Was, wenn ihm eine begegnet, die er sympathischer findet als mich?«

Früher war Plum nicht so. Woher kommt diese Unsicherheit? Von jahrelangem Singlefrust, lautet die Antwort.

»Bedräng ihn nicht. Mach eine Runde durch den Club, und wenn du ihm begegnest, lächelst du ihn an, aber du bleibst nicht stehen. Geh direkt weiter an die Theke. Ich wette, Dan wird dir folgen und dich ansprechen.«

»Seit wann bist du die Aufreißerkönigin?«, fragt Plum.

Ich klinge tatsächlich sehr selbstsicher. Und ich fühle mich auch so. Wie seltsam. Ich zucke mit den Achseln.

»Was hast du schon zu verlieren?«

»Rein gar nichts«, sagt Plum fröhlich. »Bin gleich wieder da.«

Hm.

Ich denke, ich habe einfach schon ein bisschen gelernt, wie man Single ist.

Ich lasse den Blick über die Theke schweifen, halte Augenkontakt zu Rich, lächle und wende mich dann wieder meinem Getränk zu. Ich wette fünf Pfund, dass er innerhalb der nächsten zehn Sekunden zu mir herüberkommt.

»Ich hoffe, du bist nur meinetwegen zurückgekommen«, sagt eine Stimme neben mir fünf Sekunden später. Ich hebe den Kopf und unterdrücke ein triumphierendes Grinsen. Ha! »Aber ich bin nicht so eingebildet und gehe selbstredend davon aus.«

»Bescheiden, ja, genau so würde ich dich beschreiben«, erwidere ich und nicke. »Und, lernst du schon fleißig Kantonesisch für Hongkong?«

»Komm schon, jeder weiß, dass überall Englisch gesprochen wird«, sagt er in verschwörerischem Ton. »Im Ausland hören wir zwar Italienisch und Japanisch und so weiter, aber sobald man den Leuten den Rücken zukehrt, sprechen sie das gute alte Englisch. Alles nur Fassade!«

Ich lächle Rich an. Er ist sehr süß.

»Ich mag deine Frisur«, sage ich nachdenklich. »Du siehst aus wie Henry, wenn er mal ein großer Junge ist.«

Rich lächelt mich an und beugt sich vor, und für einen Augenblick denke ich, er will mich küssen, als ich aus dem Augenwinkel Plum von ihrer Runde durch den Club zurückkehren sehe und rasch den Kopf zu ihr drehe. Für einen außenstehenden Beobachter ist sie nur ein weiteres langbeiniges, lässiges Girl, das zur Theke stakst. Aber ich sehe ihr an, dass es in ihr brodelt, weil Dan ihr offenbar nicht gefolgt ist. Scheiße, denke ich und seufze laut. Ich möchte die Sache für sie in Ordnung bringen.

»Plum!«, ruft eine Stimme. Plum und ich drehen uns um und sehen Dan, der auf sie zukommt. »Da bist du ja. Darf ich dir einen Drink spendieren?«

Yes! Am liebsten würde ich in die Luft boxen. Ich bin

der geborene Singlecoach! Ich kenne die Geheimnisse der Liebe! Mach Platz, Robert!

Love is a battlefield läuft nun, und ich sehe Rich an und grinse.

»Wenn du mich entschuldigst … Ich muss unbedingt zusehen, wenn dein Bruder tanzt«, sage ich.

Henry steht auf Pat Benatar. Nein, Henry *liebt* Pat Benatar. Und er hat eine Reihe von Tanzeinlagenfiguren drauf (den Einkaufswagen, den Sprinkler, den Rückwärtsgang, den Tennisaufschlag, den Ohrenreiniger und die Backmischung), die ich wiederum liebe. Außerdem haben Henry und ich ein paar spezielle Tanzfiguren gemeinsam drauf – »Der Fischer«. Henry tut so, als würde er eine Angel auswerfen, und ich bin der Fisch, der auf der anderen Seite der Tanzfläche anbeißt; oder »Hüpfseil«, bei dem ich und eine andere Person zwei Springseile schwingen, während Henry immer schneller und schneller hüpft. Er ist immer derjenige, der springen darf, mich lässt er nie.

Ich amüsiere mich wirklich bestens. Ein Betrunkener rückt mir auf die Pelle auf diese flirtend-schleimige Art, die Männer an sich haben, die sich für Al Pacino in *Der Duft der Frauen* halten. Also tippe ich Henry leicht auf den Arm, und er beginnt, mich herumzuwirbeln. Der Pseudofreund: den braucht jede Singlefrau. Dass wir beide uns auf der Tanzfläche zum Affen machen wird Henrys Probleme mit dem anderen Geschlecht auch nicht lösen, aber er scheint wenigstens Spaß zu haben.

Schließlich legt der DJ Disco-Pop auf, und ich lasse Henry allein den »Running Man« machen, während ich an die Theke zurückkehre, um nach Plum Ausschau zu halten.

»Also, wie ich vorhin schon sagte, wir sollten mal zusammen ausgehen«, sagt Rich, der sofort an meine Seite gleitet. »Ich will nicht ein drittes Mal fragen.«

»Du haust doch ab nach Hongkong!«, sage ich, um Zeit zu schinden.

Möchte ich wirklich mit Henrys Bruder ausgehen? Und sollte ich ein neues Date machen an dem Abend, an dem Adam mit den Antwortkästchen mich abserviert und fast zum Heulen gebracht hat? Ich glaube nicht. Obwohl, unter uns gesagt, ich rege mich gar nicht mehr über ihn auf …

»Erst in ein paar Tagen«, erwidert Rich.

Ich mache eine Pause.

»Okay, gerne.«

Angriff.

»Super«, sagt er. »Gib mir deine Nummer.«

Während ich ihm die Nummer diktiere, schaue ich mich um und entdecke den vornehmen Toby aus dem Innenhof. Er sieht zu uns herüber – ich nippe an meinem Glas, Rich tippt meine Nummer ein – und grinst vielsagend. Ich kneife die Augen leicht zusammen und schaue böse zurück. Er tut so, als wäre er getroffen.

Flirten ohne Worte. Wow, ich kann es kaum erwarten, Robert davon zu erzählen.

Henry kommt zu mir. »Wo zum Teufel sind die ganzen Frauen?«

»Überall, Henry«, antworte ich. »Überall. Weißt du nicht mehr, was Robert gesagt hat? Okay, Jungs, ich gehe mal an die Theke.«

Als ich mit den Getränken zurückkehre, redet Henry immer noch davon, dass es ihm nicht gelingt, Frauen kennenzulernen.

»Abigays Mitbewohner Robert – übrigens eine Legende auf diesem Gebiet – hat mir ein paar Tipps gegeben. Aber ich weiß nicht, ob ich das bringe.«

»Du schaffst das«, sagt Rich feierlich. »Ich glaube an dich.«

»Du bist ein attraktiver Mann«, sage ich und komme

mir vor wie Henrys Mutter. »Du musst nur selbstbewusster auftreten.«

»Dort drüben stehen zwei Frauen«, sagt Rich. »Geh einfach mal hin …«

»Und was, wenn sie mich abblitzen lassen? Ich …« Henry unterbricht sich.

»Wenn sie dich abblitzen lassen, dann geh einfach davon aus, dass sie sich über ein traumatisches Erlebnis unterhalten«, sage ich. »Frauen führen manchmal intime Gespräche. Das ist nichts Persönliches.«

»Okay«, sagt Henry. Er holt tief Luft, biegt die Schultern nach hinten und setzt sich in Bewegung. Ich sehe Rich an, und wir müssen beide lachen.

»Ah, eine Aufreißerin«, sagt er und grinst. »Du scheinst sehr viel Erfahrung zu haben, dafür dass du erst seit kurzem Single bist.«

»Mist! Plum!«, rufe ich plötzlich. »Ich habe was gutzumachen. Bin gleich wieder da.«

Plum ist weder auf der Tanzfläche noch in dem anderen Sitzbereich noch im Innenhof, also mache ich einen kurzen Abstecher zu den Toiletten. Während ich mir die Hände wasche und zähen Smalltalk mit der gelangweilten, schlecht bezahlten Frau mache, die in dem winzigen Raum herumstehen muss und gratis Papiertücher verteilt, platzt Plum fröhlich herein.

»Dich habe ich gesucht!« Sie tut so, als würde sie ohnmächtig gegen die Wand sinken. »Er ist der absolute Traummann.«

Die Toilettenfrau gibt einen missbilligenden Ton von sich und klopft an eine Kabinentür, um Plum zu signalisieren, dass sie hineingehen soll und aufhören, ihre Zeit zu verschwenden. Sie sieht auf ihre perfekt arrangierten Parfumflakons und Haarspraydosen und stößt ein gelangweiltes Seufzen aus.

»Sorry«, sagen wir gleichzeitig.

Die Frau nickt, ohne uns anzusehen. Warum tun Menschen, die in Nachtclubs arbeiten, immer so, als wären sie von den Gästen genervt?

»Warte auf mich, Zuckermaus, meine Blase platzt gleich«, sagt Plum.

Ich betrachte die Parfumauswahl. Wer benutzt Paris Hiltons Heiress? Und warum stehen da auch Lutscher? Wie alt sind wir, fünf?

Eine sonnenstudiogebräunte Frau mit auffälligen Extensions und knallengen Jeans kommt aus einer Kabine, wäscht sich die Hände, trägt Lipgloss auf, gibt der Toilettenfrau Trinkgeld und nimmt sich einen Lolli. Sie zieht das Papier ab und steckt ihn vorsichtig zwischen ihre glänzenden Lippen. Dann dreht sie ihn mit geübter Hand.

Ah, jetzt verstehe ich. Ein Lolli im Mund gleich fellatiotauglicher Schmollmund. Manche Frauen sind wohl darauf programmiert, diese Art von Erotik auszustrahlen. Ich glaube nicht, dass ich dazu gehöre.

»Okay. Erzähl mir alles«, sage ich, als Plum herauskommt.

Sie strahlt mich begeistert an. »Ich habe am Donnerstag ein Date.«

»Super!«, sage ich.

Bitte, lass es dieses Mal funktionieren, denke ich.

Sie lächelt in sich hinein. »Okay, hör zu, Abigail. Ich muss jetzt gehen, weil ich sonst wahrscheinlich zu viel trinke und mich lächerlich mache und mit ihm nach Hause gehe.«

Ich habe auch genug für heute Abend. Ich bin nur zurückgekommen, um Plum zu unterstützen. Die Einladung von Rich, wenn sie auch nicht der Höhepunkt des Abends war, wie das noch vor ein paar Wochen der Fall gewesen wäre, ist nur ein netter Bonus. Der Höhepunkt des Abends war für mich vielmehr Henrys Seilsprungpantomime.

Wir gehen wieder in den Club, um uns von Henry und Rich zu verabschieden.

»Abigail«, sagt eine Stimme hinter mir. Ich drehe mich um. Es ist Toby. »Ich habe bemerkt, dass dein Typ heute Abend sehr gefragt ist«, beginnt er. Ich grinse. »Ich gehe am Mittwoch zur Eröffnungsfeier eines Restaurants. Nachdem ich gesehen habe, wie schnell du mit den Türstehern Freundschaft schließt, dachte ich, du möchtest mich vielleicht begleiten.«

Ich gebe keine Antwort. Ist es schlimm, zwei Dates an einem Abend auszumachen?

»Sie vermeidet mittwochs immer Kohlenhydrate«, bemerkt Plum kess.

»Ich verspreche, ich werde jeden Bissen einzeln prüfen, den sie sich in den Mund steckt«, entgegnet er. »Ich kann ihr das Essen sogar vorkauen, wenn es sein muss. Wie eine Vogelmutter.«

»Mhmm, welche Frau wünscht sich nicht einen Mann, der ihr das Essen vorkaut«, sage ich.

Mir fällt kein Grund ein, Nein zu sagen, außer dass ich mir ein bisschen unanständig vorkomme, nachdem ich gerade Rich meine Nummer gegeben habe. Aber vorhin im Hof hat es ein bisschen gefunkt zwischen Toby und mir. Außerdem sieht er echt gut aus … Bevor ich mich entscheiden kann, holt Toby sein Handy hervor, und ich gebe ihm meine Nummer. In der Tat, Angriff.

»Wir gehen. Ich wünsche dir noch einen schönen Abend …«, sage ich.

»Den wünsche ich dir auch«, erwidert er und beugt sich vor, um mich auf beide Wangen zu küssen. »Darf ich dir ein Taxi rufen?«

»Nein, danke, das geht schon«, sage ich und grinse verlegen, während wir uns zum Gehen wenden. »Trotzdem danke noch mal.«

»Der ist ja süß«, zischt Plum mir zu, als wir uns entfernen. »Witzig, charmant, groß …«

Ich rümpfe die Nase. »Er ist ein bisschen zu glatt.« Plum sieht mich erschrocken an, und ich muss lachen. »Komm, verschwinden wir.«

Kapitel 14

Am nächsten Tag, nach einem Faulenzermorgen auf dem Balkon, mit *Cold Comfort Farm* als Lektüre, Kaffee und Erdnussbuttertoast, beschließe ich, genug ist genug. Ich brauche Gesellschaft, und er braucht Nahrung.

»Klopf, klopf!«, sage ich vor Roberts Tür und verfluche mich im nächsten Augenblick, weil ich klinge wie meine Mutter und mein Vater zusammen. »Robert?«, rufe ich dann und schiebe vorsichtig die Tür auf. »Alles okay?«

Ich höre ein Gemurmel und schleiche auf Zehenspitzen in das Zimmer.

»Robert? Draußen steht eine Frau. Sie behauptet, schwanger zu sein. Von dir.«

»Was?«, krächzt er erschrocken trotz seines komatösen Zustands. Er setzt sich auf. Er trägt immer noch die Kleidung vom Vorabend. In dem Halbdunkel kann ich erkennen, dass seine Augen geschwollen sind, seine Wangen stoppelig und seine Haare zerzaust. Als ihm klar wird, dass ich es bin, lässt er sich zurückfallen. »Wie spät ist es?«, flüstert er mit heiserer Stimme.

»Höchste Zeit aufzustehen. Ich habe hier für dich Wasser, eine Bloody Mary – die soll helfen gegen einen Kater, habe ich gehört – und Erdnussbuttertoast«, entgegne ich und halte das Tablett hoch.

»Das ist kein Kater«, krächzt er. »Das ist die Pest.«

»Armes Baby«, sage ich tröstend, während ich mich auf die Bettkante setze und ihm das Wasser gebe.

Er nimmt einen halbherzigen Schluck davon und gibt es mir wieder.

»Ich frage mich, wann ich gestern Nacht nach Hause gekommen bin«, überlegt er laut. »Und wie.«

»Was ist das Letzte, an das du dich erinnern kannst?«

»Das Anglesea Arms … Das ist ein Pub in Chelsea. Da habe ich Whisky getrunken. Warum? Sind wir uns begegnet?«

»Lass uns später darüber reden. Im Moment musst du dich schonen. Kann ich das Fenster aufmachen? Hier riecht es wie in einem Jungeninternat.«

»Woher weißt du, wie es in einem Jungeninternat riecht?«, fragt Robert, den Mund voll mit Erdnussbuttertoast.

»Weil mein Internat in den letzten zwei Jahren nur Mädchen aufnahm. Es stank immer nach fettigen Haaren und Teenagerlust.«

Ich ziehe den Vorhang ein Stück weit auf und öffne das Fenster.

»Meine Augen!«, kreischt Robert. Je besser ich ihn kennenlerne, desto alberner ist er. Er zieht seine Decke hoch bis unter die Achseln wie der Wolf in Rotkäppchen und isst und schlürft weiter. »Ich habe im Übrigen keine fettigen Haare. Ich wasche sie täglich. Und ich benutze Conditioner.«

»Hätte ich mir denken können. Aber du kreischst wie ein Mädchen. Mir ist langweilig. Spielst du mit mir?«

»Ah, würde ich dafür Geld bekommen …«, sagt Robert.

»Ich hatte gestern einen tollen Abend«, rede ich weiter. »Gleich zwei Kerle wollten meine Nummer haben. Ich habe auf der Party alles gegeben.«

»Komm her und setz dich und erzähl mir alles darüber«, sagt Robert. »Und wenn ich zwischendurch die Augen zumache, braucht dich das nicht zu beunruhigen. Ich muss sie nur hin und wieder entspannen.«

Ich setze mich wieder auf die Bettkante und beginne,

von meinem tollen Abend zu erzählen, wobei ich absichtlich den »Robert-tauchte-sturzbetrunken-auf-und-wir-mussten-ihn-nach-Hause-bringen«-Teil auslasse, weil ich nicht möchte, dass er an Louisa erinnert wird und wieder ausflippt. Eine Viertelstunde später habe ich mich über das gesamte untere Bettdrittel ausgebreitet und suche meine Haarspitzen nach Spliss ab.

»Du machst dich ganz schön breit in meinem Bett. Wie ein Labrador«, sagt Robert.

»Haben Labradore auch Spliss?«, erwidere ich.

»Freut mich jedenfalls, dass dein Kummer wegen Adam verflogen ist«, sagt er und trinkt seine Bloody Mary mit einem zufriedenen Seufzen aus.

»Welcher Adam?«, sage ich.

Robert grinst, aber ich habe gar keinen Witz gemacht. Es dauert einen Moment, bis mir klar wird, er meint Adam mit den Antwortkästchen. Natürlich! Ich war ziemlich aufgebracht seinetwegen. Ups.

»Wenn du mich gern hättest, würdest du mir sicher einen kleinen Gefallen tun, indem du mir sämtliche Zeitungen besorgst und vielleicht ein Automagazin, zusammen mit ein paar Croissants und einem Macchiato«, sagt er. »Ich bin krank und brauche jemanden, der mich pflegt.«

»Okay. Aber nur, weil du mir beibringst, wie man sich wie ein Bastard verhält.«

»Was? Oh, richtig. Kein Problem. Gott, ich fühle mich, als wäre ich gestern Abend verprügelt worden.«

Wir verbringen die nächsten paar Stunden mit einem kleinen Serienmarathon von *Lass-es-Larry!*-Folgen. Ich konsumiere noch mehr Kaffee und blättere nebenbei Hochglanzmagazine durch, aus denen ich Bilder ausschneide, die mir helfen, meinen modischen Instinkt zu verfeinern. (Ich liebe Multitasking beim Fernsehen.)

Robert, der mittlerweile geduscht hat, sich aber immer

noch elend fühlt, hat sich unter seiner Decke zusammengerollt. Er versucht, Zeitung zu lesen, aber es erweist sich als schwierig, sie hochzuhalten, und er lässt sie immer wieder seufzend sinken. Es wundert mich, dass er nicht einen Teddy umklammert und am Daumen lutscht, dieses Riesenbaby.

»Weißt du, man kann einen Kater nicht wegschmollen«, sage ich.

Er sieht mich an und gibt einen verächtlichen Laut von sich.

Ich liebe es, Single zu sein, überlege ich, während ich nach der amerikanischen *Vogue* greife. Ich kann machen, was ich will. Selbst wenn das bedeutet, nichts zu tun. Es steht heute ohnehin niemand zur Verfügung. Ich habe vorhin mit Plum gesimst. Sie schwärmt sehr verliebt von Dan und ist, mit der beruhigenden Gewissheit, dass Fragen zu ihrem Liebesleben sie heute nicht nerven werden, unterwegs nach Richmond, um ihre Schwester zu besuchen. Henry war bis früh am Morgen auf einer privaten Feier und geht nicht ans Telefon. Meine Schwester und Luke sind heute bei seinen Eltern in Bath.

»Machst du eine Collage?«, fragt Robert.

Ich schneide gerade sorgfältig die neueste Anzeige von Miu Miu aus.

»Ich klebe Fotos, die mir gefallen, in meinen Schrank. Sie sollen mir helfen, mich zu entscheiden, was ich anziehen soll«, antworte ich fröhlich. »Das ist eine neue Idee von mir. Gut, nicht?«

»Wie viel Zeit verbringst du damit, dir zu überlegen, was du anziehen sollst?«, fragt Robert. »Sei ehrlich. Wie viele Minuten am Tag? Ungefähr.«

»So weit kann ich nicht zählen«, sage ich. »Trotzdem ist das überraschenderweise eine der angenehmsten Freuden des Lebens, prima …«

»Prima«, wiederholt Robert, ohne von seiner Zeitung aufzusehen. »Warum sagst du immer so drollige Sachen wie Menschenskind oder prima? Du klingst wie Julius von den *Fünf Freunden.*«

Ich ignoriere ihn. Ich liebe Julius.

Sein Handy piept, er wirft einen kurzen Blick darauf und löscht sofort die SMS. Er löscht schon den ganzen Tag eingehende Textnachrichten.

»Ah, die Schwierigkeit, ein gefragter Mann zu sein«, sage ich. »Deine Freundinnen erwarten wohl ein bisschen Action, was?«

»Ich glaube, jede Form von Action heute würde mich umbringen.«

»Arme Lady Caroline.«

»Nein, mein Schatz, Lady Caroline meldet sich nur, wenn sie betrunken ist oder sich langweilt. Das war eben Janey. Sie simst mir nur, wenn sie genug vom Shoppen hat.«

»Scheint eine tolle Frau zu sein.«

»Für mich schon«, antwortet er und schenkt mir ein kurzes Grinsen.

Ich bekomme jeweils eine SMS von Toby und Rich, die sich erkundigen, wie ich meinen Sonntag verbringe. Ich freue mich, dass sie sich melden, aber es wäre auch okay, wenn sie es nicht getan hätten. Das ist nicht gespielt. Ich bin tatsächlich cool und distanziert.

»Willst du nicht antworten?«, fragt Robert verwundert, als ich Richs zweite SMS gelesen habe und das Handy leise prustend weglege.

»Später vielleicht. Das hält sie bei der Stange.«

»Gut so. Richtig, welcher Adam.«

Ich strecke ihm die Zunge heraus, schnappe mir die Zeitung und stelle erschrocken fest, dass Peter gestern Geburtstag hatte. Wie konnte ich das vergessen? Wie kann man so viele Jahre sein Leben mit einem Menschen verbringen, für ihn kochen, mit ihm gemeinsam in Urlaub fahren, regelmäßig mit seiner Mutter telefonieren und dann innerhalb von wenigen Monaten einfach weiterziehen und ein ganz anderer Mensch mit einem völlig neuen Leben werden, nur auf sich allein gestellt? Heißt das, ich habe Peter nie geliebt? Oder nur, dass ich bereit für Veränderungen war? Oder liegt das einfach in der menschlichen Natur? (Oder am Ego? Das kann ich mir nie merken.)

»Ich kriege langsam einen Lagerkoller«, bemerke ich.

»Mmm«, sagt Robert.

Ich starre eine Weile an die Decke.

»Abigail möchte spazieren gehen«, sage ich. »Sie möchte in den Regent's Park.«

»Robert fühlt sich nicht besonders gut und sollte jede Anstrengung vermeiden«, entgegnet Robert.

»Steh auf. Wir gehen raus.«

Der Regent's Park ist eine Pracht im Oktober. Ganz besonders an einem Sonntagnachmittag wie heute. Die Morgensonne ist zwar verschwunden, und es ist bewölkt und windig, aber nicht zu kalt. Robert und ich schlendern nebeneinander, die Hände in den Jackentaschen, und unterhalten uns nur gelegentlich. Mein Instinkt sagte mir, dass dieses Outfit mich heute glücklich macht: enge Jeans, neue Biker-Boots, ein roter Kapuzenpulli und ein dunkelblauer Pea Coat. Hübsch mit einem schrägen Touch (Plum). Früher mochte ich nie, was ich anhatte. Jetzt schon.

Ich liebe es, Leute zu beobachten. Jungs, die Fußball spielen, Hunde, die herumflitzen, brüllende Kinder, erschöpft wirkende Mütter und Väter mit Buggys. Alle sind hier, um für ein paar Stunden dem Sonntagsdepri zu entkommen.

Ohne uns abzusprechen werden wir langsamer, und

mein Gehirn hört auf zu jagen. Plötzlich fühle ich mich sehr ausgeglichen und entspannt.

Zwei schicke Mütter, die diese Kinderwagen mit Allradantrieb vor sich herschieben, starren Robert an, während wir uns nähern. Irgendwie lustig, mit einem Mann platonisch befreundet zu sein, den jede Frau in London aberwitzig attraktiv findet.

Ich frage mich, ob ich jemals Mutter sein werde. Ich frage mich, ob ich mich jemals so richtig verlieben und heiraten werde. Im Moment scheint mir das völlig ausgeschlossen. Andererseits hielt ich es früher für ausgeschlossen, nicht mit Peter zusammenzuleben. Das ist eines der schönsten Dinge im Leben, denke ich. Man weiß nie, was als Nächstes kommt.

In Gedanken versunken schlendern Robert und ich den ganzen Weg bis zum Südwesteingang in Marylebone entlang, als sein Handy klingelt.

»Mum!«, sagt er und lauscht in den Hörer. »Okay, welche Taste hast du gedrückt? … Okay. Ist der Decoder an? … Leuchtet das blaue oder das rote Lämpchen? Das in der Mitte?« Ich fange an zu lachen. »Ich glaube nicht, dass es am Decoder liegt, Mum … Versuch es mit der anderen Fernbedienung. Du musst oben rechts drücken …« Er macht eine Pause und sieht kurz auf sein Display. »Mum, das ist das Festnetztelefon. Du hast gerade meine Nummer gewählt. Doch, bei mir im Display steht, dass du anklopfst. Leg das Telefon wieder auf und …« Er unterbricht sich und sieht mich verdattert an. »Sie hat einfach aufgelegt.«

Ich muss schon die ganze Zeit kichern. »Was für ein guter Sohn du bist.«

»Natürlich bin ich ein guter Sohn, schließlich bin ich der einzige Junge und zudem der Jüngste … ah«, sagt er, als sein Handy wieder klingelt. »Mum! Immer eine

Freude. Ja, ich glaube auch, ich habe das andere Telefon gemeint. Gut, das war also nicht die Fernbedienung für den Fernseher, sondern das Festnetztelefon. Du musst die Fernbedienung für den Fernseher suchen. Da steht Sony drauf … Sony. SONY. Ja, das ist es … Und jetzt drückst du auf die grüne Taste. Ganz oben rechts, Mum. Dreh die Fernbedienung um … na also. Nur einmal drücken, es dauert ein paar Sekunden … Und jetzt drückst du TV auf der Sky-Fernbedienung, und dann öffnet sich das Menü. Die Sky-Fernbedienung, Mum … Ja. Hurra! Gut gemacht.« Er unterbricht sich, und sein Mund verzieht sich zu einem breiten Lächeln. Er wirkt sehr jungenhaft, wenn er lächelt, denke ich plötzlich. Er hat sehr schöne weiße Zähne mit auffälligen Schneidezähnen, die ihm etwas Wölfisches verleihen. Er strahlt, und seine dicken Haare stehen in alle Richtungen ab, wie immer. Er fängt meinen Blick auf und grinst. »Ich gehe gerade mit Abby spazieren, deshalb kann ich nicht länger mit dir plaudern … Meine Mitbewohnerin, schon vergessen?« Er unterbricht sich und verdreht die Augen. »Nein, Mum, kannst du nicht. Ich muss jetzt auflegen. Ich melde mich nächste Woche. Hab dich auch lieb.« Er legt auf und stößt ein kurzes Lachen aus. »Gott! Ich kriege mindestens einmal pro Woche so einen Anruf.«

»Robert hat seine Mummy lieb«, sage ich mit fröhlicher Stimme, während wir rechts abbiegen und die andere Seite des Parks entlangschlendern.

»Das stimmt, ich habe meine Mum lieb. Ich habe ihr nie Kummer bereitet … obwohl, ich habe sie mal zum Weinen gebracht, als ich neun war. Ich habe kurz vor meiner Geburtstagsparty halb versehentlich, halb absichtlich meinen Geburtstagskuchen auf den Boden geworfen. Ich war sauer, weil er die Form von einem Fußball hatte statt von einem Cricketschläger.« Er macht eine Pause. »Meine Mum hatte für den Kuchen den ganzen Tag in der Küche gestanden. Sie ist in Tränen ausgebrochen … Danach hatte ich ein viel zu schlechtes Gewissen, um meine Party zu genießen. Ich habe heute noch Schuldgefühle deswegen.«

»Was für ein verwöhnter Bengel du warst. Ich habe nie was Schlimmes angestellt«, sage ich stolz, dann fällt mir ein: »Außer dass ich mal einen Bratschenbogen geklaut habe.«

»Einen was?«

»Einen Bratschenbogen«, artikuliere ich deutlich. »Ich war sieben, und ich habe meinen Bogen beim Spielen zerbrochen. Ich wusste sofort, das gibt mächtig Ärger. Also habe ich am nächsten Tag vor der Musikprobe jemandem den Bogen gestohlen. Ist das nicht schrecklich?« Ich seufze laut bei der Erinnerung. »Ich bin eine Diebin. Ich habe mich monatelang schlecht deswegen gefühlt.«

»Ich bin schockiert«, sagt Robert.

»Ich weiß«, entgegne ich traurig. »Das war ganz mies von mir.«

»Nein, ich bin schockiert, dass eine Siebenjährige Bratsche spielt«, sagt er mit verblüfftem Gesicht. »Komm, lass uns schneller gehen. Ich möchte was essen.«

»Wie wäre es mit Kaffee und Panettone im Carluccio's?«, schlage ich vor.

Ich hake mich bei Robert ein, während wir weitergehen. Robert ist viel größer als ich und hat unendlich lange Beine. Darum mache ich alle paar Meter einen Ponyhüpfer, um mit ihm Schritt zu halten. Nach einer Weile bemerkt Robert meine Not und wird langsamer. In zufriedenes Schweigen gehüllt, gehen wir in Richtung St John's Wood. Suzanne wohnt in St John's Wood, denke ich. Iihhh. Schon wieder die Arbeit.

»Denkst du an die Arbeit? Das war ein Arbeitsseufzer«,

sagt Robert. Er hat wieder einmal meine Gedanken gelesen.

»Ich will morgen nicht in die Schule. Ich fange an, es dort zu hassen … Ich stehe unter Suzannes besonderer Beobachtung. Das blockiert mich.«

»Such dir einen Job, der dir Spaß macht, und du wirst keinen Tag in deinem Leben mehr arbeiten«, sagt Robert.

»Danke für den heißen Tipp«, entgegne ich sarkastisch. »Du solltest Berufsberater werden.«

»Eine von Dads Lebensweisheiten. Er hat noch bessere. Zum Beispiel ›Verschwende nie eine Erektion‹ oder ›Es ist nicht wichtig, wie groß oder klein es ist, sondern wie aggressiv es ist.‹«

»Den solltest du auf ein T-Shirt drucken. Oder besser noch, lass ihn dir auf die Stirn tätowieren.«

Robert dreht sich zu mir, als wir an der Prince Albert Road kurz stehen bleiben.

»Warum kündigst du nicht einfach? Du wirst ziemlich schnell herausfinden, was du willst, wenn du kein Geld mehr verdienst.«

»Nein«, sage ich sofort. »Das ist keine Option. Ich möchte nur, dass das Leben easy ist. Und ich will mich nicht immer schlecht fühlen, wenn ich meine Chefin sehe.«

»Dann tu, was sie von dir verlangt.«

»Prima: Steigern Sie das Volumen. Geben Sie Gas. Mehr telefonieren. Mehr Kunden treffen. Mehr Zahlen präsentieren. Dieser ganze Mist.«

Wir gehen schweigend ein paar Meter weiter.

»Mach dir keine Gedanken«, sagt Robert. »Arbeit, Dates, das ist alles unwichtig. Mach dich einfach … frei davon.«

»Ich wäre gerne die weibliche Version von dir«, sage ich. »Allerdings ohne so viel bedeutungslosen Sex.«

Nicht dass ich etwas gegen ein bisschen Sex hätte, denke ich im Stillen. Aber gegen One-Night-Stands wie mit

Röhrenjeans. Mein Auserwählter muss einfach umwerfend sein, und es muss zwischen uns irgendwie, wie heißt das noch? … Ach ja, funken.

»Gut. Die meisten Dinge im Leben sind nur so schwer, wie man sie sein lässt.«

»Was zum Geier soll das eigentlich? Warum gibst du mir ständig Ratschläge? Bist du tatsächlich Berufsberater? Oder vielleicht ein Lebenscoach?«

Robert schüttelt den Kopf.

»Bist du Anwalt? Du hast so was Arrogantes.«

»Nein«, sagt er.

»Bist du ein Spion?«, frage ich. »Das würde Sinn ergeben. Du willst mir nicht sagen, was du beruflich machst, du bist ein Kontrollfreak, du hast in Cambridge studiert …«

Ich fröstle, als wir an der Kirche vorbeigehen und der Oktoberwind uns entgegenbläst.

»Ja. Ich bin ein Spion«, sagt Robert und legt den Arm um mich.

Ich komme mir vor, als würde ich von einem sehr großen, warmen Bären beschützt. Einen Moment lang drücke ich meine Wange gegen seine Brust, während wir weitergehen, bis mir bewusst wird, dass das fast eine Art Liebesbekundung ist. Also löse ich mich aus seiner Umarmung und hake mich wieder bei ihm ein.

Gerade als wir das Carluccio's erreichen, klingelt Roberts Handy.

»Lukey!«, sagt er und grinst. O prima, denke ich, ich will mit Sophie sprechen. Eine kurze Pause entsteht. »Sehr empfindlich. Deine zukünftige Schwägerin hat sich um mich gekümmert.« Pause. Roberts Gesicht wird ernst. »Hast du?« Pause. »Habe ich?« Pause. »Nein, hat sie nicht.« Er sieht mich mit ausdruckslosem Gesicht an. »Ja. Scheiße, danke. Sorry deswegen …« Pause. »Gut, ja. Wir reden später weiter.« Er steckt das Handy wieder ein. »Warum hast du mir nicht gesagt, dass ihr mich gestern Abend nach Hause bringen musstet?«, fragt er mich.

Seine Stimme klingt absolut neutral, und seine grünen Augen sind sehr dunkel geworden. Ich erwidere seinen Blick mit einem unbehaglichen Gefühl. Worüber regt er sich so auf?

»Ich wollte dich nicht beunruhigen. Du warst in einem schlimmen Zustand wegen Louisa …«

Robert hebt rasch die Hand, als wolle er mich unterbrechen, als könne er es nicht einmal ertragen, ihren Namen zu hören.

»Abigail, du hättest es mir verdammt noch mal sagen müssen. Scheiße!«

»Aber ich dachte, das würde dich aufregen! Lass uns einen Kuchen essen und darüber reden.«

»Ich scheiß auf den Kuchen.«

Er ist stinksauer. Er sieht mich nicht einmal richtig an.

»Ich wollte es dir später sagen. Ich wollte nicht, dass du dich mit deinem Brummschädel noch mieser fühlst«, verteidige ich mich. »Ich hatte keine Ahnung, dass du darüber so sauer sein würdest. Du übertreibst total. Ich wollte nur eine gute Freundin sein.«

»Nein«, erwidert er wütend. »Ich verzieh mich jetzt nach Hause. Lass mich einfach in Ruhe. Verflucht, du bist nur meine Untermieterin, Abigail.«

Liegt es an mir oder an dem unausgesprochenen Ende des Satzes, »und nicht meine Freundin«? Ich kann nicht glauben, dass er einen Wutanfall wie ein verdammtes Riesenbaby hat, und ich will gerade etwas dazu sagen, als ich entsetzt wahrnehme, dass er tatsächlich geht. Ich stehe da und beobachte erstarrt, wie Robert ein Taxi anhält, einsteigt und die Tür zuknallt. Ich fühle mich, als hätte er mir eine Ohrfeige gegeben. Du dummes Arschloch, denke ich.

Das »Du bist nur meine Untermieterin« sollte mich eindeutig treffen, und das tut es.

Ich brauche einen Moment, um mich zu sammeln. Ich habe nichts Schlimmes getan. Und er macht daraus eine Staatsaffäre. Das wird er schon noch merken.

Aber ich kann jetzt nicht nach Hause. Ich will ihn nicht sehen. Aus diesem Grund freundet sich Plum nie zu sehr mit ihren Mitbewohnern an. So bleibt das Zuhause ein privater Zufluchtsort.

Ich seufze und hole mein Handy aus der Tasche, um Henry anzurufen, der Einzige, der vielleicht noch frei ist. Es dauert lange, bis er abhebt.

»Du hast ein Abendessen mit Abigail Wood, einer der heißesten Junggesellinnen Londons, gewonnen!«, rufe ich. »Du Glückspilz. Das Windsor Castle in Notting Hill, in einer Stunde.«

»Abigay!«, sagt Henry. »Ich kann nicht. Ich bin verabredet.«

»Mit wem? Ist es jemand mit Brüsten?«, frage ich frech.

»Na ja … äh … ja«, antwortet er. »Sorry.«

»Oh, okay«, sage ich zerknirscht. Offenbar hat Roberts Rat funktioniert. »Na dann viel Spaß.«

Der Tag hat nun jegliche Gemütlichkeit verloren. Er ist grau und leer, typisch Sonntag. Ich will nicht nach Hause, aber ich kann sonst nirgendwohin. Noch nie war das Einsamkeitssyndrom so präsent.

Ich setze mich in Bewegung, weil mir im Stehen kalt ist. Wichser, denke ich bei jedem Schritt. Dummer, blöder Wichser. Ich weiß, er hat nur so reagiert, weil er ein Kontrollfreak ist, aber er hat versucht, meine Gefühle zu verletzen, und war damit erfolgreich.

Ich gehe zurück durch den Regent's Park, was nun viel weniger Spaß macht, da ich allein bin. Alle anderen Spaziergänger sind in Begleitung von Freunden und Partnern und Kindern. Selbst ein Hund wäre im Moment eine gute Gesellschaft, denke ich wehleidig. Ich kann meine eigene einfach nicht genießen. Die entspannte Ausgeglichenheit von vorhin ist passé.

Scheiß drauf, denke ich plötzlich. Das ist auch mein Zuhause. Schließlich bezahle ich Miete. Robert muss eben damit klarkommen, dass ich da bin. Dieser Blödmann, verliert die Beherrschung, weil ihm sein Verhalten Louisa gegenüber peinlich ist. Ich weiß, nur das steckt dahinter, aber trotzdem sollte er sich verdammt noch mal bei mir entschuldigen.

Als ich das Haus betrete, liegt Robert in seiner üblichen Position auf der Couch, die Beine auf dem Tisch, und liest Zeitung. Ich beschließe, nicht Hallo zu sagen (der kann mich mal!) und gehe direkt hoch in mein Zimmer. Ich setze mich aufs Bett und seufze. Es war der perfekte Tag, bis wir angefangen haben zu streiten. Und jetzt habe ich einen kalten, harten Sonntagsdepri.

Es klopft an meiner Tür.

»Ja?«, sage ich, als könnte es jemand anderes sein als Robert.

»Kann ich reinkommen?«

»Ja«, sage ich und drehe mich zur Tür. Robert ist das Ebenbild eines verkaterten, unrasierten Büßers.

»Es tut mir leid«, sagt er. »Ich bin ein Idiot. Entschuldigung.«

»Ein absoluter Idiot.«

»Ein absoluter Idiot«, wiederholt er. »Kannst du mir verzeihen?«

»Sag, dass ich nicht nur deine Untermieterin bin, sondern auch deine Freundin«, murmle ich bockig.

»Du bist eine tolle Freundin und eine tolle Mitbewohnerin«, entgegnet er, während er mein Zimmer betritt und sich neben mich auf das Bett setzt. »Es tut mir leid, dass ich mir gestern Abend derart die Kante gegeben habe und du mich in diesem Zustand sehen musstest. Es war mir halt peinlich, als Luke mich aufgeklärt hat, mehr nicht.«

»Dahinter muss mehr stecken«, sage ich.

Er seufzt. »Ich war wütend auf mich, weil ich mich so hab gehen lassen. Und ich habe es an dir ausgelassen.«

»Ja, du hast ganz schön ausgeteilt«, sage ich nachdenklich. »Du warst richtig fies.«

»Ich verspreche, nie wieder fies zu dir zu sein«, sagt er reumütig.

»Und ich verspreche, dass ich es dir beim nächsten Mal gleich sage, wenn du hackedicht auf einer Feier auftauchst, zu der du nicht eingeladen bist«, sage ich. »Ich hatte keine Ahnung, dass du dich so darüber aufregen würdest.«

»Danke, dass du dich um mich gekümmert hast«, sagt er. »Ich meine gestern Abend und heute. Abgesehen von meinem Aussetzer hatte ich ein schönes Wochenende.«

»Jederzeit wieder«, entgegne ich. »Ich hatte auch ein schönes Wochenende. Obwohl Wieheißternochgleich mich abserviert hat.«

Wir schweigen kurz.

»Erwartest du eine Umarmung?«, frage ich. »Denn das ist wahrscheinlich zu viel verlangt.«

»Lass uns in einen Pub gehen. Steak mit Pommes frites und Rotwein. Ja?«

Kapitel 15

Sechs Wochen sind eine lange Zeit, wenn man Single ist.

Es ist erst sechs Wochen her, dass Adam mit den Antwortkästchen, der kleine Flachwichser, mich abserviert hat. Aber ich brauche nur in eine gut besuchte Bar in London zu gehen und lerne höchstwahrscheinlich einen Mann kennen. Wenn ich Blickkontakt herstelle, wird er höchstwahrscheinlich herüberkommen und mich ansprechen, nach meiner Nummer fragen und mir innerhalb von achtundvierzig Stunden eine SMS schicken. Außerdem – und das ist das Wichtigste –, wenn er das nicht tut, habe ich trotzdem meinen Spaß.

Das klingt arrogant? Ich betrachte es eher als eine Erfolgsspirale des Selbstvertrauens – wenn man locker und selbstsicher ist, wird man angesprochen, weil man so locker und selbstsicher ist.

Es ist so einfach, kugelsicher zu sein. Man braucht sich nur zu verstellen, und schwups! ist man es.

Ich habe mich unter Kontrolle. Ich antworte nicht sofort auf SMS, ich analysiere nichts, und vor allem mache ich mir keine Gedanken um irgendetwas.

Mit anderen Worten: Ich flirte wie ein Mann.

Ich bin mit Rich, Henrys Bruder, zweimal ausgegangen, bevor er nach Hongkong abflog. Rich ist nett, aber fast schon wieder zu nett. Verstehen Sie, was ich meine? Und ich war zweimal aus mit Toby, bevor ich zu dem Schluss kam, dass er für mich wahrscheinlich ein zu erfolgreicher Partylöwe ist (bei unseren Dates unterhielt er sich mehr mit anderen Leuten).

Jedenfalls ließ keiner der beiden mein Herz höher schlagen. Wozu sich also weiter mit ihnen abgeben?

»Um sie näher kennenzulernen?«, schlug Plum vor, als ich ihr das erzählte.

»Aber das ist es ja. Ich habe kein Interesse daran«, erwiderte ich.

Hat man es einmal raus mit den Dates, ist es schwer aufzuhören. Was habe ich früher abends unter der Woche gemacht, als ich noch keine Dates hatte? Ich kann mich nicht erinnern. (Das Wochenende gehört immer noch meinen Freunden. Selbstverständlich.)

Eines meiner Dates, Mark, trug ein T-Shirt mit der Aufschrift »Freizeit-Gynäkologe«, was bei mir einen Lachanfall wegen so einer Fehleinschätzung auslöste.

Ein anderes Date, Patrick, sah umwerfend gut aus. Ich lernte ihn in einem schrecklichen Club kennen, dem Embargo. Erst als er erwähnte, dass er hoffe, nächstes Jahr auf die Militärakademie in Sandhurst zu kommen, fragte ich »Wie alt bist du eigentlich?«, worauf er erwiderte: »Und wie alt bist du?«, worauf ich antwortete: »Siebenundzwanzig«, während er im selben Moment sagte: »Achtzehn«. Wir starrten uns ein paar Sekunden lang an und beendeten den Abend zehn Minuten später.

Auf einer von Henrys Rugby-Partys knutschte ich mit einem Typen herum, der Tom hieß, und wir gingen danach einmal aus, aber er versaute es sich selbst, indem er mir acht hoffnungsvolle »Bist-du-noch-wach?«-SMS um drei Uhr morgens am darauffolgenden Wochenende schickte. (»Das bedeutet nur, dass er dich mag! Das ist ein gutes Zeichen!«, rief Plum, als ich ihr davon erzählte. »Nein«, widersprach ich. »Eine betrunkene SMS bedeutet, er mag mich. Acht betrunkene SMS bedeuten, er ist ein Idiot.«)

Ich ging auch ein paarmal mit einem Amerikaner namens Chad aus (ehrlich, so hieß er wirklich), aber er war unhöflich zu einer Kellnerin.

Und schließlich war ich zweimal mit einem charmanten Mann namens James aus, der die *Daily Mail* liest. Genug gesagt.

Ich habe alle eiskalt abserviert und keinen Gedanken mehr an sie verschwendet. Löschen, ignorieren, weitermachen.

Plum und Sophie finden mich seltsam. Henry findet mich super, weil auch ich Roberts Ratschläge befolge.

»Du und ich, Abigay! Wir rocken als Singles!«, sagte Henry.

»Du verhältst dich wie ein Mann«, sagte Sophie. »Wie ein Bastard.«

»Wie eine Bastardette«, verbesserte Plum. »Eine beschissene Bastardette.«

»Plum. Ausdrucksweise«, sagte Sophie.

»Tschuldigung.«

Ich zuckte mit den Achseln. »Ich verhalte mich nur so wie die Männer. Warum Interesse heucheln, wenn da keins ist?«

»Weil du ihre Gefühle verletzt?«, schlug Plum vor.

Ich dachte genau eine Sekunde darüber nach.

»Mir egal. Ich habe meinen Spaß.«

Es ist wahr. Wer macht sich nicht gerne schön und trifft sich in einer Bar mit jemandem, der zumindest attraktiv ist? Wenn das Date schlecht ist, gibt das eine gute Story. Und wenn das Date gut ist, dann – Teufel, dann ist es ein gutes Date!

Ja, ich bin immer noch nervös, aber ich lächle einfach – cool! selbstsicher! –, und es geht immer gut. Mehr als gut. Prima.

Heute Abend steht eine neue Erfahrung im Dating-Spektrum an: ein Blind Date.

Und zwar mit dem Bruder eines Arbeitskollegen von Sophie. Alles, was ich über ihn weiß, ist, dass er Jon heißt, neunundzwanzig ist, in der Medienbranche arbeitet und »echt gut aussieht«.

Sophies Kollege hat erzählt, dass Jon ständig auf blöde Tussen hereinfällt, dabei »braucht er einfach ein nettes Mädchen«. Sophie machte mir den Vorschlag per SMS, und ich dachte, warum nicht?

Es ist Donnerstagabend, und wir treffen uns in Soho. Da dort die Medienbranche sitzt, hätte man annehmen können, dass Jon die besten Läden im Viertel kennt. Aber in den paar SMS, die wir uns geschrieben haben, hat er sich erschreckend bedeckt über einen möglichen Treffpunkt gehalten.

»Er ist pflegeleicht«, beschwichtigte Sophie, als ich sie anrief, um sie darauf hinzuweisen.

»Du nennst das pflegeleicht, ich nicht«, erwiderte ich. »Ich möchte einen Mann, der Verantwortung übernimmt, damit ich nicht alles allein entscheiden muss.«

»Gott, du verwandelst dich allmählich in eine Femme fatale«, sagte sie.

Ich war begeistert.

»Danke!«

Femme fatale ist wirklich eine hübsche Abwechslung, wenn man sonst immer als nett, verlässlich, süß, gefügig … bezeichnet wird

Wir einigten uns schließlich darauf, uns um neun in einer Cocktailbar in Soho zu treffen.

Ich wähle mein narrensicheres Outfit: kleines Schwarzes, schwarze Nylons und schwarze High Heels. Dazu einen weißen Blazer und einen breiten schwarzen Kimonogürtel. (Hübsch mit einem Schwarz-Weiß-Touch, Plum.) Haare offen, für den Fall, dass ich mich dahinter würde verstecken müssen. Fertig. Ich fühle mich schlank und groß und selbstsicher. Und bei Dates hat man damit schon die halbe Schlacht gewonnen.

Um acht Uhr gehe ich nach unten in die Küche, um mir ein Erdnussbuttertoast zu machen (Alkohol auf nüchternen Magen ist keine gute Idee für mich) und mir nebenbei *You belong with me* von Taylor Swift im Fernsehen anzuschauen. Ich liebe Teenie-Pop. Ich war jahrelang heimlich ein Fan von Avril Lavignes *Sk8Er Boi* und *Girlfriend*. (Ich weiß, sehr unreif, aber Plum fand Justin Bieber gut, darum habe ich kein schlechtes Gewissen. Dieser Bubi!) Ich strecke meine Beine in Richtung Couchtisch aus, bewundere meine hohen Absätze und singe laut mit. Ich kenne das Lied auswendig.

»Das ist ein verdammt blöder Song«, sagt eine Stimme hinter mir.

Es ist Robert.

»Mir egal«, antworte ich.

»Ernsthaft. Du bist zu alt für diese Kindermucke.«

»Ich liebe sie. Ich liebe diese Kindermucke«, sage ich. »Okay, ich bin weg. Hab ein Date.«

Ich stehe auf und gehe in die Küche, um meinen Teller in die Spülmaschine zu stellen. Robert packt sein Essen aus. Ohne einen Blick darauf zu werfen, weiß ich, er hat sich Spaghetti napoletana geholt, sein Standardgericht abends unter der Woche.

»Du wirst noch krank, wenn du nicht bald mal Gemüse isst«, sage ich zu ihm.

»Danke, Mum«, antwortet er. »Glaub nicht, ich wüsste nicht, was du gerade gegessen hast. Du bist die faulste Köchin der Welt.«

»Ich hatte heute Mittag Gemüsesuppe und Salat mit Putenbrust«, erwidere ich, beuge mich vor und schnipse mit dem Zeigefinger gegen sein Ohr, bevor ich in die Diele gehe. »Außerdem habe ich jahrelang für Peter gekocht.

Ich bin offiziell befreit vom Kochen bis … na ja, bis ich wieder Lust darauf habe. Was hast du heute Abend vor?«

»Weiß noch nicht genau«, antwortet er achselzuckend. »Ich könnte etwas Schlaf vertragen. Lady Caroline war gestern Abend sehr anstrengend.«

»Das habe ich gehört«, bemerke ich und verschwinde durch die Haustür.

Es ist viel einfacher, sich am späteren Abend zu verabreden, da man das Date nach einer Stunde beenden kann, ohne dass sich einer gekränkt fühlt, denke ich, während mein Taxi in die Great Marlborough Street biegt. Jon schrieb, er würde draußen warten, mit einer Rose im Knopfloch – ein nicht sehr origineller Witz, wie ich finde.

Ich tippe rasch eine SMS an Sophie.

Hoffentlich trägt er keinen Pferdeschwanz, sonst bist du tot.

Ich bezahle das Taxi, steige aus und entdecke einen großen, dünnen Kerl. Er trägt einen leicht zerknitterten Anzug und eine Umhängetasche und macht einen nervösen Eindruck. Süß, er hat hochgegelte Stirnhaare.

Einen Moment lang lassen mich meine Nerven im Stich, wie immer, und mein Herz zieht sich vor Beklommenheit zusammen. Ich soll eine Unterhaltung mit einem praktisch Fremden führen? Locker bleiben, Abigail, tief durchatmen. Es ist nur für ein paar Stunden. Cool und distanziert. Unerreichbar und verführerisch. Bastardette.

Jon macht ein paar Schritte auf mich zu und lächelt. »Äh … Abigail?«

»Jon!«, sage ich, und wir kichern beide verlegen über die Situation.

Er hat ein sehr nettes Lächeln.

»Ein Glück, dass du es bist. Du bist schon die Dritte, die ich angesprochen habe. Die anderen beiden hielten mich für einen Spinner. Sollen wir uns was zu trinken besorgen und dann loslegen?«, sagt er.

»Klingt gut.«

Ich nicke. Nette Stimme, leichter walisischer Akzent.

Wir gehen nach unten in die Bar, die klein ist und sexy und sehr, sehr rot.

»Coole Location«, sagt Jon.

»Man kommt sich vor wie in einem Blutgerinnsel«, sage ich.

Jon lacht überrascht los und greift mit einer Entschlossenheit, die er in seinen SMS vermissen ließ, nach der Cocktailkarte.

»Such dir was aus. Ich bestelle.«

Ich treffe schnell eine Wahl. »Äh ... ein Russian Rocket, bitte.«

Unsere Blicke treffen sich, und er nickt mit einem kleinen Grinsen im Gesicht. Er steht auf mich, denke ich plötzlich. Ich weiß es, keine Ahnung, warum – wegen des Funkelns in seinen Augen? Ich weiß es einfach. Das macht die Sache leichter.

»Cocktailfan?«, fragt er.

»Man kann nichts falsch machen mit Wodka und Zitrone«, antworte ich.

»Möchtest du ...«

Er deutet auf die Bar. Mitkommen? Warum sollte ich das tun?

»Ich warte hier«, sage ich mit einem lässigen Lächeln.

Nachdem ich mich gesetzt habe, checke ich mein Handy, hauptsächlich, um einen beschäftigten Eindruck zu machen. Ich habe eine SMS von Robert.

Denk daran, er könnte dein Seelenverwandter sein!

Ha. Ich stoße ein kurzes Lachen aus und antworte rasch.

Mummy ist beschäftigt. Sei ein braver Junge und gib Ruhe.

Jon kehrt mit unseren Getränken zurück, und wir beginnen die Unterhaltung mit unserer einzigen Gemeinsamkeit, nämlich dass meine Schwester und sein Bruder

Arbeitskollegen sind. Dann schwenken wir nahtlos zu seinem Job in Media Sales über (nein, ich weiß auch nicht, was das ist) und dann zu meinem Job, den ich rasch mit dem Spruch »Falls du mal nicht einschlafen kannst, ruf mich an, und ich erzähle dir von meinem Tag im Büro« abtue. Wir unterhalten uns über *Kampfstern Galactica*, auf den wir beide abfahren (Peter bestand darauf, dass ich mir den Film anschaue, und ich entdeckte dabei meine Begeisterung für Science-Fiction), und über Schweinebauch, den man, da sind wir uns einig, grundsätzlich bestellen sollte, wenn er auf der Karte steht, und sei es nur, um die Besitzer zu ermutigen, das Gericht weiter anzubieten, außerdem über Playstation und Nintendo Wii. Hab ich nie gespielt (und will ich auch nicht spielen). Mit anderen Worten: ein ziemlich lockeres, einfaches Date.

»Dann machst du so was öfter? Leute verarschen?«, meint Jon irgendwann.

»Ja, das ist ein Hobby von mir«, erwidere ich lässig. »Eigentlich mehr ein Lebensstil als ein Hobby.«

Jon lacht. Er findet mich viel witziger, als ich mich selbst finde.

»Okay, ich gehe mal an die Theke«, sage ich schließlich, als unsere Gläser schon ein paar Minuten leer sind.

»Nein, nein«, sagt er schnell. »Ich gehe.«

Hier mein Eindruck: Jon ist ein netter Kerl. Er sieht gut aus, ist höflich und einigermaßen witzig, und, na ja, es ist nichts verkehrt an ihm. Aber ich bin mir ziemlich sicher, dass ich mir die Mühe sparen werde, ihn wiederzusehen. Er hat ein paar Tests nicht bestanden: Er hat mich nicht oft zum Lachen gebracht, ich habe das Gefühl, als würde ich größtenteils das Gespräch führen, und er hat mir keinen zweiten Drink angeboten. Er ist ein wenig passiv, und der Funke springt nicht richtig über … Der große Test kommt natürlich noch. Später.

Jon kehrt mit den Getränken zurück, und ich frage ihn, woher er ursprünglich stammt. Daraus entwickelt sich ein langes Gespräch über Bristol, wo er studiert hat.

»Als ich klein war, dachte ich, die Jacksons sängen in *Blame it on the Boogie: We spend the night in Bristol, at every kind of disco«*, sage ich.

Jon grinst. »In Bristol gibt es zwei Sorten von Discos. Die schrecklichen und die, die geschlossen sind.«

Ich muss lachen. Vielleicht ist er doch ganz witzig.

»Was macht eigentlich ein nettes Mädchen wie du bei einem Blind Date?«, fragt er. »Dir müssen die Männer doch … äh …«

Sein Selbstbewusstsein stirbt mitten im Satz.

»Ich dachte, das könnte ganz spaßig werden«, antworte ich. »Ich bin nicht auf der Suche nach einer Beziehung. Ich habe erst eine Trennung hinter mir. Das ist also alles neu für mich …«

»Und, macht es Spaß?«, fragt er hoffnungsvoll.

Ich kann nicht ehrlich antworten (sonst würde ich sagen »na ja«). Stattdessen lächle ich.

»O ja.«

Ich besorge die nächste Runde, und als wir austrinken, stelle ich fest, dass es Viertel vor elf ist. Ich denke, ich beende den Abend. Ich möchte meine selbst auferlegte Ausgangssperre ab Mitternacht bei Dates nicht ignorieren.

»Ich muss morgen sehr früh aufstehen«, sage ich entschuldigend. »Ich muss jetzt gehen.«

»Oh, schade«, sagt Jon und wirkt leicht geknickt. »Ich hatte, äh …«

»Den besten Abend deines Lebens?«, schlage ich vor und stehe auf, um meinen Blazer anzuziehen. Er steht auf, um mir behilflich zu sein, eine Sekunde zu spät. »Das dachte ich mir. Du Glückspilz.«

Er grinst wieder. Meine Rolle als freche kleine Madame kommt bei Dates super an, denke ich. Die Männer wissen nicht, wie sie darauf reagieren sollen.

»Kannst du mich zum Taxi begleiten?«, frage ich. »Ich könnte einen Beschützer brauchen auf den dunklen Straßen von Soho.«

Das ist natürlich gelogen, aber er sagt »Selbstverständlich!« und bringt mich nach oben auf die Straße. Ich bleibe im Hintergrund, damit Jon ein Taxi für mich anhalten kann, so wie Toby das macht und Robert und andere Männer, die die Initiative ergreifen, aber Jon rührt keinen Finger. Also winke ich selbst ein Taxi heran. Es hält vor uns, gerade als Jon nach meiner Hand greift. Ich tue so, als würde ich es nicht bemerken, und beuge mich durch das geöffnete Fenster zum Fahrer herunter, um zu fragen, ob er mich nach Primrose Hill bringt. (Aus irgendeinem Grund ist das in London üblich, als könnte der Fahrer sagen: »Hm, in diese Richtung fahre ich nicht gern«, und der Kunde erwidern: »Oh, sicher, tut mir leid, dass ich Sie gestört habe, ich Dummerchen«.)

Der Fahrer nickt, und ich drehe mich zu Jon um. Seine Hand ist sehr warm und leicht klebrig. Ich hoffe, das kommt von den Cocktails und nicht davon, dass er sich nicht die Hände gewaschen hat, als er das letzte Mal auf der Toilette war.

Er will mich offenkundig küssen, aber seine Nerven versagen. Ich lächle ihn erwartungsvoll an. Sekunden verstreichen. Nein, nichts. Komm schon, Mann, denke ich. Sei ein Mann.

»Ich denke, du solltest mich jetzt küssen«, sage ich schließlich.

Jon grinst, und sein Gesicht leuchtet auf vor Erleichterung. Er beugt sich vor. Es ist ein schöner Kuss, so insgesamt. Er dauert zwischen zehn und zwölf Sekunden. Jon hat weiche Lippen und riecht nach einem dieser wässrigen Aftershaves.

Aber es funkt nicht. Ich bekomme keine Gänsehaut, kein Herzklopfen, kein nervöses Zittern. Und das war der ultimative Test.

Ich weiche zurück und lächle ihn an.

»Ich melde mich«, sagt er.

»Ich freue mich darauf«, erwidere ich.

Ich steige ein und ziehe die Tür zu. Dann hole ich mein Handy hervor und rufe Sophie an.

»Negativ«, sage ich zur Begrüßung.

»Schon? Du hast dich jetzt schon entschieden?«

»Er ist zu passiv«, sage ich. »Und er liebt seine Nintendo Wii mehr als alles andere auf der Welt.«

Am anderen Ende der Leitung herrscht kurzes Schweigen, dann beginnt Sophie zu lachen.

»Du hast dich wirklich in eine Bastardette verwandelt«, sagt sie.

»Ich weiß!«, entgegne ich fröhlich.

»Ich bin mir nicht sicher, ob das gut ist.«

»Hasse nicht den Spieler«, zitiere ich Robert. »Hasse das Spiel.«

»Denkst du, Jon will dich wiedersehen?«

»Wahrscheinlich ja«, antworte ich. »Aber ich habe ihm gesagt, dass ich nicht auf der Suche nach einer Beziehung bin.«

»O Gott, spinnst du? Das wirkt auf manche Männer wie Katzenminze«, sagt Sophie und lacht wieder.

»Nicht mein Problem.«

»Statt nach Gründen zu suchen, warum du ihn nicht wiedersehen möchtest, warum nicht nach Gründen suchen, die für ein Wiedersehen sprechen?«

»Wozu meine Zeit verschwenden?«

»Das mit der Wii ist doch nebensächlich«, sagt sie.

»Wichtig ist nur, dass der Funke überspringt. Manchmal muss man ein Risiko eingehen …«

»Aber genau diesen Funken suche ich ja!«, sage ich. »Darum lasse ich mich immer küssen. Aber da war nichts. Genauso gut hätte ich ihm die Hand schütteln können, statt ihn zu küssen.«

»Das meine ich nicht mit Funke«, sagt Sophie. »Sondern vielmehr das Gefühl, dass man sich mit keinem anderen Menschen lieber unterhalten möchte als mit diesem Mann.« Sie unterbricht sich kurz. »Der erste Kuss ist natürlich auch wichtig. Aber es kann auch funken, wenn man jemanden küsst, der gar nicht zu einem passt. Erinnerst du dich an Brian? Das war meine schlimmste Beziehung, aber seine Küsse waren … Gott, sie waren der Hammer.«

»Nun, mit Jon hat es weder gefunkt noch sonst wie geknistert«, sage ich. »Trotzdem gut, dass ich mal die Erfahrung mit einem Blind Date gemacht habe. Danke dafür.«

»Nicht mehr lange, und dir gehen die Männer aus«, sagt sie.

»Ich wette mit dir um einen Zehner, dass ich bis zum Ende des Jahres einen Mann küsse, mit dem es richtig funkt.«

»Abgemacht.«

Wir legen auf. Ich habe eine Nachricht von Robert erhalten.

Ich bin im Pub um die Ecke. Letzte Runde. Hopp, hopp.

Ich grinse und beuge mich vor, um dem Fahrer das neue Ziel zu nennen.

Kapitel 16

Heute Abend ziehe ich einen Strich unter meine Dates und suche mir ein paar neue Männer, mit denen ich spielen kann.

Ich gehe zum Speed Dating.

»Warum kommst du nicht mit?«, sage ich zu Robert beim Frühstück. »Speed Dating! Willst du es nicht auch mal ausprobieren? Plums Arbeitskollegin hat das organisiert. Es kommen also viele schicke PR-Frauen …«

»Ich habe es bereits ausprobiert«, sagt Robert und bietet mir Kaffee an. »Vor Jahren. Als Speed Dating gerade groß in Mode war. Das ist der allergrößte Scheiß.«

»Na, gratuliere«, sage ich. »Es ist mir ein Rätsel, warum du immer noch Single bist, bei deiner Einstellung.«

»Ich bin kein Single, Baby«, erwidert er mit laszivem Lächeln, während er Honig in sein Porridge rührt. »Sondern Multipel.«

»Du bist widerwärtig«, sage ich naserümpfend.

»Warum redest du wie die älteste Mitford-Schwester?«, fragt Robert.

»Ich lese gerade zum zweiten Mal *Englische Liebschaften*«, sage ich, begeistert, dass es ihm aufgefallen ist. »Ein literarischer Hochgenuss.«

»Sind das Mandelsplitter auf meinem Porridge?«

»Ja«, sage ich. »Mit viel glücklichem Fett. Das ist sehr gut für dich.«

»Mein Verdauungstrakt freut sich darüber, dass ich seit einiger Zeit zum Frühstück auf mein Schinken-Käse-Croissant verzichte«, gesteht Robert.

»Was für ein Schock«, sage ich und hüpfe von meinem Stuhl. »Gut. Bist du so weit? Ich muss mir nur noch mal kurz die Zähne putzen.«

»Weißt du, es ist schon ein wenig schräg, sich die Zähne sowohl vor als auch nach dem Frühstück zu putzen«, ruft er mir hinterher, als ich die Treppe hochgehe.

»Genauso schräg, wie vier Freundinnen gleichzeitig zu haben«, rufe ich zurück. »Aber keiner verurteilt dich. Außer Gott.«

Das Blind Date mit Jon gestern Abend ist längst vergessen. Es ist ein kühler Novembermorgen, und die Sonne geht gerade auf, als Robert und ich zu seinem Motorrad hinausgehen. London wirkt so neu und frisch, dass ich am liebsten laut singen würde. Zwar schwärmen alle immer vom Sommer, von der Sonne und den Parks und den Eisständen, aber London kann ein richtiger Glutofen sein im August. Im Spätherbst dagegen fühlt die Luft sich sauber an, und wenn der Himmel klar ist und mit der Sonne um die Wette strahlt, funkelt die ganze Stadt.

Meine neue Begeisterung für London wird bestärkt durch den Umstand, dass Robert mich jeden Morgen auf seinem Motorrad zur Arbeit bringt und mir die U-Bahn erspart bleibt. (Im Winter ist es in der Londoner U-Bahn wie unter einer warmen, stinkenden Glocke aus abgestandener Luft.) Ich liebe Motorradfahren, ich habe mir sogar einen eigenen Helm gekauft. Er ist schwarz. Ich überlege, ob ich Sternchen aufkleben soll, die im Dunkeln leuchten. Aber das könnte kindisch aussehen. Dann lasse ich es lieber. Im Januar werde ich schließlich achtundzwanzig.

»Du wirst bald eine Allwetter-Kombi brauchen«, sagt Robert, während ich den Reißverschluss von meiner wärmsten Jacke zuziehe.

»Du bist meine Allwetter-Kombi«, entgegne ich mit strahlendem Lächeln.

Robert grinst in sich hinein und steigt auf. Ich klettere hinter ihn, und er fährt los. Es ist frisch auf dem Motorrad, aber trotzdem eine tolle Art, sich durch London fortzubewegen. Die vielen Stunden, die ich warten musste auf Bus und Bahn! Was für eine Zeitverschwendung.

Allerdings vermisse ich das Flirten in der U-Bahn. (Zufälliger Blickkontakt, in sich hineingrinsen, wiederholen.) Aber sonst ist das Motorrad eine Verbesserung in jeder Hinsicht. Ich fühle mich sehr sicher hinter Robert. Und sehr warm. Ich schwöre, seine Körpertemperatur ist zu jeder beliebigen Tageszeit ungefähr fünf Grad höher als meine. Er ist so groß und breit, und ich hänge während der ganzen Fahrt zur Arbeit an ihm wie ein Koalababy. Bei Robert bin ich mir immer sicher, dass er weiß, was er tut.

Nach wenigen Minuten sind wir in Blackfriars, und Robert nickt kurz zum Abschied, bevor er in Richtung Liverpool Street weiterfährt. Ich weiß übrigens immer noch nicht, was Robert beruflich macht. Er spricht einfach nicht darüber.

Heute muss ich die Quartalszahlen in der Handelsabteilung präsentieren. Das ist normalerweise die von mir ungeliebteste Aufgabe in meinem Job (und außerdem einschüchternd), aber mein neues cooles und kugelsicheres »Ich tut so, als wäre ich begeistert davon«. Und um die Wahrheit zu sagen, ob es eine Folge davon ist oder Zufall, heute freue ich mich sogar fast darauf. Ich gehe mit federnden Schritten durch unseren Flur, vorbei an Suzannes Büro, und setze mich ein paar Minuten an meinen Schreibtisch.

Danach fahre ich mit dem Aufzug in die Trading-Abteilung. Dort präsentiere ich die überdurchschnittlich guten Ergebnisse und füge hinzu, dass wir erwarten, dass die Kurse weiter steigen. Kurz bevor ich anfing, hatte ich leichtes Magenflattern vor Nervosität, aber abgesehen davon läuft es gut. Zum Schluss gelingt mir sogar ein großes, strahlendes Lächeln. Wow. So tun, bis man es fühlt, in der Tat.

Als ich wieder zum Aufzug gehe, überholt mich ein Mann. Er drückt den Knopf und dreht sich um. Es ist derselbe Kerl, der vor ein paar Wochen den Spruch mit dem Zaumzeug und den Peitschen gebracht hat. Der arrogante Arsch. Der Aufzug kommt, und er hält mir die Tür auf, mit breitem Grinsen. Ich gehe hinein, und er, immer noch grinsend, stellt sich neben mich.

»Hey«, sagt er lässig. »Nach unten? … Ich meine, welche Etage?«

»Die sechste«, sage ich. »Danke.«

»Ich hatte gestern einen richtig abgefahrenen Abend«, bemerkt er. »War bis morgens um vier im Cuckoo Club.«

»Wow«, sage ich.

»Ja«, sagt er. »Ach, übrigens, tolle Präsentation. Ein paar meiner Kunden werden sich freuen, das zu hören. Vielleicht könnten wir uns … mal treffen …«

»Der vollständige Bericht ist schon unterwegs«, unterbreche ich ihn. »Sie können alles in Ruhe nachlesen.«

Schweigen.

Wir erreichen meine Etage, und ich steige aus, ohne ihn eines weiteren Blickes zu würdigen.

Auf dem Weg zu meinem Schreibtisch sehe ich einen sehr großen, breitschultrigen Mann aus Suzannes Besprechungsraum kommen. Aus der Ferne erinnert er mich an Robert.

»Abigail«, bellt Suzanne. Ich gehe mit einem dienstbereiten Lächeln zu ihr hinüber. Ich begegne ihr gerne im Stehen, da ich zwanzig Zentimeter größer bin und sie mir dann nicht so viel Angst macht. »Das ist André.«

Ich drehe mich lächelnd zu dem Mann, und er erwidert meinen Blick mit einem charmanten Grinsen.

»Freut mich, Sie kennenzulernen.«

Franzose. Lange Wimpern. Charme, der aus allen Poren sickert.

»André wird in den nächsten paar Monaten oft in unserem Londoner Büro sein. Er kommt von der Niederlassung in Paris und wechselt im Februar nach China.«

»Super«, sage ich und halte Andrés warmem, schokoladigem Blick stand, ohne mit der Wimper zu zucken.

Suzanne spricht über das Projekt, das André bei uns betreut. Ich konzentriere mich zunächst darauf, unseren Augenkontakt nicht als Erste zu unterbrechen. Je länger ich seinem Blick standhalte, desto stärker versucht er, nicht zu lächeln. Ich frage mich, ob es unprofessionell ist, wenn ich mich mit ihm verabrede, solange er hier bei uns ist. Scheiß drauf, ich will aber. Und ich wette, er will auch.

»André!«, bellt Suzanne, und er ist gezwungen, den Blick als Erster abzuwenden, da Suzanne ihm einen anderen Mitarbeiter von unserer Etage vorstellen möchte.

»Sollen wir heute Mittag zusammen essen gehen?«, schlägt Charlotte vor, als ich mich an meinen Schreibtisch setze. »Und wer zum Teufel ist das?«

»Ja, lass uns zusammen essen gehen«, antworte ich. »Und das ist André.«

Es ist nun sechs Wochen her, dass Charlotte sich von wie auch immer er heißt getrennt hat. Sie hat seitdem eine dramatische Verwandlung hinter sich. Die mausgraue Charlotte ist Vergangenheit. Sie hat nun goldblonde Strähnchen, die ihren Teint zum Strahlen bringen, statt ihn fahl wirken zu lassen, und sie trägt neuerdings Makeup und hohe Absätze und keine Ponchos mehr. Insgesamt sieht sie viel flotter aus und fällt auf. Sehen Sie? Das Singleleben. Das Beste, was es gibt.

Es kommt mir vor, als hätte ich eine neue Arbeitskollegin. Alistair erzählte uns, dass er auf seiner Abschiedsparty vor ein paar Wochen dreimal gefragt worden sei, wer die Neue ist, was Charlotte und mich vor Genugtuung kichern ließ. Die beste Möglichkeit, aus einer Bekannten eine Freundin zu machen, ist, wie ich festgestellt habe, ihr in einer Lebenskrise beizustehen. Oder gemeinsame Begeisterung zu entdecken (in unserem Fall für *Grease 2)*.

Und das Beste? Charlotte lächelt die ganze Zeit. Ich habe sie vorher falsch eingeschätzt: Sie war nicht langweilig, sie war nur gelangweilt.

»Vielleicht verdränge ich meine Gefühle«, sagte sie beiläufig letzte Woche, als wir nach Feierabend zusammen einen trinken waren und unsere Singleerfahrungen austauschten. »Aber mein Leben scheint wirklich besser zu sein ohne ihn. Lieber bin ich Single als in einer unbefriedigenden Beziehung.«

»Darauf stoßen wir an«, sagte ich und erhob mein Glas.

»Hast du schon was von Alistair gehört?«, fragt sie jetzt.

»Nein«, sage ich rasch. »Ich bin mir sicher, er hat jede Menge zu tun.«

Charlotte hat nicht mitbekommen, dass Alistair mich auf seiner Abschiedsfeier vor den Augen der ganzen Abteilung angebaggert hat. Betrunken wie er war, ging er äußerst hartnäckig und ungeschickt vor. Ständig lächelte er mich an und sah mir tief in die Augen, stellte mir laut Fragen, wenn ich mich gerade mit jemand anderem unterhielt, und versuchte, nach meiner Hand zu greifen oder mir den Arm um die Taille zu legen, wenn ich an der Theke auf meine Bestellung wartete. Irgendwann floh ich genervt auf die Toilette, um mich zu beruhigen, statt ihn vor allen anderen anzuschreien.

Und er kam mir hinterher. Auf die Damentoilette.

»Was soll das, verdammt? Sind wir hier etwa bei *Top Gun?*«, fuhr ich ihn an. »Verschwinde.«

»O Abigail, ich mag dich sehr, ich will … ich will dich … mit dir …«, stammelte er und wirkte plötzlich sehr jung und verletzlich.

»Nein«, widersprach ich fest. »Du willst nicht.«

»Du weißt ja gar nicht, was ich sagen wollte!«, rief er. Dann sah er sich um und begann zu lachen. »Ein Tamponautomat.«

»Das ist unwichtig«, entgegnete ich. »Die Antwort lautet Nein.«

Als ich die Damentoilette verließ, rief er mir hinterher, seitdem habe ich ihn nicht mehr gesehen. Ein paar Tage später kam von ihm eine E-Mail, in der er sich entschuldigte und mich zu einem Drink einlud, aber ich habe nicht geantwortet. Ich glaube, so ist es am besten.

Sophie und Plum finden mich zu ungnädig – ich glaube, Plums genaue Bezeichnung war »knallhart« –, und ich bin mir sicher, dass Charlotte mein Verhalten auch nicht schätzen würde. Aber es war sinnvoll, ihn abzuservieren, bevor er noch weitergegangen wäre, oder? Bin ich knallhart? Oder wahre ich einfach nur eine gesunde Distanz?

Vielleicht sind die meisten Frauen einfach zu nett. Vielleicht werden wir sitzen gelassen, weil wir uns mit Männern abgeben, die von vornherein nicht zu uns passen. Wäre ich zum Beispiel knallhart zu Adam mit den Antwortkästchen gewesen, dann hätte ich ihn schon zum Teufel gejagt, als er mir erzählte, dass er jedes Wochenende zehn bis zwölf Stunden Doom spielt, was – sehen wir den Tatsachen ins Gesicht – echt schräg ist. Aber nein, ich sah darüber hinweg, ging mit ihm aus, entwickelte erste Gefühle für ihn und dann, na ja, den Rest kennen Sie ja.

»Ich bin zu dem Schluss gekommen, dass ich für ein Date bereit bin«, sagt Charlotte beim Mittagessen. »Eine neue Beziehung könnte ganz nett sein.«

»Hurra«, sage ich und stoße klirrend meine Wasserflasche gegen ihre. »Obwohl Dates und Beziehungen zwei verschiedene Paar Schuhe sind. Jedenfalls nach meinem Verständnis.«

»Und warum … gehst du dann zu Dates?«, fragt Charlotte berechtigterweise.

»Weil es Spaß macht«, antworte ich achselzuckend. »Außerdem habe ich Nachholbedarf … Aber ich werde mich nicht wieder von einem Arsch wie Adam mit den Antwortkästchen um den kleinen Finger wickeln lassen.« Charlotte nickt mitfühlend. »Das war ein kleines Desaster. Ich habe total versagt«, füge ich hinzu.

»Hast du nicht! Du mochtest ihn eben«, widerspricht sie. »Daran ist nichts verkehrt. Sei nicht so zynisch. Du musst deine positive Einstellung bewahren.«

»Das ist eine positive Einstellung«, sage ich. »Ich habe Spaß bei Dates, ohne mich emotional darauf einzulassen.«

»Okay«, sagt Charlotte zweifelnd. »Wenn du das sagst.«

»Eines Tages finde ich vielleicht einen … der perfekt ist.« Ich unterbreche mich und denke an meine nutzlose Suche nach dem Funken und an meine »Eines-Tages-verliebe-ich-mich-und-finde-meinen-Seelenverwandten«-Vorstellung, die ich laut Robert vergessen soll. »Bis dahin amüsiere ich mich und halte alles schön unter Kontrolle.«

Charlotte lacht. »Ich glaube nicht, dass ich so … stark bin wie du.«

»Ich halte mich gar nicht für stark«, sage ich überrascht. Noch nie hat mich jemand als stark bezeichnet. »Ich versuche einfach, mein Gewissen zu ignorieren, wenn es mir sagt, dass ich mich scheiße verhalte. Robert hat mir empfohlen, ich soll so tun, als wäre ich kugelsicher, bis ich es fühle, und das funktioniert … Hey, hast du heute Abend schon was vor?«

Charlotte zuckt mit den Achseln. »Nein. All meine

Freundinnen haben eine feste Beziehung, darum verbringe ich meistens einen ruhigen Freitagabend …«

»Einen ruhigen Freitagabend!« Ich bin entsetzt. »Komm mit zum Speed Dating.«

»Bist du sicher?«, fragt Charlotte.

Ich nicke eifrig. »Absolut. Keine Frage. Plum hat mir vorhin eine E-Mail geschickt. Anscheinend herrscht heute Abend Frauenmangel – beziehungsweise Männerüberschuss. Du solltest wirklich mitkommen.«

Charlotte beißt auf ihre Unterlippe. »Tja, dann … also gut.«

Kapitel 17

Das Speed Dating heute Abend findet im Perseverance statt, einem Pub in Bloomsbury, *Ausdauer,* ein ausgesprochen passender Name für eine Speed Dating Location.

Zu den Teilnehmern gehören Plum, Henry und ich und nun auch Charlotte. Wir treffen uns vorher im Lamb, das ist ein historischer Pub mit viktorianischen drehbaren Milchglasfenstern an der Theke, sogenannten Snob Screens. So können die Leute einen Drink bestellen, ohne dass die anderen Gäste in der Bar ihr Gesicht sehen können.

Ich hoffe, heute Abend sind alle in guter Form. Plum hatte vier scheinbar perfekte Dates mit Dan, aber vor drei Wochen musste er beruflich nach Atlanta, und seitdem hat sie nichts mehr von ihm gehört. Sie scheint diese Enttäuschung überraschend stoisch zu nehmen, das heißt, sie redet nicht darüber.

»Bonsoir«, sage ich frisch-fröhlich, nachdem Charlotte und ich Plum an einem der hinteren Tische entdeckt haben. Henry steht gerade an der Theke und besorgt Getränke. Ich mache Plum mit Charlotte bekannt. Gleich darauf erscheint Henry mit einer Flasche Champagner und vier Gläsern. Er trägt seine Brille, was er sonst nie an Samstagen und Sonntagen macht, und einen Anzug.

»Du siehst heiß aus, Henry! Champagner! Gibt es was zu feiern?«, rufe ich und küsse ihn auf die Wangen.

»Ich bin heute befördert worden«, antwortet er.

Henry arbeitet für eine IT-Firma, soweit ich verstanden habe, im Bereich »Logistik«. Was anscheinend bedeutet, sich mit lauter Mist herumzuschlagen.

»Yippie!«

Wir gratulieren ihm im Chor und fragen ihn ein bisschen aus, ohne viel zu verstehen. Henry schenkt Champagner ein, und wir stoßen alle auf seine Beförderung an.

»Übrigens, Henry, das ist Charlotte«, sage ich.

An seinem schüchternen Lächeln sehe ich, dass er sie süß findet.

»Okay. Ich brauche ein paar Tipps von Leuten, die Erfahrung haben im Speed Dating«, sage ich. »Also von dir, Plum.«

»Mein Tipp lautet, vorher möglichst viel zu trinken«, sagt Plum. Sie ist ziemlich angespannt heute Abend. »Das wird nämlich der reinste Horror.«

»Du bist nicht sehr hilfreich«, sage ich und sehe, dass Charlottes Lächeln verblasst.

»Ich werde lauter ›Würdest-du-lieber‹-Fragen stellen«, sagt Henry. »Zum Beispiel: Würdest du lieber ein Jahr stinken wie ein Ziegenbock, oder hättest du lieber eine Ganzkörperrasur, Augenbrauen inbegriffen? Wärst du lieber eine Fee oder eine Meerjungfrau? Würdest du lieber Rind essen oder Huhn, wenn du bis in alle Ewigkeit nichts anderes mehr zu essen bekämest?«

»Rasur, Fee, Rind«, antworte ich spontan.

»Nein! Ziegenbock, Meerjungfrau, Rind!«, rufen Henry und Charlotte gleichzeitig, bevor sie sich freudig ansehen.

»Ich bin eine Meerjungfrau. Ich kann unter Wasser singen wie Arielle«, sagt Plum.

Henry gibt keine Antwort. Stattdessen grinst er Charlotte an.

»Sonst sagt nie einer Ziegenbock!«

»Nichts Schlimmeres, als mir jeden Tag Augenbrauen ins Gesicht zu malen«, erklärt Charlotte sachlich. »Und als Meerjungfrau bin ich die meiste Zeit im Wasser, also ist es nicht so schlimm, wenn ich nach Ziegenbock stinke.«

»Genau!«, ruft Henry.

»Gute Strategie«, sage ich.

»Was für Strategien empfiehlt dein hochgeschätzter Bastardmentor?«, fragt Plum.

»Robert? Ich habe vergessen, ihn zu fragen«, sage ich leichthin. »Anscheinend habe ich seine Liebesschule bestanden.«

»Offensichtlich«, sagt Plum, lehnt sich auf ihrem Stuhl zurück und legt den linken Fuß über das rechte Knie.

»Warum trägst du flache Schuhe?« Ich bin schockiert. Plum trägt Ballerinas zu einer uralten Jeans, ein ärmelloses Top und einen Blazer. Sie sieht nicht schlecht aus, nur so, als hätte sie sich überhaupt keine Mühe mit ihrem Styling gegeben. Sehr untypisch für sie.

»Weil ich mir die Füße nicht versauen möchte, weil ich den ganzen Abend in verdammten High Heels herumrenne?«, entgegnet sie.

»Du sagst immer, flache Schuhe an einem Freitagabend seien ein Anzeichen für eine Depression«, wende ich ein.

Plum zögert ein paar Sekunden mit der Antwort.

»Du siehst übrigens gut aus.«

Sie sagt es ohne große Begeisterung, aber ich werde trotzdem rot vor Freude. Ich trage ein sehr adrettes weißes Hemd zu engen Jeans, dazu meinen weiten weißen Mantel und meine grünen Lieblingspumps. Ich habe mich wieder an Plums Motto »Hübsch mit einem schrägen Touch« gehalten, aber es ist schön, Bestätigung zu bekommen.

»Ich kann nicht glauben, dass ihr mich überredet habt«, seufzt Henry. »Die Rugby-Jungs dürfen das nie erfahren, okay? Niemals.«

»Sollen wir uns heute Abend Pseudonyme zulegen?«, schlägt Charlotte vor. »Das könnte die Nerven beruhigen. Ich bin Cherry. Cherry Buns.«

»Und ich bin dein Bruder«, sagt Henry grinsend. »Honey Buns.«

»Ich bin Chastity Rocks«, sage ich.

»Chastity, die Keusche! Als ob«, sagt Plum und grinst mich an, als wäre das lustig. Das ist ein bisschen krass. Ich habe erst als Single mit Röhrenjeans herumgemacht, und das weiß sie, und außerdem, wie kommt sie dazu, mich zu verurteilen? »Ich bin Debbie«, sagt sie und fügt hinzu: »Ich wollte schon immer Debbie heißen. Debbie Date-Schreck. Oder, oohhh, ich weiß – Debbie Desperate.«

Sie grinst mich hämisch an. Sie weiß genau, wie sehr ich dieses Wort hasse. *Verzweifelt*.

»Hat jemand Lipgloss dabei?«, fragt Charlotte.

Sie ist so klug zu wissen, dass die beste Methode, um einen Streit zwischen Frauen zu vermeiden, ist, über etwas Belangloses zu reden.

»Ich habe Big Baby von MAC«, sage ich und hole mein Schminktäschchen heraus.

»Ich habe von MAC Nymphette, Pink Poodle und Prrr«, sagt Plum, während sie alle drei Stifte aus ihrer Tasche nimmt und in ihren Händen ausbreitet.

»Ich könnte eine Doktorarbeit über die antifeministischen Verniedlichungen schreiben, mit denen MAC seine Lipgloss-Farben bezeichnet«, sage ich nachdenklich. »Trotzdem machen die tolles Lipgloss.«

»Ich stehe auch auf MAC«, stimmt Charlotte mir zu. »Ich habe auch ein Lipgloss von Chanel, das sich Glossimer nennt.«

»Das ist echt super!«, ruft Plum dazwischen. Charlotte scheint sich über die Zustimmung von einer, die sich selbst für eine Stilexpertin hält, zu freuen. »Ich benutze auch das von Rimmel, es heißt …«

»Vinyl?«, ruft Charlotte begeistert. »Das ist klasse! Meine Freundin Janey lebt in Tokio und hat Schwierigkeiten, es dort zu kriegen. Darum muss ich immer einen ganzen Vorrat für sie kaufen …«

»Ich muss mich wirklich wieder öfter mit Jungs treffen«, sagt Henry ausdruckslos. »Ernsthaft. Ihr bringt mich um.«

»Hat jemand einen Tampon für mich?«, bemerkt Plum als Antwort.

»Wo ist eigentlich dein Mitbewohner?«, fragt Henry mich. »Warum ist er nicht hier? Er könnte ganz schön absahnen an einem Abend wie heute …«

»Robert hasst Speed Dating. Du schwärmst für ihn, nicht?«, sage ich.

Henry spricht von Robert mit einer gewissen Ehrfurcht. Neulich waren wir alle zusammen aus, und Robert und Henry zogen am Ende des Abends mit einem schwedischen Zwillingspaar weiter, um etwas essen zu gehen. Robert nahm anschließend eine der Schwestern mit nach Hause. Henry ging allein nach Hause. Trotzdem war es einer der besten Abende seines Lebens.

»Nein«, protestiert Henry. »Ich wünschte nur, er wäre hier, um für ein bisschen Gleichgewicht zu sorgen.«

»Henry hat einen festen Freund«, sagt Plum.

Mein Handy piept. Ich habe eine SMS bekommen.

War ein toller Abend. Würde das sehr gerne wiederholen. Wie wäre es mit Lunch am Sonntag? Jon.

»Oh, von meinem Blind Date«, sage ich. »Sayonara, großer Junge.«

Löschen, ignorieren, weitermachen.

»Verfluchte Scheiße«, murmelt Plum leise.

»Okay, lasst uns gehen«, sagt Henry und steht auf.

Charlotte folgt ihm rasch, und sie unterhalten sich auf dem Weg zum Ausgang.

Als Plum und ich den Pub verlassen, stoße ich ein glückliches Seufzen aus. Nach zwei Gläsern Champagner fühle ich mich bereit für alles, was auch immer mich bei diesem

Speed Dating erwartet. Mag sein, dass ich die letzte Singlefrau in London bin, die das ausprobiert, aber bei Gott, ich werde mein Bestes geben.

»Wehe, du nimmst heute Abend alle Typen in Beschlag, verstanden, Abigail?«, sagt Plum, als wir draußen stehen.

Plötzlich wird mir klar, was ihr Problem ist. Sie denkt, ich schnappe ihr die Männer weg.

Ich überlege, ob ich ihr sagen soll, dass es nicht gerade anziehend wirkt, sich als Debbie Desperate und/oder Date-Schreck zu bezeichnen, vielleicht ist diese Art Verhalten ja der Grund, warum Plum nicht so viele Dates hat, wie sie gerne hätte. Aber nach meiner festen Überzeugung tritt man niemanden, der bereits am Boden liegt. Selbst wenn Plum sich – offen gesagt – ein wenig zickig verhält. Ich ignoriere sie einfach und gehe weiter.

Charlotte und Henry gehen voraus und plaudern flirtend.

»Sieht so aus, als würden Charlotte und Henry sich prima verstehen«, sage ich fröhlich.

»Warum hast du eigentlich zusätzliche Konkurrenz angeschleppt?«, bemerkt Plum beleidigt.

Das reicht. Scheiß auf meine feste Überzeugung. Ich bleibe stehen und drehe mich zu ihr.

»Plum, was zum Teufel ist heute Abend los mit dir?«

»Nichts«, sagt sie abwehrend.

»Und warum benimmst du dich dann so?«, frage ich weiter. »Du musst deine schlechte Laune nicht an mir auslassen. Du versaust mir den Abend.«

Plum beginnt, in ihrer Handtasche zu kramen, und ich bemerke, dass ihr Tränen über die Wangen laufen.

»Tut mir leid«, sage ich sofort. Scheiße, ich habe nicht damit gerechnet, dass ihr Kummer aus ihr herausbricht. »Plum, bitte, nicht weinen, ist schon gut …«

»Es ist verdammt noch mal nicht gut«, schluchzt sie.

»Ich kann das nicht heute Abend, ich k-k-kann keine Zurückweisung mehr ertragen. Dan war mein letzter Strohhalm. Ich dachte wirklich, er sei anders. Ich fand ihn echt verdammt sympathisch, aber er hat sich wie alle anderen verpisst. Ich habe nichts mehr. Ich bin vergiftet vom Singledasein.«

»O Plum«, sage ich und lege den Arm um sie.

Die anderen beiden gehen glücklicherweise ein Stück vor uns und bekommen nicht mit, was gerade passiert.

»Kannst du dich nicht einfach … von allem lösen? Einfach Spaß haben? Wenigstens so tun, als ob?«

»Scheiße, nein, kann ich nicht«, fährt sie mich wütend an und schiebt meinen Arm weg. »Komm mir nicht mit Roberts Ratschlägen. Für dich ist alles so einfach. Du trennst dich, und schwups hast du schon das nächste Date. Du legst nicht einmal Wert darauf, dass die Typen sich bei dir melden, und trotzdem tun sie es. Das ist so unfair.«

»Ich habe nicht so viele Dates«, protestiere ich. »Außerdem ist es nicht gerade so, als würde einer von ihnen etwas taugen … Verdammt, Plum, das Singledasein ist neu für mich. Natürlich will ich es genießen.«

Plum gibt ein sarkastisches Schnauben von sich.

»Keines von meinen Dates war toll oder auch nur halbwegs interessant. Ich kann mir gar nicht vorstellen, mich jemals wieder zu verlieben. Ich will nur ein bisschen Spaß haben … Und damit du es weißt, für mich ist es auch nicht so einfach«, füge ich hinzu.

Das regt mich auf. Schließlich weiß sie, wie viel Anstrengung es mich kostet, meine Nerven unter Kontrolle zu halten.

»Es sieht aber einfach aus«, entgegnet sie niedergeschlagen und versucht, ihre Tränen mit einem Taschentuch aus dem Gesicht zu tupfen, ohne ihr Make-up zu ruinieren.

»Tja, das ist deine persönliche Wahrnehmung«, sage ich.

»Versuch mal, dich in meine Lage zu versetzen. Ich will doch nur, keine Ahnung, mein Bestes geben. Du wirst einen tollen Mann finden. Wir beide werden das. Eines Tages.«

»Ich weiß«, sagt sie mit erstickter Stimme. »Tut mir leid … Es ist nur so … hart.«

Ich seufze. Es gibt nichts, was ich sagen kann, damit sie ihre Einstellung ändert. Plum ist zu viel Schlimmes passiert, um unbeschwert zu sein. Es ist fast beängstigend: Wenn jemand, der so cool und selbstbewusst ist wie Plum, als Single nicht klarkommt, was für eine Hoffnung besteht dann für mich? Nein, ich werde klarkommen. Ich habe ja Robert, der mir hilft. Plum braucht einfach einen Robert, aber ich bezweifle, dass sie das im Moment hören will.

»Sollen wir es machen wie in *Good Will Hunting* – ich sage dir wieder und wieder, dass du nichts dafür kannst?«

Plum lächelt, seufzt und schüttelt dann den Kopf. »Nein. Weißt du, ich dachte, Dan wäre ein toller Mann. Vielleicht sind keine tollen Männer mehr übrig.«

»Komm, amüsier dich ein bisschen mit uns heute Abend«, sage ich. Ich schnappe mir ihre Handtasche, nehme ihre Zigaretten heraus, stecke ihr eine in den Mund und zünde sie an. »Lass uns schauen, was uns erwartet.«

»Du kannst dir die Mühe sparen«, entgegnet sie und bläst theatralisch den Rauch aus. »Nichts und niemand erwartet uns. Mir ist es ein Rätsel, warum ich dieses bescheuerte Speed Dating überhaupt vorgeschlagen habe. Ich gebe auf. Hörst du mich, Universum?« Sie schreit: »Ich gebe auf!«

In diesem Moment klingelt ihr Handy.

Sie findet es im Seitenfach ihrer Handtasche und sieht aufs Display.

»Scheiße, das glaub ich nicht …«, sagt sie leise und hebt ab. »Hallo?«

Es entsteht eine Pause, und ich sehe, dass ihre Augen hin und her wandern, während sie lauscht. »Ja, oh, oh, hi«, sagt sie und hält rasch das Mikrofon zu, um sich die Nase abzuwischen und zu räuspern. »Mir geht es großartig, danke, Dan. Wie geht es dir?«

Dan! Ihr Traummann! Aus dem Club! Der sich seit Wochen nicht gemeldet hat!

»Hat es? … Hast du?« Sie lauscht wieder und lächelt. »Wirklich? Was für ein Albtraum.«

Plums breites Grinsen ist einer der nettesten Anblicke seit Tagen. Ich habe dieses angenehme Gefühl, was man hat, wenn man eisige Füße in ein warmes Bad stellt. Meine Besorgnis lässt nach. Plum signalisiert mir, dass sie nachkommt, und ich nicke und hüpfe zu Henry und Charlotte, die auf uns warten.

»Sorry«, sage ich.

»Alles okay, Abigay?«, fragt Henry.

»Alles wunderbar«, antworte ich und nicke. »Sie kommt gleich.«

Kurz darauf kommt Plum zu uns gelaufen, strahlend vor Glück. »Dans Koffer ging auf seinem Flug nach Atlanta verloren! Sein Handy war darin, weil er auf den letzten Drücker sein Jackett gewechselt hat! Er hat Rich eine E-Mail geschickt, um mit mir in Kontakt zu kommen. Aber Rich hat nicht geantwortet, weil er inzwischen im verdammten Hongkong sitzt! Daraufhin hat Dan versucht, mich über Facebook zu finden, aber ich bin nur beschränkt freigeschaltet! Seit gestern ist Dan zurück in London, und heute hat er seinen Koffer wiederbekommen, und das Erste, was er getan hat, war, mich anzurufen! Er meinte eben, er säße auf dem Boden in seinem Schlafzimmer, weil er sein Handy erst aufladen müsse. Der Akku war natürlich total leer. Ich sehe ihn morgen!«

Wir brechen alle in Jubel aus und klatschen uns ab, sogar Charlotte, die die ganze Geschichte ziemlich verwirrend zu finden scheint, aber sich trotzdem mitfreut. Als wir das Perseverance erreichen, strotze ich vor Selbstvertrauen und bin bereit loszulegen. Heute Abend lasse ich es krachen beim Speed Dating. Wir betreten den Pub, und ich schaue zur Theke.

Und dann entdecke ich Josh aus der Personalabteilung.

Und Röhrenjeans.

Und Peters Bruder Joe.

Scheiße.

Kapitel 18

»Scheiße, scheiße, scheiße«, fluche ich und starre auf meine Schuhe. Ich fluche für mich allein, weil ich in dem Moment, als ich die drei erkannte, sofort zur Toilette rannte. Jetzt sitze ich in einer Kabine und habe vermutlich eine leichte Panikattacke.

Was soll ich jetzt tun? Am besten abhauen, richtig? Ich kann mich da nicht herauswinden, egal, wie cool und distanziert ich tue. Ich schicke Plum eine SMS und bitte sie zu kommen. Vielleicht können wir aus ihrem Schal eine Art Burka machen, damit ich unerkannt fliehen kann, bevor einer von denen mich sieht …

»Abigail?«, höre ich eine Stimme fragen. Es ist Plum. »Was sollte die Pirouette eben und diese plötzliche Flucht zur Toilette?«

Ich öffne die Kabinentür und trete hinaus, als Charlotte in die Damentoilette stürmt.

»Was ist hier los?«, fragt sie. »Ihr habt mich einfach mit Henry allein gelassen!« Sie unterbricht sich kurz. »Nicht dass mich das stören würde …«

»Ich muss sofort verschwinden«, sage ich und unterdrücke das Bedürfnis, hysterisch zu lachen. »Der Langweiler ist hier und der Kerl, mit dem ich, ihr wisst schon, mich aufgeführt habe wie eine betrunkene Nutte, und außerdem Peters Bruder Joe, der mich hasst und als dumme Schlampe beschimpft hat. Wie unwahrscheinlich ist das denn! Ich kann unmöglich hierbleiben und denen auch nur drei Minuten lang von Angesicht zu Angesicht gegenübersitzen!«

»Du kannst nicht abhauen!«, protestieren beide gleichzeitig.

»Ich brauche dich hier«, sagt Plum. »Außerdem, wenn du gehst, gibt es noch mehr Männerüberschuss.«

»Ich bin nur wegen dir hier!«, sagt Charlotte nervös.

Fuck. Das stimmt. Ich kann Charlotte nicht allein lassen, schließlich habe ich sie eingeladen. Und Plum stand vorhin auf der Straße kurz vor einem hysterischen Anfall. Ich meine, im Moment macht sie einen stabilen Eindruck, nachdem Dan sich gemeldet hat, aber Gott weiß, was alles passieren kann, wenn irgendetwas schiefläuft. Und zu viele Männer beim Speed Dating sind wirklich nicht gut.

»O Gott, ich habe richtige Hitzewallungen vor lauter Nervosität. Vielleicht komme ich in die Wechseljahre«, sage ich, beuge mich über das Waschbecken und lasse kaltes Wasser über die Handgelenke laufen.

»Das ist sehr unwahrscheinlich mit siebenundzwanzig«, erwidert Plum.

»Wann hast du dich denn aufgeführt wie eine betrunkene Nutte?«, fragt Charlotte.

Ach ja, ich habe ja am Tag danach krankgefeiert. Was soll's, Charlotte und ich sind inzwischen Freundinnen. Ich gebe ihr eine kurze Zusammenfassung von dem Date mit Röhrenjeans, woraufhin sie so sehr lachen muss, dass ich befürchte, sie erstickt.

Danach entsteht ein kurzes Schweigen.

»Wie viele Menschen gibt es in London? Sieben Millionen? Wie hoch stehen die Chancen?«, gebe ich zu bedenken.

»Ich dachte, es sind acht Millionen«, sagt Charlotte.

»Wie viel auch immer«, sage ich. »Ich brauche Zeit, um nachzudenken. Wann genau geht es los? Im Moment steht ja noch lockeres Kennenlernen an, richtig?«

»Wir sollen um neun hoch in den Privatraum gehen«, sagt Plum und wirft einen Blick auf ihre Uhr. »Du hast noch eine halbe Stunde.«

»Ich gebe Henry Bescheid. Er wird sich Sorgen machen«, sagt Charlotte und flitzt wieder hinaus.

»Ich besorge uns was zu trinken«, sagt Plum. »Dann können wir uns überlegen, was wir tun.«

Und ich bin wieder allein. Mir ist schlecht, als wäre ich bei etwas Verbotenem erwischt worden … Ich habe nie auf die SMS von Josh aus der Personalabteilung und von Röhrenjeans geantwortet. Vielleicht ist das die Quittung für mein arrogantes Verhalten. Das Karma ist launisch. Soll ich behaupten, ich hätte mein Handy verloren? Oder dass ich ihre Nachrichten nie erhalten habe? Vielleicht kann ich so tun, als litte ich an Gedächtnisverlust. Wie Guy Pearce in *Memento*.

Scheiße, ich rufe Robert an.

»Warum sagt mir mein sechster Sinn, dass du Hilfe brauchst?«, begrüßt er mich.

»Weil ich total in der Scheiße stecke. Kannst du reden?«

»Ich habe mit zwölf Monaten zu sprechen gelernt, aber ich war weit voraus für mein Alter. Was gibt's?«

»Du weißt ja, ich bin beim Speed Dating. Röhrenjeans, mein One-Night-Stand, ist auch hier, genau wie Josh aus der Personalabteilung. Weißt du noch, das schlechte Date im Albannach? Und außerdem Joe, Peters Bruder, der mich hasst wie die Pest. Und ich muss mich mit allen unterhalten, jeweils drei Minuten lang. Und ich kann die Mädels nicht im Stich lassen, sonst bringen sie mich um.«

Es entsteht eine Pause.

»Wehe, du lachst!«, sage ich.

»Sorry«, sagt er. Ich höre an seiner Stimme, dass er grinst. »Warum hallt das so?«

»Ich verstecke mich auf dem … äh … stillen Örtchen.«

»Okay … Also, wen kümmert es? Drei Minuten. Du kannst alles in drei Minuten machen.«

»Nein! Ich brauche Hilfe!« Ich weiß, dass ich überreagiere, aber ich kann es nicht ändern. »Joe war so widerlich zu mir bei unserer letzten Begegnung. Ich konnte mich nicht einmal wehren. Ich habe keinen Ton herausbekommen und bin heulend weggelaufen. Und Röhrenjeans lag bei unserer letzten Begegnung bewusstlos im Bett, während ich auf allen vieren durch sein Zimmer kroch und meine Unterwäsche suchte. Ich sterbe vor Scham, wenn ich ihm ihn die Augen sehen muss.«

»Wenn du stirbst, schick mir eine SMS.«

»Ich bezweifle, dass der Tod – beziehungsweise das Speed Dating – förderlich ist, um SMS zu schreiben.«

»Wodka!«, ruft Plum und platzt mit zwei großen Gläsern herein. »Ist das Robert? Hallo, Robert!«

»Ist das Plum?«, fragt er. »Wahnsinn, die klingt ja richtig vergnügt.«

»Ich stell mal laut«, sage ich und drücke auf die Taste. »Robert ist mein Drehbuchautor.«

»Also schön. Zu diesem Josh sagst du, dass du dein Handy verloren hast«, beginnt er, und seine Stimme klingt blechern aus dem Lautsprecher.

»Verstanden«, sage ich und nicke. »Aber vielleicht will er ein zweites Date.«

»Dann sagst du, dass du, Gott, ich weiß auch nicht … Dass du noch dabei bist, deine Trennung zu verarbeiten«, sagt er.

»Sie muss also ihre Trennung verarbeiten bei einem Speed Dating?«, bemerkt Plum zweifelnd.

Es entsteht eine Pause. Plum und ich starren hoffnungsvoll auf mein Handy.

Robert räuspert sich. »Lass uns weitermachen mit dem

Nächsten. Röhrenjeans. Tu einfach so, als wärst du leicht amüsiert, ihn wiederzusehen.«

»Das ist keine Hilfe!«, rufe ich. »Ich brauche einen Text, Robert. Was, wenn er wissen will, warum ich mich aus dem Staub gemacht habe, bevor er aufgewacht ist? Oder warum ich seine SMS ignoriert habe? Ich finde es oberpeinlich, ihm zu sagen, dass mir das alles oberpeinlich war.«

»Was?« Robert lacht wieder. »Was kümmert es dich, was er denkt?«

»Und was, wenn Joe wieder Streit anfängt? Ich kann nicht gut mit Leuten umgehen, die gemein zu mir sind. Was, wenn … ich meine, was wenn …«

»Ich kann dir keinen Text geben für unkonkrete Was-wenn-Situationen, Abigail«, sagt Robert. »Du packst das schon. Komm, sei ein Mann. Reiß dich zusammen.«

»Ich habe eine Idee!«, ruft Plum. »Mein Bluetooth Headset fürs Handy. Das können wir in deinen Haaren verstecken. Dann kann Robert mein Handy anwählen und deine Gespräche mithören und dir den richtigen Text vorsagen.«

Ich starre Plum einen Augenblick an. Das ist die perfekte Lösung.

»Ja! Super Idee!«, sage ich. Plum klatscht mich ab und hüpft fröhlich durch den Vorraum. Ich drehe mich wieder zu meinem Handy. »Robert, würdest du das machen?«

»Äh … na gut«, antwortet er langsam. »Kannst du das Ding auch wirklich unsichtbar machen? Außerdem muss ich auch hören können, was der Typ sagt.«

Plum wedelt mit einer Haarspange. »Wir machen dir einen Seitenscheitel. Dann verdecken die Haare dein Ohr. Voilà.«

»Verstanden«, sage ich. »In diesem Fall brauche ich noch einen doppelten Wodka, bitte. Die Runde geht auf mich. Nimm meine Karte. Du kennst meine PIN-Nummer. Robert, ich melde mich wieder in ein paar Minuten.«

»Verstanden«, sagt Plum und rennt aus der Toilette.

Ich hole mein Schminktäschchen hervor und frische mein Make-up auf. Ich brauche eine Kriegsbemalung für diese Schlacht.

Zwanzig Minuten später sind meine Haare zu einem (recht vorteilhaften) voluminösen seitlichen Pferdeschwanz gebunden, der mein rechtes Ohr vollständig bedeckt. Plums Headset ist sicher hinter besagtem Pferdeschwanz befestigt. Robert sitzt zu Hause auf seiner Couch mit einer Flasche Wein, und seine Stimme dringt dank der magischen Bluetooth-Technik in mein Ohr. Beziehungsweise dank der Funktechnik. Oder wie immer man das nennt.

»Kannst du mich hören? Test, Test.«

»Positiv«, sage ich zu dem Spiegel auf der Toilette.

»Man sieht überhaupt nichts«, sagt Plum bewundernd. »Gott, ich bin brillant.«

Sie strahlt vor Zuversicht. Was ein Anruf alles bewirken kann! Mir fällt auf, dass ihre Haare nach hinten gekämmt sind und sie sich verführerische Katzenaugen geschminkt hat.

»Miau«, sage ich.

»Ich weiß«, sagt sie vergnügt. »Morgen bin ich mit Dan verabredet. Aber bewundernde Männerblicke sind gut für die Seele.«

»Amen, Schwester«, sage ich, und wir stoßen an. »Robert, kannst du uns verstehen?«

»Laut und deutlich«, antwortet Robert. *»Und ich rieche das Östrogen.«*

»Okay«, sage ich. Meine Nervosität ist erstarrt zu einer winzigen Faust im Magen. Mich kann heute Abend nichts umwerfen … mit Roberts Hilfe.

»Robert, vielen Dank, dass du das für mich tust«, sage ich. »Das ist mein Ernst. Ich bin dir was schuldig.«

»Ich setz es auf die Rechnung«, sagt die kleine Robertstimme in meinem Ohr.

»Okay, Leute«, sage ich, als draußen eine Glocke läutet. »Auf geht's.«

Plum und ich verlassen die Toilette und gehen nach oben in das Privatzimmer, wo Charlotte, Henry und die restlichen Speed-Dater sich bereits versammelt haben. Vierzig junge Londoner Singles, alle in einem Raum. Ich kann die Hormone praktisch riechen.

Mit gesenktem Kopf setze ich mich an einen Tisch für zwei, auf dem eine Flasche Wein und zwei Gläser stehen. Wie aufmerksam, ein Schmiermittel für die Unterhaltung bereitzustellen, denke ich und fülle mein Glas bis zum Rand. Dann trinke ich es zur Hälfte leer und gieße direkt nach.

Auf dem Tisch liegen außerdem ein Stift und ein Blatt Papier mit zwanzig nummerierten Linien. Ich soll mir Notizen machen? Scheiß drauf.

Ganz vorne steht eine Frau, die den Teilnehmern nun die Regeln erklärt, aber ich habe Mühe, mich zu konzentrieren. Ich entdecke Charlotte und Plum an ihren eigenen kleinen Tischen und nicke ihnen aufmunternd zu. Die anderen Teilnehmer zeigen alle unterschiedlich starke Anzeichen von Nervosität und Aufregung. Ich kann übrigens keinen besonders attraktiven Mann entdecken. Das ist gut, denn in der nächsten Stunde geht es ums Überleben, nicht ums Flirten.

»Bist du okay, Abby, mein Schatz?«, fragt Robert.

»Alles prima!«, rufe ich fröhlich und erschrecke einen Teilnehmer, der gerade an mir vorbeigeht und den Eindruck hat, ich würde mit ihm sprechen. Wenn ich nicht besser aufpasse, mache ich einen absolut bescheuerten Eindruck. Während ich das denke, sage ich laut »bescheuert« und höre Robert lachen.

»Hi, ich bin Christopher«, sagt ein Glatzkopf in einem Anzug und schüttelt meine Hand. »Ich glaube, ich bin dein erstes Opfer.«

»Sag ihm, dass du ihn nicht zu hart rannehmen wirst, aber dass du gerne den ersten Treffer landest«, sagt Robert. Ich muss laut lachen, und Christopher sieht mich seltsam an.

»Wenn du das amüsant findest, werden wir sehr viel Spaß haben«, sagt er.

Ich sehe ihn mit hochgezogener Augenbraue an. Ich kann auch die Arrogante spielen, mein Freund.

Dann läutet wieder eine Glocke, und das Speed Date ist offiziell eröffnet.

»Und, was führt dich heute Abend hierher, Christopher?«, frage ich.

»Ich bin Journalist. Ich mache einen Bericht für *Time Out*«, antwortet er.

»Er lügt«, sagt Robert in meinem Ohr. *»Er will cool wirken.«*

»Wirklich!«, sage ich. »Arbeitest du mit Kristina O'Shaunnessy zusammen?«

»Ja, aber sie sitzt in einer anderen Abteilung«, erwidert er aalglatt.

Er lügt. Ich habe diesen Namen frei erfunden.

»Wohnst du … äh … in London?«, frage ich.

»O Gott, ich langweile mich jetzt schon«, sagt Robert.

»Sei still«, sage ich. Christopher sieht mich befremdet an. »Ich meine … du sollst natürlich nicht still sein! Rede! Sprich weiter!«

Robert beginnt, in mein Ohr zu lachen, und ich habe Mühe, die Fassung zu wahren. Das restliche Gespräch ist eine absolute Katastrophe, da ich ständig Roberts Lachen im rechten Ohr habe, und Christopher, der mich sicher für verrückt hält, im linken.

Dann läutet wieder die Glocke. Christopher kann es nicht erwarten, von mir wegzukommen.

»Hör zu, verdammt, du musst ernst bleiben«, flüstere ich böse. »Ich werde zwangseingewiesen, wenn ich so weitermache.«

»Sorry«, sagt Robert. *»Okay, okay, ab sofort bleibe ich ernst.«*

Dann läutet wieder die Glocke, und ich hebe den Kopf, und vor mir steht Josh aus der Personalabteilung.

»Abigail«, sagt er verlegen und setzt sich.

»Josh!«, sage ich laut.

»Wer?«

»Aus der Personalabteilung«, füge ich rasch hinzu.

»Verstanden.«

»Wie geht es dir? Was hast du die ganze Zeit getrieben?«, plappere ich los.

Ah, der Bewerbungsgesprächsmodus. Kennen wir doch.

»Gut«, sagt er und macht eine Pause. »Hör zu, ich will nicht, dass das hier eine peinliche Angelegenheit wird …«

Er verstummt, als ob er überlege, wie er mich fragen soll, warum ich ihn ignoriert habe. Ich stoße ein Räuspern aus in der Hoffnung, dass Robert das als Aufforderung versteht, etwas zu sagen. Tut er.

»Ich wollte dir eine SMS schicken«, sagt Robert.

»Ich wollte dir eine SMS schicken«, sage ich.

»Ich glaube einfach, ich bin noch nicht so weit. Ich meine … äh … für eine neue Beziehung. Ich war bis vor kurzem jahrelang in einer festen Beziehung. Ich hatte nicht geplant, dass ich so schnell jemanden kennenlerne.«

»Ich glaube einfach, ich bin noch nicht so weit. Ich meine … äh … für eine neue Beziehung. Ich war bis vor kurzem jahrelang in einer festen Beziehung. Ich hatte nicht geplant, dass ich so schnell wieder jemanden kennenlerne.«

»Das verstehe ich total«, sagt Josh. »Eigentlich wollte ich dich etwas über die Frau fragen, die ich gerade kennengelernt habe. Ich glaube, sie ist eine Freundin von dir. Plum? … Sie ist unglaublich! Erzähl mir alles über sie!«

Robert beginnt wieder zu lachen.

»Plum!«, sage ich fröhlich und versuche, Robert zu ignorieren. »Natürlich. Sie ist meine beste Freundin. Was möchtest du wissen?«

»Wo wohnt sie? Ich möchte eine Freundin, die auch auf der südlichen Flussseite wohnt«, entgegnet er.

Die restliche Zeit verstreicht damit, dass ich Joshs Fragen über Plum beantworte. Hoffentlich nimmt sie mir das nicht übel. Als Josh vom Tisch aufsteht, merke ich, dass ich ins Schwitzen geraten bin.

»Danke für nichts«, zische ich in mein Mikro.

»Und du dachtest, alles drehe sich nur um dich. Geschieht dir recht für deine Arroganz.«

»Ich dachte, Arroganz sei gut.«

»Nur, wenn sie auch witzig ist.«

Die nächsten Dates sind einfacher: absolut nette Männer, von denen keiner besonders interessant ist oder witzig oder gut aussehend. Ich bin nicht richtig bei der Sache, weshalb jedes Gespräch sinnlos mit vorhersehbaren Fragen und Antworten verstreicht. Die Männer halten mich wahrscheinlich alle für sonderbar, weil ich immer wieder über Roberts Kommentare in meinem Ohr grinsen muss.

»Ich bin Unternehmer«, sagt einer.

»Zuhälter«, sagt Robert.

»Ich liebe das Reisen«, sagt ein anderer.

»Sextourist.«

»Warst du schon mal in Kanada?«, fragt der Glatteste aus der Runde.

»Serienmörder.«

Und dann setzt sich Röhrenjeans an meinen Tisch.

»Abigail«, sagt er. »Hab ich doch richtig gesehen.«

»Hi!«, sage ich laut. »Mark!«

»Wer?«, fragt Robert.

Mist, er kennt ja nicht den richtigen Namen. Warum muss ich eigentlich jedem einen bescheuerten Spitznamen geben?

»Ich hätte dich fast nicht erkannt ohne deine RÖHRENJEANS«, sage ich deutlich.

Er trägt ein rosafarbenes T-Shirt, eine graue Flanellhose und Leder-Chucks. Er beweist einen außergewöhnlichen Modegeschmack für einen Hetero-Mann. Ich frage mich, ob er mit mir shoppen gehen würde.

»Oh, okay. Kapiert.«

»Seltsam«, erwidert Röhrenjeans. »Schließlich hatte ich nichts an, als du dich heimlich aus meiner Wohnung vor … sagen wir sieben Wochen davongeschlichen hast?«

»Äh … ja. Na ja, weißt du …«

Ich verstumme. Mach schon, Robert, denke ich verzweifelt.

»Tut mir leid. Hattest du vor, mir ein Frühstück ans Bett zu bringen?«, sagt Robert.

Genau! Es ins Lustige ziehen!

»Tut mir leid. Hattest du vor, mir ein Frühstück ans Bett zu bringen?«, sage ich.

Röhrenjeans grinst.

»Rührei? Toast? Auf einem kleinen Tablett?«

»Rührei? Toast? Auf einem kleinen Tablett mit einer Rose drauf?«, sage ich.

»Halt dich gefälligst an den Text«, sagt Robert, sodass ich noch breiter grinsen muss.

»Du findest dich wohl zum Schreien komisch, was?«, sagt Röhrenjeans.

»Ich bin eine tolle Zuhörerin«, erwidere ich, ohne nachzudenken.

»Netter Spruch«, sagt Robert.

»Was auch immer …«, sagt Röhrenjeans. »Ich hatte trotzdem Spaß. Ich habe mich nur … gewundert, dass du dich nicht mehr gemeldet hast.«

»Ich bin mir sicher, du wirst darüber hinwegkommen«, sagt Robert.

»Ich bin mir sicher, du wirst darüber hinwegkommen«, sage ich in leicht spöttischem Ton.

»Ich weiß sowieso nicht, warum ich erwartet habe, dass eine Frau wie du mich wiedersehen möchte«, sagt Röhrenjeans, halb zu sich selbst.

»Was soll das heißen? Eine Frau wie ich?«

»Frech. Witzig. Scharf«, entgegnet er.

Ich muss lachen.

»Dabei war ich so nervös bei unserem Date …«

Er reißt die Augen weit auf. »Im Ernst?«

»Sprich nicht über Gefühle … Sprich über Alkohol«, instruiert mich Robert.

»Noch Wein?«, sage ich, fülle so langsam wie möglich sein Glas und anschließend meins.

Wie lange können drei Minuten sein?

»Weißt du noch, dass du diesem Fettwanst über den Bauch gerieben hast, damit es dir Glück bringt? Heilige Scheiße, das war zum Totlachen.«

»Äh … ja«, sage ich.

Ich erinnere mich, verschwommen.

»Und dass du die ganzen Musicalhits aus *Smokey Joe's Café* in diesem Dönerladen auf der Portobello Road gesungen hast? Und dass du alle in dem Laden dazu animiert hast mitzusingen?«

»Ja, das war toll.«

Nein, daran habe ich allerdings null Erinnerung.

»Du bist eben eine Klassefrau.« Röhrenjeans fügt hinzu: »Das war einer der besten Abende, die ich seit langem hatte.«

»Ja …«, sage ich zweifelnd. »Was machst du eigentlich hier? Du siehst nicht aus wie einer, der zum Speed Dating geht.«

»Ich habe eine Wette mit Alfie verloren«, antwortet er. »Du hast ihn an jenem Abend im Cow kennengelernt … weißt du noch?« Der Kerl mit der Weste, denke ich und nicke. »Ich habe mit ihm gewettet, wenn du dich nicht mehr bei mir meldest, dass ich es mal mit Speed Dating versuche, weil ich offiziell der unbegehrteste Single Londons bin.«

»Bist du nicht!«, widerspreche ich. »Ich meine, das Date war nicht schlecht. Ich war nur …«

»Sag jetzt nicht betrunken! Das ist die schlimmste Beleidigung nach gemeinsamem Sex.«

»… betrunken, ich meine, ich habe ein bisschen mehr getrunken, als ich gesollt hätte. Und ich … habe mich geschämt, dass ich mich so furchtbar aufgeführt habe bei dem Date.«

»Nein. Du warst toll«, sagt Mark/Röhrenjeans.

»Nein. Eigentlich ist die schlimmste Beleidigung nach gemeinsamem Sex die Frage ›Haben wir?‹«, sagt Robert. *»Aber das ist eine andere Geschichte.«*

Ich muss lachen und mache schnell ein mädchenhaftes Kichern daraus, während ich versuche, mich wieder auf Röhrenjeans zu konzentrieren.

»Egal. Jedenfalls schön, dich wiederzusehen.«

»Freut mich auch«, sagt er. »Besteht die Chance auf ein zweites Date?«

»Das ist ein zweites Date«, sagt Robert.

»Das ist ein zweites Date«, sage ich.

So kann man auch Zeit schinden, denke ich.

»Dann … ein drittes?«, fragt Mark.

»Klingt lustig. Dann können sich unsere Eltern kennenlernen.«

»Klingt lustig«, wiederhole ich. »Dann können sich unsere Eltern kennenlernen.«

»Ich kapiere«, sagt Röhrenjeans und lacht leise in sich hinein, als die Glocke wieder läutet. »Du bist eine harte Nuss.«

Von wegen, denke ich, aber ich grinse ihn an und nehme einen großen Schluck Wein. Gott sei Dank ist es vorbei.

»Danke«, flüstere ich in mein Mikro.

»War mir ein Vergnügen«, erwidert Robert.

Als Nächstes sitze ich Henry gegenüber. Er fragt mich über Charlotte aus, und Robert gibt Henry über mich Tipps. Die restlichen Dates sind ziemlich einfach. Robert ist meistens still – einen Moment lang dachte ich sogar, er wäre eingeschlafen, bis er sehr laut niesen musste. Ich habe vor Schreck aufgekreischt, wodurch ich meinen Tischnachbarn wiederum fast zu Tode erschreckte.

»Und, irgendeiner dabei, der ein Date wert ist?«, fragt Robert nach Date achtzehn – oder war es neunzehn? Ich gieße mir ein weiteres Glas Wein ein und lehne mich mit einem zufriedenen Seufzen zurück. Das ist easy!

»Nein«, murmle ich. »Ich will hier ganz schnell weg. Ich will mich betrinken.«

»Abigail«, sagt eine tiefe Stimme, und ich hebe den Kopf und sehe Joe, Peters Bruder, vor mir stehen. Fuck.

»Joe … hi«, sage ich, wobei ich Robert ganz und gar vergesse.

»Ich komme nur rüber, um dir zu sagen, dass ich nicht vorhabe, mich drei Minuten zu dir zu setzen. Du bleibst also verschont«, sagt er.

»Gut«, erwidere ich.

»Was für ein Ekelpaket«, sagt Robert in meinem Ohr.

Joe nickt und mustert mich voller Verachtung.

»Ich habe nichts Falsches getan, weißt du«, sage ich unfreiwillig.

»Was?«, sagt Robert.

»Was?«, sagt Joe.

»Ich habe nichts Falsches getan. Mit Peter. Ich habe mich von ihm getrennt, aber ich habe ihn nicht verletzt. Es geht ihm doch gut, absolut bestens, oder?«, stammle ich hoffnungsvoll.

»Dir werde ich sicher nicht erzählen, wie es meinem Bruder geht, seit du ihn verlassen hast, ohne mit der Wimper zu zucken«, sagt er, und jedes seiner Worte tropft vor Hohn. »Aber eines sollst du noch wissen: Er hatte eine Affäre. Vor zwei Jahren. Mit einer Arbeitskollegin. Er hat es beendet, weil er es nicht ertragen konnte, einer Frau wie dir wehzutun, obwohl er die andere Frau geliebt hat. Und jetzt ist sie mit ihm in Thailand.«

»Fuck off«, sagt Robert.

»Fuck off«, wiederhole ich und schlage erschrocken die Hand vor den Mund.

Ich wollte das gar nicht sagen, es ist mir einfach so herausgerutscht, weil ich zu schockiert war, um zu überlegen, was ich sage. Ich stehe auf, und Tränen treten mir in die Augen. Peter ist fremdgegangen. Und Joe hasst mich so sehr, dass er es mir aufs Brot schmiert.

»Ich … äh … ich … äh … ich gehe nach u…u…unten«, stammle ich, schnappe mir meine Tasche und mein Weinglas und eile an Joe vorbei.

»Bis dann«, ruft er mir nach.

Ich stolpere hastig die Treppe hinunter, während ich versuche, die Tränen aufzuhalten, die aus meinen Augen kullern.

»Abby? Ist alles okay? Abby? Sag etwas … Soll ich kommen und dem Kerl eine reinhauen?«

»Ich bin okay, alles okay«, sage ich, während ich durch den Pub in Richtung Ausgang stakse und dabei das Headset abnehme. »Ich lege jetzt auf. Ich muss eine rauchen.«

»Aber du rauchst gar nicht …«, sagt Robert, bevor ich den Ohrstöpsel herausziehe.

Peter hatte eine Affäre. Zu der Zeit, als ich versuchte, mein Gefühl zu ignorieren, dass irgendetwas nicht stimmte, dass irgendetwas fehlte in der Beziehung, während ich gleichzeitig dachte, ich muss mein Bestes geben und es weiter versuchen und Peter vor allem keinen Kummer bereiten. Ich fühlte mich für sein Glück verantwortlich, und er ging fremd. Wie dumm ich war. Als ich ihm sagte, es sei aus, sah er mich mit seinem süßen, traurigen Gesicht an und erwiderte: »Ich werde dich immer lieben, was auch kommen mag. Selbst dann noch, wenn wir nicht mehr zusammen sind.« Gott, er muss mich für sehr naiv gehalten haben. Das muss man sich mal vorstellen! Diese ganze Besorgnis und die Ungewissheit, die Schuldgefühle, einen Mann zu verlassen, den ich für einen von Grund auf guten und anständigen Menschen hielt … und der mich betrogen hat. Und Joe meint, ich soll ein schlechtes Gewissen haben, weil Peter mich nicht verletzen wollte? Warum hat er mich nicht einfach verlassen?

Was für ein beschissener Lügner.

Vielleicht hatte Plum recht. Es gibt keine tollen Männer. Nur schlechte in verschiedenen Abstufungen.

Ich rauche nur, wenn ich gestresst bin, und im Moment bin ich wirklich und definitiv gestresst. Mit zitternden Händen stecke ich das Münzgeld in den Automaten, bitte den Barkeeper um Streichhölzer, reiße die Packung auf und zünde mir draußen eine an, alles innerhalb von sechzig Sekunden.

Als ich den Rauch ausblase und einen großen Schluck Wein trinke, klingelt mein Handy. Es ist wieder Robert.

»Abby, bist du okay?«, fragt er, als ich schließlich rangehe.

»Ja«, antworte ich mit hoher und zittriger Stimme.

»Weinst du?«

»Nein«, lüge ich, während sich wieder eine Träne aus meinem Auge stiehlt. »Ich bin nur … keine Ahnung … schockiert. Joe ist sehr nachtragend. Und er konnte mich noch nie leiden. Peter hat mich im ersten Jahr in die Skiferien mit der Familie eingeladen, und Joe war nur ätzend drauf …« Ich nehme zitternd einen Zug. »Kannst du glauben, dass Peter eine Affäre hatte?«

»Nein«, sagt Robert. »Aber er ist definitiv auch ein Ekelpaket. Und Joe ist wahrscheinlich auf dich abgefahren.«

»Ja«, sage ich und muss kurz lachen, während ich mit einem Taschentuch meine Tränen abtupfe. »Trotzdem frage ich mich, wer die Affäre war.« Plötzlich muss ich an eine junge Frau aus Peters Abteilung denken, ein sportlicher Typ. Ich fand sie immer schon seltsam. Sie hat mich oft angestarrt, aber nie ein Wort mit mir gewechselt. Ich sagte zu Peter einmal nach der Weihnachtsfeier, dass ich sie für seltsam hielt. Er verteidigte sie und meinte, sie sei eben schüchtern. »Ich weiß«, sage ich. »Ich meine, ich weiß, wer es war. Ich bin mir ziemlich sicher.«

»Du solltest deine Zeit nicht damit verschwenden, dir darüber Gedanken zu machen«, sagt Robert.

»Ich frage mich, wie lange das wohl gedauert hat«, siniere ich weiter. »Und wie es angefangen hat. Und endete. Und wie oft er mich belogen hat …«

»Abby, mein Schatz, du wirst nie die Antworten bekommen, die du hören willst«, sagt Robert. »Du quälst dich nur. Du hast ihn verlassen. Du hast Schluss gemacht und bist gegangen, und du warst die ganze Zeit treu, in der ihr zusammen wart.«

»Ja«, sage ich unsicher.

»Dann vergiss es. Sonst drehst du durch. Vertrau mir«, sagt Robert.

Ich muss plötzlich an ihn und Louisa denken und dass sie den Mann geheiratet hat, mit dem sie ihn betrogen hat.

»Was für ein Ekel«, sage ich.

»Ja«, sagt Robert. »Das ist er.«

Es entsteht eine Pause. Eigentlich meinte ich Louisa, liegt mir auf der Zunge, aber ich schlucke es herunter.

»Danke, dass du angerufen hast«, sage ich.

»Jederzeit.«

»Und dass du mir geholfen hast, den Abend zu überstehen. Manchmal kommt es mir vor, als wärst du mein Therapeut.«

»Dafür sind Freunde da.«

»Dafür sind gute Freunde da. Du bist soeben aufgestiegen.«

»Ich Glückspilz. Dabei hast du mich gar nicht gebraucht. Jedenfalls nicht wirklich. Du hättest das auch alles selbst hinbekommen.«

»Ja, aber so hat es mehr Spaß gemacht.«

Wir schweigen ein paar Minuten. Ich nehme wieder einen Schluck Wein und höre, dass Robert auch einen Schluck trinkt. Das ist seltsamerweise tröstend.

»Ich hab dir gesagt, Speed Dating ist der letzte Scheiß«, sagt er schließlich, und ich muss gegen meinen Willen lachen.

Scheiß auf Peter. Ich bin kugelsicher.

»Alles klar? Was zum Teufel war da los mit Joe? Lass uns von hier abhauen!«, ruft Plum, die aus dem Pub gestürmt kommt. »Kann ich mein Handy wiederhaben? Übrigens, gleich sechs Typen haben mich nach einem Date gefragt! Ich werde natürlich ablehnen. Mein Herz gehört Dan.«

»Plum ist hier«, informiere ich Robert.

»Gut. Ich gehe mit deiner Schwester und Luke zu einer

Einweihungsparty und bin spät dran. Warum kommst du nicht mit?«, fragt er.

»Später vielleicht, ich muss erst mit den Mädels reden.« Ich lege auf und drehe mich zu Plum, die mit ihrem verzückten Lächeln im Gesicht Mühe hat, sich eine Zigarette anzuzünden. Verstehen Sie, was ich mit der Erfolgsspirale des Selbstvertrauens meinte?

»Hallo, Hühner«, sagt Henry, der mit Charlotte an seiner Seite aus dem Lokal kommt. »Würdet ihr endlich aufhören, uns ständig allein zu lassen? Wir kriegen sonst noch Komplexe. Das war übrigens der totale Flop. Keine Ahnung, warum ich mich von euch dazu habe überreden lassen.«

»Lasst uns verschwinden«, sage ich. »Wer hat Lust, noch was trinken zu gehen? Geht auf meine Rechnung.«

Kapitel 19

Das Speed Dating hinterließ bei uns allen eine posttraumatische Euphorie. Wir entdeckten um die Ecke eine neue Bar, wo wir einen Tisch in Beschlag nahmen und unsere Erlebnisse mit den einzelnen Speed-Datern austauschten. Plum und ich steckten uns Oliven in die Backen und imitierten Stockard Channing. Henry erzählte eine Geschichte von einem Freund, der ein Wochenende auf Ibiza verbringen wollte. Es begann mit einem kleinen Glas Weißwein im Flieger und endete mit einer Überstellung per Luftbrücke in den Polizeihubschrauber.

»Ich war noch nie auf Ibiza«, bemerkte Charlotte schüchtern.

Sie traut sich immer mehr aus ihrem Schneckenhaus. Henrys unbekümmerte Offenheit scheint ihr Sicherheit zu geben.

»Ich auch nicht«, sagte Henry. »Lass uns zusammen verreisen. Was ist dein Lieblingsurlaubsort?«

Sie flirten ununterbrochen miteinander. Henry hält sich an Roberts Rat, nur Konversation zu betreiben, und Charlotte strahlt bis über beide Ohren. Plum ist in Höchstform, und ich lache so viel, dass mir das Gesicht wehtut. Selbst die unvermeidliche Diskussion über Peter regt mich nicht auf.

»Jetzt kann ich es dir ja sagen: Ich konnte den Kerl noch nie leiden«, sagt Henry.

»Aber … ich dachte immer, ihr verstündet euch gut!«, sage ich. »Du warst so viele Abende bei uns, und wir haben zusammen Rugby geschaut …«

»Wir haben uns auch verstanden«, entgegnet er. »Aber wir waren nur freundlich. Keine Freunde.«

»Du spielst in einer ganz anderen Liga als Peter«, sagt Plum. »Du lächelst jetzt viel öfter.«

Ich stecke eine kleine schwarze Olive auf einen Schneidezahn und grinse in die Runde. Es macht keinen Sinn, über Peter zu reden. Oder über seinen Bruder. Wen kümmert es, dass Peter fremdgegangen ist? Ich bin kugelsicher. Nichts kann mir etwas anhaben.

Wieder eine SMS von Jon, meinem Blind Date.

Hey! Wollte nur wissen, ob du meine SMS bekommen hast. War ein toller Abend mit dir. Würde ich sehr gerne wiederholen. Jon

Löschen, ignorieren, weitermachen. Zur Hölle mit dem Karma.

Und nun gehen wir auf die Einweihungsparty, die in einer Dachgeschosswohnung in Notting Hill stattfindet. Man kann den Lärm bereits auf der Straße hören, bevor man das Haus betritt.

»Bringt die Hütte zum Wackeln, bringt die Hütte zum Wackeln«, singt Henry, als wir die Treppe hochgehen, und führt ein kleines Tänzchen auf.

Plum, Charlotte und ich sinken lachend gegen die Wand.

Als wir die Wohnung betreten, entdecke ich als Erstes Robert, der mit verschränkten Armen in einem Türrahmen lehnt und mit einer blonden Frau spricht, die, offen gesagt, zu viele Pailletten trägt.

»Überstanden?«, ruft er mir zu und wendet sich von der Blonden ab.

»Gerade so eben«, erwidere ich und drehe mich zu den anderen um, damit ich mich um den Wein kümmern kann, den wir auf dem Weg besorgt haben.

Charlotte und Henry haben sich bereits in die überfüllte Küche gequetscht, und Plum unterhält sich mit dem Kerl, der uns die Tür aufgemacht hat. Ich drehe mich wieder zu Robert und sehe, dass die Blondine böse auf seinen Hinterkopf starrt, bevor sie rasch durch den Flur davonstolziert.

»Deine Glitzerkönigin haut ab«, sage ich leise, während ich auf ihn zugehe.

»Die kommt wieder«, entgegnet er. »Komm, lass uns deine Schwester suchen. Sie ist ziemlich blau.«

»Danke für vorhin«, sage ich. »Vor allem wegen der Sache mit Peter.«

Er grinst. »Du hast dich genug bedankt. Ich habe Erfahrung mit ähnlichen Enthüllungen.«

Als wir das Wohnzimmer betreten, schlägt mir fröhlicher Partylärm entgegen. Es sind etwa siebzig Leute anwesend, die trinken, tanzen, qualmen, lachen oder sich schreiend verständigen. Die Musik ist aufgedreht bis zum Anschlag. Die Hälfte der Gäste trägt Perücken und Sonnenbrillen aus keinem ersichtlichen Grund.

Es ist nicht eine dieser Partys, auf denen man von allen gemustert und anschließend ignoriert wird. Vielmehr ist es eine dieser Partys, auf denen man beim Hereinkommen direkt von der albernen Stimmung angesteckt wird. Außerdem entdecke ich sofort fünf Frauen in Outfits, die ich kopieren möchte.

»Ich wollte dir eigentlich alle Leute vorstellen«, sagt Robert. »Aber ich schätze, dafür kommst du einen Drink zu spät.«

Wir lächeln uns kurz an, aber ich werde von einem Kerl abgelenkt, der auf die Wand neben mir zustürmt und versucht, daran hochzulaufen, wie Donald O'Connor in seiner Tanzeinlage in *Singing in the rain*. Er scheitert allerdings kläglich und kracht auf den Boden.

»Alles okay?«, frage ich und beuge mich vorsichtig über ihn.

»Hat jemand zugesehen?«, fragt er gedämpft durch seine Armbeuge, die auf seinem Gesicht liegt.

»Äh …« Ich bin mir nicht sicher, was ich sagen soll.

»Das ist JimmyJames«, erklärt Robert. »Er tut alles, um Aufmerksamkeit zu bekommen …«

»Ich tue nicht alles, um Aufmerksamkeit zu bekommen«, widerspricht JimmyJames vom Boden aus. »Ich ziehe eine Grenze bei Nonnen und Hunden.«

Er greift nach Roberts ausgestreckter Hand und zieht sich mit einem Hüpfer hoch. Jimmy, wie ich jetzt sehen kann, ist gebaut für Kraft, nicht für Geschwindigkeit. Geschweige denn dafür, an Wänden hochzuklettern. Er ist ungefähr so groß wie ich und hat die Figur einer Tonne.

Bevor ich antworten kann oder ihn fragen, warum er JimmyJames heißt, werde ich von einem Schrei hinter mir abgelenkt.

»Schwestaaah!« Ich drehe mich um. Es ist Sophie, die, ganz untypisch, auf einem Couchtisch zu *Bust a move* von Young MC tanzt. Sie kreischt begeistert meinen Namen und streckt die Arme zu mir aus, wobei sie prompt vom Tisch fällt. Für den Bruchteil einer Sekunde befürchte ich, dass sie mit dem Gesicht voran auf den Boden knallt und sich die Nase bricht, weil sie zu betrunken ist, um sich mit den Händen abzufangen, aber im letzten Moment fängt Robert sie auf und stellt sie sicher auf ihre Füße. Sie scheint ihn nicht einmal zu bemerken und fällt mir fröhlich um den Hals. »Ich hab dich so sehr vermisst!«

»O mein Gott, das war knapp«, sage ich zu Robert. Er lächelt und wendet sich wieder JimmyJames zu.

»Erzähl mir alles von deinem Speed Dating!«, sagt Sophie.

Normalerweise trinkt sie nicht so viel. Jemand muss ihr Schnaps gegeben haben.

»Morgen«, sage ich und schüttle den Kopf.

Sophie schnappt sich meine Hand und zwingt mich zu der Breakdance-Figur mit (ziemlich erbärmlichen) Wellenbewegungen durch die Arme, die wir als Kinder perfekt draufhatten. Lachend drehe ich mich zu Robert um, aber der starrt eine sehr hübsche Frau an, die große, schräge Augen hat – wie eine Siamkatze.

»Robbie, kann ich mal kurz mit dir reden?«, sagt sie leise mit rauchiger Stimme.

Gott, ich wünschte, meine Stimme wäre tiefer. Ich schwöre, auf meiner Mailbox klinge ich wie sieben.

»Olivia! Aber sicher. Gerne«, sagt Robert. »Lass uns in die Küche gehen. Abby, möchtest du was zu trinken haben?«

»Lukey steht dort drüben, komm und sag Hallo«, plappert Sophie dazwischen und greift nach meiner Hand.

»Ja, bring mir irgendwas mit«, rufe ich über meine Schulter hinweg, während Sophie mich wegzieht. »Ich bin eindeutig zu nüchtern für diese Party.«

»Nüchtern ist tödlich«, sagt der Mann, der jetzt vor mir steht.

Unsere Blicke treffen sich. Heilige Sinnesüberreizung vor Schönheit. Ich drehe mich wieder zu Sophie, um den Augenkontakt mit ihm zu unterbrechen.

»Abigail, das ist Dave«, sagt Sophie.

»Hallo«, sage ich und – unhöflich vor lauter Benommenheit – drehe mich rasch zu Luke, bevor Dave etwas erwidern kann. »Hi, Luke.«

»Hallo, Fast-Schwägerin«, entgegnet Luke und gibt mir ein Küsschen auf die Wange, bevor er Sophie in einen innigen filmreifen Kuss taucht.

Ich habe keine andere Wahl, als mich wieder zu Dave zu drehen. O Gott. Was für ein schöner Mann.

»Kann ich dich für einen Kurzen begeistern?«, fragt Dave.

Er trägt eine Flasche Tequila vor dem Bauch in einem Trinkwassergürtel, wie ihn normalerweise Läufer benutzen, mit sechs Schnapsgläsern an jeder Seite wie Patronen. In einem iPod-Holster über seiner linken Schulter steckt ein kleiner Salzstreuer, und er hält einen Teller mit Zitronenscheiben in der rechten Hand. Er ist eindeutig derjenige, der für den momentanen Zustand meiner Schwester verantwortlich ist.

»Ist dir keine Halterung für die Zitronenscheiben eingefallen?«, sage ich.

Reiß dich zusammen, Abigail. Unsere Blicke kreuzen sich wieder, und mein Gesicht kribbelt schmerzhaft. Ich werde rot.

»Eigentlich wollte ich den Teller einem Zwerg auf den Kopf binden«, erwidert er. »Aber leider hat mein Zwerg für knifflige Situationen gerade Urlaub.«

»Blöd«, sage ich und schaue ihm ganz kurz in die Augen, bevor ich sofort wieder wegsehe.

Er ist auch noch witzig. So ein Ärger. Komm schon, Abigail. Reiß dich zusammen.

Aber er ist so schön. Kurze dunkelblonde Haare und auffallend blaue Augen, in die ich nicht länger als eine halbe Sekunde blicken kann. Gesunde Bräune, als wäre er vor kurzem Skifahren oder segeln gewesen. Ein Lächeln, das beinahe das ganze Gesicht einnimmt. Er ist recht groß und fit, vielleicht ein wenig zu dünn, aber solange er keine kleinere Jeansgröße trägt als ich, ist mir das egal. Kurzum, echt zum Anbeißen. Und wahrscheinlich nicht meine Liga.

»Auf die Plätze!«, ruft Dave.

Sophie und Luke unterbrechen ihren Kuss, während Dave die Schnapsgläser verteilt und mit Tequila füllt.

»Ich bin mir nicht sicher, ob ich Tequila mag«, sage ich, während ich an den Abend mit Röhrenjeans denke. Brrr. Schnell verdrängen.

»Niemand mag Tequila, Abigail, Darling«, sagt Dave und sieht mich an. »Wie könnte man auch.«

Hand anlecken. Salz darauf streuen. Glas kippen. Zitronenscheibe aussaugen. Als ich mich kurz wegen des ekelhaften Geschmacks schüttle, hebe ich den Kopf und fange wieder Daves Blick auf. Gott. Das ist wie ein Schlag in den Magen vor Verlangen. Ich habe so etwas noch nie in meinem Leben gespürt. Ich wette, der Funke würde sofort überspringen, wenn wir uns küssten …

Im Moment habe ich gar nichts Cooles oder Distanziertes an mir. Vielmehr bin ich mir ziemlich sicher, dass Dave meine Gedanken lesen kann: *ICH MÖCHTE GERNE NACKT MIR DIR IM BETT LIEGEN.*

Ich drehe mich zu Sophie.

»Melde dich doch noch mal bei Jon!«, kräht sie. »Wie ich gehört habe, findet er dich sehr sympathisch. Hat er mal was von sich hören lassen?«

»Äh … ja«, sage ich zerstreut. »Aber ich bin nicht interessiert.«

»Kannst du nicht eine Ausrede erfinden, statt ihn zu ignorieren? Zum Beispiel, dass du dich mit deinem Ex wieder versöhnt hast? Dann muss er sich wenigstens keinen Kopf machen …«

»Nö«, sage ich. »Keine Lust. Ich habe ihm gesagt, dass ich keine Beziehung suche.«

»Du bist gemein. Jon soll nämlich echt nett sein … Oh! Ich bin heute übrigens einen Marathon gelaufen!«, sagt sie stolz.

»Ich dachte, es war ein Wohltätigkeitslauf über fünf Kilometer durch den Hyde Park in der Mittagspause?«, erwidere ich.

Gott segne das Erinnerungsvermögen von Betrunkenen.

»Was auch immer. Jedenfalls bin ich sehr lange gelaufen«, sagt sie. »Danach bin ich nach Hause, um mich auszuruhen, dann habe ich mich mit Luke zum Abendessen getroffen, und dann kam Dave dazu als der Captain of Fun«, sagt sie und hickst laut. »Seitdem geht es hier ein bisschen drunter und drüber.«

»Nein, nein«, widerspricht Dave. Er hat eine sehr selbstsichere Art zu reden. »Captain Fun, nicht der Captain of Fun. Das ist ein rechtmäßiger Name. Abigail, du verstehst den Unterschied, nicht?«

»Absolut«, sage ich und nicke wieder dämlich.

Ich frage mich, ob er das mit Jon mitbekommen hat. Wenigstens weiß er dann, dass ich Single bin, richtig? (Klingt das verzweifelt? O Gott.)

Ich stürze auf Robert zu, der gerade mit zwei Bier und ohne Olivia aus der Küche kommt und mir »Komm mit!« zuzischt, als ich ihn erreiche. Kaum sind wir im Flur, lasse ich mich theatralisch gegen die Wand sinken.

»Dieser Dave. Ihr seid doch so was wie beste Kumpel, richtig? Wie kommt es dann, dass ich ihn nie kennengelernt habe? Ist er Single?«

»Ja, warum?«, sagt Robert. Dann macht es klick. »Dave? Im Ernst?«

»Ja. Das ist der erste Mann seit meiner Trennung von Peter, den ich einfach … göttlich finde«, brabble ich. »Erzähl mir von ihm. Hat er irgendwelche schlimmen Macken? Ist er nett zu Kellnerinnen? Glaubst du, er mag mich? Glaubst du, er würde mich zu einem Date einladen? Ich glaube, ich könnte ihn mir als meinen Liebhaber vorstellen.«

»Als deinen Liebhaber? Okay, Abby, bleib locker«, sagt Robert. »Dave ist einer meiner ältesten Freunde. Ich kann dir helfen.«

»Ja?«, sage ich. »O bitte, ja. Wenn er dein bester Kumpel ist, muss er einigermaßen normal sein. Ist das nicht aufregend? Ich weiß endlich, was ich will! Ich will *ihn!*«

»Nur eins noch«, sagt Robert und überlegt kurz. »Dave …«

Ein lauter Schrei am anderen Ende des Flurs lenkt mich ab, und ich sehe, dass Henry und Charlotte händchenhaltend die Wohnung verlassen.

»Sieh mal!«, sage ich und packe Robert am Arm. »Henry und Charlotte!«

Robert nickt. »Ich habe vorhin gesehen, wie sie in der Küche einen Paarungstanz aufgeführt haben.«

»Also, was soll ich wegen Dave unternehmen?«

Robert überlegt kurz. »Ignorier ihn einfach. Das ist das Beste, was du tun kannst.«

»Wirklich?«, sage ich zweifelnd.

»Ja, absolut«, erwidert er.

Plum kommt angehüpft. »Echt geile Party! Ich bitte um Verzeihung«, sagt sie, bevor ich etwas erwidern kann, und dreht sich zu dem Kerl um, der hinter ihr steht. »Hast du mir eben an den Arsch gegrapscht?«

»Nein …«, sagt er. Er ist süß. Hat einen Vollbart. »… vielleicht. Kann ich dir einen Drink besorgen als Entschuldigung?«

»Na gut«, entgegnet sie und hüpft ihm hinterher in die Küche, nicht ohne sich kurz umzudrehen und uns ein irres Grinsen zuzuwerfen.

»Komm«, sagt Robert. »Ich mach dich mit ein paar Leuten bekannt.«

Die Gäste auf dieser Einweihungsfeier kommen nicht nur aus dem ganzen Land, sondern aus der ganzen Welt. Eine Griechin namens Aphrodite bringt einem Liverpooler namens Dylan bei, wie man auf Griechisch sagt »Ich bekomme ein Kind von dir«. Ein Amerikaner, der fabelhafterweise Vlad heißt, steht auf einem Stuhl und liefert sich einen Cypress-Hill-Singwettbewerb mit Jimmy-James, und ein Kanadier namens Matt fragt nach meiner Nummer, aber nennt mich wiederholt »Jessica«.

»Wie kommen die alle hierher?«, frage ich.

Robert lässt den Blick schweifen und zuckt mit den Achseln.

»Das ist eben London. Ich schätze, JimmyJames und Dave sind gut darin, neue Leute kennenzulernen.«

Ich finde das prima. Sosehr ich es genieße, Freunde zu haben, die ich bereits seit meinem achtzehnten Lebensjahr kenne, so froh bin ich auch, dass andere mich nicht als Peters stille Freundin oder als die Streberin, die immer in der Bibliothek hockte, kennen – oder als Plums brave Freundin oder als Sophies weniger lustige ältere Schwester. Ich bin hier ein unbeschriebenes Blatt. Als Folge davon bin ich ein bisschen lauter und selbstbewusster als sonst. Ich rede mehr und lache mehr. Es ist toll.

Während der ganzen Zeit ist mir deutlich bewusst, wo genau Dave sich gerade aufhält, was er gerade macht und mit wem er sich unterhält. Ich beobachte ihn diskret. Er ist so attraktiv und witzig, und er verströmt Selbstvertrauen und Charme. Wenn er herüberkommen und mich ansprechen würde, könnte ich dann cool und distanziert bleiben? Würde ich keinen Ton mehr herausbringen oder drauflosplappern? Ich habe keine Ahnung. Aber ich befolge Roberts Instruktionen und ignoriere Dave.

Dann gehe ich in die Küche, um mir Nachschub zu holen.

»Du bist Roberts Mitbewohnerin«, sagt die Blondine mit den zu vielen Pailletten zu mir, die sich vorher mit Robert unterhalten hat.

»Ja«, sage ich, obwohl es nicht wirklich eine Frage war. »Ich bin Abigail.«

»Ich bin Emma«, erwidert sie. »Ich nehme an, Robert hat dir von mir erzählt.«

»O ja, Emma! Natürlich.«

Ihre Augen füllen sich mit Tränen.

»Er hat mich nie erwähnt, oder? Bastard.«

»Tut mir leid«, sage ich zögernd. »Was … sind … was … hat er getan?«

Mir fällt nichts anderes ein, obwohl ziemlich klar ist, worüber sie sich aufregt.

»Was er jeder antut«, antwortet sie und fuchtelt mit den Armen, wobei sie ein bisschen Gin auf dem Boden verschüttet. »Er war dreimal mit mir im Bett und hat mir dann erzählt, er möchte es lieber locker angehen lassen.«

Ich verziehe das Gesicht. Das klingt eindeutig nach Robert. Obwohl er immer behauptet, das geschehe in gegenseitigem Einvernehmen, die Frauen erwarteten nicht mehr von ihm. Von wegen.

»Er gibt dir das Gefühl, etwas Besonderes zu sein, als würde er sich um dich sorgen, weißt du?«, sagt sie. Sie schaltet jetzt um auf Schimpfmodus. »Er ist so lieb und süß und unwiderstehlich, der perfekte Mann. Aber das ist alles nur Show. Für ihn ist das ein Spiel. Er ist nur ein mieser Mistkerl.«

»Das ist er nicht«, sage ich zu seiner Verteidigung, obwohl, wäre Robert nicht ein guter Freund von mir, würde ich ihn wahrscheinlich auch für einen miesen Mistkerl halten. »Er ist ein toller Freund«, fahre ich fort. »Er will nur keine Beziehung eingehen.«

»Das hat er mir auch gesagt, und genau das ist Teil seiner Anziehungskraft!«, stößt sie hysterisch hervor. »Er ist unerreichbar. Du bist bestimmt die einzige Freundin, die er jemals hatte, mit der er nicht geschlafen hat. Und ich wette, das wird er noch«, zischt sie verbittert. »Ich wette, er kriegt dich rum. Und dann wirst du wissen, was ich meine.«

»Danke für die Warnung«, sage ich. Diese Unterhaltung führt zu nichts. »War nett, mit dir zu reden.«

Ich drehe mich um und gehe aus der Küche und laufe prompt Robert in die Arme.

»An deiner Stelle würde ich nicht reingehen«, sage ich. »Emma wartet auf dich.«

»Fuck, danke«, sagt Robert, macht eine Kehrtwende um hundertachtzig Grad und geht schnell zurück ins Wohnzimmer.

»Weißt du, du solltest aufhören, mit Frauen Sex zu haben und sie danach in den Wind zu schießen. Das ist einfach nicht nett«, sage ich.

»Der Sex ist sogar sehr nett«, erwidert er.

»Das meine ich nicht. Emma geht es schlecht, und das ist deine Schuld.«

»Ich habe ihr nie etwas vorgemacht. Ich habe nie behauptet, dass mehr daraus wird, als jemals war«, sagt er leichthin. »Ich sage jeder Frau ganz offen, dass ich keine feste Beziehung suche und dass es nur eine lockere Sache ist. Das ist von Anfang an sonnenklar.«

»Dir vielleicht, aber den Frauen nicht«, sage ich und sehe ihn stirnrunzelnd an. »Das kann ich dir garantieren. Frauen entwickeln schnell Gefühle …«

»Du warst mit Röhrenjeans in der Kiste und hast auch keine Gefühle entwickelt«, erwidert Robert.

Ich verziehe das Gesicht bei der Erinnerung. »Das war ein Fehler. Und eine Geschmacksverirrung. Ich musste abhauen, bevor er aufwachte, um uns die peinliche Szene am Morgen danach zu ersparen … Jedenfalls spreche ich von deinen sogenannten lockeren Beziehungen, und nicht von One-Night-Stands.« Ich mache eine Pause und denke kurz nach. »Vielleicht solltest du nicht so freundlich zu den Frauen sein.«

»Ich gebe zu, das mit Emma war nicht meine beste

Idee«, sagt er. »Sie ist zu zart besaitet. Ich halte mich jetzt eher an toughe Frauen, die es gut finden, dass ich uns die peinliche Szene am Morgen danach erspare.«

»So wie Olivia?«, sage ich.

Die Frau mit den Siamkatzenaugen sitzt wenige Meter entfernt auf einem Sofa, genauer gesagt auf dem Schoß von irgendeinem Kerl, und starrt Robert an.

»Wenn du es unbedingt wissen musst, Olivia benutzt mich immer zwischen ihren Beziehungen«, sagt Robert leise und fährt mit den Fingern durch seine der Schwerkraft trotzenden Haare, sodass sie fast kerzengerade hochstehen. Er grinst anzüglich und zeigt seine sehr weißen Zähne. »Siehst du? Das Opfer bin ich.«

»Mir blutet das Herz«, sage ich und sehe ihn wieder stirnrunzelnd an. »Du solltest dich bei Emma entschuldigen.«

»Niemals entschuldigen, niemals …«

»… erklären«, ergänze ich den Satz für ihn. »Das hast du mir bereits beigebracht … Mist. Augenblick. Wo ist Dave?«

Mir wird plötzlich bewusst, dass mein Dave-o-meter seine Spur verloren hat. Ich lasse den Blick durch den Raum schweifen, kann ihn aber nicht entdecken. Also flitze ich in die Diele und stecke vorsichtig den Kopf um die Ecke. Dave! Er ist im Begriff zu gehen! Mit Pailletten-Emma! Er dreht sich nicht einmal um, um sich zu verabschieden. Er legt nur die Hand auf ihren Rücken und geleitet sie nach draußen.

»Er haut ab! Zusammen mit Emma!«, fauche ich Robert an.

Robert murmelt etwas von einem Todeswunsch, aber ich verstehe ihn nicht richtig.

»Sorry?«, sage ich. »Emma kam mir nicht vor wie eine Psychopathin …«

»Nein …«, seufzt er. »Mach dir keine Gedanken wegen Dave. Vertrau mir, das mit den beiden ist nichts Ernstes.«

»Nein?«, sage ich. »Warum hast du mir geraten, ihn zu ignorieren, du Doofi?«

»Du wirst ihn bald wiedersehen. In zwei Wochen treffen wir uns alle in eurem Elternhaus in Frankreich, schon vergessen? Die Kennenlernparty für die Trauzeugen und Brautjungfern.«

»Ja!«, sage ich und boxe in die Luft vor Freude. »Okay, bis dahin musst du mir alles erzählen, was du von ihm weißt. Ich muss mir eine Strategie zurechtlegen.«

»Ja, Ma'am«, sagt er und nimmt einen Schluck von seinem Bier.

Luke stößt zu uns mit Sophie. Sie kann sich kaum noch auf den Beinen halten.

»Sie ist fertig mit der Welt. Wir hauen ab.«

»Das ist nur, weil ich heute einen Marathon gelaufen bin«, ruft Sophie lallend. »Alkohol geht schnell ins Blut, wenn man schnell läuft. Das ist biologisch nachgewiesen.«

»Ich schließe mich euch an«, sagt Plum, die jetzt auch dazukommt. »Ich habe morgen ein heißes Date mit Dan. Ich brauche meinen Schönheitsschlaf.«

»Ich habe auch genug«, sage ich. »Was ist mit dir, Robert? Oder hast du noch was vor?«

»Ha«, entgegnet er. »Na ja, Felicity wartet noch auf mich. Aber ich werde dich vorher natürlich sicher nach Hause bringen.«

»Du bist ein wahrer Gentleman«, sage ich.

Nachdem wir ein paar Minuten auf der Westbourne Grove herumstehen, ergattern wir zwei freie Taxis. Sophie, Plum und Luke nehmen das erste, Robert und ich steigen in das zweite.

»Das war lustig«, sage ich und drehe mich zu ihm.

»Allerdings«, stimmt er mir zu und erwidert meinen Blick.

Wir lächeln uns ein paar Sekunden stumm an in der Dunkelheit.

»Du siehst heute Abend sehr hübsch aus«, sagt er. »Mir gefallen deine Schuhe.«

»Danke. Deine gefallen mir auch.« Ich lehne den Kopf zurück und schließe die Augen. »Danke für alles heute Abend«, murmle ich. »Du bist der Beste.«

»Das sagen alle.«

»Du bist mein Cyrano de Bergerac«, sage ich.

»Dann bist du Roxane?«

»Nein … Christian. Der Kerl, dem Cyrano geholfen hat, war Christian de Neuvillette.«

Ich bin so müde. War eine lange Nacht. Nach der seelischen Unterstützung für Plum, dem verunglückten Speed Dating, dem Schock wegen Peters Affäre und schließlich der faustschlagähnlichen Begegnung mit Dave bin ich total erledigt. Ein Glück, dass erst Freitag ist. Ich werde morgen den faulsten Samstagvormittag aller Zeiten verbringen. Vielleicht koche ich etwas. Ach was, ich werde nicht kochen. Ich werde uns etwas holen. Oder ich gönne mir Erdnussbuttertoast. Ich wünschte, wir hätten einen Toaster für vier Scheiben gleichzeitig. Manchmal sind zwei einfach nicht genug …

»Abby, mein Schatz, aufwachen, wir sind da«, flüstert eine Stimme, und ich öffne die Augen.

Ich liege hinten im Taxi, den Kopf auf Roberts Oberschenkel, während seine große Hand auf meinem Arm ruht. Es ist unglaublich warm und kuschelig und bequem. Meine Haare fallen in mein Gesicht, und Robert streicht sie zurück.

»Aber es ist so gemütlich«, murmle ich.

»Komm schon«, sagt er und nimmt mich an der Hand.

Ich klettere langsam aus dem Taxi. Über meiner Schulter hängt ein großes Jackett. Es muss Robert gehören. Er bezahlt den Fahrer durch das Fenster und nimmt mich wieder an die Hand. Ich bin so schläfrig, ich kann kaum die Augen offen halten. Mein Gehirn fühlt sich an, als wäre es aus warmem Honig.

Ich folge Robert die Eingangstreppe hoch und warte, dass er die Haustür aufschließt. Dann nimmt er wieder meine Hand und führt mich nach oben in mein Zimmer.

»Ei, Großmutter, was hast du für große Hände«, sage ich, halb zu mir selbst.

»Schsch«, sagt Robert.

»Schsch«, wiederhole ich.

Wir bleiben oben im Flur vor meiner Zimmertür stehen, und ich beuge mich herunter, um meine Pumps auszuziehen. Das ist schwierig, wenn man die Augen nicht richtig aufbekommt. Robert geht in die Hocke, um mir zu helfen, und ich stütze mich leicht gegen ihn.

Dann sind wir in meinem Zimmer, und ich spare mir sogar die Mühe, mich abzuschminken oder auszuziehen. Ich lasse Roberts Hand los, schlurfe auf mein Bett zu und lasse mich hineinfallen. Ich spüre, dass er sich über mich beugt, und für eine Schrecksekunde befürchte ich, er will mich küssen, aber dann zieht er nur die Decke über mich und packt mich warm ein.

»Nacht«, flüstere ich und lasse mein Gehirn komplett entspannen in warmer Schläfrigkeit.

»Nacht«, erwidert Robert leise und schließt die Tür.

Ich höre seine Schritte im Flur und gleich darauf sein Handy klingeln.

»Miss Felicity«, höre ich ihn sagen. »Warum ist eine Frau wie du um so eine Uhrzeit noch wach?«

Und dann schlafe ich ein.

Kapitel 20

Sie werden nicht glauben, was heute Morgen auf dem Flughafen passiert ist.

Wir kamen zu einer unchristlichen Zeit für den 7:05-Uhr-Flug nach Montpellier in Gatwick an. Wir waren nur zu viert – Luke und Sophie, Robert und ich. Luke und Sophie ähnelten Zombies nach einer langen Nacht mit zu viel Wein. Robert und ich dagegen hatten eine Folge von *30 Rock* geschaut, Mitgebrachtes vom Thai-Imbiss gegessen und waren früh schlafen gegangen, weshalb es uns nicht schwergefallen war, um Viertel vor fünf aufzustehen. (Wir waren auch nur ein bisschen schadenfroh.)

Da saßen wir also am frühen Morgen in der Flughafenhölle gegeneinandergesunken, Pappbecher mit wässrigem Kaffee in der Hand und unaufgeschlagene Zeitungen auf dem Schoß, als eine schrille Stimme kreischte.

»Robbie!«

Wir drehten alle gleichzeitig die Köpfe. Die Stimme gehörte Antonia, der überirdischen italienischen Schönheit, mit der Robert an jenem Abend im Engineer Schluss gemacht hatte.

»Antonia!«, sagte er überrascht.

Er ging zu ihr hinüber und küsste sie auf die Wangen. Sie trug – sorry, aber das ist erwähnenswert, weil niemand so gut aussehen sollte um sechs Uhr morgens – weiße Jeans, in der ihre Beine endlos wirkten, ein dünnes weißes Häkeltop und eine weiße ärmellose Fellweste sowie eine riesige weißgerahmte Sonnenbrille, die ihre langen, glänzenden Haare zurückhielt. Zusammen mit ihrer braunen Haut und der Louis-Vuitton-Handtasche unter ihrem Arm war der Gesamteindruck fraglos kitschig, aber an so einer schönen Frau wirkte es. Sophie und ich wechselten einen finsteren Blick: Wir sahen dagegen aus wie Vogelscheuchen.

»Wer zum Henker ist das?«, fragte Luke.

»Roberts Ex«, sagte ich.

»Teufel auch«, sagte er.

»Soll ich dir eine runterhauen?«, fragte Sophie.

Er musste lachen und nahm ihre Hand, um seine Lippen darauf zu drücken.

Robert und Antonia standen zu weit entfernt, als dass wir etwas verstehen konnten, aber nach ein, zwei Minuten freundlichem Smalltalk wurde die Unterhaltung ernster. Antonia schien eine kleine Ansprache zu halten. Sie nahm die Sonnenbrille vom Kopf und setzte sie auf, dann verschränkte sie abwechselnd die Arme und fuchtelte wild damit herum.

Von uns tat keiner mehr so, als würde er vor sich hin dösen. Wir waren zu sehr gebannt von Robert und Antonia.

»Was für ein schönes Paar«, murmelte ich.

»Ich dachte, du stehst nicht auf ihn«, meinte Sophie.

Dann begann Robert zu reden, und Antonia hörte aufmerksam zu. Im Laufe der nächsten Minute nahm sie die Sonnenbrille ab, strich ihre Haare glatt und lächelte sogar. Dann – die Überraschung schlechthin – umarmten sie sich.

Und nach einer weiteren Minute, einer zweiten Umarmung und einem Kuss auf die Wange wandte Robert sich um und kehrte zu uns zurück.

»Seid ihr so weit?«, sagte er, als wäre nichts geschehen.

»Scheiße, was war das denn?«, sagte Luke.

»Das«, erwiderte er und schnappte sich seine Reisetasche, »war Antonia.«

»Ich meinte, was war da los?«, fragte Luke.

»Nichts«, antwortete er und ging los in Richtung Gate. »Unser Flug wurde gerade aufgerufen. Kommt schon.«

Die restliche Reise verlief ohne weitere Zwischenfälle. Wir schliefen alle während des Flugs und wachten im sonnigen Montpellier auf, und wenn es eine bessere Möglichkeit gibt, einen Novembersamstag von vorne zu beginnen, als durch die französische Provinz in einem Mietwagen, der – maximal – sechzig km/h fährt, in Richtung Autignac zu düsen, dann weiß ich es auch nicht.

Ich platze vor Neugier, worüber Robert und Antonia vorhin gesprochen haben. Ist das unhöflich von mir?

Es ist erst zehn Uhr, und das Wochenende in seiner ganzen französischen Herrlichkeit liegt vor uns. Probleme im Job? Was für Probleme?

Dave (Dave!) landet erst mittags, darum habe ich meine Aufregung noch einigermaßen unter Kontrolle. Ist es unreif, sich dermaßen zu verknallen? Scheiß drauf, es ist eben passiert.

Ich habe Dave seit dem Abend vor zwei Wochen, als das Speed Dating/die Einweihungsfeier stattfand, nicht mehr gesehen, aber seine Gruppen-E-Mails – kurz, sarkastisch, amüsant – haben mich nur noch verknallter gemacht. Ich habe ihn auf Facebook verfolgt, ihn gegoogelt und vor allem Robert über ihn ausgefragt. Dave scheint tatsächlich perfekt zu sein. Sportlich, macht irgendetwas Ehrenamtliches, arbeitet in der Finanzbranche, steht auf Musikfestivals, fährt mit seiner Mutter auf Safari nach Kenia zu ihrem Sechzigsten. Sie wissen schon: perfekt.

Lukes Schwester Bella und ihr Freund Ollie, Jimmy-James und Sophies beste Freundin Vix nehmen auch den späteren Flug.

»Wir sind da!«, kräht Sophie, als wir von der Autobahn

auf eine Landstraße, die an Weinbergen vorbeiführt, fahren.

Autignac ist eine kleine Gemeinde in der Region Languedoc-Roussillon. Meine Eltern haben sich vor drei Jahren dorthin zurückgezogen, aber sie sind dieses Wochenende nicht da.

Das Haus ist süß: ziemlich schmal, mit grünen Fensterläden, von denen die Farbe abblättert, und einem großen Hof, in dem meine Eltern ihre Mahlzeiten zu sich nehmen, außer es regnet. Die Renovierung hat eine Ewigkeit gedauert, obwohl das Haus eher klein ist. Jetzt gibt es eine große Wohnküche und ein geräumiges Wohnzimmer mit einer gemütlichen Couchgarnitur. Von dort gelangt man auf den Hof, in dem ein langer Esstisch aus Holz steht. Eine Treppe in der Eingangsdiele führt hoch zu zwei weiteren Stockwerken mit mehreren Schlafzimmern und einem Arbeitszimmer. Es ist immer noch seltsam, die vertrauten Möbel aus unserem alten Haus in Surrey zu sehen, vertraut und seltsam zugleich.

Auf dem Küchentisch liegt eine Nachricht.

Hallo, ihr Süßen! Milch ist im Kühlschrank. Bedient euch von dem Schinken, Käse, den Oliven und Chips etc. Ruft an, wenn es ein Problem gibt. LOL Maman et Papa

»Ich muss Mum sagen, dass LOL nicht für *lots of love* steht«, sage ich nachdenklich.

»Ich haue mich ein paar Stunden aufs Ohr«, sagt Luke. »Sophie, ich brauche dich zum Einschlafen.«

Sophie sieht ihn mit großen Augen an und folgt ihm mit einem Grinsen im Gesicht aus der Küche.

Ich drehe mich zu Robert.

»Iih.«

»Ich weiß«, sagt er.

»Nicht mehr lange, und Dave ist da«, singe ich und hüpfe fröhlich durch die Küche.

»Warum hopst du so herum?«

»Das ist mein leichtfüßiger Bergziegensprung!«, rufe ich. »Ich habe neulich abends eine Dokumentation von David Attenborough gesehen, in der kleine Ziegen herumhüpften, und ich fand, das sah ganz spaßig aus.«

»Tut es auch«, stimmt er mir zu.

Er setzt an zu einem männlichen Sprung und knallt gegen die Wand.

»Du bist keine leichtfüßige Bergziege«, sage ich traurig. »Du bist eher ein Bär … groß und brummig. Jetzt, wo wir unter uns sind, verrätst du mir, was mit Antonia war?«

»Nein.«

Er grinst mich an.

»Gut«, sage ich verärgert. Warum macht er so dicht? Was macht es für einen Sinn, einen besten Freund zu haben, wenn dieser nicht mit blutigen Details über seine Exfreundin herausrücken will oder womit er seinen Lebensunterhalt verdient? »Okay, hilfst du mir dann wenigstens bei meinem teuflischen Plan, Dave zu meinem Liebhaber zu machen?«

»Ich glaube nicht, dass du auf meine Hilfe angewiesen bist, Abby«, sagt Robert knapp.

Gott, er hat schlechte Laune. Vorher war er noch gut drauf. Wir haben uns den Kaffee geteilt und die Zeitungen, bevor wir im Flieger geschlafen haben. Robert war wieder so zuvorkommend, mir die Zeitung zu falten, wie er das neuerdings immer macht, weil er weiß, dass ich Wert darauf lege. Ich hätte nicht von Antonia anfangen sollen.

»Du hast recht. Ich werde das Wochenende rocken und Dave auch.« Robert zeigt keine Reaktion. »Meine Fresse, Tiger, du bist heute aber in toller Form. Willst du dein Zimmer sehen?«

»Meine Fresse?«, wiederholt er ungläubig.

Als wir die Treppe hochgehen, kommen wir an Kinderfotos von Sophie und mir vorbei. Robert bleibt stehen und betrachtet eines davon genauer.

»Du hattest eine schwierige Kindheit, nicht?«, bemerkt er. »Sagen wir, im Alter zwischen zwei und vierzehn.«

»Charmant«, erwidere ich und betrachte die Fotos von mir. »Ich war eine Spätzünderin.«

»Du hast gezündet?«, entgegnet er in gespielter Überraschung, und ich verpasse ihm einen Schlag auf den Arm. »Sieh dir mal das an!« Er zeigt auf ein Foto von meinem siebten Geburtstag. »Du siehst aus wie Grayson Perry. Du weißt schon, der Künstler, der sich als Mädchen verkleidet …«

»Ich weiß, wer Grayson Perry ist, danke«, sage ich und beuge mich vor. »Ich erinnere mich an das Kleid. Das war mein Festkleid. Ist viel einfacher, wenn man nur eins hat.«

Robert geht weiter. »Oh! Ein Nacktbild. Am Strand. Nichts an außer … einer Elton-John-Sonnenbrille?«

»Ich war zwei. Meine Eltern fanden das saukomisch«, sage ich. »Die Schweine.«

»Schau mal, was für einen Speckbauch du hattest«, stichelt er grinsend weiter. »Und die dicken Beine! Ernsthaft.«

»Okay, das reicht vorerst an Familiengeschichte«, sage ich und schiebe ihn hoch zum Treppenabsatz. »Das ist mein Zimmer. Deins ist gegenüber.«

Robert macht sich nicht einmal die Mühe, einen Blick in sein Zimmer zu werfen, sondern geht direkt in meins. Es ist sehr kahl, nur ausgestattet mit einem großen Bett, einer Schubladenkommode und einem Regal mit meinen Lieblingskinderbüchern. Meine Eltern wollen schon seit drei Jahren Bilder aufhängen, aber ich glaube, mein Vater hebt sich das für eine Daddy-Tochter-Aktion an Weihnachten auf. Die Fensterläden sind geöffnet, man hat einen traumhaften Blick auf den hellblauen Himmel draußen.

»Hm«, sagt Robert und geht zum Bücherregal. »*Milly Molly Mandy. Die fünf Freunde,* alle Bände, natürlich sortiert. Alle Kinderbücher von Roald Dahl, auch *Küsschen, Küsschen?* Das ist ein bisschen gewagt. O klasse! Ich liebe Dolly Rieder.«

Er legt sich auf das Bett und liest laut aus *Dollys großer Tag vor* – mit einer vornehmen altmodischen Schulmädchenstimme.

Ich versuche, ein missbilligendes Gesicht zu machen, scheitere aber (das war mein Lieblingsbuch, jedenfalls direkt nach *Anne auf Green Gables*) und muss kichern. Nach ein paar Minuten hört er auf, und wir legen uns Seite an Seite auf mein Bett und schließen die Augen.

Ich bin angenehm entspannt, und nach ungefähr zwanzig Minuten, in denen ich nichts höre außer gelegentlichem Vogelgezwitscher und Roberts tiefen, gleichmäßigen Atemzügen neben mir, bin ich kurz davor einzunicken.

»Hast du das gehört?«, flüstert Robert plötzlich, setzt sich kerzengerade auf und sieht mich alarmiert an.

Ich schüttle den Kopf, und wir starren uns an, der Stille im Haus lauschend. Dann höre ich es. Aus dem Schlafzimmer über uns dringen Geräusche an unser Ohr, als würden Luke und Sophie ein flottes Tennis spielen oder …

»LAUF!«, zische ich Robert zu, der bereits auf dem Weg zur Tür ist.

»Lass uns nie wieder ein Wort darüber verlieren«, sagt Robert ungefähr fünfzehn Sekunden später, als wir sicher aus dem Haus sind.

»Einverstanden«, sage ich. Ich hake mich bei ihm ein, und wir gehen ein Stück durch das Dorf. »Lass uns einen Café crème trinken«, sage ich. »Oohhh! Und dazu Brioche.«

»Oohhh!«, äfft Robert mich nach.

Ein Spaziergang durch Autignac ist immer leicht surreal. Nach dem Londoner Verkehrslärm ist die Stille in der kleinen französischen Gemeinde fast beängstigend. Die Straßen sind etwas krumm, die Häuser stehen wild durcheinander, und man kommt sich vor – ein charmanter Effekt – wie im Märchen.

Wir hören nichts außer Vogelgezwitscher und gelegentlich eine französische Radio- oder Fernsehstimme, die aus einem offenen Fenster dringt. Und auf dem Weg zur Boulangerie begegnen wir keiner Menschenseele, mit Ausnahme von zwei alten Frauen in Schwarz, die an einer Straßenecke stehen und tratschen. Beide haben Gehstöcke und giftige kleine Hunde und unterbrechen ihr Gespräch, als wir näher kommen, während sie uns gründlich mustern.

»Bonjour!«, sage ich freundlich.

Finden Sie nicht, Französisch klingt wie eine erfundene Sprache, wenn man nur ein paar Brocken spricht? Ich schon.

»Bonjour«, murmeln beide misstrauisch.

Ich werfe Robert einen Blick zu, als wir an ihnen vorbeigehen.

»Die Einheimischen sind sehr freundlich.«

»Ich würde uns nicht leiden können an ihrer Stelle«, entgegnet er. »Das ist ein wunderschönes Dorf. Wie haben deine Eltern es entdeckt?«

»Sie haben oft Urlaub in Frankreich gemacht«, antworte ich. »Sie sind passionierte Entdecker.«

»Daher hast du das also mit dem Recherchieren«, sagt er.

Ich ziehe eine Grimasse. Ich will nicht an die Arbeit denken. In letzter Zeit war es ziemlich stressig: viele Projekte und Meetings mit Leuten, die Fragen stellten, auf die ich Antworten haben musste. Außerdem sitzt André bei uns und quatscht ziemlich viel. Er fragt mich ständig über Projekte aus und über Kunden und auch über Dinge, die nichts mit der Arbeit zu tun haben, wie Reisen und mein Privatleben. Ich bin mir nicht sicher, ob er flirtet. Er verhält sich professionell, aber die intensiven Blicke grenzen allmählich ans Lächerliche.

Charlotte und ich konnten uns ein paarmal in der Mittagspause abseilen. Charlotte arbeitet härter als alle, die ich kenne. Sie hat mir einmal erzählt, dass sie eine schreckliche Lehrerin in Birmingham hatte, die ihr riet, das Abitur erst gar nicht zu versuchen, und dass sie immer an diese Frau denkt, wenn ihre Konzentration bei der Arbeit nachlässt. Charlotte erzählte auch, dass sie sich nie hübsch fand, weil sie als Teenager pummelig war. Ihr Ex war der einzige Junge, der jemals mit ihr ausgehen wollte, darum war sie wahrscheinlich so lange mit ihm zusammen.

Ich frage mich, warum ich so lange mit Peter zusammen war. Ich glaube nicht, dass es an meinen Komplexen lag. Vielmehr bin ich *un peu* faul und *très* unentschlossen.

Oh, französisches Gebäck.

Mit warmen Brioches auf der Hand und einer Tüte Kaubonbons für Robert (»Ich fahre total auf das Zeug ab«, sagte er), überqueren wir den kleinen, sonnenüberfluteten Marktplatz und setzen uns an einen Tisch draußen vor der Bar du Sport.

»Ein Mann der wenigen Worte«, bemerkt Robert, nachdem der Besitzer, Frank, unsere Bestellung mit einem kurzen Nicken quittiert hat.

»Aber wenn er redet, dann lohnt es sich zuzuhören«, sage ich. »Ich wünschte, ich wäre auch so.«

»Ich wünschte auch, du wärst so«, sagt Robert.

Ich werfe ein Stück Brioche nach ihm, das er auffängt und in den Mund steckt. Ich sehe ihn mit schmalen Augen an und mache ein böses Gesicht, und er grinst mich süffisant an.

»Dave ist bald hier … in einer Stunde!«, sage ich und wechsle zu einem manisch-glücklichen Gesichtsausdruck. »Er ist so ein schöner Mann, Robert. Wie dieser Typ aus *The Fast and the Furious.*«

»Vin Diesel?«, sagt Robert und nimmt sein Handy heraus.

»Nein, der andere … Weißt du, du bist mir keine große Hilfe. Bist du verliebt in Dave oder was?«, sage ich.

Robert steckt sein Handy wieder ein und sieht mir direkt in die Augen.

»Hör zu, Abby, wegen Dave … Er hatte mal was mit Lukes Schwester«, sagt er. »Als wir jünger waren.«

»Ach ja?«, sage ich. »Und wie viel jünger?«

»Äh … vor fünf oder sechs Jahren … Ich will damit nur sagen … es könnte ein bisschen peinlich werden, wenn du, du weißt schon, mit ihm rummachst heute Abend. Vor ihren Augen.«

»Mit ihm rummachst? Was bist du, eine Cheerleaderin?«, sage ich. »Außerdem ist das schon sechs Jahre her! Warum sollte Bella etwas dagegen haben? Sie hat doch einen festen Freund. Ollie, oder nicht? Er kommt doch auch dieses Wochenende.«

»Ich weiß, aber … Hör zu, das ist mir ein bisschen peinlich, aber zwischen Dave, Luke und mir gibt es eine stille Abmachung, dass wir … uns nicht einmischen in … äh …«

»Euer Liebesleben? Sexleben? Affären?«, schlage ich vor, da mir bewusst wird, dass wir hier nicht nur über Bella und Dave reden.

Ich habe mich bereits gefragt, wie Dave damit umgegangen ist, dass seine Schwester Louisa Robert abservierte und ihm das Herz brach. Anscheinend hat er es ignoriert.

»Genau«, sagt Robert, während er ein paar Kaubonbons

auswickelt und sie alle auf einmal in den Mund steckt. »Ich weiß auch nicht, warum ich dir das eigentlich erzähle. Sei einfach vorsichtig, okay?«

»Ja, Daddy«, entgegne ich. »Und Dave hat definitiv nichts mit der blonden Glitzerkönigin, mit der er die Einweihungsparty verlassen hat?«

»Mit Emma? Definitiv nicht«, antwortet Robert mit vollem Mund. »Ich habe mich gestern mit ihr auf einen Kaffee getroffen. Sie arbeitet ganz in meiner Nähe, und ich wollte ihr erklären, warum ich keine Beziehung eingehen möchte.«

»Ich habe noch nie gesehen, dass sich jemand fünf Kaubonbons gleichzeitig in den Mund steckt. Du bist so maskulin«, sage ich. »Augenblick. Ich dachte, dein Grundsatz laute ›Niemals entschuldigen, niemals erklären‹?«

»Das war ja auch so«, entgegnet er kauend. »Aber ich habe darüber nachgedacht, was du gesagt hast. Dass ich ihr ein besseres Gefühl verschaffen kann. Und irgendwie, keine Ahnung, bekam ich ein schlechtes Gewissen …«

»Wow. Du entwickelst dich«, sage ich. »Wir sollten ein Foto machen, um das festzuhalten, oder eine Gedenktafel anfertigen lassen.«

Er schüttelt den Kopf. »Ich wusste, ich hätte es dir nicht sagen sollen. Jedenfalls ist Emma okay. Sie hat gesagt, dass sie schnell einen Moralischen bekommt, wenn sie was getrunken hat. Außerdem ist sie nicht unsterblich in mich verliebt – entgegen deiner Annahme.«

»Oh, na dann. Das ist gut«, sage ich.

»Allerdings meinte sie, dass Dave …«

Ich hebe die Hand, um ihn zum Schweigen zu bringen.

»Es war eine einmalige Sache, richtig? Außerdem will ich es gar nicht wissen. Jedenfalls kein Wunder, dass Dave mich keines Blickes gewürdigt hat, nachdem ich ihm den ganzen Abend auf der Party aus dem Weg gegangen bin, dank dir.« Ich beschließe, das Thema zu wechseln. »Ich freue mich darauf, Vix zu sehen.«

»Das ist Sophies beste Freundin, richtig?«, sagt Robert.

»Ja«, sage ich. »Sie ist unglaublich witzig. Ich kenne sie seit ihrem achten Lebensjahr. Vix und Sophie waren beste Freundinnen in den drei wichtigsten Phasen eines Mädchens: Ballett, Freundschaftsbänder und Pacey aus Dawson's Creek.«

Robert setzt seine Sonnenbrille auf und grinst süffisant. Ich wusste, er hat nicht wirklich schlechte Laune.

Während der letzten zwei Wochen habe ich Robert neben meiner Internetverfolgung (ich meine Recherche) über Daves Interessen (Skifahren, Surfen, Segeln), Lieblingsgetränk (Rotwein), Lieblingsfilm (»Ist das dein verdammter Ernst, Abby? Ich habe keinen blassen Schimmer«), Wohnort (Camden), Arbeitsort (eine amerikanische Bank) und Frauengeschmack (»normalerweise betrunken«) ausgequetscht. Ich habe alles in mein Notizbuch geschrieben, aber auf Französisch und rückwärts, damit es keiner lesen kann. Dave scheint wirklich perfekt zu sein.

Ich nehme mir einen Moment, um wie so oft in den letzten drei Monaten einen Blick auf meine Singlecheckliste zu werfen:

Cool sein
Distanz wahren
Brutal sein
Kontrolle behalten
Kugelsicher sein
Verlass den anderen, bevor du verlassen wirst

Ich frage mich, ob ich Dave so unwiderstehlich finden werde wie beim letzten Mal. Die Erinnerung an unseren

Augenkontakt über unsere leeren Tequilagläser hinweg lässt mich zittern vor Aufregung (und ein bisschen vor Ekel – Tequila, bäh).

Natürlich werde ich mich dieses Mal weitaus besser unter Kontrolle haben. Ich werde einfach ich sein (auf eine ruhige, coole, lässige Art), und er wird mich unwiderstehlich finden, und wir werden flirten und uns küssen, und dann nehme ich ihn mir zum Liebhaber. Richtig?

Gott, wie angenehm, mal zu relaxen. Ich habe eine hektische Woche hinter mir. Donnerstagabend hatten wir ein Geschäftsessen mit einem Kunden, das fast bis Mitternacht dauerte, und Freitagmorgen war ich bereits um Viertel nach sechs im Büro für eine Präsentation. Suzanne schenkte mir am Ende des Geschäftsessens sogar so etwas Ähnliches wie ein Lächeln. Das muss ein gutes Zeichen sein, nicht?

»Warum denkst du an die Arbeit? Wir haben Wochenende«, sagt Robert, der mit der nächsten Runde Kaffee herauskommt.

»Verdammt, lass das endlich«, sage ich. »Deine telepathischen Fähigkeiten machen mir Angst.«

Er grinst.

»Willst du darüber reden?«

»Nein«, sage ich und beiße auf meine Unterlippe. »Ich meine, es ist okay. Ich arbeite, so viel ich kann. Ich mache alles, was von mir erwartet wird.«

»Darf ich fragen, warum?«

Ich starre ihn einen Moment an. Was meint er mit warum?

»Weil es mein Job ist. Das ist so üblich. Man gibt sein Bestes. Ich kann nicht einfach kündigen und Nabelschau betreiben, bis ich etwas Besseres gefunden habe.« Ich klinge ein wenig schärfer als beabsichtigt, aber seine kleinen Nadelstiche sollen mich nur dazu bringen, meinen Platz in der Welt zu hinterfragen. »Arbeit ist eben Arbeit.«

Mein Handy piept. Eine Nachricht von Plum.

Dan hat ein neues Schimpfwort erfunden. Blödmannsgehilfe. Ist er nicht begabt?

Ich zeige Robert die SMS, und wir müssen beide lachen.

»Gott, sie ist wirklich komisch«, sage ich. »Und sie ist verdammt happy. Ich finde das toll.«

Dan ist absolut verzückt von Plum, die in den letzten zwei Wochen scheinbar über sich hinausgewachsen ist, glücklicher und optimistischer.

»Was macht die H-Bombe?«

Das ist der Spitzname, den Henry sich letztes Wochenende selbst gegeben hat. Er besteht darauf, von jedem – vor allem von Robert – so genannt zu werden.

»Frisst Charlotte aus der Hand«, antworte ich. »Ich glaube, deine Tipps haben geholfen. Henry war wirklich der schlimmste Single Englands …« Ich unterbreche mich kurz. »Augenblick. Willst du mir damit sagen, dass ich die Einzige bin, die noch Single ist?«

Robert lehnt sich zurück auf seinem Stuhl, die Sonnenbrille auf der Nase, die Hände hinter dem Kopf verschränkt. »Das hast du gesagt.«

»Scheiße, ich kann das nicht glauben«, sage ich schockiert. »Sieben Jahre lang waren Henry, Plum und sogar meine Schwester fast durchweg Singles, während ich in einer festen Beziehung lebte. Jetzt, wo ich endlich die Möglichkeit habe, die Sau rauszulassen, verpissen sich alle und lassen mich im Stich.«

»Die Sau rauslassen? Hübsch.«

Ein lautes Hupen lässt uns die Köpfe wenden, und wir sehen einen Hertz-Mietwagen, der mitten auf dem Marktplatz zum Stehen kommt. Der Fahrer drückt noch ein paarmal auf die Hupe, bevor er aussteigt.

Es ist Dave.

Mein Körper macht einen Flickflack unter meiner Haut, und mein simpler Plan, Dave zu meinem Liebhaber zu machen, fällt auseinander. Das ist das schlimmste Nervenversagen auf der Welt. Tausendmal schlimmer als alles andere. Wie zum Teufel soll ich das in den Griff kriegen? Mir ist ganz heiß. Ich schwitze. Habe ich die Sonnenbrille auf? Ja. Gut. Okay. Atme. Lächle lässig. Kinn hoch. Bauch rein.

»Bonjour, mes amis«, sagt Dave und kommt auf mich zu, um mich auf die Wangen zu küssen – oh, mir schießt das Blut ins Gesicht! –, dann beugt er sich zu Robert und begrüßt ihn mit zwei lauten Schmatzern rechts und links. »Robär«, sagt er mit französischem Akzent. »Nicht so schüchtern, ma petite fleur.«

Robert schubst ihn lachend weg. Dave richtet sich mit einem zufriedenen Lächeln auf – oh, perfekte Zähne, tolles Lächeln – und schaut zum Wagen.

Ich bin ganz benommen von den erbärmlichen Hormonwallungen in meinem Körper als Reaktion auf Dave und kämpfe gegen das Bedürfnis an, mir selbst eine runterzuhauen. Dann nehme ich mir kurz Zeit, um ihn hinter meiner Sonnenbrille zu mustern. Er ist nicht besonders groß, aber sehr durchtrainiert und, o Gott, einfach umwerfend. Ich frage mich, ob er diese kleinen Muskelstränge über den Hüftknochen hat. Die habe ich noch nie in echt gesehen. (Ich fühle mich so benachteiligt.)

»Kommt schon, Leute, wir haben nicht den ganzen Tag Zeit«, ruft er.

Vix, JimmyJames und ein Paar, wahrscheinlich Bella und Ollie, steigen langsam aus dem Wagen.

»Ich kann euch sagen, hätte ich nicht so ein sonniges Gemüt, hätte die Fahrt mit diesen Spaßbremsen mich umgebracht«, sagt Dave und steckt sich ein Kaugummi in den Mund. »Scheiße, ich kenne Ziegelmauern, mit denen kann man sich besser unterhalten.«

Vix und JimmyJames tragen Sonnenbrillen und sind eindeutig verkatert. Bella ist sehr hübsch, obwohl sie einen Flunsch zieht. Sie hat sehr lange Haare, dasselbe Flachsblond wie Luke. Ollie hat rotblonde Haare und ein offenes Gesicht mit Sommersprossen. Er sieht aus, als könnte man mit ihm viel Spaß haben, würde er nicht gerade ein Gesicht machen, als würde er am liebsten um sich schlagen.

Hm.

Vix und JimmyJames sind sprachlos vor Erleichterung, endlich aus dem Wagen herausgekommen zu sein, während Bella und Ollie verkniffen lächeln und an den gegenüberliegenden Enden des Tisches Platz nehmen. Ich bringe kein Wort heraus, da ich gerade erkannt habe, dass ich auf Dave tausendmal stärker abfahre, als ich dachte. Robert ist in der Bar, um für alle Kaffee zu bestellen.

Nur Dave macht einen unbekümmerten Eindruck, während er sich auf seinem Stuhl zurücklehnt und die Füße auf den Tisch legt.

»Hübsches Kaff. Hässliche Einheimische. Typisch Frankreich. Gibt es hier ein Nachtleben?«

»Ja«, sage ich schließlich nach mehreren Sekunden, als klar ist, dass kein anderer das Wort ergreifen wird. »Äh … soll ich kurz zurückgehen und das glückliche Paar wecken?«

»Nein, nein, bleib sitzen, Engelchen. Ich kümmere mich darum«, sagt Dave, steht auf und zieht sein Handy aus der Hosentasche.

Gleichzeitig setzt er eine Pilotenbrille auf und lässt den Blick über den Platz schweifen. Er wartet lässig, dass Luke abhebt. Oh. Das kantige Kinn.

»Luke. Was willst du trinken?«

Dave macht eine Pause.

»Gut, wir sind in der Bar am Marktplatz. Es macht keinen Sinn, später wieder herzukommen … Okay, bis gleich.« Er legt auf. »Er kommt.«

»Ohne Sophie?«, fragt Bella. Dave schüttelt den Kopf. »Warum sagst du dann nicht ›sie kommen‹? Frauen zählen genauso, Dave. Wir dürfen sogar mittlerweile wählen.«

»Ich weiß! Das ist so aufregend. Habt ihr fein gemacht«, erwidert Dave und lächelt sein blendendes Lächeln, während er sich vom Tisch entfernt, um zu telefonieren. Ich kichere, während Bella sich cool eine Zigarette anzündet und beginnt, eine SMS zu schreiben. Mein Kichern verkommt zu einem Gurgeln, bis es schließlich verstummt. Ich bin ein Idiot.

Ich drehe mich zu Vix und JimmyJames um und finde schließlich meine Sprache wieder.

»Seht euch an, ihr verkommenen Subjekte. Ernsthaft.«

»Scheinbar bin ich neuerdings allergisch auf Alkohol. Immer wenn ich trinke, verliere ich das Bewusstsein.« JimmyJames hustet ein paarmal, hält kurz inne, schluckt und sieht mich an. Sein Hemd ist falsch zugeknöpft, fällt mir auf, und es steht ihm überhaupt nicht. Er ist viel zu stämmig dafür. »Okay. Zeit für einen kleinen Snack. Wie sagt man auf Französisch? ›Croissant‹?«

Er setzt sich in Bewegung, dabei erinnert er mich an ein ungemachtes Bett. Die französischen Hausfrauen werden nichts mit ihm anfangen können, denke ich.

»Ich hatte gestern Abend eine Auseinandersetzung mit einer Flasche Gin«, sagt Vix krächzend. »Ich habe verloren.«

»Ein Bier gegen *le chat* wird euch helfen«, sagt Dave, der an den Tisch zurückkehrt. Er setzt sich neben mich und winkt Frank. »Garçon!«

Ich sehe ihn mit hochgezogenen Augenbrauen an. »Robert ist gerade drinnen und bestellt Kaffee. Außerdem glaube ich nicht, dass heutzutage noch jemand Garçon sagt.«

Ja! Ich habe mit Dave gesprochen. Glückwunsch an mich.

»Natürlich sagt man das. *Je joue la guitare. Où est l'auberge de jeunesse? Garçon, il y a une mouche dans mon potage.* Das sind die drei Sätze, mit denen ich die Mittlere Reife geschafft habe … Ah, da ist ja Monsieur. *Trois bières, s'il vous plaît, et une carafe de vin rouge. Merci.*«

Er hat nicht einmal gefragt, wer alles Bier trinken möchte. Er geht davon aus, dass er weiß, was wir trinken wollen. Seine arrogante, bestimmende Art weckt in mir die Frage, wie er wohl im Bett ist.

O Gott. Ich werde wieder rot.

Robert kehrt mit dem Kaffee zurück. Vix fällt mit einem leisen Freudenschrei darüber her.

»Du hättest dir die Mühe sparen können, Robbiekins, ich habe schon für alles gesorgt«, sagt Dave. »Und, Abigail«, fährt er fort und dreht sich zu mir. »Was hast du für Pläne mit mir? Ich nehme an, du bist hier für das Unterhaltungsprogramm zuständig.«

Ich hoffe, Robert kann nicht wirklich meine Gedanken lesen, da ich gerade tatsächlich überlegt habe, womit ich Dave unterhalten könnte. Ich öffne den Mund und schließe ihn wieder. Meine Zunge ist wie verknotet.

VerdammtAbigailsagetwasTeufelnochmal.

»Eigentlich sind Luke und Sophie dafür zuständig. Ich bin nur zum Vergnügen hier«, sage ich schließlich.

»Das ist praktisch mein Standardsatz«, sagt er, die Augen wieder auf sein BlackBerry geheftet.

Ich kichere ein bisschen (okay sehr) albern, aber kein anderer lacht. Tatsächlich schweigt der ganze Tisch. Ich werfe einen hilfesuchenden Blick zu Robert, aber er hat die Sonnenbrille auf, sodass ich seine Augen nicht sehen kann.

»Wie läuft es auf der Arbeit, Bella?«, fragt Robert, nach einem zu langen Schweigen.

»Großartig.« Bella ist, wie sich herausstellt, Rechtsassistentin bei einem renommierten Scheidungsanwalt in Bath. »Ich helfe den ganzen Tag, Mistkerle an die Wand zu nageln«, fügt sie erklärend hinzu und schaut erst Vix, dann mich an.

»Wie schön, dass du dein Hobby zum Beruf gemacht hast«, bemerkt Dave in liebenswürdigem Ton.

Wieder entsteht eine lange Pause.

»Möchte jemand Erdnüsse?«, frage ich schließlich.

»Ja, bitte, Engelchen«, sagt Dave.

Möchte jemand Erdnüsse?, wiederhole ich endlos in meinem Kopf, als ich an der Theke stehe.

Mit den Erdnüssen in der Hand gehe ich wieder nach draußen, gerade als JimmyJames mit Croissants zurückkehrt, Sophie und Luke dazustoßen und Frank das Bier und den Wein herausbringt. Die plötzliche Ankunft des glücklichen Paars und die Zufuhr von Koffein, Alkohol, Kohlenhydraten und Zucker verleiht jedem wieder (beziehungsweise in den meisten Fällen überhaupt) Energie, und zum ersten Mal ist die Tischrunde fröhlich und ausgelassen.

»Okay«, sagt Luke nach ein paar Minuten und klatscht in die Hände. »Willkommen in Autignac. Danke, dass ihr alle gekommen seid. Lasst uns mit den Hochzeitsspielen beginnen!«

»Scheiße, ist das eine Swingerparty?«, sagt Dave schockiert. »Darauf bin ich nicht vorbereitet. Ich muss mich zuerst um mein Manscaping kümmern.«

»Manscaping?«, fragt JimmyJames.

»Die Hecke stutzen. Das Gestrüpp entfernen, damit meine Blüte sich ungehindert entfalten kann.«

JimmyJames starrt ihn verständnislos an. Dave verzieht genervt das Gesicht und deutet auf seinen Schoß. Mit großer Mühe unterdrücke ich ein Lachen.

»Was? Willst du mich verarschen?«, sagt JimmyJames perplex. »Rob. Machst du das etwa auch?« Robert nickt. »Blödsinn! Luke? Ollie?«

»Ich halte den Wildwuchs unter Kontrolle«, sagt Luke nickend.

Sophie grinst ihn an, und er grinst zurück.

»Ich mag kein Unkraut auf meinem Spielplatz«, sagt Ollie und nickt auch.

Es ist der erste Satz, den er von sich gibt, und wir lachen alle ein bisschen lauter, als er verdient hätte, um ihm das Gefühl zu geben, willkommen zu sein.

JimmyJames ist baff. »Seit wann ist das so? Gab es eine Info? Warum hat mir keiner was davon gesagt?«

»Alle Männer sollten sich unten rasieren«, sagt Vix. »Ich will keine Haare zwischen den Zähnen haben.«

Ich öffne den Mund, um etwas zu sagen, finde aber nicht die Worte, also schließe ich ihn wieder.

»Okay«, sagt Dave. »Genug von Intimfrisuren. Lasst uns übers Essen reden. Ich möchte eiskalten Kopfsalat, einheimischen Räucherschinken, frisch gebackenes Brot, cremigen Brie und jede Menge Wein.«

»Ich glaube, du meinst jede Menge Ingwerbier«, sagt Luke.

»Ich meine jede Menge Wein«, wiederholt Dave.

Ich fange wieder an, albern zu lachen. O Gott, ich hoffe, ich kriege mich bald wieder ein.

Kapitel 21

Ein Wochenende mit Leuten, die sich nicht alle kennen, ist immer ein Risiko. Man braucht nur ein Paar, das kein Wort miteinander wechselt, eine übermüdete/unsichere/prämenstruelle Frau, die es an jedem auslassen will, und einen Betrunkenen, und schon wird aus der ganzen Sache eine tickende Zeitbombe.

Wie ich gerade herausfinde.

Ich weiß nicht, was Bella für ein Problem hat, und ich bin mir nicht sicher, ob ich es wissen will. Sie ist das, was meine Mutter als ein »kleines verwöhntes Gör« bezeichnen würde. Sie ranzt ihren Freund Ollie an, sie ranzt Dave an, sie ranzt Luke an, sie gibt nur negative Kommentare von sich, wenn sie kann – tatsächlich ist der Einzige, zu dem sie nett ist, Robert. Ihn scheint sie zu vergöttern, was etwas nervt. Das wirft einen Schatten auf den Tag.

Nicht dass wir keinen Spaß hätten. Den haben wir. Wir sind heute die lautesten und unbeliebtesten Menschen in Autignac, und unser betrunkenes Krakeelen hallt über den ruhigen Marktplatz. Sophie hasst dicke Luft und löst das Problem mit Bella, indem sie sich betrinkt wie Vix und JimmyJames.

»Ich bin mal ein Wochenende mit Robbie weggefahren«, bemerkt Dave nachdenklich. »Das waren die unübertroffen besten drei Schweigetage, die ich je hatte.«

»Vielleicht gab es nichts zu sagen«, erwidert Robert.

»Tja, jedenfalls bist du sehr gut darin, nichts zu sagen«, stichelt Dave.

Robert ignoriert ihn. Den ganzen Nachmittag zwischen den beiden zu sitzen, war, wie ein Tennismatch zu beobachten. Es kam immer wieder zu einem bissigen Schlagabtausch.

Dave erzählt JimmyJames die Story, als sie Lukes Handy klauten und alle gespeicherten Namen änderten.

Während er erzählt, legt er einen Arm über meine Stuhllehne und den anderen über die von Sophie. Sein Arm berührt nur ganz leicht meinen Rücken und meine Haare, aber ich habe das Gefühl, als würden Funken fliegen. Robert legt ständig den Arm über meine Stuhllehne. Meistens lehne ich den Kopf dagegen und benutze ihn als Kissen (manchmal tue ich sogar so, als würde ich seinen Arm aufschütteln, um es mir bequemer zu machen). Im Moment bin ich nicht imstande, so unbefangen zu sein. Ich stehe zu sehr auf Dave.

Nicht nur, dass Dave unfassbar und umwerfend attraktiv ist, er ist auch flink und geistreich und sehr, sehr selbstbewusst. Eine tödliche Kombination. Immer wenn er mich ansieht mit seinen lachenden blauen Augen, bekomme ich nervöses Magenflattern. Es ist die Art von Anziehung, bei der man sich windet vor lauter Begehren. Die Art, die ich nie zuvor gefühlt habe. Ich bin mir sicher, dass alle um mich herum es bemerken.

Was ist mit den vielen guten Ratschlägen aus Roberts Crashkurs für Singlefrauen, fragen Sie? Ich habe keine Ahnung. Ich scheine mich zurückentwickelt zu haben zu einem Teenager, als ich vor Schüchternheit in Gegenwart von Jungs kein Wort herausbrachte und immer in nervöses Kichern ausbrach, während ich mich danach sehnte/davor fürchtete, geküsst zu werden.

»Warum wirst du eigentlich JimmyJames genannt?«, fragt Vix.

»Weil wir ihn am ersten Tag an der Uni nach seinem

Namen gefragt haben, und er meinte ›Jimmy … äh … James‹«, antwortet Dave an seiner Stelle.

»Danke, du Schönling. Das war meine einzige Chance, nicht mehr Jimmy genannt zu werden«, sagt JimmyJames traurig. »Und ich habe es selbst versaut.«

»Schon schräg, dass ihr drei nicht nur auf derselben Schule wart, sondern auch an derselben Uni«, sagt Sophie.

Ich finde meine Stimme wieder. »Ihr habt euch wohl sehr lieb«, krächze ich und werde sofort rot, als alle Blicke sich auf mich richten. O mein Gott! Meine Nerven gehen mir auf die Nerven.

»Sie hat recht«, sagt Bella. »Das ist krank. Ich meine, es ist verdammt schräg.«

Das war nicht abwertend gemeint, liegt mir auf der Zunge, aber Bella hat das Gespräch in eine hässliche Ecke befördert. Die anderen unterhalten sich weiter.

»Ich werde immer der neue Junge in unserer Gruppe sein. Dabei kenne ich die beiden schon seit zwölf Jahren«, sagt JimmyJames.

»Wohl kaum mehr ein Junge«, sagt Dave. »Außerdem haben Robbiekins und ich uns schon vor langer Zeit entliebt, obwohl er mich immer noch heimlich bewundert und ich ihn gerne bevormunde.« Er dreht sich zu Robert und fügt in liebenswürdigem Ton hinzu: »Bevormunden bedeutet, wenn man jemanden von oben herab behandelt, Kleiner.«

Robert verzieht keine Miene.

Daves Handy klingelt. »Das ist meine Mutter«, sagt er und hebt ab. »Liebste Mum! Wie kann ich dir behilflich sein?« Er schweigt und verdreht die Augen für sein Publikum. »Deswegen rufst du mich schon wieder an? Ich dachte, dass … ich bin nur … aber ich habe nicht … gut. Ich gebe dich weiter.« Er wirft das Handy Robert zu. »Erklär ihr, wie der Decoder funktioniert. Ich hab keinen Bock mehr darauf.«

Robert entfernt sich vom Tisch, die Hand über dem Mikrofon, um das Gelächter am Tisch auszublenden.

Dave seufzt. »Ich habe keine Geduld mit meiner Mutter, wenn sie sich so anstellt. Ich sage ihr immer, sie soll Robert anrufen. Sie liebt ihn sowieso mehr als mich.«

»Das stimmt«, bekräftigt Luke. »Sie liebt auch mich mehr als dich.«

»Okay, was anderes«, beginnt Sophie. »Können wir zur Abwechslung mal über die Hochzeit reden? Schließlich sind wir nur deswegen hier, oder? Sorry, Ollie, ich weiß, das wird jetzt langweilig für dich.«

»Überhaupt nicht«, widerspricht er mit verkniffenem Lächeln.

Er und Bella haben sich in den letzten paar Minuten mit Blicken verständigt, wie mir aufgefallen ist. Lustig, dass man das bei streitenden Paaren immer beobachten kann.

»Was soll ich anziehen?«, fragt Dave. »Ich sehe außergewöhnlich gut aus in einem Cutaway.«

»Vergiss den Scheiß«, sagt Luke ablehnend. »Ein gut geschnittener dunkelgrauer Anzug reicht völlig.«

»Was?«, sagt Dave empört, während Robert sich wieder an den Tisch setzt. »Robert, hast du das gehört? Ein stinknormaler Anzug? Ist das eine Hochzeit oder ein Tag im Büro?«

»Ich soll liebe Grüße ausrichten von deiner Mutter … an Luke«, erwidert Robert und wirft das Handy zurück zu Dave.

»Denk an *Oceans 11*, okay, Dave?«, sagt Sophie besänftigend. »Himmel! Du bist vielleicht eine Diva. Okay, Mädels, was haltet ihr von einem hellen Silbergrau für eure Kleider? Ich habe ein paar Modelle als Lesezeichen abgespeichert, dann kann sich jede den passenden Schnitt raussuchen.«

»Klingt wie im Märchen«, bemerkt Bella spitz.

Sophies Lächeln verblasst. Sie hat stundenlang nach Brautjungfernkleidern gesucht und hatte so große Panik vor Vix' und Bellas Reaktion, dass sie fast krank wurde. Zu guter Letzt habe ich einen ganzen Sonntag geopfert, um mit ihr die engere Auswahl durchzugehen. Wir waren uns einig, wenn wir alle die gleichen Kleider tragen, sehen wir aus wie Sofakissen. Außerdem ist Vix ziemlich klein und hat eine große Oberweite, sie wäre also das prall gefüllte Kissen.

Okay, Bella weiß das alles nicht. Aber es tut auch nichts zur Sache. Gott, ich hasse Unhöflichkeit. Ich drehe mich zu Bella und starre sie demonstrativ an. Niemand behandelt meine Schwester scheiße.

»Ich kann es kaum erwarten«, sagt Vix, wirft ebenso demonstrativ einen kurzen Blick auf Bella und schenkt uns dann ein breites Lächeln. »Mir steht Silbergrau fantastisch.«

»Bella kann es nicht leiden, wenn sie nicht im Mittelpunkt steht«, sagt Dave. »Ignoriert sie einfach. So wie ich.«

»Du kannst mich mal«, fährt Bella ihn an.

Sophie lächelt glasig, aber ihr Blick wirkt traurig. Ich bin sauer. Ich sehe Bella an mit schmalen Augen. Halt einfach deine Klappe.

»Am Abend vor der Trauung machen wir eine Generalprobe«, sagt Luke.

»Darf ich eine Rede halten? Ich möchte wenigstens einmal eine Rede halten irgendwo«, sagt JimmyJames fröhlich und wirft eine Erdnuss hoch, um sie mit dem Mund aufzufangen – er verfehlt sie deutlich, so wie all die anderen Male, die er es versucht hat an diesem Nachmittag.

»Was ist das noch mal für ein Datum?«, fragt Dave.

»Ist das dein Ernst? Der 7. März«, sagt Luke und wirft ihm einen Korken an den Kopf. »Ich werde es dir notfalls auf die Brust tätowieren.«

»Bleib cool, Bräutigam«, sagt Dave in gelassenem Ton. »Okay, hör zu. Ich will vier Manschettenknöpfe. Und die Ärmel dürfen maximal einen Zentimeter herausragen.«

Vix und Sophie unterhalten sich über Dekolletees und Rocklängen, JimmyJames, Luke und Dave über drei beziehungsweise vier Manschettenknöpfe. Bella und Ollie wechseln wieder böse Blicke.

Ich sehe Robert an, der sehr blass geworden ist. Ich weiß sofort, warum: Ihm ist gerade wieder eingefallen, dass er als Trauzeuge eine Rede halten muss. Ich habe mitbekommen, dass der Gedanke ihn alle paar Tage verfolgt, seit jenem Abend im Pantechnicon. Die Anzeichen sind immer dieselben. Die Farbe weicht aus seinem Gesicht, er starrt ins Leere, seine Stirnfalte gräbt sich noch tiefer als sonst, und er knabbert an seinem linken Daumen die Nagelhaut ab.

Ich lege ihm aufmunternd eine Hand auf die Schulter.

»Das schaffst du schon«, sage ich leise. »Wir schreiben die Rede zusammen, schon vergessen?«

Robert holt tief Luft und nickt. »Okay.«

»Ich hab mir bereits Notizen gemacht. Es gibt Anleitungen, wie man eine Hochzeitsrede schreibt. Hab ich im Internet gefunden.«

Robert sieht mich an und grinst. »Danke, Abby, mein Schatz. Du und deine Notizen, du kleine Streberin.«

»Sei still. Du brauchst mich noch.«

»Was soll das Getuschel?«, ruft Dave. »Ihr zwei steht euch wohl sehr nahe, was? Wir könnten doch eine Doppelhochzeit feiern!«

»Nein!«, sage ich, etwas zu schnell.

»Endlich«, sagt Dave, klatscht in die Hände und starrt mich an mit seinen unglaublich blauen Augen. »Endlich eine Frau, die unempfänglich ist für Roberts Charme.«

»Dieser Konkurrenzkampf zwischen euch beiden ist echt schräg«, bemerkt Sophie.

»Das sagst du nur, weil du dir den Albino geschnappt hast«, erwidert Dave.

»Ich finde, ich habe mir von euch den schönsten Mann ausgesucht«, kontert sie, mit geröteten Wangen vor Empörung.

»Ich bin ganz deiner Meinung«, sage ich, um ihr den Rücken zu stärken. Dann wird mir bewusst, dass das klingt, als würde ich auf meinen zukünftigen Schwager stehen. Was soll's, dann kann ich genauso gut weitermachen. »Ich meine … ja, Luke ist der absolute Hammer.«

»Das stimmt, ich sehe extrem gut aus«, sagt Luke nickend und nimmt einen Schluck von seinem Bier. »Schade, dass das keiner gemerkt hat, als ich mit den beiden hier aufgewachsen bin. Sie haben immer gewetteifert, wer mit mehr Mädchen herumknutscht bei unseren Schulfesten. Ekelhaft.«

»Das ist kein richtiger Wettkampf, wenn einer der Konkurrenten der geborene Gewinner ist«, sagt Dave.

»Es ist definitiv keiner, wenn einer der Konkurrenten nicht größer ist als eins zweiundsechzig bis zu seiner Volljährigkeit«, sagt Robert. »Du warst viel hübscher als die meisten deiner Mädchen, muss ich zugeben.«

»Bis zu meinem fünfzehnten Lebensjahr«, verbessert Dave laut, um das Gelächter am Tisch zu übertönen. »Ich war fünfzehn, als ich plötzlich in die Höhe schoss. Ich kann nichts dafür, dass ich nicht schon mit sechs im Stimmbruch war wie andere.«

»Die Natur pickt sich die echten Männer früh raus«, erwidert Robert und grinst.

Endlich kommt er aus seiner Deckung. Wenn er lange still war, fällt einem das unwillkürlich auf.

»Warum geht ihr echten Männer nicht mal an die Theke?«, schlägt Sophie vor. »Wir haben nichts mehr zu trinken.«

Die Männer springen auf und rennen zum Eingang der Bar, während sie sich gegenseitig wegzerren und wegschubsen, um als Erster hineinzugelangen. Robert gewinnt, Dave ist Zweiter. Luke folgt als Dritter, während JimmyJames auf seinem Rücken hängt wie ein Koala. Ollie geht gemächlich zum Schluss und hätte als Einziger einen nüchternen Eindruck gemacht, wenn er nicht die Stufe übersehen hätte und hineingestolpert wäre.

»Frank wird sie lieben«, sagt Sophie trocken.

»Sind die immer so?«, fragt Vix. »So … alphamännchenmäßig?«

»Ja«, sagen Sophie und Bella gleichzeitig, und beide müssen lachen.

Ich glaube, das ist das erste Mal heute, dass ich Bella lachen sehe. Ich bin immer noch ein bisschen sauer wegen ihres Märchen-Kommentars. Gleich darauf entsteht verlegenes Schweigen.

»Ollie scheint sehr nett zu sein«, bemerkt Vix.

»Findest du? Er ist stinksauer auf mich. Wir hatten noch nie vierundzwanzig Stunden am Stück Streit«, entgegnet Bella und macht eine kurze Pause. »Das ist eigentlich ganz spaßig.«

Wieder kehrt Schweigen ein, aber keine traut sich, nach dem Grund des Streits zu fragen. Bella zündet sich eine Zigarette an und seufzt laut, und einen Moment lang habe ich den Eindruck, sie fängt gleich an zu heulen.

Dann hebt sie den Kopf und setzt ihre übliche verführerisch-verwirrte Miene auf. Ich frage mich, ob sie nicht einfach nur unglücklich ist.

»Robert ist übrigens mein Begleiter bei der Zeremonie«, sagt Vix. »Er ist echt süß. Ich wollte unbedingt ein Paar mit ihm bilden.«

»Mir ist scheißegal, wer mein Begleiter ist, Hauptsache, es ist nicht Dave«, sagt Bella.

Sophie lächelt nervös. »Ihr könnt euch doch bestimmt, ähm, einen Tag lang zusammenreißen, oder nicht?«

»Ich würde nicht darauf wetten«, erwidert Bella.

Die unausweichliche Verlegenheitspause, die folgt, endet erst, als die Männer wieder aus der Bar kommen und einen Heidenlärm veranstalten.

Dave und Robert stecken im Türrahmen fest, Schulter an Schulter, und keiner will dem anderen den Vortritt lassen. Robert gewinnt schließlich, da er größer ist und breiter. Dave macht ein finsteres Gesicht und geht sofort über den Platz, um zu telefonieren. Robert setzt sich neben mich.

»Abbyyy …«, säuselt er und legt seine Füße auf meine Beine, als wäre ich ein Hocker.

»O nein, wenn du mich ansingst, weiß ich, dass es Ärger gibt«, sage ich und ziehe meine Knie zur Seite, sodass seine Füße auf den Boden plumpsen.

»Aber du darfst auf mir einschlafen!«, kontert er.

»Das war ein Mal!«, sage ich. »Ich bin ein einziges Mal im Taxi auf deinem Schoß eingeschlafen! Und das reibst du mir seitdem ständig unter die Nase.«

»Tatsächlich ist es dir noch ein zweites Mal passiert. An dem Abend, als wir in Shoreditch waren. Erinnerst du dich? Du hast mit diesem flippigen Typen herumgeknutscht, dem mit dem stylishen Bärtchen«, sagt Robert.

»Beardy!« Die Erinnerung stimmt mich fröhlich. »Der war viel zu cool für mich. Ich meine, ich war bei den Pfadfindern. Ich bezweifle, dass ehemalige Pfadfinder jemals flippig sein können. Wir sind für immer ein bisschen uncool.«

»Hast du noch deine Pfadfinderuniform? Ich liebe Verkleidungsspiele«, sagt Dave, der sein Telefonat längst beendet hat und wieder am Tisch sitzt.

Ich habe ihn nicht bemerkt, sonst hätte ich nie so unbefangen reden können. Mein Gesicht fühlt sich wieder heiß an, und ich weiß nicht, was ich sagen soll, also sehe ich ihn einfach stirnrunzelnd an.

Als ich die Augen von ihm abwende, fange ich Bellas Blick auf. Sie starrt mich einen Moment lang ausdruckslos an, dann schaut sie weg. Gott, sie ist wirklich unfreundlich. Ganz anders als Luke. Der sitzt gerade auf Sophies Schoß und schnuppert zärtlich an ihrem Kopf. Jimmy-James beginnt zu singen *That's amore.* Robert und Dave stimmen ein, sehr laut.

»Ich denke, wir sollten die Party nach Hause verlegen«, sagt Sophie, als wieder eine Einheimische stehen bleibt und uns stirnrunzelnd beobachtet.

»Ich wusste, dass das eine Swingerparty ist«, sagt Dave.

»Mensch, kannst du nicht mal eine Nacht dein Ding in der Hose lassen?«, ätzt Bella.

»Ruhe, Kinder«, sagt Robert. »Seid nett zueinander.«

Sophie und ich wechseln einen besorgten Blick, als wir den Marktplatz verlassen. Das läuft nicht wie geplant.

Kapitel 22

Gegen zehn Uhr abends hat die Stimmung sich gebessert. Ein wenig.

Wir sitzen im Hof um den Tisch, darauf eine reichhaltige Auswahl an Brot, Käse, Pâté und ungefähr sechzehn Flaschen Wein. Es wird allmählich kühl, aber wir haben genug getrunken, dass es uns nichts ausmacht.

Und ich bin nicht mehr so gehemmt. Mithilfe des Weins und dank Sophie und Vix.

»Und die Moral von der Geschichte ist, Schneeflocken sind kein geeigneter Flüssigkeitsersatz«, sagt Vix, die damit eine Geschichte über eine Hausparty in Schottland beendet.

»Aber die Kondenstropfen an einer kalten Bierflasche sind okay?«, fragt JimmyJames.

»Absolut«, sagt Vix und beugt sich über den Tisch, um ihre Faust gegen seine zu drücken.

»Wir sollten uns ein geheimes Begrüßungsritual ausdenken!«, sagt JimmyJames.

»Lieber nicht. Sagen wir einfach, wir haben schon eins«, erwidert Vix.

»Robbie! Robbie. *Robbie.* Robert!«, sagt Dave. Robert, der sich gerade mit Bella und Ollie unterhält, versucht, ihn zu ignorieren. »Also schön, ignorier mich. JimmyJames und Luke, was haltet ihr von dem Vegas-Plan?«

»Vegas, Baby«, sagt Luke grinsend.

»Vegas!«, ruft JimmyJames.

Warum braucht man nur Las Vegas zu erwähnen, und jeder Mann bekommt leuchtende Augen?

»Ach, wie süß. Du denkst also, du darfst deinen Junggesellenabschied in Vegas feiern«, sagt Sophie zärtlich.

»Vegas«, flüstert Dave hoffnungsvoll.

Ich muss lachen, und er grinst mich an. »Ich möchte einen ganz schlichten Junggesellinnenabschied, mit einem Stripper in Feuerwehrmontur, aufblasbaren Penissen und einem ›Anfänger‹-Schild«, sagt Sophie.

Sie macht natürlich einen Scherz. Das ist nämlich ihr schlimmster Albtraum. Sie hat uns verboten, irgendetwas für ihren Junggesellinnenabschied zu organisieren.

»Scheiße, diese Hochzeit lässt kein Klischee aus«, giftet Bella.

Der Tisch verstummt. Ollie steht auf und geht hinein, ohne ein Wort zu sagen. Sophie starrt ins Leere. Sie tut so, als wäre sie nicht hier. Aber ich bin wütend, und ich kann es nicht länger zurückhalten. Was fällt Bella ein, ihre schlechte Laune an meiner armen Schwester auszulassen?

»Was ist eigentlich dein Problem?«, frage ich.

Lukes Schwester sieht mich an, ohne mit der Wimper zu zucken, dann steht sie langsam auf und folgt Ollie ins Haus. Ich schüttle den Kopf. Was für eine blöde Kuh.

»Love on the rocks«, ruft Dave. Er sieht mich verschwörerisch an. »Das ist ein Song von Neil Diamond. Love on the rocks, ain't no big surprise … Just pour me a drink and I'll tell you some lies …«

»Halt die Klappe, Dave«, sagt Luke. Er wirkt verärgert.

»Ehrlich, mich wundert es nicht, dass es nicht funktioniert. Bella wohnt schließlich in Bath, Teufel noch mal«, sagt Dave in liebenswürdigem Ton. »Wisst ihr, mir ist kürzlich bewusst geworden, dass ich keinem traue, der außerhalb Londons lebt. Im Grunde traue ich sogar niemandem, der außerhalb des Stadtzentrums lebt.«

»Dann bist du ein Idiot«, sagt Vix.

Dave grinst sie an.

Plötzlich dringt wütendes Geschrei aus der Küche. Wir verstummen alle und spitzen die Ohren, aber ich kann nicht viel verstehen außer »Ich habe dich satt …« und »Ich habe genug von diesem Scheiß, du tust nie …« und »Ich wollte gar nicht …«. Dann wird die Küchentür zugeknallt.

Sophie legt das Gesicht in die Hände und beginnt zu weinen. So ein Mist. Sie kann Streit auf den Tod nicht ausstehen. Ich stehe schnell auf und gehe zu ihr.

»Süße, hör einfach nicht hin. Sie ist ein gemeines Miststück.«

»Entschuldige mal! Sie ist meine Schwester!«, protestiert Luke.

»Dann verpass ihr einen Maulkorb«, fahre ich ihn an.

»Ich will nicht, dass sie zu meiner Hochzeit kommt«, sagt Sophie unter Tränen. »Sie wird mir den Tag verderben. Ich will sie nicht mehr als Brautjungfer. Ich wollte sowieso lieber Plum haben.«

»Red keinen Blödsinn!«, sagt Luke. »Wenn du das tust, dann kannst du die Hochzeit vergessen.«

»Schön!«, stößt Sophie unter Tränen hervor, springt auf und läuft ins Haus.

Luke starrt kurz ins Leere. »Fuck!«, murmelt er und geht ihr hinterher.

Am Tisch herrscht wieder angespanntes Schweigen. JimmyJames und Vix bekommen einen hysterischen Lachanfall.

»Ich liebe diese Kennenlernwochenenden«, sagt JimmyJames.

»Ich glaube, Bella und ich könnten beste Freundinnen werden«, fügt Vix hinzu.

»Bella mag es gerne dramatisch. Das ist alles«, sagt Dave. »Wenn ihr euch jetzt bitte wieder alle beruhigen würdet.«

Ich knabbere besorgt an meinem Daumennagel. Robert

dreht den Kopf zu mir, und unsere Blicke treffen sich. Bitte, bring das in Ordnung, denke ich verzweifelt. Gott sei Dank kann er meine Gedanken lesen. Er nickt und dreht sich zu Vix.

»Okay, Victoria, erzähl mir mehr von diesem Kerl«, sagt Robert rasch zu Vix und gießt sich ein weiteres Glas Wein ein.

JimmyJames beginnt sofort, Vix zu hänseln, und der Abend – oder was davon übrig ist – kommt langsam in Schwung.

Dave lehnt sich auf seinem Stuhl zurück und streckt die Beine unter dem Tisch aus, sodass sich unsere Füße berühren. Wir sehen uns an, und da ich inzwischen mutiger bin, schaue ich nicht direkt wieder weg. Daves Augen werden schmal, und ich kann ein paar Sekunden lang meinen Herzschlag in der Kehle spüren. O Gott, das ist unerträglich …

Ich wende den Blick ab.

Robert analysiert gerade eine SMS, die Vix nach einem Date bekommen hat.

»Da steht nicht, dass er die Nacht bereut«, sagt er. »Sondern dass er den schlimmen Kater bereut.«

»Soll ich ihm dann antworten?«, fragt sie. »Ich meine, ich habe das als eine Abfuhr aufgefasst. Es ist im Übrigen jetzt ungefähr zwei Wochen her. Was für Fristen sind üblich in so einem Fall?«

»Du brichst mir das Herz, Victoria«, sagt JimmyJames laut.

Sie dreht sich zu ihm und legt den Zeigefinger auf die Lippen. »Pst. Wir spielen jetzt ein Spiel, das heißt ›Halt deine verdammte Klappe‹.«

»Klingt lustig! Wie sind die Regeln?«, erwidert er.

»Ich gebe dir einen Rat für dein Liebesleben, Victoria«, sagt Dave. »Frag nie, was er gerade macht oder denkt oder wann du ihn wiedersehen wirst. Scheiße, ich hasse es, per SMS ausgefragt zu werden.«

»Ignorier ihn«, sagt Robert zu Vix.

»Ich brauche neue Freunde«, sagt JimmyJames. »Ihr streitet mehr als meine Eltern.«

»Meint ihr, ich sollte mal nach Sophie schauen?«, frage ich besorgt.

»Nein«, sagt Robert. »Luke wird sich um sie kümmern.«

Ich kann das Flattern in meinem Bauch nicht mehr ertragen. In Kombination mit dem Wein und dem Käse und der Sorge um Sophie macht Daves Anwesenheit mich richtig krank. Vielleicht sollte ich ins Bett gehen. Er sieht mich immer wieder mit seinen lachenden Augen an, als wüsste er, wie sehr ich mich zu ihm hingezogen fühle, und als würde er das für einen großen Witz halten.

Als hätte er meine Gedanken gelesen, schaut Dave mich wieder an. Ich halte seinem Blick stand, solange ich kann, und spüre, wie mein Gesicht immer heißer wird. Ich werde nicht als Erste wegschauen, ich werde nicht als Erste wegschauen …

»Ich glaube, wir sollten Getränkenachschub besorgen, meinst du nicht auch, Abigail?«, sagt er leise.

»J…ja«, stottere ich und schlucke. »Allerdings schließt der Laden in zwanzig Minuten.«

Dave steht auf. »Abigail und ich gehen Wein kaufen. Ihr drei haltet die Stellung.«

Ich stehe auch auf und verlasse den Tisch, ohne jemanden anzusehen. Wir gehen schweigend durch das Haus und durch die Vordertür nach draußen. Daves Gegenwart ist mir bewusster denn je. Ich hätte das nicht für möglich gehalten. Langsam gehen wir die ruhige, dunkle Straße entlang, die ins Zentrum führt.

»Mach dir keine Gedanken wegen Bella«, sagt Dave

nach einer Weile. »Sie meint es nicht so. Sie wird sich bei deiner Schwester entschuldigen.«

»Das hoffe ich«, sage ich ehrlich. »Sophie würde niemals jemanden absichtlich beleidigen. Bella ist eindeutig zu weit gegangen.«

»Sie wird sich morgen dafür schämen, vertrau mir.«

»Gut«, sage ich schadenfroh.

Ich sehe ihn kurz an. Er wird mich küssen, wird mir mit plötzlicher Gewissheit klar. Die einzige Frage ist, wann.

Der Dorfladen verkauft alles, von Pâté über Wein bis hin zu Teddybären auf Schlittschuhen. Dave hält mir die Tür auf, und wir gehen zielstrebig zum Weinregal. Wir reden kein Wort, aber die Spannung ist grotesk. Ich bin mir jeder seiner Bewegungen bewusst.

An der Kasse zücke ich mein Portemonnaie, um zu bezahlen, aber Dave schiebt meine Hand weg, während er dem Ladenbesitzer gleichzeitig einen Geldschein gibt. Er nimmt meine Hand, als wir den Laden verlassen. An einer ruhigen, dunklen Stelle auf dem Weg zwischen Laden und Haus bleibt er stehen. Die kalte Novembernacht ist absolut still.

Ich drehe mich zu ihm und versuche, cool und distanziert zu wirken, statt nervös und lüstern, und frage mich, ob man an sexueller Anspannung sterben kann.

»Du bist ein freches kleines Ding, stimmt's?«, sagt er sehr leise.

»Eigentlich bin ich ziemlich groß.«

»Und da läuft sicher nichts zwischen dir und Robert?«, fragt er.

Ich traue meinem Sprachvermögen nicht, also begnüge ich mich mit einem Kopfschütteln. Dann beugt Dave sich vor und küsst mich.

Es ist ein sehr schlichter Kuss. Ohne Zunge, ohne Druck. Nur seine leicht kühlen Lippen auf meinen. Aber – und ich übertreibe nicht, ich schwöre – ein elektrischer Schlag durchzuckt meinen gesamten Körper, vom Kopf bis zu den Fußspitzen und wieder zurück. Ich will nach Luft schnappen, aber meine Lippen sind beschäftigt.

Das ist es. Das ist der Funke, auf den ich gewartet habe.

Nach einer gefühlten Stunde, die wahrscheinlich nur eine Minute gedauert hat, beugt er sich wieder zurück und sieht mich mit hochgezogenen Augenbrauen an. Er sieht unverschämt gut aus, denke ich zum elftausendsten Mal an diesem Tag. Selbst in der Dunkelheit.

»Das kam wohl ein bisschen unerwartet, was?«, sagt er.

Ich lächle ihn an, und er lächelt zurück. Oh, dieses perfekte, verführerische Lächeln.

Wir stellen die Weinflaschen ab und küssen uns richtig. Scheiße, denke ich die ganze Zeit, scheiße, scheiße, scheiße, das ist der Wahnsinn … Mein Körper ist ein wirres Durcheinander aus elektrischen Drähten, die Stromstöße abgeben. Dave ist nicht groß, darum kann ich ihn selbst mit flachen Absätzen perfekt küssen.

Mit einer Hand in meinem Nacken und der anderen auf meinem Rücken dirigiert Dave mich ein paar Schritte rückwärts, bis ich gegen eine Hauswand stoße. Dann presst er seinen Körper gegen meinen. Nur gut, dass Autignac-City samstagabends um elf bereits schläft, denke ich, bevor ich mich wieder in einem Kuss verliere.

»Ich hätte es nicht länger ausgehalten, wie du mich immer angesehen hast«, sagt er irgendwann.

»Ich?«, entgegne ich, während ich nach Luft schnappe. »Du hast mich doch den ganzen Tag angestarrt.«

»Komm, wir stellen den Wein in die Küche und nehmen eine Flasche mit nach oben«, sagt er.

»Werden die anderen uns nicht vermissen?«, frage ich.

»Natürlich«, erwidert er. »Aber das ist mir scheißegal. Na los, komm.«

Kapitel 23

»Hallo.«

Ich öffne die Augen. Es dauert eine Sekunde, bevor mir einfällt, wo ich bin.

Ich liege in meinem Bett im Haus meiner Eltern in Autignac. Splitternackt. Dave liegt neben mir. Auch splitternackt.

»Hallo«, erwidere ich leise.

Wir liegen nebeneinander in meinem kleinen Zimmer, die Gesichter einander zugewandt. Das Haus ist absolut still, noch ist keiner auf. Mein Kinn fühlt sich heiß an und wund – diese verdammten Bartstoppeln –, und mein Atem riecht leicht verkatert, vermute ich. Aber ich will mich nicht bewegen. Ich atme einfach durch die Nase.

»Ich war großartig letzte Nacht, nicht?«, flüstert er.

Ich muss lachen. Toller Spruch, um das Eis am Morgen danach zu brechen.

»Komm her«, murmelt er und zieht mich für einen Kuss an sich.

»Vorsichtig«, sage ich. »Meine Lippen sind ganz geschwollen vom vielen Küssen.«

»Dann küsse ich sie gesund«, flüstert er zurück, zieht mich unter sich und umfasst mit beiden Händen mein Gesicht.

Und nun muss ich kurz den Vorhang zuziehen oder zu einer Szene überblenden, in der eine Rakete startet, in der sich eine Blüte im Zeitraffer öffnet oder Eisenbahnkolben sich auf und ab bewegen. Wir wissen alle, Sex ist eine schöne Sache (außer Sie hatten noch keinen, dann empfehle ich Ihnen: Nichts überstürzen, das erste Mal ist immer ätzend, und vergessen Sie nicht, kein Spaß ohne Gummi). Stellen Sie sich einfach vor, Sie tun es mit einem sehr leidenschaftlichen Mann mit weicher Haut und flachem Bauch, auf den Sie so sehr abfahren, dass Sie jeden Zentimeter von ihm packen und berühren und beißen wollen. Genau so ist es nämlich.

Mein Gott, Sex ist einfach toll. Wenn ich daran denke, dass ich früher versucht habe, Sex zu vermeiden, als ich noch mit … zusammen war – nein, nein. Denk nicht an ihn. Denk an Dave. Konzentrier dich auf das Jetzt. (Wie ommm ich doch bin.)

»Ah, la belle France«, sagt Dave eine Stunde später.

Wir liegen immer noch in meinem schlimm zerwühlten Bett.

»Meine armen Kinderbücher, mussten alles mit ansehen. Sie hatten ein so behütetes Leben«, sage ich. »Wie spät ist es eigentlich?«

»Keine Ahnung«, sagt Dave.

Ich schnappe mir seine Armbanduhr vom Nachttisch. »Es ist zehn. Ich gehe zur Bäckerei«, sage ich. »Ich frage mich, ob die anderen schon wach sind. Hoffentlich haben Sophie und Luke sich wieder versöhnt. Ich hab die beiden noch nie streiten sehen …«

»Natürlich haben sie sich versöhnt. Sei nicht albern.«

»Meinst du, die anderen trinken alle Kaffee? Vielleicht sollte ich auch O-Saft kaufen …«

»Wen kümmert es, was die anderen trinken? Komm her, Engelchen. Ich bin noch nicht fertig mit dir.«

»Nein«, sage ich und winde mich aus seinen Armen.

»Abigail, ich sagte, komm her«, wiederholt er.

»Ich bin kein Steak. Du kannst mich nicht einfach bestellen«, sage ich.

Das ist ein Zitat aus *Die Waffen der Frauen*. Ich frage mich, ob er es kennt. Ich flitze zu dem angrenzenden, winzigen Bad und versuche, nicht zu denken: Er sieht mir auf den nackten Arsch. Bewahr die Kontrolle in dieser Situation, Abigail, denke ich stattdessen und drehe die Dusche auf.

»Hast du eine Seife, die du fallen lassen kannst?«, fragt Dave und steigt zu mir unter die Dusche, und im nächsten Moment küsst er mich und drückt mich gegen die Wand, und wieder muss ich den Vorhang zuziehen.

Als ich schließlich nach unten komme – Dave will oben »noch ein paar Anrufe erledigen« –, sind nur Sophie und Luke auf. Sie kuscheln zusammen auf dem Sofa und schauen sich einen französischen Zeichentrickfilm im Fernsehen an.

»Morgen«, trällere ich fröhlich.

Sieht so aus, als hätten sie sich versöhnt.

Beide drehen den Kopf zu mir und lächeln.

»Morgen, Süße«, sagt Sophie.

»Tut mir leid wegen gestern, Abigail«, sagt Luke. Er beugt sich herüber, um Sophie einen Kuss auf den Kopf zu geben. »Ich war schrecklich. Deine Schwester hat mir verziehen.«

»Mir tut es auch leid«, sagt Bella, die nun die Küche betritt. »Das ist alles meine Schuld.« Sie geht direkt hinüber zu Sophie und Luke. »Es tut mir wirklich leid, Sophie. Ich war sehr unhöflich. Ich habe es nicht so gemeint. Ich war zickig und betrunken, und Ollie und ich hatten Streit …« Bella wirkt aufrichtig zerknirscht. »Kannst du mir verzeihen?«

»Klar!«, sagt Sophie und strahlt. Sie ist einfach unfähig, nachtragend zu sein. »Ist bei dir und Ollie wieder alles okay?«

»Tja, wie man's nimmt«, sagt Bella und grinst reumütig.

»Er hat sich heute Morgen ein Taxi gerufen und ist mit der ersten Maschine nach Hause geflogen.«

»Oh«, sagt Sophie.

Bella zuckt mit den Achseln. Ich kann ihren Gesichtsausdruck nicht deuten. Ist sie verärgert oder erleichtert? Sie ist so kontrolliert.

»Gut, ich gehe mal los und besorge Brot und Croissants für das Frühstück«, sage ich. »Draußen ist es schön, die Sonne scheint. Wir können im Hof essen. Bin in zwanzig Minuten wieder da.«

Mir ist ganz schwindelig vor Glück, ich muss gegen das Bedürfnis ankämpfen, zur Bäckerei zu hüpfen. Noch vor vierundzwanzig Stunden wusste ich nicht, wie es ist, Dave zu küssen. Jetzt schon. Unser erster Kuss fand genau dort drüben statt, an dieser Hauswand. Und es war fantastisch. Die Funken sprühten nur so. Ich kann es kaum erwarten, ihn wieder zu küssen. Ich spüre ein heißes Kribbeln beim bloßen Gedanken daran.

Aber was, wenn das nur eine Nacht für ihn war? Ich spüre einen seltsamen Anflug von Panik: Ich will ihn, und ich wünsche mir verzweifelt, dass er mich auch will …

Augenblick? Habe ich gerade das V-Wort benutzt? *Verzweifelt.*

Scheiße.

Halte dich unter Kontrolle, Abigail. Denk an Roberts Tipps. Du kannst cool sein und distanziert. Außerdem kann es nicht nur eine Nacht für ihn gewesen sein. Nicht so, wie er mich ansieht, und nicht nach dem, offen gesagt, unglaublich fantastischen Sex …

»Bonjour!«, rufe ich, als ich die Boulangerie mit einem strahlenden Lächeln betrete.

Zehn Croissants, zehn Pains au chocolat, drei Baguettes und ein paar Brioches sollten reichen. Ich kaufe auch O-Saft und Blumen für meine Mum.

Als ich ins Haus zurückkehre, hängt Bella auf der anderen Couch ab, während Dave auf Luke und einer kreischenden Sophie liegt.

»Bitte«, fleht Dave. »Ihr zwei habt einander. Ich will doch nur ein bisschen schmusen. Vielleicht kannst du mir über den Kopf streicheln.«

»Ich werde nicht mit dir schmusen«, sagt Sophie kichernd. »Geh runter. Du zerquetschst mich.«

Dave steht auf, sieht herüber und zwinkert mir zu. Ich zwinkere zurück. Plötzlich sehe ich, dass Bella Dave anstarrt, und langsam wandert ihr Blick zu mir. Ich drehe den Kopf schnell weg, nehme aber noch ihr schockiertes Gesicht wahr. Sie ist noch nicht über ihn hinweg, wird mir bewusst. Der Gedanke verursacht mir Magenschmerzen.

»Ich rufe Ollie an«, sagt Bella, springt von der Couch auf und geht zur Treppe.

Nein, sie ist okay, sage ich mir, als ich in die Küche gehe. Sie telefoniert mit ihrem Freund. Ich bilde mir etwas ein.

Dave setzt sich auf die frei gewordene Couch.

»Na, Luke, bist du jetzt wieder lieb? Du weißt, ich kann Streit nicht leiden.«

»Dann hör auf, immer herumzustänkern«, erwidert Luke.

Sophie kommt in die Küche, stellt sich neben mich und raunt mir zu: »Bilde ich mir das ein, oder hast du mit Dave …?«

Ich sehe sie an und grinse. Sophie gluckst vor Freude, und als Dave und Luke herübersehen, tut sie schnell so, als müsse sie husten. Ich habe Sophie absichtlich nichts von meinen Schmetterlingen im Bauch erzählt, da ich wusste, sie würde es Luke sagen. (Nicht dass ich ihr das zum Vorwurf machen würde, so funktionieren Beziehungen eben.)

»Was ist so lustig? Wollt ihr es nicht mit der restlichen Klasse teilen?«, ruft Dave herüber.

»Sorry, hatte was im Hals«, entgegnet Sophie, schnappt sich den O-Saft und Gläser und geht damit hinaus in den Hof.

»Morgen allerseits«, sagt Robert, der jetzt ins Wohnzimmer kommt, dicht gefolgt von Vix. Ich mustere die beiden erfreut. Sie haben es getan! Ich dachte, JimmyJames schnappt sich Vix. Typisch Robert. Was soll's.

»Kaffee, Sir?«, frage ich Robert fröhlich, während Luke und Vix Sophie helfen, den Frühstückstisch draußen zu decken.

»Ja, bitte«, antwortet er.

Er ist nicht so siegessicher, wie ich erwartet habe, nachdem er eine der Brautjungfern flachgelegt hat. Ich hätte gedacht, das würde ihn glücklicher machen.

»Victoria«, sage ich und wackle mit den Augenbrauen, als ich hinausgehe.

»Kalorien zählen nicht in Frankreich, richtig?«, sagt Vix und nimmt sich ein Pain au chocolat.

»Nicht, wenn man sie in der Nacht zuvor verbrannt hat«, sagt Bella, die in diesem Augenblick aus dem Haus kommt.

Ich drehe sofort den Kopf zu ihr, aber sie sieht mich nicht an. Schätze, Ollie hat nicht auf ihren Anruf reagiert.

»Ich stehe total auf alles Französische«, fährt Vix unbekümmert fort, ohne auf Bellas Bemerkung einzugehen. »Französisches Gebäck, französischer Wein, französischer Käse …«

»French fries, French kiss …«, plappert Sophie dazwischen.

»Écoute, Robert«, ruft Vix in die Küche. »Wir brauchen noch Milch! Was heißt Milch auf Französisch?«

»Lait«, antworten Sophie und ich gleichzeitig.

»Plus de lait!«, ruft sie. Robert kommt mit der Milch heraus, und Vix zwinkert ihm auffällig zu, den Mund voller Schokobrötchen. »Merci beaucoup.«

Ich grinse in mich hinein. Die beiden würden gut zusammenpassen, nicht?

»Bitte, zieh nach London«, sagt Sophie in weinerlichem Ton zu Vix. »Ich habe es satt, dich nur alle drei Monate an irgendwelchen Party-Wochenenden zu sehen. Und ich bin zu alt, um eine neue beste Freundin zu finden.«

»Vielleicht tue ich das ja«, entgegnet Vix. »In Edinburgh gehen mir nämlich bald die Männer aus.«

»Gut geschlafen, Prinzessin?«, murmle ich, als ich Robert Kaffee eingieße.

Er sieht müde aus, fällt mir plötzlich auf.

»Ziemlich gut«, murmelt er zurück und setzt seine Sonnenbrille auf. »Übrigens, Kompliment. Sieht so aus, als hättest du das Wochenende wirklich gerockt. Gut gemacht.«

»Ja, Kompliment an mich selbst«, stimme ich ihm zu und lächle in mich hinein.

Alle frühstücken mit verkatertem Heißhunger. Dave sitzt am anderen Tischende und unterhält sich mit Luke und Sophie über die Hochzeit. Es ist einfach nicht fair, dass Männer saufen können, wie sie wollen, und trotzdem am nächsten Morgen umwerfend aussehen. Ich musste mich zehn Minuten sorgfältig schminken, um einigermaßen menschlich anzumuten.

Plötzlich hören wir ein lautes Stöhnen in der Nähe, und eine Gestalt, eingewickelt in die Regenplane für den Grill, kommt über den Hof gerollt. Es ist JimmyJames.

In seinen Haaren steckt Laub, und im Gesicht hat er den Abdruck des Seils der Regenplane, das er als Kissen benutzt hat. Er sieht aus wie Edward Cullen in einer Laienaufführung von *King Lear.*

»Ihr habt mich ausgesperrt«, sagt er entrüstet. »Ich hätte erfrieren können. Ich könnte tot sein. Oh, super, Frühstück.«

JimmyJames war um Mitternacht hinausgegangen, um

eine zu rauchen. Irgendeiner hatte wohl die Tür zum Hof abgeschlossen, weil er annahm, dass alle anderen bereits ins Bett gegangen waren.

»Ich hab versucht, mit dem Seil von der Abdeckung an der Fassade hochzuklettern«, erzählt JimmyJames und beißt in ein Rosinenbrötchen. »Ich hab gegen die Fensterläden geklopft, bis ich mich nicht mehr halten konnte. Bei dem Sturz habe ich mich am Arm verletzt, seht ihr?«

Er schiebt seinen Ärmel hoch und zeigt uns ein paar leichte Schürfwunden am Ellenbogen.

Die Frauen machen mitfühlend »oohhh«. Ich pruste vor Lachen in meine Kaffeetasse, und als ich merke, dass Dave mich mit gespielter Besorgnis ansieht, werde ich rot. Verdammt, ich dachte, ich hätte meine Verlegenheit endlich unter Kontrolle.

»Dann habe ich laut gerufen, bis der Nachbar anfing zu brüllen.« Sophie und ich sehen uns an und ziehen eine Grimasse. »Und nach einer Stunde habe ich erkannt, dass es ums nackte Überleben geht.« Luke lacht so sehr, dass er einen maßlos übertriebenen Hustenanfall bekommt und vom Tisch aufstehen muss. Er beugt sich vornüber, die Hände auf die Knie, und atmet tief ein, bis er wieder Luft bekommt. JimmyJames erzählt weiter. »Die Temperatur in Frankreich um diese Jahreszeit sinkt nachts auf sechs bis sieben Grad. Und, wie jeder weiß, ist es wichtig, den Kopf warm zu halten. Also habe ich mir einen Turban aus meinen Socken gebastelt und mich in die Plane eingewickelt. Als Kissen habe ich das Seil und Laub verwendet.«

Er lächelt uns alle stolz an.

»Sehr … äh … beeindruckend«, sagt Robert.

»Und, was habe ich verpasst?«, fragt JimmyJames. »Ich freue mich übrigens, dass Lady Bella ihr Lächeln wiedergefunden hat.«

Bella grinst und wirft JimmyJames einen Handkuss zu.

»Oliver hat uns leider verlassen«, sagt Dave feierlich. »Ruhe in Frieden, Oliver.«

Sophie, Vix und ich sehen unwillkürlich zu Bella und erwarten eine Explosion, aber sie grinst nur und zündet sich eine Zigarette an.

»Was für ein aufregendes Wochenende«, sagt JimmyJames und greift nach einem Croissant. Ich fange Daves Blick auf und kann nicht anders, als ebenfalls zu grinsen. Zum Teufel mit dem Rotwerden. »Schön. Wer war denn unartig mit wem? Und warum machst du ein Gesicht wie eine Katze, die Sahne genascht hat, Abigail?«

Zum Abschluss des Wochenendes ist ein Ausflug in die nächstgrößere Stadt geplant, wo ein Boule-Turnier stattfindet. Ich persönlich finde zwar, wir könnten uns das schenken, aber Luke ist entschlossen, unsere kleine Hochzeitsgesellschaft zusammenzuschweißen.

Für den Fall, dass Sie das Spiel nicht kennen, Boule ist die französische Version von Boccia, das hier in der Gegend in einer Variante gespielt wird, die sich Pétanque nennt. Das Turnier findet auf der langen Promenade im Zentrum der Stadt Béziers statt, und es herrscht Volksfestatmosphäre. Béziers ist viel größer als Autignac, und sämtliche Cafés und Restaurants an der Promenade haben draußen Stühle und Gasheizungen aufgestellt, damit die Gäste das Turnier beim Essen verfolgen können.

Dave und JimmyJames beschließen sofort, sich ein Glas Wein »zur Stärkung« zu gönnen.

»Ich brauche das«, sagt JimmyJames ernst. »Ich glaube, ich habe zu wenige Thrombozyten im Blut.«

»Und ich trinke einfach gerne Wein«, sagt Dave. Er beugt sich zu mir herüber. »Möchtest du auch ein Glas, scharfer Feger?«

Ich grinse und schüttle den Kopf. Aus dem Augenwinkel nehme ich wahr, dass Bella mich anstarrt, aber als ich den Kopf drehe, schaut sie weg.

Das Turnier besteht aus drei verschiedenen Wettbewerben: Profis, die die Sache so ernst nehmen, dass sie kaum ein Wort miteinander wechseln, Freizeitspieler, hauptsächlich Paare und befreundete Gruppen, die so tun, als würden sie die Sache nicht ernst nehmen, und Amateure, bei denen ein heilloses Durcheinander aus Streitdiskussionen und Gelächter herrscht. Genau unser Niveau.

»Ich denke, ich sollte mich nach den letzten vierundzwanzig Stunden darauf konzentrieren, am Leben zu bleiben«, sagt JimmyJames mit Märtyrerstimme. »Ich suche mir einfach ein gemütliches Plätzchen, wo ich Wein trinken kann.« Er unterbricht sich kurz. »Ich würde mich viel besser fühlen, wenn Victoria mir Gesellschaft leisten könnte.«

»Gewöhn dich an Enttäuschungen«, antwortet sie.

»Ich spreche fließend Enttäuschung«, sagt JimmyJames. »Bitte.«

»Also schön«, sagt sie. »Wenn du für mich einen Stuhl und einen Tisch auftreibst, setze ich mich zu dir.«

»Okay, dann werde ich also uns sechs anmelden«, sagt Luke. »Wir können Triplette spielen. Robert, Dave und ich gegen Sophie, Bella und Abigail.«

»Super«, sagt Bella und zündet sich ihre achte Zigarette an.

»Mir fällt auf, dass du immer noch qualmst wie ein russischer Bauer«, bemerkt Dave.

Sie bläst einen Rauchring in seine Richtung, und er grinst. Sie ist verdammt cool. Viel cooler als ich. Ich wette, sie hatte nie einen Singlecoach nötig.

»Wie sind die Regeln?«, fragt Bella. »Wie spielt man das?«

»Eine Münze werfen, Wurfkreis malen, Kugel werfen.

Wer am nächsten dran ist an der Zielkugel, gewinnt«, erklärt Robert knapp.

Er trägt seit dem Frühstück seine Sonnenbrille. Ein Zeichen von Reue, oder nur seine übliche schlechte Laune, wenn er verkatert ist. Arme Vix. Ein Jammer, dass sie nicht JimmyJames geküsst hat.

»Die ist aber schwer!«, ruft Sophie, als sie eine der Kugeln aufhebt. »Okay. Ich bin bereit.«

»Ich werde euch alle schlagen wie Hundebabys«, sagt Dave mit einem teuflischen Grinsen.

»Ich werde dich schlagen wie ein Pflegekind«, sagt Bella und geht in Kampfstellung.

»Ich werde dich schlagen wie eine mormonische Ehefrau«, kontert Dave.

»Du bist so ein Idiot«, entgegnet sie.

»Du kannst mir nicht widerstehen, Bells«, sagt Dave und streckt die Hand nach ihr aus, um an ihren Haaren zu ziehen, aber sie dreht sich weg.

Mir stehen die Nackenhaare zu Berge. Was zum Teufel soll das? Gestern Abend sah es noch so aus, als könnten sie sich auf den Tod nicht ausstehen. Und jetzt flirten sie.

»Okay«, sagt Robert und unterbricht die beiden. »Lasst uns eine Münze werfen und herausfinden, wer den Kreis zieht.«

Boule ist ein sanftes, langsames Spiel. Jedenfalls so, wie wir es spielen. Von den Frauen hört man gelegentlich ein »Ups!« und ein »Sorry!«, von den Männern ein »Fuck!« und ein »Du hast mich abgelenkt, du Schwanz«.

Nachdem wir ein paar Runden gespielt haben, entwickelt sich ein Kopf-an-Kopf-Rennen. Bella, die offensichtlich beschlossen hat, sich zu benehmen, ist sehr gesprächig und mit Spaß bei der Sache, und zwischen ihr, Sophie und mir herrscht ein überraschend starker Teamgeist. Ich bin froh, dass die zwei sich wieder verstehen, aber manchmal wünsche ich mir, meine Schwester würde nicht so schnell umfallen. Ich verhalte mich Bella gegenüber etwas kühl, um ihr zu zeigen, dass ich, auch wenn Sophie ihr verziehen hat, das noch lange nicht tue, aber es fällt mir angesichts ihrer Charmeoffensive schwer.

Luke ist sein normales fröhliches Ich, Roberts versteinerte Miene verändert sich so gut wie gar nicht, und Dave mimt den witzigen und nervenden Livekommentator. Auch wenn er einem absichtlich auf die Nerven geht – und das sage ich nicht nur, weil wir es die ganze Nacht miteinander getrieben haben, ich schwöre –, besitzt er so viel Charisma, dass er einfach unwiderstehlich ist.

»Okay. Bella, Bella. Schöne Frau, aber keine schöne Unterhand. Die Kugel landet neben Roberts letztem Wurf, den er wohl auf Paris gezielt hat … Und jetzt ist Robert wieder an der Reihe, er wirft, nun verlässt er das Spielfeld, ich vermute, er muss pinkeln. Musst du pinkeln, Robert? Er ignoriert meine Frage. Okay. Luke ist der Nächste. Er macht seinem Spitznamen ›Dusel‹ alle Ehre … oh … die Kugel landet knapp neben dem Schweinchen, bedauerlicherweise gut vier Zentimeter von meinem letzten Wurf entfernt, der in dieser Runde noch ungeschlagen war.«

»Wichser«, sagt Luke zu Dave.

Wir anderen müssen lachen.

»Du musst zur Strafe einen Penny in das Fluchschwein werfen. Gut! Die Nächste ist Abigail. Sie tritt mit dem gefühlvollen Fohlengalopp an, den sie in den letzten Runden perfektioniert hat, und, du meine Güte, sie streckt den Fuß. Disqualifiziert.«

»Was?«, keuche ich. »Ich habe nichts gemacht!«

»Doch«, sagt Dave in belehrendem Ton. »Du hast den linken Fuß gehoben und den Wurfkreis übertreten.«

»Das habe ich verdammt noch mal nicht!«, widerspreche ich laut und genervt.

»Stimmen wir ab!«, sagt Dave.

»Safe«, sagt Sophie loyal.

»Out«, sagt Bella.

Typisch.

»Safe«, sagt Luke.

»Out«, sagt JimmyJames. »Ich habe es nicht gesehen, aber scheiß drauf, so gibt es ein neues Drama.«

»Safe«, sagt Vix und prostet mir mit ihrem Weinglas zu.

»Sieht so aus, als hätten wir einen Gleichstand«, sagt Dave.

»Das war safe«, sagt Robert, der das Spielfeld betritt.

»Du warst schiffen, du hast es nicht gesehen«, fährt Dave ihn an.

»Ich hab mir eine Flasche Wasser besorgt und nebenher das Spiel weiterverfolgt.«

»Sie war out, verdammt«, beharrt Dave.

»Sie war in«, widerspricht Robert.

»Ich war in«, bekräftige ich. »Das beweist auch die Abstimmung. Du kannst mich mal.«

Dave sieht mich erfreut an. Plötzlich wird mir bewusst, dass er einen Sparringpartner sucht. Ihm gefällt der Thrill, den eine Diskussion ihm verschafft, egal, mit wem – mit Robert, Bella oder mir. Darum stichelt er ständig herum.

Gut, damit kann ich umgehen.

»Schreib endlich auf, Dave«, sage ich. »Robert, du bist dran.«

Robert befördert meine Kugel aus dem Kreis. Dave jubelt vor Freude.

»Die Wohngemeinschaft. Zueinander hingezogen, und doch immer getrennt.«

Robert und ich sehen Dave mit schmalen Augen an.

»David, mein Junge, versuch doch bitte mal, deine Klappe zu halten, sonst wirst du in die Ecke gestellt«, sage ich.

Dave grinst und kickt ein paar Kieselsteine auf meine

Schuhe, als er an mir vorübergeht. Ja. Er sucht definitiv einen Sparringpartner. Jetzt wirft er und katapultiert Roberts Kugel weg vom Ziel.

»Wir hätten zwei Punkte geholt, wenn du besser gezielt hättest«, sagt Luke verärgert.

»Ich gönne Robert nicht die Freude zu punkten«, sagt Dave und klimpert unschuldig mit den Wimpern.

Ich sehe Robert an, der zu diesem Kommentar schweigt. Er übertreibt es wirklich mit seiner schlechten Laune heute. Ich frage mich, ob er meine Gedanken lesen kann. Ich hoffe nicht, da ich immer wieder nicht jugendfreie Szenen der vergangenen Nacht in meinem Kopf durchspiele …

Nach einer Stunde endet die Partie im Chaos. Wir streiten weiter, und obwohl Dave sich zum Sieger erklärt, reklamieren Bella und Sophie und ich den Sieg für uns. Vix und JimmyJames geben plötzlich die Cheerleader, und alle machen mit. Es ist einer der wenigen aufrichtig erfolgreichen, leichten Momente an diesem Wochenende, und Sophie sieht begeistert aus. Endlich findet der Hochzeitsclan doch noch zusammen.

Dave und ich kabbeln uns während des gesamten Spiels, und je mehr ich ihn abblitzen lasse und die Harte mime, desto mehr genießt er es. Das ist sehr aufregend.

Aber er hat mich noch nicht nach meiner Nummer gefragt.

Natürlich werde ich ihn bei der Hochzeit nächstes Jahr wiedersehen, er ist ein Trauzeuge. Und wahrscheinlich könnte ich vorher einen gemeinsamen Abend einfädeln, mit Hilfe von Robert und Luke … aber ich möchte, dass er mich fragt. Darauf lege ich Wert.

Wenn er mich nicht fragt, dann hatte ich nur einen weiteren One-Night-Stand. O Gott, was zum Teufel habe ich mir dabei gedacht?

»Zeit zum Aufbruch«, sagt Luke, der auf seine Uhr blickt. »Alle zu den Wagen und einsteigen.«

Ich hasse das Fliegen, denke ich, als wir auf dem Weg zum Flughafen sind. Gestern war es noch okay, da ich so früh am Morgen auf Autopilot war, außerdem hat Robert, der weiß, dass ich das Fliegen hasse, mich abgelenkt, indem er die ganze Zeit redete. Ich glaube nicht, dass er heute so gesprächig sein wird. Er ist derart griesgrämig, dass er nicht *einmal* die Sonnenbrille abnimmt, und als ich ihm eine Cola und ein Baguette gegen seinen Kater anbiete, brummt er nur: »Ich brauche nichts.« So launisch.

Wir kommen am Flughafen an, checken ein und gehen durch die Sicherheitskontrolle.

»Ich muss pinkeln«, sage ich zu niemand Speziellem.

Alle sind still, wie das öfter ist am Ende eines ereignisreichen Wochenendes.

»Danke für die Mitteilung«, sagt Vix. »Viel Spaß.«

Ich gehe grundsätzlich auf die Toilette, bevor ich in ein Flugzeug steige, selbst wenn ich gar nicht muss. Sonst darf ich nämlich die Bordtoilette benutzen, und der Abzug macht mir Angst. (Ja, diese Angst ist absolut begründet.)

Ich wasche mir die Hände und mustere bestürzt mein Spiegelbild über dem Waschbecken. Kein Wunder, dass Dave nichts mehr von mir wissen will. Der Schlafmangel, die gerötete Haut von seinen Bartstoppeln und mein leichter Kater bewirken zusammen, dass mein Gesicht mein Make-up frisst. Ich schminke mich nach und gehe mit einem tiefen Stoßseufzer zurück zum Gate.

»Hallo, Engel«, sagt eine Stimme.

Es ist Dave. Er lehnt an einer Wand im vorderen Wartebereich und wartet auf … mich? Die anderen sitzen alle auf der hinteren Seite.

»Ah, hallo«, erwidere ich.

»Du und ich. Heute Abend. Bei mir. Ich bin noch nicht mit dir fertig.«

Ich muss gegen meinen Willen lachen.

»Oh … Dave. Was für eine Einladung.«

Er beugt sich vor und sieht mir tief in die Augen, und obwohl ich über seinen unmöglichen Spruch lachen muss, spüre ich die vertrauten Hitzewallungen.

»Das ist keine Einladung. Das ist eine Tatsache. Ich habe deine Nummer von Sophies Handy geklaut. Ich simse dir die Adresse.«

»Äh …«

Dann beugt er sich ganz nah zu mir und küsst mich, und ich schwöre Ihnen, dass in diesem Moment meine Eierstöcke verrückt spielen. Der Kuss ist, wie beim ersten Mal gestern Abend, nur ein weicher Lippen-auf-Lippen-Druck für fünf Sekunden, aber ich breche fast zusammen. Gott. Die Funken. Mein ganzer Körper steht unter Strom.

»Kommst du später zu mir?«

»Ja«, sage ich.

Ich bin hilflos.

»Mach nicht so ein ernstes Gesicht, Süße«, sagt er. »Wir werden jede Menge Spaß haben.«

Kapitel 24

O Gott, ich bete ihn an.

In den siebenundzwanzig Nächten seit dem Wochenende in Autignac hat meine gesamte Welt sich gedreht – nicht von oben nach unten, eher von innen nach außen. Ich laufe mit glänzenden Augen, O-Beinen, benebeltem Kopf, wundem Kinn und geschwollenen Lippen herum. Ich stehe ständig unter Adrenalin, postkoitaler Euphorie und Unmengen von Koffein.

Mein Hoch beginnt morgens um sechs. Dave rollt zu mir herüber, lächelt sein laszives Lächeln und streckt die Hand nach mir aus. Ich schmiege mich an ihn, ein Bein über seine Hüften drapiert, den Kopf an seiner Schulter, die Lippen auf seinen. Wir knutschen verschlafen ein paar Sekunden, bis er richtig aufwacht, und dann … na ja, Sie wissen schon. Danach flitze ich nach Hause, ziehe mich um und gehe arbeiten.

Mein zweites Hoch am Tag erlebe ich, wenn ich ihn abends sehe. Ich sause nach Hause, dusche und ziehe mich um, bevor ich losflitze, um mich mit ihm zu treffen. (Eine Art Zwischenstopp in der Dating-Boxengasse.) Ich gehe auf ihn zu, unsere Blicke treffen sich, er sieht mich einen Moment lang eindringlich an, und dann küssen wir uns, und mein Gehirn hat einen Kurzschluss.

»Hast du bekommen, was du wolltest?«, murmelt er dann immer, und ich nicke und tue so, als würde ich meine Jacke nehmen und gehen. Er packt mich dann und zieht mich an sich, bevor er mich wieder küsst. »Ich bin noch nicht mit dir fertig«, sagt er.

Hinterher trinken wir Glühwein neben dem hässlich geschmückten Weihnachtsbaum in seiner Stammkneipe, essen eine Kleinigkeit und hüpfen anschließend ins Bett. So sieht ein durchschnittlicher Abend unter der Woche aus. Am Wochenende gehen wir richtig essen oder auf Partys mit Sophie und Luke. Von Robert habe ich in letzter Zeit nicht viel zu sehen bekommen. Ich glaube, er hat ein paar neue Freundinnen, die seine ganze Zeit und Aufmerksamkeit beanspruchen.

Meine Entdeckung, dass Dave sich gerne beim Flirten kabbelt, bedeutet, dass ich viel Zeit damit verbringe, mir geniale Abfuhren auszudenken. Es ist, das muss ich zugeben, ein wenig anstrengend. Ich mag Verbalattacken und Wortgefechte so sehr wie jeder andere, aber ein richtiges Gespräch könnte hin und wieder nicht schaden. Und die intimen Momente zwischen uns sind so selten, dass sie praktisch vom Aussterben bedroht sind. Die Gespräche finden immer im Bett statt, in der Dunkelheit. Dave gibt nicht viel preis, aber wenn er mir seine ganze Aufmerksamkeit widmet, fühle ich mich ihm so nahe, dass es sich lohnt, mich in Geduld zu üben.

Und er ist so schön. Ich meine wirklich phänomenal irrsinnig attraktiv. Ich kann es kaum glauben, dass ein Mann wie er auf mich steht. Ich liebe sein enormes Selbstvertrauen, seine leicht überhebliche Art gegenüber jedem und allem und sein unglaubliches Charisma.

Ich weiß, sein Selbstvertrauen grenzt an Arroganz, aber ich finde sogar das attraktiv. Und manchmal kann er ein wenig egoistisch sein, aber auch das stört mich nicht wirklich. In einer idealen Bezieh… sorry, normalerweise würde ein Mann, bei dem man regelmäßig übernachtet, einem morgens einen Kaffee anbieten, wenn er sich einen kocht, richtig? Oder vielleicht ein Handtuch geben, wenn man bei ihm duscht. Ich machte letztes Wochenende eine ironische Bemerkung darüber, worauf Dave erwiderte: »Ich bin kein Mann, der andere verwöhnt, mein Engel. Du musst mir schon sagen, was du willst. Ich kann dir nicht jeden Wunsch von den Augen ablesen.« Was nur recht und billig ist, denke ich.

Ein paarmal verhielt er sich ein wenig distanziert. Die Vorstellung, er könnte … wie auch immer man das nennen will, beenden, verursacht mir den ganzen Tag Übelkeit. Aber er hat nicht Schluss gemacht. Außerdem kann ich auch distanziert sein. Cool! Unter Kontrolle!

Einigermaßen.

Die Wahrheit ist: Mein neu entdecktes Selbstbewusstsein und meine Singletaktiken fliegen in hohem Bogen zum Fenster hinaus, wenn wir uns küssen. Ich bin mir sicher, das ist anfangs normal in einer Bezieh… ich meine, am Anfang von irgendwas.

Wenigstens bin ich nicht mehr so nervös in seiner Gegenwart. Tatsächlich bin ich nervöser, wenn ich nicht mit ihm zusammen bin, falls das Sinn ergibt. Wenn er sich nicht meldet oder wenn seine letzte SMS oder E-Mail kühl oder kurz angebunden klang, kann ich an nichts anderes denken. Ich warte und mache mir Sorgen, und es ist grausam. Tatsächlich ist es heute besonders schlimm.

Dave ist mit seinen Arbeitskollegen in einem Pub in der City. Das macht er in letzter Zeit häufig, was nicht verwunderlich ist, schließlich ist Dezember, ein Monat, der mit viel Alkohol in London gefeiert wird. Außer von mir natürlich. Ich mache stattdessen viele Überstunden, um Suzanne zu beeindrucken. Ich frage mich, ob ich einfach nach Hause gehen soll. Aber was, wenn er mich einlädt nachzukommen? Er könnte gleich um die Ecke sein …

Ich verkneife es mir, ihm eine SMS zu schicken – nach seinem Statement in Frankreich, dass er es hasst, per SMS ausgefragt zu werden. Es ist eine Kunst, ausweichende

Textnachrichten zu schreiben, das ist es wirklich. Obwohl es für ihn verdammt schwierig zu sein scheint, diese Kunst zu praktizieren, da er mir nie eine SMS schickt. Und ich habe gelernt, dass er direkte Fragen nicht mag. Wenn ich ihn frage »Wohin gehst du heute Abend?«, gibt er einfach keine Antwort. Das ist nur eine seiner kleinen Macken.

Es läuft immer gleich. Sobald ich denke, ich ertrage das Warten nicht länger, meldet er sich garantiert. Als wüsste er es. Ich muss einfach nur geduldig sein und zuversichtlich, und alles wird gut.

Trotzdem, so lange musste ich noch nie warten. Ich habe seit heute Morgen, als ich seine Wohnung verließ, nichts mehr von ihm gehört.

Ich starre auf meinen Monitor, bis die Wörter verschwimmen, und schüttle mich kurz, um mich zu konzentrieren. Ich glaube, ich rufe Plum an.

»Abigay!«, ruft sie, als sie rangeht. »Wie geht es dir, Honigtittchen?«

»Gut, gut. Was machst du gerade?«

»Ich bin in der Bräunungsdusche, du erwischt mich also nackt.«

»Charmant. Wie läuft es auf der Arbeit?«

»Wen kümmert es? Ich mache den ganzen Tag nichts anderes, als gute Laune und Begeisterung für Dinge zu heucheln, die ich hasse.«

»Nun, so läuft es in der Werbung«, sage ich geistesabwesend. »Dafür kriegst du ja die dicke Kohle.«

»Das wäre schön«, erwidert sie schnaubend. »Ich bin schon wieder im Minus. Wenigstens ist es im Januar leichter, eine Diät zu machen, wenn man kein Geld hat.«

»Das ist die richtige Einstellung!«, sage ich.

Ich greife nach meinem Handy und checke das Display. Schick mir endlich eine verdammte SMS, Dave.

»Was hast du?«, fragt Plum. »Irgendwas stimmt doch nicht. Ist mit Dave alles okay?«

»Alles bestens!«, sage ich und bemühe mich, so fröhlich und positiv zu klingen wie möglich. »Ich treffe ihn nachher. Wir sehen uns fast jeden Abend seit Frankreich … äh … nicht zum Essen, ich meine, er ruft mich an, und …«

»Schon kapiert«, sagt Plum. »Ihr treibt es wie die Karnickel. Aber es ist normal, dass du noch ein bisschen unsicher bist. Hattet ihr schon euer ›Wohin-soll-das-führen?‹-Gespräch?«

»Teufel, nein«, sage ich, entgeistert angesichts der Vorstellung. »Das ist nur was Lockeres zwischen uns. Ich bin nicht unsicher.«

Das ist so was von gelogen. Aber ich kann mir das kaum selbst eingestehen, geschweige denn Plum.

»Nun, ich war absolut offen zu Dan«, sagt Plum. »Bei unserem sechsten Date sagte ich zu ihm, hör zu, ich hatte viele Männer in meinem Leben. Ich wünsche mir eine richtige Beziehung. Wenn du keine willst, dann lass es uns sofort vergessen. Das hat ihm gefallen, und er meinte, er sei dabei.« Sie unterbricht sich kurz. »Manchmal muss man einfach was riskieren.«

»Ist das dein verdammter Ernst?«, rufe ich laut, bevor ich es verhindern kann.

Das ist das genaue Gegenteil von dem, was Robert mir beigebracht hat, und das Gegenteil von meinem Verhalten gegenüber Dave.

»Ich mag Dan«, sagt sie schlicht. »Ich mag ihn wirklich, und ich wollte es nicht vermasseln. Früher habe ich Beziehungen als einen heiligen Gral betrachtet, der versprach, der Singlehölle zu entkommen. Aber so funktioniert das nicht. Man muss auf den Richtigen warten. Ich habe Dan getroffen und dachte, oh, da bist du ja. Es war anders. Ich kann es nicht erklären …«

Mein erster Gedanke ist: verfluchte Scheiße. Aber dann überlege ich kurz. Habe ich auch gedacht, oh, da bist du ja? Nicht wirklich. Könnte ich so etwas zu Dave sagen? Ausgeschlossen.

»Schneckchen? Bist du noch dran?«, fragt Plum.

»Ich glaube nicht, dass ich denselben Mumm habe wie du. Egal, ich bin jetzt Single seit was, fünf Monaten, nach sieben Jahren Beziehung. Ich möchte es im Moment noch locker angehen.«

»Du lügst«, sagt sie.

Herrlich direkt, diese Frauen aus Yorkshire. Und scharfsinnig.

Ich mache eine Pause. Gleich darauf purzeln die Worte aus mir heraus.

»Ich habe Angst, dass alles schiefgeht. Ich kann nicht so sein wie du. O Plummy, ich hoffe, das ist nicht nur eine Affäre. Ich mag ihn wirklich sehr. Aber wenn ich die kugelsichere Bastardette spiele, ist das die einzige Möglichkeit, die ich kenne, um kontrolliert zu bleiben beziehungsweise so zu tun. Ich habe ständig einen Knoten im Magen, und …«

»Hol mal Luft«, sagt Plum.

Aber mein Gehirn jagt weiter. Ich weiß nicht, was ich Dave bedeute. Bin ich seine Freundin? Kann es eine Beziehung geben, ohne dass wir darüber sprechen? Gibt es unterschiedliche Phasen? Gibt es ein anerkanntes Zeitschema, das ich kennen sollte, zum Beispiel dass man nach drei Monaten zwangsläufig fest zusammen ist? Hängt alles ab von diesen drei verdammten Worten? Warum ist das so verwirrend? Warum weiß ich nicht, wo ich stehe? Ich bin unsicher! Warum bin ich unsicher?

»Bist du noch da?«, fragt Plum.

»Ja«, antworte ich und hole zitternd Luft. »Wenn er Schluss macht, werde ich es überleben. Ich werde das

Gefühl, als würde ich in eine Steckdose greifen, immer wenn er in einem Radius von zehn Metern um mich ist, überwinden und mein glückliches Singleleben weiterleben, weißt du. Das kann ich. Das kann ich wirklich!«

»Bist du sicher, dass es nicht nur der Sex ist, nach dem du süchtig bist?«

»Ja«, sage ich. »Das ist es nicht allein. Da steckt mehr dahinter. Er ist so witzig und selbstsicher, das liebe ich an ihm. Und wenn er seine Deckung aufgibt, bin ich einfach …«

Ich verstumme.

»Oh, also eine emotionale Jagd«, bemerkt Plum in wissendem Ton. »Thomasina hat mal gesagt, dass ein distanzierter, scheinbar unerreichbarer Mann, der seine Emotionen oder Gefühle nicht herauslässt, doppelt so attraktiv ist … Das ist wie ein Spiel, und wenn er dann mal etwas von sich preisgibt, fühlt man sich wie ein Gewinner.«

»Nein«, sage ich unsicher. Obwohl es erschreckend zutreffend klingt, was ihre Kollegin da gesagt hat. »Was denkst du? Glaubst du, Dave meint es ernst mit mir?« Keine Antwort. »Magst du ihn?«

Plum und Dan haben ihn letzte Woche bei einem gemeinsamen Essen kennengelernt.

»Ich würde ihn gerne näher kennenlernen«, sagt Plum nach einer kleinen Pause. Was natürlich heißt, dass sie ihn nicht mag. »Ich kann übrigens nicht glauben, dass du immer noch im Büro bist.«

»Ist schon okay«, sage ich und lasse den Blick über das halb volle Büro im Neonlicht schweifen. »Weißt du, ich muss immer noch reinklotzen, weil Suzanne das von mir erwartet. Geben Sie Gas. Das waren genau ihre Worte. Geben Sie Gas, Abigail.«

»Was für eine blöde Kuh«, sagt Plum.

»Ja«, erwidere ich.

Ich habe Suzanne nie als blöde Kuh betrachtet. Als eiskalte Sklaventreiberin, das ja, aber ich habe sie akzeptiert als jemanden, der weiß, wie er das Beste aus uns herausholt.

»Wie geht es dem schönen Robert, unserem Ladykiller?«, fragt Plum. »Ich habe ihn schon ewig nicht mehr gesehen. Er freut sich bestimmt, dass du mit seinem besten Freund zusammen bist.«

»Das scheint ihn nicht wirklich zu beeindrucken. Ich bekomme ihn nur selten zu Gesicht seit dem Wochenende in Frankreich.«

»Er ist sicher eifersüchtig, weil du ihm seinen Kumpel wegnimmst«, sagt Plum spöttisch. »Typisch Mann.«

»Die Freundschaft zwischen den beiden scheint ziemlich kompliziert zu sein … Sie sind eher Konkurrenten. Sie übertreffen sich selbst, um den anderen zu ärgern.«

»Alpha-Männchen«, bemerkt Plum abfällig.

Eigentlich habe ich angenommen, die Freundschaft der beiden hätte darunter gelitten, dass Daves Schwester Louisa auf Roberts Herz herumgetrampelt hat, aber vielleicht hat Plum Recht: Sie sind Alpha-Männchen, die sich zu lange dasselbe Revier streitig machen.

»Was auch immer der Grund sein mag, jedenfalls verbringen Robert und ich nicht mehr viel Zeit miteinander. Mir fehlt seine schlechte Laune.«

»Ich bin mir sicher, das renkt sich wieder ein«, sagt Plum. »Ihr versteht euch doch so gut. Warum lädst du ihn nicht mal zu einem Drink ein?«

»Nee«, sage ich. »Eine förmliche Einladung wäre seltsam. Wir haben immer zufällig etwas zusammen gemacht. Du weißt schon, wenn wir beide zu Hause waren.«

»Ihr habt zufällig jeden Abend und jedes Wochenende zusammen verbracht?«, fragt Plum.

»Vielleicht überlebt unsere Freundschaft es nicht, wenn

einer von uns eine Beziehung eingeht. Vielleicht war das von vornherein nur was Vorübergehendes«, sage ich.

»Ja«, sagt Plum. »Weißt du, ich habe mit all meinen männlichen Freunden geschlafen. Außer mit Henry.«

»Armer Henry«, sage ich. »Meine Mutter wäre begeistert, wenn ich ihn heiraten würde.«

»Ja, aber ich bitte dich … wir sprechen von Henry«, erwidert Plum. »Außerdem ist er in Charlotte verknallt. Dan und ich waren mit den beiden brunchen am Sonntag. Das war echt witzig. Glaubst du, sie ist klüger als er?«

»Darüber habe ich noch nicht nachgedacht«, entgegne ich und versuche, den eifersüchtigen Stich zu ignorieren, den ich spüre.

Ich habe auch eine Einladung für den Sonntagsbrunch erhalten, aber als ich Dave davon erzählte, meinte er, er habe seine gesellschaftliche Pflicht schon erfüllt. Außerdem habe er gerade nur auf eines Appetit, und das sei … Tja, was soll's. Er hatte eben kein Interesse.

»Hm. Dan ist wahrscheinlich klüger als ich, aber ich bin witziger«, sagt Plum. »Abigail! Hörst du mir überhaupt zu?«

»Sicher!«, sage ich. »Ich bin froh, dass es bei euch beiden so gut läuft.«

»Ich auch«, erwidert sie. »Nach diesen ganzen Idioten war ich schon fast ein hoffnungsloser Fall. Und verrückt steht mir nicht besonders.«

Ich klicke zum achtzehnten Mal auf »Aktualisieren« und werfe einen Blick auf mein Handy. Nein, nichts.

Plum räuspert sich. »Ich muss aufhören. Meine falsche Bräune ist trocken, und meine Brauen zupfen sich nicht von allein.«

Wir beenden das Gespräch, und ich starre wieder auf meinen Monitor. Es ist 20:22 Uhr. Zeit, nach Hause zu gehen und weiter zu warten.

Kapitel 25

Er hat sich noch nie so viel Zeit gelassen mit seinem Anruf. Was, wenn ihm etwas zugestoßen ist?

Ich fahre mit dem Taxi nach Hause statt mit der U-Bahn, was eine unnötige Ausgabe ist. Aber ich will nicht nach unten in die Röhre, wo ich keinen Handyempfang habe. (Ich weiß, wie arm das klingt, aber ich bin nur ehrlich.)

Ich gehe unter die Dusche und lege vorher mein Handy auf den Toilettendeckel, für den Fall, dass er anruft. (Was er nicht tut.) Dann föhne ich mir die Haare und ziehe anschließend meine Lieblingsjeans an, ein lässiges, aber trotzdem sehr verführerisches hautfarbenes Top und meine dicksten Socken, während ich das Handy ständig im Blick behalte, damit ich schnell rangehen kann, wenn er anruft. (Was er nicht tut.) Anschließend gehe ich nach unten, um mir ein Glas Rotwein einzugießen. Mit meinem Handy. (Wie Sie wahrscheinlich geahnt haben.) Für den Fall, dass er anruft. (Was er nicht tut.)

Ich mache es mir auf der Couch gemütlich, das Weinglas in der Hand, die Beine über die Armlehne geschwungen, und starre ins Leere.

Es ist jetzt nach halb zehn. Wo kann er sein? Was, wenn er betrunken ist und mit einer anderen flirtet? Was, wenn er ohnmächtig ist und sich erst morgen meldet? Was, wenn er es sich anders überlegt hat mit uns beiden, was auch immer zwischen uns ist? Was, wenn …

Hör auf, Abigail. Beruhige dich. Das sieht dir überhaupt nicht ähnlich. Das ist (sag es nicht, sag es nicht) verzweifelt.

Die Haustür fällt ins Schloss. Robert steht in der Eingangsdiele und legt seine Motorradausrüstung ab.

»Hi!«, sage ich.

»Hey«, erwidert er.

Es ist schon eine Ewigkeit her, dass Robert und ich gemeinsam abhingen – schon vor Frankreich nicht mehr, wenn ich genauer darüber nachdenke –, und plötzlich freue ich mich richtig, ihn zu sehen. Ich schwinge die Beine von der Couch und stehe auf, mit strahlendem Lächeln.

»Wein?«, sage ich.

»Ach, warum nicht?«, entgegnet er seufzend und kommt ins Wohnzimmer.

Er trägt noch seinen Anzug und sieht ein wenig zerknittert und gestresst aus.

»Du musst zum Friseur«, sage ich.

»Im Moment ist eine Dusche dringender. War ein langer Tag. Bin gleich wieder da.«

Er dreht sich um und geht in sein Zimmer. Ich frage mich, warum er so gestresst ist. Er hat mir immer noch nicht verraten, was er beruflich macht. Ich habe aufgehört zu fragen.

Das Wohnzimmer kommt mir irgendwie nackt und lieblos vor heute Abend, jedenfalls kein sehr angenehmer Ort, um nach Hause zu kommen.

Also räume ich ein bisschen auf, schüttle die großen roten Kissen auf und klopfe die Couch in Form, bevor ich die Heizung anschalte und die Lampen im Raum, um es gemütlicher zu machen. Ich reiße eine Packung Salzbrezeln auf und kippe sie in eine Schüssel. Über der Spüle stehen ein paar Teelichter in unterschiedlichen Gläsern, die ich auch auf den Couchtisch stelle. Mir wird bewusst, dass es aussieht wie der Versuch, eine romantische Atmosphäre zu schaffen, also blase ich rasch die Teelichter aus und stelle sie wieder über die Spüle, gerade als Robert zurückkommt.

Seine Haare sind feucht vom Duschen, und er trägt merkwürdige Socken, seine älteste verschlissenste Jeans und sein blaues Lieblingshemd mit den vielen Löchern. Es ist falsch zugeknöpft, aber ich beschließe, ihn nicht darauf hinzuweisen. Er sieht wieder aus wie er selbst. Ich kann nicht anders, als ihn anzustrahlen. Und nicht nur, weil er mich davon ablenkt, dass Dave sich nicht meldet. Es ist einfach schön, ihn zu sehen.

»Du hast gekocht!«, sagt er und sieht grinsend auf die Brezeln und den Wein.

»Du kannst nicht behaupten, ich würde mich nicht um dich kümmern«, entgegne ich, während ich mich setze und mein Glas in die Hand nehme.

Robert streckt sich und lässt sich schnaufend in einen Sessel fallen. Dann nimmt er sein Glas und prostet mir zu. Unsere Blicke treffen sich zum ersten Mal, seit er zu Hause ist.

»Frohe Fast-Weihnachten«, sage ich.

»Frohe Fast-Weihnachten«, erwidert er und nickt, bevor er einen großen Schluck nimmt. »Ah, schon besser.«

Es entsteht eine Pause, und wir lächeln uns an. Ich mag sein Gesicht, denke ich unwillkürlich. Und nicht nur, weil es ein schönes Gesicht ist. Ich mag es einfach. Ich kann ihm das wahrscheinlich nicht sagen, ohne wie ein Idiot zu klingen, also nehme ich stattdessen einen Schluck von meinem Wein.

»Wie geht es Dave?«, fragt er.

»Gut, gut, alles bestens«, sage ich rasch. Ich möchte nicht bei diesem Thema bleiben für den Fall, dass Robert etwas sagt, was ich nicht hören möchte. »Wie geht es, äh …«

»Denen geht es allen gut«, sagt er und steckt eine ganze Handvoll Brezeln in den Mund, was nicht so einfach ist. »Auch alles bestens. Wie läuft es auf der Arbeit?« Ich sehe ihn an und kneife die Augen zusammen. Die Arbeit ist eins der Themen, über die ich nicht reden möchte. »Business as usual also«, fährt er mit vollem Mund fort. »Ich dachte, du wolltest so tun, als würdest du dich stärker engagieren?«

Ich zucke mit den Achseln. »Ich kann nicht so lange etwas vorspielen. Irgendwann muss man sich die Wahrheit eingestehen, und ich hasse …« Ich werfe einen Blick durch das Zimmer. »Weihnachtsdekoration!«, rufe ich. »Genau das fehlt hier!«

»Hilfe!«, sagt Robert.

»Ich finde, das Zimmer sieht ein bisschen nackt aus … Es fehlt die Weihnachtsdekoration.«

»Hm. Irgendwo liegt noch der alte Krempel von meiner Schwester rum. Bevor sie nach Dublin gezogen ist, hat sie mir das Zeug hiergelassen …«

Robert geht zu dem Schrank in der Diele und nimmt einen großen Karton herunter.

»Abby, mein Schatz, mach dich auf die schlimmste Weihnachtsdeko aller Zeiten gefasst.«

Zum Vorschein kommen Girlanden, matte Christbaumkugeln, Lichterketten, ein schäbiger Adventskranz, in dem ein paar ernsthaft krank aussehende Rotkehlchen stecken, acht rote Kerzen, die unterschiedlich heruntergebrannt sind, eine CD mit dem Titel »Das beste Weihnachtsalbum aller Zeiten« – und das ist noch nicht alles.

»Deine Schwester ist bestimmt witzig«, sage ich und nehme einen Tacker aus dem Karton, der ganz obenauf liegt.

»Alice? Ja, das ist sie«, sagt Robert, der einen Besteckständer herausnimmt, der mit künstlichen Stechpalmenzweigen dekoriert ist.

»Was ist das?«, frage ich und halte einen ausgestopften Elch hoch, der eine Weihnachtsmütze trägt, auf die Weihnachten 2002 gestickt ist.

»Das war früher Alice' Türschmuck«, antwortet er. »Statt eines Kranzes.«

»Darf ich?«, sage ich und hüpfe fröhlich zur Haustür, den Elch und den Tacker in der Hand.

»Ah, der leichtfüßige Bergziegensprung!«, ruft Robert mir hinterher. »Den erkenne ich überall.«

Ich tackere den Elch mit den Armen, den Hufen und dem Geweih an die Tür, dann hüpfe ich wieder fröhlich ins Wohnzimmer zurück. »Sollen wir uns in Weihnachtsstimmung versetzen?« Ich nehme eine Flasche Jack Daniels aus dem Karton, um die ein Weihnachtsmannbart gebunden ist, und wackele damit hin und her.

Eine Stunde später habe ich einen Kranz aus Mistelzweigen auf dem Kopf. Robert trägt eine Frau-Weihnachtsmann-Perücke mit langen weißen Zöpfen. Wir singen lauthals mit zu Bing Crosbys *White Christmas.* Ich habe den Adventskranz mit den Rotkehlchen auf den Couchtisch gestellt und die roten Kerzen hineingesteckt, während die Christbaumkugeln in einer großen Glasschüssel auf der Küchenanrichte stehen. Außerdem haben wir bunte Lichterketten um die Fenster getackert (wahrscheinlich eine blöde Idee, aber zu diesem Zeitpunkt hatten wir bereits je zwei Gläser Whisky intus).

»Sieht aus wie Weihnachten nach einem schlimmen Kater«, sage ich stolz.

»Gefällt mir«, sagt Robert und nippt an seinem Jack Daniels. »O Mann! Ich habe eine wirklich beschissene Woche hinter mir. Danke, dass du mich abgelenkt hast. Du bist wie menschliches Prozac.«

Ich grinse ihn an. Es fühlt sich so leicht an, mit ihm Zeit zu verbringen. Könnten Beziehungen doch nur so einfach sein wie Freundschaften. Ich schätze, das sind sie irgendwann, aber zuerst muss man die unsichere Phase überstehen, in der ich mich momentan mit Dave befinde. Am liebsten würde ich Robert vorschlagen, dass wir diese Woche etwas zusammen unternehmen, aber dann fällt mir ein, dass ich ja hoffe, jeden Abend Dave zu sehen, also halte ich den Mund.

Robert macht sich daran, Girlanden an die Dielentür zu tackern.

»Die Girlande hat Haarausfall«, sage ich.

Er mustert sie.

»Du hast absolut recht«, sagt er. Er versucht, sie wieder abzureißen, und sie rieselt als Flitterkonfetti auf den Boden. »Scheiße!«, flucht er. Er versucht, die Flitter vom Boden aufzulesen, wobei er zuerst sein Gleichgewicht verliert und dann seine Geduld. Er wirft die Flitterstücke in die Luft und dreht sich im Konfettiregen. »Rate mal, was ich bin. Eine Schneekugel.«

»Du bist so maskulin, wenn du Pirouetten drehst. Wie ein großer, plumper Balletttänzer.«

»Ich habe jahrelang professionell trainiert – bis ich in eine Schlägerei geriet, weil ich einen Hund vor einer rabiaten Horde alter Damen beschützen musste.«

Es ist mir egal, dass Dave nicht anruft, denke ich plötzlich, und hebe eine angebrochene Packung Schokotaler vom Boden auf. Irgendwann wird er sich schon melden. Außerdem amüsiere ich mich gerade.

»Ich frage mich, ob ich dieses Jahr einen Weihnachtsstrumpf bekomme«, sage ich. »Könnte sein, dass meine Mutter den Brauch allmählich abschafft.«

»Ich bekomme immer einen«, sagt Robert und hebt mit einer Hand meine Füße hoch, um sich zu mir auf die Couch zu setzen, bevor er sie auf seine Beine fallen lässt. »Meine Mutter wollte das vor ein paar Jahren abschaffen.

Sie verkündete, dass sie es leid sei, den ganzen Dezember Minipuzzles und Spiele und Spielzeug zu sammeln für drei Leute, die zusammen fast hundert Jahre alt sind.«

»Das ist ziemlich brutal. Was habt ihr gesagt?«

»Wir haben natürlich angefangen zu heulen«, sagt Robert. »Beziehungsweise so zu tun.«

Ich lehne meinen Kopf gegen Roberts Arm und seufze zufrieden. Zum ersten Mal seit Wochen fühle ich mich wie zu Hause, denke ich. Ich kann mich nicht einmal erinnern, wann wir das letzte Mal so zusammensaßen. Dafür erinnere ich mich an das erste Mal, nach dem katastrophalen Date mit Paulie. Das scheint schon eine Ewigkeit her zu sein.

»Wie alt sind die?«, frage ich und beiße von einem Schokotaler ab.

»Mindestens vier Jahre alt. Vielleicht fünf.«

»Mmm, exzellenter Jahrgang. Ich mag besonders die hellen Flecken, die sind sehr lecker. Also … warum bist du so im Stress?«

»Wegen der Arbeit.«

»Wirst du mir jemals sagen, was du machst?«

Pause.

»Ich bin Buchhalter«, sagt er.

Ich beginne zu lachen und verstumme wieder.

»Oh, wirklich? Ich dachte, das sei ein Scherz.«

»Darum erzähle ich es keinem«, sagt er und schüttelt den Kopf. »Das ist der absolute Gesprächskiller.«

»Und was genau machst du als Buchhalter?«

»Ich arbeite in der aufregenden Welt der Unternehmensfinanzierung«, antwortet er und schiebt sich wieder eine Handvoll Brezeln in den Mund.

»Spannend. Ist das dein Traumjob?«

»Äh … ja … schätze schon«, sagt er. »Weißt du, ich bin in der Diplomprüfung durchgefallen, habe dann Jura in den Staaten studiert und irgendwann erkannt, dass ich kein Anwalt sein möchte … Ich kam mir vor wie ein Versager. Ich habe nichts Passendes für mich gefunden. Aber irgendwie bin ich doch noch am richtigen Platz gelandet«, sagt er. »Das tut jeder, früher oder später.«

»Das hoffe ich«, sage ich und seufze. »Ich kann nicht glauben, dass du so ein Geheimnis aus deinem Beruf gemacht hast und sich dann herausstellt, dass du ein Buchhalter bist.«

»Ich bin eben zurückhaltend in solchen Dingen. Außerdem gibt es schönere Themen. Obwohl meine Arbeit gar nicht so langweilig ist, wie jeder denkt.«

»Ich glaube, du bist ein Kontrollfreak«, sage ich. »Darum poppst du so viel herum.«

»Poppst du so viel herum? Hübsch. Sex soll eigentlich allen Beteiligten Spaß machen, hat dir das schon mal jemand gesagt?«

»Ha«, entgegne ich und denke an Dave. Eine Pause entsteht. »Was machst du eigentlich an Weihnachten?«

»Ich muss arbeiten und verbringe ein bisschen Zeit mit der Familie. Meine Schwester Alice kommt mit ihren Kindern. An Weihnachten sollte immer ein aufgedrehter Vierjähriger dabei sein, das macht die Sache viel lustiger für alle. Und du?«

»Ich bin in Frankreich von Heiligabend bis Silvester.«

»Du verstehst dich gut mit deinen Eltern, nicht?«

»Ja, ich hänge an ihnen. Obwohl sie uns immer noch behandeln, als wären wir sieben und neun. Ich schwöre, meine Mutter wäre begeistert, wenn ich am Jahresende immer mit einem Zwischenzeugnis von der Bank nach Hause kommen würde.«

»Ich hätte gedacht, du würdest das auch gut finden«, sagt Robert, ein imaginäres Zeugnis in der Hand. »Abigail ist ein erfreulich fleißiges, fröhliches und begeisterungsfähiges Mädchen. Sie verträgt sich gut mit den anderen, besonders nach ein paar Schnäpsen …«

»Halt die Klappe«, sage ich und stupse ihn mit dem großen Zeh an. »Jedenfalls haut Sophie dieses Jahr früher ab, um mit Luke zu feiern … Ich wünschte, ich würde auch früher zurückkommen. Dann könnten du und ich zusammen ausgehen und Spaß haben.«

Und ich könnte Dave sehen, vorausgesetzt, er ist überhaupt in London. Was ich nicht genau weiß, denn er spricht nie über die Zukunft. Außerdem weiß er nicht, dass ich am ersten Januar Geburtstag habe. Er soll nämlich nicht denken, dass ich ihm das nur sage, damit er mir ein Geschenk besorgt. Gott, dieses Sichverstellen ist anstrengend.

Bei diesem Gedanken seufze ich laut.

»Mach dir keine Sorgen seinetwegen«, sagt Robert. »Dave mag es nicht, wenn Frauen ihn bedrängen.«

»Ich bedränge ihn nicht«, erwidere ich gereizt. »Hör auf, meine Gedanken zu lesen. Das mit Dave ist nur was Lockeres. Wir reden nie über … du weißt schon … Gefühle.«

»Gut. Ich habe auch was gegen diesen Dreck.«

»Aber für die eine oder andere Frau empfindest du doch bestimmt was. Du bist unter deiner rauen Schale nämlich kein herzloser Bastard, das weiß ich.«

»Ich empfinde sogar sehr viel für sie. Ich genieße ihre Gesellschaft. Aber ich … liebe sie halt nicht.«

»Verlieben sich denn die Frauen in dich?«

Er zuckt mit den Achseln. Also ein Ja.

»Ich versuche, das auf ein Minimum zu beschränken.«

»Warum sagst du ihnen nicht einfach, dass du sie liebst, damit sie sich gut fühlen? Und danach gibst du ihnen die allgemeinen Geschäftsbedingungen mit den Fristen, vorbehaltenen Änderungen und so weiter.«

Robert lacht ausgelassen. Ich liebe es, Robert zum Lachen zu bringen, denke ich plötzlich. Er hat ein schallendes, unbekümmertes Lachen.

»Ernsthaft, mach dir keine Sorgen wegen Dave«, wiederholt er später.

»Du musst wirklich aufhören, meine Gedanken zu lesen«, sage ich. »Das ist allmählich unheimlich.«

»Aber es ist so leicht. Du bist wie ein offenes Buch«, erwidert er. »Ein Kinderbuch mit großen Buchstaben. Wie *Die kleine Raupe Nimmersatt.*«

»Das war früher mein Lieblingsbuch!«, rufe ich. »Das habe ich immer gelesen, wenn ich verstört war.«

»Ich auch«, sagt er und nippt an seinem Glas. »Und ich hasse Jack Daniels.«

»Ich auch«, stimme ich ihm zu und nehme auch einen kleinen Schluck. »Sollen wir uns noch einen gönnen? Oh! Ich liebe dieses Lied«, sage ich, als *Santa Baby* anfängt. Wir singen beide mit, und Robert gibt eine sehr schlechte Imitation von Eartha Kitt.

»Läuft da eigentlich noch was mit Vix?«, frage ich, als das Lied zu Ende ist und *Chestnuts roasting on an open fire* folgt, dessen Text keiner von uns kennt. »Sicher ist das nicht so einfach, schließlich lebt sie in Edinburgh. Habt ihr noch Kontakt?«

»Ich hatte nichts mit Vix in Frankreich«, sagt Robert verwundert. »Ich dachte, das wüsstest du.«

»Nein«, sage ich verdattert. »Aber … ihr seid doch zusammen die Treppe runtergekommen.«

»Wir haben im selben Bett geschlafen, ich auf der Decke, sie darunter«, sagt er. »Es war das einzige freie Bett, und wir sind als Letzte schlafen gegangen, weil wir uns lange über ihr Liebesleben unterhalten haben. Sonst war nichts zwischen uns.«

Ich bin baff. Finden Sie es nicht auch seltsam, dass Robert, der große Verführer, neben einer hübschen Frau im Bett liegt, ohne einen Annäherungsversuch zu starten? Vielleicht weiß er, dass es nicht schlau ist, unter den Hochzeitsgästen zu wildern, nachdem Sophie ihn gewarnt hat. Ich will ihn gerade fragen, als mein Handy klingelt. Dave! Mein Herz hüpft vor Freude. Ich greife nach meinem Handy und falle dabei fast von der Couch.

»Geh nicht sofort ran«, rät Robert. »Lass ihn ein bisschen zappeln.«

Ich werfe ihm einen wütenden Blick zu, dann halte ich das Handy einen Moment lang in der Hand, um mich zu sammeln. Ich schaue auf das Display. Ja, es ist Dave.

»Mensch, du? Hallo«, sage ich lässig.

»Mensch, du? Hallo«, äfft Dave mich nach. »Kann ich bitte mit Abigail Wood sprechen?«

Er hört sich betrunken an.

»Eine Sekunde bitte«, erwidere ich und singe eine Warteschleifenmelodie mit sehr hoher Stimme (*Are you going to Scarborough Fair*), bevor ich ein Räuspern ausstoße. »Hallo, hier spricht Abigail.«

»Ah, Abigail! Deine Sekretärin braucht sehr lange, bis sie ans Telefon geht. Du solltest sie feuern.«

»Ja, das sollte ich«, sage ich. »Aber vorher hat sie natürlich eine gründliche Tracht Prügel verdient.« Mein Blick wandert kurz zu Robert, der anscheinend seine SMS checkt. Ich frage mich, ob er zuhört. »Wie kann ich Ihnen heute Abend zu Diensten sein?«

»Ich bin es, der dir zu Diensten sein möchte, mein Mädchen. Sehr langsam und gründlich.«

»Jeder hat einen Traum«, sage ich.

»Freches Luder. Okay, bei mir. In zwanzig Minuten.«

Ich schaue aus dem Fenster. »Es regnet. Kannst du nicht herkommen?«

»Geh nicht«, sagt Robert leise im Hintergrund. »Lass dich nicht von ihm herumkommandieren.«

»Ist das Opa Robbie?«, fragt Dave. »Also schön, ich komme zu dir.«

»Nein, tu das nicht«, sage ich rasch. Ich habe plötzlich nicht den geringsten Wunsch, Robert und Dave bei ihrem Konkurrenzkampf zuzusehen, geschweige denn, Dave mit auf mein Zimmer zu nehmen, wenn Robert im Haus ist. Ich weiß nicht, warum, aber das fände ich schräg. »Ich bin in einer halben Stunde da.«

»Beeil dich«, sagt Dave und legt auf.

Die Weihnachtsmusik ist zu Ende, und ich setze mich wieder auf die Couch neben Robert und schenke ihm ein Lächeln. Er grinst zurück, sieht mich aber nicht richtig an. Es ist plötzlich unglaublich still im Zimmer. Ich hole tief Luft.

»Hör zu, ich begreife allmählich. Du siehst es nicht gern, dass ich mit Dave zusammen bin«, sage ich, und die Worte purzeln nervös aus meinem Mund. »Aber das ist nichts Ernstes, weißt du, und ich verspreche dir, dass ich ihn dir nicht wegnehme. Ich weiß ja, ihr mischt euch nicht gegenseitig in euer … Liebesleben ein, aber ich war deine Freundin, bevor ich Dave überhaupt kannte, und ich möchte deine Freundin bleiben. Ich weiß auch, dass eure Freundschaft ein wenig kompliziert ist, und ich möchte keine Schachfigur in eurem dummen Machospiel sein.« Robert grinst, was ich als ein positives Zeichen auffasse. »Sei also bitte nicht sauer, wenn ich mich mit ihm treffe. Ich habe Spaß mit ihm. Und das ist doch der Sinn der Sache, schon vergessen?«

Robert nickt langsam, leert seinen Whisky und steht von der Couch auf.

»Allerdings. Sollen wir uns ein Taxi teilen? Lady Caroline braucht mich.«

Kapitel 26

Am darauffolgenden Sonntagabend, als ich mit Dave im Bett liege, geschieht etwas Unerwartetes.

»Es ist nett mit dir«, sagt er, während er sich in der Dunkelheit an mich schmiegt.

»Nett?«, sage ich. »Was Besseres fällt dir nicht ein?«

»Es ist wunderschön«, murmelt er und zieht mich noch enger an sich. »Du bist wunderschön. Ich hatte ein wunderschönes Wochenende.«

Die letzten beiden Tage haben wir ausschließlich in Kneipen oder im Bett verbracht. Und die ganze Zeit musste ich die freche Widerspenstige spielen, was ich mittlerweile leicht ermüdend finde. Aber Momente wie dieser, wenn Dave seine Schranken fallen lässt und wir allein in der Dunkelheit flüstern, wiegen das alles auf.

Ich stoße ein glückliches Seufzen aus und kämpfe gegen das Bedürfnis, seine Schulter zu küssen.

»Ich finde übrigens, wir sollten uns nichts zu Weihnachten schenken«, sage ich. Ich wollte dieses Thema unbedingt zur Sprache bringen, hauptsächlich weil ich nicht glaube, dass er die Absicht hat, mir etwas zu schenken, und ich nicht möchte, dass er oder sonst wer auf die Idee kommt, dass ich enttäuscht sein könnte. Vielmehr sehe ich das total locker. »Ich meine, uns gegenseitig.«

»Ist das ein Trick? Ich habe nämlich fast den Eindruck …«, sagt er.

»Nein«, widerspreche ich lachend. »Ich meine, ich weiß, du hast ein großes Weihnachtsspektakel für mich geplant, aber ich denke, es wäre einfacher so.« Ich unterbreche mich kurz und füge dann mit meiner falschen Gute-Laune-Stimme hinzu: »Egal, im Grunde geht es darum, dass ich kein Geschenk für dich habe und außerdem weder Zeit noch Lust, mich ins Weihnachtsgetümmel zu stürzen.«

»Du bist so süß«, sagt er, und wir küssen uns wieder. »Du und ich«, sagt er nach ein paar Minuten. »Wir sollten es tun. Lass es uns einfach tun. Scheiß drauf, tun wir es.«

»Okay«, sage ich, während ich kaum atme in der Dunkelheit. Was genau meint er damit, was denken Sie? »Äh … was meinst du?«

»Du bist ein toughes kleines Ding, stimmt's?«, sagt er. Ich bin überhaupt nicht tough, denke ich, ich tue nur so. »Wir machen es offiziell«, sagt Dave, nimmt mein Bein und legt es über seine Taille. Er drapiert mich gerne, bis wir perfekt daliegen zum Schmusen. »Wir machen es offiziell, dass wir ein Paar sind«, fährt er fort, während er an meinem Hals knabbert. »Ich habe mir immer eine Frau gewünscht wie dich.«

Ich befürchte, ich werde ohnmächtig vor Freude, aber es gelingt mir, mit fester Stimme zu sprechen. »Ich denke, dass lässt sich arrangieren. Ich werde meinen Eltern Bescheid sagen wegen deiner Eltern …«

»Sie verdammt mich mit ihrer geringen Zuneigung! Sie weicht mir aus. Die unerreichbare Miss Wood …«

»Sorry«, sage ich und unterbreche mich, während ich in die Dunkelheit starre. Kann ich meine Deckung aufgeben? Kann ich ein Risiko eingehen? »Das fände ich sehr schön.«

Meine Stimme bricht bei »schön«. Scheiße.

»Braves Mädchen«, sagt er.

Ich wünschte, ich könnte sein Gesicht sehen, könnte sehen, ob er so froh ist wie ich über dieses Gespräch. Aber ich kann nichts sehen. Dann küsst er mich, und wie immer habe ich einen Kurzschluss im Gehirn.

Am nächsten Morgen klingelt der Wecker um sechs Uhr, damit wir rechtzeitig zur Arbeit kommen. Es ist die Woche vor Weihnachten, und man könnte meinen, im Büro würde es ein bisschen feierlicher und entspannter zugehen, aber das ist ein Irrtum. Unsere gesamte Etage sitzt allerspätestens um Viertel nach sieben am Schreibtisch.

»Möchtest du, dass ich dich nach Hause fahre?«, sagt Dave, als er ein paar Minuten später aus dem Bett klettert.

Das hat er mir noch nie angeboten, und ich habe nie darum gebeten.

»Ja, bitte«, sage ich.

Ich kann nicht anders, als von einem Ohr zum anderen zu grinsen.

»Dein Grinsen ist echt sexy, weißt du das?«, sagt er, springt wieder ins Bett und packt mich. »Sieh dich an, mit deinen zerzausten Haaren. Ich liebe das. Das macht dich nur noch schärfer.«

»Geh weg! Geh unter die Dusche, damit du mich nach Hause fahren kannst. Sonst komme ich zu spät zur Arbeit«, sage ich und versuche, cool zu klingen, statt außer mir vor Freude.

Dave schlendert nackt ins Bad, und gleich darauf höre ich ihn singen *I've got a lovely bunch of coconuts.* Ich kichere in mich hinein. Er ist so verdammt anbetungswürdig.

Außer, wenn er eine halbe Stunde braucht, um sich anzuziehen und zu frisieren.

Bis ich zu Hause bin, ist es zwanzig vor sieben, und ich bin spät dran. Ich renne ins Haus. Robert sitzt allein an der Küchentheke und frühstückt.

»Fuck!«, fluche ich laut und werfe Jacke, Schal, Mütze und Handschuhe auf die Couch.

»Du bist spät dran«, erwidert er.

»Das ist Daves Schuld!«, rufe ich von der Treppe.

Ich bin angespannt: Wir hätten uns im Wagen fast gestritten. Dave kann es nicht leiden, wenn andere sich über ihn ärgern. Selbst dann nicht, wenn er der Grund ist, dass die anderen viel zu spät zur Arbeit kommen. Aber das ist schon okay. Denn er und ich sind wirklich, offiziell und ganz ernsthaft ein festes Paar.

Ich dusche, so schnell ich kann, und kämme mir wie jeden Morgen meinen Über-Nacht-Conditioner aus den Haaren. Dann schlüpfe ich hastig in eine schwarze Hose und einen schwarzen Rollkragenpullover, föhne mir hektisch die Haare, stecke sie zu einem strengen Knoten hoch und beruhige mich dann ein paar Minuten, um mein Make-up aufzutragen. (Sich zu schminken, wenn man es eilig hat, ist keine gute Idee, genauso wenig wie essen und rennen gleichzeitig oder betrunken lesen.)

»Es ist gleich fünf nach sieben. Was machst du noch hier?«, keuche ich, als ich wieder nach unten in die Küche renne.

Robert geht sonst immer um Viertel vor sieben.

»Ich dachte, du bräuchtest vielleicht ein Nottaxi«, sagt er. »In ein paar Tagen ist Heiligabend. Da erwartet keine Firma von ihren Mitarbeitern absolute Pünktlichkeit.«

»Meine schon«, sage ich. »Es wäre ganz toll, wenn du mich fahren würdest, lieber Roberto.«

Robert gibt mir einen Kaffee und eine Schale Porridge und geht in sein Zimmer, während er über seine Schulter zurückruft: »Beeil dich mit dem Frühstück. Wir brechen in fünf Minuten auf.«

Ich nippe hastig an meinem Kaffee, während ich mich nebenbei bedanke, und setze mich. Der Porridge ist genau so, wie ich ihn mag: mit Wasser statt Milch, dazu Heidelbeeren und gedrittelte Mandeln (gedrittelt, nicht halbiert!). Ein paar Minuten später kommt Robert wieder und gibt mir eine große Tasche.

»Winterausrüstung fürs Motorrad. Damit du nicht erfrierst.«

»Du hast eine zweite Winterkombi?«, frage ich überrascht.

Er schüttelt den Kopf. »Ich habe sie für dich gekauft, schon vor einer Ewigkeit, aber dann bist du morgens nicht mehr mitgefahren …«

»Danke!«, rufe ich und falle ihm um den Hals. »Das ist sehr aufmerksam von dir. Und praktisch. Wie viel schulde ich dir?«

Er beugt sich vor und umarmt mich ungeschickt.

»Nichts. Das ist ein Geschenk … Zieh mal an.«

Robert sieht mir zu, als ich in die Schutzkleidung steige, und unterdrückt ein Grinsen.

»Sehe ich sexy aus?«, frage ich. Ich trage eine wasserdichte schwarze Elastikhose und eine passende Reißverschlussjacke. »Gott, ich sehe aus wie einer dieser fetten Cops in *Das fünfte Element*.«

»Ich dachte mehr an einen riesigen Mistkäfer«, sagt Robert.

Ich zucke mit den Achseln und watschele geräuschvoll zur Haustür. »Lass uns los.«

Während der ganzen Fahrt klammere ich mich wie eine dick gepolsterte Klette an Robert. Als wir ankommen, springe ich ab und bedanke mich. Er nickt kurz und braust davon.

Der Weg zu den Aufzügen vorbei am Empfang ist in dieser Aufmachung etwas peinlich. Ich halte den Kopf hoch und tue so, als wäre es völlig normal, wie ein riesiger Mistkäfer auszusehen, der durch die Empfangshalle einer großen Investmentbank schlurft.

»Sie sehen gut aus, Abigail!«, sagt der Sicherheitsmann, Steve, als ich an ihm vorübergehe.

»Ich bin auch gut drauf, Steve!«, entgegne ich und nehme meinen Sicherheitsausweis aus der Tasche, um die Karte durchzuziehen.

Es handelt sich um unsere *Glücksritter*-Standardbegrüßung, seit wir zum ersten Mal ins Gespräch kamen – vor ein paar Monaten, als ich meine Karte vergessen hatte. Heute lacht Steve mich aus, wegen meiner Aufmachung. Ich strecke ihm die Zunge heraus.

»Salut, Abigail«, sagt eine Stimme, als ich den Aufzug betrete. Ich wusste, ich würde jemandem über den Weg laufen. Ich schaue in die warmen braunen Augen von André, dem Franzosen. In letzter Zeit hat er sich selten in unserem Londoner Büro blicken lassen. Typisch, dass ich ihm ausgerechnet in dieser Aufmachung begegnen muss.

»Wie geht es Ihnen?«, fragt er.

»Großartig«, sage ich und grinse ihn an. »Bitte entschuldigen Sie meine Aufmachung, ich bin mit dem Motorrad hergekommen …«

»Nicht doch«, sagt er mit einer wegwerfenden Handbewegung. »Sie sehen immer zauberhaft aus.«

Eine Pause entsteht. Ein Glück, dass sonst niemand im Aufzug ist. Ich lächle, ohne André anzusehen, und fixiere die aufsteigenden Nummern auf der Stockwerkanzeige. André sitzt in der Nähe von Charlotte und mir, und ich habe ihn schon öfter dabei ertappt, dass er mich anschaut. Dritte Etage … vierte …

»Ich fahre weiter in den achten, aber … Begleiten Sie mich heute zum Lunch?«, fragt André. »Ich möchte gerne ein Projekt mit Ihnen besprechen«, fügt er rasch hinzu.

»Oh, sicher«, sage ich. »Wir treffen uns um eins in der Lobby.«

»Abgemacht! Date um eins!«, sagt er grinsend.

Das ist kein Date, denke ich. Ich date nicht mehr, denn ich habe Dave. Und zwar richtig.

Ich grinse in mich hinein und kämpfe gegen das Bedürfnis, einen leichtfüßigen Bergziegensprung zu machen, als ich in Windeseile zur Damentoilette flitze, wo ich meine Schutzkleidung ausziehe.

Endlich am Schreibtisch checke ich kurz meine E-Mails und die Bloomberg-Homepage mit den vorderen zwanzig Prozent meines Gehirns. Die restlichen achtzig Prozent sind mit Dave beschäftigt. Ich bin so glücklich, ich platze fast vor Glück. Ich hatte also recht!

Ich wusste, wenn ich mich unter Kontrolle habe und die coole Distanzierte perfekt mime, kann ich ihn gewinnen. Ich bin wirklich kugelsicher.

»Hast du zufällig eine Schmerztablette?«, flüstert eine Stimme, und ich drehe mich um und sehe Charlotte, die an ihren Platz geht oder, besser gesagt, stolpert. Ihre Haare sind zu einem unordentlichen platinblonden Bienenstock hochtoupiert, ihre Haut ist fleckig, aber rosig, und sie hat ein schuldiges Grinsen im Gesicht. »Henry und ich haben uns gestern auf ein Glas Wein getroffen, und das Nächste, was ich noch weiß, ist, dass es Mitternacht war und wir in irgendeiner spanischen Bar hinter der Tottenham Court Road landeten, wo wir zu Mental As Anything getanzt haben«, sagt sie.

»Du siehst fantastisch aus!«, sage ich.

Es stimmt. Charlotte sieht sextrunken aus und sehr, sehr glücklich.

»Bist du betrunken? Ich sehe aus wie ein wandelndes Fellknäuel. Siehst du die vielen kleinen Pickel in meinem Gesicht?«

Sie grinst und muss kichern. Ihr Lächeln ist so süß, sie wirkt so viel hübscher als noch ein paar Monate zuvor. Der gelangweilte Gesichtsausdruck ist völlig verschwunden, und ich kann nicht anders, als ihr Lächeln zu erwidern.

Ich nehme aus der zweiten Schublade mein Am-Morgen-Danach-Notfalltäschchen heraus, das ich regelmäßig benutze, seit ich mich mit Dave treffe.

»Aspirin, Multivitamintabletten, Zahnbürste, Deo, Parfum, Gesichtspuder, Feuchtigkeitscreme, Lippenbalsam«, flüstere ich. »Gib dir Mühe. Und du solltest Henry bitten, sich gründlicher zu rasieren.«

»Ich weiß! Aber er sieht so niedlich aus mit seinem Dreitagebart …«, erwidert sie.

»Ich hätte euch schon vor zwei Monaten miteinander bekannt machen sollen.«

»Ja, warum zum Teufel hast du so lange gewartet?«, sagt sie grinsend, bevor sie lossaust zur Damentoilette.

Ich nehme an, Henry ist für sie nicht nur ein Trostpflaster. Niemand strahlt dermaßen vor Glück während einer kurzfristigen Investition.

Der Vormittag verstreicht schnell, und erst um zehn vor eins fällt mir mein Lunch mit André wieder ein. Scheiße. Er wartet bereits in der Lobby, als ich herunterkomme.

»Ohne Motorradausrüstung?«, sagt er und grinst mich an.

Er ist wirklich ein attraktiver Mann, wenn man auf den französischen Typ mit olivfarbener Haut und schokoladenbraunen Augen steht. Aber das ist kein Date, also spielt es keine Rolle, wie ich André finde. Ich bin mir sicher, wir holen uns nur kurz einen Kaffee und ein Sandwich vom Italiener, plaudern ein wenig und gehen dann wieder an die Arbeit.

»Äh … nein, die brauche ich nicht zum Lunch«, sage ich. »Und, wohin gehen wir?«

»Zu Marco Pierre White«, antwortet er.

Shit.

Kapitel 27

Ich kann es kaum erwarten, Robert davon zu erzählen. Ich habe gerade ein zufälliges Date zum Lunch mit André.

Wir sitzen im Marco Pierre White Steak & Alehouse (ein Restaurant, dessen Name die Erwartung weckt, dass der Boden mit Sägespänen ausgestreut ist. Tatsächlich erinnert es eher an einen Hochzeitssaal mit seiner edlen Einrichtung ganz in Weiß und Spiegeln an den Wänden, in denen man die selbstgefälligen Gäste um einen herum beobachten kann) und sind mitten im Hauptgang. André hat mir bereits alles über seine Exfrau erzählt, über seine Sehnsucht nach Paris, über seine Vorlieben (Fußball, dänisches Design, die Malediven) und über seine Abneigungen (die katholische Kirche, die Europäische Union, Belgier). Ich habe eindeutig das Gefühl, dass es hier nicht nur um Geschäftliches geht.

Was soll ich tun? Ich kann schlecht fragen, ob seine Absichten ehrenhaft sind. Ich könnte mich schließlich täuschen, und so oder so würde es dann oberpeinlich werden. Also versuche ich stattdessen professionell, aber charmant zu bleiben. Das ist nicht leicht. Bei der Vorspeise bestand André darauf, dass ich eine seiner Austern (»Ostäää!«) probiere, direkt aus seiner Hand, und fragte mich dann, ob er meine Potted Shrimps kosten dürfe. (Ich gab einen Löffel voll auf seinen Teller.) Ein Glück, dass wir beide Steak als Hauptgericht bestellt haben.

Er hat mich nicht gefragt, ob ich einen Freund habe, und mir fällt kein Aufhänger ein, um Dave zu erwähnen, der nicht zu offensichtlich ist.

Das Restaurant vibriert von dem süßen, festlichen Klang von Menschen, die es kaum erwarten können, sich zu betrinken. Die Gäste an den Tischen sind zu achtzig Prozent männliche Anzugträger, die ihr Spesenkonto ausreizen. Es wird laut gelacht und genussvoll zugeschlagen – beim Essen und vor allem beim Wein. Ich fühle mich ziemlich fehl am Platz.

»Das ist ein außergewöhnliches Restaurant«, sagt André. Er nippt nachdenklich an seinem Wein, ohne unseren Augenkontakt zu unterbrechen. »Elegant. Einladend. Gemütlich.«

»Das stimmt«, sage ich.

Ist es bloß der Akzent, der alles, was André sagt, romantisch klingen lässt? Ich warte jetzt schon fast eine Stunde, dass er das Geschäftliche zur Sprache bringt, der angebliche Grund für dieses Mittagessen. Aber ich möchte nicht unhöflich sein. Und berücksichtigt man, dass André Franzose ist, dann hält er Mahlzeiten wahrscheinlich für heilig und möchte sie nicht mit Gesprächen übers Geschäft besudeln.

Ach, scheiß drauf.

»Also, André, worüber wollten Sie mit mir sprechen?«

»Über Hongkong«, antwortet er. »Kommen Sie mit mir nach Hongkong.«

Ich bin sprachlos. Soll das eine Anmache sein?

»Wie Sie wissen, gehe ich bald nach Hongkong, um dort ein neues Regionalzentrum für Finanzanalysen aufzubauen. Ich möchte Sie gerne zur stellvertretenden Leiterin der Rechercheabteilung machen.«

Ich starre ihn ein paar Sekunden lang an. Eine Beförderung? In Hongkong?

»Ich … äh … weiß Suzanne, dass Sie mit mir darüber sprechen?«

»Nein, und ich möchte auch nicht, dass sie es erfährt«, erwidert er kühl.

Er beschreibt mir das Team, das er leiten wird, und die Rolle, die ich darin spielen würde. Ich weiß nicht, was ich sagen soll. In meinem Gehirn herrscht Leere.

Fast völlige Leere.

Es ist mir zuwider, es zuzugeben, aber nach sechs Jahren in der Finanzbranche, nach sechs Jahren Arbeitsbeginn um sieben Uhr und langen Überstunden und aufgeschobenen Bonuszahlungen und nervösen Präsentationen und endloser Maloche ist der Erste, an den ich denke, als mir eine Beförderung angeboten wird, Dave.

»Was sagt ihr, wie nennt man das? Magengefühl?«

»Sie meinen mein Bauchgefühl?«, frage ich.

»Exactement«, antwortet er.

»Dass ich Zeit brauche, um darüber nachzudenken«, schwindele ich. Ich habe nicht einmal mein Bauchgefühl konsultiert, ich habe mir lediglich vorgestellt, wie ich es Dave sage und er mich bittet – vielleicht sogar anfleht –, nicht zu gehen, und mir sagt, dass er mich braucht und nicht ohne mich leben kann, dass ich die einzige Frau bin, die er jemals … *Gott.* Reiß dich zusammen, Abigail. »Außerdem muss ich erst ein paar Dinge abchecken«, sage ich und hole mein Notizbuch hervor. Ja. Sei positiv und vernünftig. Du analysierst hauptberuflich, also kannst du es auch privat. »Wenn Sie mir mehr verraten, kann ich meine eigenen Recherchen anstellen …«

»Okay. Wir treffen uns im Januar wieder, dann können wir alles genau besprechen.«

Er wirkt ein bisschen enttäuscht.

»Ich fühle mich wirklich geehrt, André. Ich bin begeistert, positiv überrascht.« Jemand gebe mir ein Adjektiv. »Danke. Es klingt unglaublich, unglaublich interessant, wirklich unglaublich.«

Netter Versuch.

André fährt fort, mir mehr über die chinesische Niederlassung zu erzählen, über die Leute, die momentan dort arbeiten, und über die wichtigsten Kunden. Ich mache mir fleißig Notizen und versuche, einen interessierten Gesichtsausdruck zu wahren.

»Ich hoffe, das motiviert uns beide. Ich habe Sie in den letzten beiden Monaten beobachtet. Suzanne, na ja, sie ist …« Er stößt ein Räuspern aus. »Ich denke, Sie brauchen mehr Freiheit, um das Beste aus sich herauszuholen. Ich möchte Ihnen gerne absolute Autonomie geben.«

»Das klingt wundervoll«, sage ich.

Und das tut es.

Die Frage, die ich mir stellen sollte, ist natürlich die, auf die ich nie eine Antwort habe: Will ich diesen Beruf überhaupt noch ausüben? Ich weiß es nicht. Was will ich? Ich will auf jeden Fall nicht darüber nachdenken …

Plötzlich wird meine Aufmerksamkeit auf zwei vertraute Gestalten gelenkt, die das Restaurant betreten, und eine Sekunde lang denke ich, ich halluziniere. Ich werfe rasch einen Blick in den Spiegel an der Wand, um ihre Gesichter zu mustern, und mir stockt der Atem.

Die beiden entfernen sich von uns und gehen in die andere Ecke des Restaurants, wo sie an einem Tisch Platz nehmen, der aus meiner Perspektive kaum einsehbar ist. Aber während die beiden sich dorthin bewegen, kann ich sie gut beobachten. Und es besteht kein Zweifel, wer das ist.

Dave und Bella.

Ich fühle mich, als hätte ich einen Tritt in den Magen bekommen. Ich kann nicht richtig atmen. Was macht er hier mit ihr? Sind sie plötzlich Freunde geworden? Ich dachte, die zwei verstünden sich nicht, Sie nicht auch?

»Abigail? Ist alles in Ordnung?«, fragt André.

Er lässt Messer und Gabel sinken und sieht mich besorgt an.

»Ja, alles okay«, sage ich und lege die Hand auf meine Stirn, um mein rasendes Gehirn zu beruhigen.

Der Schmerz verwandelt sich langsam in ein eisiges Gefühl, das sich in meinem Körper ausbreitet. Die beiden können mich nicht sehen, trotzdem würde ich am liebsten davonlaufen – vor ihnen, vor meinen Gedanken, vor der Arbeit, vor allem. Ich meine, was zum Teufel haben die zwei hier verloren? Sie sind nicht befreundet, in Frankreich haben sie kaum ein Wort miteinander gewechselt! Was soll ich tun? Sie konfrontieren? Das wäre ein bisschen dramatisch, nicht? Ich meine, es ist nur ein Mittagessen! Dave könnte denken, dass ich überreagiere oder krankhaft eifersüchtig bin. Er hasst Eifersucht, wie er mir einmal erzählt hat, ihn ödet das an. Ich will nichts kaputtmachen, jetzt, wo es endlich gut läuft zwischen uns …

Mein Herz hämmert qualvoll. O Gott, mir ist schlecht.

Sehen wir es positiv: Sie essen zusammen zu Mittag, nicht zu Abend, richtig? Ein Lunch ist harmlos, nicht? Ich habe ja auch ein Lunch mit André! Aber warum hat Dave mir nicht erzählt, dass er heute mit Bella verabredet ist? Andererseits, er erzählt mir nie, mit wem er seine Mittagspause verbringt. Vielleicht gibt er ihr Ratschläge wegen Ollie. Nein, das ist auch unwahrscheinlich. Wenn ich zu den beiden gehen würde und sagen »Hey, schön, euch zu sehen!«, wäre das peinlich? Oberpeinlich. Bella war in Frankreich, offen gesagt, eine Zicke. Außerdem dachte ich, sie wohnt im verdammten Bath! Gott! Gehirn, beruhige dich! Ich lege die Finger an die Schläfen und atme tief durch.

»Sie sind sehr blass«, sagt André. »Brauchen Sie frische Luft?«

Ich erwidere seinen Blick. »Ja«, sage ich. »Ich muss hier raus. Macht es Ihnen was aus, wenn wir gehen? Ich werde draußen auf Sie warten.«

»Kein Problem«, entgegnet er. »Ich lasse die Rechnung kommen.«

Ich gehe im Laufschritt zum Ausgang, mit gesenktem Kopf, damit Dave und Bella mich nicht bemerken. Nicht, dass die beiden sich umschauen würden. Sie sind in ein Gespräch vertieft, wie ich mit einem flüchtigen Blick bemerke. Sie wirken sehr vertraut. Wie ein Paar. Ein unheimlich schönes, attraktives Paar.

Ich glaube, ich muss mich übergeben.

Ich hole meine Jacke und stürze hinaus auf die Straße, wo ich tief Luft hole.

Atme, Abigail. Denk nach. Was würde Robert dazu sagen? Soll ich ihn anrufen? Nein. Natürlich nicht. Er verhält sich ohnehin schon merkwürdig wegen Dave. Und wenn ich ihn anrufe, wird er mir nur sagen, dass ich überreagiere.

Und er hätte recht damit. Das ist nur ein Mittagessen mit einer alten Freundin. Einer Familienfreundin! Es ist nichts. Gestern Abend hat Dave gesagt, dass er mit mir zusammen sein möchte, dass er unsere Beziehung offiziell machen wolle. Er sagte, ich habe es ihm angetan.

Bei dieser Erinnerung löst die Nervosität ihren Würgegriff um meine Brust ein wenig. Weit genug, dass ich nicht mehr befürchten muss zusammenzuklappen.

Beruhige dich, rede ich auf mich ein. Es ist nichts dabei, wenn er sich zum Lunch mit einer alten Familienfreundin, die zufällig weiblich ist, verabredet. Schließlich hatte ich ein Lunch mit André, nicht? Und Dave ist nicht der Typ Mann, der eine Frau betrügt, oder?

Eigentlich ist er genau der Typ Mann, den ich früher sofort als Fremdgänger eingeordnet hätte – selbstbewusst, glatt, sexy, mit einer kurzen Aufmerksamkeitsspanne … aber das sind dumme Vorurteile. Was weiß ich schon von Männern, die ihre Frauen betrügen? Peter – kurze Pause, um über die Schulter zu spucken – hat mich betrogen! Und ich war absolut ahnungslos. Gott, o Gott, warum muss das geschehen? Gehirn, bitte, hör auf.

Egal. Sie hat ja einen festen Freund, Ollie, und okay, sie hatten Streit in Frankreich, aber ich glaube nicht, dass sie sich getrennt haben, oder? Warum ziehe ich also voreilige Schlüsse?

»Abigail, es tut mir leid, vielleicht lag es an die Ostääär?«, sagt André, der herauskommt. Sein Gesicht ist sehr besorgt.

»Schon möglich«, sage ich. »Lassen Sie uns ins Büro zurückgehen.«

Der restliche Nachmittag ist eine Qual. Meine übliche Unruhe, wenn ich auf ein Zeichen von Dave warte, ist nichts verglichen damit. Ich kann es nicht ändern: Ich gehe durch die Hölle.

Es gelingt mir nicht, mich abzulenken. An den Börsen tut sich überhaupt nichts. Ich bin nicht fähig, mit Kunden zu telefonieren. Ich kann keinen Satz zu Ende lesen, ohne an die Bilder im Restaurant zu denken, und ich checke wie besessen mein Handy. Ich nehme es sogar mit auf die Toilette, für den Fall, dass er anruft. Das ist nicht einfach, da es keinen Spülkasten gibt, auf den ich das Handy legen könnte. Folglich muss ich es zwischen die Zähne klemmen, um zu pinkeln. Das ist bestimmt unhygienisch.

Am liebsten würde ich Plum oder Sophie anrufen, um mich zu beruhigen. Aber sie würden mir auch nur raten, Dave einfach darauf anzusprechen. Ich weiß, wahrscheinlich denken Sie das auch. Aber ich kann nicht. Ich kann ihn nicht damit konfrontieren, dass er mit seiner Exflamme (Exfreundin? Nein, es war nur eine Affäre, richtig? Das hat Robert zumindest behauptet, richtig?) zum Mittag essen war. Es würde sich anhören, als würde ich ihn verfolgen, und er würde mich fragen, warum ich nicht herübergekommen bin und Hallo gesagt habe, statt mich heimlich davonzuschleichen. Wenn ich davon anfange, mache ich mich lächerlich.

O Gott. Am liebsten würde ich heulen.

Um sechs mache ich Feierabend.

Zu Hause angekommen, gehe ich direkt nach oben. Robert ist nicht da. Jeder Schritt fällt mir schwer, und das Haus fühlt sich ungewöhnlich kalt an. Ich habe keine Energie mehr. Angst ist so zehrend.

Ich liege auf meinem Bett im Dunkeln, voll bekleidet, und starre an die Decke.

Worst-Case-Szenario: Es ist aus. Ich werde wieder Single sein.

Das wäre gar nicht so schlimm, oder? Als ich mich auf Dave einließ, habe ich gewusst, dass es bald wieder vorbei sein kann, dass ich mich unter Kontrolle haben muss, statt mich zu schnell zu verlieben, dass ich kugelsicher sein muss …

Aber das bin ich nicht. Ich bin ein Risiko eingegangen. Ich habe ihm gestern Abend gesagt, dass ich mit ihm zusammen sein möchte. Daran muss ich mich halten.

Außerdem hat meine ganze Welt sich verändert. Die anderen sind alle verliebt. Robert ist zwar Single, aber, wie er selbst sagt, ein multipler Single. Als Einzige in der Clique Single zu sein, macht keinen Spaß. Man ist jeden Abend allein, weil keiner Zeit hat, mit einem auszugehen.

Außerdem will ich kein Single sein. Ich will Dave.

Ich glaube, ich habe mich richtig in ihn verliebt. Dieses mulmige Gefühl im Magen kann nichts anderes bedeuten.

Mein Handy klingelt in den tiefsten Tiefen meiner Handtasche. Ich reagiere blitzschnell und greife nach dem blinkenden Licht in der Dunkelheit.

Es ist Dave.

»Hallo?«

Ich habe zu schnell abgehoben.

»Ich brauche dich. Nackt. Bei mir, in zwanzig Minuten.«

»Willst du mich nicht zuerst füttern?«, sage ich auf Autopilot, während meine Gedanken sich überschlagen.

Er klingt völlig normal. Nicht, als hätte er heute einen verbotenen Lunch gehabt beziehungsweise als hätte er etwas zu verbergen.

»Ich habe etwas ganz Köstliches für dich«, entgegnet er. »Es hat viele Proteine. Und es ist auch gut für die Haut.«

Ich mache eine Pause. Das ist die Art von anzüglichen Sprüchen, über die ich normalerweise kichern würde. Aber ich kann nicht. Die Angst hat mir das Kichern ausgetrieben.

»Oh, also schön, ich nehme an, wir sollten vor dem Naschen was essen«, murrt er. »In einer halben Stunde im Odette's?«

»Sagen wir, in einer Stunde«, erwidere ich.

Ich brauche Zeit, um mich vorzubereiten, körperlich und mental.

»Ah, die unerreichbare Miss Wood. Abgemacht«, sagt er und legt auf.

Ich bringe kaum etwas herunter von dem Abendessen, geschweige denn einen Ton heraus, aber Dave scheint es nicht zu bemerken. Er erzählt und erzählt von seinem Tag und seinem neuesten Deal, und er macht mir ein Kompliment über mein Aussehen. Ich versuche, mich auf die Unterhaltung zu konzentrieren, aber ich fühle mich wie eine Motte, die auf einen dieser viktorianischen Wandteppiche gespießt ist. Vor Panik flatternd, aber unfähig, wegzufliegen.

»Ich habe heute Bella getroffen«, bemerkt Dave, als wir gegessen haben und er mir Wein nachschenkt.

Wenigstens kriege ich den noch herunter.

»Wirklich?«, sage ich mit erstickter Stimme und starre in mein Glas, um seinen Blick zu meiden. »Wie geht es ihr?«

»Gut, prima«, antwortet er. »Sie war heute beruflich in London und wollte mit mir plaudern. Wahrscheinlich wollte sie nur ein Essen schnorren. Es ist ihr etwas peinlich, wie sie sich in Frankreich aufgeführt hat, und sie wollte sich entschuldigen. Sie hatte damals Stress mit Ollie.«

»Haben die beiden sich wieder versöhnt?«, frage ich.

»Ja«, sagt Dave geringschätzig. Er interessiert sich nicht für die Beziehungen anderer Leute, wie er mir einmal gesagt hat. »Wenn du mich kurz entschuldigst, mein Engel, ich muss auf … wie nennst du das immer?«

»Das stille Örtchen«, murmele ich.

»Und danach fahren wir nach Hause, und dann will ich dich innerhalb von wenigen Minuten, besser noch Sekunden, nackt sehen. Verstanden? Du siehst heute Abend einfach unwiderstehlich aus.«

Kaum ist er weg, breche ich beinahe zusammen vor Erleichterung. Sie waren also wirklich nur zusammen essen! Nichts weiter! Und er hat es mir erzählt! Das würde er nicht tun, wenn er etwas zu verbergen hätte! Gott sei Dank.

Ich bin überwältigt von grenzenloser Liebe und Erleichterung. Er ist ehrlich. Er betet mich an, und er will mich. Und nicht Bella.

Daves iPhone liegt wie immer offen auf dem Tisch. Es beginnt zu summen, weil eine SMS ankommt.

Ich werfe einen Blick darauf.

Auf einem iPhone kann man Nachrichten direkt lesen, ohne sie vorher öffnen zu müssen, und ich kann nichts dafür, dass ich durch jahrelange Übung in Meetings mühelos Texte verkehrt herum lesen kann. Man kann also nicht wirklich von Schnüffeln sprechen. Kaum habe ich den Text gelesen, wünsche ich mir, ich hätte es nicht getan. Die Nachricht ist von Bella.

Ha! Viel Spaß. Bin gut zu Hause angekommen. B

Ich bin wie erstarrt, während ich auf die SMS starre, bis sie vom Display verschwindet. Es ist offensichtlich eine Antwort auf eine SMS von Dave. Viel Spaß? Wobei? Beim Abendessen mit mir? Und was soll das »Ha«? Das klingt sarkastisch, oder?

Verdammt, Abigail, hör auf, dir darüber den Kopf zu zerbrechen, du törichte Närrin. Du siehst schon wieder Gespenster.

Ein kleiner Hauch von Unsicherheit schlängelt sich in meine Brust und macht sich dort breit.

Dave kehrt zurück, und bevor er sich setzt, beugt er sich herunter und gibt mir einen Kuss. Unsere Blicke treffen sich, als er sich wieder aufrichtet, und mit einem kleinen Grinsen streckt er die Hand aus und kneift mich ins Ohr. Ich lächle ihn an und halte mir fest vor Augen, dass er nicht hier wäre, würde er nicht mit mir zusammen sein wollen. Er will mich, nicht Bella. Mich.

Kapitel 28

»Das war das langsamste Weihnachten aller Zeiten«, sage ich. »So langsam wie nie.«

»Ich weiß«, erwidert Plum.

Es ist der dreißigste Dezember. Ich bin seit fast einer Woche in Frankeich. Sophie ist am zweiten Weihnachtsfeiertag nach Bath zu Lukes Eltern geflogen, darum sind nur noch ich und meine Eltern übrig.

Ich liege auf meinem Bett – dasselbe, in dem Dave und ich vor einigen Wochen herrlich unartig waren –, die Beine gegen die Wand gestemmt. Die Fensterläden sind halb offen und zeigen auf einen sehr dunkelgrauen Himmel. Plum ist bei ihren Eltern in Yorkshire.

»Ich habe die Familie allmählich satt«, sagt sie. »Wenn ich noch einmal Weihnachtslieder singen muss …«

Plums Familie feiert Weihnachten sehr traditionell. Es wird gemeinsam gesungen, man geht zusammen in die Kirche und macht lange Spaziergänge in der Kälte. Die einzige Weihnachtstradition in unserer Familie ist, sich am ersten Weihnachtsfeiertag nach dem Mittagessen gemeinsam *Annie* anzuschauen, während meine Eltern mitsingen.

»ABIGAIL!«, brüllt mein Vater von unten aus der Küche, und ich zucke zusammen.

Niemand kann so brüllen wie mein Vater.

»O mein Gott, es kommt mir vor, als wäre ich wieder sechs Jahre alt«, sage ich leise zu Plum. »Ja?«, rufe ich in freundlichem Ton nach unten.

»Ah, du bist oben. Ich wollte schon eine Vermisstenanzeige aufgeben. Möchtest du eine Suppe?«

»Es ist vier Uhr nachmittags, Daddy«, rufe ich.

»Ich weiß. Ich hielt das trotzdem für eine nette Idee.«

»Nein, danke!« Ich schließe meine Zimmertür. »Das ist das achtzehnte Mal heute, dass einer der beiden nach mir schreit.«

»Vielleicht verbringst du nicht genügend Zeit mit ihnen«, sagt Plum.

»Ich nehme an allen Mahlzeiten teil, ich begleite sie zum Einkaufen, wir schauen uns zusammen Filme an, ich meine, fehlt nur noch, dass sie mich auch noch zutexten, wenn ich auf dem Klo sitze.«

»Wann wirst du Dave wiedersehen?«

»ABIGAIL!« Der nächste Brüller aus der Küche.

»Ich leg jetzt besser auf«, sage ich seufzend.

Ich will die Dave-Frage nicht beantworten.

»Ich kann es nicht erwarten, Dan zu sehen«, sagt Plum, die über meinen letzten Satz hinweggeht. »Habe ich dir erzählt, dass er mich überrascht hat, indem er eine Lichterkette um seinen Dödel gewickelt hat und mir *Herbei, o ihr Gläubigen* vorgesungen hat?«

»Ja, hast du«, entgegne ich.

»Alles okay bei dir? Du klingst irgendwie so merkwürdig«, sagt Plum.

»Alles okay. Ich kriege nur allmählich einen Lagerkoller«, sage ich rasch.

Die Wahrheit ist, egal, wie oft ich mir in Erinnerung rufe, dass Dave gesagt hat, er will richtig mit mir zusammen sein, lockert der Unsicherheitsstrick nicht seinen Würgegriff um mein Herz. Und das ist nur wegen Bella und ihrer SMS. Es fällt mir schwer, mich auf etwas anderes zu konzentrieren … Ich bin sehr verunsichert.

Er hat kein einziges Mal angerufen, seit ich hier bin. Aber er schickt mir täglich zwei bis drei lustige oder schmutzige SMS, die immer mit einem »LG« enden. Das war früher nie so. Gut, oder? Mein krankhaftes Verlangen nach Bestätigung ist so schlimm, dass es mir vorkommt, als wäre mir ein Schlag ins Gesicht erspart geblieben, wenn ich dann eine SMS von ihm erhalte. Die Erleichterung hält jedoch nur wenige Sekunden an. Dann setzt wieder die nagende, rastlose Unruhe ein.

»Das Problem hat sich bald erledigt. Du fliegst doch morgen wieder zurück, richtig? Triffst du dich direkt mit Dave?«

»Äh … nein«, antworte ich. Dave hat mir nicht gesagt, wann er nach London zurückkehrt, und da ich nicht aufdringlich erscheinen wollte, habe ich nicht gefragt. Stichwort »Keine Fragen per SMS«. »Und du?«

»Dan kommt heute zum Abendessen, um meine Eltern kennenzulernen, und danach fahren wir gemeinsam zurück nach London«, sagt sie. »Ich muss jetzt Schluss machen, ich muss noch Dans Geschenke einpacken. Und morgen Abend fliegen wir schon nach Genf zum Skifahren.«

»Du stellst ihn also deinen Eltern vor. Viel Glück!«, sage ich. Ich finde es abwegig, Dave meinen Eltern vorzustellen. Und ich habe auch kein Geschenk für ihn, da sein einziger Kommentar zu dem Thema lautete, er schenke nie etwas, verspreche aber, mir eine kleine Weihnachtsfreude zu machen.«

»Okay, Süße. Ich vermisse dich ganz schlimm!«

»Ich dich auch. Ich melde mich heute Abend wieder.«

Diese Weihnachtsferien sind endlos. Plum und ich haben wieder angefangen, dreimal täglich miteinander zu telefonieren, wie Teenager. Und ich habe mir null Gedanken über meine berufliche Unzufriedenheit und das Jobangebot in Hongkong gemacht – beziehungsweise was ich als Nächstes tun werde. Ich habe in meiner Familie nichts davon verlauten lassen. Das würde nur Diskussionen auslösen und es noch schwerer machen, einen klaren Kopf zu behalten.

»ABIGAAAIL!«

Gott, es nervt, wenn man keine zwanzig Sekunden lang seine Ruhe hat. Ich gehe die Treppe hinunter, während ich nebenbei unwillkürlich mein Handy checke. Dave hat sich heute noch nicht gemeldet, was der Grund sein könnte, warum ich besonders angespannt bin.

»ABI…«

»Ich bin hier«, sage ich leise.

Dad steht in der Küche, wo auf dem Herd eine Suppe kocht, und starrt in den offenen Kühlschrank, die Hände nachdenklich vor der Brust verschränkt. Es ist dieselbe Haltung, in der er ein Cricket-Match verfolgt.

»Oh! Schatz. Gut. Ich möchte den Kühlschrank aufräumen, und ich dachte, du kannst mir vielleicht dabei helfen.«

Als ich fünf war, gehörte das Kühlschrankaufräumen mit Dad zu meinen Lieblingsbeschäftigungen, aus dem einfachen Grund, weil wir fast immer Schokolade entdeckten, die hinter den Eiern oder was auch immer versteckt lag und die wir uns anschließend mit verstohlenem Kichern und »Wir-sagen-Mum-nichts«-Schwüren teilten. Jetzt, da ich fast achtundzwanzig bin, meinen eigenen Kühlschrank habe und mir selbst Schokolade kaufen kann, ist es nicht mehr so spannend. Aber das kann ich nicht sagen, ohne seine Gefühle zu verletzen.

»Sehr gerne«, sage ich so begeistert wie möglich.

»Erzähl, Kind, was hast du an Silvester geplant?«, sagt er ein paar Minuten später, als wir Gummihandschuhe angezogen haben und bereit sind, loszulegen. Er beginnt, mir die Milch und die Säfte herauszugeben (»Zuerst die Tür! Und danach von oben nach unten!«), und ich staple die Getränke systematisch auf der Anrichte.

»Äh … ich weiß noch nicht sicher«, antworte ich ehrlich.

»An deinem ersten Silvester als Single, ganz zu schweigen von deinem Geburtstag an Neujahr, solltest du die Stadt unsicher machen«, sagt Dad. »Amüsier dich. Spaß zu haben ist das Wichtigste.«

Gott, er klingt wie Robert.

»Na ja, Plum feiert mit ihrem Freund, und Henry ist mit Charlotte zu Hause in den Cotswolds. Habe ich dir eigentlich schon von Charlotte erzählt? Ich habe sie mit Henry bekannt gemacht, und jetzt sind sie ein Paar. Keine Ahnung, was die restliche Uniclique vorhat. Ich habe nicht mehr viel mit denen zu tun, seit Peter und ich uns getrennt haben.« Ich bin auf Autopilot, um zu verbergen, wie ich mich fühle. »Ich glaube, Sophie und Luke kommen an Silvester nach London zurück. Und mein Mitbewohner Robert könnte auch da sein.«

»Gab es eigentlich jemanden, seit … äh … du weißt schon wer?«, fragt Dad.

Ah, er initiiert ein vertrauliches Gespräch zwischen Vater und Tochter. Das macht er gerne bei solchen Gelegenheiten. Als ich letzten Sommer zu Besuch war, kurz vor meiner Trennung von Peter, stumm aus Sorge vor dem, was mir bevorstand, waren gleich drei Vater-Tochter-Projekte dieser Art nötig, um meine Zunge zu lösen. Als ich schließlich den Mund aufmachte, fand ich das so unloyal gegenüber Peter, dass ich kaum etwas sagen konnte, sondern nur weinte. Daraufhin fuhr Dad mit mir zu einem riesigen Supermarkt in Béziers, und wir stöberten gemeinsam schweigend in der Werkzeugabteilung herum.

»Ich hatte ein paar Dates«, sage ich. »Das war ganz lustig. Trotzdem bin ich sehr froh, dass ich mit Peter Schluss gemacht habe, um es so auszudrücken.«

»Schön«, erwidert er. »Gibt es einen Besonderen?«

»Nein«, lüge ich. Ich möchte nicht über Dave reden. Meine Eltern werden sich fragen, warum ich ihn erst jetzt erwähne und warum er nie anruft und warum ich kein Geschenk von ihm an Weihnachten aufgemacht habe. Ich frage mich, ob er inzwischen herausgefunden hat, dass ich an Neujahr Geburtstag habe … O Gott, das viele Denken ermüdet mich. »Du weißt schon. Ich gehe das Ganze locker an.«

»Es besteht auch keinerlei Grund zur Eile. Ich hoffe, du fühlst dich nicht unter Druck gesetzt, einen Mann zu finden, weil Miss Mopp heiratet.«

Miss Mopp ist Dads Spitzname für Sophie. Ich bin Miss Eimer. Das war schon immer so, aus unbekannten Gründen.

Dad beginnt, mir die Pickles und Chutneys aus dem oberen Kühlfach herauszugeben. Essiggurken und Soßen hielt ich schon immer für etwas sehr Erwachsenes in einem Kühlschrank, finden Sie das nicht auch? Früher, als ich noch mit Peter zusammenlebte, standen viele Chutney-Gläser in meinem Kühlschrank. Ein völlig anderes Leben.

»Erde an Abigail«, sagt Dad. »Ich habe dich gefragt, ob du einen netten Mann kennengelernt hast.«

»Sorry!«, sage ich. »War mit den Gedanken woanders.«

»Du warst schon immer so. Du hast früher Selbstgespräche geführt im Kopf, die dich richtig angestrengt haben. Ich denke, das ist der Grund, warum du erst mit drei zu sprechen angefangen hast.«

»Erst mit drei?«

»Na ja, ja«, erwidert er mit gedämpfter Stimme aus dem Kühlschrank, bevor er mir mehrere Gläser Sardellenpaste und Muscheln herausgibt. Ich habe noch nie einen Kühlschrank gesehen, der so voll ist mit Nichtlebensmitteln. »Du warst schon immer sehr langsam, weil du vorher erst gründlich über alles nachdenken musstest. Aber wenn du dir dann einen Ruck gegeben hast, warst du brillant. Als du endlich angefangen hast zu sprechen, kamen direkt vollständige Sätze und nichts von diesem Mum-dada-baba-Gebrabbel. Darum bin ich mir sicher, du verhältst dich nicht anders in, du weißt schon, in der Liebe.«

»Sprechenlernen ist etwas anderes.«

»Lass dir Zeit«, sagt er. »Es klingt zwar abgedroschen, aber wenn du den Richtigen gefunden hast, wirst du es schon merken. Dann geht alles ganz leicht.«

»Wirklich?«, sage ich zweifelnd.

»Das sagt jeder, und es stimmt.« Der Kühlschrank ist jetzt leer. »Okay. Spülen wir die Einlegefächer.«

Dad macht es glücklich, wenn beide Spülbecken mit heißem Wasser gefüllt sind und überall Schaumbläschen umherfliegen. Er ist wie eine große Ente. Meine Mutter macht das immer wahnsinnig. Wie aufs Stichwort fällt die Haustür ins Schloss, und gleich darauf kommt sie in die Küche. Sie hat draußen mit der Nachbarin getratscht, ihrem vergnügten Gesicht nach zu urteilen.

»Finger hoch, wer will heute Abend *Grease* schauen? Virginia und Rod von gegenüber haben mir die DVD geliehen!«, ruft Mum begeistert.

Manchmal spricht sie absichtlich so begeistert. Früher wollte sie Sophie und mich anstecken. Ich glaube, es hat funktioniert, solange wir klein waren.

»Oh«, sage ich. »Klingt toll.«

Mum legt den Kopf schief und mustert mich. Sie ist über zehn Zentimeter kleiner als Sophie und ich, hält sich aber selbst für groß. (»Meine ganze Persönlichkeit beruht auf meiner Körperlänge, ich kann das jetzt nicht mehr ändern«, sagte sie einmal, als Sophie und ich sie damit konfrontierten.) Meine Mutter hat außerdem die Fähigkeit, Stimmungen abzulesen an der Art, wie man sein Glas hält.

»Geht es dir gut? Du siehst müde aus. Bist du müde?«

»Ich bin okay«, sage ich zum Kühlschrank, damit sie meine Augen nicht sehen kann.

»Du bist schon die ganze Zeit so anders, seit du hier bist. Habt ihr heute gezweisamt?«

»Es ist alles in bester Ordnung, danke, Mum«, erwidere ich und recke beide Daumen hoch. »Aber ich glaube, zweisamen ist kein Verb.«

»Vielen Dank, du Neunmalklug.«

Mum tut so, als wolle sie mich schlagen, aber ich springe zur Seite.

Dad steht wieder vor dem Kühlschrank und inspiziert jede Ecke.

»Ich denke, wir können das System verbessern, wisst ihr? Es intuitiver machen, windschlüpfig …«

»Ja«, sage ich und versuche, dem Kühlschrank die Aufmerksamkeit zu widmen, die er nach Dads Auffassung verdient.

»Obst und Gemüse natürlich unten ins Fach, dann das Fleisch, dann – das könnte zu kontroversen Diskussionen führen, aber hört mir erst zu – den Joghurt und den Käse in das mittlere Fach. Statistisch gesehen greifen wir nämlich am häufigsten danach.« Dad strahlt vor Stolz. »Einverstanden? Und die Soßen, den Senf und die Mayo wieder ganz oben, die Frühstücksmarmelade in die Tür, et voilà. Ein perfekter Kühlschrank!«

»Hurra!«, jubeln Mum und ich, da von uns eindeutig Applaus erwartet wird.

Nachdem wir mit dem Einräumen fertig sind, gebe ich Dad ein Küsschen auf die Wange und gehe wieder nach oben. In meinem Kopf herrscht ein wildes Durcheinander aus halben Gedanken und halben Sorgen. Ich hole mein Notizbuch hervor, schlage eine leere Seite auf und schreibe auf, was Dad eben gesagt hat.

Wenn du den Richtigen gefunden hast, wirst du es merken.

Was für eine besonders ärgerliche Aussage.

Ich beginne, kleine Kringel um den Satz zu malen.

Ich frage mich, ob ich es bei Dave merken werde. Kann doch sein. Ich war noch nie so verknallt. Ich fange an zu zittern, sobald er in meine Nähe kommt oder mich ansieht oder am selben Tisch sitzt wie ich … Und wenn er mich küsst, stellt mein Gehirn seine Funktion ganz ein.

Ist es das, was gemeint ist mit »wirst du es merken«?

Vielleicht liegt es nur an meiner Unerfahrenheit, dass ich so unsicher bin, wie es mit uns weitergeht, und unfähig, völlig offen zu ihm zu sein. Vielleicht sind meine lächerlichen Befürchtungen wegen Bella nur eine Folge von Misstrauen nach Peters Untreue. Oder ich bin es einfach leid, immer die Coole und Distanzierte zu spielen, wie der blöde Robert mir empfohlen hat.

Mein Handy vibriert. Eine SMS! Von Dave!

Hallo, meine knackige kleine Röstkastanie. Ich habe mir gerade die Fotos von dir auf Facebook angeschaut. Du bist wirklich zum Vernaschen. Hat dir das schon mal jemand gesagt? LG

Ich grinse erfreut in mich hinein, und der Unsicherheitsstrick um mein Herz löst sich. Meine übliche Rettung. Zwanzig Minuten später, nach mehr Entwürfen, als ich zugeben möchte (schließlich bin ich eine erwachsene Frau und sollte Besseres zu tun haben, als meine Zeit damit zu vertrödeln, eine perfekte/verführerische/geistreiche/trockene/subtile SMS zu verfassen), steht meine Antwort.

Ich möchte ihn wirklich nicht per SMS ausfragen, aber mein natürliches Bedürfnis lässt sich immer schwerer unterdrücken, um nicht zu schreiben: WO BIST DU? WANN KOMMST DU ZURÜCK? WAS MACHST DU GERADE? VERMISST DU MICH? SEHEN WIR UNS MORGEN

ABEND? WARUM MACHST DU NIE PLÄNE MIT MIR? WARUM HAT BELLA DIR GESIMST? WARUM, VERDAMMT? WARUM? Darum habe ich beschlossen, die Regeln ein bisschen zu dehnen und – sehr, sehr unauffällig – die Zukunft anzusprechen.

Mein Text:

Stalking ist völlig out. Und ja, das Kompliment habe ich schon öfter gehört. Noch einmal schlafen, dann ist Abigail wieder in London. Hurra. LG

Seine umgehende Antwort:

Hurra, allerdings. Ich habe die Schnauze voll von Familie. Meine Schwester war dieses Jahr der Oberknaller. LG

Sehen Sie, was ich meine? Keine Details.

Ich frage mich, was Louisa getan hat, um den Titel »Oberknaller« zu bekommen. Ich glaube, sie ist die erste Person, gegen die ich eine tiefe Abneigung hege, ohne sie zu kennen. Wer Robert so behandelt, muss schlecht sein. Ich hoffe, ich lerne sie bald kennen.

Wieder eine SMS! Von Dave!

Ich vermisse dich übrigens. Bis morgen. LG

Kapitel 29

Es ist so schön, wieder zu Hause zu sein. Unser Wohnzimmer ist immer noch geschmückt mit der Weihnachtsdekoration von Roberts Schwester, im Kühlschrank ist Milch, im Brotkasten liegt Toast, und es ist warm und sauber. Kurz gesagt, es fühlt sich heimisch an.

Als Erstes bin ich unter die Dusche gegangen, danach hab ich meine neue Jeans und ein weißes Top angezogen, meine Tasche ausgepackt, die Waschmaschine angestellt, mein Bett neu bezogen und meinen Kleiderschrank umsortiert – und nebenher sehr laut meine Lieblingssongs von Roxy Music gehört.

Langeweile.

Ich versuche, meine Vorfreude auf Dave unter Kontrolle zu halten. Er wird sich heute melden, das weiß ich. Er hat ja »Bis morgen« gesimst. Ich muss mich in Geduld üben und darf ihn nicht mit Fragen belästigen.

Und wenn ich ihn wiedersehe – beziehungsweise küsse –, werde ich es vielleicht merken. Genau wie mein Vater gesagt hat.

Ich frage mich, was mit Robert ist … Ich habe ihm in Frankreich eine Weihnachtskarte gebastelt. Ich möchte, dass unsere Freundschaft wieder so wird wie früher … Was auch immer er dagegen hat, dass ich mit Dave zusammen bin, er wird sich einfach damit abfinden müssen.

Hm.

Ich nehme mein Notizbuch heraus und lese erneut den Satz. *Wenn du den Richtigen gefunden hast, wirst du es merken.* Ich habe so viele Schnörkel und Pfeile darum herum gemalt, dass jeder, der diese Seite analysiert, mich unwillkürlich für verrückt und potenziell gewalttätig hält.

Große Langeweile. Plum und Henry feiern Silvester mit ihren neuen Partnern, und Sophie und Luke kommen erst am Abend in London an … DaveDaveDave … Ich frage mich, was Robert gerade macht. Ich werde ihn anrufen.

»Wenn das mal nicht das Fast-Geburtstagskind ist«, sagt er zur Begrüßung.

»Du bist doch nicht etwa arbeiten, oder? Es ist nämlich kurz vor fünf an Silvester, und das wäre echt schräg. Übrigens, frohe Weihnachten nachträglich.«

»Dir auch. Und ja, ich bin im Büro.«

»Lust auf einen kleinen Silvesterdrink?«

»Einverstanden. The Only Running Footman in Mayfair?«

»Okay, in einer Stunde.«

The Only Running Footman ist ein uriger alter Pub in Mayfair. Er liegt ganz in der Nähe des Berkeley Square, und an normalen Wochentagen versammeln sich dort die feinen Anwohner im Anzug zum ausgiebigen Bechern. Um achtzehn Uhr an diesem dunklen und frostigen Silvesterabend ist der Pub allerdings überraschend leer, bis auf eine Handvoll Männer im Smoking, die sich zweifellos einen Aperitif genehmigen, bevor sie zu irgendeinem glamourösen Silvesterball in Mayfair gehen. Ist Ihnen schon einmal aufgefallen, dass Männer immer sehr selbstzufrieden und rund wirken in festlicher Kleidung, während Frauen darin zu funkeln und zu frieren scheinen?

Ich bestelle zwei doppelte Whiskys und setze mich. Gleich sehe ich eine vertraute breitschultrige Gestalt hereinkommen und beginne zu strahlen.

»Robert!«, rufe ich und springe auf, um ihn zu umarmen. Er sieht ein wenig müde aus und blass, wahrscheinlich hat er zu viel gearbeitet und nicht richtig gegessen, überlege ich. Und mit so kurzen Haaren habe ich ihn noch nie gesehen. Sie lassen ihn irgendwie klarer und jünger wirken.

»Tolle Frisur! Darf ich dich Oberfeldwebel nennen?«

»Ah, Abby«, sagt er und beugt sich vor, um mich auf beide Wangen zu küssen, während ich ihn umarme.

Er ist so groß und breit, vor allem in seinen dicken Winterklamotten. Es ist, als würde ich die Arme um einen Baum schlingen.

»Setz dich, mein Junge«, sage ich. »Du siehst blass aus. Hast du auch richtig gegessen?«

»Ja, Mummy«, antwortet er und nippt an seinem Whisky. »Oh, Scheiße, der ist gut. Was ist das?«

»Laphroaig«, antworte ich. »Aber du kriegst nur einen, Prinzessin. Du weißt ja, wie du dich aufführst nach mehreren Gläsern.«

Ich werfe ihm einen vielsagenden Blick zu.

Robert bricht in lautes Lachen aus. »Jesus! Das war einmal! Und damit du es weißt, an dem Abend habe ich gleich eine ganze Flasche geleert. Normalerweise kenne ich meine Grenzen.«

»Sicher. Hey! Ich habe für dich eine Weihnachtskarte gebastelt.«

Er packt sie aus. »Das wäre doch nicht nötig gewesen! Ah, wirklich, du hättest nicht …«

Ich weiß, ich bin ein Amateur, aber ich habe für Robert eine kleine Collage aus alten Geschenkanhängern und Bildern, die ich aus Zeitschriften ausgeschnitten habe, gemacht. Darunter sind ein Motorrad, eine Schüssel Porridge, eine Bloody Mary, eine Zeitung und Don Draper aus *Mad Men*, weil ich finde, dass Robert Ähnlichkeit mit ihm hat, sowie ein Plum Pudding und ein Rentier, auf das ich »Weihnachten 2002« geschrieben habe, und ganz viele Sterne.

»Sie ist potthässlich, aber feierlich. Sie passt also zu der Deko in unserem Haus«, sage ich.

Robert liest das Gedicht, das ich hineingeschrieben habe.

»Für Robert mit den langen Beinen, der immer ein Gesicht macht zum Weinen. Frohe Weihnachten und viel Glück im Neuen Jahr, das hoffentlich noch besser wird, als das alte war. Wow. Das ist …«

»Ich weiß, ich bin ein Genie«, sage ich lachend. »Ich hatte Langeweile.«

»Danke, Abby. Ich habe so ein Glück. Hast du für Dave auch eine gebastelt?«, fragt er.

»Nein, nur für meine Freunde. Also, erzähl mal, wie war dein Weihnachten? Hat der Weihnachtsmann dich gefunden?«

»Ja, und er hat mir einen Pyjama mit Flugzeugmuster geschenkt. Meine Mutter weiß nicht, dass ich nackt schlafe.«

»Und dass normalerweise eine Frau neben dir liegt, die dich wärmt«, falle ich ihm ergänzend ins Wort.

»Und von meinen Schwestern habe ich eine coole Jacke geschenkt bekommen. Und du, Abigail, meine kleine Weihnachtsfee?«

»Die Jeans hier und einen Pulli, ein paar Bücher, das Zitronenbad von Doktor Soundso und superwarme Handschuhe.«

»Alice hat einmal zu Weihnachten von ihrem Mann Handschuhe geschenkt bekommen, was zu einem Streit führte, der bis Februar gedauert hat.«

»Anfängerfehler. Schenke nie der Person, mit der du schläfst, etwas Praktisches.«

»Ich würde das ergänzen mit ›oder etwas, das der Beschenkte als Beleidigung auffassen könnte, wer auch immer der Beschenkte ist‹«, sagt Robert. »Letztes Jahr bekam ich von meiner Mutter ein Buch mit dem Titel *Online Dating für Dummys.*«

Ich muss so sehr lachen, dass ich mich an meinem Whisky verschlucke.

»Peter hat mir einmal einen Mixer geschenkt. Praktisch UND beleidigend.«

»Louisa hat mir mal einen Gutschein für eine Reise nach Marokko geschenkt«, erzählt Robert. »Aber dann hat sie Silvester Schluss gemacht, und wir haben die Reise nie angetreten. Ich nehme an, das war von Anfang an so geplant.«

»Das ist überhaupt nicht lustig.«

Ich bin schockiert.

»Ich weiß.«

Er seufzt. Kein Wunder, dass er so fertig aussieht, denke ich. Heute ist der Jahrestag seines gebrochenen Herzens.

Gott, ich bin neuerdings melodramatisch.

»Okay, wir wollen heute Abend keinen Gedanken mehr an die blöde Kuh verschwenden. Lass uns lieber die nächste Runde bestellen, damit wir endlich fröhlicher werden.«

Als wir das zweite Glas zur Hälfte geleert haben, wird es im Pub allmählich voller. Mein Handy liegt neben mir auf dem Tisch, damit ich unauffällig sicherstellen kann, dass ich Daves Anruf nicht verpasse. Aber bis jetzt hat er sich noch nicht gemeldet. Es ist inzwischen sieben. Noch fünf Stunden. Ich muss einfach Geduld haben. Er wird kommen. Währenddessen ahmt Robert seine Schwestern nach, die sich an Weihnachten immer streiten wie die Hyänen.

»Ich glaube, das ist eine chemische Reaktion zwischen Schwestern«, sage ich.

»Alice ist eine erwachsene Frau mit zwei Kindern, was sie nicht daran hindert, Rosie mit dem Kochlöffel durch das ganze Haus zu verfolgen und zu brüllen ›Ich weiß genau, dass du meinen verdammten Schlüpfer anhast. Zieh ihn sofort aus, verflucht!«

»Ich frage mich, wann Menschen richtig erwachsen sind«, sage ich. »Ich fühle mich jedenfalls nicht erwachsen.«

»Ich glaube, das tut keiner. Alice sagt, manchmal behandelt sie ihre Kinder wie coole Mitbewohner mit ernsten Suchtproblemen. Und, was hast du morgen an deinem Geburtstag vor?«

»Ich habe noch nichts geplant«, sage ich und will gerade hinzufügen »Das hängt von Dave ab«, als mir rechtzeitig bewusst wird, wie erbärmlich das klingt. Also begnüge ich mich mit einem Achselzucken. »Ich habe immer das Gefühl, als würde die ganze Welt in meinen Geburtstag hineinfeiern. Vielleicht könnten wir nachmittags mit ein paar Leuten im Pub chillen. Plum ist in Verbier, aber Sophie, Luke, Henry und Charlotte sind hier in London, also ...«

»Klingt wie ein Plan«, sagt Robert und nickt. »Und Dave natürlich.«

»Natürlich«, sage ich. Ich werfe einen raschen Blick auf mein Handy. Nein, nichts. Ich hebe den Kopf und fange Roberts Blick auf. Bevor er meine Gedanken lesen kann, stehe ich auf. »Okay. Ich gehe zur Theke.«

An einem Tisch in der Nähe der Theke sitzen zwei junge Frauen, die einen Stadtplan studieren.

»Das kann nicht stimmen. Da steht zwar ›St. James‹, aber ich dachte immer, St. James sei nur ein Park«, sagt die eine.

»Das hier ist eindeutig der Piccadilly Circus und nicht St. James«, erwidert die andere.

Sie sind Amerikanerinnen.

»Hi«, sage ich. O Gott, warum muss ich immer fremde Leute anquatschen, wenn ich etwas getrunken habe?

Was soll's. »St. James ist nicht nur der Park, sondern auch das kleine Viertel darum herum südlich der Piccadilly. Die Piccadilly ist die große Straße zwischen Hyde Park Corner und Piccadilly Circus. Und der Piccadilly Circus ist nur eine hässliche große Kreuzung, die jeder tunlichst meiden sollte.«

»Danke!«, sagen beide im Chor und blicken mich erfreut an.

Sie haben perfekte Zähne wie alle Amerikaner. (Sie sollen verdammt sein.)

»Das ist sehr nett von dir«, sagt die Blonde. »Ich bin übrigens Taylor, und das ist Bree.«

Ich bestelle unsere Getränke, und wir kommen kurz ins Gespräch. Sie erzählen mir mit der Begeisterung aller frischgebackenen Hochschulabsolventen, dass sie Journalistik studiert haben, aber bei der derzeitigen Wirtschaftslage keinen Job finden. Stattdessen machen sie eine Weltreise und schreiben einen Blog darüber.

»Wir hoffen, am Ende springt für uns ein Buchvertrag heraus. Der könnte uns die Tür für eine Journalistenkarriere öffnen«, sagt Taylor. »Wir haben bereits dreitausend Follower auf Twitter, dabei bloggen wir erst seit einem Monat. Unser Reisetagebuch heißt *Urlaubsvertretung.*«

Sie sind einundzwanzig und besitzen schon jetzt mehr Ehrgeiz und Cleverness als ich mit achtundzwanzig Jahren minus einem Tag. Wann haben die anderen alle herausgefunden, was sie wollen?

»Dürfen wir ein Foto von dir machen?«, fragt Bree und zückt eine Digitalkamera. »Stehst du uns für ein Interview zur Verfügung?«

»Äh, klar«, sage ich. Ich hasse Fotos. »Möchtet ihr vielleicht auch einen Mann interviewen? Ich hab nämlich schon ein schlechtes Gewissen, weil ich ihn die ganze Zeit allein gelassen habe …«

Bree und Taylor drehen sich zu Robert um, und beiden klappt die Kinnlade herunter. Ich muss mir ein Lachen verkneifen. Innerhalb weniger Sekunden haben die beiden ihre Jacken, Taschen und Gläser zusammengerafft, und wir gehen zu ihm hinüber.

»Ich bringe Geschenke mit!«, sage ich strahlend zu Robert und stelle Bree und Taylor vor. Die beiden beginnen sofort, kokett zu lächeln. Bree löst ihren Pferdeschwanz und kämmt sich mit den Fingern durch die Haare. Robert wirft mir einen Blick zu wie ein Lamm, das zur Schlachtbank geführt wird, bevor er sich den beiden mit einem Lächeln zuwendet.

»Hallo, Bree. Hallo, Taylor. Ich bin Robert.«

»Hallo«, erwidert Bree. »Okay, darf ich dir kurz unseren Blog vorstellen?«

Sie erklärt wieder das Konzept.

»Abby, mein Schatz, fang du an«, sagt Robert.

Ich nicke, setze mich gerade hin und versuche, ein aufmerksames Gesicht zu machen.

»Was ist deine Vorstellung von perfektem Glück?«

»Äh … meine Freunde und eine gute Bar.«

»Und dein Freund Robert!«, unterbricht Taylor.

»Absolut«, sage ich spontan.

Robert und ich sehen uns an, und ich muss ein Lachen unterdrücken.

»Welche Eigenschaft schätzt du an einem Mann besonders?«

»Selbstvertrauen«, antworte ich. »Und Charme.«

Daves Bild kommt mir in den Kopf. Ich frage mich, wo er steckt und warum er sich noch nicht gemeldet hat.

»Und welche Eigenschaft schätzt du an einer Frau besonders?«

»Albernheit. Und Cleverness.«

»Wenn du etwas an dir ändern könntest, was wäre das?«

»Meine Unfähigkeit zu entscheiden, was ich im Leben will«, sage ich. Wieder fange ich Roberts Blick auf. »Habt ihr die Fragen von einem Psychotest in der *Vanity Fair* abgeschrieben oder was?«

»Die letzte nicht«, entgegnet Bree stolz. »Wo siehst du dich in einem Jahr?«

Ich bin überfragt. Ich öffne den Mund, um etwas zu sagen, aber es kommt nichts heraus. Robert beginnt zu lachen.

»Sie macht sich nicht gerne Gedanken über die Zukunft«, erklärt er den beiden.

»Nein, nein, ich kann das beantworten!«, sage ich. Wie soll mein Leben aussehen in einem Jahr? Bilder tauchen vor meinem geistigen Auge auf: Dave, Arbeit, Dave, Arbeit … nichts ist klar. Warum bin ich so unentschlossen? »Äh …«, sage ich verzweifelt und suche fieberhaft nach einer Inspiration. »Na ja, das wäre dann ja wieder Silvester. Ich sehe mich in einem Pub sitzen und mit Robert einen trinken.«

»Gute Antwort!«, sagt Taylor. »Okay. Robert. Deine Freundin hat sich wacker geschlagen. Schauen wir mal, was du so draufhast.«

»Seid bitte lieb zu mir«, sagt er in ernstem Ton.

Taylor kichert und knabbert an ihrem Stift. Ich seufze innerlich.

»Okay! Okay. Was ist deine Vorstellung von perfektem Glück?«

»Toast mit Erdnussbutter«, antwortet er ernst.

Taylor stößt ein bedeutsames Räuspern aus. »Welche Eigenschaft schätzt du an einem Mann besonders?«

»Eine hohe Alkoholtoleranz. Und Loyalität.«

»Und welche Eigenschaft schätzt du an einer Frau besonders?«

»Eine gute Haltung. Und Loyalität.«

»Wenn du etwas an dir ändern könntest, was wäre das?«

»Die Liste ist zu lang …«, sagt er, sieht mich an und lächelt.

»Wo siehst du dich in zwölf Monaten?«

»Anscheinend in einem Pub mit Abigail.«

»Das ist super. Echt super!«, sagt Bree, die eifrig mitschreibt.

»O mein Gott! Bree! Wir müssen los!«, kreischt Taylor nach einem Blick auf ihre Armbanduhr. »Unsere Silvesterparty beginnt in zwei Stunden!«

»Du musst es doch langsam satthaben, dass die Frauen sich dir ständig an den Hals werfen«, sage ich, nachdem wir schnell unsere Mail-Adressen ausgetauscht haben und sie weg sind.

»Du warst doch diejenige, die sie mir vor die Füße gelegt hat wie eine Katze die Maus.«

»Ich weiß doch, wie schwer es für dich ist, Frauen kennenzulernen«, erwidere ich.

»Früher schon. Und wären diese Knutschwettbewerbe mit Dave nicht gewesen, hätte ich nie jemanden geküsst als Teenager … Mein Ehrgeiz war stärker als meine Schüchternheit.«

O Dave. Wo steckst du?, denke ich. Warum meldest du dich nicht?

»Er wird schon noch kommen«, sagt Robert. »Ich glaube, er ist noch bei seinen Eltern.«

Wieder treffen sich unsere Blicke, und ich will Robert gerade schelten, weil er wieder meine Gedanken gelesen hat, als die beiden Amerikanerinnen zurück in den Pub stürzen.

»Wir haben das Foto vergessen! Wir sind ja tolle Journalistinnen!«, ruft Bree. »Okay, bitte lächeln!«

Robert und ich richten uns auf und lächeln in die Kamera.

»Kommt schon, Leute. Leg den Arm um deine Lady, Robert!«

Robert legt den Arm um mich. Ich schaue ihn an, unsere Blicke treffen sich kurz, und ich muss lachen.

»Perfekt! Echt der Wahnsinn. Okay, meldet euch! Oder wir schicken eine E-Mail! Tschüss!«

Sie stürzen wieder hinaus.

»Wann war eigentlich dein erster Kuss?«, fragt Robert nach einer Pause.

»Das war im Urlaub. Mit einem Franzosen. Ich war fünfzehn und heilfroh, dass ich es hinter mich gebracht hatte. Und du?«

»Bei mir war es auch im Urlaub. Ich war vierzehn. Meine Schwester Alice hat Luke, Dave und mich drei Mädchen gegenübergestellt. Dann fing sie an zu zählen, drei … zwei … eins … AUF SIE!«

Ich muss so sehr lachen, dass ich mit der Hand auf den Tisch schlage. Aua, das tat weh. Wahrscheinlich bin ich schon ein bisschen betrunken.

»Und wer waren die Mädchen?«

»Unsere Schwestern«, antwortet er. »Sieh mich nicht so an! Natürlich haben wir nicht unsere eigenen Schwestern geküsst. Ich küsste Louisa, die damals neunzehn war und, ehrlich gesagt, auf jüngere Männer stand, Luke küsste Rosie, die sechzehn war, und Dave küsste Bella, die dreizehn war.«

»Das ist ziemlich krank.«

Für Bella und Dave war es der erste Kuss? O Gott, denk nicht darüber nach.

»Ja, schräg, nicht? Vor allem, wenn man berücksichtigt … einfach alles«, sagt er und sieht mich dann an.

Ich erwidere seinen Blick und versuche zu lächeln.

»Sorry. Das ist schon sehr lange her. Möchtest du was essen?«

»O ja! Einen Burger. Und dazu ein Bier. Und einen Kurzen.«

Ich muss das Bild in meinem Kopf von Dave und Bella als küssende Teenager löschen.

»Meinst du nicht, du solltest ein bisschen langsamer trinken?«

»Mir geht es fabelhaft. Sobald ich anfange, auf der Tanzfläche einen Spagat zu machen, dann weißt du, dass ich genug habe«, erwidere ich.

Wo bleibt Dave? Die nervöse Vorfreude auf Dave … Es ist jetzt kurz vor acht. Er wird in den nächsten vier Stunden auftauchen. Er muss.

Kapitel 30

Nach dem Essen beschließen wir, ins Punch Bowl zu gehen, das ist ein anderer Pub in Mayfair, nur wenige Minuten entfernt.

Robert zeigt mir Fotos auf seinem Handy von seiner Nichte Merry, die vier ist, und von seinem Neffen Tom, der zwei ist und das breiteste Lächeln hat, das man sich vorstellen kann.

»Er ist das genaue Ebenbild von mir, als ich in seinem Alter war. Das sagen alle«, bemerkt Robert stolz.

»Ich dachte immer, du seist von Geburt an ein Miesepeter gewesen.« Ich sehe ihn an und grinse. »Keine Angst, ich weiß, dass du unter deiner mürrischen Fassade der Stay Puft Marshmallow Man bist. Alles nur Show.«

Robert stößt ein beleidigtes Schnauben aus.

»Genau wie bei dir und deiner angeblichen Unfähigkeit zu wissen, was du willst im Leben.«

»Wirklich«, erwidere ich.

»Ich glaube, du weißt genau, was du willst. Du hast nur Angst, es dir einzugestehen, denn dann müsstest du ja etwas ändern.«

Mein Gesicht wird ernst. Wow, das war verdammt einsichtsvoll. Aber ich will nicht darüber nachdenken.

»Zu weit? Bin ich zu weit gegangen?«, sagt er und grinst.

»Ja, allerdings«, sage ich und sehe ihn stirnrunzelnd an. »Das hat gesessen. Ordentlich.«

»Sorry, Abby, mein Schatz.« Er legt den Arm um mich und drückt meine Schulter. »Du kannst mir auch gerne was an den Kopf werfen, wenn du magst.«

»Na schön, ich finde es lächerlich, dass du immer noch nicht über ein Miststück weg bist, das sowieso nie gut genug für dich war«, sage ich und schiebe seinen Arm weg. »Ich meine, es gibt Menschen, die sind einfach scheiße. Du musst damit abschließen. Du kannst nicht alles kontrollieren in deinem Leben.«

»Danke für den Rat«, fährt er mich an. »Echt super, vor allem von jemandem, der selbst nie ein Risiko eingeht.«

Wir starren uns einen Augenblick lang wütend an, dann brechen wir in Lachen aus.

Das Punch Bowl ist der Pub von Guy Ritchie und macht einen weniger edlen Eindruck als das gemütlich-coole The Only Running Footman. Die Gäste hier sehen aus, als wären sie schon wochenlang hier, schicke Schlägertypen, die wahrscheinlich kreuzbrav sind und in der Musik- oder Filmbranche arbeiten, außerdem die unvermeidlichen Mayfair-Touristen und ein paar Typen im Anzug, die scheinbar vergessen haben, dass sie auf irgendeiner Silvesterparty eingeladen sind.

Robert macht sich auf die Suche nach einem freien Tisch, während ich zwei Wodkas und Soda bestelle. Ja. Einfach und wohltuend.

Es ist jetzt neun Uhr. Dave könnte jeden Moment auftauchen und mich überraschen. Vielleicht schreibt er gerade eine SMS an Robert, um herauszufinden, wo wir sind … Bei der Vorstellung muss ich lächeln.

»Du solltest öfter lächeln«, sagt eine Stimme links von mir. Ich drehe den Kopf und sehe einen großen Mann – Mitte dreißig, leicht vergammelt – in einer grottenhässlichen Lederjacke. »Dann siehst du viel hübscher aus.«

Warum sagen Männer solche Dinge? Das ist nicht einmal ein Kompliment, da es aussagt, dass man hässlich ist, wenn man nicht lächelt. Ich drehe mich wieder zu dem Barkeeper und bezahle meine Getränke.

»Schätze, ich werde dich um Mitternacht suchen müssen und zum Lächeln bringen«, fährt er fort.

»Schätze ich auch«, sage ich und gehe mit den Getränken zurück an unseren Tisch. Als ob.

»Ich war hier mal mit Antonia«, bemerkt Robert. »Das war keine gute Idee.«

»Das kann ich mir vorstellen«, sage ich und stelle mir Antonia in ihrem weißen Outfit hier drinnen vor. »Hatte sie die weiße Pelzweste an? Woraus ist die eigentlich gemacht? Aus Albinokätzchen?«

»Nein, aus Kaninchenbabys«, sagt er und macht eine Pause, während wir anstoßen. »Gott, wahrscheinlich ist es tatsächlich Kaninchenfell. Krass.«

»Was war eigentlich damals, als ihr euch am Flughafen begegnet seid?«, frage ich in der Hoffnung, dass er offener ist als sonst.

»Was? … Oh, das. Na ja, ich meinte ›Hi Antonia, wie geht es dir?‹. Daraufhin erzählte sie mir, was für ein mieser Bastard ich sei, wie viel Kummer ich ihr bereitet habe und dass ich mir den Flug nach Mailand hätte sparen können damals, als es mir am Arsch vorbeiging, dass sie völlig aufgelöst war, weil ihr Hund im Sterben lag …«

»Im Ernst?«

»Sie war total von der Rolle!«, sagt er und grinst. »Ich fand das damals nicht besonders romantisch.«

»Ist es aber. Der Ritter in der glänzenden Rüstung ist ein sicheres Aphrodisiakum.«

»Ich hatte gehofft, ein bisschen Sex zu kriegen«, gibt er zu.

»Du hast wirklich keinen Anstand. Und was ist dann passiert?«

»Also sagte ich zu ihr: Tut mir leid, es war unfair von mir zu erwarten, dass du das einfach so wegsteckst. Außerdem hätte ich nicht mit dir per SMS Schluss machen sollen …« Ich keuche entsetzt auf. »… und es tut mir leid, dass ich nie auf deine Anrufe reagiert habe und nicht mit dir sprechen wollte. Das war ein Fehler.«

»Großer Gott, Robert, ich kann nicht glauben, dass ich jemals deine Ratschläge für Dates angenommen habe. Du bist ein richtiger Arsch.«

»Ich habe mich bei ihr entschuldigt! Und sie hat mir verziehen. Außerdem waren das keine Ratschläge für Dates, sondern für Singles. Das ist ein gewaltiger Unterschied.«

Ich starre ihn wütend an. »Wechsle jetzt nicht das Thema.«

»Ich hab mich doch entschuldigt. Deine Moralpredigt hat mir gezeigt, dass ich mich falsch verhalten habe … oder besser gesagt, dass ich mich hinterher falsch verhalten habe.«

Er lächelt wie ein Engel.

»Ein Leben voller schlechter Angewohnheiten kann man nicht über Nacht ändern. Ich habe das Gefühl, als müsste ich dir aus Solidarität mit den Frauen eine runterhauen.«

»Mach.«

Ich hebe die Hand und scheuere ihm eine, allerdings nur leicht, woraufhin er so tut, als würde er anfangen zu heulen. Ich muss kichern, ich kann nicht anders.

»Du bist so ein verkommenes Subjekt, und trotzdem bewundere ich dich«, sage ich und lache gegen meinen Willen.

»Wirklich?«, entgegnet er, und sein Gesicht hellt sich auf.

»Aber ich würde sicher jeder Frau, die ich kenne, empfehlen, dir nicht näher zu kommen als auf drei Meter.«

Roberts Gesicht wird kurz ernst. Dann grinst er dreckig. »Woher weißt du, dass meine Reichweite drei Meter beträgt? Okay. Ich gehe die nächste Runde holen.«

»Für mich noch einen reinigenden Wodka, bitte.«

Hm, ich bin eindeutig betrunken, da es mir Schwierigkeiten bereitet, das Lipgloss sauber aufzutragen. Ich bin fast betrunken genug, um Dave anzurufen. Ich versuche abzuwägen – zwischen der Freude, seine Stimme zu hören, und der Freude, das heutige Telefonmachtspielchen zu gewinnen. Vielleicht werde ich einfach …

»Alles klar?«

Ich hebe den Kopf. Es ist der Kerl mit der Lederjacke.

»Ja.« Ich schaue auf mein Glas. Ich will, dass er sich verzieht.

»Ich habe gesehen, wie du deinem Freund eine geknallt hast«, sagt Lederjacke.

Ich muss lachen. »Das war ein Scherz! Außerdem ist er nicht mein Freund.«

»Du solltest Silvester nicht mit so einem verbringen. Komm rüber und setz dich zu uns.«

»Nein, danke«, antworte ich und lächle möglichst kühl, in Anbetracht meiner richtig guten Laune. »Es ist alles okay, ehrlich.«

»Ich glaube, du verpasst was. Warum gibst du mir nicht einfach deine Nummer? Dann können wir mal zusammen ausgehen. Ich verspreche auch, dass ich dir keinen Grund gebe, mir eine zu scheuern.«

Er ist aufdringlich, und er lallt. Ich schaue zu ihm hoch.

»Tut mir leid, aber ich habe einen Freund.«

»Ja, dem du gerade eine gescheuert hast.«

»Alles in Ordnung?«, fragt Robert, der mit den Getränken zurückkehrt.

»Ja«, antworte ich.

»Pass bloß auf, Mann«, sagt Lederjacke zu Robert und tippt mit dem Zeigefinger auf Roberts Brust. »Sie ist zu gut für dich.«

»Das weiß ich«, erwidert Robert in liebenswürdigem Ton und setzt sich.

Lederjacke wirft mir einen unheilvollen Blick zu, bevor er sich entfernt.

»Der ist auch ein Flachwichser. Wie die meisten Männer.«

»Bis auf Dave, nehme ich an«, sagt Robert.

Ich checke mein Handy zum fünften Mal, seit wir hier sind. Immer noch nichts.

»Hast du irgendwelche guten Vorsätze für das neue Jahr?«, fragt Robert.

»Ich glaube nicht an so etwas.«

»Das sind keine Hirngespinste«, sagt Robert. »Ich zum Beispiel habe mir vorgenommen, die Frauen nicht mehr zu behandeln wie ein Bastard.«

»Wie nobel«, sage ich. »Dann nehme ich mir vor, dass ich nie wieder an einen Bastard gerate.«

Robert macht eine Pause, und es scheint ihm etwas auf der Zunge zu liegen.

»Dave …«

Mein Handy summt. Dave!

»Er hat mir gerade gesimst!«, sage ich erfreut und unterbreche Robert. »Er schreibt … ›Bin mit Luke und Sophie auf dem Weg nach London. Wir sehen uns im nächsten Jahr.‹ … Ich frage mich, warum er bei den beiden mitfährt? Und warum sind sie erst so spät aufgebrochen?«

»Dave hat gestern Abend in Lukes Elternhaus übernachtet. Anscheinend hat der Wagen heute gestreikt.«

»Warum hast du mir das nicht gesagt?«, frage ich und ignoriere den plötzlichen nervösen, eifersüchtigen Stich. In Lukes Elternhaus? War Bella auch da?

»Du hast nicht gefragt«, antwortet er und nimmt einen Schluck aus seinem Glas.

Warum hat Dave mir nicht kurz gesimst, dass es Probleme gab mit dem Wagen? Ist es ihm scheißegal, dass ich den ganzen Tag darauf warte zu hören, ob wir uns heute

Abend sehen? Ist das nicht verdammt rücksichtslos? Ich seufze. Wenigstens ist er auf dem Weg.

»Tschuldigung«, lallt jemand, und ich hebe den Kopf. Es ist der Typ mit der Lederjacke. »Ich möchte dich an unseren Tisch einladen.«

Ich sehe an ihm vorbei zu dem Tisch, wo seine zwei Kumpels sitzen. Er ist überfüllt mit Schnapsgläsern.

»Nein, danke«, sage ich.

»Ich finde, du solltest dich von diesem Kerl fernhalten.« Die zweite Satzhälfte ist ein einziges Wort. Vndiesmkerlfrnhaltn.

Ich lehne mich zurück und sehe Robert an. Seine Augenbrauen wandern in die Höhe. Ich schüttle den Kopf, um ihm zu signalisieren, dass er sich heraushalten soll.

»Bitte, geh«, entgegne ich kühl.

Lederjacke taumelt, wie man öfter bei Betrunkenen beobachten kann, einen Schritt zurück und wieder vor, ohne sich vom Fleck wegzubewegen.

»Zicke.«

Einen Sekundenbruchteil später ist Robert aufgesprungen und packt Lederjacke am Kragen.

»Hey, Flachwichser. Sie hat Nein gesagt. Also verpiss dich.«

Lederjacke versucht, Robert wegzustoßen, aber der ist größer und stärker als er und lässt nicht los.

Ich bin mir nicht sicher, was Robert mit ihm vorhat, nun, da er ihn fest im Schwitzkasten hat, und Robert scheint sich selbst nicht sicher zu sein. Einen Moment lang habe ich das Bedürfnis loszukichern. Er hat »Flachwichser« gesagt!

Dann wird es plötzlich ein wenig chaotisch. Während Robert und Lederjacke miteinander ringen, merken die beiden Kumpels von Lederjacke schließlich, was los ist, und stürzen zu uns herüber, während einer schreit »Herrgott, Damien, nicht schon wieder!« und neben mir stehen bleibt, während der andere Robert auf den Arm schlägt, wofür er sich ein paar ordentliche Haken einfängt, bevor ein Kellner ihn schließlich zurückhält.

Ein zweiter Kellner schnappt sich Lederjacke, der sich aber freiwinden kann und sofort versucht, Robert in den Schwitzkasten zu nehmen, was zu einem sekundenlangen, ungelenken und etwas albernen Rauftänzchen zu dritt führt. Ich lasse kurz den Blick durch den Raum schweifen, schockiert, dass niemand versucht, sie zu trennen, aber alle beobachten stumm und verzückt das Schauspiel. Wie lächerlich so ein Kampf aussieht. Ernsthaft.

Lederjacke schüttelt wieder den Kellner von sich ab und verpasst Robert einen sehr unsauberen Hieb auf den Hals. Dieser revanchiert sich mit einem Faustschlag mitten ins Gesicht. Sofort schießt Blut aus Lederjackes Nase.

Zwei Sekunden später wird Robert ohnmächtig und stürzt.

Ich keuche laut vor Schreck, springe sofort auf und gehe neben ihm in die Hocke. Ich hebe kurz den Kopf und sehe, dass Lederjacke und seine Kumpels von den Kellnern nach draußen befördert werden.

Irgendjemand gibt mir eine Flasche Wasser, und ich knie neben Robert und versuche, seinen Kopf anzuheben. Er sieht aus wie eine Schwarz-Weiß-Fotografie von sich selbst. Es kommt mir vor, als hätte mein Herz aufgehört zu schlagen. Ich kann nur noch an Robert denken.

»Robert, o bitte, komm wieder zu dir, Robert …«, flüstere ich und streichle seine Stirn.

Gott, er hat schöne Haare und so eine glatte, warme Haut.

Der restliche Raum ist mucksmäuschenstill und starrt auf den bewusstlosen Robert auf dem kalten Boden, während ich über ihm kauere.

Robert blinzelt ein paarmal und öffnet dann die Augen. »Abby …«, keucht er.

Er ist wieder da. Ich seufze vor Erleichterung.

»Ich nehme an, dir wird schlecht beim Anblick von …«

»Sag nichts«, flüstert er und trinkt einen Schluck Wasser.

Irgendein anderer bringt ein Glas Limonade. Dann, als hätte jemand die Musik wieder aufgedreht, merken alle, dass das Drama vorüber ist, und setzen ihre Unterhaltung fort. Wir sind bereits vergessen.

Einer der Kellner kommt zu uns.

»Tut uns leid. Wir hatten schon den ganzen Abend ein Auge auf diese Typen. Wir wussten, dass sie Ärger machen«, sagt er. »Alles okay, Kumpel?«

Robert lehnt sich nun gegen ein Tischbein und nippt an der Limonade. Irgendwie bin ich neben ihm gelandet und streichle seine Hand und seine Haare wie eine beschwipste Florence Nightingale.

»Ich bin okay … aber ich glaube, ich muss an die frische Luft. Abigail, gehst du mit mir Gassi?«

Kapitel 31

»Ich bin immer noch fertig mit den Nerven«, bemerke ich zwanzig Minuten später, als wir schließlich das Punch Bowl verlassen.

»Du bist fertig?«, entgegnet Robert ungläubig.

Er hat zwei große Gläser Wasser und eine Limonade getrunken, ich hab mir einen doppelten Whisky gegönnt (nur um meine Nerven zu beruhigen). Roberts Gesichtsfarbe ist zurückgekehrt, und wir haben beschlossen, auf Luke, Sophie und Dave im Portobello Star, einer Bar in Notting Hill, von der Plum immer schwärmt, zu warten.

»Frische Luft ist gut«, entgegnet Robert, als ich den Vorschlag mache, ein Taxi zu nehmen oder vielleicht sogar ihm zuliebe mit nach Hause zu fahren. (Dave kann ja auch zu uns kommen, richtig?) »Ich möchte zu Fuß gehen. Es ist nicht so kalt.«

Ich lege den Arm um Roberts Hüfte, während wir am Hyde Park entlang in Richtung Notting Hill gehen. Zuerst musste ich ihn stützen, weil er noch leicht benommen war. Ich hatte den Eindruck, er brauchte meine Hilfe. Aber irgendwann war es bequem: Wir harmonieren gut beim Gehen.

»Bist du sicher, dass alles okay ist?«, frage ich. »Soll ich den Kerl ausfindig machen und ihn für dich verprügeln?«

»Nein«, sagt Robert und lacht. »Danke. Du bist mein Ritter in glänzenden High Heels.«

Wir legen unterwegs einen Zwischenstopp in einem Pub ein, wo wir Limonade für Robert bestellen und Whisky für mich, bevor wir so tun, als würden wir eine rauchen gehen, und einfach mit unseren Getränken weitermarschieren. Die gestohlenen Gläser stellen wir im nächsten Pub, wo wir einen zweiten Stopp machen, ab.

»Das ist eines der schlimmsten Dinge, die ich jemals getan habe«, sage ich, während wir dort auf unsere Drinks warten.

»Abgesehen von dem Bratschenbogen«, sagt er.

»Natürlich, abgesehen davon.« Ich nicke, und unsere Getränke werden serviert. »Mmm. Leckerer warmer Whisky.«

»Ich glaube, du hast genug«, sagt er.

»Nein«, widerspreche ich und schwenke mein Glas weg von ihm. »Mein Whisky. Meiner.« Robert grinst. »Bist du sicher, dass bei dir alles okay ist?«, frage ich wieder. Er gibt keine Antwort. »Es ist dir peinlich, dass du für den Bruchteil einer Sekunde die Kontrolle verloren hast, richtig? Richtig!«

Ich muss lachen.

»Ah, du findest dich selbst komisch. Freut mich. Wenigstens einer«, sagt er.

Als wir das Portobello Star erreichen, hat der Whisky alles in einen warmen Nebel gehüllt … Wir finden ein Plätzchen zum Stehen ganz hinten an der Bar, direkt an der Wand, wo sich zu viele zu coole West-Londoner drängeln, und beginnen zu plaudern, oder besser gesagt: Wir lauschen beide meinem betrunkenem Wortschwall.

»Ich liebe dieses avantgardistische Volk«, sage ich, als Robert mir einen orangefarbenen Cocktail mit Whisky gibt (Name? Wer weiß das schon.). »Ich möchte unbedingt einmal einen Mann mit Bart haben, bevor ich sterbe. Ich glaube, das kann sehr warm und kuschelig sein, als würde man einen Teddy küssen … Oh! Was für eine hübsche Frau«, brabble ich. »Sieh doch, genau dein Typ. Zwei Uhr von dir aus. Ich meine zwei Uhr von mir aus, von dir aus neun. Ich meine …« Ich muss über mich selbst lachen. »Ich kann nicht einmal mehr die Uhr lesen! Ah, du verpasst hier wunderschöne Frauen, Roberto …«

»*Du* bist wunderschön«, erwidert er.

Ich muss lachen, da ich bestimmt aussehe wie eine Säuferin mit glänzendem Gesicht, und Robert schüttelt den Kopf und lacht auch. Ich mag Robert sehr gern, denke ich. Ich fühle mich warm und benebelt und sehr glücklich. Er ist wirklich ein lieber Kerl. Ich hoffe, er findet die wahre Liebe.

»Ich hoffe, du findest die wahre Liebe«, sage ich.

Meine Güte, ich bin total dicht.

Robert lächelt. Wie dunkel seine grünen Augen sind, denke ich. So ruhig. Ich habe das Gefühl, ich sehe gleich doppelt, wenn ich weiter in seine Augen starre.

»Das hoffe ich auch«, sagt er.

»Eigentlich musst du mir wahre Liebe zurückwünschen«, sage ich.

»Du hast Dave«, erinnert er mich. »Obwohl ich mich wundere, dass du dich nicht darüber aufregst, dass er so spät kommt.«

»Ach ja, Dave …«, sage ich und checke mein Handy. Nein, nichts, obwohl Robert ihm eine SMS geschickt hat, nachdem wir beschlossen haben, in diesen Pub zu gehen. Ich gebe einen Stoßseufzer von mir, während meine Laune plötzlich in den Keller fällt. »Er wird bald hier sein … Er kann es nicht leiden, per SMS ausgefragt zu werden, und er mag es auch nicht, Pläne zu machen. Also muss ich auf ihn warten. Immer, immer muss ich auf ihn warten … Was totaler Quatsch ist, richtig?«

Ich trinke mein Glas in einem Zug leer. Robert nickt, und als er sich dabei ertappt, hört er wieder auf.

»Und er hat gesagt, er möchte meine Freundin sein, und, und, und, seitdem, seitdem …« Ich strecke den Arm aus und stelle, nach ein paar Anläufen, mein leeres Glas auf den Tisch hinter Robert, während ich versuche, einen klaren Gedanken zu fassen. »Wenn er sich meldet oder bei mir ist, fühle ich mich gut, mehr als gut … super. Dann bin ich gleich viel besser drauf. Plum sagt, ich würde Emotionen hinterherjagen. Aber manchmal nicht.« Robert lächelt mich an, aber ich sehe jetzt fast doppelt. Zumindest anderthalbfach. »Oh, Robert. Ich habe diese Spielchen satt. Ich bin kein Spieler, ich mag keine Machtspielchen, weißt du.«

»Bist du in ihn verliebt?«, fragt Robert.

Ich kann es gerade noch verstehen, in der Bar ist es unheimlich laut.

»Keine Ahnung«, seufze ich. »Ich … weiß es nicht.« Ich sehe Robert an und muss lachen. »›Ich weiß es nicht‹ scheint mein Standard…«, ich muss hicksen, »…satz zu sein.«

»Das ist ein schrecklicher Standardsatz«, erwidert er mit einem Grinsen.

»Mein Dad sagt, dass ich den Richtigen erkennen werde. Das fuchst mich total.«

Ich kann Robert nicht sagen, dass mein Gehirn aussetzt, wenn Dave mich berührt, und dass diese Reaktion mir das Gefühl gibt, er könnte der Richtige sein. Ich kann mich nicht einmal erinnern, wie sich das anfühlt oder wie Dave aussieht. Im Moment weiß ich gar nichts mehr.

»Das ergibt keinen Sinn«, sagt Robert.

Ich sehe ihn an und grinse fröhlich. Worüber unterhalten wir uns gerade? Ich habe es vergessen.

Plötzlich stoppt der DJ die Musik, und die Menge beginnt zu zählen.

»Zehn! Neun! Acht …«

Robert und ich stimmen ein, mit der Begeisterung und völligen Unbekümmertheit, die man hat, wenn man schon seit Stunden trinkt.

»EINS! FROHES NEUES JAHR!«, jubelt die Menge.

Ich grinse Robert an und stelle mich auf die Zehenspitzen, um ihm einen Happy-New-Year-Schmatzer auf die Wange zu drücken, als mir jemand seinen Ellenbogen in den Rücken stößt und ich nach vorne geschubst werde, sodass meine Lippen direkt auf Roberts landen.

»Uuups«, denke ich und will es auch laut sagen, aber das geht nicht, weil er plötzlich die Arme um mich schlingt und den Kuss erwidert, und wir küssen uns richtig, und seine Lippen sind so warm, und mein Herz beginnt wild zu klopfen, und ich will nicht aufhören, und alles um mich herum dreht sich, wuuusch! … Sekunden, Minuten – keine Ahnung – später, lösen wir uns langsam voneinander.

Kaum spüre ich Roberts Lippen nicht mehr auf meinen, stemme ich beide Hände gegen seine Brust und schubse ihn von mir weg, während ich versuche, meinen Puls zu beruhigen. Beziehungsweise mein Gehirn. Was ich gerade zuerst erwische. (Keins von beiden. Dieses unartige Pack.) Mein Herz hämmert so laut in meiner Brust, dass es beinahe schmerzt.

»Happy Birthday«, sagt Robert. Er sieht genauso überrascht aus wie ich.

»Ich … ich …«

Ich bin entsetzt. Ich streife immer wieder seinen Blick und schaue wieder weg. Ich habe ihn nicht schnell genug weggeschubst, wir hätten uns nicht küssen dürfen, ich habe den Kuss nicht unterbrochen, Dave ist sein Freund, mein Freund, o Gott …

»Es tut mir leid«, sagt er sofort, als er in meinem Gesicht liest.

»Nein, mir tut es leid«, sage ich. Ich bin auf einen Schlag nüchtern. »Ich gehe … ich gehe … zur Toilette.«

Ich schnappe mir meine Handtasche und kehre ihm

den Rücken zu, um mir einen Weg durch die Menge zu bahnen.

Der Blick in einen Spiegel ist der Albtraum jeder betrunkenen Frau: Mein Gesicht ist gerötet, mein Make-up fehlt unentschuldigt, meine Augen glitzern seltsam, und mein Eyeliner ist völlig verschmiert.

»Fuck«, sage ich.

Ich überlege fieberhaft. Fuck, ich habe gerade Robert geküsst, meinen besten Freund, den besten Freund meines Freundes, fuck. Ist Dave überhaupt mein Freund? Muss er wohl, schließlich hat er das selbst gesagt, fuck. Und ich habe gerade Robert geküsst, und es hat mir gefallen. Hat es mir wirklich gefallen?

Wenigstens bin ich jetzt nüchtern.

»Fuck«, sage ich wieder laut.

Eine junge Frau kommt aus der Kabine hinter mir. Sie ist sehr hübsch. Sie trägt ein grünes Minikleid und hat ihre Haare zu einer schicken Hochfrisur toupiert. Warum sehe ich so trist aus, denke ich gereizt. Meine Kombination aus Jeans und einfarbigem Top wirkte so klassisch und frisch, als ich sie anzog, aber jetzt komme ich mir vor wie eine Nonne. Eine betrunkene Nonne in Markenjeans, die gerade ihren Freund betrogen hat, indem sie mit ihrem besten Freund herumknutschte.

Ich schaue wieder in den Spiegel und bemerke, dass die junge Frau, die sich neben mir die Hände wäscht, leise weint.

»Alles in Ordnung?«, frage ich.

»Ja, ja«, sagt sie und wischt eine Träne weg. »Mein Freund und ich haben uns an Weihnachten getrennt«, fügt sie mit tränenerstickter Stimme hinzu.

»Scheiße, das tut mir sehr leid«, sage ich. »Das ist ja schrecklich. Dann machst du wohl einiges durch heute Abend?«

Sie zuckt mit den Achseln und stellt eine riesige Schminktasche auf das Waschbecken. »Ich wusste, dass ich um Mitternacht zu flennen anfange, darum habe ich meine ganzen Schminksachen mitgenommen«, sagt sie und muss lachen und gleichzeitig schluchzen.

»Ich habe Augentropfen«, sage ich hilfsbereit. »Und … Pfefferminz und Puder und Parfum und Highlighter, und, lass mich mal nachschauen …« Ich öffne mein Schminktäschchen und stelle es neben ihres auf das Waschbecken. »Bedien dich. Wenigstens siehst du nicht aus, als würdest du direkt von einem Triathlon kommen so wie ich.«

»Ich habe Grundierung dabei«, sagt sie und grinst mich an. »Und Wattestäbchen für deinen verschmierten Eyeliner.«

Ah, die Macht des Schminkens, die uns Frauen zusammenbringt. Ich will nicht an Robert denken oder an das, was gerade passiert ist oder noch passieren wird. Stattdessen, während wir Rouge und Eyeliner tauschen, gebe ich meiner neuen Freundin Millie Tipps, wie sie ihre Trennung bewältigt. Sie sagt, sie habe es schon die ganze Zeit geahnt, besonders als er ihr zu Weihnachten ein Buch schenkte, auf dem noch ein Button heftete mit der Aufschrift KAUF 3, ZAHL 2.

»Wer hat die anderen beiden Bücher bekommen?«, frage ich.

»Das würde ich auch gerne wissen!«, erwidert sie, und wir brechen in hysterisches Lachen aus.

»Tja, offen gesagt, bist du ohne ihn viel besser dran«, sage ich und gebe ihr das Puderrouge zurück.

»Ich weiß«, sagt sie und gibt mir einen Bronzer. Normalerweise benutze ich nie Bronzer. Aber, hey! Wer A sagt …

»Außerdem«, sage ich einen Moment später zu meinem neuen, gebräunten Spiegelbild, »denke ich, dass du heute Nacht jemanden kennenlernen wirst. Jemanden …« ich mache eine kurze Pause, um weiter an mir zu arbeiten, »… der dich deinen Ex total vergessen lässt.«

»Weißt du, was ich mir wünsche?«, erwidert sie. »Ich wünsche mir eine Affäre. Das waren fünf anstrengende Monate mit diesem Dickschädel. Ich will nichts Festes. Nur viel Sex.«

Ich zögere kurz und sehe sie an. »Dann habe ich genau den Richtigen für dich.«

Gleich darauf gehen wir zusammen die Treppe herunter. Ja, ich werde Robert Millie vorstellen, und das wird ihn glücklich machen. Dann gehe ich nach Hause und, zur Hölle damit, rufe Dave an und sage ihm, dass er mich vermisst hat, ich meine, dass ich ihn vermisst habe, und dass er unbedingt kommen muss und mit mir Sex haben, und dann wird alles wieder gut. Ja. Guter Plan.

Ich schaue in die Ecke, in der Robert auf mich wartet, und sehe meine Schwester und Luke und …

Dave dreht sich um, grinst, packt mich und taucht mich in einen langen Kuss. Sofort ist mein ganzer Körper elektrisiert, als hätte jemand einen Schalter angeknipst. Es kribbelt von Kopf bis Fuß, aber gleichzeitig ist mir schrecklich deutlich bewusst, dass Robert uns beobachtet. Robert, den ich eben noch geküsst habe. O Gott, ist das wirklich passiert? Es kommt mir nicht real vor …

»Frohes neues Jahr, mein Engel«, murmelt Dave, richtet mich wieder auf und sieht mir in die Augen. Heilige blaue Augen. Ob er mir mein schlechtes Gewissen ansieht? Ich blinzle und schaue weg. »Und außerdem wohl auch alles Gute zum Geburtstag. Okay, das wäre erledigt. Ich gehe mal Getränke holen.«

Ich werde sofort von Sophie und Luke, die mir auch zum Geburtstag gratulieren, umarmt. Gleich darauf schimpfen sie über die Horrorfahrt von Bath nach London mit ein paar Boxenstopps in Pubs, und Luke sagt, dass

Sophie und Dave nerven, wenn sie betrunken sind, und Sophie sagt, dass Luke nervt, wenn er nüchtern ist.

Ich traue mich nicht, Robert anzusehen. Stattdessen ziehe ich Millie in den Kreis und stelle sie den anderen vor.

Ich bemerke, dass Dave Millies Figur von der Theke aus mit Kennerblick mustert. Ich wünschte, ich hätte mir heute Abend etwas Schärferes angezogen. Ich begehre ihn mehr denn je. Es ist mir sogar egal, warum er zu spät gekommen ist. (Aber bitte, lieber Gott, lass nicht Bella der Grund sein.) Es ist so schön, ihn zu sehen, dass die Erleichterung darüber alles andere überschwemmt …

Ich möchte, dass Millie mit Robert ins Gespräch kommt, aber als ich mich endlich traue, ihn anzusehen, starrt er nur ausdruckslos vor sich hin. Glücklicherweise ergreift Millie die Initiative und legt lächelnd die Hand auf seinen Arm.

»Robert, Abigail hat mir erzählt, dass du vorhin ihre Tugend beschützt hast …«

»Äh … ja«, sagt er, ohne mich anzusehen. »Das habe ich.«

»Was? Erzählt!«, sagt Sophie.

Robert und mir gelingt es, gemeinsam die Geschichte mit der Schlägerei im Punch Bowl wiederzugeben, ohne dass sich auch nur einmal unsere Blicke kreuzen. Den Part mit Roberts Blackout lassen wir natürlich weg. Ich will nicht davon anfangen, und er scheint auch nicht darüber reden zu wollen.

Gott, ich bin so befangen. Wären sie eine Viertelstunde früher gekommen … Nein, denk nicht darüber nach.

»Das klingt ja sehr ritterlich«, sagt Dave, der mitten in der Geschichte mit den Getränken zurückgekehrt ist. »Gut gemacht, Robbie. Bist ein tapferer Junge.«

»Er war tatsächlich tapfer«, sage ich, plötzlich genervt von Daves üblicher eifersüchtiger Stichelei. »Er hat wirklich toll reagiert.«

»Das klingt wunderbar«, sagt Millie, die Robert immer noch anlächelt.

Er erwidert ihr Lächeln mit einem kleinen Grinsen. Gut, er ist wieder normal. Gut.

»Morgen Mittag Geburtstagsessen?«, fragt Sophie mich.

»Ja, bitte«, sage ich. »Aber ohne Singen. Und ohne Kuchen. Auf dieses Kindertheater kann ich verzichten. Henry und Charlotte kommen morgen auch wieder.«

»Unser halber Freundeskreis ist heute Abend auf einem Ball«, sagt Luke. »Vielleicht kommen die ja morgen auch.«

»Auf was für einem Ball?«, frage ich.

»Auf einem Wohltätigkeitsball. Organisiert von Louisas Mann«, antwortet Luke leise. »Dave wollte nicht hin. Er meinte, das wäre Geldverschwendung. Es gab richtig Zoff.«

»Es ist eine Geldverschwendung«, sagt Dave und legt seine Hand in meinen Nacken, um mich zu streicheln.

Ich unterdrücke das Bedürfnis, laut zu schnurren, dann sehe ich zu Robert, und unsere Blicke treffen sich einen Augenblick lang. Ich sehe rasch weg.

»Ich gebe doch nicht mein sauer verdientes Geld für diesen verarmten Hamsterverein aus.«

»Das ist kein Hamsterverein, sondern der königliche Tierschutzbund«, sagt Sophie. »Das weißt du genau.«

»Ich suche mir die Tiere, denen ich helfe, gerne selbst aus«, erwidert er. »Hunde, ja. Katzen, nein. Pferde, ja. Papageien, nein. Außerdem halte ich die RSPCA für eine Tarnorganisation.«

»Du kannst nur deinen Schwager nicht leiden«, sagt Luke.

»Er ist ein Wichser«, sagt Dave. »Und ein Weichei. Darum versuche ich, ihm bei jeder Gelegenheit eins reinzuwürgen.« Er unterbricht sich kurz. »Das macht richtig Spaß.«

Er wirft einen Blick zu Robert, der mit Millie plaudert und nichts mitbekommen hat. Schlagartig wird mir klar, dass Dave und Robert, trotz des Konkurrenzgerangels, echte Freunde sind. Mag sein, dass sie an ihrem »Nichteinmischen«-Ehrenkodex festhalten, und Dave konnte sicher nicht verhindern, dass seine Schwester mit Robert so umgesprungen ist, aber seitdem verhält Dave sich wie ein Arschloch zu Louisa und ihrem Mann. Dieser verdrehte Beweis für Freundschaft und Loyalität lässt mich Dave nur noch mehr anbeten.

»Du bist heimlich in Robert verliebt, nicht?«, sage ich flüsternd.

»Das bin ich«, bekräftigt er mit einem Nicken und zwinkert mir zu. »Aber verrate ihm nichts davon.«

Ich muss wieder an Robert und den Kuss denken, und mein schlechtes Gewissen frisst mich auf.

Der gute, loyale und, offen gesagt, anbetungswürdige Dave. Dagegen sind Robert und ich schlecht, unloyal und verabscheuungswürdig.

Zum Glück gibt Luke ein paar Anekdoten zum Besten, die mein schuldbewusstes Schweigen überdecken. Lukes Mutter hat sich schon morgens am ersten Weihnachtstag betrunken und verkündet, dass sie sich nicht mehr den ganzen verdammten Tag für den verdammten Truthahn in die verdammte Küche stellen würde, und dass sie lieber weiße Pralinen naschen und sich *Das Wunder von Manhattan* in der verdammten Glotze anschauen möchte wie alle verdammten anderen. Lukes Vater hat noch nie am Herd gestanden, also mussten Luke und Bella sich um das Essen kümmern, und statt am Mittag aßen sie erst um zehn Uhr abends, und der Truthahn war nicht ganz durch. Darüber hinaus hatten Bella und Ollie schon wieder die ganze Zeit Zoff.

»Allmählich wird es langweilig«, sagt Luke. »Ich habe sie gebeten, endlich mit ihm Schluss zu machen, um uns anderen mal eine Pause zu gönnen, aber scheinbar kommt das nicht in Frage.«

Ich mustere Dave verstohlen, aber er wirkt nicht sonderlich interessiert. Er erwidert meinen Blick und grinst.

»Lass uns von hier verschwinden«, flüstert er in mein Ohr und zieht mich eng an sich. »Ich bin noch nicht ganz fertig mit dir.«

Ich bin hin- und hergerissen. Seit über einer Woche sehne ich mich danach, nach dem Moment, in dem ich Dave exklusiv und exzessiv für mich allein habe, aber im Moment würde ich noch gern ein bisschen mit meiner Schwester und den anderen feiern. Andererseits … Ich sehe zu Robert, der gerade Millie etwas ins Ohr flüstert. Sie kichert und klimpert flirtend mit den Wimpern.

»Okay, lass uns gehen«, sage ich und nicke. »Aber heute Nacht schlafen wir bei mir.«

»Mit Vergnügen. Au revoir allerseits. Ich bringe Abigail nach Hause, um sie zu schänden.«

Mein Blick wandert wieder zu Robert, als ich mich von Sophie und Luke verabschiede. Er ignoriert mich. Ich rufe Millie, deren Laune sich beträchtlich gebessert zu haben scheint, Tschüss zu.

»Bis dann«, sage ich unbestimmt in Roberts Richtung.

»Bis dann«, erwidert er.

Wir verlassen die Bar, und Dave nimmt meine Hand. »Es ist schön, dich wiederzusehen«, sagt er. »Und jetzt sorgen wir dafür, dass du aus diesen feuchten Klamotten herauskommst.«

Als wir in ein Taxi steigen, werfe ich einen letzten Blick

zurück auf den Eingang des Portobello Star, wo sich die üblichen unerschrockenen, frierenden Raucher versammelt haben.

Was ist vorhin passiert? Es spielt keine Rolle. Denk nicht darüber nach.

Kapitel 32

Sie wollen wissen, wie ich damit umgegangen bin? Ich habe es verdrängt. Oder jedenfalls versucht.

Der Kuss hatte nichts zu bedeuten. Wir hatten genügend Promille, um einen Hund zu töten, ich zumindest, und, Sie wissen ja, Shit happens. Außerdem waren wir beide noch traumatisiert von der Schlägerei, und es war auch noch der Jahrestag seiner Geschichte mit Louisa, und ich konnte nichts für den Schubs, es war wirklich ein absoluter Zufall. Ich kann mich nicht einmal mehr richtig daran erinnern.

Ich gebe zu, ich fühle mich schrecklich schuldig. Aber es ist passiert, und ich kann nichts daran ändern. Es war ein Fehler unter Einfluss von zu viel Alkohol. Es macht also keinen Sinn, sich darüber Gedanken zu machen, richtig?

Gut, dass ich Robert in den ersten zwei Wochen nach Neujahr kaum zu Gesicht bekommen habe. Er ist oft aus, und ich natürlich auch. Wenn wir uns begegnen, verhalten wir uns vollkommen höflich und freundlich. Es läuft nicht normal zwischen uns, es läuft sogar noch weniger normal als Ende letzten Jahres … aber es ist okay. Alles wird gut.

Und wissen Sie was? Meine Unsicherheit wegen Dave ist weg. Mehr oder weniger. Ich habe sie meiner allgemeinen Beziehungsunerfahrenheit zugeschrieben. Ich bin seit sieben Jahren keine neue Beziehung mehr eingegangen. Ich wusste nicht mehr, wie man sich als Teil eines Paares fühlt. Und als ich damals in dem Restaurant Dave mit Bella sah, so harmlos das Treffen offenbar gewesen sein mag, steigerte das meine Unsicherheit. Kein Wunder also, dass ich leichte Anzeichen von Besessenheit zeige, ich meine, zeigte. Vergangenheit. Richtig? Richtig.

Ich habe mich sogar an Daves Unfähigkeit gewöhnt, anderen etwas Gutes zu tun. Und ich habe in den letzten paar Wochen ein paarmal versucht zu fordern, nur um zu sehen, was passiert. Normalerweise nicht viel.

»Kaffee«, sagte ich heute Morgen nach dem Aufwachen.

»Gerne, meine kleine Bowlingkugel«, flüsterte er und kuschelte sich an mich.

»Warum bin ich eine – oh …«, sagte ich und errötete in der Dunkelheit. »Nein, ich möchte, dass *du* mir einen Kaffee machst.«

»Ich sage dir was: Wie wäre es, wenn du heute Kaffee kochst, und ich stoppe die Zeit, und morgen wechseln wir uns ab, um zu vergleichen, wer von uns schneller ist?«, erwiderte er und knabberte an meinem Ohr.

Ein süßer Schauer durchrieselte mich. Und so bekam er seinen Willen, wie jedes Mal.

Nicht, dass sich sonst viel geändert hätte. Ich warte immer noch, bis er sich meldet, und die einzige Möglichkeit, etwas über seine Pläne zu erfahren, ist, indem ich eine Bemerkung in ansteigendem Tonfall mache, sodass sie wie eine Frage klingt. Heute Morgen zum Beispiel, als er sich anzog und ich die letzten paar Minuten im Bett auskostete, bevor ich durch die Kälte nach Hause eilen musste, sagte ich: »Ich nehme an, dich erwartet ein Tag voller Spannung und Abenteuer?«

»Heute Abend gehe ich mit meiner Mutter essen«, sagte er.

»Schön«, erwiderte ich, während ich dachte, wie sehr ich mir wünschte, dass er mich mitnehmen würde, aber das ist einfach nicht sein Stil.

Seufz.

Dann beugte er sich herüber und grinste mich an.

»Warum kommst du nicht einfach mit?«

»Liebend gerne!«, platzte ich heraus, bevor ich mich schnell zusammenriss. Cool, Abigail. Distanziert. »Ich meine, klar. Wohin gehen wir? Wie viel Uhr? Was soll ich anziehen?«

»Fragen über Fragen«, sagte Dave mit gespieltem Verdruss. (Ich glaube jedenfalls, dass er gespielt war.) »Ich weiß es noch nicht. Das erfährst du später. Los, steh auf. Ich will nicht schon wieder deinetwegen zu spät kommen.«

Jetzt ist es sechzehn Uhr. Normalerweise würde man annehmen, »später« bedeutet im Laufe des Tages und nicht erst kurz vor Feierabend, oder nicht? Es macht keinen Sinn, ihn anzurufen. Das habe ich einmal getan, weil ich mit ihm die Uhrzeit für ein Abendessen absprechen wollte, woraufhin er mich anranzte »Sobald ich es weiß, gebe ich dir Bescheid. Nerv mich nicht« und auflegte. Er hat sich später dafür entschuldigt – er ist kurz angebunden, wenn er viel zu tun hat, das ist nichts Persönliches –, aber Sie sehen, dass ich mir den Versuch sparen kann. Sonst regen wir uns nur beide auf.

Ich drücke wieder auf »Aktualisieren« in meinem Posteingang. Nichts. Vielleicht hat er es sich anders überlegt, oder vielleicht hat seine Mutter gesagt, dass sie mich nicht dabeihaben möchte. Menschenskind, und ich habe gerade noch damit angegeben, dass ich meine Unsicherheit fast überwunden habe …

Januar war bisher ein ruhiger Monat im Büro, und der große Bericht, an dem ich fast den ganzen November und Dezember gearbeitet habe, ist gut angekommen. Wir bekommen unseren Bonus immer Anfang des Jahres, und meiner fiel so hoch aus wie schon lange nicht mehr. Ich lege ihn für schlechte Zeiten zurück, sollten Dave und ich vielleicht jemals … egal.

Seit heute ist André, den ich vor Weihnachten das letzte Mal gesehen habe, zurück in London. Er schlug vor, dass wir uns um sechzehn Uhr auf *»un café et une conversation«* unten treffen. Ich nehme an, er will mit mir über diesen Job in Hongkong reden. Wahrscheinlich hat sich die Sache erledigt, also ist es gut, dass ich mir nicht ernsthaft darüber Gedanken gemacht habe … Ich werfe einen Blick über die Trennwand zu Charlotte, die auf ihrer Tastatur tippt – mit einem leisen Lächeln im Gesicht.

»Grüß Henry von mir«, sage ich.

»Was? Das ist nicht … Ich arbeite gerade an … Ich schreibe nicht an …« Sie unterbricht sich und kichert. »Na schön, tu ich doch.«

Ich wünschte, Dave und ich würden uns den ganzen Tag E-Mails schreiben. Aber er sagt, das würde ihn ablenken. Manchmal schickt er mir unanständige SMS.

Charlottes Schreibtischtelefon klingelt, und sie meldet sich mit einem karamelligen »Charlotte Barry?« Einen Moment lang stehe ich wie angewurzelt da. Früher hat sie nie so gesprochen. Ist das der Grund, warum sie in letzter Zeit so viele Anrufe erhält?

»Ich verstehe, wie Sie zu dieser Einschätzung kommen, Ed. Aber wir glauben, dass die Erwartungen im nächsten Quartal weit übertroffen werden«, sagt sie und dreht sich auf ihrem Stuhl, um mich anzusehen. Ich signalisiere ihr eine Kaffeepause, und sie schüttelt den Kopf und zwinkert mir zu. Gott, sie ist in letzter Zeit ganz schön frech. »Das ist absolut korrekt«, sagt sie und dreht sich wieder zurück.

Sie benutzt wie früher ihren Verstand, nur dass Selbstvertrauen hinzugekommen ist. Und nun ist sie nicht mehr zu bremsen.

Ich seufze und gehe zu den Aufzügen. Ich weiß immer noch nicht, was ich hier mache. Ich hänge in einer Warteschleife. Ich bin irgendwie deprimiert und antriebslos. Das könnte eine Winterdepression sein, wissen Sie. Ich habe seit Tagen kein Sonnenlicht gesehen. Vielleicht sind es auch nur dieses Büro und Suzanne, was sich ändern muss. Vielleicht ist ein Umzug nach Hongkong die Lösung.

Einen Augenblick lang stelle ich mir vor, dass ich mit Dave in Hongkong lebe, wo wir beide hart arbeiten und ein traumhaftes, erfülltes, schönes Leben führen ... Scheinbar ein bisschen weit hergeholt, nicht? Aber ich kann mir auch nicht eine Zukunft ohne ihn vorstellen.

»André!«, sage ich, während ich in der Eingangshalle auf ihn zugehe.

Er dreht sich um. Er ist braun gebrannt, nachdem er zwei Wochen Skifahren war, wahrscheinlich in Courchevel oder Chamonix oder so.

»Abigail«, erwidert er und küsst mich zur Begrüßung auf beide Wangen.

Damit habe ich nicht gerechnet, und ich zucke leicht zusammen, bevor ich mich schnell zusammenreiße.

»*On y va?*«, fragt er und redet weiter in seiner Muttersprache. »Ich weiß, dass Sie Französisch sprechen, Abigail. Ich habe Ihren Lebenslauf gelesen.«

»Ich bin schüchtern«, antworte ich auf Französisch.

»Ha. Kopf hoch. Ich habe Neuigkeiten, die Sie garantiert dazu bringen werden, mir Ihr bezauberndes Lächeln zu schenken.«

Er sollte wirklich aufhören zu flirten. Wir arbeiten schließlich in der Finanzbranche, Herrgott.

Ich setze ein geschäftsmäßiges Lächeln auf, während wir zu dem italienischen Fünfzigerjahre-Café gehen. Die beiden Männer hinter der Theke tun so, als hätten sie mich eine Ewigkeit nicht gesehen, obwohl ich erst am Morgen um kurz nach acht noch hier war, um zwei Latte macchiato für mich und Charlotte zu holen.

»Zunächst einmal, wie geht es Ihnen? Hatten Sie angenehme Weihnachtstage?«

»Ja, super«, sage ich.

Das ist nur ein bisschen gelogen. Soll ich etwa sagen: »Weihnachten war ziemlich öde, stark geprägt von einer tiefen Sehnsucht mit einem Hauch Unsicherheit, die ihren Höhepunkt in einem schuldbeladenen Beinahe-Skandal fand, als ich nämlich mit meinem besten Freund herumknutschte, und deshalb fühle ich mich unbehaglich«?

»Sie verreisen oft?«, fragt er. »Oder macht Suzanne Ihnen das Leben schwer?«

»Nein«, sage ich.

Warum fragt er das? Ist das der Code für »Sie sehen echt beschissen aus«? Es geht mir gut. Es geht mir bestens!

»Ich habe inzwischen das offizielle Stellenangebot für Sie. Ich wollte mit Ihnen nicht im Büro darüber sprechen, weil … wie heißt dieses Sprichwort? Die Wände haben Augen?«

»Ohren«, sage ich, um Zeit zu schinden. »Die Wände haben Ohren.«

»Richtig. Wir garantieren Ihnen einen Bonus ab dem ersten Jahr, und wir zahlen das doppelte Grundgehalt. Wir übernehmen die Umzugskosten und helfen Ihnen, eine Wohnung zu finden …«

Ohne überhaupt darüber nachzudenken, beginne ich, mit André über die Details zu reden. Jahrelanges Training, nehme ich an. Ich will alle Details. Ich sage nicht Ja, aber ich kann nicht anders, als zu nicken und oft zu lächeln. Es ist ein absurd gutes Angebot, und plötzlich wird mir bewusst, dass ich ziemlich dumm wäre, es abzulehnen. Das ist mehr Geld, als ich jemals verdient habe. Ich würde von Suzanne wegkommen, mein eigenes Team leiten und die Analysen auf meine Art erstellen. Was immer »meine Art« ist.

Alles, was ich dafür tun muss, ist, nach Hongkong zu ziehen.

»Ich denke, der nächste Schritt wird sein, dass Sie sich das Büro in Hongkong ansehen und das Team kennenlernen«, sagt André, während er mich genau beobachtet.

»Okay«, entgegne ich.

Das scheint mir einfacher, als Nein zu sagen. Oder Ja. Wie auch immer ich mich entscheiden werde.

André beginnt, mir alles über das Team zu erzählen, das er gerade aufbaut, über die Projekte und wie mein Besuch logistisch ablaufen kann. Suzanne wird nichts von dem Jobangebot erfahren, nicht weil sie untröstlich wäre, mich zu verlieren, sondern weil Wildern in einem anderen Team als unfein gilt und verpönt ist. Natürlich kommt es trotzdem regelmäßig vor.

Wir vereinbaren, dass ich Mitte Februar – also in einem Monat – für vier Tage nach Hongkong fliege, wo zufällig eine Asien-Luxusmesse stattfindet, die ich als Vorwand Suzanne gegenüber benutzen kann. André wird bereits vor Ort sein und mich herumführen.

Ich war noch nie in Hongkong, und ein Teil von mir ist begeistert. Der andere Teil ist abgelenkt. Wie immer, verdammt.

Vier Tage (fünf Nächte!) ohne Dave sind blöd. Ich frage mich, was er wohl zu dem Jobangebot sagen würde.

Verfluchte Hacke. Ich bin eine erwachsene Frau, ich sollte meine beruflichen Entscheidungen nach meinen Wünschen treffen. Ich sollte aufrichtig begeistert sein und mich geschmeichelt fühlen. Was stimmt nicht mit mir?

Ich kehre an meinen Schreibtisch zurück und starre den restlichen Nachmittag auf meinen Monitor. Um zehn vor sechs summt mein Handy. Es ist Dave. Ich schwöre, ich schnurre fast vor Glück.

Wir treffen uns mit seiner Mutter um acht in einem Restaurant in Marylebone, was mir nicht viel Zeit lässt.

Ich rufe Charlotte »Tschüss« zu, schnappe mir Tasche und Jacke und sause zu den Aufzügen, bevor ich mit dem Taxi nach Hause fahre. Zum Glück ist Robert noch nicht da, denke ich, dieser Verlegenheitssmalltalk nervt allmählich. Ich habe eine ganze Stunde, um mich vorzubereiten.

Abendessen mit der Mutter meines Freundes. Ach du lieber Gadget, das ist eine große Sache. Nun, da ich weiß, dass ich definitiv dabei bin, kann ich das Gefühl zulassen, das ich den ganzen Tag unterdrückt habe. Ich bin höllisch nervös. Aber das wird ein toller Abend! Das wird uns enger aneinanderschweißen.

Ich kenne übrigens nicht die Geschichte von Daves Vater. Ich weiß nicht, ob er gestorben ist oder Daves Mutter verlassen hat, und ich will nicht fragen. Dave redet nie über ihn, und ich vergesse immer, Luke oder Sophie darauf anzusprechen. Ich überlege, ob ich Robert anrufen kann und fragen … ah, nein. Das kann ich nicht. Nicht mehr.

Ich dusche und föhne mir hektisch die Haare, wie ich das immer mache, wenn ich mich für eine Verabredung mit Dave beeilen muss. Jetzt kommt der schwierige Teil.

Das passende Outfit für seine Mutter.

Haare offen oder zusammengebunden? Ein Pferdeschwanz ist zu mädchenhaft, aber offene Haare könnten als verführerisch betrachtet werden, und ich sollte nichts Schwarzes anziehen, weil das ein bisschen an eine Beerdigung erinnert. Ich darf nicht zu ernst wirken. Oder zu sexy oder zu brav oder zu schick. Keine Jeans, könnte ja sein, dass sie Jeans hasst, und, bei Gott, bloß keinen kurzen Rock, sonst hält sie mich für eine Schlampe. Blazer ist zu kastenförmig, Strickweste zu leger, mein neuer Kaschmirpullover braucht dringend eine Handwäsche, und ich bin nie lange genug zu Hause, um das zu schaffen, eine hübsche Bluse wäre ideal, aber draußen ist es arschkalt, und ich kann nicht einfach ein langärmeliges Shirt anziehen … O Gott, ich könnte heulen. Ich habe das Gefühl zu hyperventilieren. Ich wünschte, ich wäre sicherer in Stilfragen.

Scheiß drauf, ich rufe Plum an.

»Was geht ab, Alte?«, sagt sie fröhlich.

»Red nicht in diesem fürchterlichen Ton mit mir. Ich lerne heute Abend Daves Mutter kennen. Ein modischer Albtraum.«

»Deine dunkelgraue Hose mit dem hohen Bund, zusammen mit diesem Seidentop, das du letztens bei Cos erstanden hast, darüber eine schwarze Strickjacke und deine schwarzen Pumps. Das ist sehr schwiegermutterfreundlich.«

Plum spricht mit der Ernsthaftigkeit eines Rettungshelfers, der für Wiederbelebungsmaßnahmen in einem Notfall Anweisungen gibt. Können Sie glauben, dass sie meine Garderobe so gut kennt?

»Zwar ist sie nicht meine Schwiegermutter, aber ja, perfekt«, sage ich, und sofort löst sich meine Verzweiflung in Wohlgefallen auf.

Gott, ich liebe Plum.

»Beinaheschwiegermutter oder was auch immer. Zieh deine Perlenohrstecker an und verzichte auf Parfum. Was ihr nicht auffällt, kann sie nicht kritisieren. Und achte darauf, dass du einen vernünftigen Schal, Mütze und Handschuhe dabeihast. Es ist Januar, und sie wird dich für viel praktischer halten, als du bist.«

»Okay, Mum«, sage ich gehorsam und überlege, wo meine alten Handschuhe sind. Mein neues Paar, das ich zu Weihnachten geschenkt bekam, habe ich an Silvester verloren und noch nicht ersetzt. (Silvester. Mir wird schlecht.) »Danke, du bist ein Genie.«

Und so gelassen, denke ich. Das ist der Dan-Einfluss. Ich frage mich, was Dave für einen Einfluss auf mich hat.

»Gern geschehen«, erwidert sie. »Vergiss nicht, sie muss dich lieben, weil ihr Sohn das auch tut.«

Nein, tut er nicht, ist mein erster Gedanke, während ich auflege.

Ich betrachte ein paar Sekunden mein Spiegelbild.

Liebt Dave mich?

Ich hoffe es. Ich hoffe, dass er es noch tun wird. Oder vielleicht … Aber ich kann mir Dave und Liebe nicht im selben Satz vorstellen.

Ich will es definitiv nicht aussprechen oder denken, bevor er das tut. Ich bin berauscht, wenn ich mit ihm zusammen bin, und wenn ich nicht mit ihm zusammen bin, sehne ich mich nach ihm. Und das ist genug.

Für den Moment jedenfalls.

Kapitel 33

Mitten im Essen erreichen wir einen echten Tiefpunkt.

»Dave, ich kann nicht glauben, dass du Gail mit keinem Wort erwähnt hast!«, sagt Daves Mutter. Sie führt ihr Weinglas an die Lippen. »Ich weiß wirklich nicht, was ich mit dir machen soll, Liebling.«

Ich überlege, ob ich sie darauf hinweisen soll, dass mein richtiger Name »Abigail« ist, aber da ich das bereits sechsmal während der letzten Stunde getan habe, macht es keinen Sinn. Stattdessen begnüge ich mich mit einem Lächeln und warte, dass Dave antwortet.

»Sie heißt ABI-gail, Dottie«, sagt er. Er nennt seine Mutter bei ihrem Vornamen. »Außerdem rede ich mit dir nicht über mein Privatleben.«

»Du hättest überhaupt kein Leben, wenn ich nicht wäre! Ich und meine wunderbare Gebärmutter«, erwidert sie. Sie dreht sich zu mir und zwinkert mir zu. »Habe ich recht?«

»Dottie …«, sagt Dave warnend.

»Er hasst das Wort Gebärmutter«, sagt sie zu mir vertraulich, wenn auch laut. »Gebärmutter, David! Vagina!«

Daves Mutter ist, um es mal so zu formulieren, eine Überraschung. Ich hatte mit einer eleganten älteren Dame gerechnet, sehr schlank, mit muskulösen Armen vom Tennisspielen, einem blonden Pagenkopf und einer ruhigen Ausstrahlung. Mit anderen Worten, eine blondierte Anna Wintour.

Das mit dem blonden Pagenkopf trifft zu, aber beim Rest lag ich arg daneben.

Dottie ist eine stark geschminkte Rubensfrau, in ein sehr enges Kleid gegossen. Seit ihrem vierten Glas Wein perlt ihre Stimme durch das ganze Lokal. Wir erfuhren von dem Bauunternehmer, der gerade ihr Haus renoviert (»Dieser schreckliche Kerl! Starrt ständig auf mein Fahrgestell!«), von den Schwierigkeiten, ein Date zu haben, wenn man über fünfzig ist (»Ich hätte nie gedacht, dass ich das mal sagen würde, aber Männer mit Glatze sollten sich wirklich mehr bemühen«), und von den Liebesnöten ihres Bichon Frisé, Mister Mitzy (»Detumeszenz, meinte der Tierarzt. Ich sagte, das ist mir egal, machen Sie, dass es wieder weggeht!«). Sie spricht außerdem alle Kellner beim Vornamen an.

»Die wissen hier in diesem Restaurant nicht, wie ein anständiger Risotto gemacht wird«, sagt sie, schiebt ihren Teller weg und zieht eine Packung Silk Cut heraus. Sie spricht sehr akzentuiert und mit dramatischer Betonung, auch, wie ich glaube, um Artikulationsprobleme nach exzessivem Weingenuss zu vermeiden. »Raymond! Räumen Sie das ab! Ich gehe hinaus, eine rauchen. Abigail?«

»Äh … eigentlich nicht …«

Eigentlich bin ich in der gestressten, leicht angeschickerten Verfassung, in der eine Zigarette toll wäre, aber ich bin gleichzeitig auf Lügen programmiert, denn ich darf nicht rauchen vor dem Mythos der überkritischen Schwiegermutter. Außerdem macht mir die Vorstellung Angst, mit Dottie allein zu sein.

»Doch, eigentlich schon«, sagt Dave gereizt. »Also bitte, leiste ihr draußen Gesellschaft.«

Als wir draußen in der eisigen Januarkälte stehen, beginnt Dottie eine schwungvolle Interpretation von *It's Harry I'm plannin' to marry*. Ich lächle verlegen. Was zum Teufel soll ich tun? Mitsingen?

»Ganz schön frech von David, mich so zu überraschen

mit dir«, bemerkt sie anschließend durch eine Rauchwolke. »Ich wusste nicht einmal, dass er eine feste Freundin hat! Er ist nämlich ein typischer Junggeselle. Findest du ihn nicht auch außergewöhnlich attraktiv? Ich kann dir sagen, wenn ich fünfzehn Jahre jünger wäre …«

Gruselig. Ich weiß, Mütter vergöttern ihre kleinen Prinzen, aber Peters Mutter hat sich nie so verhalten. Und sicher meinte Dottie dreißig Jahre jünger, oder?

»Ja, er ist echt süß«, erwidere ich schließlich.

»Neulich habe ich zu ihm gesagt: Du wirst noch einsam und allein enden so wie ich, wenn du nicht aufpasst!«, ruft sie fröhlich. »Aber für Männer ist das etwas anderes!«

Ich nicke. Sie macht mir Angst.

»Ich kenne einen fabelhaften Mann, der die meiste Zeit in Marbella lebt. Ein wunderbarer Lebensstil dort unten. Er möchte, dass ich zu ihm ziehe«, sagt sie und zieht ein paarmal schnell hintereinander an ihrer Zigarette, sodass sie innerhalb von Sekunden zur Hälfte herunterbrennt. »Seit Davids Vater …«

Sie unterbricht sich, und plötzlich schwimmen Tränen in ihren Augen. Ich lege instinktiv die Hand auf ihren Arm.

»O … Gott, Dottie, das tut mir so …«

»Leid? Warum sollte es dir leidtun, es war nicht deine Schuld, oder?«, fährt sie mich an. »Gehen wir rein!«

Ich drücke meine Zigarette in dem kleinen Aschenbecher neben dem Eingang aus, hebe dann Dotties Kippe vom Boden auf und entsorge sie auch, bevor ich ihr hineinfolge.

»Ich habe mir erlaubt, Kaffee zu bestellen«, sagt Dave spitz.

»Ich hätte liebend gern etwas Süßes dazu«, entgegnet Dottie und trinkt einen Schluck Wein.

Sie macht wieder einen völlig normalen Eindruck, ohne

das Anzeichen eines kleinen hysterischen Ausbruchs wie eben. (Ich? Ich bin verstört.)

»Ich kaufe dir ein paar Kekse auf dem Weg ins Hotel«, sagt Dave mürrisch.

»Ich finde es so schade, dass Louisa nicht kommen konnte«, sagt Dottie in bedauerlichem Ton.

Ich auch, denke ich. Ich würde nur zu gerne das Miststück kennenlernen, das Robert das Herz gebrochen hat. Ich habe Dave ein paarmal darauf angesprochen, bis er meinte: »Warum fängst du ständig von Louisa an?«, also ließ ich es sein.

»Ich nicht«, sagt Dave. »Mir reicht es, wenn ich sie nächstes Weihnachten sehen muss.«

»Du suchst immer Streit mit ihr, David.«

Dave ignoriert seine Mutter, und glücklicherweise kommt in diesem Moment der Kaffee. Ich bin so nervös, dass ich fast den ganzen Abend lang nichts gesagt habe. Mir fiel einfach nichts ein, und wenn doch, war ich nicht fähig, es laut auszusprechen. Aber ich kann hier auch nicht stumm herumsitzen.

»Kaffee! Ich liebe Kaffee!«, platze ich heraus, völlig unvermittelt.

O Abigail. Warum liest du nicht einfach die verdammte Speisekarte laut vor?

Nach dem Abendessen setzen wir Dottie mit dem Taxi vor ihrem Hotel ab und fahren anschließend weiter zu Dave. Wir haben nicht miteinander gesprochen, seit wir das Restaurant verlassen haben. Ich stoße ein Räuspern aus, aber er dreht sich nicht einmal weg vom Fenster.

Zwischen uns ist eine Kluft. Wie immer.

Ich weiß nicht, was er denkt, nur dass er schlechte Laune hat. Oder vielleicht ist er müde. Ich kann den Unterschied nicht ausmachen. Vielleicht bereut er es, dass er mich heute Abend eingeladen hat, denke ich niedergeschlagen. Wahrscheinlich wünscht er sich nichts sehnlicher, als mich loszuwerden. O mein Gott, das ist nicht richtig. Irgendetwas stimmt nicht, irgendetwas fehlt …

Und dann dreht Dave sich zu mir.

»Abigail, mein Engel, es tut mir leid«, sagt er. »Ich dachte, sie könnte sich zusammenreißen.«

»Sie war doch süß«, sage ich nicht wahrheitsgemäß. Was meint er mit »sich zusammenreißen«? Weniger trinken? Weniger neigen zu Gesangs-/Tränenausbrüchen und Geständnissen mütterlicher Lust? »Sie hat draußen nur kurz die Fassung verloren. Wegen deines Vaters.«

Er seufzt, beugt sich dann vor und nimmt meine Hand. Das ist die erste nichtsexuelle Zärtlichkeitsgeste von Dave.

»Danke, dass du mitgekommen bist«, sagt er, bevor er meine Hand an seine Lippen führt und küsst. »Ich habe dich gebraucht.«

»Möchtest du darüber reden?«, frage ich.

Ich denke, ich kenne bereits die Antwort, aber ich bin so begeistert, dass er sich mir gegenüber ein wenig öffnet, dass ich nicht anders kann.

»Nein. Komm her.«

Er zieht mich zu sich herüber und küsst mich. Zum ersten Mal ist es ein zärtlicher Kuss, und ich fühle mich ihm sehr nah. Ich weiß nicht, warum seine Mutter geweint hat oder warum der Abend für ihn offensichtlich so schwierig war, aber es ist mir egal. Alles, was ich brauche, ist, Dave in meiner Nähe zu haben, und er soll mich so sehr begehren wie ich ihn. Es muss alles in Ordnung sein, wenn er sich so verhält, nicht? Dieses Unbehagen, das ich gespürt habe, dieses Gefühl, dass etwas nicht stimmt … es ist nichts. Es muss nichts sein.

»Du bist wunderbar«, murmelt er zwischen seinen Küssen. »Es ist immer gut, dich zu sehen, immer.«

Mein Herz macht einen Satz vor Freude. Es ist wirklich alles in Ordnung! Ich wusste es.

Als wir zu Hause (ich meine, bei ihm) ankommen, hat sich seine Stimmung beträchtlich gebessert. Dave kann es nicht leiden zu grübeln, er ist eine geborene Frohnatur. Das ist ansteckend, wenn man in seiner Nähe ist: Ist er glücklich, bin ich glücklich.

Ich fühle mich nun offen genug, ihm zu erzählen, was ich dieses Wochenende vorhabe, statt mich heimlich nach seinen Plänen zu richten, wenn ich sie spontan erfahre, wie üblich.

»Eine Generalprobe für Lukes Hochzeitsfeier?«, unterbricht er mich an einem Punkt. »Die sollten eine Generalprobe für ihre Ehe machen … Da bekommt man nämlich einen chronischen Groll, einen Anflug von Wut und endlose Diskussionen darüber, wessen Familie wann dran ist an Weihnachten.«

»Zyniker«, sage ich. Ich liege in seinem Bett, während er Wäsche wegräumt und seine feuchten Hemden aufhängt.

»Tja, ich weiß noch nicht, was ich am Wochenende mache. JimmyJames will auf eine Party in Islington.«

»Klingt gut«, sage ich so cool wie möglich. (Er spricht über seine Pläne! Im Voraus!)

»Findest du? Okay, ich gebe ihm Bescheid, dass wir mitkommen.« Er steht vor seiner offenen Sockenschublade und seufzt. »Scheiße, ich bin jetzt dreißig. Ich sollte in der Lage sein, zwei passende Socken zu finden.«

Ermutigt durch Daves neue Seite als perfekter Freund und bemüht, seine Aufmerksamkeit nicht zu verlieren, lehne ich mich mit einem tiefen Stoßseufzer zurück.

»Ich habe eine berufliche Krise, Dave«, sage ich.

Es ist Zeit, ihm von dem Jobangebot in Hongkong zu erzählen.

»Wirklich, mein Engel? Sag bloß …«, erwidert er, während er in die Schublade starrt. »Scheiße, ich habe noch nie rosarote Socken besessen. Woher kommt die?« Er hält eine rosarote Socke hoch. »Ich sollte dich Bethany taufen. Bethany, die geheimnisvolle rosarote Socke.«

Ich kichere. Dave schnappt sich ein unsortiertes Bündel weißer Socken, zieht sie zusammen und beginnt *Bethany and Ivory* zu singen.

»Tja … ich liebe meine Arbeit nicht. Und ich weiß nicht, ob es an meinem Team liegt oder am Job selbst oder an der Branche …«

»Niemand liebt seine Arbeit«, entgegnet Dave, geht ins Bad und kehrt mit seiner Zahnbürste im Mund zurück. »Das ist eine Tatsache.«

»Findest du nicht, es sollte mir nicht egal sein, was ich täglich von sieben Uhr morgens bis sieben Uhr abends mache?«

»Du hast doch keine anderen Interessen, oder?«, erwidert er mit der Zahnbürste im Mund. »Es ist ja nicht so, als hättest du ein Faible für Fotografie oder Innendesign oder Blumengestecke … Was willst du also stattdessen anfangen?«

»Äh …« Ich weiß nicht, was ich sagen soll.

Er hat absolut recht.

»Du wirst nicht auf wundersame Art den perfekten Beruf finden, der dich für den Rest deines Lebens wahnsinnig glücklich macht. Akzeptier einfach, dass du bist wie alle anderen, mein Engel.«

Seine Worte treffen mich, und ich frage mich, warum. Er ist nicht wirklich gemein. Nur ehrlich.

»Ich habe ein Angeb…«

Dave hebt die Hand, um mich zu unterbrechen, geht wieder ins Bad, spuckt die Zahnpasta aus, reinigt die Bürste und trottet zurück ins Schlafzimmer.

»Genug von der Arbeit! Das erinnert mich nur an meine eigene berufliche Unzufriedenheit. Hoffentlich ist mein Bonus in diesem Jahr so groß wie Birmingham, sonst werden Schädel gespalten. Diese Leute wissen meine Arbeit nicht zu schätzen.«

»Ich bezweifle, dass überhaupt jemand einen guten Bonus in diesem Jahr bekommt«, sage ich.

Daves Bonuszahlungen, die vergangenen, gegenwärtigen und zukünftigen, sind sein Lieblingsthema, wie mir aufgefallen ist.

»Na dann, lass uns nicht mehr darüber reden, hm?« Er sieht mit einem lasziven Lächeln zu mir herüber. »Sind Sie nackt, junge Dame?«

Ich nicke schüchtern. Bei dieser Unterhaltung weiß ich wenigstens, was ich zu tun habe.

»Schockierend«, sagt er. »Das muss ich selbst sehen.«

Kapitel 34

Ich habe das Thema Hongkong immer noch nicht zur Sprache gebracht. Und der Januar ist schon um.

Ich nehme mir ständig vor, heute Abend sage ich es ihm, und dann kneife ich jedes Mal. Wenn ich Dave von meiner Reise zur Asien-Luxusmesse in Hongkong erzähle, die ich (diese Woche, o mein Gott) antreten soll, werde ich gezwungen sein, ihm auch von dem Jobangebot zu erzählen und ein Gespräch zum Thema »Wohin soll diese Beziehung führen?« zu beginnen. Und dafür fühle ich mich noch nicht selbstsicher genug. Flug und Hotel sind also gebucht … aber insgeheim bin ich mir nicht einmal sicher, ob ich überhaupt fliege. Es gab einfach nie einen passenden Zeitpunkt, um es Dave zu sagen. In letzter Zeit ist er noch abwesender als sonst. Ich glaube, sein Job stresst ihn ziemlich – er muss oft bis spät in der Nacht arbeiten, sodass wir uns tagelang nicht sehen. Aber eines hat sich nicht geändert: Vor jedem Treffen mit ihm habe ich nervöses Magenflattern.

Heute Abend werde ich es Dave beibringen, bestimmt. Ganz bestimmt. Und ich werde André eine E-Mail schreiben und die Reise bestätigen. Wir haben uns in letzter Zeit oft gemailt – hauptsächlich beruflich, aber immer war auch ein bisschen privates Geplänkel dabei. Vielleicht wäre es in Hongkong anders, als hier mit ihm zu arbeiten, vielleicht würde es mir gefallen. O mein Gott. Ich muss mich bald entscheiden.

Ich lasse den Blick über die hektische Langeweile, die typisch ist für Montagnachmittag um vier in unserem

Büro, schweifen, klicke auf »Aktualisieren« in meinem Posteingang und seufze.

Ich habe das Jobangebot Sophie und Plum gegenüber bei unserem Sonntagsessen gestern Abend in Sophies Haus erwähnt. Ihre schockierten Gesichter überzeugten mich rasch davon, dass es keine gute Idee wäre, von meiner Reise zu erzählen.

»Scheiße, du ziehst weg … nach Hongkong?«, sagte Plum ungläubig.

»Nein, nein, ich weiß nicht, vielleicht«, erwiderte ich, über meine eigenen Wörter stolpernd. »Ich glaube nicht … Keine Ahnung. Ich habe ein Jobangebot, mehr nicht.«

»Aber stimmt, du wolltest dich beruflich verändern.«

»Und hast immer gesagt, dass dich dein Job nicht glücklich macht.«

»Genau«, sagte ich, streute mehr geriebenen Käse über meine Baked Beans und schmierte mir eine zweite Scheibe Toast. Sophie betreibt keinen großen Aufwand für diese Sonntagsessen, aber sie sind sehr tröstlich. Ich fand schon immer, dass warmer Toast wie eine Umarmung riecht. »Ich werde nicht, ich meine … Ich weiß nicht. Noch nicht. Aber das Angebot ist gut, nicht?«

»Es ist fantastisch! Ich meine, herzlichen Glückwunsch! Solange es das ist, was du willst«, sagte Sophie.

»Was meint Dave dazu?«, fragte Plum.

»Nichts, ich habe es ihm noch nicht gesagt«, antwortete ich und runzelte die Stirn über mich selbst. »Das war … nicht … nötig.«

Sophie und Plum wechselten einen Blick. Hey, verdammt noch mal, dachte ich, seit wann bin ich der Grund für diese stummen Blicke? Wenn überhaupt, dann sollte ich diejenige sein, die besagte Blicke wechselt, Teufel auch. Aber ich fühlte mich nicht imstande, die beiden zu konfrontieren.

»Noch nicht«, schob ich eilig hinterher und biss in meinen Toast. »Wozu auch? Schließlich bin ich, wie gesagt, noch unentschlossen. Es ist meine Entscheidung. So, genug von mir. Lasst uns über was anderes reden.«

»Wie geht es dem scharfen alten Roberto, meinem Lieblingsflachwichser?«, fragte Plum.

»Habe gerade eher wenig zu tun mit ihm«, antwortete ich. Beide sahen mich an. »Robert und ich … haben uns etwas auseinandergelebt.«

Es ist unbestreitbar. Wir schreiben uns keine E-Mails mehr oder SMS wie früher. Ich bekomme ihn nur selten zu Gesicht, und wenn er da ist und ich hinuntergehe, um ihn zu begrüßen, wird plötzlich die Haustür zugeknallt, und ich höre seine Schritte, die sich eilig entfernen. Er meidet mich.

Ich kann nicht wirklich mit ihm darüber reden. Was sollte ich sagen? »Ach, Robert, übrigens, der Kuss war ein Riesenfehler, den ich sehr bedaure. Mir ist der Gedanke unerträglich, dass ich Dave mit dir betrogen habe. Ich weiß, du bereust es auch, und ich weiß, dass du gegen Dave und mich bist – aus irgendeinem mysteriösen dummen Machogrund, aber komm, lass uns wieder Freunde sein.«

Nein. So verhält man sich nicht als Erwachsener. Erwachsene tun immer so, als wäre alles in bester Ordnung, und machen einfach weiter. Obwohl ich ihn vermisse. Ich wünschte, es könnte alles wieder so sein wie früher.

Sophie und Plum schenkten mir mitfühlende Blicke, und plötzlich war mir nach Heulen zumute. Ich versuchte jedoch, die Sache philosophisch zu betrachten.

»Vielleicht kann man keine Beziehung haben und einen besten männlichen Freund.«

»Und was ist mit Henry?«, sagte Sophie.

»Der zählt nicht. Wir kennen ihn schon viel zu lange.«

»Man kann keine langjährige Freundschaft beenden, ohne dass es richtig gemein wird. Zum Beispiel, dass jemand dich bei Facebook löscht«, ergänzte Plum.

»Warum ist Henry eigentlich nicht hier?«

»Er bekocht Charlotte.«

»Er wird eines Tages eine fabelhafte Ehefrau abgeben.«

Dann ließ Plum eine Bombe platzen.

»Ich habe meinen Job gekündigt. Ich werde ein zweites Studium am London College of Fashion beginnen – in Fashion Media Styling.«

Sophie und ich brachen in lauten Jubel aus und gratulierten.

»Wann hast du diesen Entschluss gefasst?«, fragte ich.

Plum wirkte überglücklich.

»Erinnerst du dich an den Tag, als du mich gefragt hast, ob ich meinen Job liebe? Das war der Auslöser … Ich habe schon immer davon geträumt, in der Modebranche zu arbeiten. Ich hatte nur zu viel Schiss, mir das einzugestehen, denn dann hätte ich ja etwas ändern müssen.«

Ich spürte einen Kloß im Hals. Warum ist mir nach Heulen zumute?, fragte ich mich. Aus Neid? Nein. Aus Ungewissheit über meine eigene berufliche Zukunft? Nein, auch nicht.

Dann wurde mir bewusst, dass Robert am Silvesterabend dasselbe zu mir gesagt hatte. Als wir noch gute Freunde waren und alles so warm war und leicht. Er sagte, ich hätte zu viel Angst …

Die Freundschaft ist vorbei. Ich muss das einfach akzeptieren.

Mit unglaublicher Anstrengung zwinkerte ich die Tränen zurück und grinste Plum an. Glücklicherweise unterhielten sie und Sophie sich inzwischen über Lukes Reise vor der Hochzeit nach Chicago.

Jetzt lasse ich mit einem tiefen Seufzen wieder den

Blick durchs Büro wandern. Es ist ein typischer Februartag in London: Die Sonne hat sich krankgemeldet. Draußen ist es bitterkalt, und trotzdem läuft die Klimaanlage hier drinnen auf Hochtouren. Das Neonlicht, der graue Teppich, die künstliche Luft … O mein Gott.

Ich kämpfe gegen das Bedürfnis, die Tastatur gegen meinen Kopf zu knallen. Stattdessen klicke ich wieder auf »Aktualisieren«. Eine E-Mail von Dave!

Können wir uns heute Abend kurz treffen? Muss dringend mit dir reden.

Mein Magen fühlt sich an, als hätte mir einer hineingetreten.

»Muss dringend mit dir reden?« Finden Sie, das klingt gut? Ohne einen Flirtspruch, ohne »LG« am Ende? Ich antworte:

Sicher. Alles klar? LG

Er antwortet fast sofort, und ich bekomme ein richtig mulmiges Gefühl.

Um 6 im Magpie.

Irgendetwas stimmt nicht. Gestern war noch alles in Ordnung, als wir uns gesehen haben. Da Sonntag war, schliefen wir aus, ich machte uns Kaffee, und später bin ich nach Hause, um mich umzuziehen und mich mit den Mädels zum Abendessen zu treffen. Dave verbrachte den Abend gestern mit seiner Schwester Louisa, darum haben wir uns nicht mehr gesehen … Vielleicht hatten sie Streit, und seine kühle Geschäftsmäßigkeit hat nichts mit mir zu tun. Der Unsicherheitsstrick zieht sich wieder zu und engt mein Herz ein, er löst sich nicht mehr. Sechs Uhr? So lange kann ich nicht warten! Das ist wie Warten auf Anabolika.

Ich starre auf meinen Monitor und beobachte, wie die Uhr unten rechts in der Ecke umspringt. 16:41 Uhr.

Mein Telefon klingelt. Es ist meine Chefin.

»Suzanne«, sage ich rasch, wobei ich versuche, möglichst selbstsicher und fleißig zu klingen.

»Abigail, kommen Sie bitte in mein Büro«, sagt sie.

»Natürlich«, erwidere ich fröhlich.

Ich setze mich in Bewegung und unterdrücke das Bedürfnis wegzulaufen. Warum jagt sie mir so viel Angst ein? Ich vermisse meinen alten Chef. Er hat mich einfach machen lassen.

»Die letzten sechs Wochen waren ein Graus«, bellt sie ohne Einleitung los, kaum habe ich ihr Büro betreten. »Der einzige Grund, warum wir noch am Leben sind, ist Charlotte. Abigail, Ihre Telefonakquise ist auf ein Rekordtief gesunken. Sie haben nichts getan, um produktiver zu werden!«

»Ich habe das Brasilien-Projekt abgeschlossen«, werfe ich kläglich dazwischen.

»Und es gründlich vermasselt«, fährt sie mich an. »Ich dachte, wir hätten eine Abmachung, und Ende letzten Jahres habe ich auch eine echte Veränderung bei Ihnen gesehen. Jetzt kommt es mir allerdings vor, als legten Sie es darauf an, gefeuert zu werden. Sie haben nicht nur den Ball aus den Augen verloren, Sie haben ihn sogar weggeschossen und das Spielfeld verlassen.«

»Ich weiß«, sage ich rasch. »Es tut mir leid, ich werde … ich bringe das in Ordnung. Ich werde einen Zahn zulegen. Ich hatte persönliche …«

»Das interessiert mich nicht«, fällt sie mir ins Wort. »Bringen Sie das schnell in Ordnung. Besuchen Sie die Fachausstellung in Hongkong. Und wenn Sie nächste Woche zurückkommen, möchte ich einen Unterschied sehen.«

Ich hatte keine persönlichen Probleme, denke ich, als ich Suzannes Büro verlasse. Ich war nur mit anderen Dingen beschäftigt.

Vielleicht will ich ja wirklich gefeuert werden.

Ich gehe direkt zu den Toiletten, schließe mich in einer Kabine ein und setze mich auf den Klodeckel. Am liebsten würde ich heulen, aber mir kommt keine einzige Träne. Alles, was ich habe, ist eine dumpfe, ungute Vorahnung. Dave … Arbeit … Dave … Arbeit.

Ich beuge mich vor, betrachte meine Schuhe und versuche, sie perfekt an die Fliesen anzupassen. Das ist unmöglich, weil die Fliesen aus unebenem Linoleum bestehen. Das ärgert mich jedes Mal, wenn ich pinkeln gehe.

Und bis vor wenigen Monaten dachte ich noch, alles sei perfekt! Ich erinnere mich, dass ich mich für unbesiegbar hielt. Für *kugelsicher.*

Was ist daraus geworden?

Ich zähle bis hundert, wasche mir anschließend die Hände und kehre zurück an meinen Schreibtisch. Charlotte ist mit Henry im Skiurlaub, darum ist es noch ruhiger als sonst. Jetzt ist es 17:21 Uhr, und draußen ist es fast dunkel. Ich gehe im Dunkeln zur Arbeit, ich gehe im Dunkeln nach Hause. O mein Gott, ich hasse den Winter. Ich hasse dieses Büro. Ich hasse alles.

Heute Abend werde ich Dave das mit Hongkong sagen. Dave, heute Abend … Die Minuten kriechen voran, bis endlich, endlich Feierabend ist.

Als ich den Pub betrete, lehnt Dave an einer Wand und schreibt eine SMS. Er hebt den Kopf und setzt sofort ein ausdrucksloses Gesicht auf, das nichts verraten soll. Meine Nervosität war noch nie größer. Ich glaube, meine Hände zittern. Ich habe zu viel Schiss nachzusehen.

Ich gehe zu ihm, mit einem Lächeln, aber er erwidert es nicht wie sonst, sondern beugt sich nur vor, gibt mir ein flüchtiges Begrüßungsküsschen auf den Mund und hilft mir aus der Jacke.

»Möchtest du was trinken?«

»Ja, bitte«, sage ich. Der Unsicherheitsstrick um mein Herz hat sich in eine Boa constrictor verwandelt. Ich versuche, weiterzulächeln und einen auf lässig zu machen. »Rotwein, wenn du so nett wärst.«

Dave lächelt angespannt, mit geschürzten Lippen.

»Ich hole dir ein Glas, keine Flasche. Ich kann nicht lange bleiben.«

Er geht an die Bar.

Er wird mich hundertprozentig zum Teufel jagen.

Atme, Abigail. Atme.

Ich setze mich und sehe mich um, während ich vor lauter Angst und Schmerz hyperventiliere. Ich habe das Gefühl, mein Gesicht ist knallrot, ob es von meiner Aufregung kommt oder von der Hitze im Raum, weiß ich nicht.

»Bitte sehr«, sagt Dave, der mit einem kleinen Glas Rotwein zurückkehrt.

»Danke«, sage ich und nehme einen großen Schluck.

»Abigail«, beginnt er, dann sieht er mich an und lächelt, als würde er mich zum ersten Mal wahrnehmen. »Du hast ein Rotweinlächeln, mein Engel.«

Er nennt mich Engel, denke ich, und der schmerzhafte Druck auf mein Herz lässt einen Moment nach. Vielleicht will er mich doch nicht abservieren.

Er nimmt einen Schluck von seinem Bier und macht eine kleine Pause, während er mich ansieht.

»Ich gehe fort. Beruflich.«

»Oh, super!«, sage ich erleichtert. Er macht nicht Schluss mit mir! »Ich meine, o Mann, das ist der Hammer. Wohin gehst du? Und wann?«

Ich sehe, dass Verärgerung über sein Gesicht huscht. Scheiße, er ist in dieser Stimmung, in der er Fragen hasst. Beziehungsweise Gespräche.

»Überwiegend Asien«, antwortet er unvermittelt. »Zuerst Singapur, und dann ab Freitagnachmittag bin ich das ganze Wochenende in Hongkong … Danach Peking, Shanghai und Tokio.«

»Ich … ich …«, stammle ich leise.

Ich möchte ihm sagen, was für ein unglaublicher Zufall es ist, dass ich auch nach Hongkong fliege, und möchte hören, dass er es saukomisch findet, dass wir zur selben Zeit dort sind, aber ich weiß nicht, wie. Ich habe zu viel Angst, ihn noch mehr zu verärgern. (Und ja, ich weiß, wie erbärmlich das klingt.)

»Ja, Hongkong«, sagt er, zieht sein Handy hervor und wirft einen Blick darauf. »Das ist meine Lieblingsstadt nach London.«

Eine Pause entsteht. Ich überlege, was ich sagen soll und rede einfach darauf los.

»Ich habe vorhin eine SMS von Sophie bekommen. Sie fliegt mit Luke nach Chicago, eine kleine Auszeit vor der Hochzeit. Er hat dort geschäftlich zu tun, und sie begleitet ihn einfach …«

Hör auf, so einen Blödsinn zu labern, Abigail, du dumme Nuss.

Er leert sein restliches Bier in einem Zug.

»Okay. Ich muss los. Ich nehme morgen früh die erste Maschine und muss mich vorher noch um ein paar Dinge kümmern. Ich melde mich, okay?«

»Cool«, sage ich.

Was ich eigentlich sagen möchte, ist: Du wirst mir fehlen. Wirst du mich vermissen? Ist alles okay? Ich fliege auch nach Hongkong, bitte, geh nicht … (Warum ist mir immer noch schlecht?)

Er grinst kurz, schlüpft in seine Jacke und checkt wieder sein Handy.

»Pass auf dich auf.«

Dann gibt er mir noch ein Küsschen und verlässt den Pub, ohne einen letzten Blick zurückzuwerfen.

Ich greife zitternd nach meiner Handtasche. Ich habe eine SMS von Suzanne.

Wo sind Sie? Kommen Sie sofort in mein Büro. Dringendes Projekt.

Kapitel 35

Nur achtundvierzig Stunden später sitze ich in einer Maschine nach Hongkong.

So lautet mein Plan: Wir landen am Donnerstagnachmittag um siebzehn Uhr, Ortszeit Hongkong. Am Freitagmorgen habe ich ein Meeting mit André, und danach rufe ich Dave an und melde mich mit »Rate mal, wer dran ist?« Und dann können wir zusammen das Wochenende in Hongkong genießen! Zwischendurch schaue ich kurz auf der Asien-Luxusmesse vorbei, damit Suzanne keinen Verrdacht schöpft, aber eigentlich plane ich, meine Zeit überwiegend mit Dave im Bett zu verbringen.

Und alles wird gut.

Warum mache ich das? Für den Job? Um Suzanne eine Woche zu entkommen? Wird Dave mit mir nach Hongkong ziehen? Hat er nicht gesagt, dass es seine Lieblingsstadt ist? Wird er erkennen, dass er ohne mich nicht in London leben kann, und mich bitten zu bleiben? Oder fliege ich nur, weil er auch hier ist und ich mehr und mehr das ungute Gefühl habe, dass etwas nicht stimmt? Ich weiß es nicht. Aber ich kann mich nicht bremsen.

Was soll's, von einer anderen Seite betrachtet, macht mich das irgendwie stärker. Wie meinte Plum? Manchmal muss man einfach ein Risiko eingehen. Niemand kann mir jetzt mehr vorwerfen, ich verhielte mich zu passiv.

Ich bin übrigens völlig geschlaucht. Das »dringende Projekt«, für das Suzanne mich brauchte, war ein endloser Albtraum. Ich habe nur vier Stunden geschlafen die letzten beiden Nächte und Mittwoch den ganzen Tag bis abends um acht gearbeitet, anschließend musste ich direkt zum Flughafen. Ich kam nicht einmal dazu, Sophie oder Plum anzurufen. Ich habe mich ausschließlich von Schokolade, trockenen Brötchen und Kaffee ernährt. Im Hinterkopf spulte ich ständig das Gespräch mit Dave im Pub ab. Was hatte das zu bedeuten? Warum war er so merkwürdig?

Und jetzt sitze ich hier, unbequem angeschnallt auf meinem Economy-Platz, und düse nach Hongkong.

Ich habe versucht, etwas zu essen, was nicht klappte, und einen der Kitschromane zu lesen, die ich am Flughafen gekauft habe, was auch nicht klappte. Dann habe ich mir eine alte romantische Liebeskomödie angeschaut – *Harry und Sally* –, musste aber so sehr dabei weinen, dass mein Nebensitzer mir sein Taschentuch anbot. Wie peinlich.

Ich möchte nur noch schlafen. Wenn ich es versuche, schießen mir tausend Fragen – Sorgen – durch den Kopf.

Warum löst sich dieser Angstknoten in meinem Magen nicht? Warum kommt es mir vor, als würde ich Dave verfolgen? Warum ist mir die ganze Zeit schlecht?

Gott! Ich muss mich beruhigen. Gaaanz ruhig. Zu viel Koffein ist nicht gut für Abigail.

Ich denke erneut über Montagabend nach. Wahrscheinlich war er nur gestresst, mehr nicht. Er hat sich nicht gemeldet, seit er aus London weg ist, aber er antwortete »Danke, ich gebe mein Bestes«, als ich ihm simste »Wünsche dir einen angenehmen Flug«. Er muss wirklich beschäftigt sein.

Außerdem steht dieser Job in Hongkong schon eine Weile zur Debatte, und der Umstand, dass Dave an diesem Wochenende zufällig auch hier ist, ist einfach mehr Glück als Verstand. Es ist nicht so, als würde ich ihn verfolgen, wissen Sie. Nicht wirklich.

Ich hole die *Vogue* heraus, bin aber nicht fähig, auch nur einen Satz zu Ende zu lesen. Also schaue ich mir *Die oberen Zehntausend* an. Gott, ich liebe diesen Film. Normalerweise finde ich Musicals genauso doof wie jeder andere, aber das hier ist eine Ausnahme. Bing Crosby, Frank Sinatra, Grace Kelly, herrliche Villen und Kleider und Lieder, und alle betrinken sich und benehmen sich daneben ... Ich meine, was soll man daran nicht gut finden?

Allerdings fällt mir zum ersten Mal auf, dass die Handlung ziemlich unglaubwürdig ist. Die Heldin will einen wichtigtuerischen Langweiler namens George heiraten, flirtet aber nebenbei exzessiv mit Sinatras Mike und liebt immer noch heimlich ihren Exmann, Crosbys Dex. Warum will sie sich nicht eingestehen, dass sie Dex immer noch liebt? Hätte sie nicht viel früher darauf kommen können als erst in der Schlussszene? Warum macht sie sich das Leben absichtlich schwer?

Meine Gedanken wandern während des gesamten Flugs fieberhaft umher. Ich bin körperlich erschöpft, aber zu aufgedreht, um zu schlafen. Also trinke ich Kaffee, um mich wach zu halten, und gehe durch die Gänge auf und ab. Ich bringe keinen Bissen herunter. Der Knoten in meinem Magen lässt kaum Platz.

Schließlich setzen wir zur Landung an. Alles, was ich durch das Fenster sehen kann, sind hellgraue Wolken und dunkelgraue Berge und ein graues Rollfeld. Das ist wie ein Traum.

Die Bank bekommt einen Firmenrabatt im Mandarin Oriental Hotel, darum wartet auf mich auf der anderen Seite der Gepäckausgabe ein Fahrer in rot-schwarzer Livree, der ein Schild mit der Aufschrift »Abigail Wood« hochhält. Er geleitet mich zu einer großen Mercedes-Limousine, in der Wasserflaschen und Erfrischungstücher bereitstehen.

Ich nehme mein Handy aus der Handtasche. Der Akku ist fast leer. Scheiße. Ich habe kein Ladegerät dabei. Egal. Ich weiß Daves Handynummer auswendig … Er landet ohnehin erst morgen, also brauche ich ihn nicht vorher anzurufen, aber ich weiß nicht, ob ich so lange warten kann.

Die Fahrt vom Airport nach Hongkong Island ist surreal. Im Februar ist hier auch Winter, aber es ist feucht und mäßig warm, völlig anders als in London. Die Sonne geht unter – oder besser gesagt, es wird immer dunkler, denn die Sonne ist nicht zu sehen, –, als wir über gigantische Brücken fahren, die die bergigen grauen Inseln miteinander verbinden, an riesigen Siedlungen mit fünfzigstöckigen Wohnblöcken vorbei, die nebeneinander aufgereiht sind.

Schließlich taucht Hongkong City in einer Lichterexplosion auf. Das erinnert mich an *Blade Runner:* futuristisch und seltsam und schön. Hunderte von Wolkenkratzern in allen Höhen und Formen sind grell beleuchtet vor einem grauen Berg. Als wäre man auf einem anderen Planeten, denke ich. Wie in einer anderen Welt.

Ich bin so müde.

Wir fahren durch einen langen Tunnel, der, wie ich vermute, unter dem Hafen verläuft, und kommen auf Hongkong Island heraus, auf einer Autobahn, die sich über die Insel schlängelt. Zuerst fahren wir durch Wohnviertel, die jedoch bald Firmengebäuden mit glänzenden, spiegelnden Glasfassaden weichen, die höher hinaufreichen, als ich sehen kann. Es ist wunderschön, denke ich abwesend. Einfach wunderschön. Ich frage mich, wo Dave gerade ist. Ich blinzle, und es dauert lange, bis ich die Augen wieder öffne.

Nach ein paar weiteren Minuten biegen wir in eine Einfahrt. Ein Page, auch in rot-schwarzer Livree, öffnet mir die Wagentür, und ich betrete die Marmorlobby des Mandarin Oriental.

Während ich darauf warte einzuchecken, lasse ich den Blick schweifen. Die Gäste in der Lobby wirken ausgeruht und elegant. Ich dagegen sehe aus wie ein zerkautes Kaugummi. Ich spüre, dass meine Haut vom Flug und dem Schlafmangel spannt. Ich brauche dringend eine Dusche, und meine Zähne fühlen sich pelzig an – oh, ich bin dran.

»Haben Sie ein Nokia-Ladegerät?«, frage ich, nachdem ich meine Zimmerkarte ausgehändigt bekommen habe.

»Sicher, Miss Wood«, antwortet der Concierge. »Wir werden eins finden und Ihnen aufs Zimmer schicken.«

Gott segne Firmenspesen, denke ich, während der Hoteljunge mir mein Zimmer zeigt. Es ist wirklich das schönste Zimmer, das ich je gesehen habe, mit dem Duft nach maskulinem Luxus. Ausgestattet ist es mit einer großen begehbaren Dusche, einer Badewanne und einem riesigen Spiegel mit Waschbecken. Mir kommt der Gedanke: Robert wäre begeistert von diesem Zimmer. Mist! Robert! Ich habe ihn seit Tagen nicht mehr gesehen.

Ich gebe dem Hoteljungen Trinkgeld und lasse mich danach direkt ins Bett fallen.

Ich brauche Schlaf, ich brauche ihn wie Sauerstoff, aber mein Körper pulsiert vor Koffein und Unruhe.

Ich klappe meinen Laptop auf und checke meine E-Mails, nur für den Fall, dass Dave sich gemeldet hat … Nichts. Ich habe keine Lust, die anderen E-Mails zu lesen. Wissen Sie, in meinem Magen ist immer noch dieser brennende Schmerz, egal, wie sehr ich versuche, ihn wegzuatmen.

Der Concierge ruft an. Sie haben Mühe, ein altes Nokia-Ladegerät aufzutreiben. Gott, warum habe ich keins mitgebracht?

Schließlich, nachdem ich das Vergnügen hinausgezögert

habe, es zu tun, denn wenn es einmal getan ist, kann ich es nicht wieder rückgängig machen, nehme ich mir das Hoteltelefon und wähle Daves Nummer. Er ist immer noch in Singapur, aber ich kann nicht bis morgen warten. Ich muss wissen, ob alles okay ist, damit ich schlafen kann.

Bitte, heb ab, bitte, heb ab … Gott, mein Herz klopft bis zum Hals.

Direkt verbunden mit der Mailbox.

Ich hinterlasse die folgende Nachricht: »Hi! Ich bin's … Ich … äh … wollte mich nur mal melden … Schreib mir eine Mail, wenn du kannst. Der Akku von meinem Handy ist leer. Aber ich muss dir etwas Aufregendes erzählen … Tschüss.«

Ja, eine ziemlich blöde Nachricht.

Ich lege auf, während der Unsicherheitsstrick um mein Herz sich noch fester zusammenschnürt. Tief einatmen, Abigail. Geh unter die Dusche und anschließend ins Bett, und wenn du aufwachst, ist alles wieder gut. Dave wird auftauchen, wie immer.

Nachdem ich den Concierge gebeten habe, keine Anrufe durchzustellen (in London ist erst Mittag, und Suzanne wird wahrscheinlich versuchen, mir hinterherzuspionieren), »außer Sie haben ein Ladegerät gefunden«, wie ich möglichst deutlich hinzufüge, klettere ich ins Bett und schließe die Augen.

Kapitel 36

Was folgt, ist ein zwölfstündiger Albtraum.

Mein Gehirn hört nicht auf zu rasen, mir ist abwechselnd heiß und kalt, ich wälze mich ständig hin und her. Ich weiß nicht, ob es die Müdigkeit ist oder mein Unwohlgefühl, aber mein Magen ist eine blubbernde, tosende Nervenmasse. Meine Gedanken jagen hin und her zwischen Arbeit und Dave, Dave und Arbeit, ohne mir einmal Ruhe oder Erleichterung zu gönnen. Ich habe nur Angst, Angst, Angst …

Ich bitte das Universum, mich einschlafen zu lassen, und da das Universum nicht reagiert, rufe ich die Rezeption an, um mich nach dem Ladegerät zu erkundigen.

Um sieben, unfähig, mich zu bremsen, wähle ich wieder Daves Nummer. Wieder geht direkt die Mailbox an. Dieses Mal hinterlasse ich keine Nachricht. Ich wähle stattdessen den Zimmerservice, um einen Eimer Kaffee zu bestellen. Ich muss in Form sein für meine Bürobesichtigung um neun und den anschließenden Brunch mit André, und meine Augen fühlen sich so winzig und schwer an, dass ich kaum sehen kann.

Der Kaffee hilft nicht. Ich bin ein totaler Zombie.

»Haben Sie Hunger?«, fragt André, als wir uns schließlich in das Hotelcafé setzen.

»Ich sterbe fast vor Hunger«, lüge ich.

Ich bin zu erschöpft, um hungrig zu sein. Ich sehe auf die Pfannkuchen vor mir und weiß plötzlich nicht mehr, wann ich das letzte Mal etwas gegessen habe. Wir frühstücken im Hotelcafé, und ich kann nur an mein Bett denken. Das ist die Hölle. Ich bin in der Hölle.

»Also, sagen Sie mir, was Sie denken«, fordert André mich auf.

Seine Frage bezieht sich auf das Büro. Wir haben es eben besichtigt: im 67. Stock auf der Queens Road. Heute regnet es. Ich glaube, das Grau über Hongkong wird durch die Wolkenkratzer verstärkt. Hier scheint keine Sonne.

»Ich fand es toll! Ein schönes Büro. Wirklich. Sehr schön.«

Ich lüge nicht, das Büro ist wirklich atemberaubend, wenn man das von einem Büro behaupten kann. Teuer und geschniegelt … genau wie das in London.

Das war mein erster Gedanke. Die Grautöne, die Tischreihen, das Neonlicht, die Anzugträger, alle sehr beschäftigt und gestresst … Es kam mir schrecklich vertraut vor. Abgesehen davon, Suzanne loszuwerden, was macht es für einen Sinn hierherzuziehen, wenn der Job mich mit derselben Langeweile erfüllt wie in London? Wenn ich darüber nachdenke, möchte ich mich am liebsten hinlegen, die Augen schließen und schreien.

Ich bin nur übermüdet, halte ich mir vor Augen und versuche, einen Bissen Pfannkuchen hinunterzuwürgen, während ich beobachte, wie sich Andrés Mund bewegt, der ununterbrochen von seinen Plänen für mich und das Team erzählt. Und ich muss Dave sehen. Sobald ich ihn sehe, wird alles wieder gut.

Ich habe das Gefühl, keinen Speichel mehr im Mund zu haben. Ich trinke einen Schluck Orangensaft, um den Pfannkuchen herunterzuspülen, und muss fast würgen. Ich sehe in Andrés Augen, die so braun sind und warm. Ich fühle mich sonderbar und irgendwie entrückt von allem. Wenn ich blinzle, brennen meine Augen.

Irgendwie bringe ich den Brunch hinter mich und verabrede mich mit André um fünfzehn Uhr, um die Asien-Luxusmesse zu besuchen. Ich werde meine E-Mails checken und, scheiß drauf, ich werde es noch einmal bei Dave probieren. Ich kann kaum die Augen offen halten. In London ist es drei Uhr morgens, und ich habe seit … keine Ahnung, wie lange, nicht mehr geschlafen.

Ich gehe langsam durch die Hotellobby und bleibe kurz an der Rezeption stehen, um zu fragen, ob es ihnen gelungen ist, ein altes Nokia-Ladegerät aufzutreiben. Warum nur habe ich kein BlackBerry oder ein iPhone wie jeder andere?

Während ich vor dem Empfang warte, höre ich ein »Ping!« und drehe mich zwangsläufig um. Es ist der Aufzug. Und im nächsten Moment sehe ich ihn. Einen Augenblick lang denke ich, ich halluziniere, denn das kann nicht wahr sein. Das kann unmöglich real sein.

Es sind Dave und Bella.

Sie betreten die Lobby, und er dreht sich zu ihr, sieht sie an und murmelt etwas, worauf sie selig grinst und die Arme hebt, um sie ihm um den Hals zu legen. Sie küssen sich keine zwanzig Meter von mir entfernt.

Ich schnappe hektisch nach Luft, während sich explosionsartig ein schockartiges Gefühl in mir ausbreitet. Das kann nicht sein, nein, nein … Sie küssen sich immer noch, sie küssen sich immer noch!

Sie werden mich jeden Moment entdecken, sie werden sich umdrehen und mich dann sehen, aber ich bin wie erstarrt. Daves Hände sind in ihren Haaren vergraben, während ihre Hände auf seinem Rücken liegen. Eine filmreife Szene. Die beiden sehen so glücklich aus, so innig, ich kann das nicht ertragen. Ich muss einen Schrei herauslassen.

»Miss Wood? Ma'am, wir haben Ihr Ladegerät …«

Ich ignoriere den Concierge, die Augen immer noch auf

Dave und Bella geheftet, während eiskalter Horror durch meinen Körper jagt. Ich klammere mich an die Theke hinter mir, um mich abzustützen. Mir ist übel, ich glaube, ich muss mich übergeben. Sie küssen sich so leidenschaftlich, dass ich mir vorkomme wie ein Eindringling, während ich sie beobachte. Aber er ist mein Freund, er war, er ist …

Dave löst sich von ihr und sieht ihr ein paar Sekunden lang tief in die Augen, während er etwas murmelt. Ich habe ihn noch nie so zärtlich erlebt, so glücklich. Er hat mich nie so angelächelt. Bella erwidert sein Lächeln und sagt etwas, ohne die Augen von seinen abzuwenden. Dann beugt Dave sich vor und drückt auf den Aufzugknopf. Gleich darauf macht es wieder »Ping!«, und Dave schiebt Bella rückwärts in den Aufzug, während er sie küsst. Sie kichert in seine Lippen.

Die Aufzugtür schließt sich.

Ich drehe mich zu dem Concierge um, während mein Atem stoßweise geht. Mein Gesicht ist heiß und kribbelt. Meine Augen verlieren den Fokus. Warum höre ich nichts mehr?

Das Nächste, was ich spüre, ist der Boden, auf den ich aufschlage – mit dem Gesicht voran.

Kapitel 37

Ich wurde ohnmächtig. Offensichtlich. Was ein hübsches Drama auslöste.

Das Hotelpersonal war großartig. Sie trugen mich in ein Büro, verabreichten mir Tee, tupften die blutende Platzwunde auf meinem Wangenknochen ab, drückten Eis auf mein anschwellendes Auge und fragten mich hundertmal, ob sie einen Arzt rufen sollten. Als ich sie endlich davon überzeugen konnte, dass ich keinen Arzt brauchte, sondern nur Schlaf, brachten sie mich in mein Hotelzimmer.

Kaum war ich allein, brach ich wie ein hysterisches Häufchen Elend zusammen.

Ich wusste nicht, was ich mit mir anfangen sollte. Ich wollte niemanden anrufen, weder meine Freunde noch meine Eltern noch meine Schwester. Plötzlich wurde mir klar, dass die Reise nach Hongkong, von der ich niemandem erzählt hatte, nicht nur überstürzt wirkte, sondern geradezu hirnrissig.

Also schluchzte ich erbärmlich, auf dem Boden meines Hotelzimmers hockend. Eine Frage nach der anderen huschte mir durch den Kopf, jede einzelne schlimmer als die vorherige. Hätte ich etwas ahnen müssen, als ich die beiden beim Lunch sah? Bin ich unfähig, einen treuen Mann zu finden? Was zum Henker stimmt nicht mit mir? Ich weinte und weinte und weinte.

Dann begann ich mich zu fragen, ob die beiden noch im Hotel waren, und meine Fantasie ging mit mir durch. Hatten sie gerade Sex, nur wenige Etagen tiefer? Redeten sie über mich oder lachten sie womöglich über mich? Würde Dave ein schlechtes Gewissen bekommen, wenn er wüsste, dass ich hier bin? Würde er mich bitten, ihm zu verzeihen? Ich versuchte, mir schreckliche Dinge zurechtzulegen, die ich ihm sagen wollte, falls ich dazu kam.

Und ich weinte noch mehr.

Wie ein Gefühlsmasochist machte ich mir finstere Gedanken, die mich noch mehr aufregten. Ich dachte, jeder hat die Liebe gefunden außer mir. Sogar Peter, der schreckliche Peter, der mich auch betrogen hat, ist wieder glücklich verliebt. Ich bin der einzige Single, den ich kenne, abgesehen von Robert, und seine Freundschaft kann ich knicken. Ich vermisse Robert, dachte ich selbstmitleidig.

Und ich weinte noch mehr.

Ich dachte an meine ganzen Dates. An all die süßen, netten Männer, die mich ausführten und die ich zum Dank arrogant ignoriert hatte. Und ich hatte mich für so witzig gehalten und so cool. Ich bin ein schrecklicher Mensch, und ich habe es nicht verdient, glücklich zu sein, dachte ich. Das Karma ist wirklich sehr launisch.

Und ich weinte noch mehr.

Ich überlegte, ob ich nach London zurückfliegen sollte. Ich malte mir aus, wie ich im Bewusstsein, dass Suzanne mich für den Rest meines Lebens auf dem Kieker haben würde, ins Büro ging. Außerdem bezweifelte ich, dass ich körperlich in der Lage war, vom Boden aufzustehen. Ich wollte nicht hier sein, aber auch nicht dort. Ich wollte nirgendwo sein.

Ich war hysterisch vor Kummer und Selbstmitleid. Immer wenn ich mich etwas besser fühlte, dachte ich an Dave und Bella in der Lobby, dass sie aussahen wie das glücklichste Paar der Welt, und mir kamen wieder die Tränen.

Und dann, nach Stunden ununterbrochenen Weinens, klopfte es an meiner Zimmertür.

Na ja, Sie wissen, was dann passierte …

Vor der Tür stand der falsche Mann.

Es war Robert. Und er sah richtig scheiße aus: grau vor Müdigkeit, der Anzug völlig zerknittert, ohne Krawatte, die Haare noch ungekämmter als sonst. Er stürmte herein und brüllte mich an. Ich brüllte zurück, brach erneut zusammen und weinte mich in den Schlaf, während er meinen Kopf streichelte. Mein einziger Gedanke war: Danke, lieber Gott, danke, dass er mich gefunden hat.

Als ich wieder zu mir komme, ist es Samstagmorgen.

Die Sonne zeigt sich heute endlich und scheint hell durch das Fenster. Robert sitzt am Tisch und arbeitet an seinem Laptop. Meine Hysterie und mein Schock haben etwas nachgelassen, aber nur leicht.

»Wie hast du … Warum bist du hier?«, krächze ich. »Wie hast du mich gefunden?«

Robert dreht sich um und grinst mich an. Er sieht müde aus.

»Ich wünsch dir auch einen guten Morgen. Ich habe am Mittwoch erfahren, dass Dave weg ist, aber ich habe dich nicht im Haus gehört. Dave ging nicht an sein Handy, also habe ich Sophie angerufen, die Plum angerufen hat, die Henry angerufen hat. Charlotte meinte, du seist auf irgendeiner Messe in Hongkong. Dann habe ich es wieder bei Dave versucht. Bella ging versehentlich dran.«

»Sie sind zusammen hier, Robert«, sage ich, und kleine Tränen kullern mir übers Gesicht.

»Ja, das stimmt …«, sagt er, sanfter. »Und als mir klar wurde, dass du in Hongkong bist, genau wie Dave und Bella, und du weder über Handy noch E-Mail erreichbar warst … ich dachte mir schon, dass etwas passiert ist. Es ist verdammt schwer, heutzutage spurlos zu verschwinden, Abigail. Gut gemacht.«

»Tut mir leid …«, murmle ich und berühre vorsichtig die Platzwunde an meiner Wange. Mein rechtes Auge pocht.

»Deine Eltern waren zu diesem Zeitpunkt schon panisch vor Sorge, also habe ich beschlossen, dir hinterherzufliegen und dich zu suchen«, sagt er.

»O Gott. Meine armen Eltern. Ich habe wirklich … Ich habe wirklich großen Mist gebaut. Soll ich sie anrufen?«

»Das habe ich bereits getan. Ich habe letzte Nacht kaum geschlafen. Der Jetlag.«

»Du bist so gut zu mir«, sage ich. »Danke.«

»Ich habe alle benachrichtigt, dass du vermisst wirst. Es war also meine Schuld, dass sie in Panik ausgebrochen sind. Ich habe mich verantwortlich gefühlt.«

»Ich hätte jemandem Bescheid geben sollen …«

»Schon gut. Als du geschlafen hast, habe ich alle darüber informiert, dass du hier bist.«

»Tut mir leid, dass ich dich beschuldigt habe, mir hinterherzuspionieren.«

Er lächelt. »Ist schon okay. Ich weiß, du hast es nicht so gemeint.«

Ich schlurfe ins Bad und beginne wieder zu weinen, als ich mein Gesicht sehe. Mein Auge ist blau und geschwollen, und die Platzwunde in meinem Gesicht hat eine dicke Blutkruste.

»Mein Äußeres passt zu meinem Inneren«, sage ich unter Tränen, als ich wieder ins Bett klettere. »Ich bin ohnmächtig geworden, Robert. Als ich die beiden gesehen habe, bin ich einfach umgekippt …«

»Ich weiß. Der Kerl vom Zimmerservice hat mir gestern Abend alles erzählt, als er das Essen gebracht hat«, erwidert er sanft. »Keine Sorge. Ich bin mir sicher, das verheilt ganz schnell wieder …«

»Wenigstens bin ich richtig in Ohnmacht gefallen. Nicht nur zusammengeklappt wie andere …«

Ich schenke ihm ein winziges Lächeln, bei dem mir das Gesicht wehtut. Wie lange ist es her, dass ich das letzte Mal gelächelt habe? Meine Lachmuskeln sind bestimmt verkümmert.

»Willst du einen Wettkampf im Ohnmächtigwerden gewinnen?«, erwidert er lachend.

»Ich glaube, ich habe mir irgendwas eingefangen«, sage ich. Mein Hals fühlt sich wund an beim Schlucken. »Mir tut alles weh.«

Wenn ich die Augen schließe, fangen sie an zu brennen, und ich fühle mich matt, obwohl ich mehrere Stunden geschlafen habe. Ich frage mich, ob sich so Liebeskummer anfühlt. Bei diesem Gedanken laufen mir noch mehr Tränen übers Gesicht.

»Wein, so viel du willst«, sagt Robert, und sein sachlicher Ton bringt mich dazu aufzuhören. »Ich bestelle Frühstück. Und du wirst alles aufessen.«

Bei Toast und Rührei erzähle ich Robert ein wenig von meinen Gefühlen für Dave und dass ich an dem Abend, als er von seinem Reisevorhaben sprach, gespürt habe, dass irgendetwas nicht stimmt.

»Denkst du, er hat mich die ganze Zeit betrogen?«, frage ich Robert mit leiser Stimme.

»Schon möglich«, antwortet er. »Ich hatte bereits einen Verdacht an diesem Wochenende in Autignac. Ich glaube, Ollie auch. Darum ist er abgehauen.«

Ich denke zurück an die seltsame Stimmung an dem Wochenende in Frankreich. Dave beendete sie, indem er mit mir ins Bett ging. Das muss Bella in den Wahnsinn getrieben haben. Vielleicht hat er es nur deswegen getan, denke ich, und spüre einen schmerzhaften Stich in der Brust.

Robert seufzt. »Ich gebe mir die Schuld. Ich hätte etwas sagen sollen. Aber ich wollte keine Unruhe stiften, ohne Grund ...« Er reibt sich die Augen. »Es tut mir so leid. Dave ist mein ältester Kumpel, aber ... ich hielt es für das Beste, mich nicht einzumischen.«

»Ich finde, du hast dich jetzt ziemlich stark eingemischt«, erwidere ich. »Was hast du eigentlich gesagt, als Bella an Daves Telefon ging?«

»Ich sagte: ›Ihr blöden Idioten‹ und habe direkt aufgelegt.«

Er grinst.

Ich lächle zurück, während sich meine Eingeweide bei der Vorstellung, dass Bella mit Dave zusammen ist, an sein Handy geht, ihn nach Hongkong begleitet, mit ihm im Bett liegt, zusammenkrampfen ...

»Aber warum betrügt er mich? Warum geht er nicht einfach wieder eine Beziehung mit ihr ein?«

Robert schüttelt den Kopf.

»Das ist eine lange Geschichte.«

»Erzähl«, sage ich.

»Bella und Dave waren ein Paar, wie du weißt, vor ungefähr sechs Jahren. Das hatte sich schon lange abgezeichnet. In unseren gemeinsamen Ferien waren sie immer magisch voneinander angezogen ...«

Ich verziehe das Gesicht, weil ich an die Geschichte mit dem ersten Kuss denken muss.

»Aber dann brachte Dave in einem Jahr ein Mädchen mit, und ein Jahr später kam Bella an mit einem Freund, und von da an herrschte eine feindselige Stimmung zwischen den beiden. Sie haben sich ständig provoziert.«

»Dave liebt das.«

»Stimmt. Schließlich kamen sie in diesem einen Sommer zusammen. Es begann im Juni und hielt ein Jahr. Eine sehr intensive Beziehung. Wir haben keinen der beiden jemals so glücklich erlebt.«

Ich zucke leicht zusammen.

»Abby, mein Schatz, bist du sicher, dass du das hören willst?«

Ich nicke.

»Also schön. Dann iss aber auch noch brav die Pfannkuchen, wenn du dein Rührei auf hast.«

Ich träufle Ahornsirup über meine Pfannkuchen. Ich habe nicht wirklich Hunger, aber ich weiß, dass es Robert glücklich macht, wenn ich esse. Im Moment würde ich alles tun, um ihn glücklich zu machen. Ich bin so dankbar, dass er mich gerettet hat.

»Nun, im Sommer darauf spazierten Dave und seine Mutter Dottie am Strand entlang und überraschten seinen Vater Angus dabei, eine andere zu küssen – mehr als nur zu küssen, glaube ich –, die Mutter von Luke und Bella.«

Ich bin zu perplex, um etwas zu sagen.

»Luke weiß es bis heute nicht, genauso wenig Bella. Sie werden es nie erfahren, und ihr Vater auch nicht. Ihre Mutter schwor, dass es nichts zu bedeuten hatte, und flehte Dave und Dottie an, ihrer Familie nichts zu sagen. Aber leider war das schon das fünfte Mal, dass Dottie ihren Mann in flagranti erwischte ... Außerdem war sie viele Jahre dick mit Lukes Mutter befreundet gewesen. Die Folge war, dass Daves Eltern sich trennten. Sein Vater hat wieder geheiratet und lebt jetzt in Monaco.«

»Dave spricht nie von ihm«, murmele ich.

»Er hat ihn einfach aus seinem Leben gestrichen. Und er konnte nicht damit umgehen, die Sache vor Bella zu verheimlichen. Also trennte er sich von ihr.«

»Und ich dachte, du und Louisa wärt der einzige große Familienskandal gewesen«, bemerke ich.

Robert grinst ironisch. »Das war im selben Jahr.«

»Woher weißt du das alles? Hat er mit dir darüber geredet?«

Ich kann mir nicht vorstellen, dass Dave sich jemandem anvertraut.

»Er ist mir über den Weg gelaufen, als er vom Strand kam«, sagt Robert, »und ich wusste sofort, dass etwas nicht stimmt … Ich habe ihn beruhigt. Danach haben wir nie wieder darüber geredet. Dave meinte, er werde es Bella nie erzählen, aber er könne gleichzeitig seiner Mutter nicht zumuten, dass sie ständig daran erinnert wird. Die einzige Möglichkeit, die ihm blieb, war, sich von Bella zu trennen.«

Ich seufze und schließe meine brennenden Augen.

Die Pfannkuchen und Eier und der Toast revoltieren in meinem Magen. Was für ein Chaos. Was für ein schreckliches, schreckliches Chaos.

»Warum hast du in Frankreich schon Verdacht geschöpft?«

»Als wir draußen im Hof saßen, gingen Ollie und ich in die Küche, um Wein zu holen, und da sahen wir Dave mit Bella reden. Er hielt ihre Hand. Es wirkte irgendwie … ernst. Sie sprangen auseinander, als sie uns bemerkten, und kurz danach sind Bella und Ollie ins Bett.«

»Ich verstehe immer noch nicht, warum … warum er so getan hat, als wollte er mit mir zusammen sein.«

»Ich glaube, das will er … oder wollte er. Ich glaube, er wollte, dass es mit dir funktioniert, das hätte das Leben einfacher gemacht, vor allem angesichts der bevorstehenden Hochzeit, zu der Bella ja auch kommen wird … Aber er liebt sie immer noch.«

»Warum hat er sie nach Hongkong mitgenommen?«, frage ich kläglich. »Warum hat er mich angelogen?«

»Ich weiß es nicht«, sagt Robert.

»Ich glaube, mir wird schlecht«, sage ich.

»Tu nicht so dramatisch«, erwidert Robert und verdreht die Augen.

»Nein, ich meine, ich glaube wirklich, mir wird schlecht.«

Robert bringt mich gerade noch rechtzeitig ins Bad, bevor ich mich übergeben muss.

Kapitel 38

Ich höre, dass Robert telefoniert. Er klingt wütend.

»Sie müssen einen Arzt rufen. Sie liegt seit mehr als vierundzwanzig Stunden im Bett. Es könnte etwas Ernstes sein. Gut.«

Er legt auf. Mit großer Anstrengung öffne ich die Augen einen Spalt und kann erkennen, dass Robert neben dem Bett steht.

»Danke«, versuche ich zu sagen, aber ich habe keine Stimme, und es kommt nur ein heiseres Flüstern heraus.

Mir ist unheimlich heiß, und meine Knochen schmerzen. Ich habe das Gefühl, als würde ich durch die Matratze sinken.

»Mir ist schlecht«, flüstere ich.

Überflüssigerweise.

»Ich habe ein Grippemedikament für dich, Abby, mein Schatz. Ich habe mit meiner Mutter telefoniert. Ich glaube, du hast nur eine Grippe … Versuch, das bei dir zu behalten.«

Ich hebe den Kopf aus dem Kissen und trinke die orangefarbene Flüssigkeit, die er mir anbietet.

»Braves Mädchen.«

»Lass es nicht darauf ankommen«, flüstere ich.

Robert grinst. »Na ja, wenigstens redest du wieder normal. Es ist einen ganzen Tag her, seit du das letzte Mal etwas Sinnvolles von dir gegeben hast.«

»Dann ist heute Sonntag?«

»Brillante Schlussfolgerung. Hör zu, möchtest du ein Bad nehmen? Dann kann ich in der Zwischenzeit das Bett frisch beziehen lassen. Es sieht nämlich nicht mehr so schön aus, nachdem du es vollgekotzt und vollgeschwitzt hast.«

Ich blinzle langsam und nicke. Oh, Nicken tut weh. Das lass ich lieber.

Ich döse kurz, während Robert ein Bad einlässt. Dann schlurfe ich ins Bad. Als ich an der Toilettenschüssel vorbeigehe, geben meine Beine nach, und ich schaffe es gerade noch rechtzeitig, den Kopf über die Schüssel zu hängen, um das Grippemedikament zu erbrechen. Es schmeckt so widerlich, und ich bedaure mich selbst so sehr, dass ich anfange zu weinen. Wieder.

»O Robert. Ich glaube, ich muss sterben.«

»An Selbstmitleid ist noch keiner gestorben, Abby, mein Schatz«, erwidert er, bevor er mir aufhilft. »Brauchst du Hilfe beim Baden?«

Ich sehe ihn mit schmalen Augen an. »Nein. Ich komme schon klar, danke.«

Er grinst und zieht die Tür hinter sich zu. Ich liege lange in der Wanne, wasche mir anschließend die Haare, trockne mich ab und schlüpfe in das saubere T-Shirt und die Shorts, die er mir bereitgelegt hat. Die ganze Prozedur ist total anstrengend. Ich wickle ein Handtuch zu einem Turban um meine feuchten Haare und klettere zurück in das wie durch Zauberhand frisch bezogene Bett. Ich spüre jeden einzelnen Knochen. Am liebsten würde ich mich auf die Seite drehen, aber mir fehlt die Energie.

»Du musst deine Haare trocknen«, sagt Robert.

»Ist mir egal«, murmle ich und bin in wenigen Sekunden eingeschlafen.

Meine Träume sind anstrengend. Ich laufe ständig herum, auf der Suche nach jemandem, aber ich weiß nicht, nach wem. Manchmal muss ich mich übergeben, aber ich bin mir nicht sicher, ob es im Traum ist oder in der Realität. Dann träume ich, dass ich meine Eltern suche, und als ich sie finde, schüttelt mein Vater enttäuscht den Kopf. Es tut mir leid, sage ich immer wieder in meinem Traum, es tut mir so leid.

Mir ist sehr heiß, und irgendjemand flößt mir viel Wasser ein, und irgendwann nehme ich zwei Stimmen im Zimmer wahr, aber ich verstehe nicht, was sie sagen.

Als ich das nächste Mal richtig bei Bewusstsein bin, ist es Montagabend.

»Hunger«, murmle ich.

Minuten – oder Stunden, keine Ahnung – später sitzt Robert neben mir und füttert mich mit Hühnersuppe. Ich stehe zu sehr neben mir, als dass es mir peinlich wäre oder ich einen ironischen Kommentar abgeben könnte. Danach schlafe ich wieder ein. Dieses Mal sind meine Träume leichter, und der Stress und die Panik sind verschwunden.

Als ich wieder aufwache, ist es erneut Abend. Der Himmel draußen schimmert in einer weichen Pfirsichfarbe.

Ich fühle mich fast wieder normal.

Ich zwinkere ein paarmal. Wie leicht sich meine Lider heute anfühlen! Ich strecke mich, wobei ich bemerke, dass die heftigen Schmerzen der letzten Tage einer Steifheit in den Armen und Beinen vom vielen Liegen gewichen sind. Dann hebe ich den Kopf und sehe mich im Zimmer um. Robert sitzt am Schreibtisch vor seinem Laptop.

»Hey, du«, sage ich. Meine Stimme ist zurück, aber sehr krächzig, und ich räuspere mich und sage es noch einmal. »Hey, du.«

Robert dreht sich um. »Hey, du? Ist das alles, was du sagen kannst?«

»Es geht mir viel besser.«

»Das sehe ich.«

Ich setze mich auf, und von der plötzlichen Bewegung wird mir schwindelig.

»Boa. Niedriger Blutzuckerspiegel. Was ist heute für ein Tag?«

»Dienstag. Ich bestelle dir was zu essen«, sagt Robert grinsend.

Es ist so schön, ihn lächeln zu sehen, dass ich zurückstrahle. Dann verarbeite ich seine Antwort. Ich war *vier Tage* lang krank?

»Robert, warst du die ganze Zeit hier?« Er nickt. »Danke. Ich weiß nicht, was ohne dich passiert wäre.«

Er nimmt die Speisekarte in die Hand. »Es wäre … schwierig gewesen.«

»Hatte ich die Schweinegrippe? Die Vogelgrippe?«, frage ich fröhlich, während ich zur Minibar hopse. Es ist so schön, dass ich mich wieder wie ich selbst fühle. »Wenn ich nicht sofort etwas in den Magen kriege, werde ich ohnmächtig.«

Ich reiße eine Toblerone auf und beiße davon ab.

»Zwei getoastete Sandwiches mit Schinken und Käse, zweimal Gemüsesuppe und viele warme Brötchen, bitte«, sagt Robert in das Telefon. »Und zwei große Gläser Apfelsaft.«

»Ich hätte eigentlich lieber einen Burger mit Pommes frites und ein Bier«, sage ich, den Mund voller Schokolade.

»Nein. Übrigens, es war nicht die Schweinegrippe oder die Vogelgrippe. Nur eine ordinäre Magen-Darm-Grippe in Kombination mit totaler Erschöpfung und leichter Hysterie.«

»Scheiße«, sage ich bedauernd. »Ich war mir sicher, dass es was Ernsteres ist.«

»Sorry. Hast du übrigens gewusst, dass du im Schlaf kicherst?«

»Wirklich? Wie hinreißend von mir.«

»Ah, schön, dass du wieder dein altes nerviges Ich bist.«

Ich lege mich wieder ins Bett und lasse den Blick durch

das Zimmer wandern. Mein Koffer steht noch unausgepackt in der Diele neben einem Kofferwagen.

»Wo hast du geschlafen, Robert?«

»Ein paarmal neben dir im Bett«, antwortet er und tippt wieder etwas in seinen Laptop. »Aber du hast um dich geschlagen und ständig gequasselt. Also habe ich zwischendurch auf der Couch geschlafen.« Er macht eine Pause und sieht zu mir herüber. »Ich werde mir ein eigenes Zimmer nehmen, jetzt, wo es dir besser geht. Ich wollte nur nicht, dass du allein bist, wenn du aufwachst.«

»Du bist so süß«, sage ich, ohne nachzudenken.

Er sieht völlig übernächtigt aus. Ich wette, er hat kaum geschlafen. Robert schüttelt stirnrunzelnd den Kopf und dreht sich wieder zu seinem Laptop.

»Jeder andere hätte dasselbe getan.«

Ich bekomme es noch nicht ganz in meinen Schädel, dass wir in Hongkong sind und dass Robert die ganze Strecke hierhergeflogen ist, um mich zu finden … zu retten … zu pflegen.

Ich muss an meinen Flug denken, der in einem seltsam verschwommenen Nebel liegt, und an meine albtraumhaften Stunden im Hotel, und dann – ganz vorsichtig, wie jemand, der einen verstauchten Fuß belastet, um zu sehen, ob es noch wehtut – an den Kuss von Dave und Bella in der Lobby. Ist das wirklich passiert?

Seltsamerweise schmerzt die Erinnerung nicht mehr so sehr. Es kommt mir vor wie eine Filmszene, die ich vor langer Zeit gesehen habe.

Also – um meine Schmerzgrenze anzutesten – denke ich darüber nach, dass Dave mich angelogen hat. Und über die Tatsache, dass die Möglichkeit besteht, dass er mich die ganze Zeit mit Bella betrogen hat, mit der Frau, die er immer geliebt hat. Ich spüre einen dumpfen Schmerz, aber der brennende, klammernde, qualvolle Schock hat sich gelegt. Genau wie mein Bedürfnis zu weinen.

»Ich rege mich gar nicht so sehr auf über Dave«, sage ich verwundert. »Nicht, wie ich mich mal aufgeregt habe.«

»Gut. Er ist es nicht wert.«

»Vielleicht kam die Hysterie von dem Schock und der Müdigkeit. Oder vielleicht waren die letzten vier Tage eine konzentrierte Trauerphase«, sage ich nachdenklich, während ich Toblerone kaue. Ich denke an den Flug, die erste Nacht in Hongkong, die Schlaflosigkeit, die Besessenheit, als ich nicht wusste, wo Dave steckte. Was habe ich mir dabei gedacht? »Gott, was für ein Albtraum. Vielleicht habe ich vorübergehend den Verstand verloren.«

»Vielleicht«, sagt Robert abwesend.

»Ich habe meinen Flug nach London verpasst!«, keuche ich plötzlich erschrocken. »Der ging nämlich gestern Abend! Ich muss im Büro anrufen, die erwarten mich dort …«

»Vergiss es. Ich habe dich im Büro krankgemeldet. Es besteht kein Grund zur Eile.«

»Soll ich André anrufen? Ich bin eigentlich hier wegen eines Jobangebots und …«

»Sei einmal in deinem Leben nicht so pflichtbewusst. Ich habe deinen Flug um eine Woche verschoben, aber du kannst das ändern, wenn du möchtest. Entspann dich einfach.«

Ich lege mich wieder hin, während ich das alles verarbeite.

»Du bist mein Schutzengel.«

»Die Blumen dort sind von diesem André. Die anderen sind von einem Rich. Du scheinst recht beliebt zu sein im Fernen Osten. Kann das sein?«

Ich kann mich kaum erinnern an das Treffen mit André. Und woher weiß Rich, dass ich hier bin? … Oh, Henry.

»Vielleicht sollte ich Rich anrufen«, überlege ich laut. »Das ist Henrys Bruder, weißt du. Wir hatten ein paar Dates. Obwohl, dann will er vielleicht mit mir ausgehen oder so. Und ich bin definitiv nicht bereit für irgendwas … in der Art. Wahrscheinlich am besten ignorieren.«

Ich gehe ins Bad und betrachte mich im Spiegel. Meine Haare sind so fettig, dass sie die Farbe geändert haben, und ich bin sehr blass und sichtbar dünner, mein Gesicht ist ganz schmal geworden. Die Platzwunde ist fast verheilt, und mein blaues Auge ist nur noch zart grüngelb. Mein erstes blaues Auge, denke ich bedauernd, und ich konnte es gar nicht richtig auskosten.

Ich ziehe den Saum meines T-Shirts ein paar Zentimeter hoch und sehe, dass mein Magen sich leicht nach innen wölbt und meine Hüftknochen mehr herausstehen als sonst. Warum kann ich nicht anders, als mich darüber zu freuen? Ich meine, das ist bestimmt nicht richtig.

Ich dusche, ziehe eine ganz alte Jeans an und ein weißes Oberteil (heute gibt es kein »Hübsch mit einem schrägen Touch«; ich fühle mich nicht hübsch, und ich bin zu schwach, um einen Touch hinzukriegen) und mache es mir auf dem Bett bequem. Robert arbeitet immer noch. Durch das Fenster sehe ich die funkelnden Lichter im Hafen von Hongkong. Ich frage mich, wo Dave jetzt ist, und ob Bella ihm Gesellschaft leistet. Am liebsten würde ich Robert fragen, aber gleichzeitig bin ich nicht bereit für die Antwort.

Wie konnte ich mich in nur wenigen Monaten von einer selbstsicheren Bastardette in eine verunsicherte Liebesbesessene verwandeln? Dave war der Coole, der Distanzierte. Ich war … scheinbar nicht einmal ich selbst.

Vielleicht haben wir alle einen kleinen Vogel, der nur darauf wartet, aus dem Kopf zu hüpfen. Ich kann mich erinnern, dass Plum sich ein bisschen verhaltensauffällig in ihren früheren Beziehungen benahm, und auch Sophie. Ich dachte immer, das kann mir nie passieren. Was haben manche Männer an sich, dass wir verrückt spielen? Ich fühlte mich von Dave nicht geliebt, ich war nicht übermäßig glücklich … ich wollte ihn einfach. Und ich wollte, dass er mich wollte.

Und wofür? Für diesen Funken, der beim Küssen übersprang?

Andererseits war es ein verdammt guter Funke.

Ich stoße ein tiefes Seufzen aus.

»Alles okay?«, fragt Robert und setzt sich neben mich aufs Bett.

Er streckt die Hand aus und streichelt wieder meinen Kopf, und ich sehe ihn an und denke zum zehnten Mal heute, wie froh ich bin, dass er hier ist. Und das nicht, weil er mich vor einem Nervenzusammenbruch gerettet und mich gesund gepflegt hat. Sondern nur, weil es keinen anderen gibt, den ich lieber sehen würde.

Ich schenke ihm ein Lächeln, das er erwidert. Zum ersten Mal seit dem Aufwachen fühle ich mich gelassen. Was passiert ist, ist passiert.

»Alles bestens«, sage ich.

Und ich meine es so.

Der Zimmerservice kommt, und wir setzen uns zum Essen in die kleine Sitzecke.

»Ich glaube, mir hat ein Essen noch nie so gut geschmeckt«, sage ich und haue in mein Schinken-Käse-Sandwich.

»Langsam, Abby, mein Schatz«, erwidert Robert. »Du musst gut kauen. Bitte, ich will nicht, dass du einen Rückfall hast. Ich habe vor dir noch nie jemanden grüne Galle spucken sehen.«

Streng eine Braue hochzuziehen und begeistert zu kauen ist so gut wie unmöglich. Versuchen Sie es.

»Du hast mir eine Scheißangst eingejagt, als ich hier ankam. Dieses ganze Geschrei und Geflenne. Ich dachte, du hättest den Verstand verloren.«

»Hatte ich auch. Aber dann habe ich ihn wiedergefunden.«

»Er ist es nicht wert«, sagt Robert.

»Ich weiß. Ich kann nicht erklären, warum … ich mich so verhalten habe.«

»Man kann nicht kontrollieren, in wen man sich verliebt.«

»Das sollte man aber … egal, jedenfalls war es keine Liebe. Das kann keine Liebe gewesen sein. Es war eher eine Art Sucht«, sage ich bedächtig. »Ich war nicht glücklich. Aber ich … hatte mich nicht unter Kontrolle.«

Robert nickt. »Ich weiß genau, was du meinst.«

»Sind sie noch im Hotel?«, frage ich leise.

»Ich habe dafür gesorgt, dass sie sich woanders einquartieren.«

Wir beenden schweigend unsere Mahlzeit, und wieder fällt mir auf, wie gelassen ich bin. Als hätte ich die Luft ausgestoßen, nachdem ich sie monatelang angehalten hatte.

Nach dem Essen rufe ich meine Eltern und Sophie an und versichere ihnen, dass ich nicht am Rande des Todes schwebe. Danach bin ich wieder geschafft, schlüpfe in einen frischen Pyjama und rolle mich im Bett zusammen. Robert arbeitet währenddessen die ganze Zeit weiter. In London ist erst Mittag, schätze ich.

»Was sagt eigentlich dein Arbeitgeber dazu, dass du hier bist?«, frage ich.

»Ich hätte ohnehin noch im ersten Quartal nach Hongkong fliegen müssen. Ich habe morgen den ganzen Tag Meetings.«

»Du bist ein unglaublich fantastischer Freund, Robert. Ich kann das niemals wiedergutmachen.«

Er stößt ein verächtliches Schnauben aus, aber grinst.

Vor allem wenn man bedenkt, dass wir seit Wochen kaum ein Wort miteinander gewechselt haben, würde ich am liebsten hinzufügen, lasse es aber sein. Ich will es nicht verderben. Das hier fühlt sich fast an wie unsere alte Freundschaft. Ich schnappe mir die Fernbedienung und verändere meine Liegeposition, indem ich mich auf den Bauch drehe.

»Komm, wir gucken ein bisschen chinesisches Fernsehen. Oh! Hongkong MTV. Wahnsinn.«

»Na schön«, sagt Robert, steht auf und kommt herüber zum Bett. »Aber nur, wenn du den Rest der Toblerone mit mir teilst.«

Kapitel 39

»Ich bin so gut wie neu, Roberto«, sage ich, als ich am nächsten Morgen wach werde.

»Gut«, sagt er.

Er sitzt am Tisch und arbeitet. Wieder. Ich strecke die Arme und Beine und gähne laut. Wie schön es doch ist, nicht das Gefühl zu haben, sich übergeben zu müssen.

»Ich werde Gesundheit nie wieder als etwas Selbstverständliches betrachten.«

»Dann buche ich nachher ein eigenes Zimmer.«

»Schade. Gestern Abend hatte ich das Gefühl, wir würden gemeinsam in unserem Zeltlager der Realität entfliehen.«

Der Realität von Dave und Bel – ah, denk nicht darüber nach.

»Leider hat die Realität mich eingeholt. Ich muss zu einem Meeting. Bist du sicher, dass du klarkommst?«

Eine Sekunde lang überlege ich, ob ich André anrufen soll oder meine E-Mails lesen. Oder ob ich Henrys Bruder Rich kontaktieren soll, damit er mich zu einem Lunch mit Flirtfaktor einlädt. Aber ich möchte lieber allein sein. Wie untypisch.

»Ich denke, ich mache heute einen Spaziergang.«

Robert gibt mir eine Schüssel Porridge und einen Löffel. »Es hat mich viel Zeit gekostet, das Personal zu überreden, Mandelsplitter darüber zu streuen. Ich werde heute Abend um acht zurück sein. Schon dich ein bisschen, okay?«

Ich strahle ihn an, als er geht, während ich die Porridge-

Schüssel vor meiner Brust halte und mich wie ein kleines Kind fühle. Dann schaue ich mir einen im wahrsten Sinne des Wortes saukomischen Zeichentrickfilm mit einem Schwein, das nicht aufhört zu furzen, auf Kantonesisch an. Fernsehen in einer fremden Sprache ist eine tolle Möglichkeit, das Gehirn leer, aber beschäftigt zu halten. Danach bestelle ich mir eine große Kanne Kaffee.

Ein paar Minuten später klopft es, und ich, über die Schnelligkeit des Zimmerservices staunend, hüpfe zur Tür und mache auf.

Aber es ist nicht der Zimmerservice. Es ist Dave.

»Abigail.«

Mein Herz beginnt zu rasen vor Schreck.

»Was willst du?«, sage ich, ohne nachzudenken.

»Darf ich reinkommen?«, fragt er zögernd.

Ich habe ihn noch nie so nervös gesehen.

Ich überlege kurz.

»Nein.«

»Ich wollte dir nur sagen … es tut mir leid.« Er kann mir nicht in die Augen sehen. »Ich wollte dich nicht verletzen. Wirklich nicht … Das mit Bella geht schon seit Jahren.«

»Ich weiß.«

Er sieht gar nicht so toll aus, wie ich ihn in Erinnerung habe. Tatsächlich wirkt er irgendwie … klein. Und blass.

»Robbie hat mir erzählt, dass du krank warst. Ich fühle mich total scheiße, Abigail, es tut mir unheimlich leid.«

»Du hast mit Robert gesprochen?«

»Hat er dir das nicht gesagt? Er kam vor ein paar Tagen zu mir und hat mir die Hölle heißgemacht. Bella übrigens auch.«

Als ihr Name fällt, zucke ich unwillkürlich zusammen. *Bella*.

»Es ist nicht ihre Schuld, Abigail«, sagt er rasch. »Das geht allein auf meine Kappe. Ich habe sie unglücklich gemacht … jahrelang. Und … ich wollte wirklich, dass das mit uns funktioniert, ich war nur … Ich hatte dich wirklich gern.«

»Schön für dich«, entgegne ich patzig und schicke mich an, die Tür zu schließen.

Ich will nicht hören, wie sehr er sich angestrengt hat, um mit mir zusammen zu sein. Tatsächlich will ich ihn nie mehr wiedersehen.

»Bitte, lass mich ausreden. Die Sache mit Bella war nie richtig beendet …« Er macht eine Pause und seufzt. »Wir haben uns vor Jahren getrennt. Wir haben versucht, Freunde zu bleiben, aber es war unmöglich. Das ist Wunschdenken, in den meisten Fällen jedenfalls.« Er schweift einen Moment lang gedanklich ab. »Dann, nach Weihnachten, hat sie mir einen Brief geschrieben … egal. Jedenfalls wusste ich nicht, was ich tun soll, es war die Hölle, ich war mit dir zusammen, aber auch mit ihr …«

»Soll ich jetzt Mitleid mit dir haben?«, frage ich giftig.

»Ich kann nicht ungeschehen machen, was passiert ist. Ich habe versucht, aus der Sache herauszukommen, ohne jemanden zu verletzen. Dann musste ich nach Hongkong, und ich erzählte Bella davon, und es war ein verrückter, spontaner Entschluss … Sie fühlt sich grauenhaft. Sie ist untröstlich, dass sie dir wehgetan hat …«

»Arme kleine Bells. Okay, Dave, ich muss jetzt los.«

Endlich erwidert er meinen Blick. Er sieht aus, als würde er gleich heulen.

Ich schließe die Tür, drehe mich um und lasse mich auf den Boden gleiten, wo ich einige Minuten ins Leere starre und nachdenke.

Plötzlich spüre ich nichts anderes als ernsthaftes und aufrichtiges Mitleid mit den beiden. Armer Dave, liebt eine Frau, mit der er nicht zusammen sein kann, ohne seine Mutter zu kränken. Arme Bella, wird niemals den

Grund erfahren, warum er ihr das Herz vor so vielen Jahren gebrochen hat. Kein Wunder, dass sie so eine verbitterte Zicke ist. Sie lieben sich und können nicht zusammen sein.

Was für ein Chaos.

Ich habe nicht einmal Lust zu weinen. Ich fühle mich irgendwie … ausgetrocknet. Ich habe keine Tränen mehr übrig für Dave.

Wenige Minuten später stehe ich auf, um den richtigen Zimmerservice hereinzulassen, und nachdem ich geduscht habe und angezogen bin, beschließe ich, einen Spaziergang durchs Hotel zu machen. Es ist fantastisch: ruhig, dezent und luxuriös.

Schließlich finde ich mich auf einem Skywalk, der über eine geschäftige, viel befahrene Straße führt und das Mandarin Oriental mit dem Prince's Building verbindet, wieder. Ich sehe durch die Scheiben, dass fast jedes Gebäude mit dem Nachbargebäude durch mindestens ein oder zwei Fußgängerbrücken verbunden ist. Wie lustig.

Ich kaufe mir einen Latte macchiato in einem Café im Prince's Building, schlendere durch Antikläden und Galerien und finde mich wenig später auf einem anderen Skywalk zum Alexandra House wieder.

Ich habe nichts zu tun. Und ich muss nirgendwohin. Ohne Ziel, ohne Stadtplan und ohne Programm kann ich frei herumschlendern. Das mache ich im wahren Leben nie. Selbst an meinen Shopping-Kaffee-was-auch-immer-Tagen mit den Mädels muss ich nebenbei Besorgungen machen, nach Schuhen suchen, über Dates nachdenken und SMS verschicken. Beschäftigtbeschäftigtbeschäftigt.

Aber nicht heute.

Die Franzosen haben das perfekte Wort dafür: flanieren. Flanieren bedeutet, ohne Ziel umherzuschlendern und es zu genießen, das Leben und die Umgebung zu beobachten. Laut Baudelaire ist ein Flaneur jemand, der als Entdecker und Beobachter zugleich durch die Stadt streift.

Oder wie Plum sagen würde, ich flaniere wie eine Geisteskranke.

Ein paar Rolltreppen hoch, und ich lande auf dem nächsten Skywalk über einer noch breiteren Straße, auf der Doppeldeckerstraßenbahnen sich aneinander vorbeibewegen, und schließlich in einem Gebäudekomplex, das The Landmark heißt.

The Landmark ist gigantisch: drei Etagen Luxus um ein Atrium, in dem ein Orchester aus keinem ersichtlichen Grund amerikanische Musical-Melodien spielt. Ich summe leise mit zu *What a swell party this is* und schlendere umher, während ich die Auslagen betrachte und an meinem Kaffee nippe. Marc Jacobs, Dior, Chanel, überall herrscht Hochbetrieb … Diese Stadt ist verrückt nach Luxus, denke ich.

Schließlich gelange ich auf die Straße hinaus. Vor den Ampeln reihen sich rote Taxis, und es wimmelt von ernsten Menschen in westlicher Kleidung. Ich gehe zu der nächsten Ampel, überquere bei Grün die Straße und schlendere weiter auf der Queen's Road. Ich komme an Straßenhändlern, die Pashmina-Tücher verkaufen, vorbei und passiere enge Gassen, in denen ein Stand neben dem anderen billige Uhren und Kleider aus Seide anbietet. Ich betrete eine Kosmetikboutique, die Sasa heißt, und gebe achtzig Pfund für eine Hautpflegeserie von Lancôme, die mich zu Hause ein paar Hunderter gekostet hätte, aus. Ich stöbere in chinesischen Kräuterläden, Elektronikshops, Boutiquen und Schuhgeschäften. Einige internationale Marken sind vertreten, wie der Body Shop und H&M, neben einheimischen Marken wie Wanko.

Ich beschließe, mich absichtlich zu verlaufen, und marschiere einen steilen Hügel hoch. Die Menschenmassen lichten sich etwas, und ich überquere zwei Straßen, bis ich offenbar in einem Amüsierviertel lande, dem Lan Kwai Fong. Dort reiht sich ein Lokal an das andere. Ich betrete ein Restaurant im amerikanischen Fünfzigerjahrestil, das sich Al's Diner nennt. Es ist leer, die gelangweilten Kellnerinnen stehen schwatzend in der Ecke, und auf einer Videoleinwand läuft gerade ein Clip von Bruce Springsteen.

Nachdem ich mir einen Burger, Pommes frites und ein Bier bestellt habe, setze ich mich ans Fenster und beobachte die Passanten draußen. Viele Geschäftsleute, ein paar Touristen. Hier gehen alle schneller als in London: Jeder hat es eilig. Ein Porsche braust den Hügel herunter und verfehlt knapp einen alten Mann in einer Art Pyjamahose und einer weißen, ärmellosen Weste, der ein altes Rad mit einem riesigen Korb auf der Lenkstange schiebt. Er schimpft dem Porsche hinterher. Ich muss kein Kantonesisch können, um zu verstehen, was er sagt.

Ich frage mich, ob es das ist, was Dave an Hongkong liebt, denke ich unwillkürlich.

Denk nicht an Dave, schelte ich mich sofort.

Was für ein Mensch muss ich sein, dass ich so gründlich und rasch von meinem Weg abgekommen bin? Ich dachte, ich wäre so clever, so sortiert mit meiner lockeren Einstellung, was Dates betrifft und das Singledasein … was für ein schrecklicher Fehler. Ich wusste nichts. Ich weiß immer noch nichts.

Bei diesem Gedanken muss ich seufzen.

Schlagartig wird mir klar, dass ich in der Zeit, die ich mit Dave zusammen war, alle Überlebenstipps von Robert ignoriert habe. Meine kugelsichere Fassade ist in Gegenwart dieses attraktiven, selbstüberzeugten Mannes, der immer einen flotten Spruch auf den Lippen hat, wie ein trockener Keks zerbröselt.

Ich nippe an meinem Bier. Jeder auf der Straße ist dick angezogen, fällt mir auf. Die Durchschnittsfrau in Hongkong trägt Strumpfhosen, Stiefel, Mütze, Handschuhe, Schal und Mantel, obwohl es heute mindestens fünfzehn Grad warm ist. Für den Durchschnittslondoner ist das Badewetter.

Ein Mann und eine Frau steigen die Eingangsstufen zu Al's Diner hoch. Als sie hereinkommen, erwidert die Frau meinen Blick, und ich lächle spontan, gerade als mein Burger serviert wird. Mit Pommes frites. Mmhhh!

»Okay, ich schlage vor, wir legen ab Mai los«, sagt eine Männerstimme. Ich drehe leicht den Kopf und sehe, dass der Mann und die Frau nur wenige Meter von mir entfernt Platz genommen haben. Verdammt. Jetzt ist es vorbei mit meiner Ruhe. »Dann haben wir bis Juli alles im Kasten und können nach dem Sommer in New York, Zürich und London drehen.«

Er ist Ire.

»Aber bis Mai bleibt nicht mehr viel Zeit«, erwidert die Frau.

Sie ist Kanadierin, glaube ich.

»Damit müssen wir klarkommen«, sagt er. »Ich will den Hochsommer jedenfalls nicht im verdammten Südchina verbringen.«

»Ich bin immer noch nicht davon überzeugt, dass Guangzhou der richtige Drehort ist«, sagt sie. (Ich weiß, ich lausche, aber ich kann nicht anders.) »Diese Fachmesse war reine Zeitverschwendung. Wir müssen den wuchernden Kapitalismus in Asien zeigen, um ein Licht auf den enormen Reichtum und die totale Verschwörung all dieser Luxusmarkenhersteller zu werfen.«

»Du bist diejenige, die alles auf den kleinsten gemeinsamen Nenner bringen muss«, fällt der Mann ihr ins Wort.

»War *Eine unbequeme Wahrheit* der kleinste gemeinsame Nenner?«, fährt sie ihn an. »Oder *Sicko?* Nein. Die sind zwar zugänglich, aber nicht dumm. Das ist ein Unterschied. Wenn du das nicht siehst, bist du der Dumme.«

»Ich habe es vermisst, mit dir zu arbeiten«, sagt er und lacht.

Sie unterbrechen sich, weil die Kellnerin das Essen bringt. Ich bin fasziniert von ihrem Gespräch und würde am liebsten mitreden. Der Hunger nach Konversation ist wahrscheinlich eine weitere Folge davon, dass ich fünf Tage im Bett gelegen habe.

»Das ist eine Aufklärungsreise, okay?«, fügt sie einen Moment später hinzu. »Nur darum geht es. Wir streichen also Guangzhou von der Liste und machen weiter.«

»Wir werden keine Drehgenehmigung in den Industriegebieten um Shanghai und Peking bekommen«, sagt er. »Die chinesische Regierung fürchtet eine schlechte Presse wegen Umweltverschmutzung. Wir bekommen nur eine Genehmigung, wenn wir China in einem positiven Licht präsentieren und denen das Filmmaterial zeigen.«

»Ich lasse mich doch nicht für diese beschissene Propaganda einspannen«, entgegnet sie.

Einen Moment lang liegt Spannung in der Luft. Dann beginnt er zu lachen, und sie fällt ein.

Ich räuspere mich. Ich will unbedingt etwas sagen, aber vielleicht komme ich dann verrückt rüber oder wie jemand, der andere belauscht.

»Verzeihung«, sage ich und drehe mich zu den beiden um. Sie wenden mir höflich ihre Gesichter zu. Scheiße. Was mache ich da? Aber jetzt habe ich schon angefangen … »Ich habe unbeabsichtigt Ihr Gespräch mitbekommen, und ich …«

Die Kanadierin grinst. Sie ist nicht viel älter als ich, denke ich. Anfang dreißig, lange braune, lockige Haare, die dringend einen Schnitt nötig haben. Ein bisschen hippiemäßig. Der Ire ist älter, ein großer Mann mit leicht schütterem Haar, der einen Parka trägt.

»Wenn Sie eine chinesische Stadt suchen, die trotz der Wirtschaftskrise nicht zu verschmutzt ist und die enorm wächst, haben Sie da schon mal an Beihai gedacht?«

»Ja«, antwortet der Mann rasch. Er hat kein Interesse, sich mit mir zu unterhalten. »Wir haben es von der Liste gestrichen. Dort herrscht generelles Drehverbot.«

»Oh«, sage ich verlegen und leicht verwundert.

Beihai zählt zu den am schnellsten wachsenden Städten der Welt, und die Strände sollen traumhaft sein. Ich hätte gedacht, die würden sich über kostenlose Werbung freuen.

»Du meinst Baotou«, sagt die Kanadierin zu dem Mann.

»Tu ich das?«, erwidert er. Einen Augenblick lang befürchte ich, er wird wieder unhöflich, aber dann verzieht sich sein Gesicht zu einem Lachen. »Sorry, ich kann mir diese beschissenen Namen einfach nicht merken.«

»Ignorieren Sie ihn«, sagt sie zu mir. »Er ist nur ein Besserwisser.«

»In China gibt es hundert Städte mit über einer Million Einwohner. Die muss man sich erst mal alle merken können.«

»Was wissen Sie sonst noch über Beihai?«

Ich zögere und überlege kurz. »Sie drehen eine Dokumentation über die Wirtschaftskrise, richtig?«

Die Frau macht ein überraschtes Gesicht und grinst. »Mehr oder weniger.«

»Beihai war Teil der Seidenstraße vor zweitausend Jahren. Das wäre der historische Blickwinkel. Heute ist es eine der am schnellsten wachsenden Städte der Welt. Außerdem ist es ein beliebtes Urlaubsziel von Festlandchinesen, und es gibt inzwischen Bestrebungen, auch internationale Touristen anzulocken. Und Beihai ist sauberer und hübscher als andere Städte.«

Ich unterbreche mich und erröte. Ich wollte gar keine Rede halten, aber die Kanadierin hat so ein nettes, offenes Gesicht. Ich fand sie sofort sympathisch. Der Mann ignoriert mich, denke ich, weil er etwas in sein BlackBerry tippt, aber dann sehe ich, dass er sich Notizen macht.

»B-E-I-H-A-I«, buchstabiere ich hilfsbereit.

Er hebt den Kopf und grinst. »Danke.«

»Ich heiße übrigens Katherine. Ich bin Aufnahmeleiterin.«

»Abigail«, sage ich.

Wir geben uns die Hand.

»Ronan«, sagt der Ire und streckt mir seine Hand entgegen. »Produzent.«

Katherine sieht ihn an und gibt sich kaum Mühe, ihr Prusten zu verbergen. Sie dreht den Kopf wieder zu mir und grinst.

»Wie kommt es, dass Sie so viel über China wissen?«

»Ich arbeite als Finanzberaterin für eine Investmentbank in London«, sage ich. »Mein Spezialgebiet sind die Luxusmärkte Asiens.«

Katherines Augen leuchten auf.

»Erzählen Sie uns alles, was Sie wissen«, sagt sie.

Kapitel 40

»Sie haben sehr trockene Haut«, sagt die Kosmetikerin.

»Ich war krank«, sage ich entschuldigend.

»Schlechter Zustand. Vergrößerte Poren. Zu viele Falten.«

Ich bin erst achtundzwanzig, verdammt, liegt mir auf der Zunge. Aber stattdessen setze ich ein hoffnungsvolles Lächeln auf.

»Können Sie mich wieder schön machen?«

Nach dem Maniküre-Pediküre-Fiasko (anscheinend sind meine Zehenkrallen unzumutbar), der demütigenden Wachsenthaarung (ich glaube, ich kenne jetzt den thailändischen Begriff für »Wälder Borneos«) und dem kernschmelzartigen Körperpeeling (ich habe etliche spitze Schreie ausgestoßen) gewöhnte ich mich langsam an kleine Chinesinnen, die tadelnd den Kopf schütteln, während sie mich mustern.

Aber ich bin so entspannt, dass es mir völlig schnurz ist, was andere sagen. Tatsächlich hatte ich einen der besten Tage in meiner jüngeren Vergangenheit: zuerst das besinnliche Flanieren und Leutebeobachten, dann ein einstündiges, lebensveränderndes Gespräch mit Katherine und Ronan (davon später mehr), dann der Shoppingbummel auf dem Rückweg zum Hotel, leicht bedudelt von dem einen Bier, und anschließend eine Stunde Schlaf. Als ich aufwachte, fühlte ich mich so gut wie seit Wochen nicht, machte meinen ersten leichtfüßigen Bergziegensprung seit Monaten und ging um sechzehn Uhr in den Wellnessbereich, wo ich mich jetzt befinde. Ich bin fast fertig mit meinem zweistündigen Verwöhnprogramm. Fehlt nur noch die Massage.

Robert hat eine Nachricht hinterlassen – er schafft es wie erhofft, um acht Uhr zurück zu sein. Ich hoffe, er will auswärts essen. Ich will. Ich fühle mich wie verjüngt nach den Ereignissen des Tages. Ich muss lächeln, wenn ich daran denke.

»Nicht lächeln!«, fährt die Kosmetikerin mich an.

»Sorry!«, sage ich und muss lachen.

Nach einem missbilligenden Blick fängt sie auch an zu lachen.

Als Nächstes erwartet mich eine Massage mit heißen Steinen, bei der ich vor lauter Entspannung einnicke. Zum Schluss bekomme ich eine Kopfmassage, die mich richtig wach macht und mir neue Energie verleiht. In Bademantel und Schlappen laufe ich zurück zu meinem Zimmer und fühle mich erholt wie seit einer Woche nicht mehr. (Wahrscheinlich ist das nicht die Garderobe, die im Mandarin Oriental in den öffentlichen Bereichen erwünscht ist, aber was soll's.)

Zurück im Zimmer, wasche ich mir die Haare und trockne sie mit dem erfreulich leistungsstarken Hotelföhn, bevor ich anschließend in ein kurzes, ärmelloses weißes Kleid schlüpfe, das ich heute gekauft habe, und in meine grünen Lieblingspumps. Ich nehme mir viel Zeit fürs Schminken – allein für das Vergnügen, zum ersten Mal seit Tagen nicht mehr auszusehen, als hätte ich die Krätze. Grauer Lidschatten, leicht verwischt, viel Wimperntusche, ein bisschen Rouge, Bronzer und Aufheller, um gesünder auszusehen … Ich habe mir heute auch eine goldene Clutch gekauft, in die ich mein Lipgloss und meine Kreditkarten stecke.

Ich betrachte zufrieden mein Spiegelbild. Ich fühle mich wieder wie ich selbst.

Ich stakse zur Minibar – in diesen Absätzen kann man nur staksen – und öffne sie. Wild Turkey! Wie Thelma-und-Louise-mäßig von mir.

Ich mische den Whiskey mit Coca Cola, dann lege ich mich aufs Bett und schaue mir eine kantonesische Seifenoper an. Man kann in diesen Soaps tatsächlich anhand der Körpersprache der Handlung folgen. Eine ältere Frau mit aufgemalten Augenbrauen – eine Art chinesische Joan Collins – versucht, ein junges Paar auseinanderzubringen. Der Mann ist entweder ihr Geliebter oder ihr Sohn, das ist schwer zu sagen. Dottie kommt mir kurz in den Sinn. Wie niederschmetternd, den eigenen Mann mit der besten Freundin zu erwischen. Kein Wunder, dass Dave alles tut, um sie zu beschützen. Ich wünschte nur, »alles« hätte nicht beinhaltet, mich zu hintergehen.

Ich höre ein Scharren an der Tür, und gleich darauf summt der Türöffner.

»Abby, mein Schatz, ich bin zu Hause!«, ruft Robert und kommt ins Zimmer.

Er trägt einen dunkelgrauen Anzug und sieht, wie mir plötzlich bewusst wird, verdammt gut aus. Es ist so schön, ihn hier zu haben.

»Scharfer Anzug«, bemerke ich von meinem Aussichtspunkt auf dem Bett aus.

»Das olle Ding?«

»Können wir bitte essen gehen? Ich möchte gerne Hongkong am Abend sehen aus einer anderen Perspektive als immer nur durch das Fenster.«

Robert sieht mich stirnrunzelnd an. »Bist du schon fit genug?«

»Mir geht es blendend. Außerdem habe ich heute Nachmittag geschlafen! Ich bin so gut wie neu.«

Kapitel 41

Die Peak Tram ist eine altmodische Bergschienenbahn, die den höchsten Berg auf Hongkong Island fast vertikal hochfährt und wieder herunter. Der Abendhimmel ist klar, und die Aussicht ist spektakulär: Hunderte Wolkenkratzer und Tausende funkelnde Lichter, die sich über ganz Hongkong Island erstrecken, bis hinüber zum Hafen von Kowloon. Einer der Wolkenkratzer erinnert an einen überdimensionalen Nasenhaarschneider, ein anderer an eine Toblerone-Tafel. Die Hochhäuser mit mehr als achtzig Stockwerken reißen nicht ab, während wir den Berg hochfahren. Ich kann in Wohnungen hineinsehen, ich sehe sogar Menschen, die vor dem Fernseher sitzen oder mit ihrer Familie am Abendtisch. Es ist surreal beglückend.

Der Himmel ist noch nicht schwarz, obwohl es schon halb neun ist. Vielmehr ist es ein rötliches Grau, das ich bereits von meinem Zimmer aus jeden Abend beobachtet habe. Mir wird bewusst, das kommt von den Lichtern der Stadt, die von den Wolken reflektiert werden. Wahrscheinlich wird es hier nie richtig dunkel.

Es dauert nur ungefähr zehn Minuten bis zum Gipfel. Kurz vor der Bergstation, als es wirklich steil hochgeht, zieht mein Magen sich kurz zusammen, was mich an das Gefühl erinnert, als Dave mich zum ersten Mal küsste. Vielleicht war dieser Funke nur Angst, denke ich, und grinse.

»Hast du Spaß?«, fragt Robert.

»Ja«, antworte ich.

Und es ist wahr. Ich habe Spaß. Ich bin gelassen und glücklich.

Wir besuchen ein Restaurant namens »Pearl on the Peak«, und ich sehe sofort, dass wir hauptsächlich wegen der Panoramascheiben, die von der Decke bis zum Boden reichen und durch die man einen fantastischen Ausblick über ganz Hongkong und Kowloon hat, hier sind. Es ist unglaublich, als würde man auf ein anderes Universum blicken. Robert hat einen Tisch direkt am Fenster bestellt. Wir setzen uns und lesen die Speisekarte.

»Das ist die Art von Essen, die ich Spaßfraß nenne«, sage ich. »Sägespäne in Öl und Schleimsuppe, o je.«

»Ich weiß. Warst du schon einmal im Atelier de Joël Robuchon? Wir sollten da mal hingehen. Deine Geschmacksnerven werden komplett ausflippen, aber auf eine gute Art. Oh, und wir müssen unbedingt ins St. John Bread and Wine. Dort werden ganz abgefahrene Sachen serviert … Wirklich fabelhafte Küche. Solange man nicht darüber nachdenkt, was man gerade isst, wie zum Beispiel frittierten Schweinskopf.«

»Damit komme ich klar. Mein Vater hat uns gezwungen, rohe Fischaugen zu essen, als wir noch klein waren.«

Robert sieht mich entsetzt an. »Was?«

»Ich weiß. Er hielt das für witzig. Er hat mit uns gewettet, dass wir welche essen, wenn er das auch tut. Dann hat er sie geschluckt. Also …«

»Also? Nichts also! Also sagt man, nein, danke, Daddy, ich muss jetzt gehen und Bratsche üben.«

Ich muss so sehr darüber lachen, dass ein paar Gäste sich nach uns umdrehen.

Wir bestellen, und nachdem der Kellner uns Wein eingeschenkt hat, erhebe ich mein Glas.

»Nochmals danke, dass du mich gefunden hast und dass du dich um mich kümmerst. Du bist der beste

Freund, den eine Frau sich wünschen kann. Besser als ein Hund.«

»Abby, hör auf, dich zu bedanken. Ich bin auch wegen meiner Arbeit hier. Das ist keine große Sache.«

»Du musst noch lernen, ein Kompliment anzunehmen.«

Wir lächeln uns einen Moment lang an. Ich habe mich an Roberts unerschütterlichen Blick gewöhnt. Tatsächlich fällt es mir heute Abend sogar schwer wegzuschauen. Es hat etwas Tröstendes.

»Ich habe ein paar Neuigkeiten«, sage ich. Ich habe nur darauf gewartet, ihn endlich einzuweihen, aber ich brauchte zuerst einen Drink, um die Sache angemessen zu würdigen. Das ist nämlich ein Grund anzustoßen. »Ich habe heute ein paar Leute kennengelernt. Sie drehen eine Dokumentation über die Luxusindustrie und die Wirtschaftskrise. Eine richtig große Produktion, Kinoformat, wie die Filme von Michael Moore, weißt du? Wir haben uns eine Stunde unterhalten und …« Ich strahle Robert an, und die Worte purzeln nur so aus mir heraus. »Die wollen sich mit mir treffen, wenn wir alle wieder zurück sind in London. Ich glaube, die wollen mir einen Job anbieten. Sie meinten nämlich, sie bräuchten mich für dieses Projekt, ich sei perfekt. Sie werden mit den anderen Produzenten sprechen und wollen sich dann bei mir melden.«

»Heilige Scheiße!«, sagt Robert. »Ist das dein Ernst?«

»Ja. Sie meinten, ich hätte Ihnen in einer Stunde mehr erzählt, als das Rechercheteam in London in zwei Monaten. Dann wollten sie wissen, ob ich jemals daran gedacht habe, der Finanzwelt den Rücken zu kehren, und meine Antwort war: jeden einzelnen verdammten Tag in meinem Leben.«

»Das ist perfekt!« Er beugt sich vor, um mit mir anzustoßen. »Auf dich, mein kleiner Recherchefreak!«

»Auf mich!«

»Du musst sie wirklich beeindruckt haben.«

»Ich bin eben eine beeindruckende Person«, entgegne ich. Robert zieht eine Augenbraue hoch, und ich grinse ihn fröhlich an. »Ich kenne die Luxusindustrie in- und auswendig. Ich bin die natürliche Wahl als Expertin auf diesem Gebiet. Außerdem … liebe ich es, zu recherchieren und Dinge zu entdecken … Unabhängig vom Thema glaube ich, dass ich vielleicht ganz gut sein könnte in so einem Job … äh … das soll jetzt nicht arrogant klingen.«

»Tut es auch nicht. Es ist erfrischend zu sehen, dass du plötzlich berufliche Motivation spürst.« Ich schneide ihm eine Grimasse. »Karriere ist kein Schimpfwort, Abby, mein Schatz. Außerdem denke ich auch, dass du die Richtige für diesen Job bist. Aber wahrscheinlich wirst du Abstriche beim Gehalt machen müssen, oder?«

»Das ist mir egal. Ich habe ein bisschen gespart. Es reicht noch nicht ganz für ein Haus, falls ich …« Ich unterbreche mich. Mist, ich spreche von einer Anzahlung für ein Haus? Wie untypisch von mir. »Geld ist nicht … Geld ist nicht alles für mich.« Ich mache eine Pause, leicht verlegen, weil ich so viel über mich gesprochen habe. »Und, wie war dein Tag?«

»Gut. Ich prüfe gerade einen Deal, in den unsere Firma einsteigen will. Aber ich glaube, da gibt es noch ein paar Hürden.« Er runzelt die Stirn und schüttelt den Kopf. »Ah, es ist langweilig.«

»Los, erzähl schon«, sage ich.

»Na schön. Wir glauben, uns droht eine feindliche Übernahme durch die Chinesen. Wir wollen das verhindern. Darum führe ich Gespräche mit anderen Geldgebern. Das ist alles sehr abenteuerlich.« Er unterbricht sich. »So abenteuerlich mein Job überhaupt sein kann.«

»Gott, du hast recht. Das ist stinklangweilig.«

»Wirklich? Okay, dann erzähl mir mehr über die Re…«

Robert schließt die Augen und tut so, als würde er schnarchen.

»Ich hoffe, mein Magen verträgt das«, sage ich, als der erste Gang serviert wird: Crostini-Variationen, exotisch und dick belegt, zum Beispiel mit Keilerfleisch.

»Fühlst du dich gut?«

Ich grinse ihn an, während ich zufrieden kaue. »Das Essen ist schmackofatz.«

»Gott, wie tiefsinnig. Schmackofatz.« Wir prusten los. »Als ich zum ersten Mal nach Hongkong flog, war Louisa dabei. Ich führte sie hierher ins Pearl. Sie konnte mit der Speisekarte nichts anfangen und bestand darauf, mit dem Taxi ins Hotel zurückzufahren, damit sie einen Burger mit Pommes frites essen konnte.« Er schüttelt den Kopf. »Was für ein anstrengendes Weib.«

Ich verschlucke mich fast an meinem Brötchen. »Du hältst sie mittlerweile für anstrengend?«

»Ich fand sie immer anstrengend«, erwidert Robert überrascht. »Das Problem mit Louisa – und auch Dave – ist, dass man ihnen seltsamerweise nie böse sein kann, selbst wenn sie sich total mies verhalten. Sie strahlen ein Charisma aus, das … wie soll ich das ausdrücken … richtig süchtig macht.«

Ich nicke. Ich wette, ich habe nicht dieses Charisma.

»Das Gute ist, dass man dagegen immun werden kann«, raunt er mir verschwörerisch zu.

»Aber du bist nicht immun dagegen«, erwidere ich und streiche Butter auf mein Brötchen. Das ist die beste Butter, die ich je gegessen habe. »Du liebst sie immer noch.«

»Nein, ganz sicher nicht.«

»Aber du hast dich volllaufen lassen wegen ihr auf dieser Party im September … Du wirst still, sobald ihr Name fällt, und … äh …«

Ich suche fieberhaft nach Argumenten, warum ich mir

sicher bin, dass er noch nicht über Louisa hinweg ist. Ich bin mir einfach sicher.

»Ich habe mich an jenem Abend betrunken, weil sie versucht hat, mich anzumachen, als ihr Mann in ein Gespräch vertieft war. Das war die einzige Möglichkeit, sie mir vom Hals zu halten«, sagt er. Mein Kiefer klappt erschrocken herunter. »Ich werde still, wenn ihr Name fällt, weil meine Mutter mir beigebracht hat, wenn dir nichts Nettes einfällt, dann halt den Mund.«

»Aber du hast panische Angst vor einer Beziehung … Und du bist ein Mistkerl!«, rufe ich.

Robert lacht schallend. »Was für nette Sachen du sagst. Vielleicht habe ich einfach noch nicht die Richtige kennengelernt … Aber ich mag Sex.«

»Armer Robert. Auf der Suche nach seiner Traumfrau.«

Wir essen einen Moment lang schweigend weiter. Ich versuche, mein Erstaunen zu verbergen.

»Kann ich dich was fragen?«

Ich hebe alarmiert den Kopf.

»Was?«

»Silvester«, antwortet er leise.

»Oh.« Ich weiß nicht, was ich sagen soll. Ich hatte gehofft, er bringt das Thema nicht zur Sprache. »Das.«

»Ich bin froh … dass das kein Problem mehr zwischen uns ist«, sagt er, während er mich genau beobachtet. »Wir waren ziemlich dicht.«

»Das waren wir.«

Ich nicke. Zum ersten Mal seit Wochen erlaube ich mir, an den Kuss zu denken, an das Gefühl, seine Arme fest um mich zu spüren in einer Ecke in dem heißen, lauten Portobello Star, und ich merke, dass ich rot werde. Aber ich weiß nicht, was ich noch sagen soll. Zum Glück kommt der Kellner, um unsere Gläser aufzufüllen.

»Dann erzähl mir was über Cyrano de Bergerac«, sagt

Robert und wechselt das Thema. »Du hast mich mit ihm verglichen.«

»Nicht ganz«, widerspreche ich lachend. »Das ist ein französisches Theaterstück, das wir im Studium behandelt haben … Es geht um einen Dichter mit einer riesigen Nase, der sich sicher ist, deswegen keine Chance bei seiner schönen Cousine Roxane zu haben. Stattdessen hilft er dem gutaussehenden, aber dämlichen Christian de Neuvillette, Roxane zu umwerben, indem er an seiner Stelle Gedichte schreibt. So ähnlich wie du, als du mir vorgesagt hast, wie wir diese Typen beim Speed Dating beeindrucken können.«

»Wir?«

Ich grinse und hebe die Hände.

»Augenblick. Willst du damit sagen, dass ich einen Riesenzinken habe?«

Robert dreht mir sein Profil zu, und ich tue so, als würde ich es studieren. Tatsächlich ist seine Nase perfekt. Sehr kräftig, aber perfekt proportioniert für sein Gesicht. Aber das werde ich ihm nicht sagen.

»Gerade noch passabel«, sage ich stattdessen.

»Ich wollte mir eigentlich diesen Cyrano-Film ausleihen. Oder wenigstens *Roxanne*, die Version mit Steve Martin.«

»Der ist spitze! Ich liebe Steve Martin.«

»Kennst du … wie heißt er noch gleich, Augenblick …«

»Der Mann mit zwei Gehirnen? Drei Amigos? Zwei hinreißend verdorbene Schurken? Ich habe sie alle gesehen.«

Mitten im zweiten Gang wird mir plötzlich bewusst, dass ich mit Robert viel mehr lache als mit Dave. Wir erzählen uns gerade Geschichten von unserem ersten Schultag (ich war das einzige Kind in der Klasse, das bereits lesen, schreiben, addieren und subtrahieren konnte, nachdem ich meinen Vater gezwungen hatte, es mir beizubringen. Robert hat geheult und nach seiner Mum geschrien, sodass die Lehrerin ihn den ganzen Vormittag auf den Schoß nehmen musste (»Ich werde immer noch emotional, wenn ich Chanel No. 19 rieche.«)). Dann unterhielten wir uns über Bücher und Reisen und tausend andere Dinge, über die wir irgendwie nie gesprochen haben an all den faulen Wochenenden und gemütlichen Abenden, die wir zusammen verbrachten.

Seine Gesellschaft ist so unanstrengend, verglichen mit dem Druck, ständig vorher einstudierte Sprüche zum Besten zu geben wie mit Dave. Mir kommt in den Sinn: Das ist das beste Date, das ich jemals hatte.

Und ich lasse meine Gabel fallen.

»Alles okay? Fühlst du dich nicht gut?«, fragt Robert.

Pause. Ich sehe ihn an und lächle verlegen, während mein Gesicht zu kribbeln beginnt. Ich wette, ich laufe gerade rot an.

»Alles bestens.«

Innerlich schimpfe ich mit mir selbst: Das ist kein Date, das ist kein Date … O Gott, ich hoffe, er kann meine Gedanken nicht lesen …

»Gut, erzähl mir mehr von deinem Tag. Gefällt dir Hongkong?«

»Ich liebe es«, antworte ich, froh darüber, dass mein Gehirn abgelenkt ist. »Ich bin umherflaniert, weißt du? Ich ging spazieren ohne Ziel. Habe einfach die Gegend erkundet. Das ist das erste Mal, dass ich einen Tag verbracht habe, ohne eine To-do-Liste abzuarbeiten, seit … ich weiß nicht, wie lange. Das war übrigens eine Art Offenbarung. Stimulierend und trotzdem …«, ich suche nach dem richtigen Wort, »… friedlich.« Ich mache eine kurze Pause. »Das ergibt wahrscheinlich keinen Sinn.«

»Ich weiß genau, was du meinst«, sagt Robert. »Ich hing einmal im Rom wegen eines Streiks bei British Airways fest. Ich hatte zwei volle Tage, in denen ich nichts tun musste. Ich bin durch die Stadt spaziert und habe Dinge gesehen, die mir vorher nie aufgefallen sind. Ich habe mir allein ein Vier-Gänge-Menü bestellt …« Er unterbricht sich kurz. »Ich war davor und auch danach mehrmals in Rom, aber dieses eine Mal ist mir am besten in Erinnerung geblieben.«

»Wir rennen zu viel herum. In London, meine ich. Es ist zu hektisch. Wir tun nie … nichts.«

»Aber so ist das Leben. Egal, wo man lebt. Vielleicht sollten wir öfter mal das Handy ausschalten und – wie war das Wort? – flanieren gehen.«

»Ich frage mich, ob man zu zweit flanieren kann. Oder ob Einsamkeit die einzige Möglichkeit ist, um derart aufnahmefähig zu sein.«

»Ich denke, das hängt davon ab, mit wem man flaniert. Erinnerst du dich an unseren Spaziergang im Regent's Park?« Ich nicke. »An dem Tag habe ich Dinge gesehen, die mir vorher nie aufgefallen sind. Zum Beispiel, dass die Bäume so gepflanzt sind, dass der Park Raum und Balance hat. Oder dass es bestimmte Stellen gibt, an denen viel los ist, und andere, an denen man völlig ungestört ist. Und ich erinnere mich ganz deutlich an einen kleinen Jungen, der hinfiel und hysterisch losbrüllte. Ist das nicht seltsam?« Er macht eine Pause. »Ich frage mich, was der Kleine gerade macht.«

»Wahrscheinlich liest er *Die kleine Raupe Nimmersatt.*« Er sieht mich an und grinst.

»Hoffentlich.«

»Ich habe diesen Tag auch genossen. Das war sehr entspannend.«

»Ja«, stimmt er mir zu und blickt mich in dem Moment an, in dem mir sein kleiner Ausraster einfällt. »Jedenfalls bis ich ausgeflippt bin.«

»Ah, ja, das war schrecklich«, sage ich und grinse.

Robert sieht mir tief in die Augen und grinst zurück, bevor sein Gesicht plötzlich ernst wird … Ich schaue schnell weg. Was passiert hier?

Als wir mit dem Essen fertig sind, verlangt Robert die Rechnung. Obwohl ich protestiere, lässt er mich nicht bezahlen. Ich ertappe mich wieder bei dem Gedanken an ein Date. O Gott, es ist wirklich wie bei einem Date.

Wir nehmen ein Taxi für die Rückfahrt bergab – Stichwort: eine sehr kurvige Strecke, sodass wir auf dem Rücksitz hin und her geschleudert und gegeneinandergedrückt werden, obwohl ich mich bemühe, mich an der Tür festzuklammern, damit ich nicht auf Robert rutsche – und kommen schließlich im Mandarin Oriental an.

»Lass uns hier im Hotel einen Absacker trinken«, sagt er. »Wenn du Lan Kwai Fong bei Nacht erlebst, bekomme ich dich nie ins Bett.«

Die elegante, zurückhaltende Bar befindet sich im Dachgeschoss des Hotels. Ein paar Gäste sitzen an den kleinen Tischen entlang der Theke, geschniegelte Typen, mit einem weltmännischen, wichtigen Habitus. Wir setzen uns an einen niedrigen Tisch in eine Ecke, von wo aus wir einen Ausblick auf den Hafen haben.

»Hongkong ist wunderschön«, sage ich und drehe mich zu Robert. »Man hört nie jemanden sagen, wie schön es ist.«

»Ich weiß.«

Er lächelt mich an. Unsere Blicke treffen sich, und ich spüre, dass ich wieder erröte. Ich schaue weg und schnappe mir die Cocktailkarte.

»Ich nehme einen Old Fashioned«, sage ich rasch.

»Whisky, sehr gesund für den Magen«, bemerkt er.

Wir sitzen ein paar Minuten lang schweigend da und genießen die Aussicht. Das Schweigen ist nicht unbehaglich, sondern vielmehr friedlich. Unsere Getränke kommen. Robert erhebt sein Glas.

»Auf dich. Und auf deine tolle neue Karriere.«

Wir stoßen an. Ich habe eine tolle neue Karriere vor mir, denke ich glücklich. Ich weiß, das ist das Richtige für mich. Ich bin mir sicher, dass ich das kann. Ich denke sogar, dass ich ganz gut darin sein könnte. Und ich kann endlich aus der Finanzbranche aussteigen, muss nicht mehr jemanden spielen, der ich nicht bin. Selbst wenn das mit dem neuen Job nicht klappt, selbst wenn Katherine es gar nicht so gemeint hat, werde ich trotzdem diese Karriere einschlagen.

»Weißt du noch, als du mir an Neujahr gesagt hast, dass ich weiß, was ich will im Leben, aber zu viel Angst habe, es mir einzugestehen?«, frage ich.

»Ja«, antwortet er.

»Du hattest recht. Ich muss meinen Job kündigen, damit ich ein Leben führen kann, das ich …«, ich unterbreche mich und überlege, »… das ich mir wünsche und genießen kann. Ich bin eine beschissene Finanzberaterin … Aber ich war viel zu erstarrt, um es mir einzugestehen. Es fällt mir schwer … Entscheidungen zu treffen.«

»Du hast eben auf den richtigen Zeitpunkt gewartet und die richtige Gelegenheit«, entgegnet er und lächelt mich entspannt an. »Jetzt ist es so weit.«

»Ja«, sage ich, nehme nachdenklich einen Schluck von meinem Cocktail und schaue dann ein paar Sekunden aus dem Fenster. »Ich habe das Gefühl, ich stehe an einem Wendepunkt in meinem Leben«, sage ich und drehe mich wieder zu Robert. »Ich weiß endlich, was ich will.«

»Ich auch.«

Einen Moment lang kreuzen sich unsere Blicke, und plötzlich beginnt mein Herz laut zu klopfen. Geistesgegenwärtig drehe ich den Kopf wieder zum Fenster. Obwohl die Aussicht nicht mehr so magnetisch ist.

»Noch einen Drink?«, fragt er.

Ich nicke eifrig, unfähig zu sprechen. Er winkt der Kellnerin, um zu bestellen.

Was ist hier los? Irgendetwas in mir hat »Klick« gemacht, als wäre ein Schlüssel im Schloss gedreht worden. Denk nicht darüber nach, sage ich mir im Stillen. Schau einfach aus dem Fenster und denk an das Gespräch mit Katherine und Ronan heute. Denk an dein neues Leben, deinen neuen Job …

Die Bar ist jetzt fast leer. Ich drehe mich zu Robert. Wieder treffen sich unsere Blicke, und ich stelle fest, dass ich unfähig bin wegzuschauen. Mir ist ganz kribbelig und warm … Er lächelt mich an, ein winziges Lächeln, mehr mit den Augen als mit dem Mund, und ich lächle zurück.

Dann greift Robert bedächtig und gelassen über den kleinen Tisch und umfasst meine Hände. Ich sehe auf unsere Hände und hebe wieder den Kopf.

»Abby, mein Schatz …«, sagt er leise und beugt sich vor.

Ich ziehe meine Hände ruckartig weg, als die Kellnerin mit unseren Getränken kommt. Im nächsten Augenblick werde ich in die Realität zurückkatapultiert. Ich sitze in einer Hotelbar mit Robert. Meinem besten Freund. Was mache ich? Warum fühle ich mich so? Als die Kellnerin sich entfernt, meide ich Roberts Blick und konzentriere mich auf meinen Cocktail.

»Übrigens, du siehst heute Abend wunderschön aus«, sagt er und unterbricht meine Selbstbefragung. »Das habe ich dir noch gar nicht gesagt, glaube ich.«

»Äh … oh … äh … nein«, stammle ich und nehme ganz langsam einen großen Schluck von meinem Drink, wobei ich angestrengt in das Glas starre. Nach fünfzehn Sekunden bleiben meine Lippen an dem Eis kleben, und ich bin gezwungen, ihn wieder anzusehen.

»Bist du müde?«, fragt Robert.

Ich sehe ihn an und nicke, während mein Herz wieder zu hämmern beginnt. Woher kommt das? Ich fühle mich wie besessen.

»Sollen wir gehen? Ich habe übrigens das Zimmer direkt neben deinem bekommen. Ich muss nur kurz an der Rezeption anrufen, damit sie mir den Schlüssel hochbringen.«

Ich räuspere mich.

»Okay, dann lass uns gehen. Du kannst von meinem Zimmertelefon aus anrufen.«

Verhalte dich normal, Abigail.

Wir verlassen Seite an Seite, ohne uns zu berühren, schweigend die Bar. Dann stehen wir schweigend im Aufzug und gehen anschließend schweigend durch den Gang zu meinem Zimmer.

Als wir im Zimmer sind, geht Robert sofort zum Fernseher und beginnt, mit der Fernbedienung herumzuspielen.

»Ich bin der DJ«, sagt er. »Du bist der Barkeeper.«

»Prima. Ich muss nur noch mal kurz … äh … aufs stille Örtchen.«

Schwankend gehe ich ins Bad. Ich spüre immer noch den Whisky in meiner Kehle brennen. Ich stelle mich vor den Spiegel und betrachte mein Gesicht. Es glänzt nicht so schlimm und ist auch nicht so rot, wie ich befürchtet habe. Ich befeuchte den Zeigefinger und wische unter meinem Auge einen Eyeliner-Fleck weg. Warum gebe ich mir Mühe, mein Make-up auszubessern? Ich sollte lieber ein bisschen Zahnpasta essen. Warum soll ich Zahnpasta essen? Wer soll schon meinen Atem riechen? Beantworte nicht das, sondern lieber das: Was zum Teufel mache ich überhaupt? Vor sechs Tagen war ich noch hysterisch wegen Dave. Nein, das beantworte besser auch nicht. Und denk nicht an Dave.

Ich beuge mich über das Waschbecken, lehne die Stirn gegen den Spiegel, schließe die Augen und atme tief durch. Mein Herz rast holterdiepolter, und meine Finger zittern. Aber nicht vor Nervosität. Sondern vor Aufregung.

Und das ist nicht die nervöse Aufregung, die ich immer gespürt habe mit Sie wissen schon wem. Es ist anders. Es ist eher eine unerträglich herrliche, sichere, süße Vorfreude … als wüsste ich, was gleich passiert.

Weiß ich, was gleich passiert?

Ohne mir – bewusst jedenfalls – diese Frage zu beantworten, verlasse ich das Bad.

Robert sitzt auf dem Bett und schaut sich einen kantonesischen Videoclip an. Er dreht kurz den Kopf, als ich mich nähere, und grinst dann wieder in den Fernseher.

»Sieh dir diese Faye Wong an! Ich glaube, ich könnte mich in sie verlieben.«

Ich greife nach Roberts Hand und ziehe ihn vom Bett hoch, sodass er vor mir steht, und wir sehen uns eine Sekunde lang in die Augen. Dann beuge ich mich vor und küsse ihn.

Mein erster Gedanke nach dem Schock, dass ich – scheiße, scheiße, scheiße – Robert küsse, ist, o mein Gott, ja, ja, ja, so muss Küssen sein. Er ist so warm und stark und ein so großartiger Küsser, dass ich das Gefühl habe, mein ganzer Körper schmilzt, als würde ich zum ersten Mal seit Tagen, Monaten, Jahren richtig auftauen … Einen Moment lang gerate ich ins Schwanken, weil ich wacklige Knie bekomme, aber er schlingt so fest die Arme um mich, dass ich mich nicht bewegen würde, selbst wenn meine Beine wegknickten.

Ja, ja, ja, ja, ja, ja, ja, ja …

Damit habe ich nicht gerechnet. Das ist nicht vergleichbar mit Silvester. Da erinnere ich mich nämlich nur noch an dieses Wuuusch-Gefühl. Aber auch jetzt dreht sich alles, obwohl ich weitaus nüchterner bin. Also konzentriere ich mich auf seine Hände an meinem Hals, Gesicht und Haar, und o Gott, diese herrliche Samtigkeit seiner Lippen, die Wärme, die alles zum Schmelzen bringt …

Ja, ja, ja …

Wir küssen uns langsam und bedächtig während der vollen Dauer von vier kantonesischen Popsongs. Dann nimmt Robert seine Hand aus meinem Nacken, ohne den Kuss zu unterbrechen, angelt nach der Fernbedienung und schaltet den Fernseher aus. Ich kichere über seine Geschicklichkeit, und er löst sich von mir und grinst mich an.

»Sehr elegant, Romeo.«

»Das habe ich geübt, als du gekotzt hast.«

Ich sehe ihn an. Du bist so süß, denke ich. Ich kenne dich in- und auswendig, und ich vergöttere dich. Seine Augen weichen nicht von meinen, und ich bin weder nervös noch flatterig oder hilflos oder wie auch immer ich mich fühlen würde, wenn er – Sie wissen schon. Damals war es prickelnd und beängstigend, jetzt ist es warm und sicher … Während ich das denke, lege ich den Arm um seinen Hals und küsse ihn wieder.

Nach ein paar Minuten Küssen beginne ich (volle Verantwortung), das Ganze ein bisschen stärker zu beschleunigen als er. Mit beiden Händen schiebe ich ihn auf das Bett, setze mich über ihn und liege halb auf seiner Brust, während ich beginne, sein Hemd aufzuknöpfen.

Aber Robert hindert mich daran. (Ärgerlicherweise.) Er packt mich an den Handgelenken und zieht mich auf sich herunter, dann rollt er herum, sodass er auf mir liegt. Er presst meine Arme an meine Seiten und küsst meinen Hals, und ich bebe vor Entzücken und hebe den Kopf, um seinen Unterkiefer zu küssen und an der weichen

Stelle zu knabbern hinter seinem Ohrläppchen, bis er laut keucht.

»Ich will dich«, murmle ich, ohne zu überlegen, was ein verdammt verführerischer Anmachspruch ist. Findet Robert zumindest. Er sieht mich konzentriert an, dann rollt er zurück, sodass ich wieder auf ihm liege. Meine Arme sind jetzt frei, und ich fahre fort, sein Hemd aufzuknöpfen. (Ich kann da ziemlich energisch sein.)

»Bist du dir sicher?«, fragt er, während er sich aufsetzt, damit ich ihm das Hemd ausziehen kann. Als ich schließlich die Augen von seinem Oberkörper (heilige Brustmuskeln, Batman) losreißen kann, bemerke ich, dass sein Gesicht ernster ist als je zuvor. »Absolut sicher?«

»Ja, und das weißt du«, antworte ich und lächle wieder. »Du hast erstaunlich viele Brusthaare.«

»Ich hoffe, ich kann nicht dasselbe von dir behaupten.«

Ich muss lachen, und wir necken uns weiter und ziehen uns gegenseitig aus. Und dann sind wir nackt, und wir kichern nicht mehr, und es wird plötzlich alles ziemlich intensiv.

Sie kennen ja meine Einstellung, was die saftigen Details betrifft. Ich schaue Ihnen nicht zu beim Sex, und ich bin mir sicher, Sie wollen mir auch nicht dabei zuschauen – trotzdem, eins muss ich Ihnen sagen. Ich habe so etwas noch nie erlebt. Wir haben von allem ein bisschen, und wir harmonieren perfekt: langsam, schnell, leise, laut, hart, zärtlich, sanft und einfach verdammt unglaublich. Das zweite Mal ist schneller, leidenschaftlicher, drängender, gieriger. Und das dritte Mal ist quälend süß und langsam und schläfrig.

(Sorry, klingt das angeberisch?)

»Abby, mein Schatz«, murmelt Robert viel, viel später, als wir in der Dunkelheit daliegen und das Licht des niemals schwarzen Himmels über Hongkong das Zimmer erhellt. »Menschenskind, das war …«, er unterbricht sich, während ich ihn in den Arm kneife, weil ich schon weiß, dass er sich wieder über meine Ausdrucksweise lustig machen wird, »… prima.«

»Das war es«, stimme ich ihm leise zu.

Ich bin so müde.

»Wir müssen darüber reden«, flüstert er ein paar Sekunden später.

»Später.« Eine winzige Alarmglocke geht in meinem Kopf los. Ich ignoriere sie. »Später.«

Er schlingt die Arme um mich, und ich schlafe ein.

Kapitel 42

Da bin ich nun.

Nackt. In Hongkong. Wo ich ursprünglich meinen Freund überraschen wollte. Was damit endete, dass ich leidenschaftlichen Sex mit meinem besten Freund Robert hatte. Dreimal.

Ich mache die Augen weit auf und schaue mich um. Gott weiß, wie spät es ist, aber das Zimmer ist dunkel. Irgendwann letzte Nacht – ich glaube, zwischen dem deuxième und dem troisième Akt – zog Robert die Vorhänge zu. Ich kann mich deutlich an seine sehr schöne, nackte Silhouette vor dem Fenster erinnern, und dann drehte er sich lächelnd um, und ich befahl ihm, zurück ins Bett zu kommen.

Mir ist übrigens eben bewusst geworden, dass dies das größte Bett der Welt ist. Wir liegen in der Mitte, und rechts und links von uns ist jede Menge Platz. Ich liege auf der Seite, und Roberts Arm ruht auf mir. An seinem Atem höre ich, dass er schläft. Ich versuche, mich vorsichtig zu lösen, woraufhin er im Schlaf seinen Griff verstärkt und mich enger an sich zieht. Er ist so warm und stark, und er atmet sehr langsam und tief. Wie ein verdammter Bär im Winterschlaf.

Meine Augen haben sich an das Halbdunkel gewöhnt, und ich verrenke mir den Hals, um einen Blick auf den Wecker neben dem Bett zu werfen. Es ist 6:34 Uhr. O Gott. Ich muss nachdenken.

Komm schon, Abigail. Benutz deinen Verstand.

Du liegst mit einem Mann im Bett, der sich durch ganz

London samt den umliegenden Grafschaften gevögelt hat – mit kurzen Boxenstopps in Europa und den Staaten zur Abwechslung. Der größte Schürzenjäger, dem du je begegnet bist. Ein Mann, der Bettgymnastik zu einer olympischen Disziplin erkoren hat. Sicher, er ist immer ein guter und treuer Freund gewesen. Trotzdem ist er ein Weiberheld.

Sei also ehrlich zu dir selbst. So, wie du es bei Dave nicht sein konntest. Betrachte die Situation, wie sie wirklich ist.

Das war eine schlechte Idee.

Das war nur Sex.

Wir haben uns hinreißen lassen.

Vielleicht war es die einzige Möglichkeit, um eine so intensive und verrückte Woche wie diese abzuschließen. Ich meine, Robert ist extra nach Hongkong geflogen, um mich zu suchen. Vielleicht war das der Florence-Nightingale-Effekt: Ich begann, Lust zu empfinden für meine Krankenschwester. Oder vielleicht war es auch der gute alte Ritter in glänzender Rüstung.

Und vergiss nicht, Robert ist der geborene Retter. Er hat dich bei jedem schlechten Date gerettet. Er hat diesem aufdringlichen Kerl an Silvester ein paar verpasst. Er ist sogar extra nach Rom geflogen, um Antonia zur Seite zu stehen, als ihr Hund im Sterben lag. Das hat nichts zu sagen. Er hilft eben gern anderen. So ist er nun einmal. Er hat ein Helfersyndrom.

Und das Essen gestern Abend war … keine Ahnung, anders, besonders irgendwie. Aber wir sind in Hongkong, und ich war zum ersten Mal aus, nachdem ich mich von der doppelten Gefahr erholt habe, dem Magen-Darm-Virus und Dave. Und gestern war so ein grandioser, wirklich lebensverändernder Tag wegen dieses Jobs in der Filmbranche … All diese Dinge zusammen machten den

Tag so besonders. Aber es war nur Sex. Robert geht es nur um Sex, schon vergessen? Wie er selbst sagt, hat er noch nicht die Richtige kennengelernt, aber er steht auf Sex. Und wenn man es aus dieser Perspektive betrachtet, kommt einem sein Verhalten gar nicht mehr so falsch vor.

Außerdem will ich mich nicht in den nächsten Liebeswahn stürzen. Wieder ein verschlossener, schöner, selbstsicherer, witziger, scheinbar unerreichbarer Mann? Kein Wunder, dass ich mich zu ihm hingezogen fühle. Ich bin ein kleiner Spürhund, abgerichtet auf Bastarde. Und Robert würde mich am Schluss behandeln wie ein Bastard. Das weiß ich genau.

Was meinte die Glitzerkönigin auf der Party? Sie sagte, er gebe den Frauen das Gefühl, etwas Besonderes zu sein, als würde er sich um sie sorgen. Was hat sie noch gesagt? Ich kann mich noch ganz genau erinnern: Er ist so lieb und süß und unwiderstehlich, der perfekte Mann. Aber das ist alles nur Show. Für ihn ist das ein Spiel. Er ist nur ein mieser Mistkerl.

Wenn das ein Spiel ist, dann ist er der Einzige, der immer gewinnt. Was bedeutet, dass der andere immer verliert. Und ich will nicht schon wieder verlieren. Mag sein, dass ich auch mies bin, aber ich bin nicht blöd.

Ich bin nicht wie die anderen Frauen, mit denen er zusammen war, die, die mehr erwarten. Ich weiß, dass ich ihn nicht ändern kann. Sophie meinte, er sei unerreichbar, ein richtiger Womanizer. Und die Glitzerkönigin auf der Party sagte, dass er dreimal mit ihr im Bett war und ihr dann erzählte, er möchte es lieber locker angehen lassen.

Tja, wir hatten dreimal Sex.

Was bedeutet, dass er sich verdünnisieren wird, sobald er aufwacht.

Vielleicht sollte ich ihm zuvorkommen.

Was passiert, wenn ich bleibe? Ich versuche, mir das kurz auszumalen. Nehmen wir an, er ergreift nicht die Flucht, wenn er wach wird. Was dann? Wir fliegen zurück nach London und wohnen weiter zusammen als was – Freunde? Liebespaar? Affäre? Es wäre jedenfalls peinlich, er wäre angespannt und distanziert, und ich wäre nervös und unruhig, und unsere unkomplizierte Freundschaft wäre endgültig vorbei, und er würde mich zum Schluss einfach sitzen lassen. Nach allem, was passiert ist, kann ich das nicht zulassen. Ich muss mich schützen.

Zum ersten Mal in meinem Leben werde ich entschlossen handeln.

Und ich werde ihn verlassen, bevor er mich verlässt.

Ich gleite langsam unter seinem Arm hervor und aus dem Bett. Roberts Atem bleibt gleich. Ich schleiche auf Zehenspitzen so leise wie möglich ins Bad, drehe das Wasser in der Dusche auf und stelle mich regungslos darunter, den Kopf im Nacken, während ich mir das Wasser ins Gesicht prasseln lasse.

Ich weiß, dass ich recht habe.

Das mit Dave ist nur eskaliert, weil ich alles ignoriert habe, was ich wusste, um als Single zu überleben. Ich hatte mich nicht unter Kontrolle, ich war nicht distanziert, und ich war ganz bestimmt nicht kugelsicher. Ich rezitiere im Flüsterton Roberts ursprüngliche Überlebenstipps unter der Dusche.

»Cool sein, Distanz wahren, brutal sein, die Kontrolle behalten, kugelsicher sein, den anderen verlassen, bevor du verlassen wirst …«

Ich werde verschwinden, bevor er aufwacht, und zurück nach London fliegen, und bis er wieder zu Hause ist, wird er über diesen kleinen Dämpfer hinweg sein. Unsere Freundschaft hat schließlich ganz andere Dämpfer überstanden. Es war bloß ein One-Night-Stand.

Wie wäre das für Distanz wahren?

Ich dusche rasch zu Ende, entschuldige mich bei meinen Haaren für eine weitere traumatische Mit-dem-Kamm-den-Conditioner-verteilen-Erfahrung und schmiere etwas Feuchtigkeitscreme auf meine von Roberts Bartstoppeln gerötete Gesichtshaut. Dann ziehe ich mich schnell an und stopfe meine restlichen Klamotten und meine Badutensilien in den Koffer. Robert rührt sich nicht.

Soll ich ihm einen Zettel schreiben, dass ich absolut kein Problem habe mit dem, was letzte Nacht passiert ist? Dass alles cool ist zwischen uns?

Ich reiße eine Seite aus meinem Notizbuch, nehme mir einen Kuli vom Tisch und überlege kurz.

Lustiger Abend. Danke für alles. Fliege zurück nach London. Bis später.

Das dürfte es im Großen und Ganzen zusammenfassen, oder?

Ich halte kurz inne, bevor ich das Zimmer verlasse, und beobachte Robert im Schlaf. Seine Haare sind verwuschelt, und sein Kinn ist noch stoppeliger als sonst. Er sieht aus wie ein schwänzender Superheld: stark und warm und, Gott, so verführerisch.

Einen Moment lang zögere ich und gehe einen Schritt auf ihn zu. Vielleicht sollte ich mich einfach wieder zu ihm ins Bett legen. Ich könnte ihn wachküssen und …

Aber dann fällt mir ein, wenn ich das jetzt nicht durchziehe, zieht er es durch. Lieber verlasse ich ihn, als verlassen zu werden.

Ich eile hinunter in die Lobby, bezahle meine Rechnung – wobei ich mir insgeheim vornehme, nicht zu kündigen, bevor die Firma mir die Spesen erstattet hat, haha – und bitte darum, mir ein Taxi zum Flughafen zu bestellen. Um den Flug kümmere ich mich, wenn ich da bin. Ich hole mein frisch aufgeladenes Handy hervor, auf dem zehn SMS sind, die ich immer noch nicht beantwortet habe, was ich im Taxi nachhole. Ich schicke an alle denselben Text.

Bin wieder gesund … So eine Magen-Darm-Grippe ist echt fies. Komme heute Abend nach Hause. Sehen wir uns am Wochenende? LG PS Dave und ich haben uns getrennt.

Ich kann es kaum erwarten, nach Hause zu kommen, denke ich. Ich werde die Waschmaschine anwerfen, die Mädels anrufen, mich um meine berufliche Zukunft kümmern … Ich mache wohl besser eine To-do-Liste.

Ich blättere zu einer leeren Seite in meinem Notizbuch und beginne eine neue Liste. Ich möchte Katherine und Ronan googeln, und ihre Firma, Intuition Films. Ich glaube, ich muss Wäsche abholen aus der Reinigung, und ich muss neue Kontaktlinsen bestellen. Dad hat in zwei Wochen Geburtstag, also muss ich ein Geschenk besorgen. Ah, die befriedigende Ablenkung einer Aufgabenliste.

Wahnsinn, plötzlich fühle ich mich stark. Nein, ich fühle mich … kugelsicher.

Ich erreiche den Flughafen, marschiere direkt zum Schalter von British Airways und frage, ob ich meinen Flug umbuchen kann. Glücklicherweise geht die nächste Maschine schon in einer Stunde. Wenn ich mich beeile mit dem Sicherheitscheck, kann ich es noch schaffen.

Als ich endlich im Flieger sitze, bin ich total erledigt. Ich weiß nicht, wie viel Schlaf ich letzte Nacht hatte, aber es kann nicht mehr gewesen sein als ein paar Stunden. Ich frage mich, ob Robert bereits aufgewacht ist. Er wird erleichtert sein, wenn er merkt, dass ich weg bin und ihm die peinliche Situation erspart bleibt. Ganz bestimmt.

Ich beginne, mir Notizen zu machen für die Dokumentation. Ich muss mehr Informationen einholen, aber allein aus dem Stegreif fallen mir gleich etliche Themen ein, die ein Bild vom Mythos Luxus vermitteln. Ich schließe die Augen, während die Räder von der Startbahn abheben, und als die Anzeige für den Anschnallgurt erlischt, bin ich bereits eingeschlafen. Ich wache erst wieder auf, als wir in London landen.

Kapitel 43

»Und du hast seitdem nicht mehr mit ihm gesprochen«, sagt Plum.

»Nein«, sage ich.

»Ist er schon zurück?«, fragt Sophie.

»Ja«, sage ich.

»Gehst du ihm aus dem Weg?«, fragt Charlotte.

»Nein«, sage ich.

»Ist es nicht seltsam, immer noch mit ihm unter einem Dach zu wohnen?«, fragt Plum.

»Keineswegs«, antworte ich.

Ich schaue abwechselnd in ihre besorgten Gesichter und schließlich hinüber zu Henry, der gerade einen doppelten Cheeseburger mit Pommes frites vertilgt. Er hört auf zu kauen und erwidert schuldbewusst meinen Blick.

Es ist Donnerstagabend, und wir essen zusammen im Bountiful Cow in Holborn, um Neuigkeiten auszutauschen. Es ist das erste Treffen mit den anderen, seit ich letzte Woche aus Hongkong zurückgekommen bin. Zum Glück drehte sich alles außerhalb der Arbeitszeit um Sophies Hochzeit. (Über die Sitzordnung zu diskutieren ist, wie sich herausstellte, sehr beruhigend.)

»Hört zu, Leute, das ist keine große Sache«, sage ich, nehme meinen halb aufgegessenen Burger vom Teller und gebe ihn Henry, der ihn vorsichtig zwischen seinen Burger packt. »Robert ist erst seit ein paar Tagen zurück aus Hongkong. Irgendwann werden wir uns im Haus über den Weg laufen.« Sophie macht ein besorgtes Gesicht. Sie ist überzeugt, ich habe Roberts Gefühle verletzt, aber ich weiß, dass dem nicht so ist. »Soph, du kannst Gift darauf nehmen, dass Robert Hongkong auch nichts bedeutet. Ich war halt die Nächste in einer Reihe vieler anderer. Mehr nicht.«

»Wenn du meinst«, erwidert Sophie zurückhaltend und wechselt wieder einen Blick mit Plum und Charlotte.

»Was?«, sage ich wütend. Diese stummen Blicke sind so nervig, wenn, Sie wissen schon, man nicht beteiligt ist.

»Warum bist du abgehauen?«, fragen alle drei gleichzeitig.

Plum leitet ihren Satz mit einem »Scheiße« ein.

»Es war ein One-Night-Stand!«, entgegne ich. »Da macht man das so. Einer geht. Und ich verlasse lieber, als dass ich verlassen werde.«

»Aber … er ist extra wegen dir nach Hongkong geflogen«, sagt Charlotte.

Die Mädels beginnen, alle gleichzeitig zu reden.

»Er hat sich um dich gekümmert, als du krank warst.«

»Er ist so süß.«

»Ihr versteht euch so gut. Ihr würdet ein tolles Paar abgeben.«

»Der arme Robert! Überleg mal, wie er sich gefühlt haben muss, als er allein aufgewacht ist!«

»Er könnte dein gottverdammter Seelenverwandter sein!«

»Und er ist ein richtiger Mann«, wirft Henry dazwischen, nachdem er mit dem Essen fertig ist und sich endlich am Gespräch beteiligt.

Ich schließe die Augen und seufze. Sie wollen einfach nicht verstehen. Sie sind alle wiedergeborene hoffnungslose Romantiker, die das Glück hatten, ihren Traumpartner zu finden, trotz ihrer bescheidenen Überlebenskünste als Singles.

Außerdem kennen sie Robert nicht so gut wie ich.

»Er war bestimmt froh, dass er allein aufgewacht ist. So musste er sich nicht mit mir herumschlagen. Ich habe es ihm verdammt leicht gemacht«, sage ich. »Außerdem, Plum, so etwas wie Seelenverwandtschaft gibt es nicht, sorry, wie gottverdammte Seelenverwandtschaft.«

Eine Pause entsteht. Ich weiß, sie wechseln wieder Blicke, aber ich hefte die Augen auf meinen Teller.

»Ist es okay, wenn Dan sich nachher zu uns gesellt?«, fragt Plum schließlich.

»Luke kommt auch«, erwidert Sophie. »Er wird in zwanzig Minuten hier sein.«

»Wann fängt dein neuer Job eigentlich an?«, fragt Plum.

»Montag. Morgen gebe ich meine Kündigung ab«, antworte ich und nippe an meinem Wein. Mein Appetit hat stark nachgelassen, seit ich flachlag in Hongkong, aber mein Durst ist unvermindert groß. »Morgen ist Suzanne wieder da, wo auch immer sie sich herumgetrieben hat. Das wird bestimmt … interessant.«

»Du schaffst das schon«, sagt Charlotte aufmunternd. »Suzanne muss dich sofort von der Arbeit freistellen. Denk an all die Informationen, zu denen du Zugang hast. Das könnte für die Bank verheerend sein.«

Ich nicke stumm. Natürlich habe ich mir in den letzten paar Tagen alles kopiert, was ich brauchen könnte. Aber das werde ich für mich behalten.

Ich lächle in mich hinein, während ich an meinen neuen Job denke. Seit Katherine mir offiziell eine Stelle bei Intuition Films, der Produktionsfirma in Soho, angeboten hat – überraschenderweise bei einem Gehalt, das nicht weit unter meinem bisherigen liegt –, strotze ich vor Energie und Zuversicht, was meine berufliche Zukunft betrifft. Ich hätte mir nie vorstellen können, dass ich so etwas einmal sage.

Es ist nur ein befristeter Vertrag über sechs Monate.

Katherine meinte: »Bringen wir zuerst dieses Projekt zu Ende, und dann sehen wir weiter.« Aber ich weiß, ich kann daraus eine richtige Karriere machen. Die wollen mich sofort. Und ich kann es gar nicht erwarten anzufangen.

Meine letzte Begegnung mit Suzanne war kurz vor meiner Abreise nach Hongkong, als sie mir die Abreibung verpasste. Und nun werde ich ihr mitteilen, natürlich in professionellem und höflichem Ton, wo sie sich ihr »Seien Sie produktiver« hinstecken kann. Ich kann es kaum erwarten, Robert davon zu erz… ah, was soll's.

Wenig später stoßen Dan und Luke zu uns, und wir sind kurz abgelenkt, um die nächste Runde zu bestellen.

»Wie geht es dir, Süße?«, fragt Luke leise, als Henry die Aufmerksamkeit aller auf sich lenkt, indem er Charlotte zwingt, ein Dessert zu bestellen, damit er zwei haben kann.

»Gut, es geht mir gut«, sage ich rasch und schenke ihm ein Lächeln.

Als ich Luke das letzte Mal sah, erzählte er mir, vom Organisieren der Sitzordnung bekäme er Nesselausschlag.

»Dave hat mich gestern Abend angerufen und mir die ganze Geschichte mit Bella und dass er an Weihnachten wieder mit ihr zusammengekommen ist, erzählt«, sagt Luke leise. Nicht die ganze Geschichte, denke ich insgeheim. Die wirst du nie erfahren. Ich habe niemandem etwas gesagt von dem Familienskandal im Urlaub, von dem Robert mir erzählt hat, und ich habe auch nicht die Absicht es zu tun. »Ich kann nicht … Ich weiß nicht, was ich sagen soll.« Luke sieht mich schuldbewusst an. »Sie ist meine Schwester, aber das habe ich nicht kommen sehen. Was für ein beschissenes Chaos. Was die Geschichte mit Robert betrifft – Sophie hat es mir erzählt, ich hoffe, das ist okay …«

»Es ist alles in Ordnung«, unterbreche ich ihn resolut. »Versprochen. Es geht mir bestens.«

»Scheiße, wie machst du das, dass du dich immer so schnell erholst?«, zischt Plum, die offensichtlich gelauscht hat. »Und hast du übrigens daran gedacht, dass du Dave sehen wirst …«, sie unterbricht sich kurz und tut so, als würde sie über ihre Schulter spucken, »… und auch Bella auf der Hochzeit?«

»Natürlich habe ich daran gedacht«, erwidere ich, während mir bewusst wird, dass Luke und, oh, toll, nun auch Sophie und Plum mich besorgt anstarren. Ich bin fest entschlossen, mit meinen romantischen Albträumen (sprich: schweren Reinfällen) nicht die Hochzeitsfeier zu versauen. Man stelle sich das einmal vor: Der halbe Brauttisch redet nicht mit der anderen Hälfte wegen mir. Schlimmer kann man nicht versagen als Brautjungfer. Dan, Henry und Charlotte starren mich jetzt ebenfalls an. Gott, manchmal wünschte ich, wir würden uns nicht so nahestehen. »Das ist keine große Sache. Wir sind alle erwachsen. Es wird keine Szene geben. Ich bin da ganz gelassen.«

»Scheiße, ich aber nicht«, sagt Plum. »Ich konnte den Kerl noch nie leiden. Dave hat mich immer links liegen lassen, wenn wir uns in der Runde begegnet sind. Ich war nicht seine Freundin und auch kein potenzielles Anmachopfer, also war ich unwichtig. Ich hasse das.«

Ich zucke zusammen. Ich wünschte, das wäre mir aufgefallen. »Trotzdem, ich glaube nicht, dass es mich aus der Bahn wirft, wenn ich den beiden begegne. Das mit Dave war ein Fehler, mehr nicht.«

Plum fällt mir ins Wort. »Aber der Flachwichser hat dich betrogen und belogen.«

»Danke für die kurze Zusammenfassung«, sage ich. »Aber ganz ehrlich, es ist aus und vorbei. Es geht mir gut damit. Ich habe den Kopf verloren, nicht mein …«, ich zögere verlegen, aber ich kann den Satz jetzt nicht unvollendet lassen, »… nicht mein Herz.«

»Das macht Sinn«, sagt Sophie nickend und wechselt rasch das Thema.

Wahrscheinlich ergibt das keinen Sinn, aber wenn ich nachdenke über die drei Monate, die ich mit Dave zusammen war, kommt es mir vor, als wäre die nervenzerreibende Unsicherheit, die überstürzte Reise nach Hongkong, die niederschmetternde Wahrheit in der Lobby jemand anderem passiert. Jemand anderem, aber nicht mir. Nicht meinem richtigen Ich.

Obwohl, wenn ich genauer darüber nachdenke, passiert das ständig. Jede Frau, die ich kenne, ist schon einmal an einen Bastard geraten. Aber warum? Warum sind Frauen so versessen auf bestimmte Männer? Männer, die sich nie melden, die uns immer warten lassen, die uns nie ihren Freunden vorstellen, die nie bei uns übernachten, die jedes Thema langweilig finden, das nichts mit ihnen zu tun hat, die sich nie Mühe geben, uns das Gefühl zu vermitteln, dass wir beschützt oder geschätzt oder geliebt werden. Kurzum, Männer, die nicht wirklich fies sind, aber auch nicht wirklich nett. Ich kann mich nicht wirklich an etwas Nettes erinnern, das von Dave kam (das Bett zählt nicht), außer dass er mich zum Lachen brachte. Und Lachen ist zwar wichtig, aber nicht genug. Jedenfalls nicht allein. Dave ist ein richtiger Vollarsch. Genau das ist er. Ein Vollarsch.

Außerdem ist er ein trauriger Vollarsch. Weil er seit Jahren eine Frau liebt, mit der er nicht zusammen sein kann. Kein Wunder, dass er innerlich so kalt und hart ist: Ihm bleibt nichts anderes übrig.

Egal, es gibt wichtigere Dinge, über die ich mir Gedanken machen muss.

Wer hätte gedacht, dass es so befriedigend sein kann, wenn man weiß, was man sich wünscht im Leben, und versucht, es in die Tat umzusetzen? Wissen Sie, früher dachte ich immer, das Glück stünde am Ende aller selbst gesteckten Ziele – dass man es erst dann erreicht, wenn man jeden einzelnen Punkt auf einer langen Liste abgehakt hat. Aber nun bin ich mir dessen nicht mehr so sicher. Ich glaube, dass die Verwirklichung von Träumen sogar noch besser ist. Als ich keinen Ehrgeiz hatte, etwas zu erreichen, fand ich es nicht aufregend, morgens aufzustehen. Jetzt schon.

»Ich mache kein Trinkspiel!«, höre ich plötzlich Plum am anderen Tischende rufen. »Mein ganzes Leben ist ein Trinkspiel, Dan. Und die Regeln werden immer komplizierter.«

»Das ist kein Trinkspiel«, erwidert er, und Plum beginnt zu singen.

»Äh … Dan! I feel like a woman«, erwidert sie.

»Was ist mit den beiden?«, frage ich Luke.

Wir starren alle zu Plum und Dan, die hysterisch lachen.

»Ich glaube, das ist ein Spiel, bei dem man reale Personen in einem Song unterbringen muss«, antwortet er.

»So was Ähnliches habe ich mal in einem Buch gelesen«, sage ich.

»Sophieeelin' good«, singt Luke. »Da-da … da-da …«

»Luke, luke, luke, luke of Earl …«, kontert sie.

Sie klatschen sich ab.

»Oh, baby do you know what that's worth? Ooh, Henry is a place on earth«, singt Charlotte, wobei ihr am Ende die Stimme versagt.

»Das war billig«, sagt Henry. »Charlotta shakin' going on!«

Er beginnt, auf dem Tisch den Rhythmus zu trommeln.

»Das ist nicht ihr richtiger Name!«, ruft Plum.

»Leck mich, Plum!«, erwidert Henry.

Sofort beginnt eine große Diskussion. Nichts reimt sich auf meinen Namen, denke ich traurig. Und niemand macht überhaupt den Versuch.

»Abigail away, 'gail away, 'gail away«, singt Plum.

Ich hebe den Kopf, und sie lächelt mich an. Wer weiß schon besser als Plum, wie ätzend es sein kann als einziger Single unter Paaren. Dann wird mir bewusst, welches Lied sie meint.

»Willst du etwa behaupten, dass der einzige Song, der sich auf meinen Namen reimt, ausgerechnet von der blöden Enya ist?«

Charlotte dreht sich zu mir. »Drüben an der Theke ist ein Typ, der dich ständig anstarrt«, sagt sie.

»Kein Interesse«, entgegne ich sofort. »Bei diesem Spiel mache ich nicht mehr mit.«

Und ich spiele auch nicht mehr mit. Ich mache mir nicht einmal die Mühe, einen Blick auf ihn zu werfen.

»Scheiße, du machst was?«, stößt Plum erschrocken aus.

»Ich werde mein Singleleben genießen«, erwidere ich.

»Ja?«, sagt Charlotte und versucht, nicht überrascht zu wirken.

Ich ignoriere den subtilen Unterton in ihrem »Ja?« Nun habe ich die Aufmerksamkeit der ganzen Runde. Schon wieder.

»Ja«, bekräftige ich in unbekümmertem Ton. »Früher habe ich alles getan, um das Einsamkeitssyndrom zu vermeiden.« (Aus dem Augenwinkel sehe ich, dass Dan ein lautloses »Was?« in Richtung Plum artikuliert.) »Aber ich denke, jetzt ist es Zeit, das als Chance zu nutzen. Single sein bedeutet Sicherheit.« Ich stehe auf und gebe Sophie Geld für die Rechnung später. »Ich bin weg. Abigail muss morgen früh raus.«

»Bist du sicher?«, fragt Sophie und steht auch auf, um

mich zum Abschied zu umarmen. »Ist es wegen der Männer? Ich kann sie bitten, wieder zu gehen, wenn du lieber unter Frauen sein willst«, flüstert sie mir ins Ohr.

»Nein, nein, natürlich nicht«, sage ich rasch. »Ehrlich nicht. Morgen ist ein großer Tag. Ich werde kündigen, schon vergessen?«

Kapitel 44

Der nächste Morgen ist nicht der Rede wert – bis um 10:42 Uhr, als ich mit Helen von der Personalabteilung und meiner Chefin Suzanne zusammensitze, die immer wieder die folgenden Worte wiederholt, jedes Mal noch aggressiver und ungläubiger.

»Recherche für einen Dokumentarfilm.«

»Ja«, strahle ich. »Über die Wirtschaftskrise und die Luxusmärkte.«

»Es tut mir leid, aber ich muss Sie bitten, sofort das Gebäude zu verlassen«, sagt Helen lächelnd.

Sie ist freundlich und offen, mit einer Seele aus Stahl.

»Kein Problem«, entgegne ich und lächle freundlich zurück.

»Packen Sie Ihre Sachen. Der Sicherheitsdienst holt Sie in zehn Minuten ab«, bellt Suzanne.

Mann, die ist vielleicht angepisst. Am liebsten würde ich in die Hände klatschen.

»Super! Vielen Dank. Tschüss. Danke!«, sage ich glücklich.

Ich stehe auf und unterdrücke das Bedürfnis, mit einem leichtfüßigen Bergziegensprung den Raum zu verlassen. So schnell wie möglich kehre ich an meinen Schreibtisch zurück, stelle mich hinter Charlotte und rufe »Buh!«. Sie zuckt kurz zusammen und bricht dann in nervöses Kichern aus. In diesem Büro macht man nicht »Buh!«. Ausgeschlossen.

Im Flüsterton teile ich Charlotte kurz mit, wie das Gespräch gelaufen ist, und kurz darauf kommt auch schon der Mann vom Sicherheitsdienst. Es ist Steve von der Pforte.

»Hallo, Steve«, sage ich und strahle ihn an.

»Fertig?«

»Tragen Sie mich auf den Armen hinaus wie Richard Gere Debra Winger in *Ein Offizier und Gentleman?* Vielleicht darf ich sogar Ihre Mütze aufsetzen?«

Steve lacht so laut darüber, dass die ganze Abteilung zu uns herüberschaut. Grinsend greife ich nach meiner Tasche. Sonst brauche ich nichts. Die wenigen persönlichen Dinge, die ich hier hatte, habe ich bereits letzte Woche nach Hause genommen.

»Ich rufe dich später an«, sagt Charlotte mit Tränen in den Augen und drückt mich fest.

»Ich werde es vermissen, dich jeden Tag zu sehen. Aber du bist ja jetzt mit Henry zusammen, also wirst du mich nicht los. Das war Teil von meinem heimtückischen Plan, dich zu meiner Freundin zu machen.«

Charlotte grinst, und als ihr Telefon klingelt, greift sie über den Schreibtisch, um abzuheben. Sie ist viel besser in diesem Job, als ich es jemals war. Und es macht ihr sogar Spaß.

Während Steve mich zum Ausgang begleitet, kann ich nicht aufhören zu grinsen. Ich bin so froh.

»Bis dann, Steve!«, sage ich und umarme ihn zum Abschied.

Er wirkt etwas überrascht, aber dann grinst er auch und erwidert meine Umarmung.

»Auf Wiedersehen, Abigail. Passen Sie auf sich auf.«

Er lässt mich hinaus, wo ich tief die wunderbar klare kalte Luft einatme. Die Sonne scheint, und der Himmel ist blau. Der perfekte Tag, um arbeitslos zu sein.

Ich bin nicht länger eine Finanzberaterin. Ich arbeite nicht mehr für eine Investmentbank. Ich fange nicht mehr morgens vor sieben Uhr an und halte keine Präsentationen vor testosterongesteuerten Börsenheinis mehr.

Was für ein außerordentlich fantastisches Gefühl.

Ich lächle in mich hinein, hole meinen iPod heraus und höre Phoenix, bis mir einfällt, dass Robert mich auf diesen Sender gebracht hat. Daraufhin schalte ich um auf meinen Sechzigerjahre-Mix. Keine Erinnerungen, bitte.

Mit einem Dauergrinsen im Gesicht gehe ich in Richtung Fleet Street und von dort weiter in Richtung Covent Garden. Die Piazza in Covent Garden ist wunderschön, und trotzdem trifft man dort selten Londoner, geht mir durch den Kopf. Ich schlendere über den Platz, wobei meine Absätze mehrmals zwischen dem Kopfsteinpflaster stecken bleiben, und beobachte die Straßenmusiker und Touristen.

Ich bin mir nicht sicher, was ich mit meinem freien Tag anfangen soll. Ich hatte keinen mehr seit … Hongkong. Seit ich flanieren war.

Und wieder wandern meine Gedanken unwillkürlich zu Robert. Ich versuche, möglichst nicht an ihn zu denken, wie Ihnen wahrscheinlich aufgefallen ist. Es macht einfach keinen Sinn. Was passiert ist, ist passiert. Und immer wenn ich mich frage, ob ich vielleicht, aber nur vielleicht, nicht hätte weglaufen sollen und ihn allein zurücklassen im Hotelzimmer, sage ich mir schnell: Sei still.

Robert hat auch nicht an meine Tür geklopft, um mit mir darüber zu reden, wissen Sie.

Ich bummle durch die Läden und versuche, mich zu beschäftigen, indem ich die Leute beobachte, aber es klappt nicht richtig. Ich finde innerlich keine Ruhe. Dabei habe ich allen Grund dazu – ich habe meinen Job gekündigt, ich schlage eine neue berufliche Laufbahn ein, auf die ich schon sehr gespannt bin, ich bin endlich frei von meinem dämlichen, selbst auferlegten Dating-Druck und der Folgeerkrankung in Form meiner Dave-Besessenheit … und trotzdem stimmt etwas nicht.

Dann bekomme ich eine SMS. Von Robert.

Habe das mit deinem neuen Job von Luke erfahren. Gut gemacht. Du hast es verdient. JimmyJames pennt ein paar Wochen bei uns auf der Couch. Hoffe, das geht klar. R

Ich spüre einen leisen Stich, weil er so formell mit »R« unterschrieben hat. Als würde ich ihn nicht mehr kennen oder als hätte ich seine Nummer gelöscht. Ich beiße auf die Unterlippe und tippe eine Antwort.

Danke … Das mit JimmyJames ist kein Problem … freue mich auf ihn!

Ich überlege kurz. Ist das eine angemessene Antwort? Was soll ich sonst schreiben? Ist alles okay wegen Hongkong? Bist du sauer auf mich? Ist unsere Freundschaft vorbei? Kann es jemals wieder so sein, wie es einmal war? Soll ich freundlicher reagieren und schreiben, wie sehr ich mich auf den Job freue? Nein. Seine SMS ist auch nicht freundlich. Ich werde sogar die Auslassungspunkte löschen. Ich überarbeite meinen Text:

Danke. Kein Problem wg. JJ. A

Senden.

Ich gehe den ganzen Weg zu Fuß nach Hause, setze mich in mein Zimmer und recherchiere ein paar Stunden für die Dokumentation, während ich zwischendurch Sophie und Plum eine SMS schicke in der Hoffnung, dass sich etwas für heute Abend ergibt. Aber keine von beiden hat Zeit. Ich könnte zu einer Party gehen von einem aus der Uniclique, oder ich könnte mich an eines der Paare hängen, wenn ich das wirklich wollte, aber ich will nicht. Also arbeite ich weiter.

Gegen acht Uhr höre ich unten Geräusche. Robert und JimmyJames!

Bestimmt wäre es eine gute Idee, den beiden ein Essen vom Lieferservice zu spendieren, um unsere Beziehung zu verbessern, oder nicht? Ich trage etwas Lippenbalsam auf und gehe nach unten. Sei fröhlich, halte ich mir vor Augen. Sei entspannt.

Robert und JimmyJames hängen auf der Couch ab und sehen sich ein Fußballspiel an.

»Hallo, Jungs«, sage ich mit meinem strahlendsten Lächeln und lehne mich gegen den Türrahmen.

»Hi.«

Keiner der beiden löst den Blick von der Mattscheibe.

»Wie geht es dir, JimmyJames?«

»Gut, Abigail, mein Schatz«, erwidert er und dreht den Kopf, um mir kurz zuzuzwinkern. »Danke, dass ich bei euch pennen kann. Ich verspreche, ihr werdet gar nicht merken, dass ich hier bin.«

»Kein Problem! Hättet ihr Lust auf das Thai-Taxi? Ich wollte gerade bestellen …«

»Nö, wir haben Pizza bestellt«, entgegnet Robert, ohne den Kopf zu drehen.

Er greift nach der Fernbedienung und stellt den Ton lauter.

»Okay«, sage ich so fröhlich wie möglich.

In meiner Brust spüre ich eine kalte Faust. Plötzlich ist mir der Appetit vergangen. Ich hole mir einen Joghurt aus dem Kühlschrank und lehne mich zum Essen gegen die Küchenanrichte.

Im Moment läuft Werbung, und Robert gibt einen Kommentar über einen Spot ab, aber ich kann ihn nicht richtig verstehen. JimmyJames lacht und nickt. Es ist, als wäre ich nicht da. Ich sehe von Robert nur den Hinterkopf und seine langen Beine, die auf dem Couchtisch ausgestreckt sind. Ich muss daran denken, wie es sich anfühlte, meine Hände auf …

Hör auf.

Ich werfe den leeren Joghurtbecher in den Mülleimer und gehe nach oben. Keiner der beiden sagt ein Wort.

Schön. Wenn er den Kühlen spielen möchte, ich kann auch kalt sein.

Kapitel 45

Montagmorgen und gleichzeitig der erste Tag in meinem neuen Job – nein, in meinem neuen Leben.

Mein »Ich-arbeite-nicht-in-einer-Investmentbank-sondern-in-der-Medienbranche«-Siegeroutfit: meine Lieblingsjeans von J Brand, zwei weiße langärmelige T-Shirts übereinander, ein langer Pomponschal und eine todschicke dunkelblaue Jacke. Die Haare sind zu einem wilden Knoten hochgesteckt. Ich binde mir die Schnürsenkel an meinen neuen Leder-Chucks mit einem zufriedenen Seufzen (tschüss, ihr unbequemen Arbeitspumps!) und betrachte das Ergebnis im Spiegel. Hübsch mit einem schrägen Touch habe ich nicht mehr nötig. Ich ziehe jetzt an, was ich will, und ich fühle mich wie ich selbst.

Robert ist natürlich schon weg. JimmyJames hat überall im Wohnzimmer seine Schuhe, Klamotten, Münzen, zerknüllte Papierchen verstreut … Wenigstens wird Robert sich auch darüber ärgern, denke ich grimmig.

Ich gehe beiden aus dem Weg seit dem Vorfall mit dem Pizza-Taxi letzte Woche. Das ist nicht schwer, dank Sophies Hochzeitsvorbereitungen. Ich hätte nie gedacht, dass ich jemals einen Hass auf so etwas Harmloses wie Hochzeitstischkarten entwickeln würde, aber wenn man hundertzwanzig davon gefaltet hat und das Bändchen durch die Ecke gefädelt, ist man kurz davor, den Pfarrer zu verprügeln. Die Hochzeit ist in drei Wochen. Nur noch drei Wochen, bis wir alle am selben Brauttisch sitzen. Dave. Bella. Robert. Und ich.

Das neue Büro liegt in einem alten Gebäude auf der

Dean Street, das ich genau um 9:58 Uhr betrete, nach zwei Tassen Kaffee zur Beruhigung und einem unterhaltsamen Blick auf das Publikum in Soho. Seltsamerweise bin ich nicht nervös. Ich bin ruhig und gespannt, aber nicht nervös. Wenn ich genauer darüber nachdenke, war ich nicht mehr nervös seit Hongkong. Ich bin buchstäblich geheilt von meinen Nerven, meiner ewigen Achillesferse … Vielleicht durch den Schock, als ich Dave und Bella zusammen gesehen habe. Oder durch den Schock, neben Robert aufzuwachen.

Bei diesem Gedanken muss ich laut lachen, und ein Sicherheitsmann, der hinter seinem Tisch fernsieht, wirft mir einen sonderbaren Blick zu.

Ich bereite mein erstes Hoch-motivierte-neue-Mitarbeiterin-Gesicht vor. Worauf ich nicht vorbereitet bin, ist Katherine, die eilig die Treppe herunterläuft, immer zwei Stufen auf einmal nehmend, bevor sie vor mir zum Stehen kommt und mich mit Küsschen rechts und links und einer freundlichen Umarmung begrüßt.

»Wie schön, dich zu sehen!«, sagt sie. »Wie geht es dir?«

»Fantastisch!«, erwidere ich. »Und wie geht es dir?«

»Unterirdisch. Ich bin so froh, dass du hier bist. Okay, gehen wir hoch.«

Intuition Films ist im obersten Stockwerk, und ich nehme begeistert wahr, dass man keinen lästigen Sicherheitsausweis braucht, um in das Büro zu gelangen. Eine Seite des Raums besteht aus riesigen Fenstern, und man blickt über die Mary-Poppins-Dächer von Soho. Das Büro ist ein kreatives Durcheinander. Acht Leute sitzen vor dem Computer, hier und da steht eine Couch, an den Wänden hängen Filmplakate, und im Hintergund spielt leise Roxy Music – ah, Roxy Music! Ich sehe eine kleine Kaffeeküche, in der ein junger Kerl in engen Jeans und einem Kapuzenpulli gerade seinen Toast buttert.

»Dort drüben ist dein Arbeitsplatz«, sagt Katherine und führt mich zu einem großen Schreibtisch hinten in der Ecke, direkt am Fenster. Dort steht bereits ein neu aussehender Laptop und wartet auf mich. »Meistens fangen wir hier gegen zehn an und machen Feierabend um sechs. Es ist bereits alles für dich eingerichtet. Wenn du etwas brauchst, ruf mich oder frag Robyn, die Sekretärin.« Sie dreht sich um und zeigt auf eine blonde Frau auf der anderen Seite des Raums. Ich nicke. »Wir haben eine Projektbesprechung um elf. Ich komme dich abholen.«

Ich kann nicht beschreiben, wie interessant mein erster Arbeitstag ist, ohne wie ein blöder Streber zu klingen, aber es ist unglaublich, wie stark mein Interesse für Luxusmarken und die Börse ist, nur weil ich sie aus einem anderen Winkel betrachte. Wir haben die Aufgabe, die wichtigen Finanzereignisse der letzten zehn Jahre interessant aufzubereiten und gut verdaulich zu präsentieren, und ich habe dazu jede Menge Ideen. Zuerst halte ich mich noch ein wenig zurück, aber während der Projektbesprechung habe ich wortreich und lebhaft mit Katherine und Jeremy, dem Rechercheassistenten und Toastbutterer, diskutiert. Wir haben grob festgelegt, wie wir bei der Recherche vorgehen, und die Produktionsassistenten haben eine lange Aufgabenliste bekommen.

»Übrigens«, sagt Jeremy zu Katherine, als wir den Raum verlassen. »Ronan hat vorhin angerufen. Er hat gefragt, ob ich die Recherche für das Frankreich-Projekt beschleunigen kann. Ist das okay?«

»Ja, wir hatten eine Anfrage von HBO«, antwortet Katherine. »Wir müssen alles für das Meeting in LA nächsten Monat sammeln.«

»Was ist das Frankreich-Projekt?«, frage ich.

»Das ist unser erster nichtdokumentarischer Film … ein tolles Drehbuch. Es handelt sich um ein vierteiliges Historiendrama über Blanka von Kastilien. Sie war die Frau von …«

»König Ludwig dem Achten«, sage ich. »Ich habe meine Diplomarbeit über Blanka geschrieben. Ich habe Altfranzösisch und Spanisch studiert.«

Katherine starrt mich einen Moment an und beginnt dann, hysterisch zu lachen.

»Unglaublich! Wahnsinn! Ich bin so froh, dass wir dich kennengelernt haben.«

Jeremy grinst. »Ich auch. Ich wäre sonst völlig hilflos.«

Ich lächle glücklich. Ich glaube nicht, dass ich jemals einen besseren Arbeitstag in meinem Leben hatte.

Die nächsten Tage verfliegen im Nu, ein verschwommenes Durcheinander aus Meetings und Recherchen und Ideen, die mich alle in dem Gefühl bestärken, dass ich meine wahre Berufung gefunden habe. Ich bleibe meistens länger im Büro als die anderen. Ich kann nicht anders – ich schätze mich überaus glücklich, dass ich diese Chance bekomme. Ich möchte niemanden enttäuschen.

Abends treffe ich mich mit den Mädels zum Quatschen und verabrede mich sogar mit ein paar Leuten aus der alten Uniclique. Alles, nur nicht zu Hause herumsitzen.

Anscheinend ist Peter mit der Frau, mit der er herumgereist ist, zusammengezogen – genau, die, mit der er eine Affäre hatte. Die Neuigkeit lässt mich kalt. Es ist, als würde ich den neuesten Klatsch über jemanden, den ich nicht einmal kenne, hören. Ist das nicht schräg?

Am Donnerstag gehe ich nach Feierabend mit meinen neuen Kollegen einen trinken, aber ich klinke mich aus, als die Runde beschließt, danach essen zu gehen, und gehe nach Hause. Ich glaube, die Jungs sind heute Abend aus, dann habe ich das Haus für mich allein.

JimmyJames' Anwesenheit macht es einfacher, das Niemandsland meiner Freundschaft mit Robert zu ertragen, denke ich, als ich das Trümmergrundstück, was einmal unser Wohnzimmer war, betrete. Andererseits auch nicht. Ich frage mich, ob Robert und ich uns inzwischen unterhalten hätten, wenn wir die Möglichkeit gehabt hätten, unter vier Augen zu sprechen.

Andererseits gibt es nicht wirklich etwas zu besprechen, oder? Nein.

Ich glaube, ich muss mir eine andere Bleibe suchen. Ich meine, ich weiß, dass ich ausziehen werde. Ich habe es hinausgeschoben, mir darüber Gedanken zu machen (wie untypisch für mich). Aber diese eisige Atmosphäre kann ich nicht ewig ertragen. Also bleibt mir nur der Rückzug, richtig?

Ich stelle die Waschmaschine an und gehe nach oben, wo ich ein ausgiebiges heißes Bad genieße. Ich versuche, die *Elle* zu lesen, aber ich kann mich nicht konzentrieren. Also lehne ich mich einfach in der Wanne zurück und beobachte den Dampf, der vom Wasser aufsteigt. Gleich darauf kommt mir die Idee, dass ich nebenher genauso gut meine Beine rasieren kann und ein Gesichtspeeling machen. Nach ungefähr einer halben Stunde wird das Wasser allmählich kalt, und aus dem Hahn kommt auch kein heißes Wasser mehr. Ich trockne mich ab, schlüpfe in meinen wärmsten Pyjama und mache etwas, auf das ich mich schon die ganze Zeit gefreut habe.

Ich werfe meine alten Arbeitsklamotten raus.

All die scheußlichen rosafarbenen Oberteile, die ich für den Notfall aufbewahrt habe, nichts Sauberes zum Anziehen zu haben. Die schwarze Hose, die ich hasse wie die Pest, die ich aber nicht wegwarf, weil ich keine Lust hatte, eine neue zu kaufen, die ich genauso schrecklich finden würde. Die braune Hose, die gut war für Tage, an denen ich mich aufgebläht fühlte. Die Strickweste, die ich im Sommer wegen der schrecklichen Klimaanlage tragen musste. Das schwarze Oberteil, das ich noch nie ausstehen konnte, aber das ganz praktisch war, wenn nichts anderes sauber war. Es bereitet mir besonders viel Vergnügen, ein Paar alte Winterstiefel auszusortieren, die ich nur angezogen habe, weil sie den schwierigen Spagat bewältigten, gleichzeitig schick, warm und angemessen für die Arbeit zu sein.

Jetzt kann ich anziehen, was mir steht. Machen, was ich will. Aufhören, jemandem etwas vorzuspielen.

Nachdem meine alten Kleidung für eine wohltätige Einrichtung sicher in Müllsäcken verstaut ist und meine restlichen Sachen wieder glücklich im Schrank hängen, zünde ich eine Kerze an, lege mich aufs Bett und schnappe mir ein Buch.

Und dann nehme ich im Augenwinkel einen großen Karton wahr, der in einer Ecke meines Zimmers steht: meine persönlichen Sachen aus dem alten Büro – darunter die wetterfeste Motorradkombi, die Robert mir geschenkt hat und die ich nur einmal anhatte. Das war sehr nett von ihm, oder? Sehr unaufdringlich, überlegt und großzügig, so wie er immer ist … war … zu mir.

Ich frage mich, wo Robert gerade steckt.

Wahrscheinlich zieht er um die Häuser mit Jimmy-James. Und er lebt sein Leben weiter. Ich bin hier und lebe meins weiter. Wir sind keine Freunde mehr, so einfach ist das.

Es erschreckt mich, wie sehr mich dieser Gedanke verletzt, wie wenn man am Morgen nach einer Party einen blauen Fleck entdeckt und sich fragt, wo der herkommt, und darauf herumdrückt, um zu sehen, ob es wehtut.

Robert ist nicht mehr mein Freund.

Der Gedanke ist so schmerzlich, dass mir kurz die Luft wegbleibt.

Um mich abzulenken, klappe ich meinen Laptop auf und checke meine E-Mails. Es gibt nur eine neue: von einem Absender namens … Urlaubsvertretung.

Ich lächle erfreut und klicke auf die E-Mail, und es öffnet sich ein freundlicher kurzer Text von Bree mit einem Link zu ihrem Blogeintrag von Silvester.

Der Titel lautet: *Robert und Abigail,* darunter ein Foto von Robert und mir an Silvester. Wir sitzen an dem gemütlichen Tisch im The Only Running Footman, er hat den Arm um mich gelegt und grinst mich an, während ich in die Kamera lache. Ich habe bisher noch nie ein Foto von uns beiden gesehen. Wir machen einen überglücklichen Eindruck.

Ich lese den Eintrag.

Wir trafen Robert und Abigail, zwei einheimische Finanzfachleute, in einem urigen kleinen Pub in Mayfair. Die beiden waren das entspannteste und freundlichste Paar von allen, die wir in der englischen Hauptstadt kennenlernten. Sie konnten kaum reden, ohne den Blick voneinander zu lösen, sich anzulächeln und sogar zu berühren. Wahre Liebe. Und nun alle zusammen: oooh …

Sehr witzig. Und sie haben unsere Beziehung völlig falsch verstanden.

Scheiße, ich vermisse ihn.

Ich vermisse ihn wirklich. Ich starre ein paar Minuten an die Decke und denke an die letzten sechs Monate. An all die Abende, die wir zusammen aus waren, und an das gemütliche Frühstücken in der warmen Küche, wenn es draußen noch dunkel war, und an die albernenen SMS und E-Mails. An die faulen Sonntage, wenn wir zusammen Zeitung lasen und Erdnussbuttertoast futterten, und an spontane Trinkgelage im Engineer, und an den Abend mit der Weihnachtsdekoration, und an Silvester, und an Hongkong …

Ich würde Robert liebend gerne von meinem neuen Job erzählen. Er wäre begeistert, das weiß ich.

Tränen treten mir in die Augen. Ich fühle eine unbeschreibliche Traurigkeit. Ich habe einen Kloß im Hals, so groß wie ein verdammter Golfball, und ich fühle mich … Was ist das für ein Gefühl?

Ich weiß, was es ist.

Ich habe Heimweh.

Ich lasse mich zurück in das Kissen sinken und starre an die Decke. Das ist nicht dasselbe Gefühl wie bei Dave. Ich fühle nicht diesen heftigen, widerlichen Schock oder diese Abneigung, weil Hoffnungen zerplatzten. Das war etwas anderes.

Das hier ist reine, unverfälschte Traurigkeit.

Die Freundschaft zwischen Robert und mir ist aus.

Nachdem ich noch ein paar Minuten länger an die Decke gestarrt habe, schnappe ich mir mein Handy und rufe Sophie an.

»Heyhey«, sagt sie, statt Hallo.

»Er fehlt mir, Robert fehlt mir, und wir werden nie wieder Freunde sein«, sage ich, und allein der Umstand, dass ich es laut ausspreche, macht mich so traurig, dass ich fast weinen muss. Ich reiße mich zusammen und hole tief und zitternd Luft. »Sophie? Bist du noch dran? Ich habe gesagt, Robert fehlt mir.«

Eine Pause entsteht. Ich höre ein leises Poltern im Hintergrund und dann eine Tür, die geschlossen wird.

»Okay, ich bin jetzt allein. Sprich weiter.«

»Ich … vermisse ihn einfach, ich weiß nicht, wie ich es sonst ausdrücken soll. Dieses Gefühl kenne ich gar nicht. Ich … habe Heimweh nach ihm.«

»Heimweh?«

»Ich habe einen Kloß im Hals. Genau wie damals in der Schule. Ich kenne dieses Gefühl nicht. Ich vermisse ihn.«

»Du vermisst ihn …«, sagt Sophie langsam. »Vielleicht solltest du ihm das sagen?«

»Das kann ich nicht«, entgegne ich entgeistert. »Das wäre total daneben. Ich muss es einfach akzeptieren und weitermachen.« Schweigen. »Ich hatte irgendwie gehofft, du siehst das genauso. Und gibst mir vielleicht sogar ein paar Tipps, wie ich damit umgehen soll.«

Sophie holt tief Luft. »Findest du es nicht auch seltsam, dass dich die Sache mit Robert mehr mitnimmt als das mit Dave?«

»Nein. Außerdem hat das mit Dave mich mehr mitgenommen, als wir noch zusammen waren … Ich habe eine neue Theorie, wonach ich im Vorfeld schon so viel Angst hatte, dass er sich trennt, dass es, als es dann passierte, fast nicht mehr wehtat.«

»Huh«, sagt Sophie. Wir haben uns recht viel über Dave unterhalten nach meiner Rückkehr aus Hongkong, klar, aber sie glaubt mir immer noch nicht, wenn ich sage, dass es mir gut geht. »Das erklärt, warum du so neben dir gestanden hast an Weihnachten.«

»Was?«

»Du warst ein wenig … äh … angespannt … Mum und Dad haben mich ständig gelöchert, um zu erfahren, was mit dir los ist.«

»Ich war vorübergehend nicht bei Verstand, mehr nicht. Dave war wie eine Droge.«

»Er ist eine Scheißdroge«, sagt Sophie und fügt loyal hinzu: »Und wenn er wüsste, was für ein außergewöhnlich toller Mensch du bist, dann hätte er nie …«

»Ehrlich, Soph, du musst das nicht sagen«, unterbreche ich sie. Seltsam, der bloße Gedanke an Dave kommt mir wie Zeitverschwendung vor. »Egal. Vielleicht gehören Bella und er zusammen.«

Ich habe Sophie natürlich immer noch nichts von der

Sache zwischen Daves Vater und Lukes Mutter erzählt. Es würde sie nur in eine blöde Situation bringen, wenn sie etwas über ihre zukünftige Schwiegermutter weiß, was nicht einmal ihr Verlobter weiß. Und außerdem ist es ein Geheimnis, das man nicht weitererzählt.

»Ich werde mich zusammenreißen an der Hochzeit. Leider kann man nicht so eine hinterhältige Schlampe von einer Schwägerin entbrautjungfern, ohne einen riesigen Familienkrach auszulösen. Aber gleich nach der Hochzeit werde ich sie mir gründlich vornehmen.«

Das ist so ein untypischer Satz für Sophie, dass ich fast lachen möchte, aber der Kloß in meinem Hals hindert mich daran.

»Huh«, sage diesmal ich.

Wenn ich anfange zu lachen, muss ich gleichzeitig weinen, glaube ich.

»Und nun … was hast du vor? Wegen Robert?«

»Hm«, sage ich, während ich versuche, die Tränen zurückzuhalten. »Tja … Was meinst du, was soll ich tun?«, frage ich schließlich.

Sophie lässt sich mit der Antwort viel Zeit. »Süße, wenn du nicht erkennst, wie es wirklich um deine Gefühle für Robert bestellt ist, dann … dann weiß ich nicht, was ich dir sagen soll.«

»Was meinst du mit ›wie es wirklich um meine Gefühle für Robert bestellt ist‹?«

Wieder entsteht eine Pause.

»Luke und ich … äh … wir hatten gedacht, dass ihr zwei, keine Ahnung …«

»Was?«

»Zusammenkommt.«

»Nein!«

»Aber ihr versteht euch so gut, und da war diese sexuelle Anspannung …«

»Was? Das ist nicht wahr! Wann soll das gewesen sein mit der sexuellen Anspannung?« Schweigen. Verdammter Mist, warum ist Sophie so gut darin, die Klappe zu halten? »Wir verstehen – falsch, wir verstanden uns so gut, Vergangenheitsform, gerade weil der Sex außen vor blieb. Robert ist ein Playboy, schon vergessen? Das war eine rein platonische Freundschaft. Ich habe seine Gesellschaft genossen …«

Ich unterbreche mich und überlege.

»Kannst du aufrichtig behaupten, dass du ihn nicht attraktiv findest? Nicht einmal ein winziges bisschen?«

Ich gebe keine Antwort. Ich starre auf das Foto von uns in dem Reisetagebuch. Er sieht unverschämt gut aus.

»Das spielt keine Rolle. Robert hat kein Interesse an mir. Er findet mich nicht attraktiv.«

»Das weißt du nicht. Vielleicht hat er vorher nichts unternommen, weil du seine Mitbewohnerin bist oder weil du meine Schwester bist. Wie sagt man noch? Man soll nicht vor seine eigene Tür scheißen oder so. Und dann bist du ja mit Dave zusammengekommen.«

»Hm«, sage ich.

Ich überlege. Robert hat mir oft Komplimente gemacht. Zugegeben, meistens unter Alkoholeinfluss. Und in Hongkong, als wir im Bett lagen, hat er ein paar sehr …

»Er ist anders, seit er dich kennt, weißt du«, sagt Sophie und unterbricht meine Überlegungen.

»Ach ja?«

»Er hat mit dir mehr Zeit verbracht als mit den Jungs oder mit einer von seinen Damenbekanntschaften oder wie immer du sie mal genannt hast. Früher hat er viel Zeit allein verbracht … Er war ein richtiger Muffel.«

»Ja? Wirklich?«

Ich halte ihn für alles andere als einen Muffel, aber erst, seit ich ihn näher kenne. Inzwischen finde ich ihn umwerfend. In jeder Hinsicht.

»Ja«, entgegnet sie ungeduldig. »Du bist so blind, Abigail.«

»Bin ich das?«

Sophie beginnt über meine Papageienfragen zu lachen. Ich sage nichts, sondern kaue auf meiner Unterlippe, in Gedanken verloren.

»Ich muss nachdenken.«

»Ja, tu das. Hab dich lieb.«

»Ich dich auch.«

Ich will nicht über Robert und über Sophies seltsame Andeutungen nachdenken. Denn wenn er jemals auf mich abgefahren ist – ich habe ehrlich gesagt nie einen Gedanken daran verschwendet, weil ich davon ausging, dass er nicht an mir interessiert ist –, dann ist das ein ganz beschissenes Chaos. Und wenn man bedenkt, dass wir schließlich noch unserer gegenseitigen körperlichen Anziehungskraft erlagen und miteinander schliefen und ich ihn danach entsorgte wie alte Brotkrümel …

Ich kann den Gedanken nicht ertragen, allein ins Bett zu gehen, nur mit meinem Gehirn als Gesellschaft. Ich schlucke eine Tablette von meinem Antiallergikum, eine von denen, die schläfrig machen, und schlafe kurz darauf ein.

Um drei Uhr morgens werde ich von lautem Geschrei wach.

Und Gekicher.

Dann höre ich Roberts Stimme und die von JimmyJames. Und wieder Gekicher. Weibliches Gekicher.

»Verdammte Scheiße«, sage ich laut.

Dann legt jemand Musik auf. Ich höre, wie JimmyJames den Text laut mitsingt.

Das reicht. Es ist mitten in der Nacht. Das lasse ich mir nicht gefallen. Ich habe einen neuen Job, verdammt, ich brauche meinen Schlaf.

Ich klettere aus dem Bett und tapse im Pyjama wütend

die Treppe herunter. Ich bin fast unten, als ich Roberts Stimme höre.

»Dreh den Scheiß leiser«, sagt er. Ich höre an seiner Stimme, dass er getrunken hat. Er spricht zu laut, obwohl er sich selbst dann immer zu leise findet. »Meine Mitbewohnerin schläft.«

»Soso, deine Mitbewohnerin. So nennst du sie also neuerdings?«, erwidert JimmyJames und hickst laut.

Plötzlich geht die Musik aus. Ich setze mich auf die Treppe.

»Genau das ist sie«, entgegnet Robert knapp.

»Habt ihr Zitronen für meinen Wodka?«, fragt eine weibliche Stimme.

»Du bist ganz schön verwöhnt, nicht?«, sagt JimmyJames.

»Ich will auch Zitrone!«, sagt eine andere weibliche Stimme. »Robbie, dein Haus gefällt mir!«

Dann höre ich JimmyJames und eine der Frauen in der Küche kichernd und flirtend eine Zitrone suchen und anschließend in Scheiben schneiden. Aber wegen der beiden mache ich mir keine Sorgen. Vielmehr mache ich mir Sorgen wegen Robert und der anderen Frau. Ich kann sie nicht sehen, aber deutlich hören. Sie können keine zwei Meter von mir entfernt sein.

»Ich glaube, mein Zeh ist gebrochen«, sagt die Frau. »Robbie, kannst du mal kommen und nachschauen?«

»Äh … natürlich«, sagt er. Ich höre die Couch quietschen. Sie müssen sich auf die Couch gesetzt haben, die am nächsten zur Diele steht. »Du hast aber hübsche Zehen …«

»Du solltest erst mal meine Arschbacken sehen«, erwidert sie und lacht hysterisch über ihren eigenen Witz.

Im Dunkeln mache ich ein angewidertes Gesicht. Was für ein Flittchen. Robert wird doch nicht darauf anspringen, oder doch? Plötzlich herrscht absolute Stille. Jimmy-James und die eine Frau küssen sich wohl in der Küche. Nichts anderes würde ihn sonst so lange zum Schweigen bringen. Küsst Robert die andere? Ich halte den Atem an und bete, dass irgendwer etwas sagt.

»Der ist nicht gebrochen«, sagt Robert. Ich seufze erleichtert. Er hat sich nur ihren Zeh angeschaut. »Du wirst überleben und weiter hohe Schuhe tragen können.«

»Oh, vielen Dank, Doktor Robbie«, entgegnet sie. »Und … machen wir eine Hausbesichtigung? Ich glaube, die beiden möchten lieber ungestört sein …«

»Äh … sicher«, sagt Robert.

Ein erneutes Quietschen lässt darauf schließen, dass er aufgestanden ist, und ich springe sofort auf und schleiche schnell die Treppe hoch. Ich will nicht, dass er entdeckt, dass ich mich hier verstecke und ihn belausche, und ich will auch nicht, dass er mich im Pyjama sieht, wenn er diese Frau mit den unglaublichen Zehen und Arschbacken hierhat. Ich erreiche Roberts Etage, gerade als die beiden unten um die Ecke kommen und den Treppenabsatz erreichen, und sprinte so schnell wie möglich die nächste Etage hoch zu meinem Zimmer. (Gott sei Dank habe ich so oft den leichtfüßigen Bergziegensprung trainiert.)

»Oohhh, drei Stockwerke, das ist ja riesig!«, sagt die Frau.

»Äh … es ist nur ungewöhnlich hoch. Man hat es quasi aus einem größeren alten Haus ausgeschnitten. Wahrscheinlich ist dir der Eingang nicht aufgefallen«, sagt Robert. »Oben schläft meine Mitbewohnerin, also sei bitte leise …«

»Oh, die wird schon nichts mitbekommen«, sagt sie in abschätzigem Ton. »Und was ist hier drin?«

Ich kauere auf dem oberen Treppenabsatz im Dunkeln und halte die Luft an, während ich auf die zwei herunterschaue. Ich kann ihre Gesichter nicht sehen, nur die unteren zwei Drittel ihrer Körper. Robert trägt Jeans und sein Khakihemd. Die Frau trägt ein rotes Kleid, schwarze, gemusterte Strümpfe und kniehohe Stiefel. Sie sieht aus wie eine verdammte Go-Go-Tänzerin, denke ich böse. Sie ist ziemlich groß und schlank. Größer als ich, schätze ich. Bei dem Gedanken werden meine Augen schmal vor Abneigung.

»Das ist das Bad, wie du siehst«, sagt er. »Und das ist … mein Schlafzimmer.«

»Kann ich es sehen?«, fragt die Frau.

Ich verdrehe stumm die Augen. Himmel, Robert wird doch nicht darauf hereinfallen, oder?

Ich spähe wieder nach unten und muss gleich darauf das Bedürfnis unterdrücken, laut aufzukeuchen: Die Frau steht plötzlich direkt vor Robert und presst sich an ihn … Bestimmt küssen sie sich. Küssen sie sich? Ja, tun sie! Ich höre ein leises Schmatzen.

»Mmm, sehr schön«, sagt sie. Ich hasse dieses Flittchen, dieses Go-Go-Girl. Mein Hass auf Bella war nichts dagegen. »Na komm, zeig mir dein Zimmer.«

Eine Pause entsteht. Bitte sag Nein, Robert, denke ich. Lass dir eine Ausrede einfallen.

»Besser nicht«, sagt er. »Da drinnen herrscht ein furchtbares Chaos …«

»Wir können ja das Licht auslassen«, sagt sie kichernd.

Dann schließt sich die Tür zu seinem Schlafzimmer, und ich bleibe allein in der Dunkelheit zurück, nach Luft schnappend vor Schreck.

Wie kann er das tun? Wie konnte das eben passieren?

Ich drehe mich um und gehe zurück in mein Zimmer. Ich habe Mühe, richtig zu atmen, aber ich glaube, das kommt davon, dass ich in den letzten fünf Minuten ständig die Luft angehalten habe. Mein Herz klopft so laut, dass meine Ohren schmerzen. Ich klettere wieder in mein kaltes Bett und liege da, während ich an die Decke starre und spüre, dass der Kloß in meinem Hals immer größer wird. Ich presse die Hände gegen die Ohren und versuche, mir nicht auszumalen, was sich eine Etage unter mir gerade abspielt.

Ein einziger Gedanke kreist in meinem Kopf.

Das ist falsch. Das ist alles falsch.

Kapitel 46

Es macht keinen Sinn, sich darüber den Kopf zu zerbrechen, wissen Sie. Ich kann es ihm nicht verübeln, dass er eine Frau mit nach Hause bringt. Ich habe ihn in Hongkong allein zurückgelassen. Ich bin abgehauen vor was auch immer zwischen uns begonnen hatte. Und selbst wenn ich das nicht getan hätte, wer sagt, dass er dann nicht dasselbe mit mir gemacht hätte? Nur weil mir klar geworden ist, dass ich irgendwelche Gefühle für ihn hege beziehungsweise hegen könnte, heißt das nicht, dass ihm auch seine Gefühle beziehungsweise potenziellen Gefühle mir gegenüber bewusst geworden sind.

Falls das Sinn ergibt.

Es macht also einfach keinen Sinn, darüber nachzudenken.

Gott sei Dank habe ich die Arbeit. Sie ist das Einzige, was mich morgens aus dem Bett treibt, das Einzige, was mich gesund hält und weiter lächeln lässt. Wenn ich mein Gehirn mit Fakten und Zahlen und Geschichten und Menschen und Ereignissen und Ideen gefüllt habe, ist kein Platz mehr für Robert. Sogar wenn ich nicht im Büro bin, wenn ich mit den Mädels oder mit Henry und Charlotte zusammen bin, quatsche ich endlos von der Arbeit und versuche, mich darauf zu konzentrieren, was ich heute getan habe und was ich morgen tun werde. Arbeiten.

Bis zu dem Moment, wenn ich ins Bett gehe. Dann schließe ich die Augen und werde sofort nach Hongkong zurückversetzt. Zurück in das Hotelzimmer. Zurück zu dem Moment nach dem Absacker, als ich aus dem Bad kam, seine Hände nahm und – na ja, Sie kennen den Rest. Ich rekapituliere die Szene wieder und wieder in meinem Kopf, bis ich schließlich einschlafe und von ihm träume. Es sind drei Wochen seit dieser schockierenden Beobachtung morgens um drei auf dem Treppenabsatz vergangen. Drei Wochen, seit mir endlich bewusst geworden ist, dass ich … ach, egal. Sagen wir einfach, das Heimweh war erst der Anfang.

Und das hat nichts mit dem Einsamkeitssyndrom oder der Verzweiflung oder anderen Dingen zu tun, vor denen ich früher als frischgebackener Single Angst hatte. Es ist nur eine traurige, leere Sehnsucht, die nicht weggeht. Und ich kann nichts dagegen tun.

Als Plum auffiel, dass ich Roberts Namen nicht mehr erwähne, reimte sie sich zusammen, was los war, und nachdem sie fünf Stunden lang vergeblich versucht hatte, mich zu überreden, Robert meine Gefühle zu gestehen, schlug sie vor, mich mit anderen Männern zu verabreden, um zu sehen, ob mir das »darüber« hinweghilft. Aber ich kann mir nicht vorstellen, ein Date zu haben. Das, was mir am besten an den Dates gefiel, war, dass ich hinterher mit Robert darüber reden konnte.

Immer wenn ich ihm begegne, bin ich unfähig, ihm in die Augen zu sehen. Glücklichweise wohnt JimmyJames noch bei uns, und die zwei scheinen ständig auf Sauftour zu gehen und nur noch zum Schlafen nach Hause zu kommen. Außerdem beachtet Robert mich gar nicht. Es kommt mir vor, als würde er mich hassen.

Der Gedanke weckt in mir das Bedürfnis, mich auf den Boden zu legen. Selbst wenn ich gerade in einer Suite im Charlotte Street Hotel wach geworden bin, so wie heute.

Heute ist die Hochzeit von Sophie und Luke, und wir wohnen alle im Hotel, weil es nur wenige Straßen von der kleinen Kirche in Marylebone entfernt ist, wo die Trauung stattfindet. Sophie bat mich, mit ihr ein Zimmer zu teilen, und ich war unter der Bedingung, dass sie nicht versuchen würde, mich zu knuddeln, einverstanden. (Aus früheren Urlauben weiß ich, dass sie sich im Schlaf wie ein kleiner Koala an meinen Rücken klammert, und dann wache ich immer ganz außen am Bettrand auf.)

Ich liege wach, denke an die Arbeit und versuche, nicht an Robert zu denken, Gott weiß wie lange. Sophie schläft noch und dreht mir den Rücken zu. Ihr Atem ist tief und gleichmäßig. Als wir klein waren, hatte ich öfter Albträume – Hähne, Würstchen, Kobolde, es gab nichts, was mir keine Albträume verursachte. Meine Eltern waren verständlicherweise ein bisschen genervt, wenn ich die sechste Nacht in Folge zu ihnen ins Bett kletterte, also kletterte ich dann manchmal in Sophies Bett. Die war immer ganz warm und weich und rührte sich nicht. Sie ist heute noch genauso wie früher: lieb und ruhig und großzügig. Tränen brennen in meinen Augen, während ich daran denke. Und jetzt wird sie heiraten und hoffentlich selbst bald warme, weiche Babys haben. Ich hoffe, sie kriegt zwei Mädchen. Schwestern sind etwas Besonderes.

Ich selbst kann mir nicht vorstellen, dass ich in absehbarer Zeit etwas mit Ehe und Mutterschaft zu tun haben werde.

Sophie nimmt den Weckanruf von der Rezeption entgegen und dreht sich dann auf meine Seite. Unsere Blicke treffen sich einen Augenblick, und wir grinsen.

»Alles Gute zur Hochzeit!«, rufe ich.

Die Tränen drohen zu kullern, aber ich zwinkere tapfer, und sie gehen weg.

Sophie setzt sich im Bett auf und kreischt.

Ich gehe ins Bad, putze mir die Zähne und spritze mir etwas kaltes Wasser ins Gesicht. Mein Traum letzte Nacht war unheimlich real. Ich habe geträumt, dass ich in Hongkong im Bett liegen blieb, und Robert wachte auf und küsste mich, und alles war ganz anders … Ich zeige auf mein Spiegelbild. Hör. Sofort. Auf. Heute geht es um Sophie, nicht um dich.

Ich hüpfe zurück ins Zimmer, springe auf das Bett und rufe: »Heute wird geheiratet!« Ich will gerade eine Szene aus *Die Braut des Prinzen* zum Besten geben, aber …

»Du hast heute Nacht im Schlaf von Robert gesprochen«, kommt Sophie mir zuvor.

»Ich habe geträumt, wir sind ausgeraubt worden. Wahrscheinlich habe ich gerufen ›Räuber, Räuber‹«, erwidere ich rasch.

»Nein, du hast gesagt ›Es tut mir leid, Robert, es tut mir so leid‹.«

»Ha«, sage ich.

Sophie sieht mich kopfschüttelnd an. Glücklicherweise werde ich erlöst, als es klopft, und ich laufe rasch zur Tür. Es ist Vix, die wie immer verkatert aussieht.

»Hotelbar. JimmyJames. Robert«, ist alles, was sie sagt, bevor sie direkt das Bett ansteuert und sich neben Sophie ausstreckt.

Wir, sprich: das Brautpaar, die Trauzeugen und Brautjungfern, hatten gestern Abend eine Generalprobe mit anschließendem Dinner, habe ich das erwähnt? Inklusive Bella und Dave.

Was sagt es über meinen geistigen Zustand aus, dass ich die beiden kaum wahrgenommen habe?

Die ganze Entourage rund um das Brautpaar, plus unsere Eltern, besetzte eine lange Tafel im Elena's L'Etoile. Robert saß weit entfernt am anderen Tischende und alberte den ganzen Abend mit JimmyJames und Vix herum. Wir haben nicht miteinander geredet, bis auf sein »Hi, Abigail«, als er kam, das ich erwiderte mit einem »Hi, Robert«. (Ah, es geht doch nichts über eine gepflegte Konversation.) Glücklicherweise ging das Essen erst spät los, und als Sophie um elf verkündete, dass eine Braut ihren Schönheitsschlaf braucht, schloss ich mich ihr an. Bella versuchte zweimal, meinen Blick festzuhalten – sie saß auf der anderen Seite der Tafel drei Plätze weiter –, aber ich ignorierte sie. Dave saß auf meiner Tischseite und hielt sich sehr zurück. Ich beachtete ihn kaum. Früher hätte seine Anwesenheit mich elektrisiert.

»War das gestern Abend schwer für dich?«, fragt Vix flüsternd.

»Nein, überhaupt nicht«, versichere ich ihr.

Sophie hat es mitbekommen. »War das okay mit Dave …« Sie unterbricht sich kurz, und wir tun alle so, als würden wir über die Schulter spucken, bevor wir uns wieder ansehen, als wäre nichts geschehen. »… und Bella?«

»Alles cool. Sie sind mir egal.«

Ich kann das vor Sophie nicht erwähnen, da Vix und ich uns einig sind, dass wir das Hochzeitsschiff nicht zum Kentern bringen wollen: Vix hat sich gestern vor dem Abendessen Dave vorgeknöpft und zu ihm gesagt: »Hör zu, du kleiner Oberwichser. Morgen geht es nur um Luke und Sophie. Nicht um dich oder Bella oder Abigail. Also, benimm dich und sei nett, und sag Bella, sie soll nicht ständig eine Schnute ziehen, oder ich drücke ihr eine brennende Kippe in ihre hässliche Visage.«

Ah, Schottinnen. So direkt.

»Nun, ich habe Bella sowieso von den Jungfernspielen ausgeschlossen«, sagt Sophie. Sie nennt uns neuerdings Jungfern statt Brautjungfern. »Ich habe ihr gesagt, wir kleiden uns getrennt an, und ich schicke ihr später die Haarstylistin vorbei.« Vix und ich müssen lachen: Sophie war in ihrem ganzen Leben nicht so rachsüchtig. Dank der Hochzeit oder ihrer Reife oder der guten alten Loyalität unter Schwestern ist sie endlich imstande, wütend zu werden. »Die kann mich mal. Niemand verarscht meine Schwester.«

»Genau«, sagt Vix. »Ich werde kein Wort mit ihr reden. Und ich werde jedes Mal, wenn ich Dave begegne, richtig fies zu ihm sein, bis in alle Ewigkeit. Das haben sie davon.«

»Ihr sagt so nette Sachen!«, rufe ich und leere den Schminkbeutel über dem Bett aus.

Heraus fallen Haarpflegemittel, Gesichtsmasken, Schönheitscrèmes und ein Peeling-Set. Die Mädels beginnen sofort lautstark zu diskutieren, was davon sie benutzen werden, während ich in mich hineinlächle. Ich wusste, dass ihnen das gefällt.

»Verdammt, ich wünschte, du würdest uns Selbstbräuner erlauben«, sagt Vix in verdrossenem Ton, nachdem sie mit dem Kamm eine Kur im Haar verteilt hat und ihr Gesicht mit einer Peeling-Maske zugespachtelt ist.

»Meine Hochzeit, meine Regeln«, erwidert Sophie gelassen. »Vertrau mir. In zwanzig Jahren würden wir alle über die künstlich braunen Gesichter auf den Fotos lachen, so wie wir heute über Dauerwellen auf alten Fotos lachen.«

Der Zimmerservice bringt French Toast und extra starken, extra milchigen Kaffee, Sophies Hochzeitsfrühstück, das sie vorher bestellt hat.

»Es gibt auch Champagner, aber erst später«, sagt sie fröhlich.

»Ich habe eine passende Playlist erstellt«, sage ich und stöpsle meinen iPod in die Lautsprecher neben dem Fernseher – *Going to the chapel* beginnt.

Vix wird immer munterer und tanzt umher, während Sophie als Braut eine seltsame Gelassenheit zur Schau stellt. Ich passe mich an, so gut ich kann.

Das nächste Klopfen an der Tür bedeutet, dass die

Maniküristin hier ist. Danach kommen die Stylisten, und zwischendurch taucht unsere Mutter auf, um sich zu erkundigen, wie wir geschlafen haben, bevor sie ihren Blick besorgt auf mich heftet. Sie hat mich schon gestern den ganzen Abend angestarrt. Um ihr zu entkommen, flüchte ich ins Bad.

»Ist das hier ein Filmset oder findet gleich eine Hochzeit statt?«, höre ich Sophie überrascht sagen. »Hier sind mehr Helfer als Brautjungfern.«

»Ich wollte nur sicherstellen, dass wir pünktlich fertig werden«, antwortet meine Mutter.

Ich wasche die Haarkur aus, rasiere meine Beine und erfülle all die erforderlichen Hochzeitsrituale, die eine gute Brautjungfer beherrschen sollte, bevor ich mich zum Schluss lange unter den heißen Wasserstrahl stelle. Das erinnert mich an die Duschwanne im Mandarin Oriental – ich lag tatsächlich eine Stunde lang dort und heulte wegen Dave.

Gott, was für eine Verschwendung von Tränen.

Ich trockne mich ab, wickle ein Handtuch zum Turban um meine feuchten Haare, schlüpfe in einen Bademantel und verlasse das Bad. Vix ist in ihr Zimmer hinübergegangen zum Duschen.

»Was zum Kuckuck ist eigentlich los mit dir, Miss«, fragt meine Mutter, die neben der Maniküristin sitzt.

Ich setze mich in die entgegengesetzte Ecke des Zimmers, und die Haarstylistin beginnt meine Haare zu kämmen, einen Föhn unter den Arm geklemmt.

»Ich kann dich nicht verstehen«, sage ich in Lippensprache zu meiner Mutter und deute auf den Föhn.

»Der ist gar nicht an!«, ruft sie.

In diesem Moment schaltet die Stylistin ihn an. Ich schenke meiner Mutter ein strahlendes Lächeln und zucke mit den Achseln, woraufhin sie die Augen verdreht und etwas zu Sophie sagt. Ich fange den Blick der Stylistin im Spiegel auf, und sie zwinkert mir zu.

Da es in diesem Stil weitergeht, bleibt es mir während der nächsten paar Stunden erspart, über Robert zu sprechen oder darüber, was zum Kuckuck mit mir los ist. Ständig ist jemand um mich herum, oder es gibt etwas zu tun, und bald schon ist es Zeit, dass wir uns anziehen, und danach wird der Champagner geöffnet. Und dann sind wir schließlich alle bereit.

»Süße, ich wünsche dir viel Glück heute«, sage ich und beuge mich vor, um Sophie zu umarmen. »Ich hab dich lieb.«

»Ich dich auch«, erwidert sie und schlingt fest ihre Arme um mich. »Ich möchte, dass du auch glücklich bist. Das wünsche ich mir wirklich.«

»Das wird schon. Ich meine … ich bin es schon.«

Sie löst sich von mir und sieht mir in die Augen. Ich wende zuerst den Blick ab.

»Lass uns gehen.«

Kapitel 47

Als Brautjungfer den Gang entlangzuschreiten ist furchtbar. Ich möchte mir nicht vorstellen, wie nervenaufreibend es für die Braut sein muss. Praktisch alle, die ich kenne, unsere gesamte Verwandtschaft, alle, die Sophie und mich haben aufwachsen sehen, haben sich in der Kirche versammelt. Und sie drehen sich alle um und starren uns entgegen.

Bella geht als Erste. Dann Vix. Dann ich. Dann folgt Sophie, an Dads Arm.

Während ich durch die vollgepackte kleine Kirche zum Altar schreite, bemühe ich mich, die Augen auf die schwarzen und weißen Bodenfliesen zu heften und auf Vix' Füße, damit ich Gleichschritt mit ihr halten kann. Als ich die Hälfte des Gangs hinter mich gebracht habe, verrät mir ein kollektives Raunen, dass Sophie die Kirche betreten hat und dass mich – Gott sei Dank – keiner mehr beachtet. Das ist der Moment, in dem ich den Kopf hebe und direkt zu den Trauzeugen schaue.

Luke steht da, mit einem breiten Lächeln im Gesicht.

Dave starrt geradeaus, mit leerem Gesichtsausdruck.

JimmyJames ist sichtlich verkatert.

Und schließlich Robert. Er sieht mich direkt an.

Unsere Blicke treffen sich, und ein paar Sekunden lang bekomme ich einen Tunnelblick. Ich sehe nur noch sein Gesicht, seine Augen, die mich anstarren. Meine Umgebung verschwimmt, bis auf ihn. Ich versuche so konzentriert seinen Gesichtsausdruck zu lesen, dass ich für einen kurzen Moment ins Stolpern gerate und den Blickkontakt unterbreche. Als ich mich gefangen habe und wieder zu ihm schaue, sieht er woandershin.

Ich traue mich kaum zu atmen, und nehme so gelassen wie möglich meinen Platz neben Vix ein. Dann drehe ich mich um und beobachte meine Schwester, die sich dem Altar nähert. Sie trägt ein langes, schräg geschnittenes Kleid aus elfenbeinfarbener Seide, und ihre langen dunklen Haare fallen offen und gewellt über ihren Rücken. Mum hat ihr wunderschöne Ohrringe geliehen, Erbstücke von ihrer Mutter, das ist ihr einziger Schmuck. Ihre himmelblauen Pumps sehen traumhaft zu dem Kleid aus. Tränen schießen mir in die Augen.

Ich frage mich, warum auf Hochzeiten immer geweint wird, denn im Grunde handelt es sich nur um ein seltsames heidnisches Ritual. Schnell drehe ich den Kopf zu Luke. Sein Lächeln ist so breit, dass es aussieht, als würde es schmerzen, und als Sophie vor ihm stehen bleibt, füllen sich auch seine Augen mit Tränen.

Sophie lacht und beugt sich vor, um Luke zu küssen und ihm etwas ins Ohr zu flüstern, woraufhin er nickt und sich rasch mit der Hand die Tränen abwischt. Beide drehen sich zum Altar.

Ich schaue zur Seite und sehe, dass Vix auch weint. Unsere Blicke kreuzen sich, und Vix unterdrückt ein Prusten.

Bella zuckt zusammen, als würde sie denken, wir lachen über sie, aber sie dreht nicht einmal den Kopf. Wir haben sie den ganzen Vormittag erfolgreich gemieden, sie fuhr nicht einmal mit uns zur Kirche. Das Brautjungfernkleid, das sie sich ausgesucht hat, steht ihr nicht, stelle ich mit Genugtuung fest (okay, ich hasse sie nicht, aber ich darf mich doch freuen, wenn sie scheiße aussieht, oder?). Es ist aus demselben weichen hellgrauen Stoff wie unsere Kleider, aber ihres ist kniekurz und wird im Nacken gebunden, was sie nuttig und breit aussehen lässt. Vix trägt ein schulterfreies, knielanges Modell mit nicht wenigen Stützhilfen, um ihre Brüste in Schach zu halten. Es steht ihr wirklich gut. Mein Kleid ist sehr schlicht: drapiertes Rockteil bis kurz unters Knie, tiefer Rückenausschnitt. Als wir uns zum Kirchenraum drehen, lasse ich den Blick über die Anwesenden schweifen und werde dabei auf Plum aufmerksam, die auf mein Kleid zeigt und den Daumen nach oben reckt, während sie mit den Lippen ein »Hübsch mit einem schrägen Touch!« formuliert. Modischer Beifall. Ich muss fast wieder lachen und kann mich gerade noch beherrschen.

Die Zeremonie selbst verstreicht wie in einem Nebel. Ich kann Robert nicht sehen, obwohl ich fast schon schiele vor lauter Bemühungen. Dann erklärt der Pfarrer das Brautpaar zu Mann und Frau, und alle beginnen laut zu jubeln, angeführt von JimmyJames und Vix.

Wir folgen Luke und Sophie hinaus durch den Gang, aber meine Chance, einen Blick auf Robert zu werfen, wird vereitelt, weil zwei meiner jüngeren Cousinen auf mich zukommen und mich umarmen. Als wir die Kirche verlassen, setzt sich das mit den ganzen Verwandten und Freunden, die uns alle küssen und umarmen wollen, fort. Das sogenannte Hochzeitsspalier für besagtes Küssen und Umarmen ist ein heilloses Durcheinander, weil JimmyJames sich die ganze Zeit mit Vix unterhält und Luke nicht aufhört, Sophie zu küssen. Ich kann Robert in der Menschenmenge nicht entdecken, und als die Person, die ich am wenigsten sehen möchte – Dave – auf mich zukommt und den Eindruck macht, als wolle er etwas sagen, schnappe ich mir rasch meine Großtante, nehme sie ganz fest in den Arm und ziehe sie anschließend hinüber zu Dad. Ich bin ein schlauer Fuchs.

Es ist die Aufgabe der Brautjungfern und der Trauzeugen, dafür zu sorgen, dass es alle hundertachtundzwanzig Gäste zum Empfang schaffen. Als wir beginnen, die Leute von der Kirche wegzuscheuchen, bricht ein Chaos aus, weil manche einfach stehen bleiben, um weiterzuplaudern.

»Hilfe«, flehe ich JimmyJames und Vix an, die neben mir stehen und neckisch miteinander flirten.

»Ja, James«, sagt Vix. »Ich dachte, du bist jemand, der Verantwortung übernimmt.«

»Also gut, Scheiß drauf«, sagt JimmyJames. Er steckt zwei Finger in den Mund und stößt einen gellenden Pfiff aus. »Alle mal herhören! Nehmt euch an die Hand! Wir bilden eine geschlossene Kette!«

Wenn Sie noch nie hundertachtundzwanzig Leute in festlicher Garderobe gesehen haben, die sich händchenhaltend durch Marylebone schlängeln, tja, dann haben Sie etwas verpasst. Da die Aufforderung, sich an die Hand zu nehmen, kam, als die ganze Hochzeitsgesellschaft sich bereits vermischt hat, ensteht eine zufällige Reihenfolge, sodass Verwandte und Freunde Händchen halten, Freunde und Eltern und so weiter. Das sorgt für eine fröhliche Stimmung und bricht das Eis. Es ist ein herrlicher, sonniger Tag, ungewöhnlich warm für Anfang März, was Londoner immer ein bisschen ausgelassen macht.

Ich halte die Hand von Vix und meinem Onkel Jim. Robert kann ich nicht sehen.

Der Hochzeitsempfang findet in einer kleinen Seitengasse der Great Titchfield Street statt: ein riesiges Fotoatelier ganz in Weiß mit einer großen Glasfront von der Decke bis zum Boden, die in einen versteckten Garten hinausführt, in dem zwei lange Theken aufgebaut sind. Hier werden zunächst, ein paar sehr anstrengende Minuten lang, die Hochzeitsbilder gemacht. Ich kann mich nicht überwinden, beim Posieren Robert, geschweige denn Dave oder Bella anzusehen, aber Vix lässt einen witzigen Spruch nach dem anderen los, sodass Sophie und ich ständig lachen müssen.

Glücklicherweise warten auf uns die Kellner mit riesigen Champagnerkübeln, nachdem die Fotos im Kasten sind. Ich entferne mich rasch von den anderen und mische mich unter die Gäste.

»Champagner mit Eiswürfeln! Sehr unkonventionell«, höre ich eine von Lukes holländischen Tanten naserümpfend sagen. »So wie die Brautschuhe, nehme ich an.«

»Einfach mal probieren, vielleicht schmeckt es dir«, bemerkt Sophie lächelnd im Vorbeigehen.

Sie hat mich vorgewarnt, dass ein paar von Lukes Verwandten den Hochzeitsempfang nicht gutheißen würden. Aber da sie schon bei der kirchlichen Trauung nachgegeben hatte – sie hat mit Religion nichts am Hut –, war sie nicht bereit, weitere Abstriche zu machen.

Lukes Tante probiert einen Schluck, verzieht das Gesicht, dann nimmt sie einen viel größeren Schluck, während sie sich gleichzeitig wegdreht. Ich fange Sophies Blick auf und zwinkere ihr zu. Ihre sorgfältige Planung macht sich jetzt bezahlt.

Plötzlich schnappt Vix meine Hand und zischt mir zu »Komm mit!« Sie befördert mich wieder hinein in das Atelier, vorbei an den langen Bankettischen, durch die Küche und hinaus in einen kleinen Hinterhof, wo Mülltonnen stehen. Sie hat bestimmt schon mehr als einen Champagner intus, und ihr Kleid sitzt ein wenig schief.

»Ich glaube, deine Brüste hecken einen Fluchtplan aus«, sage ich. »Warum sind wir hier?«

»Um in Ruhe heimlich zu rauchen«, sagt sie und zieht ihr Kleid hoch. »Außerdem habe ich letzte Nacht mit JimmyJames geschlafen. Ich wollte bis nach der Trauung warten, bevor ich es dir sage.«

»Was!«, keuche ich. »Okay, jetzt brauche ich eine Zigarette.« Ich zünde mir eine an, nehme einen Zug und bekomme prompt einen Hustenanfall. Ich habe seit Wochen nicht mehr geraucht.

»Scheiße, wie könnt ihr eine rauchen gehen, ohne mir Bescheid zu sagen?«, sagt Plum, die plötzlich aus der Hintertür springt, gefolgt von Sophie.

»Warum ist die einzige Jungfer, die ich auf dem Empfang sehe, ausgerechnet die, die ich nicht leiden kann?«, fragt Sophie. »Böse Jungfern. Sehr böse.«

»Vix ist die schlimmste Jungfer von allen«, sage ich.

»Ich habe letzte Nacht mit JimmyJames geschlafen«, wiederholt sie.

Alle beginnen laut zu kreischen. Ich kreische auch noch einmal, nur so zum Spaß.

»Hallo, Ladys«, sagt eine männliche Stimme. Wir drehen uns um: Es ist Dan. »Ah … Ich sehe, das ist eine männerfreie VIP-Zone. Kann ich euch was zu trinken besorgen?«

»Du kannst uns direkt eine Flasche besorgen«, erwidert Plum und beugt sich vor, um ihm einen Kuss zu geben. »Alles in Ordnung?«

»JimmyJames und ich schließen Wetten ab, wer von euch als Erste auf der Tanzfläche umkippt«, sagt er.

»Wie romantisch«, entgegnet Plum. »Aber keine Angst, Zuckerstück, ich gewinne ganz sicher.«

Dan verschwindet, und wir wenden uns alle Vix zu, die zufrieden grinst.

»Scheiße, erzähl uns sofort alles«, sagt Plum, nachdem Dan uns eine Flasche Champagner und vier Gläser gebracht hat und dann direkt wieder verschwunden ist. »Ich liebe dich, Baby!«, hat Plum ihm noch hinterhergerufen.

»Tja, nach dem Wochenende in Frankreich hat er mich regelmäßig angerufen und mir gesimst und gemailt«, beginnt Vix und leert ihren Chamapgner, bevor sie ihr Glas direkt wieder auffüllt. »Er bringt mich oft zum Lachen …

Er ist interessant und klug. Und er kann toll küssen. Ich meine, was braucht man sonst im Leben?«

»Amen, Schwester«, sagt Plum und stößt mit ihr an.

»Ich dachte, du hattest was mit Robert in Frankreich«, sagt Sophie.

»Sei nicht albern. Robert ist verliebt in Abigail«, erwidert Vix, dann schlägt sie die Hand vor den Mund.

Es entsteht eine Pause, die ewig zu dauern scheint, dann richten sich alle Augen auf mich.

»Nein, ist er nicht«, sage ich. »Das ist er nicht«, wiederhole ich und hebe den Kopf, um die Blicke zu erwidern. »Oder doch?«

Vix schüttelt den Kopf.

»Ich habe ihm versprochen, nichts zu sagen.«

»Robert hat dir bestimmt nicht gesagt, dass er in mich verliebt ist«, widerspreche ich energisch.

»Nicht mit diesen Worten«, entgegnet sie. »Aber wir haben uns in Frankreich bis drei Uhr morgens unterhalten. Er hat viel von dir gesprochen. Er sieht dich immer an. Ich habe ihn direkt gefragt, und er hat keine Antwort gegeben … Es ist für jeden offensichtlich, außer für dich.«

Ich starre einen Augenblick ins Leere und beiße auf meine Unterlippe, dann zucke ich mit den Achseln.

»Es spielt jetzt keine Rolle. Wir sind keine Freunde mehr. Wir reden nicht einmal mehr miteinander. Sollte er jemals etwas für mich empfunden haben … dann hat sich das erledigt. Ich habe nämlich gehört, wie er neulich nachts eine Zufallsbekanntschaft mit nach Hause gebracht hat. Er ist ein unverbesserlicher Frauenheld. Er wird sich nie ändern.«

»Das hat JimmyJames mir erzählt«, sagt Vix. »Aber er hat mir auch erzählt, dass Robert mit ihr nichts hatte. Anscheinend ist sie wütend aus dem Haus gestürmt, nachdem sie keine zehn Minuten bei ihm im Zimmer war. Sie hat JimmyJames nämlich beim Fummeln in der Küche gestört«, fügt sie stolz hinzu. »Jetzt, wo er mit mir zusammen ist, muss er sich das natürlich abgewöhnen.«

»Ihr seid zusammen?«, rufen Sophie, Plum und ich gleichzeitig.

»Alle fragen mich, ob die Braut getürmt ist.« Luke steckt den Kopf durch die Hintertür. »Ihr versteckt euch bei den Mülltonnen?«

»Tut mir leid, Darling«, erwidert Sophie. »Kommt, Mädels. Wir führen die Unterhaltung später fort.«

Kapitel 48

Nachdem ich eine Stunde lang wie eine brave kleine Brautjungfer mit den Gästen geplaudert habe und schließlich am Brauttisch Platz nehme, sehe ich als Erstes Robert. Er sitzt in seiner eigenen kleinen Blase und ist fast grau im Gesicht vor Nervosität. Ich kann nichts sagen, um ihn zu beruhigen, weil wir auf verschiedenen Seiten sitzen, jeweils am entgegengesetzten Tischende.

Wir könnten nicht weiter voneinander weg sein, selbst wenn wir das versuchten.

O Gott, ich habe Mitleid mit ihm. Die Rede des Trauzeugen. Er fürchtet sich seit Monaten davor, und ich habe ihm nicht einmal dabei geholfen. Ich war zu beschäftigt mit meiner Besessenheit von Dave und meinen eigenen Problemen. Ich habe versagt.

Ich frage mich, ob ich – nein. Ich kann nicht zu ihm hinübergehen und ihn ansprechen. Das würde auch nichts mehr retten. Ich habe es vermasselt. Ich muss einfach den Tag überstehen, nach Hause gehen und darüber hinwegkommen.

Ich seufze und lasse den Blick durch den Raum wandern. Bis jetzt ist die Hochzeit ein Erfolg. Man merkt nichts davon, dass der halbe Brauttisch nicht mit der anderen Hälfte spricht. Ich habe nicht viel mitbekommen von Dave und Bella. Der Champagner fließt wie … wie Champagner fließen muss. Mein Sitznachbar ist Jimmy-James, aber sein Platz ist noch leer. Schräg gegenüber von mir sitzt mein Vater, neben ihm werden Vix und Sophie sitzen, die aber noch zwischen den Gästen umherflattern.

»Alles klar, Dad?«, frage ich über den Tisch hinweg.

»Ja«, erwidert er und holt seine Notizen hervor, um sie kurz zu überfliegen. Trotz des Umstands, dass auch er eine Rede halten muss, strahlt er seine typische Gelassenheit aus. »Alles bestens.«

Ich denke an unser Gespräch in Frankreich.

Wenn du den Richtigen gefunden hast, wirst du es merken.

Ich glaube, ich habe den Richtigen gefunden, aber ich habe ihn entwischen lassen. Ich habe die Zeit mit Robert genossen wie mit keinem anderen Mann auf der Welt. Tatsächlich, halte ich mir vor Augen, war ich am glücklichsten, als Robert mein bester Freund war, meine Vertrauensperson, mein Trinkkumpan, mit dem man lachen konnte, Zeitung lesen, essen gehen und frühstücken …

Und dann fanden wir schließlich zusammen, warfen all die dummen Barrieren um, die uns voneinander trennten, und ich hinterließ ihm einen Zettel, auf dem ich mich für den »lustigen Abend« bedankte, und flog auf die andere Seite der Welt.

Was, wenn er mit mir so umgesprungen wäre? Ich wäre am Boden zerstört gewesen. Es war das Schlimmste, was ich machen konnte. Aber dann denke ich mit Ironie, dass er selbst mich darauf programmiert hat mit seinem »Verlass-den anderen-bevor-du-verlassen-wirst«-Quatsch. Er hat mir beigebracht, ein Bastard zu sein. Kein Wunder, dass ich mich benommen habe wie einer.

»Ha«, sage ich laut.

»Genießt du die Feier, mein Schatz?«, fragt Dad über den Tisch hinweg. »Ich möchte übrigens mehr über deinen tollen neuen Job erfahren. Hollywood, nimm dich in Acht, wie?«

»Es ist ein Dokumentarfilm, Dad. Das ist nicht so sexy«, erwidere ich grinsend.

»Übrigens, ich halte nicht viel von diesem Dave«, raunt er mir zu.

»Dad! Pst!«, sage ich.

Mein Vater ist in vielen Dingen gut, aber leise sprechen zählt nicht dazu. Wir versuchen immer, ihn zu übertönen, wenn er im Restaurant einen Kommentar darüber macht, was andere anhaben oder essen oder sagen.

Er zuckt lässig mit den Schultern. »Ich habe ihm vorhin von dir und Sophie erzählt, und er hat mich mitten im Satz stehen lassen. Sehr schlechte Manieren. Ich glaube, er ist ein kleiner Idiot.«

Ich grinse. »Ich glaube auch, dass er ein kleiner Idiot ist.«

Er nickt. »Dachte ich mir … ah, Robert!«, ruft er zum Tischende. »Wie fühlst du dich?«

Robert dreht den Kopf, und sein Blick streift mich kurz, bevor er Dad ein grünliches Lächeln schenkt.

»Um ehrlich zu sein, ein bisschen krank, Mister Wood.«

»Du kannst mich Ross nennen«, sagt Dad. »Du packst das schon. Lass einfach dein Herz sprechen. Und im Zweifelsfall sprichst du einen Toast aus.«

Robert grinst und nickt.

»Danke für den Rat, Ross. Wenn Sie in Ihrer Rede viele Toasts aussprechen könnten, damit die Gäste nett und betrunken sind, wenn ich dran bin, wäre das klasse.«

Mein Vater lacht.

»Kein Problem. Sag mal, hast du heute zufällig die Baseballergebnisse mitbekommen?«

Was zum … Seit wann sind Dad und Robert dicke Freunde? Ich denke an gestern Abend zurück. Sie saßen sich beim Essen nach der Generalprobe gegenüber. Offenbar verstehen sie sich gut.

Ein paar Minuten später nimmt Vix Platz, und Dad dreht sich zu ihr, um mit ihr zu plaudern. Ich habe die ganze Zeit so getan, als würde ich mich im Raum umsehen und bestimmten Gästen zulächeln. Kaum ist das Gespräch zwischen Robert und meinem Vater unterbrochen, sehe ich wieder zu Robert. Unsere Blicke treffen sich, und genau wie in der Kirche verschwimmt alles um ihn herum. Plötzlicher Tunnelblick. O Gott. Ich weiß nicht, ob ich das ertragen kann.

»Viel Glück«, sage ich, aber es kommt nur als ein heiseres Flüstern heraus.

Ich weiß nicht einmal, ob er mich verstanden hat.

Er lächelt, aber nicht mit den Augen. Ein flaues Gefühl überkommt mich. Wenn er in mir jemals mehr gesehen hat als eine Freundin, dann tut er das jetzt bestimmt nicht mehr. Ich bin nicht einmal eine Freundin. Ich habe es total versaut.

Wieder brechen lauter Jubel und Applaus aus, als Sophie und Luke durch das Spalier gehen, um ihre Plätze einzunehmen. Luke klatscht auf dem Weg Leute ab, während Sophie sich über ihn lustig macht. Die beiden sind die entspanntesten Frischvermählten, die ich jemals gesehen habe.

Alle nehmen Platz, nur Luke bleibt stehen und räuspert sich.

»Meine Frau und ich …«, beginnt er vorhersehbar, und wieder bricht Jubel aus. JimmyJames und Vix tun sich dabei besonders hervor. » … möchten uns bedanken, dass ihr alle gekommen seid. Ich werde später eine kleine Rede halten, aber im Moment möchte ich nur kurz einen Toast aussprechen. Auf euch alle! Lasst euch den Champagner schmecken.«

Ich nehme einen Schluck von meinem Champagner und bekomme prompt einen Hustenanfall, als die Bläschen mir in die Nase steigen. Memo an mich selbst: Champagner ist nicht geeignet für große Schlucke.

Dad erhebt sich nun, um seine Rede zu halten.

»Als Vater der Braut ist es mir eine Freude, als Erster sprechen zu dürfen. Für jene von Ihnen, die mich nicht kennen, mein Name ist Ross – für dich, Luke, ›Ross, Sir‹ …« Ich schaue wieder zu Robert und verliere den Faden von Dads Rede. Robert macht tatsächlich den Eindruck, als würde er jeden Moment in Ohnmacht fallen. Ich wünschte, er hätte sich dagegen gewehrt, eine Rede zu halten. Ernsthaft, niemand sollte sich so beschissen fühlen zu so einem freudigen Ereignis, finden Sie nicht auch? JimmyJames hätte die Rede übernehmen können, oder Vollarsch, ich meine Dave.

»… darum, im Namen meiner Frau, meiner Wenigkeit und aller Anwesenden möchte ich euch Gesundheit und Glück wünschen für euer gemeinsames Leben zu zweit.«

»Gesundheit und Glück«, wiederholen die Zuhörer.

Ich murmele abwesend mit. Robert ist noch blasser geworden.

»Gut gemacht, Ross«, sagt Vix und zwinkert meinem Vater zu, als er sich wieder setzt.

»Versuch, dich zu beherrschen, Victoria«, gibt er trocken zurück, obwohl ich weiß, dass er sich insgeheim freut.

Der erste Gang wird serviert. JimmyJames und Vix flirten lautstark über den Tisch hinweg, zum Glück. Ich kann hier schweigend sitzen.

Ich schiebe mir einen Bissen Jakobsmuschel in den Mund und sehe wieder zu Robert. Rechts von ihm sitzt Lukes Mutter. Sie unterhält sich mit Dave, der ihr gegenübersitzt. Ich kann sein Gesicht nicht sehen, aber ich nehme an, er gibt sich wie immer charmant.

Ich frage mich, ob sie weiß, dass sie der Grund ist, warum Dave sich von ihrer Tochter getrennt hat, und der Grund, warum seine Mutter eine unglückliche Trinkerin ist. Lukes Mutter muss wissen, dass sie daran beteiligt war, dass Dotties Ehe in die Brüche ging. Sie muss es wissen.

Was für ein Chaos. Meine Familie ist stinklangweilig dagegen.

»Hallo, Hochzeitstafel«, sagt Plum, die die kleine Pause nach der Vorspeise nutzt und mit Dan im Schlepptau vorbeikommt – sie geht neben mir in die Hocke. »What's up, Pussycat? Gibt es was Neues von dem teuflischen Duo?«

»Sei still«, zische ich und drehe mich schnell zu JimmyJames, bevor mein Vater etwas mitbekommt und anfängt, Fragen zu stellen.

»Abigail«, sagt JimmyJames. »Vix hat mir erzählt, dass du eine neue Karriere eingeschlagen hast.«

»Äh … ja«, antworte ich und sehe ihn an. »Das habe ich. Ich meine, ich bin dabei. Ich versuche es.« Scheinbar bin ich zu keinem klaren Gedanken fähig. »Plum übrigens auch.«

»Allerdings«, sagt Plum und schenkt uns ein glückseliges Lächeln. »Mein alter Job war weder emotional noch intellektuell befriedigend. Darum wechsle ich in die Modebranche.«

Vix prustet los und hält dann inne. »Sorry. Ich dachte, das sollte ein Witz sein.«

Plum und Dan, die beide schon ziemlich beschwipst sind, beginnen eine Geschichte über jemanden aus der holländischen Gästefraktion zu erzählen, der schon während des ersten Gangs ein Trinkspiel starten wollte und vom Pfarrer Schelte bekam. Ich schaue in die falsche Richtung, um Robert zu sehen. Vielleicht sollte er einfach einen Schwächeanfall mimen, um sich vor der Rede zu drücken. Ich habe mir in meinem ganzen Leben noch nie so viele Sorgen um jemanden gemacht.

»Ich finde, du solltest nach London ziehen und mit mir

zusammenwohnen«, höre ich JimmyJames rufen – es ist offensichtlich an Vix gerichtet, landet aber in meinem Ohr.

»Einverstanden«, sagt sie und schaut zu ihm herüber.

»Wirklich?«, ruft er.

»Ja, okay«, erwidert sie, und ein Grinsen breitet sich in ihrem Gesicht aus.

»Whooo!«, jubelt JimmyJames begeistert. Er dreht sich zu Robert. »Rob! Ich ziehe aus dem House of the rising Singles in eine glückliche Lebensgemeinschaft.«

Alle Köpfe am Tisch drehen sich zu uns. Ich spüre, dass Robert, Bella und Dave in unsere Richtung starren, und meine Haut knistert vor Hitze. Verfluchte Scheiße, wann habe ich wieder damit angefangen, rot zu werden?

»Ich bezweifle, dass deine Mutter es schätzt, dass ihr zwei in Sünde leben wollt«, bemerkt Dad zu Vix.

»Das ist der heilige Stand der Wohngemeinschaft«, erwidert Vix hicksend und sieht JimmyJames bewundernd an. »Bis die Miete uns scheidet.«

Während Plum und Dan an ihre Plätze zurückkehren, beginnen die Kellner, die Teller abzuräumen, und ich werfe wieder einen verstohlenen Blick zu Robert. Er scheint nun in einer Art Trance zu sein. Ich bin mir nicht einmal sicher, ob er noch atmet.

Dann, nachdem alle Tische abgeräumt sind, wendet Luke sich an Robert und flüstert ihm etwas ins Ohr. Robert nickt und steht auf. O Gott, es geht los.

Sofort geht ein »Pst!« durch die Menge, und alle drehen gespannt den Kopf.

Robert starrt ins Leere, und ein paar schreckliche Sekunden lang befürchte ich, dass er gar nichts sagen wird.

Er stößt ein Räuspern aus und beginnt zu reden.

»Als Luke mich bat, sein Trauzeuge zu sein, kamen mir fast die Tränen. Einerseits, klar, wegen der Ehre und so«, sagt er. Die Zuhörer, bereits beschwipst, lachen. »Aber hauptsächlich deshalb, weil mir klar wurde, dass ich mich vor eine große Menschenmenge von gut aussehenden, gut gekleideten Menschen hinstellen und eine Rede über …«, er macht eine dramatische Pause zur Betonung, »… die Liebe halten muss.«

Die Zuhörer lachen wieder. Wovor hatte er Angst?, frage ich mich. Er ist toll.

»Nun, womöglich wissen Sie das nicht, aber es gibt nur eins, was ein einunddreißigjähriger männlicher Single mehr fürchtet, als vor Publikum zu sprechen. Und das ist die Liebe.« Ich lächle ihn an. Er hat plötzlich seine alte Gesichtsfarbe wieder. »Also werde ich einen behutsamen Einstieg wählen, für alle da draußen, die genauso viel Angst haben vor der Liebe wie ich … Ich kenne Luke schon eine Ewigkeit, und ich kann mit voller Überzeugung behaupten, dass ich ihn nie glücklicher erlebt habe als in der Zeit, seit er Sophie kennt. Er lacht mehr. Er spricht lauter. Er lächelt öfter. Kurz gesagt, er ist ein Mann, der, wie ich finde, seine Bestimmung gefunden hat … Sophie, die schöne, ruhige, liebe Sophie, musste in sein Leben treten, um diesen Mann aus ihm zu machen.«

An diesem Punkt bricht lauter Beifall aus, und ich blicke zu Sophie und Luke mit Tränen in den Augen. Es stimmt. Sie sind füreinander bestimmt.

»Nun, als langjähriger Single hatte ich viel Zeit, mir Gedanken über die Kunst zu machen, die Liebe zu finden. Meine Mutter sagte immer, dass man viele Drachen töten müsse, um die Prinzessin zu gewinnen …«, aus dem Publikum kommt ein einzelnes »Whooo!«, »… und ich glaube, das ist wahr. Aber der Drache, den man unbedingt besiegen muss, ist die eigene Angst – das wird jetzt schmalzig klingen, aber da müssen Sie mit mir durch –, die eigene Angst davor, etwas für die Liebe zu riskieren.« Er unterbricht sich kurz. Der ganze Saal lauscht gebannt. »Luke hat es riskiert, in den Pub zu gehen, als er Sophie dort entdeckte. Die meisten von Ihnen kennen die Geschichte bereits: Er kam vorbei am Walmer Castle in Notting Hill, sah sie durch das Fenster und wusste sofort, sie war die Richtige. Also ging er hinein und hockte sich zwei Stunden allein an die Theke, bis er den Mut hatte, sie anzusprechen.«

»Den musste er sich wohl erst antrinken!«, ruft jemand im Saal, gefolgt von kollektivem Stöhnen.

»Den Spruch wollte ich eigentlich selbst bringen, aber ich habe ihn weggelassen, weil ich ihn zu direkt fand«, kontert Robert rasch und erntet noch mehr Gelächter. »Für Luke und Sophie war es, mehr oder weniger, Liebe auf den ersten Blick. Das ist eine Sache, die mir schon immer Angst gemacht hat.« Robert wartet, bis das Gelächter verklingt, und fährt fort. »Die Frage lautet nämlich: Was, wenn Luke nicht in den Pub gegangen wäre? Was, wenn er nie den Mut gehabt hätte, Sophie anzusprechen? Manche von uns denken vielleicht, das klingt nach einem einfachen Kennenlernen, aber es wäre für Luke viel einfacher gewesen fortzulaufen. Es ist immer einfacher fortzulaufen.« Ich starre einen Augenblick auf den Tisch. Ich fand es auch einfacher fortzulaufen. »Es ist viel mutiger, sich zu stellen. Dafür braucht man Courage.« Robert räuspert sich und macht eine kleine Pause. »Ich bin mir sicher, ich spreche für alle Singles hier, wenn ich sage, dass ich diese Courage immer aufbringen will. Ich will nicht meine beste Freundin und große Liebe verlieren, nur weil ich die Kontrolle behalten und kein Risiko eingehen will. Selbst wenn sie fortläuft, selbst wenn sie auf die andere Seite der Welt flieht, selbst wenn ich glaube, dass ich nicht die geringste Chance habe, möchte ich trotzdem die Gewissheit haben, dass ich nichts unversucht gelassen habe, um es wahrzumachen.« Ich blinzle, während ich den letzten Satz in meinem Kopf zurückspule. Was? Robert räuspert sich wieder. »Darum, Ladys und Gentlemen, möchte ich Sie nun auffordern, sich dem Menschen zuzuwenden, den Sie lieben – oder, wenn Sie momentan nach der Liebe suchen, der Person des anderen Geschlechts, die Ihnen am nächsten sitzt, vorausgesetzt natürlich, sie hat nichts dagegen – und diesem Menschen zu sagen, dass Sie ihn lieben. Ohne Vorbehalte, ohne zeitliche Einschränkung, ohne Bedingungen: Seien Sie ehrlich zu sich selbst, wagen Sie ein Risiko, und gestehen Sie Ihre Liebe. Auf die Liebe!«

Im Saal schallt es von allen Seiten »Ich liebe dich!« und »Auf die Liebe!«, bevor alle aufstehen und ihre Gläser erheben, jubelnd und applaudierend. Ich höre Henry besonders laut heraus. Das nennt man wohl einen Publikumsliebling.

Und ich? Ich bekomme kaum Luft. Alles, was ich tun kann, ist, Robert anzustarren.

Er beugt sich vor, stützt sich mit beiden Händen auf dem Tisch ab und schließt die Augen. Sieh mich an, denke ich beschwörend, bitte, sieh mich an. Er holt tief Luft, öffnet die Augen, und einen Herzschlag später sieht er zu mir. Für einen langen Moment schauen wir uns an, und zum dritten Mal heute verschwimmt alles um Robert herum. Ich sehe nur noch ihn.

Diese Rede war für mich, wird mir bewusst. Sie war nur für mich.

»Ich liebe dich«, sage ich.

Er kann mich nicht hören, wegen des Lärms um uns herum. Aber er kann von meinen Lippen ablesen.

»Ich liebe dich«, erwidert er, und in seinem Gesicht breitet sich ein riesiges Lächeln aus.

Ich erwidere sein Lächeln, und plötzlich kommt es mir vor, als würde ein Lichtstrahl aus meiner Körpermitte scheinen, durch jeden Millimeter meiner Haut.

Das ist der Funke, nach dem ich gesucht habe. Der Funke ist das Gefühl, dass man geboren ist, um glücklich zu sein. Und genau so fühle ich mich gerade.

Kapitel 49

»Ich liebe es, wie du den Daumen hochhältst, wenn du etwas super findest«, sagt er.

»Ich liebe es, wie du jeden Zentimeter Raum für dich beanspruchst, egal, wo du bist, wie ein großer Zottelhund.«

»Ich liebe es, wie du alles und nichts ernst nimmst.«

»Ich liebe es, dass du mich ernst nimmst.«

»Ich liebe es, dass dein Gehirn immer mit drei Dingen gleichzeitig beschäftigt ist.«

»Ich liebe es, dass du nach außen hin so ernst wirkst, aber eigentlich total albern bist.«

»Das liebe ich an dir auch.«

»Ich liebe es, wenn du kreischst wie ein Mädchen.«

»Ich liebe es, dass du das Besteck in der Spülmaschine sortierst.«

»Na ja, Gabel und Löffel vertragen sich nicht … Ich liebe dein Gesicht.«

»Ah, verdammt, ich wollte gerade von deinem Gesicht anfangen …«, sagt er und beugt sich vor, und wir küssen uns wieder.

Nicht dass wir wirklich aufgehört hätten, uns zu küssen. Nach jedem Dialog, jedem Satzpunkt, und manchmal auch zwischen den Silben küssen wir uns. Nach Roberts Rede und dem scheinbar endlosen Hauptgang (während wir es nahezu unmöglich fanden, die Augen voneinander abzuwenden) und nach dem ersten Tanz des Brautpaars konnte Robert ganz legitim vom Tisch aufstehen und mich zum Tanzen auffordern.

Elf Stücke später tanzen wir immer noch zusammen, wobei wir uns kaum bewegen, die Arme umeinandergeschlungen. Ich bin mir nicht sicher, wer sonst noch auf der Tanzfläche ist. Alles, was ich sehen kann, ist Robert.

»Es tut mir unheimlich leid, dass ich dich habe sitzen lassen in Hongkong«, sage ich zum hundertsten Mal.

»Das ist schon okay, Abby, mein Schatz. An deiner Stelle hätte ich wahrscheinlich dasselbe getan«, erwidert er.

»Sophie hat dich einmal als einen der größten Playboys Londons bezeichnet«, sage ich. »Bist du sicher, dass du diesen Titel abgeben möchtest?«

»Tausendprozentig sicher. Weißt du, ich glaube, ich habe mich schon in dich verliebt, als du mir das Ende von dieser *Simpsons*-Folge erzählt hast.«

Ich lache.

»Warum?«

»Damit hätte ich einfach nicht gerechnet bei einer Frau wie dir.«

»Ich denke, dafür sind Frauen wie ich gut. Für den Überraschungseffekt.«

»Auf dich trifft das zu. Definitiv.«

Wir küssen uns wieder.

»Mein Gesicht tut weh vom Lächeln«, sage ich.

»Ich küsse es gesund.«

»Ich liebe dich.«

»Ich liebe dich.«

Ja, es ist ziemlich widerlich. Ich erspare es Ihnen, sich mehr von diesem Liebesgeflüster anzuhören.

Irgendwann während der nächsten paar Stunden – ich bekomme alles nur verschwommen mit, ich bin betrunken vom Küssen – schneiden Sophie und Luke die Hochzeitstorte an, und die Hochzeitskapelle macht der Pixies-Coverband Platz. Es folgt ein abrupter Wechsel der Musikrichtung, und als Robert und ich beobachten, dass Vix, JimmyJames, Charlotte, Henry, Plum und Dan auf die Tanzfläche stürmen und beginnen, Luftgitarre zu spielen, beschließen wir, hinaus an die Gartenbar zu gehen.

»Möchtest du einen Kurzen?«, fragt Robert. »Flüssiges Selbstvertrauen?«

»Weiche von mir, Satan«, erwidere ich.

»Hallo«, unterbricht uns eine Stimme.

Es ist eine sehr gut gekleidete blonde Frau Mitte dreißig, die ein teuer aussehendes, langes mintfarbenes Kleid und eine leicht verfilzte gefakte Nerzstola trägt.

»Das war eine wunderschöne Rede, Robert. Kann ich kurz mit dir sprechen? Unter vier Augen?«

Sie sieht mich demonstrativ an.

»Nein«, antwortet er prompt. »Kannst du nicht.«

Er nimmt meine Hand, und während wir weitergehen, fällt bei mir der Groschen.

»Das war Louisa!«, rufe ich.

»Ja«, sagt er und grinst. »Die blöde Kuh. Sie kann es nicht lassen, mich in Beschlag zu nehmen.«

»Ich möchte sie kennenlernen«, sage ich trotzig.

»Nein, mein Schatz, das willst du nicht wirklich«, entgegnet er und küsst meine Hand.

Ich kann nicht anders. Ich drehe mich um und fange Louisas Blick auf. Sie steht in der Tür und starrt mich wütend an. Ich schenke ihr das strahlendste Lächeln, das ich hinbekomme, dann drehe ich mich wieder zu Robert, packe ihn an seiner Krawatte und ziehe ihn für einen langen Kuss zu mir herunter.

»Reizend«, sagt er zwanzig Sekunden später. »Aber denk nicht, ich wüsste nicht, wem ich das zu verdanken habe.«

»Ich markiere nur mein Territorium«, entgegne ich in liebenswürdigem Ton.

»Robert, das war eine ausgezeichnete Rede«, ruft meine

Mutter und gestikuliert mit einem Martiniglas, als wäre sie Dorothy Parker.

Sie steht auf der anderen Seite der Theke mit all meinen Tanten, die Robert betrachten, als wäre er ein Leckerbissen. Was er ist. Aber nur für mich.

»Lass uns fliehen«, sage ich zu ihm.

»Alles, was du willst«, erwidert er.

Gleich darauf kommt ein Kellner und bringt mir eine Nachricht.

Es tut mir leid. Ich kann es nicht erklären und auch nicht wiedergutmachen. Aber es tut mir sehr leid. Bella

Ich zerknülle den Zettel und werfe ihn in den nächsten Aschenbecher.

»Bella oder Dave?«, rätselt Robert.

»Bella«, antworte ich. Ich zucke mit den Achseln. »Es spielt nicht wirklich eine Rolle. Die beiden sind mir egal.«

»Mir auch«, sagt er und blickt mir lächelnd in die Augen. Er hat meine Hand nicht mehr losgelassen, seit wir tanzten. Es fühlt sich absolut natürlich an. Tatsächlich fühlt es sich – wie sagt man? – richtig an. »Du bist die Einzige, die mir nicht egal ist. Augenblick …«

Robert wendet sich an einen Kellner in der Nähe, während ich in mich hineingrinse und fröhlich den Blick über den Garten schweifen lasse, bis ich den Blick meines Vaters auffange. Er schaut demonstrativ zu Robert und dann wieder zu mir, bevor er zwinkert. Ich zwinkere zurück. Er hatte recht, denke ich. Er hatte recht, und Robert und ich hatten absolut unrecht. Wenn man den Richtigen findet, merkt man das schon.

»Wir haben jede einzelne deiner Singleregeln gebrochen«, sage ich zu Robert, als wir uns wieder gegenüberstehen und er mir ein Glas Champagner gibt.

»Regeln?«, fragt er und beugt sich vor, um vorsichtig an meinen Lippen zu knabbern.

»Deine Überlebenstipps für Singles. Deine gesamte Rede hat davon gehandelt, dass man die Liebe gerade nicht findet, wenn man cool ist oder distanziert oder brutal oder kugelsicher. Dass es feige ist, die Kontrolle zu behalten und fortzulaufen, dass man mutig sein muss und etwas riskieren.«

»Vorausgesetzt, es ist die richtige Person …«

»Trotzdem, das ist das genaue Gegenteil von deinen Regeln«, beharre ich.

»Das waren keine Regeln, mein Schatz«, sagt er. »Das war nur … dummes Zeug. Ich habe versucht, dir das Singleleben schmackhafter zu machen, weil es dich anfangs total zu stressen schien.«

»Das stimmt«, gebe ich zu. »Obwohl, wie du dich sicher erinnerst, war ich eine Weile richtig gut darin, Single zu sein. Aber dann bin ich abgestürzt.«

»Dann ist es ja gut, dass du jetzt kein Single mehr bist«, sagt er und beugt sich wieder vor, um mich zu küssen.

»Verdammt«, erwidere ich. »Ich glaube wirklich, ich hätte dieses Mal alles richtig gemacht.«

Überlebenstipps für Singles

~~Cool sein~~ – Albern sein
~~Distanz wahren~~ – Direkt sein
~~Brutal sein~~ – Nett sein
~~Kontrolle behalten~~ – Einfach tun, wonach einem der Sinn steht
~~Kugelsicher sein~~ – Ein offenes Herz haben
~~Verlass den anderen, bevor du verlassen wirst~~ – Sei ehrlich zu dir selbst, und alles ergibt sich von allein